한국 몽유 소설 연구

전 북 대 학 교
교과교육연구총서 7

한국 몽유 소설 연구

신 재 홍

역락

발간사

　이 시대 교육의 중요성에 대해서는 다시 강조해도 부족함이 없을 듯합니다. 우리 전북대학교 사범대학은 지역 사회와 나라를 대표하는 교육 연구와 실천의 요람으로서 나름의 역할을 충실히 해 왔음을 자부합니다. 그동안 안으로는 학문적으로 교육의 이론을 세우고, 밖으로는 이를 실천하는 우수한 선생님들을 수없이 배출해 온 역사가 이를 잘 보여 준다고 믿습니다. 그러나 하루가 다르게 변화하는 교육 현실은 우리에게 또 다른 도전을 요구하고 있습니다.

　특히 그동안 광범위한 영역에서 교과 교육은 있어 왔으나, 이에 관한 이론 수준의 연구가 부족했던 것이 사실입니다. 이에 우리 전북대학교 교과교육연구소는 이런 학계와 교육계의 반성을 바탕으로 교과 교육 방면의 지식 체계를 구조화할 수 있는 이론의 개발에 노력하기로 했습니다. 교과교육연구총서의 발간과 보급은 이를 뒷받침할 수 있는 사업의 하나로 기획된 것입니다.

　이론 없는 실천은 공허하기 쉽습니다. 우리의 궁극적 목표는 교육 현장에서 이루어지는 것이지만, 이를 위해서는 치열한 이론 탐구가 전제되어야 합니다. 이론 제시가 토론을 낳고, 토론의 결실이 현장에 반영되고, 다시 그 결과가 이론 연구에 영향을 주어야 합니다. 학교 현장에서의 교육은 교과 교육의 형태를 띠고 있습니다. 때문에 교과 교육에 대한 이론적 연구는 어떤 연구보다 우선시되고 중요하게 여겨져야 할 것입니다. 우리 전북대학교 교과교육연구소는 앞으로도 이 점에 역점을 두고 여러 사업을 진행해 나가고자 합니다.

　　우리 연구소의 노력이 총서의 형태로 결실을 맺기까지는 집필에 참여
해 주신 연구자 여러분은 물론이거니와, 많은 분들의 헌신적인 노고가
깃들어 있음을 잘 알고 있습니다. 우리는 이를 항상 기억하고 또 다른 결
실로 보답하기 위해 노력하고자 합니다. 특히 이런 뜻깊은 사업의 취지
에 동감하고 아낌없는 지원을 해 주시는 전북대학교 당국의 배려에 감사
의 말씀을 드립니다.

　　이제 약간은 두근거리는 심정으로 우리 노력의 결과를 하나씩 세상에
내놓고자 합니다. 아무쪼록 이 총서를 접하는 많은 이들에게 의욕과 성
과가 함께하기를 기원합니다.

전북대학교 교과교육연구소장

수정증보판 머리말

1994년에 이 책을 간행할 때 왜 그렇게 서둘렀는지 지금도 잘 모르겠다. 1992년 8월에 박사 학위를 받고 1993년 3월에 경원대학교에 부임하여 본격적인 교수 생활을 시작하였다. 지금처럼 업적 평가에 쫓길 때도 아니었는데 이듬해 4월에 박사 논문과 그 부속 논문들을 묶어 이 책을 간행하였다. 그러한 조급함으로 인해 문장의 서투름은 말할 것도 없고 책의 교정도 엉망인 채로 나오게 되었다. 이 책을 수정해서 다시 내야겠다는 생각은 책을 받아 본 직후부터 했었다.

조급함은 오십의 나이인 나를 여전히 쫓아다니고 있다. 사십을 넘길 때에도 뭔가 인생의 고비를 지나가고 있다는 생각에 시달렸는데 오십을 넘기고 있는 지금 그와 비슷하면서도 다른 생각에 휘둘리고 있다. 교수 생활 20년이 내게 어떤 의미인지 되돌아보게 되고 처음처럼 산다는 게 무엇인지 되짚어 보게 된다. 이제 18년 전의 책을 손질하고 있자니 그 시절 논문을 쓰기 위해 분주했던 내 모습이 새삼 떠오른다. 오십이 넘었으니 여유 좀 부려 볼까도 싶지만 역시 난 그때의 모습에서 크게 멀어지지 않은 채 사는 것이 어울리는 듯하다.

수정증보판이라고 하자니 부끄럽다는 생각이 심하게 든다. 20년이 지난 글들을 문장만 다듬어 내면서 수정판이라 하기도 그렇고, 20년 전에 썼던 어쭙잖은 논문 두 편을 보충하면서 증보판이라 하기도 그렇다. 이전 논문에서 했던 말을 맥락만 조금 달리하여 다른 논문에서 반복한 것도 손보지 못했다. 그 사이에 전기 소설, 몽유록, <구운몽>, <옥루몽> 등 이 책에서 다룬 작품들에 대한 연구 성과가 견실하게 축적되었음을 모르지 않는 내가 예전 그대로의 책을 다시 내면서 수정증보판이라고 하자니 정말 부끄럽다. 죄송하지만 18년 후의 수정증보판이 아니라 18년 전 당시의 수정증보판이라고 너그러이 이해해 주셨으면 다행이겠다.

이 책을 다시 내려는 계획을 듣고 전북대학교 교과교육연구소의 교과교육연구총서에 포함시키겠다고 제안하여 성사시켜 주신 한창훈 교수님께 감사드린다. 그리고 이 책의 수정증보판을 간행해 주신 이대현 사장님과 책을 잘 만들어 주신 이소희 대리님을 비롯한 편집부원께도 감사드린다. 나로서는 지난 시간을 정리하기 위해 이 책의 수정증보판이 필요했다. 이렇게 한번 정리하고 나서 나의 남은 교수 생활을 어떻게 보내야 할지 생각해 보고 싶었다. 처음처럼 순진하고 나비같이 가볍고 받은 만큼 베풀며 남은 인생을 살고 싶은데 잘 될지 모르겠다.

2012. 2. 1.

신 재 홍

초판 머리말

꿈을 꾼다는 것은 무척이나 매력적이다. 분주하고 메마른 우리의 겉모
습과는 달리 꿈은 우리의 내면 풍경을 그려서 보여 주고, 그로 인해 우리
는 삶의 부피와 탄력을 얻게 된다. 아마도 문학이란 그러한 꿈의 기록일
것이다. 그렇지만 꿈은 늘 현실과 함께 있다. 현실이 투영되지 않은 꿈은
없다. 인간은 현실과 꿈의 넘나듦 속에 존재하는 것인지 모른다.

고전 소설을 공부하면서 유념했던 것은 연구자로서의 나와 연구 대상
으로서의 고전 소설과의 대화였다. 무엇보다도 작품 읽기가 재미있고 의
미 있다고 느껴야만 그로부터 나오는 생각의 다발이 그에 걸맞게 흥미
있는 말로 정리될 수 있다고 생각했다. 그러한 의미에서 ≪금오신화≫나
<구운몽>을 읽으면서 받았던 감명은 공부의 시발점을 마련해 주었다.
무엇보다도 꿈의 형상이 지닌 낭만적 분위기가 작품의 줄거리나 내용에
앞서 인상적이었다. 꿈의 소설적 형상화에 관심을 갖게 된 것은 이들 작
품에 대한 첫인상에 있었다.

그렇지만 문학 연구는 단순한 감상의 차원이 아니라 다른 연구자들과
의 대화이기도 하고 나아가 학계에 보탬이 될 수 있는 객관적인 성과를
요구하는 것이다. 고전 소설 연구는 선학들의 노고에 의해 자료가 수집,
정리되고 방법론적 모색이 이어져 후학들로서는 든든한 바탕을 갖추고
있는 셈이다. 판소리계 소설, 한문 단편, 영웅 소설 등을 두고 논의된 성
과는 우리 소설사의 당대 현실적 기반을 다지는 데 기여했다. 근래에 들
어 선학들의 업적을 재평가하고 좀 더 정밀한 방법론과 폭넓은 관심으로
연구의 폭과 깊이를 더해 가고 있다. 나는 몽유 양식에 대한 연구를 통해

그러한 문제의식을 이으면서 소설사의 한 흐름을 가능한 한 체계적으로 정리하고 몽유 소설에 담긴 낭만적 경향과 현실적 의식을 주의 깊게 살펴보고자 하였다.

이 책은 몽유록 연구로 석사 학위를 받고 다시 몽유 양식 전반을 사적으로 고찰하여 박사 학위를 받은 내 공부의 역정을 엮어 놓은 것이다. 몽유록에서 몽유 양식 전반으로 논의를 확장하기 위해 중간 중간 징검다리 식으로 작품 혹은 작품 군에 대해 써 보았던 논문들이 있다. 이들을 묶어 제2부에 두었다. 그러한 징검다리를 하나씩 짚어서 이루어진 전체적인 성과가 제1부를 구성한다. 그러다 보니 논의한 내용 가운데 이쪽과 저쪽 논문에 같은 생각을 거듭 나타내기도 하고 어떤 부분에서는 애초의 생각을 수정하기도 하였다.

논문 한 편 한 편을 쓸 당시에는 개인적인 독서 체험과 학계에서 논의되는 문제들을 견주면서 나름대로 진지하게 모색하였다고 생각했다. 이제 다시 읽으면서 자구나 조금 다듬다 보니 새삼 부끄러움이 앞선다. 연천한 공부와 무딘 의식으로 어떤 의미 있는 성과를 기대하기에는 턱없이 모자라는 것이었다. 몇 번을 망설이다가 이렇게 책으로 내놓는 것은 소설사의 비중에도 불구하고 몽유 소설들에 대한 종합적인 연구 성과가 드물었다는 생각에서이다. 이 책이 몽유 소설 및 몽유 양식 전반에 대한 논의에 작은 보탬이 될 수 있다면 다행이겠다.

선생님들의 꾸중과 격려를 생각한다. 김진세 선생님은 나의 지도교수이시며, 나는 그분의 인품과 학덕을 깊이 존경한다. 성산 장덕순 선생님,

이상택 선생님, 서대석 선생님, 이상익 선생님은 학위 논문을 심사해 주셨고, 김병국 선생님, 조동일 선생님, 권두환 선생님, 민병수 선생님은 은사님들이시다. 이분들은 학부 혹은 대학원에서 학문을 하는 올바른 자세와 방법을 가르쳐 주셨다. 그로 인해 내 공부가 조금이나마 진척되었고 아울러 인간적인 성장도 이루어졌다. 돌이켜 보면 선생님, 선배, 동료, 후배 들 사이에서 고전 문학에 대한 관심을 키워 간 것이 그렇게 고마울 수가 없다.

여기에 일찍 홀몸이 되시어 많은 어려움에도 불구하고 소박한 바람으로 나를 길러 주신 어머님께 감사의 인사를 올린다. 옆에서 깊이 이해하고 세심히 배려해 준 아내 노영주와 사랑스런 딸 동언이에게도 고마움을 표한다. 이 책을 낼 것을 제안하고 정성껏 책을 다듬어 주신 윤석산 사장님께도 감사드린다.

1994. 3. 30.

신 재 홍

제1부 몽유 양식의 소설사적 전개 양상 · 15

제 2 부 몽유 소설의 작품 세계와 작가 의식

제1부 몽유 양식의 소설사적 전개 양상

우리 문학사에 있어서 서정, 서사, 교술의 어느 문학 장르에서도 꿈은 중요한 상상력의 원천으로 작용하고 있다. 꿈이 지닌 허구성(虛構性)과 환상성(幻想性)은 문학의 좋은 재료가 될 수 있으므로, 꿈을 소재로 취한 많은 문학 작품이 창작되었던 것이다. 특히 서사 문학의 경우, 꿈이 사건 전개에 중요한 계기로 기능하는 수많은 작품이 존재할 뿐만 아니라, 이른바 몽유록(夢遊錄)이나 몽자류 소설(夢字類小說)과 같은 일군의 유형화된 작품 군(作品群)까지 출현하였다. 이러한 문학사적 현상은 일찍이 국문학 연구의 초기부터 주목받았는데 소설사나 소설론에서 꿈의 문학적 효용에 대해 간략한 논의를 펼치면서 꿈 소재 문학 작품을 범주화하여 이해하는 태도를 찾아볼 수 있다.[1]

꿈을 소재로 한 서사 문학의 개별 작품이나 작품 군에 대한 연구가 진

---

1) 김태준, 『조선소설사』, 학예사, 1939, 119~122면 ; 신기형, 『한국소설발달사』, 창문사, 1960, 431~432면 ; 김기동, 『이조시대소설론』, 정연사, 1964(재판 : 이우출판사, 1983), 109~110면 ; 박성의, 『한국고대소설사』, 일신사, 1964, 283~288면 ; 징주동, 『고대소설론』, 형설출판사, 1966(재판 : 1982), 271~280면.

척됨에 따라 주로 몽유록과 몽자류 소설을 대상으로 꿈의 작품 내적 의미를 탐구하고, 근원 설화의 탐색, 중국 소설과의 비교 등 연구 성과가 축적되었다.[2] 그중 장덕순의 논고는 몽유 문학에 대한 본격적인 연구의 방향을 제시하였다는 점에서 중요한 의의를 지니고 있다. 또한 꿈 소재 서사 문학의 공통된 특질과 함께 각각의 작품 군이 지니는 변별적 특성을 드러내려는 노력도 있었다.[3] 그리하여 전기 소설(傳奇小說), 몽유록, 몽자류 소설 사이의 변별적 특성이 어느 정도 드러나게 되었는데 서대석에 의해 제기된 몽유록의 장르적 성격에 대한 논의는 몽유록을 이해하는 데 있어서 중요한 지침이 되었다. 이러한 선학의 연구 성과를 바탕으로 근래 들어 몽유록의 장르적 특성을 역사적 배경이나 구조적인 작품 분석에 입각하여 규명하려는 시도가 이어졌다.[4]

그런데 이 논자들 중에 우리 문학의 한 계열로서 '꿈의 문학'을 상정하여 이를 종합적으로 연구할 필요성을 언급하기도 했으나,[5] 더 많은 논자가 각 작품 군이 지니는 변별적 특성을 드러내는 데 관심을 쏟았다. 그리하여 꿈을 소재로 한 서사 문학의 하위 장르들을 각기 다른 특성을 갖는 별개의 역사적 장르로서 인식하였다.[6] 이러한 연구 경향으로 인하여 몽유 자체를 중심으로 하여 역사적 장르 사이의 연계성을 탐색한다거나

---

2) 장덕순, 「몽유록 소고」, 『국문학통론』, 신구문화사, 1963 ; 황패강, 「원생몽유록과 임제 문학」, 『한국서사문학연구』, 1972, 단대출판부 ; 정규복, 『구운몽 연구』, 고대출판부, 1974 ; 차용주, 『옥루몽 연구』, 형설출판사, 1982.

3) 장덕순, 앞의 논문 ; 차용주, 「몽유록과 몽자류 소설의 동이에 대한 고찰」, 『논문집』 3, 청주여사대, 1974 ; 서대석, 「몽유록의 장르적 성격과 문학사적 의의」, 『한국학논집』 3, 계명대, 1975 ; 성현경, 「몽자소설 연구」, 『한국소설의 구조와 실상』, 영남대출판부, 1981.

4) 정학성, 「몽유록의 역사의식과 유형적 특질」, 『관악어문연구』 2, 서울대, 1977 ; 신재홍, 「몽유록의 유형적 고찰」, 『국문학연구』 75, 서울대, 1986 ; 유종국, 『몽유록소설 연구』, 아세아문화사, 1987 ; 이주영, 「몽유록의 양식적 특성에 대한 연구」, 『국문학연구』 89, 서울대, 1988 ; 장효현, 「몽유록의 역사적 성격」, 『한국고전 소설론』, 새문사, 1990.

5) 장덕순, 앞의 논문, 283면 ; 황패강, 앞의 논문, 336면 참조

6) 차용주(1974), 서대석의 논문을 이러한 경향의 대표적인 예로 들 수 있다.

문학사의 중요한 한 흐름인 꿈의 문학을 총괄적으로 조명하려는 시도는 큰 공감을 얻지 못하고 있다.

이렇게 작품 군 사이의 변별성을 강조하는 관점에서는 몽유(夢遊)란 단지 문학적 진술의 보편적인 소재(素材)의 하나일 뿐으로 작가의 선택에 의해 각 작품에 수용되었다는 인식이 깔려 있다. 따라서 다분히 자의적인 선택에 의해 이루어진 몽유 소재의 작품들을 어떻게 체계적으로 조망할 수 있을까 하는 것은 의문시될 수밖에 없다. 그렇다고 해서 꿈 소재 서사 문학을 종합적으로 정리해 보려는 시도가 무의미할 수는 없다. 꿈을 소재로 한 작품들이 문학사에서 중요한 자리를 차지하고 있고, 또 그것이 한 흐름을 형성하면서 문학사의 각 국면에 상응하는 의의를 지니고 있기 때문이다.

이런 인식은 연구자들 사이에서 공감을 얻어 최근 들어 몽유 문학을 총괄적으로 검토하려는 시도가 있었다.[7] 특히, 이월영의 논문은 몽유 문학의 사상적 배경을 고찰한 것으로서, 꿈 관념의 유교적·불교적·도교적 원천과 그 문학적 전개에 대해 깊이 있는 논의를 펼쳤다. 그리하여 이제까지 몽유 문학의 근원 설화에 대해 하위 장르가 지니는 차이를 무시한 채 불전(佛典)이나 도가서(道家書)에서 찾던 연구 태도를 반성하고 각 하위 장르의 배경 사상이 다르다는 것을 입증하였다. 그런 한편으로 사상적 범주를 단선적으로 설정한 면이 있어 ≪금오신화≫를 도교적 꿈 관념을 바탕으로 한 작품이라고 본 것은 재고의 여지가 있으며, 소설사에서 중요한 위치에 있는 <옥루몽>을 낮게 평가하고 있는 점은 문제로 지적될 수 있다.

이렇게 진행되어 온 꿈 소재 서사 문학에 대한 연구사는 결국 문학사

---

7) 강준철, 「꿈서사양식의 구조 연구」, 동아대 박사논문, 1989 ; 이월영, 「꿈소재 서사문학의 사상적 유형 연구」, 전북대 박사논문, 1990.

에서 이 작품들이 어떠한 양상으로 존재했으며 어떠한 역사적 변모를 겪었는지를 탐구하는 데로 나아가야 하리라 본다. 앞서 언급했던 소설론, 소설사의 기술 내용도 어느 정도 소설사적 관점에서 설명하고 있으나 대부분 현상적(現象的)인 수준에서 작품명의 나열 및 내용의 간략한 소개에 그치고 있다. 한편, 조동일에 의해 문학사가 체계적으로 기술되는 가운데 몽유록이나 몽자류 소설에 대한 논의가 가해졌다.8) 그렇지만 몽유록을 교술 장르로 봄으로 인해 몽유록이 서사 문학사에서 가지는 의의가 충분히 논의되지 못했다고 생각된다. 또한, 이른바 '구운몽 계열' 소설이 지니는 독자적 특성이 명확히 제시되지 않았다는 점에서 논의의 여지는 남아 있다고 하겠다.

이 글은 이른바 '꿈의 문학'을 소설사적 관점에서 고찰하려는 데 목적을 둔다. 소설사적 관점을 취한다는 것은 단순히 역사적 추이에 따라 몽유 문학을 현상적으로 기술하려는 것이 아니라 소설사에 대한 이 글 나름의 일관된 관점하에 접근하려는 의도이다. 이를 위해서는 얼핏 보아 자의적 선택에 의해 소재가 되었을 것 같은 꿈을 소재의 차원이 아닌 구조(構造)의 차원에서 논할 필요가 있다.

문학사에서 꿈을 단순한 소재로만 사용한 수많은 작품이 있는데, 이 경우 꿈이 작품 내에서 기능하는 양상은 다양할 뿐더러 꿈이 작품의 의미 구조에서 단편적, 부수적 의의만 지닌다. 이 작품들까지 꿈의 문학으로 포괄한다면, 이 용어는 수많은 소재 중 하나에 불과한 꿈이 사용된 작품 군을 뜻하게 되어 그 의미가 소재론적 차원의 명명에 그치게 되고 말 것이다. 또한, 꿈의 문학의 역사적 전개 양상을 살펴 소설사에 대한 체계적 접근을 시도하고자 하는 이 글의 의도에서도 이렇게 소재의 차원에서

---

8) 조동일, 『한국문학통사』 2·3, 지식산업사, 1983·1984.

꿈의 문학을 논하는 것은 논의를 산만하고 무질서하게 만들 우려가 있다.

따라서 이 글의 연구 목적을 좀 더 분명히 하여, 몽유 모티프가 작품의 중심 구조를 이루고 있는 서사 문학을 대상으로 그 소설사적 전개 양상을 고찰하려는 것이라고 해야겠다. 여기서 몽유 모티프가 중심 구조를 이루고 있는 작품들을 '몽유 양식(夢遊樣式)'이라고 명명하려고 한다. 이 글의 제2장에서 좀 더 자세히 논의될 것이지만, 이 글에서 사용하는 몽유 양식이라는 용어는 입몽(入夢)과 각몽(覺夢) 장면이 있고 몽유 구조(夢遊構造)에 입각하여 서술된 일련의 작품 군을 지칭하는 것인데 여기서의 '양식'이란 하나의 패턴화된 서술 유형을 말한다.9)

몽유 양식 가운데 소설사적으로 두드러지는 작품 군으로서 몽유전기소설(夢遊傳奇小說),10) 몽유록(夢遊錄),11) 몽유장편소설(夢遊長篇小說)12) 등 세 가지 하위 양식(下位樣式)을 들 수 있다.13) 몽유 양식의 소설사적 전개 양

---

9) 따라서 이 글에서는 '양식(Style 혹은 Mode)'과 '장르(Genre)' 개념을 구분해서 쓰고자 한다. 문학을 분류하는 개념으로서는 양자가 같은 기능을 하지만, 전통적으로 서정·서사·극 등의 장르 구분에 대비되어 양식은 어느 한 소재 혹은 주제가 일정한 문학적 관습에 의해 쓰인 작품 군으로서 하나의 서술적 범주로 이해될 수 있다.

10) 전기 소설(傳奇小說) 가운데 몽유 모티프가 작품의 구조로 수용된 작품들을 지칭한다. 그러나 뒤에서 보게 되겠지만, 꼭 몽유 모티프만을 근간으로 하는 작품 이외에도 이와 유사성이 인정되는 전기 소설 작품들도 포함한다.

11) 몽유록의 장르 규정 문제는 여전히 논쟁점으로 남아 있는데, 필자는 기본적으로 몽유록을 서사(敍事)로 본 정학성(1977)의 견해를 따르지만, 한편으로 서대석(1975)이 분석한 몽유록의 교술적(敎述的) 특성을 수용하여, 몽유록을 '교술적 서사'로 규정하고자 한다. 이에 대한 자세한 논의는 해당 항목에서 이루어질 것이다.

12) 성현경(1981), 191면에서 지적하였듯이, 기존의 '몽자류 소설'이라는 용어는 작품 제명에 '몽(夢)' 자가 들어 있는 작품들을 통칭하는 것이었기에 가령, <옥린몽>이나 <난학몽>과 같이 제명은 몽자류 소설이지만, 내용은 가정 소설에 해당하는 작품까지 포함하게 되는 문제가 있다. 이 글에서는 몽유 모티프가 구조의 차원에서 작품의 근간이 되고, 또 본격적인 장편 소설로서의 면모를 보여 주는 작품들을 '몽유장편소설'로 지칭하기로 하겠다.

13) 장르 개념이 다시 장르류·장르종, 이론적 장르·역사적 장르 등으로 하위 구분될 수 있는 것처럼, 양식 역시 상위 양식과 하위 양식으로 구분될 수 있다. 그런데 장르와 양식 사이에는 상호 포함 관계가 성립된다. 가령, 전기 소설이라고 했을 때 이는 역사적

상은 이들 세 양식 상호 간의 관계와 역사적 추이에 따른 상호 교체 현상에 주목하여 고찰되어야 할 것이다. 이를 위해서는 각 하위 양식이 지니는 변별적 특성을 파악하는 일이 바탕이 되어야 한다. 이에 이 글에서는 하위 양식의 변별적 특성 및 상호 관계를 논한 다음, 이를 기초로 하위 양식의 역사적 전개 양상을 기술하게 될 것이다.

이상과 같은 연구 목적을 달성하게 위해 이 글은 다음과 같은 순서와 방법으로 기술된다.

제2장에서는 몽유 양식의 소설사적 전개 양상을 고찰하기 위한 예비적 단계로서 방법론적인 모색이 시도될 것이다. 먼저, 이 글에서 사용하는 몽유 양식이라는 용어의 개념과 범위를 규정하여 논의 대상을 한정짓겠다. 이는 위에서 잠시 언급했던 용어에 대해 좀 더 자세한 논의를 펼치는 것이 된다. 그리하여 몽유 양식이라는 개념이 확정되고 또 그것에 속하는 작품의 범위가 정해진 다음, 여기에 포함되는 작품 군 중에서 대표적인 하위 양식이 지닌 양식적 특성을 드러내고자 한다.

소설사 논의를 위한 방법론적 모색이기도 할 이 장에서 각각의 변별적 특성을 설명하는 데 유효하다고 판단되는 몇 가지 개념을 설정하겠다. 이 개념들을 작품 해석의 분석의 틀로 사용하여 몽유 양식의 전반적 성격을 음미해 보고 하위 양식들의 변별적 특성을 추출할 것이다.

또한, 이 장에서 시도되는 방법론적 모색은 다음 장에서 논의될 몽유 양식의 소설사적 전개 양상을 기술하기 위한 이론적 바탕을 마련하려는 것이다. 따라서 몽유 양식이 역사적으로 전개되어 나가는 각 단계를 고려하여 시대 구분이 이루어져야 한다. 몽유 양식사의 시대 구분에 입각

장르 개념으로 사용되는데, 몽유전기소설(夢遊傳奇小說)이라고 했을 때에는 역사적 장르로서의 전기 소설 가운데 몽유 양식에 속하는 작품들을 지칭하게 된다. 또한, 몽유록(夢遊錄)은 역사적 장르 개념이면서 동시에 양식적 개념이 될 것이다.

하여 각 시대가 지닌 특성을 추출하고 이를 발판으로 일관성 있는 몽유 양식사가 기술될 수 있을 것이다.

제3장에서는 제2장에서 이루어진 예비적 고찰을 토대로 하여 몽유 양식의 소설사적 전개와 그 변모의 양상을 고찰하게 될 것이다. 구체적인 작품 분석을 통해 논의되는 이 장의 내용이 이 글의 중심을 이루게 된다.

이제까지 발견된 몽유 양식에 속하는 작품들은 상당한 양에 이르고 있다. 세 가지 하위 양식에 속하는 작품만도 연구가 진전됨에 따라서 작품 목록이 계속 추가되고 있다. 몽유 양식 중 가령, 서사로서 몽유 설화(夢遊說話), 교술로서 몽기류(夢記類)와 같은 하위 양식에 속하는 작품들도 새로운 자료가 발굴될 소지는 충분하다. 이에 가능한 한 작품들을 모두 검토하여 그중 소설사적으로 논의될 만한 작품을 선정하는 일이 필요하다. 다른 한편으로 몽유 양식에 속하는 작품 중 소설사적 의의가 미미하다면 그러한 평가의 설득력을 높여 줄 수 있는 분석의 준거도 마련되어야 한다. 이에 대상 작품 혹은 작품 군에 대해 분석하고 소설사적 가치를 평가하는 데에 핵심적인 의의를 갖는 갈등 구조(葛藤構造), 서술 방식(敍述方式), 미학적 성격 등을 준거로 삼게 될 것이다.

또한, 몽유 양식 중에는 ≪금오신화(金鰲新話)≫, <운영전(雲英傳)>, <원생몽유록(元生夢遊錄)>, <구운몽(九雲夢)>, <옥루몽(玉樓夢)>과 같이 소설사에서 중요한 위치를 차지하는 작품들이 포함되어 있는데, 이들에 대한 개별 연구 업적은 일일이 거론하기 힘들 정도로 축적되어 있다. 성실하고 주의 깊은 연구자라면 이 연구 성과들을 꼼꼼히 전부 검토하여 논의의 발판을 마련해야 할 터인데, 필자로서는 이 점을 다소 소홀히 하였다. 이제까지 연구된 성과를 일일이 거론하다 보면 이 글의 논의가 산만해질 우려가 있기도 했지만, 이 글에서 이 작품들을 논의하는 관점이 제2장에서 제시될 것이기 때문에 그 관점을 견지하기 위해서이기도 하였다. 그렇지만 이 글의 입론에 유효한 지침을 준 선학의 연구들은 소중히 참조하여 기존 연구를 무시하고 주관적, 독단적 해석에 함몰되어 논의의 객관성을 잃지 않도록 끊임없이 경계하였다.

한편, 이 글는 몽유 양식을 중심으로 소설사의 전개 양상을 살펴보려는 의도가 담겨 있다. 따라서 이제까지 이루어진 문학사, 소설사의 시대 구분이나 기술 방법을 따로 검토할 필요도 있었다. 그러나 이것 역시 이 글의 입론 과정에서 고려는 되겠지만 전적으로 어느 한 관점을 수용한다거나 몇 가지 관점을 절충하기보다는 이 글 나름의 체계에 입각하여 기술하고자 노력하였다. 그렇지만 이 글에서 제시하는 시대 구분이나 소설사 기술 방식은 일면적인 관점만을 드러내는 것이므로 문학사에 대한 포괄적인 안목에서 이 글을 비판하는 것은 언제든지 가능하다. 이와 같이 제한적인 의의만을 갖는 논의이기에 소설사의 흐름을 거시적으로 조망하여 이 글의 논의를 보강, 수정할 필요가 있다.

2. 몽유 양식사 논의를 위한 예비적 고찰

1) 몽유 양식의 개념과 범위

몽유 양식사를 논의하기 위해서는 먼저 몽유 양식의 개념과 범위를 확정하여야 한다. 그리고 몽유 양식사를 일관성 있게 기술하기 위해서는 그에 합당한 이론적인 바탕을 마련하여야 한다. 이 두 가지의 문제가 선결된 다음에야 비로소 몽유 양식사에 대한 체계적인 조망이 가능하게 된다. 본 절에서는 몽유 양식의 개념을 규정하고 그 범위를 한정짓기로 하겠다.

(1) 몽유 양식의 개념

이 글에서 사용하는 몽유 양식이란 개념은 '몽유 모티프를 작품의 구조로 수용한 하나의 패턴화된 서술 유형'을 말한다.

먼저, 몽유 모티프에 대한 설명이 있어야 하겠다. 일반적으로 모티프라는 용어는 민담의 유형에 대한 논의에서 많이 쓰이고 있는데, 이미 화소(話素)라고 번역되어 '이야기를 이루는 독립된 요소들'로서, '특이하고 인상적인 내용으로 이루어져 있어서 쉽사리 파괴되지 않고 용이하게 기억되며 독립적인 생명을 지니'는 것으로 정의되었다.14) 이러한 모티프의 개념은 민담을 기술하는 문제와 관련하여 '주제는 일련의 모티프들이다. 모티프가 주제로 발달한다.'라고 전제하면서, 모티프를 '가장 단순한 서사 단위'로 규정한15) 베젤로프스키까지 거슬러 올라갈 수 있다.

그런데 프로프는 이러한 모티프 혹은 요소의 개념에 의거하여 이야기를 분류하려는 대부분의 노력은 비체계적이고 자의적인 분류로 귀착한다고 비판한다. 그래서 그는 이야기에서 지속적인 요소와 가변적인 요소를 구분하여, 한 이야기에서 인물은 가변적이나 그들의 기능은 지속적이라는 원리에 도달하였다.16) 여기서 프로프가 말한 기능이란 '행동의 추이에 있어서의 그것의 중요성이라는 관점에서 규정된 한 인물의 하나의 행위'17)를 말한다. 이것이 민담의 기본적인 구성 성분이 되는 것이다.

한편, 문학 작품의 주제론에 대해 논의하면서 토마체프스키는 '주제적 재료의 더 이상 환원할 수 없는 최소의 항목들' 혹은 '한 작품에서 더 이상 환원할 수 없는 부분의 주제'를 모티프라고 하였다.18) 이러한 규정을 바탕으로 하여 그는 여러 가지 모티프를 구분했는데, 동태적(動態的) 모티프와 정태적(情態的) 모티프가 그중 하나이다. 이와 같은 토마체프스키의 모티프 분석은 후에 프랑스 구조주의자들의 서사물 분석에 영향을 주어

---

14) 장덕순 외, 『구비문학개설』, 일조각, 1971, 52면.

15) 블라디미르 프로프, 유영대 옮김, 『민담형태론』, 새문사, 1987, 17면.

16) Robert Scholes, *Structuralism in Literature,* Yale University, 1974, p.62.

17) Loc.cit., 'an act of a character, defined from the point of view of its significance for the course of the action' 및 프로프, 앞의 책, 26면.

18) Boris Tomashevsky, *Thematics, in Russian Formalist Criticism : Four Essays,* tr. by L.T.Lemon & M.J.Reis, University of Nebraska Press, 1965, p.67, "After reducing a work to its thematic elements, we come to parts that are irreducible, the smallest particles of thematic material The theme of an irreducible part of a work is called the motif."

그들에 의해 새로운 개념들로 대체되기도 한다.[19)]

이러한 논의를 종합해 보면, 모티프는 서술의 최소 단위라고 할 수 있다. 그와 함께 인물의 행동이라는 기능이나 주제적 단위로서의 모티프 개념도 염두에 두어야 할 것이다. 그리하여 주제와 관련된 서술의 최소 단위로서 모티프 개념에 의거할 때, 몽유라는 주제적 재료의 최소 항목으로서 몽유 모티프의 설정이 가능한 것이다. 이는 성현경이 고전 소설에 나타나는 적강(謫降) 모티프를 추출하여 하나의 장르 개념으로서 적강소설(謫降小說)을 고찰한 방식과 기본적으로 상통하는 것이다.[20)]

그런데 이러한 개념만 가지고는 이 글에서 사용하고자 하는 모티프의 개념을 충분히 설명할 수 없다. 다음의 두 예는 한 편의 이야기를 인물의 행동에 따른 모티프별로 구분하여 배열한 것이다.

> (가) ① 김춘추는 문흥 대왕과 천명 부인의 아들이었고 그의 아내는 문희였다.
> ② 보희가 서악(西岳)에 올라 오줌을 누는 꿈을 꾸었다.
> ③ 보희가 꿈 이야기를 아우인 문희에게 하였다.
> ④ 문희는 비단 치마를 주고 그 꿈을 샀다.
> ⑤ 김유신이 김춘추의 옷깃 끈을 떨어지게 하여 집으로 들어오게 하였다.
> ⑥ 보희가 옷깃 끈 달아 주는 일을 사양하였다.
> ⑦ 문희가 일을 처리하고는 김춘추와 사랑하게 되었다.
> ⑧ 문희가 잉태하였다.
> ⑨ 김유신이 문희를 불태워 죽이려 하였다.
> ⑩ 선덕왕이 연기를 보고는 김춘추를 명하여 문희를 구하도록 하였다.

---

19) 김치수 편저, 『구조주의와 문학비평』, 홍성사, 1980에 실린 토도로프, 롤랑 바르트의 글 및 츠베탕 토도로브, 곽광수 역, 『구조시학』, 문학과지성사, 1977, 96~101면.
20) 성현경, 「적강소설연구」, 『한국소설의 구조와 실상』, 영남대출판부, 1981.

　⑪ 김춘추와 문희가 혼인하였다.21)

(나)　① 세규사의 장사(莊舍)가 명주에 있었다.
　　　② 조신이 지장(知莊)이 되어 도임하였다.
　　　③ 조신은 김흔 공의 딸을 사랑하여 가만히 낙산 대비께 빌었다.
　　　④ 김씨녀가 이미 배필을 얻었다.
　　　⑤ 조신은 대비를 원망하며 울다가 잠이 들었다.
　　　⑥ 김씨녀가 문으로 들어와 함께 살기를 청하였다.
　　　⑦ 둘은 향리로 돌아와 40여 년을 살았다.
　　　⑧ 몹시 가난하여 떠돌이 생활을 하였다.
　　　⑨ 해현령에서 큰아들이 굶어 죽어 통곡하면서 길가에 묻었다.
　　　⑩ 부부가 늙고 병들어 일어나지 못하였다.
　　　⑪ 딸이 구걸 다니다가 개에게 물려 쓰러졌다.
　　　⑫ 아내가 조신에게 서로 헤어져 살 방도를 구하자고 호소했다.
　　　⑬ 부부가 헤어지려는 참에 잠에서 깨어났다.
　　　<후략>22)

　(가)에서 ② 단락이 꿈을 꾸었다는 내용인데, 이 단락은 김춘추와 문희의 혼인에 이르는 이야기 전체의 한 계기적 사건으로서 꿈을 통한 예징의 의미를 지니고 있다. 따라서 이 단락은 전체 이야기 속의 한 모티프로 기능하고 있는 데 비해 그 자체로서 하나의 완결된 이야기를 구성하지는 못한다. 한편, (나)에서 ⑤ 단락이 (가)에서의 ② 단락에 해당하는데, 이 단락에서부터 ⑬ 단락까지는 다시 여러 개의 모티프들로 이루어져 있다는 점에서 (가)의 ② 단락과는 구분된다. (나)의 ⑤~⑬ 단락은 한편의 독립된 이야기로 간주할 만한 성격을 지니고 있다. 따라서 (가)의 ② 단락과 (나)의 ⑤~⑬ 단락을 동일한 차원에서 몽유 모티프로 간주하기는 어렵다.

---

21) 『삼국유사』 권1, 「태종 춘추공(太宗春秋公)」.
22) 위의 책 권3, 「낙산이대성 관음 정취 조신(洛山二大聖觀音正趣調信)」.

이에 몽유 양식에 대한 앞의 정의에서 몽유 모티프가 작품의 구조로서 수용된 작품들을 몽유 양식에 포함시킨다는 규정이 필요하다. 이럴 경우 몽유 모티프는 작품에서 '초점화되는 구성 요소'로서, '나머지 구성 요소를 지배하고 결정짓고 변형시키며, 작품 구조의 통합성을 보증해 주는, 이른바 지배 인자'23)로서의 지위를 차지하게 될 것이다. 이러한 관점에서 몽유 모티프가 하나의 구조적인 차원에서 한 작품 속에서 지배 인자로 기능하고 있는 작품들을 몽유 양식으로 설정할 수 있다.

몽유 모티프가 작품의 지배 인자로서 기능할 때 '현실─꿈─현실'의 몽유 구조(夢遊構造)를 이루게 된다. 일반적으로 구조주의적 문학 연구는 작품의 순차적(順次的) 구조와 병렬적(幷列的) 구조의 분석을 통하여 그것의 총체적인 의미를 드러내는 것으로 이해된다. 토도로프의 용어로 보충하자면 문학 작품은 통사론적 국면과 의미론적 국면을 지니고 있다는 것이다.24) 이에 현실─꿈─현실의 몽유 구조로 이루어진 작품들 역시 이러한 순차적 서술 구조와 병렬적 의미 구조의 측면에서 해석할 수 있으며, 이런 점에서 몽유 구조는 말 그대로 하나의 구조적 개념으로 설명할 수 있다.

몽유 구조의 순차적 서술 구조에 대해서 설명하겠다. 신화, 설화, 고전 소설 등에 공통적으로 나타나는 '전기적(傳記的) 유형(類型)' 혹은 '영웅(英雄)의 일생(一生)'이라는 구조적 특성25)은 작품의 순차적 서술 구조를 분석한 결과로서 고전 소설 연구에 있어서 중요한 의의를 지니고 있다. 이러한 방법론은 고전 소설 연구에 자주 원용되었는데, 서대석이 군담 소

---

23) 야콥슨은 러시아 형식주의가 남긴 가장 생산적인 개념 중의 하나로서 이러한 지배인자라는 개념을 꼽고 있다(로만 야콥슨, 신문수 편역, 『문학 속의 언어학』, 문학과 지성사, 1989, 40면).
24) 토도로브, 곽광수 역, 앞의 책, 35면.
25) 김열규, 「민담과 이조소설의 전기적 유형」, 『한국민속과 문학연구』, 일조각, 1971 ; 조동일, 「영웅의 일생, 그 문학사적 전개」, 『동아문화』 10, 1971 참조.

설의 서사 유형을 분석한 것도 순차적 서술 구조의 분석 중 하나이다.[26]

그런데 몽유 구조는 몇 개의 유형화된 서술 단락으로 분석되기 이전에 이미 '꿈 이전-꿈-꿈 이후'라는 순차적 서술 구조가 드러난다. 이는 일종의 액자 소설의 형태가 되는 것이다. 이재선은 액자 소설의 소설사적 전개와 변모 양상에 대하 논의하면서 액자 소설이란 '이야기 속에 하나 또는 여러 개의 비교적 짧은 내부 이야기를 내포하는 소설의 구성 형식'이라고 규정하였다.[27] 즉, '도입 액자-액자 내부-결말 액자'의 구성을 갖춘 소설 형태가 액자 소설인 것이다. 여기서 말한 구성이란 순차적 서술 구조의 한 형태로 이해될 수 있는데, 몽유 구조는 이러한 액자 구성으로 이루어져 있다. 더욱이, 이재선이 소개한 자이들러의 액자 소설에 대한 설명 중에 '공상적이고 환상적인 내부 이야기가 전혀 일상적인 관계로 이루어질 때 각성의 형태일 수도 있다.'[28]라고 하여 이 글에서 다루는 몽유 양식에 대한 언급도 있기에 이 점은 더욱 명확해진다. 이러한 논의를 참조한다면, 현실-꿈-현실의 몽유 구조가 구성의 차원에서는 도입 액자-액자 내부-결말 액자라는 순차적 서술 구조로 이루어진 액자 소설의 형태가 될 것이다.

한편, 몽유 구조는 병렬적인 의미 구조로도 이해될 수 있다. 현실-꿈-현실의 순차적 서술 구조는 다시 현실과 꿈의 대립 항이 병렬적으로 설정되어 있으며, 이 대립항의 관계를 통하여 작품의 주제가 드러나는 것이기 때문이다. 주지하다시피, 구조주의에서 대립 항을 설정하여 의미를 분석하고 있는 대표적인 예로 레비스트로스의 오이디푸스 신화 분석을 들 수 있다. 그는 이 신화의 순차적 서술 구조를 병렬적 구조로 재배

---

26) 서대석, 「창작 군담소설의 서사유형」, 『군담소설의 구조와 배경』, 이대출판부, 1985.
27) 이재선, 『한국단편소설연구』, 일조각, 1975, 95면.
28) 위의 책, 99면.

열하여 네 개의 기둥을 설정하고, 그 가운데 앞의 두 개를 각각 '과대평
가된 친족 관계'와 '과소평가된 친족 관계'로, 뒤의 두 개를 '인간의 흙으
로부터의 출생의 부정'과 '인간의 흙으로부터의 출생의 지속'으로 해석하
고 있다.[29]

　레비스트로스의 이러한 신화 분석 방법을 소개하면서 김열규는 '민담
의 병립적 구조 분석은 계층 혹은 개념 상호 간의 dualism적 대비 관계를
파악함에서 이루어진다. 상이한 계층 혹은 개념 체계 사이의 상관관계는
전적으로는 아니라 해도 왕왕이 dualism적이기 때문이다.'[30]라고 하여 병
렬적 의미 구조에서의 대립 항 설정을 인정하고 있다. 또한, 이상택은 이
러한 방법론을 고전 소설 연구에 원용하여 <명주보월빙>의 순차 단락을
기능소에 따라 35개의 이원적 대칭 항을 설정하여 작품 의미를 해석한
바 있다.[31] 이러한 논의를 참조할 때 몽유 양식에서 현실과 꿈의 대립
항이 하나의 병렬적 의미 구조를 이룬다고 할 수 있다. 곧, 현실 : 꿈의
대립 항은 의미 해석에 있어서도 각(覺) : 몽(夢), 현실 : 환상, 세속 : 초월,
결여 : 충족 등등의 병렬적 의미 구조로 환원하여 해석될 수 있다.

　요컨대, 몽유 양식에 속하는 작품들의 기본 구조로서 현실－꿈－현실
의 몽유 구조는 액자 구성이라는 순차적 서술 구조와 현실과 꿈의 대립
이라는 병렬적 의미 구조의 결합체로서 이해되는 것이다.

　마지막으로 이 글에서 사용하는 양식이라는 개념을 하나의 패턴화된
서술 유형으로 정의한 것에 대해 설명하겠다. 몽유 양식이라는 용어는
이미 장덕순이 몽유록을 고찰하면서, '소설 이외에 시가 형식의 몽유록도
있어 국문학 상에서의 몽유 문학이랄까, 또는 꿈의 문학이라 할 수 있는

---

29) 클로드 레비스트로스, 「신화의 구조」, 김진욱 옮김, 『구조인류학』, 종로서적, 1983,
　　206~207면.
30) 김열규, 「민담과 이조소설의 구조」, 앞의 책, 44면.
31) 이상택, 「명주보월빙 연구」, 『한국고전 소설의 탐구』, 중앙출판, 1981, 57~58면.

하나의 양식(樣式)의 설정도 가능하지 않을까.'라고 언급함으로써 명명되었다.32) 여기서 말한 양식이란 스타일(Stil, style)로서 '인간의 정신이 문화적 생활을 형성하여 나아가는 방식'이다.33) 그런데 비록 진화론적 용어로서의 장르와는 대비되는 양식 개념을 설정하였지만 그가 문학의 3대 '장르'로서 서정, 서사, 극 '양식'을 중심으로 국문학의 장르들을 분류하고 있는 점으로 미루어 이 용어는 일종의 장르 개념에 해당한다. 그리하여 장덕순이 사용한 양식이라는 용어는 3대 양식으로, 향가, 소설, 가면극 등의 국문학 양식으로, 몽유 문학이라는 양식으로 두루 통용되고 있다.

이 글은 이렇게 통용되는 개념보다는 장덕순이 애초에 스타일이라고 명명한 개념에 근접한 의미로 양식이란 용어를 사용하고자 한다. 그러나 스타일은 장덕순의 정의대로 인간 정신이 형성하는 문화 방면의 방식이라는 인문학적인 용어로 쓰이는 한편, 문학에서는 특히 문체의 의미로 사용되기 때문에 이것 역시 그렇게 적합한 개념은 아니다. 이에 필자는 '유형화된 서술 방식'으로서 양식이라는 용어를 사용하고자 한다.

몽유 양식과 유사한 개념으로서 'dream-poetry'를 연구한 스피어링은 그 양식의 가장 중심된 요소로서 'dream-framework'을 지적하였다.34) 이는 앞에서 설명한 몽유 구조와 유사한 의미인 것이다. 나아가 그는 dream-poetry가 하나의 장르로서 성립할 수 있다는 점을 강조하면서 시작과 끝(입몽과 각몽)이 있고, 서술자가 있으며, 상상적인 허구라는 세 가지 요건을 제시하고 있다.35) 이 세 가지는 이 양식에 속하는 작품들이

---

32) 장덕순, 「몽유록 소고」, 『국문학통론』, 신구문화사, 1963, 283면.

33) 위의 책, 31면.

34) A. C. Spearing, *Medieval dream-poetry*, Cambridge University Press, 1976, p.4.

35) Ibid., pp.4-5. "Compared with other poems, it makes us more conscious that it has a beginning and an end (marked by the falling asleep and awakening of the narrator) ; that it has a narrator, whose experience constitutes the subject-matter of the poem ; that its status is that of an imaginative fiction (whether this is conceived as a matter of

공유하는 하나의 유형화된 서술 방식으로 볼 수 있다.

이 글에서 설정한 몽유 양식에 속하는 작품들도 이러한 서술 방식으로 이루어져 있다. 이 작품들에서는 대개 작품 서두에서 주인공이 소개되고, 입몽 장면이 있고, 주인공의 꿈속 체험이 기술되고 나서 각몽 장면이 나온다. 작품에 따라서는 각몽 이후에 사건이 더 전개되기도 하고 그렇지 않은 것도 있다. 이러한 일련의 사건 전개 과정은 유형화된 서술 방식에 의해 기술된다. 이렇게 하나의 유형화된 서술 방식을 이 글에서는 양식이라고 지칭하고자 한다.

이상에서 몽유 양식의 개념에 대하여 설명해 보았다. 이렇게 규정된 몽유 양식은 장르적 명칭이 아니라 하나의 서술 유형에 해당하기 때문에 시, 소설, 수필 등 모든 문학 장르에서 나타날 수 있다. 고전 문학에 한정하더라도 몽유 시조, 몽유 가사, 몽유 한시, 몽유 설화, 몽유 소설, 몽유록, 몽기류 등 다양한 장르에서 몽유 양식을 발견할 수 있다. 그리하여 몽유 양식의 작품들을 다시 어떤 기준에 따라 하위 구분을 하려면 어쩔 수 없이 장르 개념으로 돌아가게 된다.

모든 작품은 역사적인 어느 시기에 개별 작품으로 존재하는 동시에 동시대 혹은 앞뒤 시대의 작품과 공유하는 특성을 지녀 어떤 문학 장르에 귀속하기 마련이다. 이른바 '장르의 사다리'에 따라서 개별 작품은 큰 부류로 묶이고 또 그러한 부류는 유형이나 종류로 하위 구분될 수 있다.[36] 그런데 토도로프의 다음과 같은 말에 따르면, 문학 장르는 이론적 장르와 역사적 장르의 구분이 가능하다.

---

inspiration, or of mere fantasy, or somewhere between the two); in short that it is not a work of nature but a work of art."

36) Tzvetan Todorov, *The Fantastic : A structural approach to a literary genre,* tr. by Richard Howard, Cornell University Press, 1975, pp.4-5에 인용된 토마체프스키의 말 참조.

장르의 개념은 한정되어야 한다. 우리는 한편으로 역사적 장르와 이론적 장르를 대립시켰다. 역사적 장르는 문학 현상에 대한 관찰의 결과이며, 이론적 장르는 어떠한 문학 이론으로부터 연역되어 나온다. 나아가 우리는 이론적 장르 속에서 기본 장르와 복합 장르를 구별하였다. 전자는 단일한 구조적 특성의 존재 여부에 의해 규정되고, 후자는 어떤 특성들의 결합의 존재 여부에 의해 규정된다. 확실히 역사적 장르는 복합적 이론적 장르의 하위 부류이다.[37]

이에 의한다면 시조, 가사, 소설 등은 문학 현상에 대한 관찰의 결과인 역사적 장르에 해당할 것이고, 조동일에 의해 구축된 서정, 서사, 극, 교술의 네 가지 장르는[38] 자아와 세계의 대립 관계라는 이론적 질서에서 연역된 이론적 장르가 될 것이다.

그런데 토도로프의 두 가지 장르 구분은 프라이의 장르 이론을 비판하면서 이론적 장르보다는 개별 작품의 분석에서 출발하는 역사적 장르의 연구를 강조하고 나아가 환상 문학론을 펼치기 위한 전제로 제시되었다는 점을 상기해야 한다. 이와 비슷한 맥락에서 제라르 쥬네트는 '어떤 차원의 장르도 다른 것들보다 더 이론적이라거나 더 연역적인 방법으로써 얻어진 것이라고는 할 수 없다.'고 하면서, '모든 종류들, 하위 장르들, 장르들, 내지는 대장르들은 역사적 여건의 관찰에 의해 또는 그 여건으로부터의 일반화 즉 항상 귀납적이고 분석적인 첫 단계에 뒤따르는 연역적 추론에 의해 수립되는 경험적 범주들'로 이해하고 있다.[39]

이 글은 경험적 범주로서의 역사적 장르들을 몽유 양식의 하위 항목으

---

37) Ibid., p.21. 토도로프의 이 두 가지 개념은 다른 책에서 전자를 장르로, 후자를 유형(type)으로 명명하고 있기도 하다(곽광수 역, 앞의 책, 121면 ; 김현 편, 『장르의 이론』, 문학과 지성사, 1987, 12면).
38) 조동일, 「자아와 세계의 소설적 대결에 관한 시론」, 『한국소설의 이론』, 지식산업사, 1977.
39) 제라르 쥬네트, 「원텍스트 서설」, 김현 편, 앞의 책, 107~108면.

로 설정하고자 한다. 그리하여 몽유 시조, 몽유 가사, 몽유 소설 등의 하위 양식(下位樣式)은 곧 시조, 가사, 소설 등의 역사적 장르에 속한 작품 가운데 몽유 모티프가 구조적인 차원에서 수용된 작품 군을 지칭한다.

한편, 토도로프의 위의 인용문 중에 역사적 장르들은 복합적, 이론적 장르들의 하위 부류라고 한 점에 유의할 필요가 있다. 역사적 장르들은 각기 어떤 특성들의 결합체인데 그러한 특성들은 문학 이론에 의해 추출되고 검증된 것이다. 따라서 역사적 장르들은 이론적 장르를 구성하는 문학 이론에 의해 재조명받게 된다. 이런 의미에서 역사적 장르와 이론적 장르는 상호 보완적인 관계에 있다고 할 것이다. 경험적 범주로서의 장르의 성격을 강조한 쥬네트도 역사적 여건의 관찰과 연역적 추론과의 상보적인 관계만큼은 인정하고 있는 것이다. 이러한 입장에서 역사적 장르에 속하는 하위 몽유 양식들은 이론적으로 고찰될 것이기도 하다. 이들에 대한 이론적인 검토를 위하여 기존에 이루어진 유력한 장르 이론으로서 조동일의 이론을 원용할 수 있으리라 생각한다.

끝으로 지적해 둘 것은 이 글에서는 이러한 하위 몽유 양식들을 모두 다루지 않고 그중 서사에 속하는 역사적 장르들을 대상으로 고찰한다는 점이다. 문학사에 나타난 모든 몽유 양식을 다룬다는 것은 매우 힘들고 또 번잡한 작업을 요하게 될 것이다. 이에 서사에 속하는 몽유 양식의 작품만을 대상으로 하여 그 양식적 특성과 역사적 전개 양상에 대해 고찰하고자 한다. 따라서 나머지 하위 몽유 양식에 대한 논의는 차후로 미룰 수밖에 없다.

(2) 몽유 양식과 유사 몽유 양식

주제적 재료의 최소 항목으로서 몽유 모티프, 나아가 순차적 서술 구조와 병렬적 의미 구조의 결합인 몽유 구조가 작품의 근간을 이루는 역사적 장르들의 서술 유형을 몽유 양식이라고 규정한 다음에 문제되는 것은 몽유 양식의 범위를 한정 짓는 일이다.

몽유 양식에 속하는 작품일지라도 그 작품이 전적으로 몽유 모티프에 의해서만 규정되는 것은 아니라는 점에 주의해야 한다. 가령, ≪금오신화≫의 <용궁부연록(龍宮赴宴錄)>은 몽유 모티프를 근간으로 하면서도 몽유를 통하여 용궁이라는 이계를 여행하는, 이른바 '이계 여행' 모티프가 결합되어 있는 작품이다. 이럴 경우 두 모티프 중 어느 것이 작품의 성격을 규정하는 지배적인 모티프인지를 판단할 필요가 생긴다. 뿐만 아니라 몽유를 통하지 않은 이계 여행이 작품의 주된 모티프를 이루는 것도 생각해 볼 수 있는데, ≪기재기이(企齋記異)≫ 소재 <최생우진기(崔生遇眞記)>가 그런 경우이다.

이에 몽유 모티프와 결합되거나 혹은 그 구분이 애매한 인접 모티프들과의 비교가 요구된다. 그러한 인접 모티프로서 명혼(冥婚), 이계 여행(異界旅行), 재생(再生) 또는 환생(還生), 적강(謫降) 모티프 등 네 가지를 들 수 있다고 본다. 이 모티프들은 순서대로 삶 : 죽음, 현실계 : 이계, 이승 : 저승, 천상계 : 지상계의 대립 항이 설정되어 각각 의미 구조를 이루게 됨으로써 몽유 양식과의 구조적 유사성도 동시에 지니고 있다. 따라서 이들 모티프를 바탕으로 하여 이루어진 작품들과 몽유 양식과의 관계를 정립해 둘 필요가 있는 것이다.

첫째, 명혼 모티프와 비교해 보기로 한다. 명혼은 말 그대로 이승의 인물이 저승의 귀신을 만나 사랑하는 이야기이다.40) 『수이전(殊異傳)』 소재 <최치원(崔致遠)>이나 ≪금오신화≫의 <만복사저포기(萬福寺樗蒲記)>, <이생규장전(李生窺墻傳)>, ≪기재기이≫의 <하생기우전(何生奇遇傳)> 등이 이

---

40) 조동일(1977), 앞의 책, 225면에서는 이러한 명혼 모티프에 의해 이루어진 작품들을 '명혼 소설(冥婚小說)'이라고 명명하였다.

를 바탕으로 하여 창작된 것이다.

그런데 이것과 몽유 모티프는 우선 작품의 분위기 형성을 위한 서술 방법의 측면에서 유사성을 보인다. 가령, <최치원>에서 주인공이 두 여인을 만나게 되는 공간의 설정과 그곳을 둘러싸고 있는 신비한 분위기의 묘사는, 몽유의 이야기에서 주인공이 꿈을 통해 들어간 어느 공간 및 그곳의 분위기에 대한 묘사와 흡사하다. 또한 이미 오래전에 죽은 인간의 영혼과 만난다는 발상도 오래전에 역사상에 존재했던 인물을 꿈속에서 만난다는 발상과 유사성을 띠고 있다. 이러한 요소들은 모두 이들 작품의 전기적(傳奇的) 특성을 드러내는 중요한 징표의 하나로 이해되는데, 말하자면 전기성(傳奇性)의 측면에서 두 모티프는 유사한 발상에서 나왔고 유사한 작품 분위기를 형성하는 것이다.

이런 유사성으로 인해 두 모티프가 한 작품 속에 결합되어 어느 한 쪽으로 규정짓기 어려운 양상을 띠는데 <취유부벽정기(醉遊浮碧亭記)>가 그러한 예이다. 이 작품은 주인공 홍생이 부벽루에 올라 오래 전에 죽은 기자의 손녀를 만나 시를 주고받고 담화를 나누다가 여인이 사라진 후 그녀를 흠모하는 마음에 병들어 죽었다는 이야기이다. 작품 문면에서 주인공이 몽유 체험을 한 것이라는 기술은 없다. 몽유 모티프의 입몽에 해당하는 부분은 '때는 이미 삼경이었는데 문득 발자국 소리가 서쪽으로부터 들려 왔다.'[41]로 서술되어 있고, 각몽에 해당하는 부분은 '생은 퍼뜩 일어서서 아득히 생각해 보았다. 꿈같기도 아닌 것 같기도 하고 진짜 같기도 아닌 것 같기도 하였다.'[42]라고 되어 있다. 그런데 뒷부분의 '사몽비몽(似夢非夢) 사진비진(似眞非眞)'이라는 진술은 몽유 모티프를 근간으로 하

---

41) <취유부벽정기>, 한국어문학회편, 『고전 소설선』, 형설출판사, 1985, 298면, 夜已三更矣 忽有音自西而至者.
42) 위의 책, 301면, 生惺然而立 爾而思 似夢非夢 似眞非眞.

는 작품에서도 흔히 나타나는 표현으로서 홍생의 환상적 체험이 몽유를 통한 체험과 동질적인 성격을 띠고 있다는 것을 암시하고 있다. 이런 점에서 이 작품은 명혼 모티프와 몽유 모티프의 결합 양상을 보여 주고 있다.

한편, 두 모티프는 당대의 장르 의식에 비추어서도 친연성이 확인된다. ≪금오신화≫나 ≪기재기이≫와 같이 초기 전기 소설집에서는 몽유와 명혼 모티프를 근간으로 한 작품들이 함께 수록되어 있다. 말하자면 이들 작품집에 수록된 작품은 한 시대에 유행했던 전기 소설(傳奇小說)이라는 역사적 장르의 성격을 공유한다는 점에서 그 친연성은 강조될 필요가 있다. 몽유와 명혼 모티프는 전기성을 기본 특성으로 하는 이들 작품들의 성격을 유사하게 드러내는 기본 모티프로 기능하고 있는 것이다. 이것은 전기성을 창출하는 요인으로서 두 모티프가 애용되었다는 점을 말해 주는 것으로서 두 모티프는 당대의 장르 의식에 있어서 유사한 내포를 지니고 있었던 것이라고 할 수 있다.

이와 같이 명혼과 몽유는 공간 설정과 작품의 분위기, 죽은 영혼의 현현, 당대의 장르 의식에 있어서 상당한 친연성을 갖고 있는 것이다.

둘째, 이계 여행 모티프와의 관계도 문제된다. 설화 중에는 어떤 계기로 이계를 여행하는 이야기가 많이 있다. 깊은 산속에서 길을 잃었다가 해상에서 표류하다가 신령이 부르는 바람에 등등으로 인해 이계를 다녀오는 이야기이다. 그 이계는 대체로 선계(仙界), 용궁(龍宮), 저승, 천상계(天上界) 등으로 설정되어 있다. 설화, 야담, 소설 등에서 애용되는 이 모티프는 현실적 체험의 연장으로서 기술될 수도 있지만 꿈을 매개로 기술될 수도 있다. 앞서 <용궁부연록>이나 <최생우진기>를 거론했거니와 여기서는 국문 단편 소설집인 ≪삼설기(三說記)≫를 예로 들어 좀 더 자세히 살펴보겠다.43) 이 책에는 모두 9편의 단편 소설이 수록되어 있는데 그중 <삼사횡입황천기(三士橫入黃泉記)>, <서초패왕기(西楚覇王記)>, <삼자원종

기(三子遠從記)>의 세 편은 이계 여행 모티프의 세 가지 전형적인 사례를 보여 주고 있다.

<삼사횡입황천기>는 세 선비가 저승 차사에게 잡혀 저승에 들어갔다가 잘못 잡혀 온 것을 알고는 각자 자기의 소원대로 환생시켜 줄 것을 말하는 내용이다. 저승으로의 여행담인 셈이다. ≪금오신화≫의 <남염부주지(南炎浮州志)>는 주인공 박생이 염부주라는 저승 세계를 다녀오는 이야기이며, <용궁부연록>은 한생이 용궁을 다녀오는 이야기로서 이들은 모두 이 작품과 그 기본 발상에 있어서 공통점을 갖고 있다. 또한, 이 작품은 세 선비가 각기 옥황상제에게 이승에 환생하여 누리고 싶은 소망을 진술하는 내용으로 이루어져 있는데, 이승에서의 축복된 삶의 구현은 <구운몽>이나 <옥루몽>의 주제이기도 하다.

<서초패왕기>는 세상을 등진 어느 선비가 여기저기 유람하다가 날이 저물어 초패왕과 우미인의 거처에 이르러 자기를 내쫓는 초패왕에게 그의 역사적 행적을 들어 질책하였다는 이야기이다. 주인공인 어느 선비의 인물 성격이 몽유록의 주인공들처럼 세상을 등진 유람자이며 역사적 인물인 초패왕을 만나 그의 역사적 행적을 시비삼아 인물평을 한다는 점에서 이 작품은 다분히 몽유록적 성격을 지니고 있다. 초패왕을 꿈속에서 만난 것으로 설정하지 않았다는 점만이 차이점이다.

<삼자원종기>는 어느 스승의 세 제자가 각기 자신의 소원대로 생을 살아가게 되었는데, 30년이 지나 벼슬길에 나선 그중 한 사람이 평안감사로 부임하는 길에 신선이 된 옛 홍부 아내를 만나 그가 사는 곳에 가서 구경하고 돌아왔더니 세상은 이미 80년이 지난 때였다는 이야기이다. 이러한 유의 선계 여행담은 설화 야담 등에 많이 나타나는 것으로서 흔

---

43) 김동욱 교주, 『어우야담 · 운영전 · 요로원야화 · 삼설기』, 교문사, 1984.

히 깊은 산속으로 들어가서 신선이 사는 곳에 이르러 며칠을 거하였다가 나오니 세상은 바뀌어 있었고 다시 그곳을 찾아 갔으나 찾을 수 없더라는 것이다. 이런 이야기는 도연명(陶淵明)의 <도화원기(桃花源記)>의 서술 방식과 상통하는데 대개 선계는 현실 속에 있는 신성한 어느 곳으로 설정되는 것이 예사이므로 꿈을 통한 체험보다는 현실의 연장으로 기술되는 것이 보통이다. 그렇지만 이 역시 이계 여행 모티프를 근간으로 한 허구성 짙은 이야기이기에 몽유 모티프와의 관련 내지 결합 가능성을 배제할 수는 없다.

이에 몽유 모티프와 이계 여행 모티프는, 꿈의 개입 여하를 문제 삼지 않는다면, 이계의 설정, 이계 인물과의 만남, 소망 충족으로서의 이승에 대한 관념 등에 있어서 공통된 성격을 찾아 볼 수 있는 것이다.

셋째, 재생 또는 환생 모티프와의 관계도 고려될 수 있다. 죽었다가 다시 살아난다거나 다른 세대 다른 사람으로 다시 태어난다는 이 모티프는 죽음이 영원한 잠으로 인식되거나 삶이 한바탕의 꿈으로 관념되는 경우 몽유 모티프와의 연관성이 인정될 수 있다. 더욱이 살아 있는 상태의 이승과 죽은 상태의 저승이 대비되어 있고 또 이러한 대비가 하나의 순환적인 줄거리로 짜인다는 점에서 현실과 꿈의 순환 구조인 몽유 이야기와 깊이 연관된다. 앞의 이계 여행 모티프에서 저승에 갔다 온 이야기도 환생의 조건에 인간이 추구하는 욕망을 투영한 것인 셈이다. 이러한 모티프에 의해 이루어진 대표작으로서 <왕랑반혼전(王郎返魂傳)>, 안정복의 <홍생원유기(洪生遠游記)> 등을 들 수 있다.

<왕랑반혼전>44)은 불경 설화의 국문 소설 정착 과정을 보여 주는 작품으로서 소설사에서 중요한 위치를 차지하고 있다.45) 이 작품도 기본

---

44) 한국어문학회편, 『고전 소설선』, 형설출판사, 1985.
45) 사재동, 『불교계 국문소설의 형성과정 연구』, 아세아문화사, 1977, 55~67면.

동기에 있어서는 저승에 갔다 온 이야기에 불교적 교리의 윤색을 통한 재생 이야기가 결부된 것이다. <구운몽>이나 <옥루몽>의 경우, 주인공이 천상계에서 지은 죄로 인하여 인간에 내려와 윤회전생(輪廻轉生)의 업보를 치른다는 환생의 줄거리는 <왕랑반혼전>의 재생의 이야기와 같은 모티프를 바탕으로 하고 있다.

<홍생원유기>46)는 재생 모티프를 근간으로 한 이야기이면서 몇 가지 점에서 몽유 모티프와의 관계를 시사해 주는 좋은 본보기가 된다. 한남의 광사(狂士)인 홍생은 절승인 자연도에 모옥을 짓고 살다가 역질에 걸려 위독한 지경에 이른다. 그때 홀연 대감이라 칭하는 한 노인이 나타나 그를 어린아이로 만들어 남관(南關)이라는 선계로 인도하였는데 그는 거기서 30년 동안 살면서 그곳 주인의 교도를 받은 후 재생하였다는 이야기이다. 어린아이가 되어 이계를 여행했다가 재생한다는 것은 <구운몽>이나 <옥루몽>과 같이 주인공의 꿈속 체험의 시발점으로서의 의미와 상통한다. 또한, 남관이라는 이계의 설정은 이계 여행 모티프에 기초한 것인데 이는 몽유 체험으로 바꾸어도 작품 구조상의 아무런 차이점이 생기지 않을 것이다. 뿐만 아니라, 주인공이 이계 여행을 하게 된 상태가 역질에 걸려 위독하게 되었을 때라는 것은 몽유록, 몽기류에서 흔히 몽유자가 병이 들어서 몽유 체험을 하는 예를 연상케 한다. 이는 병든 상태, 죽음에 임박한 상태가 취한 상태, 잠든 상태와 더불어 환상적 체험의 배경이 된다는 점을 잘 보여 주고 있기도 하다.

이와 같이, 재생 또는 환생 모티프는 죽음과 몽유의 등치 관념, 삶—죽음—삶의 순환 구조, 저승이나 이계의 설정, 이계 여행의 계기가 되는 상황 등에 있어서 몽유 모티프와의 관련성이 찾아진다.

---

46) 이가원 교주, 『이조한문소설선』, 교문사, 1984.

넷째, 적강 모티프와의 관계가 검토되어야 한다. 한 차례 총괄적인 연구가 있기도 했던 이 모티프는[47] 대부분의 고전 소설에서 찾을 수 있다는 점에서 중요성이 인정된다. 천상계의 존재가 천상에서 어떠한 죄를 범한 후 인간계로 귀양 와서 인간의 삶을 살다가 다시 천상으로 복귀하게 된다는 이 모티프는 천상계─지상계─천상계의 순환 구조로 이루어져 있다. 이는 현실─꿈─현실의 몽유 구조의 역전(逆轉)이면서 동시에 순환 구조로서의 동질성을 내포하고 있다. 이러한 동질성으로 인해 몽유 양식의 대표작으로 여겨지는 <구운몽>, <옥루몽>은 몽유 모티프와 적강 모티프의 결합으로 이루어져 있다.

<숙향전>[48]은 고전 소설 가운데 가히 적강 소설의 전범이라 할 만하기에[49] 이 작품을 중심으로 몽유 모티프와의 관계를 좀 더 자세히 살펴보겠다. 주인공 숙향은, 이미 분석된 바와 같이,[50] 영웅의 일생을 살고 있다. 기자치성(祈子致誠)의 만득녀(晚得女)로서 초년고생이 두드러지며 새나 짐승의 구호가 있고 여러 고난을 초월자의 도움으로 극복한 후 고귀한 신분이 된다는 것이다. 그리고 그녀는 태어날 때 선녀 하강의 태몽이 있어서 그녀가 천상계의 존재가 적강한 인물이라는 점이 알려진다. 그런데 이 작품을 적강 소설의 전범으로 놓게 하는 가장 중요한 이유는 사건이 한참 전개되어 가다가 숙향이 꿈에 요지(瑤池)를 여행하여 자신의 전생에 대해 확연히 알게 되는 삽화가 나오며 뒤이어 남주인공 이선이 숙향의 몽유 체험과 꼭 같은 체험을 하여 둘이 모두 적강한 인물로서 천정인연(天定因緣)이라는 것이 밝혀지는 대목 때문이다.

---

47) 성현경, 「적강소설 연구」, 앞의 책.
48) 『활자본 고전 소설전집』 4, 아세아문화사, 1976.
49) 성현경, 앞의 논문, 99~102면.
50) 조동일, 「영웅의 일생, 그 문학사적 전개」, 『동아문화』 10, 서울대, 1971.

우선, 적강의 확인이 몽유 체험을 통하여 이루어진다는 점에서 두 모티프의 관계가 문제된다. 대부분의 적강 소설에서 주인공들이 천상계의 존재였다는 사실은 대체로 다음의 몇 가지 방식으로 기술된다. 그들이 태어날 때 부모의 태몽에 선관 선녀가 나타나 알려주거나 이인(異人)이나 초월자(超越者)의 말을 통하여 알게 되거나 사건 전개의 어느 국면에서 주인공이 꿈을 꾸어 천상계에 올라가서 자신의 존재를 확인하거나 하는 방식이다. <숙향전>은 이러한 모든 경우가 나타나 있는 작품이다. 이 중 첫 번째와 세 번째 경우는 적강 모티프와 몽유 모티프가 서사 단락 속에서 결합되어 나타난 예이다. 이 경우 적강의 메시지가 목적이고 몽유가 수단이라는 점에서 차등적 관계임을 지적할 수 있다. 그렇지만 몽유 모티프에 의한 서술이기에 그 부분만을 떼어 놓고 본다면 그 자체가 한 편의 몽유록이나 몽기류로 독립할 수 있는 여지도 생각할 수 있다.[51]

더욱 문제인 것은 작품 구조의 측면에서이다. <숙향전>의 경우, 이야기가 전개되어 나가는 도중에서 숙향과 이선의 몽유 체험이 기술되어 그들의 적강 사실이 확인된다. 현실에서 전개되는 이야기 속에 꿈이 개입된 형국이다. 이와 달리 같은 적강 소설의 범주에 드는 <옥루몽>의 경우, 작품 서두에 천상계에서의 적강의 원인이 되는 사건이 기술되고 이후 지상계에서 적강한 주인공들의 삶이 전개된다. 그러기에 <옥루몽>은 액자 구성의 작품으로 쉽게 처리할 수 있는 반면 <숙향전>을 액자 구성의 작품으로 보는 경우는 드물다. 그렇지만 작품 구조와 관련된 적강의 의미와 기능은 두 작품에서 거의 동일한 성격을 갖고 있다. <숙향전>은 플롯의 측면에서는 천상계─지상계─천상계의 구조로 되어 있으나 스토

---

51) 실제로 대하 소설 가운데 <소현성록>의 결말 부분에 '소운성 자운산 몽유록'이라는 단일 삽화가 삽입되어 있기도 하다.(임치균, 「연작형 삼대록 소설 연구」, 서울대 박사 논문, 1992, 72~76면.)

리의 측면에서는 지상계에서의 이야기 전개로 이해되며, 반면 <옥루몽>은 플롯의 측면에서나 스토리의 진행에서나 동일하게 천상계－지상계－천상계의 구조로 이해되는 것이다. 여기서 플롯의 측면만을 고려한다면 적강 소설은 모두 액자 형식의 순환적 이야기로 파악될 수 있을 터이므로 굳이 <옥루몽>만을 액자 구성의 작품으로 처리할 이유가 없어진다.

이렇게 적강과 몽유 모티프는 사건 전개 속에서의 상호 결합, 플롯의 측면에서의 동질성, 그 밖에도 예정론적 세계관, 순환 구조, 이계 인물의 개입이라는 전기성의 측면 등에 있어서 관련성을 인정할 수 있는 것이다.

이상에서 몽유 모티프와 인접 모티프와의 유사성을 드러내고자 하였다. 그 결과 몽유 모티프와 관련되어, 꿈을 매개로 하지 않는다는 점에서만 구별될 뿐, 그 외의 여러 가지 측면에서 공통점을 갖는 인접 모티프들의 존재를 확인할 수 있었다. 이를 종합적으로 고려할 때, 어느 한 작품을 몽유 양식에 귀속시키기 위해서는 작품에서 꿈이 필연적으로 요구되느냐 아니면 수의적으로 빠져도 좋고 있어도 좋은 것이냐 하는 점이 그 작품의 전체적인 성격과 관련하여서 파악되어야 한다. 이런 관점에서 작품의 성격상 몽유 양식과 유사성이 인정되는 작품들은 문면에 몽유 체험이라는 진술이 없더라도 몽유 양식과의 일정한 관계를 설정할 필요가 있다.

예컨대, 명혼 모티프와의 비교에서 언급했듯이 전기 소설이라 칭해지는 《금오신화》나 《기재기이》 속에는 몽유와 명혼 및 이계 여행이 혼합되어 나타나는 작품이 있고, 몽유 체험인지 아니면 현실 체험인지를 구분하기 애매한 경우도 있으며, 아예 꿈의 개입 없이 현실에서의 체험으로 기술되는 예도 있다. 그런데 어느 경우이든 주인공의 체험은 환상적인 성격을 갖는데 그에 따라 작품 속에는 환상적 분위기와 환상적 공간이 설정되기 마련이다. 이 환상성(幻想性)은 전기 소설을 규정하는 핵심적 성격이기 때문에 이러한 성격상의 공통점을 중요시하는 입장에서는 몽유 양식의 설정에 있어서 꿈의 개입 여부를 엄밀히 따질 수 없게 된다.

이러한 문제를 해결하기 위해 이 글은 다음과 같은 관점을 취한다. 작품에 나타나는 모티프 사이의 관련 양상이 전기 소설의 특징인 환상성을 드러내려는 의도에서 생겨난 현상이라는 점을 감안하여 몽유 모티프가 구조적인 중심이 되는 작품과 함께 그에 준하는 성격을 지닌 인접 모티프들로 이루어진 작품을 '유사 몽유 양식'으로 묶어서 이해하자는 것이다. 다시 말해, 몽기류나 몽유록과 같이 애초에 작품 창작 동기로서 몽유 모티프가 선택된 경우를 몽유 양식의 중심 범주로 놓고, 명혼 이계 여행 재생 및 환생 적강 모티프 등과 몽유 모티프와의 교섭 양상이 포착되는 작품들을 유사 몽유 양식으로 포괄하려는 것이다.

이런 관점을 취했을 때 다시 문제가 되는 것은 인접 모티프와 몽유 모티프의 교섭 양상을 포착하는 기준이다. 유사 몽유 양식을 설정하였을 때 자칫하면 그 외연이 너무 확장되어서 고전 소설의 대부분이 그에 해당할 우려가 있겠기 때문이다. 이에 다음의 두 가지를 교섭 양상의 기준으로 상정하고자 한다.

첫째, 언표적(言表的) 국면(局面)에서 교섭 양상이 나타나는 작품들이 있다. '비몽사몽(非夢似夢)'이나 '비진사진(非眞似眞)'이라는 표현은 이러한 교섭 양상을 보여 주는 대표적인 예로 간주한다. 또한 명확히 몽유 체험으로 기술하고 있지는 않지만, 잠들기 위해 의자에 기대었다거나 하는 표현이 나타나는 경우도 이에 해당한다. 꿈을 꾸는 계기적 상황으로서 잠이 든 상태가 가장 합리적이지만 그 외에도 병이 든 상태, 술에 취한 상태, 사경을 헤매는 상태 등도 몽유와의 교섭 양상을 보여 주는 경우로 파악한다.

둘째, 액자 내부의 성격이 몽유 체험의 그것과 유사한 경우를 교섭 양상의 징표로 간주한다. 앞서 예로 든 전기 소설의 경우, 몽유 체험에 준하는 환상적 체험이 ≪금오신화≫나 ≪기재기이≫에 수록된 작품 모두에 기술되어 있기 때문에 필자는 이들을 모두 이 글의 논의에 포함시키고자 한다. 전기 소설뿐 아니라 몽유록이나 몽유장편소설 등 몽유 모티프를 근간으로 하는 작품 군에서 두드러지는 작품 성격을 추출하여, 그러한 성격이 몽유 체험으로 기술되어 있지 않은 작품에서도 발견된다면 그 작품은 유사 몽유 양식에 포함시켜 논할 것이다. 이를 위해서 몽유 양식에 속하는 각각의 하위 양식들이 지니는 구조적 특성을 드러낼 필요가 있는데, 이에 대해서는 다음 절에서 검토될 것이다.

이상과 같은 관점에서 이 글은 몽유 양식과 유사 몽유 양식을 함께 다루고자 한다. 이는 또한 작품 문면에 몽유 체험이 기술된 경우만을 대상으로 하여서는, 각 하위 양식들 사이의 연관성과 변별성을 동시에 고려하여 몽유 양식의 사적인 전개 양상을 체계적으로 이해하는 데에 오히려 편협한 시각밖에 지닐 수 없다는 판단에 따른 것이기도 하다.

2) 하위 양식들의 변별적 특성

몽유 모티프 혹은 현실-꿈-현실의 몽유 구조를 근간으로 하는 서술 유형을 몽유 양식이라 규정하고 그와 교섭 양상을 보이는 작품들을 유사 몽유 양식으로 포괄하는 입장을 취했을 때, 다음으로 문제되는 것은 몽유 양식에 속하는 각각의 하위 양식들의 변별적 특성을 드러내는 일이다.

(1) 환상성과 현실성, 욕망과 이념의 개념 설정

이를 위해 먼저 전제해 두어야 할 이 글의 두 가지 관점을 제시하고자 한다.

첫째, 앞서 언급했듯이 각각의 하위 양식들은 역사적 장르로서 존재했다는 점이다. 따라서 이들 양식에 대하여 어떠한 장르 이론으로 재단하기 이전에 역사적으로 존재한 양상 그대로 이해해야 할 것이다. 몽유 양식을 시대의 변화와 더불어 소설사적으로 검토하려는 이 글에서는 역사적으로 존재했던 각각의 하위 양식들을 그 자체의 양식적 성격에 기초하여 고찰할 필요가 있다고 보기 때문이다.

둘째, 몽유 양식의 동태적(動態的)인 양상에 초점을 맞추어 몽유 양식사를 고찰하겠다는 것이다. 몽유 양식은 어느 한 시대에 국한되어 나타난 것이 아니라 우리 문학사의 초기부터 지금에 이르기까지 지속적으로 전개되어 왔다. 따라서 몽유 양식의 내적인 변화와 굴절의 양상이 문학사의 관점에서 검토되어야 할 것인데, 이를 위하여 몽유 양식의 동태적인 양상을 파악할 필요가 있는 것이다.

이러한 두 가지 전제에 서서 몽유 양식사를 고찰할 터인데, 그렇더라도 몽유 양식사의 일관성 있는 파악을 위하여서는 이 글 나름의 이론적 모색이 요구된다. 역사적 장르로서의 존재 양상만 논의하게 되면 자칫 개별 작품의 특성 파악에만 함몰되어 전체적인 흐름을 도외시할 염려가 있다. 또한, 몽유 양식의 동태적 양상 역시 몽유 양식의 각각의 하위 양식에 대한 뚜렷한 구분이 선 다음에 고찰되어야 할 것이다. 결국, 몽유 양식의 일반적인 성격을 포괄적으로 이해함과 동시에 하위 양식들이 지닌 변별적 특성을 드러내고, 나아가 몽유 양식의 소설사적 전개 양상을 체계적으로 조망하고자 할 때, 어떠한 방법이 필요한지가 문제의 초점이 된다.

이러한 과제에 풀기 위하여 다음과 같은 몇 가지의 개념들을 상정하고자 한다. 하나는 몽유 양식의 양식적 지표인 꿈이 지닌 기본적인 성격을 '환상성(幻想性)'으로 보고, 이것에 대립되는 개념으로서 '현실성(現實性)'을 설정하여 이 둘 사이의 관련 양상을 문제 삼고자 한다. 다른 하나는 객관 세계로서의 경험적 현실과 대립 갈등하는 자아의 성격을 중시하는 입장에서 이를 '욕망(慾望)'과 '이념(理念)'으로 개념화하여 하위 양식들의 변별적 특성을 추출하는 데 원용하고자 한다.

첫 번째로 설정한 '환상성'과 '현실성'의 대립 개념에 대하여 좀 더 설명할 필요가 있다. 고전 소설 중에는 용궁, 저승, 선계 등의 공간과 상제(上帝), 용왕, 염라대왕, 귀신, 신선, 도사, 이인(異人) 등의 인물들이 나타나며, 신비한 꿈을 꾼다거나, 도술을 부린다거나, 이계를 체험한다거나 하는 행동들이 그려진다. 이러한 양상을 포괄하여 환상성이라고 명명할 수 있겠다.

고전 소설에 나타나는 환상성의 문제는 김병국에 의해 융의 집단 무의식 이론으로 검토된 바 있는데, 여기서 그는 구운몽 에서 형상화된 꿈을 인간 심리의 기층에 실재로서 내재해 있는 환상적 체험으로 논하고 있다.52) 이는 환상성을 심리적 실재(實在)로 이해하는 관점이다. 한편, 이상택은 <명주보월빙>을 분석하면서 작품 구조상 시공의 확대를 통하여 현세의 세속적 시공에서 현세의 초월적 시공으로, 그리고 궁극적으로는 천상의 초월적 시공으로 전개되어 가는 양상 속에 작품 전체를 지배하는 '초월주의적 세계관'을 추출한 바 있다.53) 이는 환상성을 하나의 세계관

---

52) 김병국은 <구운몽>에 대한 심리학적 분석을 통하여 '현실과 꿈을 서로 환치하는 사고 방식은 단지 인생 일장춘몽이라는 개념뿐만 아니라, 현실과 꿈을 환치하는 과정 자체가 하나의 원초적 이미지로서 우리의 두뇌 구조 속에 전승되어 오는 것이 아닌가. 이러한 원초적 이미지로서의 꿈 구조가 우리의 집단 무의식 속에 잠재해 있다가 개인의 환상 혹은 꿈을 통하여 계시됨으로써 개인을 그 현실적 갈등으로 인한 좌절감으로부터 재생 초월시킨다는 데 매우 중대한 의의가 있다.'(「구운몽 연구—그 환상구조의 심리적 고찰」, 『국문학연구』 6, 1968, 115면)라고 하여 환상의 심리적 실재성을 강조한다. 이러한 관점에서 작가가 체험한 꿈은 '한낱 교훈적인 귀감이 아니라 그[서포(西浦)]의 영혼 가운데 실재하는 생생한 체험'(위의 논문, 117면)이라고 말하고 있다.
53) 이상택, 「명주보월빙 연구」, 앞의 책에서 시공의 확대 과정에 대한 분석(위의 논문

으로서 이해하는 관점이다.

이렇게 고전 소설의 환상성은 관점에 따라서 심리적 실재로서, 혹은 세계관의 하나로서 이해된다. 몽유 양식을 규정짓는 기본적 지표로서의 꿈은 심리적 실재로서 이해될 때 생동감 넘치는 심리적 체험으로 전달될 수 있으며, 또한 세계관의 하나로 이해했을 때는 꿈이 주제 구현을 위한 하나의 도구적인 차용에 그친 것이 아니라 몽유 양식 창작 계층의 심각한 존재론적 탐구의 한 과정으로서 꿈이 수용되었다는 점이 강조된 것이다.54) 이렇게 볼 때, 몽유 양식에서의 꿈은 작품 전반을 지배하는 모티프일 뿐 아니라, 구조적인 차원에서 전개되는 하나의 미학적인 문제라고 본다.55)

한편, 환상성과 대비되는 의미에서의 현실성은 조선 후기의 한문 단편이나 판소리계 소설들에서 본격적으로 논할 수 있지만, 이 글의 대상이 되는 몽유 양식에 속하는 작품들에서도 중요하게 논의할 수 있다. 임형택은 ≪금오신화≫를 분석하면서 작가 김시습의 철학적 사유 체계를 기일원론(氣一元論)으로 파악하여 그러한 작가의 사상 체계가 ≪금오신화≫

94~197면) 가운데 작품에 설정된 초월적 시공의 의미를 드러내었다. <명주보월빙> 뿐만 아니라 대부분의 고전 소설 작품 가운데 나타나는 이러한 초월계의 양상은 작품의 환상성을 조성하는 데 중요한 역할을 하고 있다. 그리하여 이를 존재론적 관점에서 문제 삼을 때, 작품의 의미 구조가 궁극적으로는 '천상(天上) 본유적(本有的) 삶으로 귀결되는 양상'(위의 논문, 121면)을 보여 줌으로써 초월주의적 세계관을 드러내는 것으로 해석될 수 있다.

54) 환상 문학에 대한 서구의 연구를 참조한다면, 환상이 현실과 맺는 관련 양상을 주목하여 이를 '불가능성에 대한 인식', '불가능성을 위치시킴', '불가능성을 한정 지음', '불가능성에 대한 느낌', '정서적 의미를 깨달음', '인식적 의미를 깨달음', '믿음', '보다 깊은 믿음'의 여덟 단계로써 환상 문학에 대한 독서의 구조를 드러낸 연구가 있다.(Gary K.Wolfe, The Encounter with Fantasy, in *The Aesthetics of Fantasy Literature and Art*, ed. by Roger C. Schlobin, The Harvester Press, 1982, p.13) 여기서 환상성은 심리적 실재로서뿐 아니라 믿음의 문제이기도 함을 알 수 있다.

55) 고전 소설에 나타나는 환상성의 문제를 문예 미학적인 측면에서 고찰한 연구로 김성룡, 「한국고전 소설의 환상성에 관한 연구」, 『국문학연구』 70, 서울대, 1985이 있다.

속에 구현된 양상을 드러내고 이를 총괄하여 '현실주의적 세계관'이라고
하였다.56) 이는 몽유 양식의 작품 가운데 나타나는 현실성을 본격적으로
고찰한 성과로서 몽유 양식의 작품들을 환상성의 차원에서만 논할 수 없
고, 이러한 현실성과의 관련 아래에서 고찰되어야 할 것임을 시사해 준다.

그런데 같은 대상인 ≪금오신화≫를 두고 임형택은 현실주의적 세계
관을 찾았으나, 이상택은 초월주의적 세계관을 추출하고 있다.57) 이는 관
점의 차이에서 연유한 것이기도 하지만, 그보다는 작품의 의미를 어느
층위에서 추출하였느냐의 문제에서 나온 차이라고 본다. 후자는 작품에
그려진 초월적 시공의 존재와 그에 대한 당대 문학 향유층의 의식을 관
련시킨 것이고, 전자는 초월적인 배경이나 환상적인 성격을 작품의 한계
로 처리하고 등장인물이 환상적인 체험 가운데 관심을 둔 현실적인 문제
들을 주로 논하면서 이를 작가의 철학 체계와 관련시킨 것이다. 그런데
임형택의 경우, 그가 말하는 현실주의란 현실을 긍정하고 인생을 성실하
게 살아가려는 태도58)라고 규정되었는데, 이러한 의미에서의 현실에 대
한 관심은 하나의 세계관이라기보다는 인간이면 누구나 가지는 당연한
관심이리라 생각한다.59) 이보다는 오히려 환상성을 하나의 믿음의 차원
으로 수용하였을 당대 독자층을 염두에 두면서, 초월주의적 미학이라는
환상성 본래의 미학적 기저를 인정할 필요가 있다고 본다.

이렇게 고전 소설에 나타나는 환상성과 현실성의 문제는 이미 선학에

---

56) 임형택, 「현실주의적 세계관과 금오신화」, 『국문학연구』 13, 서울대, 1971.
57) 이상택, 「조선초기문학의 세계관 및 존재론적 관심에 관한 일고찰」, 『동양학』 10, 단국
대, 1980, 403~408면.
58) 임형택, 앞의 논문, 4면.
59) 이상택 역시 초월주의적 세계관이 현실에 대해 갖는 관심에 대해 논하고 있는데(「한국
도가문학의 현실인식 문제」, 『한국문화』 7, 1986), 이 점에서는 현실주의나 초월주의
나 상통하는 면이 있다. 그의 말대로 우리가 존재론적 관심을 일컫는다는 일 자체가
이미 오늘, 이곳에서의, 당면한 삶이 관심거리가 되고, 따라서 모든 논의와 관심은 현
세적 삶에서 비롯되어 현세적 삶의 문제로 귀착되고 있(위의 논문, 49면)기 때문이다.

의해 주목받았는데, 이 글은 두 가지 성격의 상호 관련 속에서 몽유 양식의 일반적인 성격을 이해하기 위한 기본 시각을 마련하고자 한다.

다음으로, 두 번째로 설정한 '욕망'과 '이념'이라는 두 가지 개념에 대하여 설명하겠다. 문학 작품을 이해하는 기본적인 개념으로서 '자아'와 '세계'의 두 대립적 개념 항이 도출되어 이 두 대립 항의 관계를 문제 삼아 유력한 장르 이론이 정립된 바 있다.60) 이는 장르 이론의 정립에 소용될 뿐 아니라 작품 해석에 있어서도 매우 유용한 이론 틀이 될 수 있다. 그런데 자아와 세계라는 두 개념은 보편적이고도 원론적인 범주로 설정되었기 때문에, 실제로 작품 내에서의 갈등 양상을 분석하기에는 다소 모호한 측면이 없지 않다.61) 이는 이 두 개념을 몽유 양식의 작품 혹

---

60) 조동일의 장르 이론은 자아와 세계라는 대립항의 설정을 기본으로 하고 있는데, 이 두 개념을 도출하는 데 있어서 다른 여러 가지 이기 철학(理氣哲學)적 자료들이 제시되었지만, 그것의 가장 직접적인 논거는 다음과 같다. 즉, 정도전(鄭道傳)이 말한 '처사접물(處事接物)'과 '심신인물(心身人物)'에서 사람과 만물의 대비, 심·신·인·물의 상대적인 관계를 도출하고, 다시 서경덕(徐敬德)의 언설 가운데 '太虛爲一 其中涵二 旣二也 斯不能無闔闢無動靜無生克也'에서 모든 사물의 존재 양상으로서의 대립 개념을 도출하여 문학 작품을 이해하는 기본 개념으로서 자아와 세계의 대립적 구조를 정립하였다(「자아와 세계의 소설적 대결에 관한 시론」, 『한국소설의 이론』, 지식산업사, 1977, 84~90면).

61) 조동일이 설정한 자아와 세계라는 개념은 이를 주관과 객관이라는 개념으로 환치시켰을 때 명확해지듯이, 그 자체가 지닌 보편적인 이원성으로 인하여 원론적인 성격을 띠고 있다. 그런데 원론적인 이 두 개념은, 비록 신중한 변증법적 계기들을 고려한 것이긴 하지만, 그 내포적 의미가 너무나 포괄적이어서 실제 작품의 분석에 있어서 일관된 적용이 어렵다는 문제가 있을 수 있다. 가령, 세계라는 개념은 교술을 정의할 때는 특히 '작품 외적 세계'라는 의미가 두드러지는데, 따라서 교술에서는 세계가 문학적 형상화의 소재로서의 현실 세계를 지칭하는 것으로 이해된다. 그런데, 서사를 규정할 때에는 세계가 작품 내적 세계로서, 상식적으로 이해되기는 주동 인물에 대한 반동 인물을 지칭하는 의미로 사용되기도 한다. 그리하여 소설을 자아와 세계의 상호 우위에 입각한 대결이라고 정의했을 때, 작품 속에서 이해하자면 주동 인물과 반동 인물 사이의 갈등으로 손쉽게 이해된다. 여기서 세계라는 개념이 장르 각각에 적용될 때 야기되는 내포의 확대 또는 축소를 발견할 수 있게 된다. 이러한 현상은 자아의 개념 적용에서도 나타난다. 서사를 정의하면서 '작품외적 자아'라는 용어를 부가시켰는데, 이는 곧 서술자(narrater)를 의미한다. 여기서 작품 외적 자아는 말 그대로 이해한다면 작품을 쓴 현실 속의 작가일 것이고, 그가 작품 속에 개입한 모습이 서술자가 될 것이다. 그런데 이 용어에 대응될 작품 내적 자아는 서사에서 흔히 등장인물들을 지칭할 것인데,

은 작품 군에 적용할 경우, 이보다는 좀 더 구체화되었으면서도 작품의 갈등 양상을 포괄할 수 있는 개념 설정이 요구된다.

문학 행위의 주체이자 작품 속에서 활동하는 인물로서의 자아[62]는 넓게 보아 심리적인 측면과 행동적인 측면을 지니고 있다. 자아의 내적인 갈등이나, 대상과의 외적인 갈등을 통해 그러한 심리적, 행동적 측면이 그려질 것이다. 이러한 갈등의 양상은 작품에 따라 다양하게 나타날 수 있기 때문에 이를 포괄적으로 규정하기 위해서는 다양성을 범주화할 수 있는 개념이 필요하다. 이에 심리적 혹은 행동적 측면의 자아를 추동(推動)하는 구체적인 동인이 무엇인지가 고려해야 할 것인데, 이 글은 욕망과 이념이 그러한 동인의 가장 포괄적인 개념 항으로 설정할 수 있다고 본다.

자아는 욕망과 이념의 소유자라고 할 수 있다.[63] 그는 자신의 본성에

그렇다면 자아의 개념이 작가, 서술자, 등장인물 등을 포괄하는 용어가 된다. 그리하여 적용의 대상에 따라서 자아의 개념이 지니는 내포의 확대 또는 축소가 나타나게 된다. 이러한 개념상의 포괄성을 좀 더 일관되고 구체화된 개념들로 바꾸어 수용한다면, 이 글의 입론에 유효한 지침이 될 수 있으리라 본다. 다만 이 글에서는 문학 장르 전반을 문제 삼으려는 것이 아니라, 몽유 양식의 성격을 포괄적으로 이해하고 그 하위 양식들의 변별적 특성을 일관된 이론 틀로써 제시하려는 데 목적을 두기 때문에, 자아와 세계 개념을 몽유 양식을 설명하기 위한 범위에서만 원용하고자 한다.

62) 조동일, 위의 책, 92면의 용어로 '작품 외적 자아'이면서 동시에 '작품 내적 자아'로서의 자아를 말한다.

63) 여기서 '욕망'과 '이념'은 인간의 성격을 구조화한 프로이트의 id, ego, super-ego의 개념을 염두에 둔 것이다. id는 생물학적인 배경을 가진 충동이나 본능으로서 즉각적으로 긴장을 감소시키려는 쾌락 원칙에 따르는 데 비해, ego는 외부 현실과 super-ego의 제한을 고려하여 id의 욕구를 표현하고 만족시키는 정신 기제의 일부로서 본능적 만족을 지연시켜 개체의 안전을 보전하려는 현실 원칙에 따른다. super ego는 성격에서 마지막으로 발달되는 체계로서 사회 규범과 행동 기준이 내면화한 형태를 나타낸다(L.A. 젤리, D.J.지글러, 이훈구 역, 『성격심리학』, 법문사, 1983, 54~60면). 이러한 세 가지 성격 형성의 기본 개념 가운데 ego는 id의 생물학적 요구를 충족시켜 주면서 한편으로 외부의 현실 세계를 고려해야 함과 아울러 super-ego의 명령도 어기지 말아야 한다는 면에서 정신적 균형을 위한 중심 역할을 한다(William C.Crain, 서봉연 역, 『발달의 이론』, 중앙적성출판사, 1983, 231면). 곧, ego는 id와 super-ego의 통합체로서 이해될 수

내재해 있는 욕망을 성취하고자 하는 의지를 표명하는데, 그것이 잠재되었든 의식의 표면에 드러났든지 간에 서사 전개의 중요한 추동력으로 작용하게 된다. 또한, 자아는 현실적 상황에 처하여 그것에 반응하는 사고의 양식으로서, 현실을 해석하고 수용하는 제반 기제의 이데올로기적 측면을 지니고 있다. 곧, 자신의 생활 태도나 행동 양식을 지배하는 윤리, 규범, 가치관, 세계관 등 이념적 성격을 소유하고 있는 것이다.

자아에게 있어서 욕망과 이념은 공존하면서 두 가지가 때로는 갈등하고 때로는 조화롭게 통합되기도 한다. 대개는 욕망을 성취하려는 데 있어서 이념이 견제를 하는 양상이 일반적일 것이다. 그리고 욕망과 이념을 소유한 자아는 객관 세계로서의 경험적 현실에 부딪치면서 자신의 삶을 영위하여 나간다. 그러는 가운데 자신이 지닌 욕망이나 이념이 경험적 현실에 의해 좌절되기도 할 것이다. 이러한 인간의 삶의 양상이 작품화되어 나타날 때, 경험적 현실에 처한 욕망과 이념의 갈등이 작품의 핵심적인 갈등 관계를 형성하게 된다. 정확히 말하자면, 경험적 현실에 의해 욕망이나 이념이 좌절당하는 경우, 그리고 자아 내부의 욕망과 이념이 서로 갈등하는 경우 등이 작품의 중심 갈등을 이루게 될 것이다.

고전 소설 중에는 이러한 욕망과 이념의 갈등을 보여 주는 작품들이 많이 있다. 대표적인 예로서 욕망을 추구하는 교씨와 이념을 고수하는 사씨와의 대립과 갈등이 그려진 <사씨남정기(謝氏南征記)>를 들 수 있다. 이 경우는 욕망과 이념의 대립을 작품 속의 등장인물들 사이의 갈등으로 형상화한 예이다. 이와 함께 사건 전개의 측면에서도 유교적 이념과 인간적 본성과의 대립 양상은 형상화될 수 있다. 이 점에 주목하여 김일렬은 <숙영낭자전(淑英娘子傳)>을 주된 연구 대상으로 효와 애정의 대립 양

있는 것이다.

상을 고찰하여 그것의 소설사적 의의를 규명한 바 있다.64) 여기서의 효는 유교적 이념의 한 항목이며, 그에 대립되는 애정은 인간의 내면적인 욕망의 한 형태인 것이다.

이상에서 설정한 환상성과 현실성, 욕망과 이념의 네 가지 개념은 하나의 좌표 개념이나 혹은 상대적인 개념으로 이해되어야 할 것이다. 작품에 따라서 지극히 현실적인 내용이 환상적 체험으로 기술되기도 하고(<조신전(調信傳)>의 경우), 현실이라고 인식된 공간이 오히려 환상성을 띠는 경우(<구운몽>의 경우)도 있을 수 있다. 그리고 환상성과 현실성은 매우 애매한 상태로 혼합되기도 할 것이다(<만복사저포기>의 경우). 또한 욕망과 이념은 자아 내부에 공존해 있기 때문에 인간적 본능으로서의 욕망만이 아니라 이념적인 성격을 지닌 욕망도 있을 수 있다. 경우에 따라서는 욕망 자체가 이념으로 인식되어 쾌락주의와 같은 형태로 나타날 수도 있다.

네 가지 개념을 설정한 다음에 다시 고려해야 할 것은 몽유 양식의 구조적인 바탕을 이루고 있는 현실-꿈-현실의 몽유 구조이다. 앞 절에서 언급했듯이 몽유 구조는 도입 액자-액자 내부-결말 액자의 순차적 서술 구조로 이해될 수 있는데, 이에 기초한 각각의 하위 양식들 사이에 어떠한 변별적 성격이 발견된다면 이것 역시 고려될 필요가 있는 것이다. 이에 순차적 서술 구조로서의 몽유 구조가 작품에 실현될 때 나타나는 현실의 성격, 꿈의 성격, 그리고 현실과 꿈의 상호 관계를 설정할 수 있다.

그중 현실과 꿈의 성격은 앞에서 설정했듯이, 각각 현실성과 환상성으로 개념화할 수 있다. 말하자면, 순차적 서술 구조의 측면에서 현실-꿈-현실은 그 성격상 현실성과 환상성의 교체로써 파악할 수 있는 것이다.

---

64) 김일렬, 「조선조 소설에 나타난 효와 애정의 대립」, 『조선조소설의 구조와 의미』, 형설출판사, 1984.

다음으로 현실과 꿈의 상호 관계를 설정할 필요가 있다. 흔히 현실에서 이루지 못한 이상을 꿈을 통하여 성취한다는 발상이 현실과 꿈의 관계를 살필 수 있는 한 방식이 될 수 있다. 이는 곧, 현실과 꿈이 어떠한 인과적인 계기로서 연관된다는 것을 의미하는데, 이에 따라 현실과 꿈 사이의 인과적 관계를 설정할 수 있다. 현실과 꿈 사이의 인과적 관계는 몽유 양식의 어느 하위 양식에서나 공통되는 점이다. 먼저, 그러한 인과적 관계의 계기로서 결여와 충족, 혹은 좌절과 성취의 상태를 상정할 수 있다. 현실에서의 좌절이 꿈속에서 성취되는지 아니면 꿈속에서도 좌절되는지, 혹은 현실에서의 성취가 꿈속에서 좌절되는지 아니면 성취가 지속되는지 하는 문제이다. 대체로 몽유 양식은 현실에서의 좌절된 상태를 꿈속에서 성취하는 것이 일반적이기에, 꿈이 지니는 소망 충족적 측면이 잘 드러난다.[65] 그렇지만 작품에 따라서는 현실에서의 좌절이 꿈속에서도 지속되는 경우, 또는 현실에서의 성취가 꿈속까지 이어지는 경우 등도 나타날 수 있다. 따라서 꿈의 소망 충족적 성격만을 거론하여서는 몽유 양식의 전반적인 작품 경향을 포괄할 수 없다.

또한, 몽유 양식은 대개 현실에서의 어떤 계기로 말미암아 입몽하게 된다는 점에서는 공통되지만, 꿈속 체험에서 다시 현실로 돌아와서의 서사적 전개 양상은 하위 양식에 따라서 편차가 나타날 수 있다. 몽유자의 꿈속 체험이 그 자신에게 주는 의미의 성격에 따라서 각몽 이후 사건이 더 진행되기도 하고, 각몽 자체로써 작품이 마무리되기도 하는 것이다.

이제 이상에서 논의된 환상성과 현실성, 욕망과 이념, 그리고 그것들이 현실—꿈—현실의 몽유 구조로써 작품에 실현되는 양상을 중심으로 각각의 하위 양식들을 대표하는 작품을 분석하여 변별적인 특성을 드러

---

65) 프로이트, 장병길 역, 『꿈의 해석』, 신장판 : 을유문화사, 1983, 91~98면.

내기로 하겠다.

(2) 작품 분석의 실제

　(가)-1 남원에 양생이란 사람이 있었는데, 일찍 부모를 여의고 아직 아내를 취하지 못했다. 홀로 만복사 동쪽 방에 거하였는데, 그 방 밖에는 배나무가 한 그루 서 있었다. 바야흐로 봄이 되어 꽃이 활짝 피니, 마치 구슬 나무에 은덩이가 매달린 것 같았다. 생은 매번 달밤이면 그 밑을 거닐면서 낭랑하게 시를 읊곤 했다.

　　한 그루 배나무의 꽃에 적막함을 짝하고
　　가련히도 나를 저버리는 달 밝은 밤이여.
　　젊은 나이에 홀로 누운 고적한 창가에
　　어느 곳의 옥인(玉人)이 봉황 새긴 퉁소를 부는구나.66)

　(나)-1 세상에 원자허라는 사람이 있는데, 그는 강개한 선비다. 기상이 매우 높아 시속(時俗)에 용납되지 못하였기에, 여러 번 나은(羅隱)의 슬픔을 품었고 원헌(原憲)의 가난을 어렵게 견디었다. 아침에 나가 밭 갈고 저녁에 돌아와 옛사람의 책을 읽었는데, 벽을 뚫고 주머니에 반딧불을 담는 등 하지 않는 바가 없었다. 일찍이 옛 역사를 열람하면서, 역대에 위태로이 멸망하려 하여 운세가 옮겨가고 세력이 꺾이는 대목에 이르러서는 책을 덮고 눈물을 흘리지 않음이 없었다. 마치 자신이 그 때에 처하여 그 멸망하려는 것을 보고 이리저리 힘쓰나, 자기 힘으로 능히 일으킬 수 없는 듯이 하였다.67)

---

66) <만복사저포기>, 한국어문학회 편, 『고전 소설선』, 형설출판사, 1985, 286면, 南原有梁生者 早喪父母 未有妻室 獨居萬福寺之東房 外有梨花一株 方春盛開 如瓊樹銀堆 生每月夜 逍巡朗吟其下 詩曰 一樹梨花伴寂 可憐辜負月明宵 靑年獨臥孤窓畔 何處玉人吹鳳簫.
67) <원생몽유록>, 『국어국문학』 4, 1953. 2., 61면, 世有元子虛者 慷慨士也 氣宇磊落 不容於時 累抱羅隱之悲 難堪原憲之貧 朝出而耕 暮歸讀古人書 穿壁囊螢 無所不爲 嘗閱古史 至歷代危亡 運移勢去處 則未嘗不掩卷而流涕 若身處其時 汲汲焉如見其垂亡 而力不能扶者也.

(다)-1 그 화상(和尙)은 오직 『금강경』 한 권을 손에 지녔는데, 혹 육여화상이라고도 칭하고 혹 육관대사라고도 칭했다. 제자 5~600인 가운데 계율을 닦아서 신통을 얻은 자가 30여 인인데, 소사리(승려)로서 성진이라고 하는 자가 있었다. 용모가 빙설같이 빼어나고 정신이 추수같이 응결되어 나이 겨우 20세에 삼장 경문을 통해하지 않음이 없었다. 총명과 지혜가 여러 곤자(髡者)(머리 깎은 사람)에게서 뛰어나서 대사가 극히 애중하고 장차 의발을 그에게 전하고자 하였다. …… 성진이 선방에 돌아오니 날이 이미 어두웠다. 팔선녀를 본 다음부터 아리따운 말과 교태 있는 목소리가 오히려 귓가에 남아 있고, 사랑스런 태도와 고운 모습이 오히려 눈앞에 어리었다. 잊으려 하나 잊기 어렵고 생각지 않으려 하나 저절로 생각나서 정신이 황홀하여 유유 탕탕하였다. 곧추 단좌하여 마음으로 생각하기를, '남아가 세상에 나서 어려서 공맹의 글을 읽고, 자라서 요순 같은 임금을 만나 나가서는 삼군의 장수가 되고, 들어서는 백규의 수장이 되어……'.(68)

세 인용문은 모두 몽유 양식에 속하는 대표작의 도입 액자에서 뽑은 것이다. 이들은 모두 꿈에 들기 전 현실 속에 처한 주인공들의 처지나 의식을 서술하고 있다. 그런데 이 셋은 각기 특징적인 성격을 보여 주고 있어 면밀한 검토가 요구된다.

(가)-1에서 주인공 양생은 부모를 여의고 아직 취처(娶妻)하지 않은 상태, 곧 경험 세계(69) 속에서 결여된 상태에 놓여 있다. 이러한 상태에서 그는 달밤에 배나무 아래에서 시를 읊는다. 그 시에는 자신의 고독을 한탄하고, 또 배필 얻기를 절실히 희구하는 내용을 담고 있다. 이는 양생의

---

68) <구운몽>, 정규복, 『구운몽원전의 연구』, 일지사, 1977, 168면, 其和尙惟手持金剛經一卷 或稱六如和尙 或稱六觀大師 弟子五六百人中 修戒行得神通者 三十餘人 有小闍利 名性眞者 貌瑩氷雪 神凝秋水 年 二十歲 三藏經文 無不通解 聰明知慧 卓出諸髡 大師極加愛重 將欲以衣鉢傳之……170 性眞來到禪房 日已 黑矣 自見八仙女之後 嫩語嬌聲 尙留耳邊 艶態姸姿 猶在眼前 欲忘而難忘 不思而自思 神魂惚恍 悠悠蕩蕩 兀然端坐 默念於心曰 男兒生世 幼而讀孔孟之書 壯而逢堯舜之君 出則作三軍之帥 入則爲百揆之長.

69) 여기서 경험 세계라는 것은 '객관 세계로서의 경험적 현실'을 줄인 말이다.

욕망이 경험 세계 속에서 좌절된 상태에서, 그 좌절된 욕망을 시를 매개로 하여 토로하고 있는 양상이다. 곧, 욕망의 드러남인 것이다. 한편, (나)-1에서 형상화된 원자허라는 인물은 여러 번 과거에 낙방하고 가난에 찌든 삶을 살고 있는 사람으로서, 위의 양생이 그랬듯이, 현실의 결여 상태 속에 있다. 그런데 원자허는 그러한 열악한 상황 속에서도 옛 사람의 글을 열심히 읽으며, 특히 역사책을 읽고서 나라가 망하려 하는 대목에서 눈물을 뿌리는 인물인 점이 앞의 양생과 구분된다. 여기서 원자허의 현실적 결여 상태가 양생처럼 사적인 차원에 있는 것이 아니라, 어떠한 이념적인 문제로부터 발단된 것임을 암시받을 수 있다. 그리하여 양생이 자신의 고독과 배필에의 희구를 서정적인 시로 읊는 데 반해서, 양생의 시에 대응될 수 있는 원자허의 다음의 시는 그 내용상 양생의 것과는 사뭇 다른 양상을 띠게 된다.

> 원한이 강물에 드니 울면서 흐르지 않고,
> 억새꽃 단풍잎이 차갑게 소리 낸다.
> 분명 이 곳은 장사(長沙)의 언덕이리니,
> 달 밝은 지금 영령은 어디서 노니는가.[70]

입몽한 후에 어느 강가에 이르러 읊은 원자허의 이 시도 마음에 쌓인 회포를 토로한 것인 점에서는 양생의 그것과 다름이 없지만, 원자허의 원한은 양생의 그것과는 질적인 차이가 있다. 곧, 양생의 시가 개인적인 욕망을 토로한 것인 데 반해서, 원자허의 그것은 이념적으로 좌절된 시인의 정서가 드러나 있는 것이다. 가의(賈宜)가 귀양 간 장사를 연상하는 대목에서 이 점은 분명히 인지된다. 이에 이러한 양상을 이념의 드러남

---

70) <원생몽유록>, 앞의 책, 같은 곳, 恨入江波咽不流 荻花楓葉冷颼颼 分明認是長沙岸 月白英靈何處遊.

으로 본다.

위의 두 경우와는 달리, (다)-1에서의 주인공은 애초에 현실적인 결여의 상태가 아니라 완전히 충족된 현실적 상황 속에 놓여 있다. 성진은 약관의 나이에 삼장 경문을 통달하고 육관대사의 후계자로서 신망 받는 승려인 것이다. 그리고 성진의 이러한 충족의 상태는, 인용문에 제시된바, 육관대사의 『금강경』과 관련된 불교 이념에 그가 충실히 따랐기에 가능한 것이다. 그러나 성진이 팔선녀를 만난 후, 그의 내면에 있던 욕망이 소용돌이쳐서 자신의 충족된 현실 상황에 대한 근본적인 회의에 빠지게 된다. 그리하여 유교적 공명주의에 대비된 불교적 허무주의에 대해 염증을 느끼는 것이다. 여기서 양생의 경우와 마찬가지로, 성진의 욕망이 드러남을 볼 수 있다. 그러나 성진의 욕망은 양생의 그것과 같으면서도 다르다. 여성에 대한 욕망 자체는 성진과 양생이 동질적인 것이지만, 성진의 고민은 처음에는 욕망에서부터 촉발되었지만 거기서 더 나아가 불교적 허무주의와 유교적 공명주의 사이의 이념적 갈등을 겪고 있는 것이다. 이에 성진은 욕망과 이념의 이중적인 드러남을 보이고 있다고 본다.

이와 같이 현실 속에 처한 양생, 원자허, 성진의 상황은 각기 독자적인 성격을 띠고 있다. 양생은 욕망을, 원자허는 이념을, 그리고 성진은 욕망과 이념을 동시에 드러내고 있는 것이다. 이러한 도입 액자의 현실로부터 꿈 혹은 그와 동질적인 환상적 체험으로 들어간다. 액자 내부인 꿈인 것이다. 여기서 자아인 주인공이 또 다른 자아인 대상을 만나게 되는데, 이 만남의 성격과 대상의 의식에 초점을 맞추어 꿈의 성격을 추출할 수 있다.

(가)-2 아무 주(州) 아무 땅에 사는 어느 씨(氏) 아무개는 삼가 아룁니다. 지난번 변방의 방어가 무너져 왜구가 침범하였는데, 무기들이 눈에

가득하였고 봉화가 한 해 동안 이어졌습니다. 가옥을 분탕질하고 생민을 약탈하니, 동서로 달아나 숨고 친척과 하인들도 각기 서로 흩어졌습니다. 첩은 부들이나 버들 같이 연약한 몸으로 멀리 피란가지 못하여 깊은 규방에 들어 있다가, 끝내 그윽한 정절을 지키고 옷이 이슬에 젖는 짓을 저지르지 않고서 상도(常道)에 어그러진 화를 피했습니다.……그러나 가을 달과 봄꽃을 상심으로 헛되이 보내고 들판의 구름과 흐르는 물과 함께 무료히 날을 보냈습니다. 그윽이 빈 골짜기에 거하여 평생의 박명(薄命)을 한탄했고, 홀로 좋은 밤을 보내면서 채색 난새가 홀로 춤춤을 마음 아파했습니다.71)

(나)-2 "경들은 어찌 각각 자기의 뜻을 말하여 그윽한 원한을 풀지 않는가?" 여섯 사람은, "왕께서 이에 노래를 부르시면 신들이 잇겠습니다."라고 했다. 왕은 근심스레 옷깃을 여미고 슬픔을 이기지 못하면서 이에 노래하였다.

강물이 오열함이여, 끝없이 흐르나니
나의 회포 길고 김이여, 그와 같도다.
살아서 천승(千乘)의 국왕이더니 죽어서 외로운 혼이 되어
새 임금은 거짓이니 제왕이라 존경하랴.72)

(다)-2 소저(정경패)가 잠시 아미를 숙이고 눈길을 거두지 않으면서 묵묵히 앉아 있다가, "봉황이여, 봉황이여, 고향으로 돌아가리라 / 사해에 놀아 그 짝을 구하리라."라는 구절에 이르러 이에 눈을 뜨고서 다시 쳐다보고 그의 띠를 내려다보고는, 홍담(紅暈)이 양 볼에 나타나며 황기(黃氣)가 눈썹에서 사라져 정히 봄 술에 취해 피곤한 듯하였다. 곧 조용

---

71) <만복사저포기>, 앞의 책, 286~287면, 某州某地居住何氏某 竊以 曩者 邊方失禦 倭寇來侵 干戈滿目 烽燧連年 焚蕩室廬 虜掠生民 東西奔竄 左右逋逃 親戚 僕 各相亂離 妾以蒲柳弱質 不能遠逝 自入深閨 終守幽貞 不爲行露之霑 以避橫逆之禍……然而秋月春花 傷心虛度 野雲流水 無聊送日 幽居在空谷 歎平生之薄命 獨宿度良宵 傷彩鸞之獨舞.
72) <원생몽유록>, 같은 곳, 卿等 盍各言其志 以敍幽寃乎 六人曰 王庸作歌 臣等賡焉 王 然正襟 悲不自勝 乃歌曰 江波咽咽兮 流無窮 我懷長長兮 與之同 生爲千乘兮 死作孤魂 新是僞王兮 帝乃陽尊.

히 일어나 몸을 돌려 안으로 들어갔다. 소저가 얼굴에 붉은 기운을 띠고 서서히 말하기를, “내가 몸을 구슬같이 아끼고 마음을 반석같이 지녀, 발자취가 중문을 나가지 아니하였고 언어로 친척들과 교류하지 않았음을 춘랑이 아는 바이라. 하루아침에 남에게 속임을 당하여 홀연 씻기 어려운 부끄러움을 당했으니 이후로 어찌 얼굴을 들고 사람을 대하리오.” 춘운이 이르기를, “그 여관(女冠)이 과연 남자일진대 그 용모의 수려함이 이와 같고, 그 기상의 호상(豪爽)함이 이와 같으며, 그 음률에 정통함이 또한 이와 같으니, 가히 그 솜씨가 높음을 알 것이니 어찌 상여(相如)만 못할 줄 알겠나이까.” 양인이 즐거이 담소하면서 종일토록 자락(自樂)하더라.73)

세 인용문은 각각 앞에서 인용한 세 작품의 액자 내부인 꿈속 체험 대목에서 뽑은 것이다. 우선, 이들 모두가 극히 현실적인 성격을 띠고 있다는 점이 지적되어야 한다. 작품에 따라서는 꿈속 체험이 상당히 괴이하여 환상적 성격을 띠기도 하지만, 대부분의 몽유 양식은 이와 같이 꿈속 체험이 현실적인 성격을 띠고 있는 것이다. 따라서 환상성이 갖는 작품 내적 기능은 이와는 별도로 현실과 꿈의 상호 관계 속에서 찾아야 하리라 본다.

(가)-2는 양생이 꿈과 유사한 환상적 체험 가운데 만난 여인의 성격이 나타나 있다. 남주인공인 양생과 더불어 여주인공인 여인은 또 다른 욕망의 주체가 되는데, 인용문의 후반부에서 보듯이, 그녀는 양생과 마찬가지로 고독과 슬픔 속에서 살아온 사람으로서 사랑을 갈구하는 그녀의 욕망은 매우 간절한 것이다. 그런데, 조실부모에 의한 결여 상태에 있는 양

73) <구운몽>, 앞의 책, 191~193면, 小姐蛾眉暫低 眼波不收 泯默而坐矣 至鳳兮鳳兮歸故鄕
遊四海求其凰之句 乃開眸再望 俯視其帶 紅暈轉上於雙頰 黃氣忽消於八字 正若被惱於春
酒者也 卽雍容起立 轉身入內……小姐發紅於面 徐言曰 吾愛身如玉 持心如盤 足跡不出於
重門 言語不交於親戚 乃春娘之所知也 一朝爲人所詐 忽受難洗之羞辱 自此何忍擧面對人
乎……春雲曰 其女冠果是男子 則其容顔之秀美如此 其氣像之豪爽如此 其精通音律又如此
可知其手槖之高矣 安知非眞相如乎……兩人嬉嬉談笑 終日自樂.

생처럼, 여인 역시 전쟁이라는 현실적 극한 상황으로 인해서 자신의 욕망이 좌절된 것임을 밝히고 있다. 말하자면, 여인은 전쟁이라는 경험 세계의 피해자인 셈이다.

이와 함께, 여인의 의식 속에는 경험 세계의 횡포에 맞서 자신이 믿는 윤리 곧, 정절 관념을 굳게 지켰다는 자부심이 개재되어 있음을 간취할 수 있다. 이는 여인의 욕망이 윤리 의식과의 관련 속에 있다는 점을 말해 주는 것으로서, 이에 다시 욕망과 이념 사이의 길항 관계를 설정할 필요가 있는 것이다. 이와 같이 (가)-2에서는 욕망과 경험 세계, 욕망과 이념 사이의 갈등이 드러난다. 이는 이 작품의 꿈의 성격을 파악하는 데에 있어서 중심된 의미를 지닌다.

(나)-2의 경우, 꿈속에서 주인공이 만난 대상 중의 한 인물인 왕의 성격이 드러나 있다. 그는 욕망의 소유자로 나타나기 보다는 이념의 상징으로서 등장한다. 그런데 그가 읊는 시에서 보듯이 그는 현실 속에서 패배를 당한 인물이다. 그 패배는 정치적 사건과 연관되는데, 시 속에서 인용된, 항우가 초회왕을 의제(義帝)로 거짓 높인 사실(史實)에 대응하는 성질의 것이다. 곧, 왕은 단종으로서, 세조가 일으킨 계유정란으로 인해 폐위되어 결국 죽음에 이르게 된 인물이다. 계유정란은 신하가 임금을 내친 일이기에 유교적 이념에 비추어 볼 때 패역무도한 사건에 해당하지만, 이 사건을 통해 유교 이념이 현실의 힘에 의해서 여지없이 무너져 버린 것 또한 엄연한 사실이다. 이는 곧 경험 세계와 이념 사이의 갈등 속에서 이념이 경험 세계의 횡포 앞에서 무력화되었음을 뜻한다. 역사적으로는 이미 현실이 이념을 파기시킨 일이고, 이를 작품 속에 도입하여 파기된 이념의 상징으로서 단종을 추모하고 있는 것이다. 그러기에 단종의 시 속에는 무한한 비애와 원한이 사무쳐 있다. 여기서 (나)-2에 나타나는 꿈속 체험의 성격이 경험 세계와 이념 사이의 갈등을 드러내고 있다는 점

을 알 수 있다.

(다)-2는 양소유가 여장(女裝)을 하고 정사도 댁에 들어가서 정경패 앞에서 음악을 연주하는 끝 대목이다. 여기서 정경패의 행동을 눈여겨볼 필요가 있다. 그녀는 양소유가 사마상여가 탁문군을 유혹하던 <봉구황곡(鳳求凰曲)>을 타자 그 뜻을 간파하고 자리를 피한다. 자기 방에 돌아와 가춘운에게 남정네에게 속임을 당하여 부끄러움을 씻을 수 없게 되었음을 원통해 한다. 말하자면, 그녀는 여성의 미덕을 온전히 지키려는 윤리적인 의식을 뚜렷이 드러내고 있는 것이다. 그러나 춘운의 그럴 듯한 위로로 인해서 두 사람이 함께 자락할 수 있었다. 이러한 양상은 정경패의 욕망이 윤리적 의식 속에서 속박을 당하고 있는 것임과 동시에, 욕망 자체가 은근히 긍정되고 있는 양상이다. 이는 여인이 윤리적인 의식과 욕망 사이에서 갈등하고 있는 점과 상통하지만, 또한 뚜렷이 구분되는 면모를 지닌다. 그것은 정경패가 결국 가춘운의 말을 수긍하여서 비록 양소유에게 속임을 당한 수치가 있다고 하더라도 양소유와의 결연이 완벽하게 이루어진다는 점에서이다. 여기서 완벽하다는 것은 꿈속에서 뿐 아니라 결말 액자에서 다시 팔선녀로 돌아온 여덟 부인들이 모두 불교에 귀의하여 성진과 더불어 극락왕생한다는 대목까지를 염두에 둔 것이다. 이는 양생과 여인이 결말 액자에서 결국 이별하게 되는 비극성을 지니는 것과는 상반되는 결말 구조이다.

이러한 (다)-2의 양상을 욕망과 이념의 통합을 지향하는 특성으로 본다. 꿈속 세계에서의 양소유는 팔선녀의 화신들을 차례로 만남으로써 자신의 욕망을 온전히 성취하는 한편으로, 유교적 공명주의에 입각하여 모든 부귀와 영화를 누리고 있다. 양소유에게서 보이는 이러한 욕망과 이념의 통합은 위에서 살핀 정경패를 위시한 여덟 여인들에게도 마찬가지인 것이다.

이상에서 고찰했듯이, 꿈속 체험의 성격에 있어서 (가)-2는 욕망과 경험 세계 혹은 욕망과 이념 사이의 갈등을, (나)-2는 경험 세계와 이념 사이의 갈등을, (다)-2는 욕망과 이념 사이의 통합을 작품의 중심 성격으로 드러내고 있다고 본다. 이러한 액자 내부의 꿈속 체험을 거쳐서 결말 액자에 이르게 된다. 다시 현실로 돌아온 것이다. 이 결말 부분의 처리가 또한 세 양식 사이의 차별성을 드러내 주고 있다.

(가)-3 다음날 생은 희생과 항아리 술을 준비하여 지난 자취를 찾았는데, 과연 시신을 임시로 안장한 곳이었다. 생은 제물을 차려 놓고 애통해하면서 그 앞에 지전(紙錢)을 불살라 장례를 마치고서 제문을 지어 조상했다.……후에 생은 정애(情哀)가 극하여 땅과 집을 다 팔아 다시 사흘 저녁을 추천하였더니, 여인이 공중에서 부르며 말했다. 낭군의 천거를 입어 이미 다른 나라에서 남자가 되었습니다. 비록 저승이 격해 있지만, 진실로 깊이 느끼어 마음에 새겨두겠습니다. 낭군은 마땅히 다시 정업(淨業)을 닦아 함께 윤회를 벗어나도록 하십시다. 생은 그 후 다시 장가들지 않고 지리산에 들어가 약초를 캐며 살았는데, 어디서 세상을 마쳤는지는 알 수 없다.74)

(나)-3 자허도 역시 놀라 깨어 보니 곧 한바탕 꿈이었다.
자허의 벗 매월(梅月)[해월(海月)]거사는 이를 듣고 통탄하여 말했다. "대저 예부터 임금이 어둡고 신하가 혼미하여 졸지에 전복된 자 많았다. 지금 그 임금을 보건대 반드시 현명한 임금이라 생각되고, 여섯 인물도 또한 모두 충의의 선비인데, 어찌 이러한 신하의 보필과 이러한 현명한 임금으로서 패망의 화가 이같이 참혹할 수 있겠는가. 아아, 시세(時勢)가 그렇게 하였는가. 그렇다면 이를 시세로 돌리지 않을 수 없겠고, 또한 이를 하늘에 돌리지 않을 수 없겠다. 이를 하늘에 돌린다면, 곧 복선화

---

74) <만복사저포기>, 앞의 책, 291면, 翌日設牲牢朋酒 以尋前迹 果一殯葬處也 生設奠哀慟 焚楮鏹于前 遂葬焉 作文以弔之……後極其情哀 盡賣田舍 追薦再三夕 女於空中唱曰 蒙君薦拔 已於他國爲男子矣 雖隔幽冥 寔深感佩 君當復修淨業 同脫輪回 生後不復婚嫁 入智異山採藥 不知所終.

음(福善禍淫)이 천도(天道)가 아니겠는가. 이를 하늘에 돌리지도 못한다면, 어둡고도 아득하여 이 이치를 상세히 알기 어려우니, 우주는 유유하여 한갓 지사의 회포만을 더할 따름이다.[75]

(다)-3 스스로 자기 몸을 돌아보니 곧 홀로 작은 암자 가운데의 부들자리 위에 있었다. 향로에 불이 다하였고 달은 서쪽 봉우리에 있었다. 스스로 머리를 만져보니 곧 머리카락을 새로 깎아 남은 머리카락이 꺼칠꺼칠하였다. 108개 염주가 목 아래 드리워져 있었으니 진실로 이 소화상(小和尙)의 모습이었다. …… "지금 네가 성진을 너의 몸이라 여기고 꿈을 너의 몸이 꿈꾼 것이라 여기니, 그렇다면 너는 또한 몸과 꿈이 한 물건이 아니라고 이르는 것이다. 성진과 소유 중 누가 꿈이고 누가 꿈이 아닐까?" 성진이 이르기를, "제자가 몽매하여 꿈이 참이 아니고 참이 꿈이 아님을 분변할 수 없나니, 사부께서는 법연을 베푸시어 제자를 깨우치소서." …… 이후에 성진이 연화 도량의 대중을 이끌어서 교화를 크게 펴니 신선과 용신, 인간과 귀물이 성진을 육관대사와 같이 존중하였다. 여덟 비구니도 모두 성진에게 사사(師事)하여 보살의 대도를 깊이 터득하여서 필경에는 모두 극락세계로 돌아갔으니, 아아 괴이하구나.[76]

(가)-3에 나타나는 결말의 처리 방식은 여전히 환상적인 수법에 의거해 있다는 점이 주목된다. 꿈속에서의 환상적 체험이 꿈을 깨고 난 현실 속에서도 연장되고 있는 것이다. 이는 주인공의 꿈속 체험이 꿈 이후에

---

75) <원생몽유록> 같은 곳, 子虛亦驚悟 則乃一夢也 子虛之友 梅(海)月居士 聞而痛之曰 大氐自昔以來 主暗臣昏 卒至顚覆者多矣 今觀其主 想必賢明之主也 其六人者 亦皆忠義之士也 安有如此之臣輔 如此之明主 而敗亡之禍 若是其慘酷者乎 嗚呼 勢使然耶 然則不可不歸之於時與勢 而亦不可不歸之於天也 歸之於天 則福善禍淫 非天道也歟 不可歸之於天 則冥然漠然 此理難詳 宇宙悠悠 徒增志士之懷也已.

76) <구운몽>, 앞의 책, 280~282면, 自顧其身 則獨在小庵中蒲團上 火消香爐 月在西峰 自撫其頭 則頭髮新剃 餘根鬆鬆 一百八顆念珠 已垂項前 眞是小和尙形摸……今汝以性眞爲汝身 以夢爲汝身之夢 則汝亦以身與夢謂非一物也 性眞少游 孰是夢也 孰非夢也 性眞曰 弟子蒙暗 不能卜夢非眞也 眞非夢也 望師傅設法 使弟子覺之……此後性眞率蓮花道場大衆 大宣敎化 仙與龍神 人與鬼物 尊重性眞 如六觀大師 八尼姑皆師事性眞 深得菩薩大道 畢竟皆歸於極樂世界 嗚呼異哉.

도 여전히 심각한 의미를 지니고 있음을 시사한다. 그러므로 현실―꿈―현실은 사건 전개에 있어서 서로 단절되지 않고 의미의 연관을 이루게 된다.

여기에 더하여 결말의 비극성이 강조되어야 하겠다. 여러 논자들에 의해서 지적되었듯이, '부지소종(不知所終)'의 결말은 세계와의 화합이 결국 실패하고 주인공이 세상을 등지게 되는 것으로서 비극적 성격을 지닌다. 이 글의 관점에서 보자면, 이는 꿈속에서 이루어졌던 욕망의 성취가 여전히 미해결인 채로 남게 됨을 의미한다. 꿈속 체험을 통하여 주인공의 욕망이 일시적으로는 이루어졌지만 궁극적으로는 이별할 수밖에 없는 상황인 것이다. 따라서 욕망의 좌절이라는 서두 액자로 되돌아가게 되는데, 그러나 이는 순환적인 구조로 파악될 성질의 것은 아니다. 양생이 겪은 환상적 체험은 매우 진실 되고 또 일회적인 집중성을 지니는 것이었기 때문에, 이 체험을 통하여 양생의 삶은 질적으로 고양되었다고 할 수 있다. 그리하여 도입 액자에서 욕망의 성취를 갈구하던 그는 이제 환상적 체험만을 간직한 채, 모든 욕망을 저버리고 세상 밖으로 사라지는 것이다. 필자는 이를 변증법적 구조로 이해하고자 한다. 욕망의 드러남으로부터 욕망의 일시적 성취로 나아가고, 다시 끝내 욕망의 감춤 상태로써 그 드러남과 성취를 아우르고 있는 것이다.

이에 반해 (나)-3은 꿈속 체험을 기술한 후 각몽의 상태로 돌아온 것으로서 작품이 종결되고 있다. 인용문 가운데 첫 번째 문장이 그것이다. 따라서 꿈속 체험이 다시 현실 속에서 주인공에게 어떠한 의미를 지니는 것인지가 사건 전개의 측면에서 제시되지 않는다. 꿈속 체험은 각몽 이후의 현실에 어떤 계기를 부여하는 원인이 될 수 없는 것이다. 이는 꿈속 체험 자체의 기술 속에서 작품의 주제가 다 피력된 것임을 의미한다. 곧, 경험 세계의 횡포로 인해 파기된 이념에 대한 신념이 꿈속의 등장인물들에 의해서 모두 피력된 것이다.

다만, 인용문에서와 같이 해월거사의 논평이 붙을 수 있다. 이는 작품 전체의 주제를 논리적인 언술로 다시 요약한 것이다. 그 내용에서 드러나듯이, 이 작품의 주제는 결국 '시세(時勢)와 천도(天道)' 사이의 모순에 대한 심각한 고민을 드러내고 있는 것이라 할 수 있다. 이는 곧 경험 세계와 이념 사이의 모순에 대한 인식인 것인데, 작자나 독자 모두 경험 세계에 의해 와해된 이념을 어떻게 해야 할지를 도무지 알 수 없는 상태에 있다.

(다)-3은 각몽 후에 꿈속 체험이 주인공에게 주는 의미를 탐색한다는 점에서 (가)-3과 유사한 성격을 지닌다. 그렇지만 (가)-3과는 달리 꿈속 체험 자체가 욕망과 이념의 통합을 이루어낸 것이기 때문에, 그 통합된 욕망과 이념의 총괄적인 의미를 체득하는 일이 서사적 탐색의 마지막 과제가 된다. 그리하여 그 의미가 밝혀졌을 때, 욕망과 이념을 모두 초극할 수 있는 것이다. (가)-3과 같은 비극적 결말에 이를 수 없는 것은 이러한 포괄적인 세계 인식에 있다. 사적인 욕망의 일회적인 성취에 비하여, 욕망과 이념의 전 생애적인 통합을 이루어 낸 주인공들에게 있어서 마지막 문제는 그 전체의 체험을 초극하느냐 아니면 온전히 수용하느냐의 문제일 따름이다. 여기서는 초극의 길을 걷고 있다.

(3) 요약

이상의 논의를 종합해 보면, (가), (나), (다) 각각의 작품이 속한 하위 양식의 변별적 특성이 정리될 수 있다.

(가)는 곧 몽유전기소설(夢遊傳奇小說)이다. 이 양식은 욕망의 성취에 서사적 탐색의 기본축이 놓인다. 남녀 주인공들의 욕망은 경험 세계 혹은 이념과의 갈등 속에 좌절된 상태로 있다가, 꿈속 체험을 통하여 일회적

이고 진실한 욕망의 성취가 이루어지지만, 결국 현실로 돌아와서는 욕망을 감추고는 사라지는 것이다. (나)는 몽유록(夢遊錄)이다. 이 양식은 이념의 관철에 서사적 탐색의 기본축이 놓인다. 주인공은 좌절된 이념을 품고 방황하는데, 그가 꿈속에서 만나는 인물은 모두 주인공의 의식을 대변하는 인물들이다. 그리하여 꿈속 체험은 경험 세계와 이념 사이의 모순과 갈등으로 인해 원한을 품은 인물들과의 만남으로 이루어지고, 꿈속 체험에서 다시 현실로 돌아왔을 때는 더 이상의 서사적 진행이 이루어지지 않는다. (다)는 몽유장편소설(夢遊長篇小說)이다. 이 양식은 욕망과 이념의 통합에 서사적 탐색의 기본축이 놓인다. 이미 도입 액자에서부터 욕망으로 인한 고민과 이념 사이의 방황이 그려지는데, 이것이 꿈속 체험을 통하여 온전히 통합되어 성취된다. 그리하여 각몽 후에는 통합된 욕망과 이념을 초극 혹은 수용하는 일만이 남게 된다.

요컨대, 꿈속 체험 곧 환상을 통하여, 몽유전기소설은 욕망의 성취를, 몽유록은 이념의 관철을, 몽유장편소설은 욕망과 이념의 통합을 지향하는 각각의 변별적 특성이 드러나는 것이다.

이상의 논의에서 몽유 양식 중에서 중심을 차지하고 있는 세 하위 양식이 지닌 변별적 특성을 드러내 보았다. 이러한 작업은 논리화에 따른 도식성을 면하기 어렵다는 점이 문제일 수 있다. 또한 이 논의는 세 양식 중에서 대표작을 선택하여 고찰한 것이기 때문에 작품에 따라서는 양식적 특성에서 벗어나 있는 것도 있을 수 있다. 가령, 몽유전기소설에 속하는 <남염부주지>의 경우, 주인공 박생이 도입 액자에서 일리론(一理論)을 짓는다든가 꿈속에서 만난 염왕과의 대화 내용이 유교적 이념에 바탕을 둔 현실 비판 의식을 강하게 드러내고 있다든가 하는 점에서 다분히 이념적인 성격을 지니고 있다. 그리하여 욕망의 성취라는 몽유전기소설의 일반적인 특성에서 많이 벗어나 있는 것이다. 몽유록의 경우, 몽유자가 꿈속에서 자신의 이념을 대변하는 인물들을 만난다는 설정 자체는 몽유자가 지닌, '이념성을 띤 욕망'을 성취하는 양상으로 이해될 수도 있을 것이다. <구운몽>조차도 위에서 분석한 정경패의 의식이 반드시 욕망과 이념의 통합을 지향하는 것인가, 또는 그렇더라도 <만복사저포기>에서의 여인 역시 욕망과 이념의 통합이라는 점에서는 정경패와 동질적인 모습을 보여 주는 것은 아닌가 하는 의문이 제기될 수 있다.

이러한 예상되는 반론에 대해서 이 글에서 애써 드러내고자 했던 것은 각각의 하위 양식이 지닌 가장 핵심적인 특성이었다는 점을 말하고 싶다. 작품에 따라서 편차가 있다 하더라도 각 하위 양식의 일반적인 특성으로서 추출한 세 가지 변별적인 양상은 각 양식에 속한 작품들 대다수가 공유하는 특성인 것이다. 또한, 이 글의 작업은 몽유 양식사를 체계적이고 일관성 있게 고찰하기 위한 것으로서, 동일한 차원에서 설정된 개념들 사이의 상호 관련 속에서 하위 양식들이 지닌 변별적 특성을 이해하려고 했던 것이다. 이런 관점에서 <남염부주지>의 경우는, 선행 연구에서도 지적했듯이77) 전기 소설로서는 매우 특이한 작품으로 이해할 수 있고, 몽유록은 비록 이념적인 욕망의 성취로 볼 가능성이 있다 하더라도, 앞서 분석한 바와 같이 경험 세계의 횡포에 좌절된 이념을 관철하려는 주인공 혹은 작가의 의식이 강하게 투영되어 있음으로 해서 몽유전기소설에서의 욕망의 성취 양상과는 뚜렷이 구분된다. 또한 <구운몽>에서의 정경패의 의식 역시 몽유전기소설에서의 여주인공들이 이념과 욕망 사이에서 겪는 갈등만큼 심각하지는 않으며, 더욱이 양소유와 다른 부인들의 세속적인 성취로 이어지는 작품의 결구상 비극적인 결말의 몽유전기소설

---

77) 임형택, 앞의 논문, 25면에서 '<남염부주지>는 ≪금오신화≫에 수록된 작품들 중 단연 이채(異彩)이다. 이 작품이 여타의 작품에서 보는 낭만적인 분위기가 후퇴한 대신 애초부터 철학적인 문제를 내걸고 학문적인 대화로 이야기를 계속한 일종의 사상 소설이라는 점이다.'라고 지적하고 있다.

과는 뚜렷이 구분되는 측면을 지니고 있다.

여기서 고찰된 하위 양식 간의 변별성이 인정된다면, 이를 기초로 몽유 양식의 소설사적 전개 양상에 대해 좀 더 체계적인 기술이 가능하리라 본다. 곧, 환상성과 현실성의 성격 변화, 경험 세계에 대립 갈등하는 욕망과 이념이 담고 있는 내용의 변모 양상, 그 상호 관계의 변화 등을 추적함으로써 몽유 양식의 역사적인 흐름을 일관되게 파악할 수 있을 것이다.

3) 몽유 양식사의 시대 구분

이상에서 살펴본 몽유 양식의 성격과 하위 양식들의 특성은 공시적인 고찰의 결과로서 나온 것이다. 이제 이를 통시적인 관점에서 살펴보기 위한 기반으로서 몽유 양식사의 시대 구분을 시도해 보려고 한다. 이를 위하여 몇 가지 전제해 두어야 할 것이 있다.

첫째, 양식 내재적인 교체 양상을 시대 구분의 가장 기본이 되는 기준으로 삼고자 한다. 이럴 경우, 앞에서 살폈던 각각의 하위 양식들이 서로 변별적으로 지니고 있는 양식적 특성을 양식 내재적 교체 양상의 징후로서 간주한다. 그리하여 욕망의 성취를 기본 성격으로 하는 몽유전기소설, 이념의 관철을 의도하는 몽유록, 욕망과 이념의 통합을 지향하는 몽유장편소설 등 몽유 양식의 주요 하위 양식들 사이의 역사적 자리바꿈을 시대 구분의 중심된 기준으로 설정할 수 있을 것이다. 물론 앞에서도 전제했듯이, 세 가지 하위 양식 사이의 역사적 교체 양상은 비약을 통해 이루어진 것이 아니라, 점진적인 과정을 겪었다는 점에 주의하여야 한다. 곧, 어느 한 양식에서 다른 양식으로의 교체 양상을 파악함에 있어서 그 두 양식의 특성을 공유하고 있는 작품들이 존재한다는 점을 간과할 수 없다.

둘째, 양식 내적으로 주도적인 하위 양식과 그렇지 못한 것과의 부침과 교체 현상에 주목하고자 한다. 몽유 양식의 역사적 전개 과정에서 어느 특정한 시기에 어느 한 하위 양식이 몽유 양식 내의 주도적인 위치를 차지하는 현상이 시대 변화에 따라 나타나고 있다. 가령, 『삼국유사』가 산출된 시기인 13세기에서부터 ≪금오신화≫을 거쳐 ≪기재기이≫가 나온 16세기 중반까지는 몽유전기소설이 몽유 양식 내에서 주도적인 역할을 하고 있다. 또한 16세기 중반 무렵부터 17세기에 이르는 기간에는 몽유전기소설이 주도적인 위치에서 물러나고, 그 대신 몽유록이 시대적 상황을 반영하면서 몽유 양식의 주류로서 부상한다. 물론, 몽유록은 전대의 몽유전기소설로부터 파생되어 독자적인 성격을 지니게 된 양식이기 때문에 몽유전기소설과 몽유록의 중간 단계로서 <안빙몽유록(安憑夢遊錄)>이나 <대관재몽유록(大觀齋夢遊錄)>과 같은 작품이 이 두 시기 사이에 나오고 있는 점이 고려되어야 한다. 17세기를 지나서는 몽유록이 퇴조하면서 <구운몽>을 필두로 하여 몽유장편소설이 양식 내의 주도적인 자리를 차지하게 된다. 그러다가 애국계몽기에 이르러서는 다시 몽유록이 시대 이념을 표출하는 주도적인 역할을 수행하게 된다. 이와 같이 몽유 양식은 그 역사적 전개 과정에서 주도적인 하위 양식 사이의 부침과 교체 현상이 포착되는 것이다.

셋째, 각 하위 양식이 지닌 양식적 특성을 확립하였다고 보이는 작품의 출현을 시대 구분의 기준으로 삼을 수 있다. 이는 몽유 양식의 전개 과정 속에서 각 하위 양식의 가장 전범이 될 만한 작품의 출현을 특히 중시하는 입장이다. 문학사는 일반사와의 관련성을 무시할 수는 없지만, 또한 문학 작품들의 집적에 의해서 구성되는 것임을 염두에 둔 것이다. 그리하여 몽유전기소설의 경우는 『삼국유사』가 나온 13세기에서부터 시대 구분의 시작으로 보며, 몽유록의 전범으로 이해되는 <원생몽유록(元生夢遊錄)>이 출현한 16세기 중엽, 그리고 <구운몽>이 산출된 17세기 말엽 등이 시대 구분의 구체적인 시기가 되도록 하였다.

위와 같은 세 가지 전제는 몽유 양식사의 시대 구분에서 작품의 존재 양상에 적합하고, 또 양식의 시대적인 흐름을 잘 드러낼 수 있다고 판단되는 기준으로 설정한 것이다. 이 기준에 의해 이 글에서 설정한 몽유 양식사의 시대 구분을 도표로 제시하면 다음과 같다. 이 도표는 몽유 양식사의 시대 구분은 물론, 이 글의 대상 자료를 시대별로 배치하여 제시하려는 의도, 그리고 하위 양식의 소설사적 전개를 조망하는 시각을 명료히 드러내려는 의도를 포함하고 있다.

[표 1] 몽유 양식사 시대 구분표(작품명* : 유사 몽유 양식)

하위 양식 / 시대 구분	11~13세기	15세기	16세기
1. 몽유전기소설	『삼국유사』 소재 <조신전> 『수이전』 소재 <최치원>	≪금오신화≫ 소재 <만복사저포기>* <이생규정전>* <취유부벽정기>* <남염부주지> <용궁부연록>	≪기재기이≫ 소재 <서재야회록>* <최생우진기>* <하생기우전>*
2. 중간적 성격의 작품			<대관재몽유록> ≪기재기이≫ 소재 <안빙몽유록>
3. 몽유록			<원생몽유록> <금생이문록>
4. 중간적 성격의 작품			
5. 몽유장편소설			

	17세기	18~19세기	애국계몽기	일제강점기
1.	〈운영전〉			
2.		〈부벽몽유록〉		
3.	〈달천몽유록〉1 〈달천몽유록〉2 〈몽김장군기〉 〈용문몽유록〉 〈피생명몽록〉 〈강도몽유록〉	〈내성지〉 〈금산몽유록〉 〈금화사몽유록〉 〈사수몽유록〉 〈제마무전〉	〈만하몽유록〉 〈몽견제갈량〉 〈디구셩미ᄅᆡ몽〉 〈금수회의록〉* 〈경세종〉* 기타 작품들	〈몽배금태조〉 〈꿈하늘〉 〈만국대회록〉*
4.		〈옥선몽〉		
5.	〈구운몽〉	〈옥련몽〉 〈옥루몽〉 〈구운기〉		

(1) 13세기~16세기 중엽의 몽유 양식

이는 『삼국유사』가 나온 13세기에서부터 ≪기재기이≫가 산출된 16세기 중엽까지를 한 시기로 구분한 것이다. 전기 소설(傳奇小說)이 나말 여초(羅末麗初)에 성행하였으리라는 견해나,[78] 『수이전』이 11세기에 창작되었으리라고 보는 견해[79]를 무시할 수는 없지만, 이 글은 일단 『수이전』의 마지막 개작자인 김척명(金陟明)의 존재와 『삼국유사』의 출현을 전기 소설의 출발로 보자는 견해를 따르기로 한다.[80] 『삼국유사』에 기록된바 향인 김척명이 『수이전』을 개작한 형태가 나말 여초의 작품을 어느 정도 허구적으로 윤색한 것이었으리라 보고, 이를 나말 여초의 작품들이 설화적 차원에 머물러 있었던 것이 이러한 개작을 통하여 어느 정도 전기 소설적 성격을 띠게 된 것으로 추측하였기 때문이다. 그리하여 『삼국유사』 소재 <조신전>을 몽유전기소설의 초기 형태로 보고, 또 『수이전』 소재

---

78) 임형택, 「나말여초의 전기 문학」, 『한국한문학연구』 5, 1980-81.
79) 이인영, 「태평통재 잔권 소고」, 『진단학보』 12, 1940에서 『수이전』 소재 <최치원>은 최치원을 모델로 쓴 설화이므로 최치원이 작자가 아니라 『해동고승전』의 기록에 의거, 박인량(?~1096)을 작가로 보아야 한다고 하였다.
80) 김종철, 「서사문학사에서 본 초기소설의 성립문제」『고소설연구논총』, 1988.

<최치원>을 유사 몽유전기소설의 예로 간주하여 논의에 포함시키고자 한다.

이들 초기 작품을 거쳐서 15세기 ≪금오신화≫에 이르러 몽유전기소설이 완성된 형태로 나타나게 되고, ≪금오신화≫가 나온 지 약 7~80년 후에 ≪기재기이≫가 창작됨으로써 몽유전기소설의 계승과 그 변모 양상을 살필 수 있다.

이 시기에는 몽유 양식의 하위 양식 가운데에서 몽유전기소설이 양식 내에서 주도적인 위치를 차지하는 동시에 우리 소설사에 있어서도 중심적인 역할을 담당하였던 시기이다. 이에 몽유 양식의 특성 가운데 욕망의 성취를 기본적인 성격으로 하여 이 시기의 특징적인 국면이 전개되었다. 그리고 욕망의 성취 과정에 개입되는 환상성은 작품의 주제를 드러내는 데 있어서 매우 중요한 역할을 하게 되어 다른 어떠한 하위 양식에서보다도 그 의미가 두드러지는데, 이 점이 또한 이 시기 몽유 양식의 중요한 특징이 된다.

(2) 16세기 중엽~17세기 말엽의 몽유 양식

이 시기는 몽유록이 전대의 몽유전기소설을 밀어내고 몽유 양식 내의 주도적인 위치를 차지하여 당대 현실에 적극적으로 대응했던 시기이다. 전대의 몽유전기소설 가운데 <안빙몽유록>이나 <대관재몽유록>은 기본적으로는 몽유전기소설로 파악되어야 하지만 그와 아울러 몽유록적 성격을 다분히 내포하고 있는데, 이들 작품의 존재는 몽유전기소설에서 몽유록으로의 양식적 이행을 보여 준다고 생각된다.

이런 과정을 거쳐서 <원생몽유록>이 창작된 16세기 중엽에 이르러 몽유록의 양식적 성격이 확립되기에 이른다. 곧, 당대의 역사적 현실이 사대부들이 신봉하는 유교적 이념에 정면으로 배치되는 상황 속에서 경험 세계에 대한 이념적 대응 양식으로서 몽유록이 등장하여 한 시대를 풍미하는 것이다.

이와 함께 전대의 몽유전기소설은 이 시기에 와서 환상성이 약화되면서 그에 따라 현실성이 강화되는 양상을 보여 준다. 필자는 이 시기가 소설사 전반에 걸쳐서 매우 중요한 시기라고 생각하고 있는데, 가령, 권필의 <주생전(周生傳)>이나 조위한의 <최척전(崔陟傳)> 등이 다분히 현실성에 입각하여 창작된 전기 소설로서 그 시대적 특징을 잘 나타내고 있다. 이러한 이 시기 소설사의 양상을 몽유 양식 속에서 집약해 보여 주고 있는 작품이 <운영전>이다. 한편, 순수 교술 문학인 몽기류(夢記類)는 이 시기에 이르러 몽유록으로 발전되는데, 장경세의 <몽김장군기>와 같은 작품이 그 예이다. 그리하여 몽유록은 몽유 양식 내의 저류에 있던 몽기류의 역동적인 변화로부터 보다 풍성한 성과를 섭취할 수 있었다고 하겠다.

(3) 17세기 말~19세기의 몽유 양식

이 시기는 몽유록을 이어서 몽유장편소설이 몽유 양식의 주도적인 위치로 부상하여 소설사적인 의의를 확보한 시기이다. 여기서는 17세기 말에 창작된 <구운몽>의 출현이 시대 구분의 중요한 지표가 된다. 이 작품은 전대의 몽유전기소설이 지니고 있는 욕망의 성취라는 양식적 특성을 수용하는 한편, 몽유록에서 보였던 이념적 성향이 보다 보편화된 이념으로 전이되어 본격적인 서사적 줄거리를 통하여 형상화되어 있다. 이는 곧 욕망과 이념의 통합을 지향하는 몽유장편소설의 양식적 특성을 뚜렷이 보여 주고 있는 것으로 이해된다. 그리고 이를 통하여 중세적 삶의 총체적 모습을 구현해 내었다고 할 수 있다.

<구운몽>에서 양식적 성격이 확립된 이후, 이 작품을 모방한 <구운기>, 욕망과 이념의 통합 과정이 훨씬 어렵게 전개되면서 당대 사회 현

실에 대한 비판 의식을 드러내고 있는 <옥련몽>과 그것의 개작품인 <옥루몽> 등이 몽유장편소설의 큰 흐름을 형성하게 된다. 그리고 비록 시대적으로는 <구운몽> 이후의 작품으로 추정되지만, 그 양식사적 변모의 양상에 있어서는 몽유록과 몽유장편소설의 중간적 모습을 보여 주고 있는 <옥선몽>이 나타남으로써 양식 내의 통태적인 변모 양상을 살필 수 있게 해 준다.

한편, 전대의 몽유록은 이 시기에 이르러 교술적(敎述的) 서사(敍事)로서의 혼합 장르적 성격에서 점차 벗어나서 본격적인 서사물로서 등장하게 된다. <금화사몽유록>이나 <사수몽유록>에서 어느 정도 이러한 양상이 드러나고, <제마무전>에 이르러 국문 소설로서의 면모를 뚜렷이 갖추게 되는 것이다. 그리하여 몽유록은 17세기의 이념적 갈등과 방황의 양상이 변하여, 작품 속에서 유교적 이념을 확고히 실현하는 방향으로 나아간다. 물론 김수민의 <내성지>와 같이 전대의 몽유록이 지닌 서술 구조를 계승하고 있는 작품도 나타나지만, 이 작품 역시 이 시기의 소설사적 현상을 반영하고 있음을 확인할 수 있다.

(4) 애국계몽기의 몽유 양식

이 시기는 역사적 전환기를 맞아 애국계몽 운동의 일환으로 소설이 중요하게 인식되면서, 17세기 몽유록 양식을 재발견하여 그 형식에다가 이 시기에 적합한 이념을 내용으로 담아, 몽유록이 다시 한 번 몽유 양식 내에서 주도적인 위치를 점하게 되는 시기이다. 이는 몽유록이라는 양식 자체가 지니고 있는 교술적 서사로서의 특성이 이 시기의 제반 역사적 상황에 대응하는 데 있어서 유효한 역할을 수행할 수 있었다는 점을 잘 보여준다. 그리하여 이 시기 몽유록은 대체로 민족주의나 자주 독립 정신을 바탕으로 하여 제국주의에 대항하는 양상을 띠게 된다.

이 시기에 창작된 동물 우화(動物寓話)들은 몽유록적인 성격을 다분히 지니고 있다. 따라서 이들을 이 시기에 나온 유사 몽유 양식의 하나로 논의에 포함시킬 수 있다. 동물 우화와 몽유록의 결합 양상은 멀리 <정시자전>과 같은 몽유 가전(夢遊假傳)이나 ≪기재기이≫ 소재 <서재야회록>과 같은 가전체 수법을 원용한 유사 몽유 양식의 작품들에서 이미 나났던 현상이다. 이 시기의 동물 우화는 전통적인 서술 방식을 시대에 맞게 변형시키면서 몽유록과 함께 몽유 양식 내의 주요 하위 양식으로 자리 잡고 있다.

한편, 이 시기에 나온 신문이나 잡지들에 실린 잡문 형태의 글들 속에는 몽유 양식에 속하는 작품들이 산견된다. 대부분 짧은 분량으로 되어 있는 이 작품들은 이 시기에 들어서 전통적인 몽유 양식이 점차 근대적인 내용을 담으면서 수필화되는 양상을 보여 주고 있다. 그 중에는 어느 정도 근대 단편 소설적 면모를 보여 주는 작품도 있다. 이러한 양상을 살펴봄으로써 전통적인 몽유 양식이 근대 문학으로 전환되는 과정을 다소나마 드러낼 수 있으리라 기대한다.

이상에서 논한 바와 같이, 몽유 양식의 소설사적 전개 양상은 크게 네 시기로 시대가 구분되며, 각 시대는 몽유 양식 내에서의 하위 양식 사이의 부침과 교체 현상이 포착된다. 각 시대는 그에 따른 특징적인 양상을 드러내면서 소설사의 흐름 속에서 일정한 의의를 지니고 있다. 이러한 시대 구분에 서서 구체적인 작품 분석을 통해 몽유 양식의 소설사적 전개 양상을 고찰할 수 있다.

몽유 양식을 개별적으로 논한 많은 연구에서, 『삼국유사』 소재 <조신전(調信傳)>81)을 이른바 '조신몽 설화' 혹은 '조신의 꿈 이야기'라 하여 우리나라 몽유 양식의 최초 작품으로 언급하고 있다. 그런데 이 작품이 설화가 아니라 전기 소설(傳奇小說)이라는 주장이 몇 차례 대두되었던바82) 이 글은 이 견해를 따라 몽유전기소설로 보고 몽유 양식사의 초기부터 몽유전기소설이 양식 내의 중심을 차지한 것으로 파악한다. 『삼국유사』에 실린 설화 속에는 꿈이 서술의 최소 단위인 모티프로 수용된 작품이 많이 있지만 그것이 구조적인 차원에서 형상화된 몽유 양식 작품은 찾기가 어렵다. <조신전>만이 몽유 양식에 속하는 작품으로서 이 글의 논의 대상이 될 수 있다. 이 작품과 함께 『수이전』에 실린 <최치원(崔致遠)>

81) 이 명칭은 김종철이 작품의 말미에 붙은 의(議)에서 일연이 '讀此傳'이라고 하여 조신의 이야기를 명백히 '전(傳)'의 형식으로 이해했던 점에 유의하여 붙인 명명이다(「서사문학사에서 본 초기소설의 성립문제」, 『고소설연구논총』, 1988, 191면).
82) 지준모, 조수학, 임형택, 이헌홍 등이 『삼국유사』, 『삼국사기』, 『수이전』 등에 실린 작품들을 분석하여 전기 소설적 성격을 추출한 바 있는데, 김종철, 위의 논문에서 이러한 주장들을 수렴하면서 소설사적 시각에서 <조신전> 등의 작품을 전기 소설 시대의 산물로 재조명하였다.

역시 유사 몽유 양식으로서 논의 대상이 된다.83) 두 작품은 15세기에 나온 《금오신화》의 몽유전기소설들과 양식적으로 동질적인 성격을 지니고 있음이 인정되기 때문이다. 그리하여 적어도 『삼국유사』와 『수이전』이 나온 13세기부터 《금오신화》와 《기재기이》가 나온 16세기 중엽까지를 몽유 양식사에 있어서 동질적인 한 시기로 구획하고자 한다.

이 시기는 곧 전기 소설의 시대이다. 전기(傳奇)라는 개념은 중국 당대(唐代)에 이르러 그 이전 시기의 지괴류(志怪類)에 창작성이 가미되어 전문 작가에 의해 산출되었던 일련의 작품들을 통칭하는 개념이다.84) 당나라 전기 소설이 우리나라에 유입된 경로가 확실히 밝혀져 있지 않지만 임형택이 추정한 바와 같이85) 신라와 당나라 사이의 문화 교류라는 측면에서 대당 유학생들에 의해 전기 소설들이 유입되었을 가능성이 있다. 그러나 이를 구체적으로 증빙할 자료가 현재 남아 있지 않은 까닭에 그 정확한 유입 경로와 수입된 작품 목록을 찾아 볼 수 없는 것이 아쉽다. 그럼에도 불구하고 『삼국유사』나 『삼국사기』에 산재해 있는 몇몇 작품들은 다분

---

83) 앞장의 시대 구분 대목에서 언급했듯이, 필자는 김종철의 견해에 따라 『수이전』의 마지막 개작자인 김척명의 존재를 중시하여 『삼국유사』가 나온 동시대인 13세기를 몽유 전기소설 시대의 출발로 보고자 한다.

84) 정범진, 「당대전기 연구」, 성대 박사논문, 1978, 1~3면 참조. 그런데 이 글에서 사용하는 전기 소설이란 용어는 장덕순이 '우리 고전 소설들을 통칭하여 전기 소설(傳奇小說)이라 한 것'(『국문학통론』, 신구문화사, 1963, 191~200면 참조)과는 구분되어야 한다. 그는 고전 소설들이 지닌 봉건적 내용, 주인공의 초인간성, 공통된 명제법(命題法), 기봉(奇逢)의 특색, 해피엔딩의 결말 등이 서구의 로망스와 공통성을 지닌다고 하여 우리 고전 소설 전반을 전기 소설로 명명하고 있다(위의 책, 199면). 정도의 차이는 있으나 고전 소설 전반에서 나타나는 전기적 성격을 중시하여 고전 소설 전체를 서구의 로망스에 준한 전기 소설이라고 파악할 여지는 있지만, 정학성의 지적대로 전기 소설은 특정한 역사적 성격을 지닌 장르 명칭으로 보는 것이 옳겠다(「전기 소설의 문제」, 『한국문학연구입문』, 지식산업사, 1982, 253면). 이 글에서 사용하는 전기 소설이란 용어는 13~17세기에 걸쳐 하나의 역사적 장르로서 존재했던 일군의 작품들을 지칭하는 것으로 한정한다.

85) 임형택, 「나말여초의 전기 문학」, 『한국한문학연구』 5, 1980~81, 103면.

히 소설적 성격을 띠고 있음으로 해서 이 시기에 이미 전기 소설이 창작되고 또 향유되었을 것임을 짐작해 볼 수 있다.

한편, 이 시기 몽유 양식 가운데 개인의 꿈 체험담인 몽기류(夢記類)가 나타나는 점을 지적할 수 있다. 현재까지 알려진 바로는 이규보의 <몽험기(夢驗記)>가 가장 이른 시기의 작품인 셈인데86) 이 몽기류는 시대적 구분이 거의 없이 조선 말기에까지 지속적으로 창작되었다. 순수 교술로서의 몽기류는 교술성에서 벗어나 허구성이 더해진다면 몽유록이나 몽유소설로서의 성격을 띤 작품도 나올 만한 가능성은 언제든지 있다고 하겠지만 이 시기에 있어서는 몽기류가 어떤 발전적인 면모를 보이고 있지는 않다고 생각되므로 여기서는 논외로 하겠다.

1) 몽유전기소설의 초기 형태

『삼국유사』에 실려 있는 <조신전>은 다음의 몇 가지 점에서 전기 소설의 특성을 지닌 것으로 판단된다. 우선, 작품 말미에 붙어 있는 일연의 의(議)에서 '讀此傳 掩卷而追繹之'라는 말을 음미해 보아야 한다. 이 진술에서 주목되는 것은 조신의 이야기가 '전'으로 이해되고 있다는 점, 그리고 '이 전을 읽고서 책을 덮고 돌이켜 음미해 보니'에서 드러나듯이 일연이 어느 다른 책에 기록되어 있었던 <조신전>을 읽고서 이를 자신의 저술에 수록했다는 점이다. 『삼국유사』에 수록된 많은 설화적인 이야기들에 대해서 일연은 그 말미에 의(議)나 찬(讚)을 붙이고 있는데 그중 이 작품에 붙인 것과 같이 '讀此傳'과 같은 서두로 시작되는 것은 찾을 수 없

86) 김현룡, 「고려 몽유문학 고찰」, 『건대학술지』 25, 1981 ; 신재홍, 「몽기류 작품의 검토」, 『이두현교수 정년기념논문집』, 1989 참조.

다. 이는 일연이 조신의 이야기를 하나의 완성된 작품의 형태로 접하여 이를 읽고서 느낀 점을 외로써 기술해 놓았다는 사실을 말해 주는 것이라고 본다. 말하자면, 조신의 이야기는 『삼국유사』 이외의 어느 문헌에 완성된 작품의 형태로서 이미 기록되어 있었고 이를 일연이 <조신전>이라는 인식하에 자신의 저술에 수록하였다는 점이 이 구절을 통하여 드러난다고 본다. 이와 함께 작품 말미에 붙은 시에 나오는 한 구절인 황량몽(黃粱夢)의 고사를 고려해 볼 수 있다. 이는 곧 일연이 조신의 이야기를 <조신전>으로 수용하면서 이를 당나라 전기 소설의 대표작인 심기제의 <침중기(枕中記)>를 연상하고 있음을 말해 준다. 이는 <조신전>이 <침중기>와 동질적인 성격을 지닌 것으로 이해하였던 일연의 의식이 드러나는 대목으로 생각된다.

다음으로, 이 글에서 특히 주목하는 대목은 작품의 내용 중에 조신과 헤어질 것을 제안하는 김씨녀의 언술 부분이다. <조신전>은 사실이지 줄거리의 뼈대만을 엮어서 서술되고 있다는 점을 부인키 어렵다. 그리하여 작품의 분량에 있어서 매우 짧은 단편이 되어 버렸는데, 이는 15세기의 ≪금오신화≫에서 보이는 바와 같은 정도의 분량에 미달하는 것이다. 그런데 다른 줄거리 부분은 요약적으로 제시되어 있으면서도, 유독 김씨녀의 대사만큼은 그러한 요약적 진술에서 벗어나서 그녀의 절실한 심정이 세련된 수식적 표현으로 기술되어 있다.

제가 처음 당신을 만났을 때에는 얼굴과 나이가 아름답고, 의복이 깨끗하였습니다. 맛있는 음식 하나도 당신과 더불어 나눌 수 있었고, 따스한 두어 자 옷도 당신과 더불어 함께할 수 있었습니다. 출처(出處)한 지 50년에 정(情)의 모임은 거스를 수 없었고 은혜와 사랑은 얽히었으니, 도타운 인연이라 이를 수 있었습니다. 몇 해 전부터 쇠하고 병듦이 해마다 깊어 가고, 배고프고 추움은 나날이 박두하였는데, 이웃집 독에 담긴 장도 빌려 주기를 용납하지 않고, 수천 집의 문을 찾는 수치도 산더미처럼 쌓이게 되었습니다. 아이들이 추워하고 배고파하더라도 급히 생계를 마련할 길이 없는데, 무슨 여가에 사랑하고 기뻐하는 부부의 마음을 둘 수 있겠습니까.[87]

앞부분에서 도타운 인연에 대해 우아한 수식을 붙여 표현하였고, 뒷부분에서는 앞부분과 뚜렷이 대조되는 삶의 고통과 빈궁에 대해 절실하게 토로하고 있다. 이러한 내용이 유려한 대구에 의한 문장으로 표현되어 있다. 대조와 수식 및 대구에 의한 문장 표현은 설화의 차원에서는 이루어지기 어려운 것으로서 이 작품이 어느 문인에 의해서 창작되었으리라는 추정을 뒷받침하는 근거일 수 있다. 더욱이, 김씨녀의 이 대사는 ≪금오신화≫나 ≪기재기이≫에서 보이는 남녀 간의 애정 갈등에서 여자측이 적극적으로 구애를 하고, 또 부모를 비롯한 외적인 제약에 대해서 자신의 사랑을 지키려는 의지를 단호히 피력하고 있는 대사들과 관련될 수 있다. 남녀의 애정 문제에 있어서 여성이 주도적인 역할을 한다는 설정은 전기 소설의 공통된 특성 중의 하나인데, <조신전>에 나타나는 김씨녀의 행동과 위의 대사는 다분히 이러한 전기 소설의 특성을 보여 주고 있다.

김씨녀의 대사가 지니는 전기 소설적 성격을 고려한다면, <조신전>이 줄거리의 뼈대만을 서술하고 있어서 설화적인 측면을 지니는 점을 다시 생각하게 된다. 『수이전』 소재 <최치원>이 그 줄거리만 요약되어 <선녀홍대(仙女紅袋)>로 정착된 양상을 살펴보면,[88] 줄거리의 전개 과정에서

---

87)『삼국유사』,『한국불교전서』6, 동국대출판부, 332면, 予之始遇君也 色美年芳 衣袴稠鮮 一味之甘 得與子分之 數尺之煖 得與子共之 出處五十年 情鍾莫逆 恩愛綢繆 可謂厚緣 自比年來 衰病歲益深 飢寒日益迫 傍舍壺漿 人不容乞 千門之恥 重似丘山 兒寒兒飢 未遑計補 何暇有愛悅夫婦之心哉.

88) 혜초 외, 이석호 역, 『왕오천축국전 외』, 을유문고46, 1970에 수록된 <최치원전>과

주인공들이 발한 핵심적인 대사들은 그대로 유지되고 있는 현상을 살필 수 있다. 이와 마찬가지로 <조신전>은 원래의 작품이 일연에 의해 『삼국유사』에 수록될 때 줄거리만을 요약적으로 서술한 것인데, 그중 김씨녀의 대사와 같이 작품에서 중심적인 의의를 지닌 대목은 원문 그대로 옮겨 놓은 것이 아닌가 한다. 이러한 추정하에서 현재 우리가 보는 <조신전>은 원작의 요약본일 가능성을 배제할 수 없다.

끝으로 작품의 결말을 처리하고 있는 수법에 주의할 수 있다. 조신이 각몽한 다음, 해현령에 매장한 아이를 발굴하였더니 돌미륵이 나왔고 이를 깨끗이 씻어서 인근 절에다가 안치시켜 놓는다.[89] 그리고 서울로 돌아와 지장(知莊)의 소임을 면하고 나서 사재를 털어서 정토사를 창건한다. 사재를 털어 절을 창건하였다는 이 대목은 <만복사저포기>에서 양생이 여인을 위하여 사재를 털어 불공을 드린다는 내용을 연상하게 된다. 이는 <조신전>이 정토사라는 절의 창건과 관련된 연기 설화(緣起說話)로서의 의미를 지니기 보다는 전기 소설적 결말 처리의 공통된 서술 방식으로 이해될 성질의 것이라고 보는 것이다. 이렇게 조신은 절을 창건한 이후 백업(白業)을 부지런히 닦은 후 막지소종(莫知所終)한다.

이러한 결말 처리 방식은 ≪금오신화≫ 등에서 보이는 전기 소설의 결말 구조와 분명히 일치되는 것임을 부인할 수 없다. 이러한 전기 소설의 결말 구조를 자아가 세계와의 역설적 화합을 시도하였음에도 불구하고 결국은 패배하지만 이는 자아가 세계와의 처절한 투쟁을 겪으면서 이

<선녀홍대> 참조.

89) 돌미륵의 존재에 대해, 조동일은 이를 전설(傳說)에서와 같은 성격의 증거물로 보고 있고(『한국소설의 이론』, 지식산업사, 1977, 234면), 김종철은 작품 내부적 증거물은 될 수 있으나 작품 외부의 실재물로서 작품 자체를 증거하는 것은 아니라고 하여(앞의 논문, 192면) 대립된 의견이 제출되어 있다. 필자는 작품 내적인 기술은 우선적으로 작품 구조와의 관련 속에서 이해되어야 할 성질의 것이라는 점에서, 후자의 견해와 같이, 여기서의 돌미륵을 실재물로서의 증거물로 보지 않는다.

루어지는 비장한 패배라고 해석할 수 있다면[90] 이는 ≪금오신화≫에만 한정되는 것이라 보기 어렵다. ≪금오신화≫에 그려진 자아와 세계와의 대결 양상은 그 치열함에 있어서 <조신전>과 질적으로 다른 것이라 할 수 없으며, 오히려 <조신전>에 그려진 자아와 세계와의 대결 양상은 극히 현실적인 감동을 준다. 그러므로 '막지소종'의 결말 구조는 <조신전>이 전기 소설로서의 특성을 구비하고 있는 작품임을 보여 주는 것으로 이해되어야 한다.

이상의 세 가지 근거에서 <조신전>을 전기 소설로 파악하고, 이를 몽유 양식사의 측면에서 살펴볼 수 있다. <조신전>은 꿈속 체험의 성격 면에서 욕망과 경험 세계 사이의 갈등을 가장 주된 내용으로 형상화한 작품이다. 주인공 조신이 꿈속 체험을 하게 되는 동기는 김흔(金昕)의 딸을 사랑하였기 때문인데, 이는 곧 욕망의 차원에서 이루어지는 갈망이다. 그런데 김씨녀는 다른 사람에게 시집을 가 버리게 되고 이에 실망한 조신은 부처 앞에서 원망하며 울다가 잠이 든다. 입몽하여 만난 김씨녀는 자신도 조신을 사랑하고 있었는데, 부모의 명으로 인해 어쩔 수 없이 다른 사람을 좇았다고 말한다. 이는 여성 주인공이 자신의 의지에 반해서 결혼하여 불행에 빠지는 몽유전기소설의 일반적인 서술 내용이다. 이렇게 조신과 김씨녀는 꿈속에서 서로에 대한 애정을 확인하여 이를 성취하고 있다.

그런데 주인공들의 욕망의 성취는 현실의 엄혹한 상황 속에서 곧 좌절을 겪게 된다. 서로 만나서 결연한 것은 다만 일시적인 성취에 불과했고, 그 이후 전개되는 그들의 삶은 현실의 고통과 곤궁으로 인해 파탄에 이른다. 이 작품은 특히 좌절의 과정에 대한 묘사가 매우 현실적으로 그려

---

90) 조동일, 앞의 책, 231면.

져 있다.

> 함께 향리(鄕里)로 돌아와 40여 년 동안 살림을 도모하여 아이 다섯
> 을 두었다. 집은 단지 네 벽뿐이었고, 나물죽을 댈 수도 없었다. 드디어
> 낙담하여 서로 부축하고 사방으로 다니며 입에 풀칠하였다. 이러기를
> 10년 동안이나 하여 초야를 돌아다녔는데, 헤진 옷을 백 번이나 기웠어
> 도 또한 몸을 가리지 못하였다. 마침 명주 해현령을 지나다가 열다섯
> 된 큰 아이가 홀연 굶어죽으니, 통곡하면서 길에다 시신을 묻었다. 나머
> 지 네 아이를 이끌고 우곡현에 이르러 길가에 초가집을 얽어서 집으로
> 삼았다. 부부가 늙고 또 병든 데다 굶주려서 일어설 수도 없었다. 열 살
> 된 딸아이가 돌아다니며 구걸하다가, 동네 개에게 물려서 아프다고 소
> 리치면서 앞에 쓰러졌다. 부모가 그로 인해 탄식하면서 여러 줄기 눈물
> 을 흘렸다.[91]

비록 줄거리의 요약적 제시이긴 하지만 유랑민으로서의 비참한 생활
과 그에 따른 구걸·노쇠·궁핍의 상황에 대해 큰 아이가 굶주려 죽고
딸이 구걸을 다니다가 개에게 물려 쓰러지는 등의 사건을 통하여 매우
현실적으로 그리고 있다. 이는 애초에 조신과 김씨녀가 꿈꾸었던 생활과
는 정반대되는 것으로서 그들의 욕망이 현실 원리에 의해서 좌절되는 양
상인 것이다. 이렇게 욕망과 경험 세계 사이의 갈등 속에서 욕망이 좌절
되는 비극적 상황은 몽유전기소설의 공통된 특징이 되고 있다. 이는 이
후에 나오는 ≪금오신화≫에서도 중요한 의미 구조를 이루는 것으로서
이미 <조신전>에서 기본 주제가 형상화되었다고 볼 수 있다.

위의 진술 속에서 주의해 볼 것은 현실적인 고통의 원인에 대한 내용

---

91) 332면, 同歸鄕里 計活四十餘霜 有兒息五 家徒四壁 藜藿不給 遂乃落魄扶携 糊其口於四方
如是十年 周流草野 懸鶉百結 亦不掩體 適過溟州蟹縣嶺 大兒十五歲者忽餒死 痛哭收瘞於
道 從率餘四口 到羽曲縣 結茅於路傍而舍 夫婦老且病 飢不能興 十歲女兒巡乞 乃爲里獒所
噬 號痛臥於前 父母爲之 噓欷泣下數行.

이 기술되어 있지 않다는 점이다. 40여 년간 지내면서 조신과 그의 부인은 왜 그렇게 곤궁한 생활을 할 수밖에 없었는지, 그리하여 왜 유랑민으로 전락될 수밖에 없었는지에 대한 설명이 결여되어 있다. 다시 말해, 몰락의 원인을 방기함으로써 조신의 고통과 궁핍이 아주 애매한 상태로서만 제시되는 것이다. <조신전>의 현실적인 내용을 놓고 신라 말기의 계층적 갈등과 민중들의 궁핍상을 반영한 것으로 해석할 여지는 충분하지만,[92] 이 작품이 현실성을 획득하기 위해서는 몰락의 원인과 과정에 대한 해명이 있었어야 했다. 이는 이 작품이 비록 현실적인 내용을 담고 있기는 하지만, 작가의 관념적 시각에 입각하여 서술되었다는 점을 드러내 준다. 곧, 이 작품의 의미 구조상, 현실에서의 소망이 꿈에서 이루어질 수는 있으나 꿈속에서의 삶 역시 현실만큼이나 고통스러운 것이기에, 결국 해탈의 과정을 밟아서 인생을 초극할 수밖에 없다는 기본적인 창작 의도에 의해 서술된 것이다. 따라서 <조신전>에서 그려진 현실성은 그 속에 이미 관념적인 시각이 내재되어 있는 것이라고 하겠다. 이에 필자는 <조신전>을 몽유전기소설로서 파악하는 동시에 현실성의 관념적 특성을 지적하여 이 작품이 지니는 시대적 한계를 분명히 하고자 한다.

<최치원>은 <조신전>과 함께 이른 시기에 창작된 유사 몽유전기소설의 하나로 파악될 수 있는 작품이다. 주인공 최치원은 당나라에 유학 가서 과거에 급제하여 율수현 현위(縣尉)가 되었다. 그곳의 남쪽 경계에 초현관이 있고 그 앞산에 쌍녀분이 있었는데, 그곳은 고금의 명현들이 놀던 곳이다. 최치원은 그 석문에 시를 써서 붙였다.

뉘 집 두 처녀의 이 버려진 무덤인가.
적적한 황천(黃泉) 문에서 몇 번이나 봄을 원망했나.

---

92) 임형택, 앞의 논문, 95면.

형체의 그림자는 헛되이 시냇가 달에 머무르나,
이름을 묻기 어려우니 무덤 위에 먼지로다.

꽃다운 정이 혹 그윽한 꿈에서 통한다면,
기나긴 밤 지나는 사람 위로하기에 무엇이 방해되리오.
고적한 객관에서 운우(雲雨)의 모임으로 만난다면,
그대와 더불어 낙수(洛水)의 신(神)을 이어 부르리로다.93)

최치원은 이 시에서 무덤의 주인들이 겪고 있을 법한 외로운 정서와 원망스런 처지를 십분 이해해 주면서, '꽃다운 정이 혹 그윽한 꿈에서 통한다면' 그들과 함께 운우의 정을 나누기를 바라고 있다. 이 구절 속에 쓰인 '방정(芳情)'이 곧 이 작품의 주제를 형성하는 낱말일 것임을 짐작할 수 있고, 또한 '통유몽(通幽夢)'에서 이후에 올 환상적 체험이 꿈속 체험과 동질적인 성격을 지니고 있음을 암시받을 수 있다.

시를 써 놓고 초현관으로 돌아왔는데, '달 밝고 바람 맑은' 밤 시간에 문득 한 여인이 나타나 붉은 주머니[紅袋]를 주면서 팔낭자와 구낭자가 드리는 글이라고 한다. 여기서 작품의 중요한 이미지를 형성하는 붉은 색이 나타나게 된다. 뒤이어 등장하는 팔낭자와 구낭자를 지칭하면서 '자주 색 치마의 여인[紫裙者]'이나 '붉은 색 옷소매의 여인[紅袖者]'으로 표현하여 붉은 색깔을 거듭 부각시킴으로써, 붉은 색이 작품의 시적인 분위기를 이끌어가는 중심 이미지를 형성하게 된다. 이 이미지는 두 유혼(幽魂)의 여성성(처녀성)과 정욕, 그리고 절개까지를 상징하는 것으로 이해되는바 이는 몽유전기소설로서 이 작품에 내재된 욕망과 이념 사이의 갈등 관계가 정욕으로서의 붉은 색과 절개로서의 붉은 색이 한 이미지 속에

---

93) 「신라 수이전」(일문), 최남선 편, 『삼국유사』, 서문문화사, 1983, 34면, 誰家二女此遺墳 寂寂泉局幾怨春 形影空留溪畔月 姓名難問塚頭塵 / 芳情儻許通幽夢 永夜何妨慰旅人 孤館 若逢雲雨會 與君繼賦洛川神.

결합되어 나타난 것으로 볼 수 있을 것 같다. 최치원이 두 여인을 만나, 원래 식(息)나라의 왕비였던 식부인이 초문왕에게 잡혀간 고사를 인용하여 그들을 희롱하자, 팔낭자가 '식부인은 일찍이 두 남편을 따랐으나 천첩은 아직 한 남정네도 섬기지 않았다.'[94]면서 화를 내는 대목에서 욕망과 이념 사이의 갈등이 드러남을 확인할 수 있다.

또한, 팔낭자와 구낭자가 죽음에 이르게 된 사연 속에서 욕망과 경험 세계와의 갈등이 드러나기도 한다. 이들은 부잣집 딸들이었는데, 부모가 소금 장수와 차 장수에게 시집보내려는 것을 거절하고 병들어 죽은 것이다. 여기서 이들이 품었던 욕망이 경험 세계의 횡포에 의해서 좌절되어 결국 죽음으로 종결되는 양상을 찾아볼 수 있다. 그들의 욕망은 사랑에 대한 갈구와 더불어 애초에 상인이 아닌, 최치원과 같은 문사를 원했던 고고한 정서적 취향을 내포한 것이었다.

이리하여 최치원과 두 여인은 조촐한 술자리를 배설하고는 서로 시를 지어 화답한다. 그리고는 최치원의 청으로 함께 운우지락을 나누게 된다. 도입 액자에서 최치원이 쓴 시 가운데 나타났듯이, 무덤의 유혼에게 느끼는 그의 동정이나 연민과, 유혼 스스로 지니고 있는 고독과 원한이 동질적인 의미의 차원을 형성하면서 연정으로의 자연스런 합치를 이루어낸 것이다. 곧, 욕망의 일회적 성취인 것이다. 그러나 이러한 순간적인 욕망의 성취도 결국 이별을 통한 욕망의 좌절된 상태로 귀결될 수밖에 없는 근원적인 한계를 그 자체에 포함하고 있었다. 이들의 만남은 죽은 영혼과 산 인간과의 그것이었던 것이다. 이에 이 작품도 다른 몽유전기소설과 마찬가지로 비극적인 결말로써 마무리된다.

이러한 환상적 체험은 애초에 최치원이 놓여 있던 욕망의 좌절 상황에

---

94) 35면, 息嬀曾從二 賤妾未事一夫.

서 연유하였고, 그러기에 여인들과의 만남을 통하여 그들의 좌절된 욕망
에 곧바로 공감하게 되었다는 점이 지적되어야 한다. 이는 최치원이 여
인들과 헤어진 후, 자신의 경험을 시로써 정리하고 있는 다음 대목에서
잘 드러난다.

> 스스로 한하건대 웅재(雄才)로서 먼 곳에 관리 되어
> 우연히 고적한 객관에 왔다가 그윽한 곳을 찾아가,
> 희롱삼아 글 구절을 지어 문에다 제(題)하였더니
> 감응을 얻어 선녀의 자태가 밤을 타서 이르렀네.
> 붉은 비단 옷소매의 여인과 자줏빛 비단 치마의 여인이
> 다가와 앉자, 난초와 사향이 사람에게 향기 뿜네.
> ……
> 항상 나그네 생각으로 화창한 빛을 원망하는데,
> 하물며 이별의 정에 꽃다운 자질을 생각함이랴.
> 인간의 일로 근심 많은 사람이
> 비로소 달로(達路)를 듣고 나서 또 다시 나루에서 헤매노라.95)

고국 신라를 떠나 이역 땅에 와서, 그것도 중앙에서 멀리 떨어진 지방
에서 하찮은 관리직에 있게 된 최치원은 자신이 품은 웅재로서의 뜻을
제대로 펴 보지 못한 내면적인 고뇌가 있었던 것이다. 그의 이러한 고뇌
와 방황은 기본적으로 꽃다운 나이에 좌절된 욕망을 품고 죽은 두 여인
의 정한과 동질적인 것이었기에 이들의 만남은 필연적인 계기에 의해 이
루어진 것이었다. 그만큼 주인공의 환상적 체험은 절실한 내면적 고뇌를
바탕으로 한 것으로서 그 진실성이 남녀 주인공 모두에게 인식되었다고
할 것이다. 이는 몽유전기소설의 환상적 체험이 단순히 기괴성(奇怪性)에

---

95) 36~37면, 自恨雄才爲遠吏　偶來孤館尋幽邃　戲將詞句向門題　感得仙姿侵夜至　紅錦袖紫羅
裙　坐來蘭麝逼人薰……常將旅思怨韶光　況是離情念芳質　人間事愁殺人　始聞達路又迷津.

대한 호기심에 의해 이루어진 것이 아님을 의미한다. 그러나 이들의 만남은 다시 이별로 귀결되고, 주인공의 절실한 환상적 체험에도 불구하고 현실로 돌아온 그는 '나루에서 헤매는' 나그네의 모습으로 복귀한다.

현실로 돌아온 최치원은 고국 신라로 와서 여러 사찰을 편력하다가 해인사에서 생을 마쳤다는 이야기가 결말 부분을 장식하고 있다. 이러한 결말이 인물전설적 성격을 지니고 있는 것은 분명하다.96) 한편으로 이것은 일종의 후일담으로서, 최치원과 두 유혼과의 만남과 이별이라는 작품의 주된 내용에 부가된, 작품의 후기로서의 성격을 지니는 것으로 이해될 수 있다. 이 작품의 몽유전기소설적 특성은 위의 분석을 통해 드러났다고 하겠는데, 그렇다면 인물 전설적 결말 구조가 작품의 본질적인 성격을 규정할 수는 없다고 본다. 다만, 후대의 몽유전기소설에 비해 이러한 결말 처리 방식이 액자 내부의 환상적 체험이 주인공에게 주는 의미를 서사적으로 더 진전시키지 못했다는 점에서 초기 몽유전기소설로서의 한계를 보여 준다고 할 수 있다.

이렇듯 <조신전>과 <최치원>은 몽유전기소설로서의 면모를 드러내고 있는 작품이다. 욕망의 성취를 기본 주제로 하는 점에서나, 주인공의 꿈속 체험이 욕망과 이념, 혹은 욕망과 경험 세계 사이의 갈등을 주된 갈등 구조로 하고 있는 점 등에서 이러한 몽유전기소설적 성격이 드러나고 있는 것이다. 그런데 이들 작품에서는, 욕망과 경험 세계 사이의 갈등을 문제 삼고는 있지만, 다분히 관념적이고 사적(私的)인 차원에 머물러 있다는 점을 지적할 수 있다. 조신의 꿈속 체험에서 조신과 김씨가 그렇게 비참한 지경에 이르게 된 원인에 대한 어떠한 언급도 하지 않고 있다는 점, 또한 <최치원>에서 보듯이 환상적 체험을 거쳐 현실로 돌아온 주인공에

---

96) 조동일, 앞의 책, 226면.

게 그것이 어떠한 의미를 지니는지를 서사적 문맥 속에서 진전시키지 못한 점에서 두 작품은 후에 나오는 몽유전기소설들과는 구분되는 성격을 보여 준다. 이에 이 글은 두 작품을 몽유전기소설의 초기 형태의 작품으로 이해한다.

2) 욕망의 성취 양상과 환상성의 미학적 효과

13세기에 몽유전기소설이 그 양식적 특성을 갖추고 소설사에 등장한 이래, 한동안 그것을 계승한 작품이 나오지 않다가 15세기 ≪금오신화≫에 와서야 그 완성된 형태가 창출되었다. 필자는 ≪금오신화≫에 실린 다섯 작품 모두를 몽유전기소설과 유사 몽유전기소설로 보고 작품 분석을 시도하고자 한다.[97]

이 작품들을 몽유 양식의 범주에 모두 포괄하는 데에는 작품 문면에 몽유 체험이 명확히 기술된 것부터 몽유 체험인지가 전혀 불분명하게 기술된 것까지의 편차가 고려되어야 한다. <남염부주지>는 '支枕假寐'의 입몽과 '覺乃一夢也'의 각몽이 명확히 기술되어 있는 경우로서 순수한 몽

---

[97] 김시습과 ≪금오신화≫에 대한 연구는 최남선의 해제 이후 수많은 연구 성과가 나왔다. 그중 작가 연구로서는 정병욱, 「김시습 연구」, 『서울대학교 논문집』7, 1958이 선구적인 업적이며, 정주동, 『매월당 김시습 연구』, 신아사, 1965는 김시습과 ≪금오신화≫에 대한 가장 방대하고 종합적인 연구 성과로 꼽힌다. 그렇지만 ≪금오신화≫의 작품론적 접근은 임형택, 「현실주의적 세계관과 금오신화」, 『국문학연구』13, 서울대, 1971에서 본격화되었다고 할 수 있으며, 이 연구 성과를 긍정적으로 수용하여 소설사적인 시각과 장르론적 분석을 가한 조동일, 소설의 성립과 초기소설의 유형적 특징(앞의 책)이 중요한 업적이다. 그 외의 수많은 성과들을 여기서 일일이 거론할 수는 없다. 이 글에서는 ≪금오신화≫를 몽유 양식사의 관점에서 재조명해 보려 하며, 아울러 이 작품집이 지닌 전기 소설집(傳奇小說集)으로서의 특성 가운데 특히 환상성이 주는 미학적 효과의 측면을 부각시켜 논하고자 한다.

유 양식에 해당한다. <용궁부연록>에서의 입몽에 해당하는 장면은 '日晚宴坐'로, 각몽은 '偃臥居室而已'로 기술되어 있어서 명확히 꿈 체험을 표현하기보다는 '앉아 있었다.'거나 '비스듬히 누워 있었다.'고 표현함으로써 꿈 체험임을 암시적으로 나타냈다. <취유부벽정기>는 '夜已三更矣 忽有 音自西而至者', '爾而思 似夢非夢 似眞非眞'이라 표현하여 입몽에 해당하는 장면이 현실의 연장 속에서 기술되고 있고, 각몽은 환상적인 체험을 한 후 주인공이 그것을 꿈속 체험인 듯이 생각하는 것으로서 기술되어 있다. 그리고 <만복사저포기>와 <이생규장전>에서는 현실의 연장으로서 명혼의 체험이 기술되어 있다.

만일 몽유 양식을 엄격하게 설정하여 문면에 명확히 몽유 체험임을 기술한 것만을 포함하려 한다면, ≪금오신화≫에 수록된 다섯 작품 가운데 <남염부주지> 한 편만이 해당되어야 할 것이다. 그렇지만 이렇게 몽유 양식을 설정하는 태도는 몽유 양식의 전반적인 존재 양상을 고려하지 않은 것일 뿐더러, 몽유 양식의 소설사적인 전개 양상을 이해하는 데 연속 혹은 계승의 면을 놓칠 우려가 있다. 이런 점에서 앞장에서 설정한 유사 몽유 양식의 범주 속에 나머지 작품들도 포함해 논하는 것이 유효하리라 본다. 이러한 관점은 다음 항목에서 살피게 될 ≪기재기이≫에도 적용된다.

≪금오신화≫를 몽유전기소설의 완성 형태로 보았을 때, 다섯 편이 지닌 몽유전기소설로서의 공통된 특질을 추출하는 일이 우선되어야 한다. 소설사에서 매우 중요한 위치를 차지하고 있는 이 작품집의 공통된 성격을 밝혀야만 이후 소설사의 전개 양상을 이해하는 기본 범주를 상정할 수 있기 때문이다. 이 글의 관점에서는 이 다섯 편은 모두 몽유전기소설로서, 비록 작품에 따라 편차가 있지만, 기본적으로 욕망의 성취를 공통 특질로 하고 있다. 이에 먼저 각 작품에 나타나는 욕망의 성격과 그 좌절 혹은 성취 양상에 대해서 살펴보기로 한다.

<만복사저포기>와 <이생규장전>은 애정 갈등이 중심이 되는데, 이에 주인공의 욕망은 정욕(情慾)의 성격을 지니고 있다. <만복사저포기>의 양생은 일찍 부모를 여의고 아직 장가들지 못한 상태로 만복사 동쪽 방에서 기숙하고 있는 인물이다. 그의 이러한 고독과 결여의 상태는 곧 그가 경험 세계에 의해 좌절된 욕망을 품고 있는 인물임을 드러내고 있다.98) 그에게 있어서 절실한 문제는 그러한 결여 상태로부터 벗어나기 위한 애정의 대상을 만나는 일이다. 따라서 그가 읊는 다음의 시는 바로 좌절된 욕망의 드러남이다.

> 한 그루 배나무 꽃에 적막함을 짝하는데
> 가련히도 나를 저버리는 달 밝은 밤이여.
> 젊은 나이에 홀로 누운 고적한 창가에
> 어디선가 옥인(玉人)이 봉황 새긴 통소를 부는구나.99)

한편, 양생이 환상적 체험 가운데 만나게 되는 여인 역시 전쟁으로 표상되는 경험 세계의 횡포에 의해 자신의 욕망이 좌절된 상태에 있는 인물이다. 그녀의 가장 절실한 소망도 양생의 그것과 마찬가지로 배필을 만나는 일이다. 그리하여 그녀는 부처 앞에서 발원하면서 '그윽한 거처가 빈 골짜기에 있어 평생의 박명(薄命)을 한탄하여……간담이 찢어지고 창

---

98) 박희병, 「전기적 인간의 미학적 특질」, 한국고전문학연구회 1991년도 하계발표회 발표 요지문에서는 전기 소설의 주인공들이 지닌 성격적 특질로서 '외로움(이로부터 야기되는 관계의 독점성)', '내면성[감상성(感傷性)] 및 풍부한 감정, 그리고 낭만성)', '소극성 (이로부터 초래되는 처연함)', '문예 취향(정신적 유대)' 등 네 가지를 분석해 내었다. 이 가운데 문예 취향에 대해서는 많이 논의된 것이며, 소극성에 대한 논의는 필자의 생각과 다소 차이가 있지만, 전기 소설의 주인공들이 경험 세계에 처한 상황을 외로움으로 파악한 점, 그리고 주인공의 내면성을 중요시한 점(필자는 이 내면성의 바탕에 욕망이 내재된 것으로 이해한다.)은 전기 소설의 본질적 특성을 정확하게 지적한 것이라 하겠다.

99) ≪금오신화≫, 한국어문학회 편, 『고전 소설선』, 형설출판사, 1985, 286면, 一樹梨花伴 寂寥 可憐辜負月明宵 靑年獨臥孤窓畔 何處玉人吹鳳簫.

자가 끊어지는' 자신의 심정을 호소하면서, '주어진 운명에 인연이 있으리니 하루빨리 기쁨을 얻게 하시고 간절한 기도의 지극함을 저버리지 마소서.'[100]라고 기원한다.

<이생규장전>에서는 재자가인(才子佳人)으로서의 이생과 최씨의 처음 만남부터가 서로에 대한 정욕에 이끌린 것이었다. 이들은 비록 현실적인 결여의 상태에 있었던 것은 아니지만,[101] 상대를 한번 보자마자 이내 시로써 욕망을 토로하고 있는 점에서는 <만복사저포기>의 양생·여인과 유사한 태도를 보인다. 이생이 국학에 다니는 길목에 위치한 최씨의 집 담장 안을 엿보자, 최씨가 '길 가는 뉘 집 서생이기에 / 푸른 옷깃 큰 띠가 수양버들 사이로 비치는가. / 어떤 방도로 대청 안 제비가 되어 / 나직이 주렴 걷고 담장을 비껴 넘을까.'[102]라고 읊음으로써 두 사람의 만남이 아무런 다른 매개 없이 이루어진다. 그들의 만남은 이생의 규장(窺墻) 행위와 최씨의 월장(越墻) 의도에 의해 곧바로 이루어지는 것이다. 이는 두 사람의 내면에 있던 강렬한 욕망이 자발적으로 유로되면서 무매개적이고 직접적인 합치 상태에 이르는 양상이다. 이러한 양상은 이들 역시 양생과 여인의 경우처럼 동질적인 욕망의 소유자들이였기에 가능하였다. 그 욕망은 애정의 대상을 갈구하는 마음, 곧 정욕에 다름 아니다.

<취유부벽정기>에서의 욕망의 드러남은 앞의 두 작품만큼 강렬하지 않을 뿐더러 욕망의 성격에 있어서도 차이가 난다. 기자(箕子) 조선과 고구려의 고도(古都) 평양을 배경으로 하였다는 점에서 이 작품은 욕망보다는 이념적 자아로서의 감회가 우선한다. 그렇지만 여기서의 이념은 경험

---

100) 287면, 幽居在空谷 歎平生之薄命……膽裂腸摧……賦命有緣 早得歡娛 無任懇禱之至.
101) 따라서 이 작품은 작품 서두에서 제시되는 주인공의 성격이 다른 작품들과는 달리 충족된 상태에 놓인다. 그렇지만 사건이 전개되면서 그들은 경험 세계의 횡포에 의해 좌절되는 양상을 보임으로 해서 다른 작품들과 동질적인 양상을 보여 준다.
102) 291면, 路上誰家白面郎 靑衿大帶映垂楊 何方可化堂中燕 低掠珠簾斜度墻.

세계와 심각한 모순 관계에 있는 것이 아니라, 인간 보편의 허무 의식이나 우리 민족의 과거 역사에 대한 회고의 정에 가까운 성격을 띠고 있다.103) 뿐만 아니라 홍생이 부벽정을 찾는 계기는, 홍부 아내 이생이 베푼 잔치에서 달게 취하여 돌아왔으나 '밤은 서늘하고 잠은 오지 않아 문득 장계의 <풍교야박(楓橋夜泊)>의 시를 떠올리고는 맑은 홍취를 이기지 못하여'104) 작은 배에 오르게 되는 것으로 그려져 있는데, 이는 곧 홍취에 겨운 상태에서의 유람이다. 따라서 홍생은 홍취에서 발로된 욕망과 더불어 허무 의식이나 회고의 정과 같은 다분히 서정적인 감상(感傷)에 젖어 있었다고 하겠다.

도입 액자에서 나타나는 이러한 감상적 상태는 홍생이 환상적 체험 속에서 기씨녀를 만난 다음, 정욕으로서의 욕망으로 전환된다. 기씨녀가 떠난 후 홍생이 읊는 다음의 시에서 이러한 성격의 욕망이 드러나고 있는 것이다.

> 구름 되고 비가 된 양대(陽臺)도 한 꿈 사이인 것을
> 어느 해에 옥퉁소의 고리 다시 볼까.
> 강 물결이 비록 무정한 물건이나
> 오열하며 슬피 울면서 이별의 만(灣) 아래로 흘러가네.105)

이와 같이, <취유부벽정기>에서 나타나는 욕망의 성격은 처음에는 이

---

103) 이상택, 「취유부벽정기의 도가적 문화의식」, 『한국고전 소설의 탐구』, 중앙출판, 1981, 137면에서 이 작품의 핵심 갈등은 반존화적(反尊華的) 민족 주체 의식을 기반으로 하고 있다고 하였다. 이러한 이념적 성격이 이 작품에서 중심적인 주제를 형성하는 점은 분명하지만, 이와 함께 주인공이 지닌 허무 의식이나 회고지정, 그리고 감상성 등의 정서적 측면이 고려될 필요가 있다.

104) 297면, 夜凉無寐 忽憶張繼楓橋夜泊之詩 不勝淸興. 여기서 말한 장계의 시 전문은 다음과 같다. 月落烏啼霜滿天 江楓漁火對愁眠 姑蘇城外寒山寺 夜半鐘聲到客船(이석호 역, 『금오신화』, 을유문화사, 1972, 206면).

105) 301면, 雲雨陽臺一夢間 何年重見玉簫環 江波縱是無情物 嗚咽哀鳴下別灣.

넘적인 성향이 내포된 허무 의식과 회고의 정이었다가 나중에는 정욕으로서의 욕망으로 전환되고 있다.

또한, 홍생이 환상적 체험 가운데 만나는 기씨녀의 성격 역시 앞 작품들의 여주인공과 마찬가지로 전쟁이라는 현실로 인해 욕망이 좌절된 모습을 보여 주고 있다. 기씨녀는 기자 조선을 멸망시킨 위만(衛滿)의 침략 전쟁에 의해 희생당한 여인인 것이다. 그러나 작품에서는 문득 조선의 비조(鼻祖)라고 칭하는 신인(神人)이 나타나 그녀를 자부현도(紫府玄都)로 인도하였고 나중에는 항아의 시녀가 되었다고 하여 천상계의 일원으로 편입된 기씨녀로 그리고 있다. 이는 경험 세계에서는 실제로 적에게 죽임을 당했을 기씨녀를 환상적인 차원에서 미화시키고 있는 것으로서, <이생규장전>에서 천제(天帝)가 이씨를 가상히 여겨 환생시켜 주었다는 진술이나 뒤에 나오는 ≪기재기이≫ 소재 <하생기우전>에서 상제(上帝)에 의한 여주인공의 환생과도 상통하는 설정이다.106)

이러한 기씨녀의 인물 설정 속에서 몽유전기소설에서 보이는 또 다른 성격의 욕망이 드러난다. 천상에 올라간 기씨녀는 '하늘 밖에서 소요하고 천지사방을 노닐면서 동천복지(洞天福地)와 십주삼도(十洲三島)를 유람하지 않은 곳이 없었다.'107) 그러던 어느 날 청량한 가을 하늘을 쳐다보다가 표연히 '하거지지(遐擧之志)'가 생겨 달나라로 가서 항아를 만난다. 이 대목에 나오는 '멀리 떠나고 싶은 뜻', 혹은 동천 복지와 십주 삼도를 마음껏 유람하고 싶은 마음이 또한 몽유전기소설 주인공들이 품고 있는 욕망의 한 성격이 될 수 있다. <남염부주지>와 <용궁부연록>은 바로 이러한 '하거지지'가 작품의 기본 동기가 되어 창작된 작품인 것이다.

---

106) 이렇게 경험 세계에서 좌절된 여주인공이 환상적인 방식으로 보상을 얻는다는 설정은 몽유 양식의 일반적인 서술 방식으로 정착되는데, 이후 <운영전>, <강도몽유록>, <구운몽> 등에서의 천상계의 설정과 맥을 같이 하고 있다.

107) 300면, 逍遙九垓 儻佯六合 洞天福地 十洲三島 無不遊覽.

　<남염부주지>에서 주인공의 인물 설정 자체는 몽유전기소설의 일반
적인 특성을 지니고 있다. 박생이란 인물은 한 번도 과거에 합격해 보지
못하여 앙앙불락하는 마음을 품고 있었으나, 뜻과 기상이 고매하여 시세
에 굴하지 않았다고 한 것이 그것이다. 경험 세계 속에서 자신이 품은 뜻
을 펴 보지 못하였다는 인물 설정이다. 그런데 도입 액자에서부터 욕망
의 드러남이 아니라 이념적 언술을 진술함으로써 사건이 전개된다. 박생
은 부도(浮屠), 무격(巫覡), 귀신(鬼神)의 설에 대한 의심을 품고는 '천지는
하나의 음양일 뿐인데, 어찌 천지 바깥에 다시 천지가 있으리오.'108)라면
서 이단에 미혹되지 않기 위하여 일리론(一理論)을 지어 자신을 경계하는
것이다.109) 이는 이제까지의 작품들에서는 나타나지 않았던 양상으로서
이 작품이 몽유전기소설로서는 매우 독특한 성격임을 보여 주고 있다.

　그러나 몽유자 박생이 꿈속에서 만난 염라왕이 자신의 이념적 토로를
모두 수긍하고 인정해 준다는 점에서 꿈속 체험을 통한 욕망의 성취라는
몽유전기소설의 기본 특성에서 벗어난 것은 아니다. 일리론을 지은 박생
의 입장에서 보았을 때 염부와 염왕의 존재 자체가 허탄한 일이다.110)
그런데도 염왕은 유교적 합리주의자인 박생을 우대하고 그의 말에 온전
히 동의하고 있다. 그리고는 박생을 달인(達人)이라고 칭찬하면서 염부를

---

108) 302면, 天地一陰陽耳 那天地之外 更有天地.

109) 김시습의 사상에 대해 임형택(1971)과 조동일(1977)은 기일원론(氣一元論) 혹은 일원
　　론적 주기론(一元論的主氣論)으로 파악하였으나, 김명호는 김시습의 저술에 대한 면
　　밀한 검토를 통해 이기이원론(理氣二元論) 내지 주리론(主理論)으로 이해하였다(「김시
　　습의 문학과 성리학 사상」, 『한국학보』 35, 1984, 여름). 이는 쟁점으로 남아 있는 문
　　제인데, 최근 조동일은 다시 김명호의 주장에 대해 반론을 제기하면서 주돈이의 <태
　　극도설>과 김시습의 <태극설> 사이에는 얼핏 보면 말이 비슷하지만, 전자는 이기이
　　원론이고 후자는 기일원론으로서 심각한 차이가 있다고 하였다(『문학사와 철학사의
　　관련 양상』, 한샘, 1992, 79~80면, 주44).

110) 이 작품에서 주인공의 사상에 맞지 않는 염부를 설정한 것은 작가가 세계를 역설적으
　　로 비판하고자 한 의도에서였다고 파악된다.(조동일(1977), 앞의 책, 236면 ; 김명호,
　　앞의 논문, 52면 참조)

맡아 다스려 달라는 부탁을 한다.

> 과인이 선생에 대해 들으니, 정직하고 꼿꼿한 뜻으로 세상에 있으면
> 서 굽히지 않았다 하니 진실로 달인이오. 그러나 그 뜻을 한 번도 당세
> 에 펴 보지 못하여 형산의 옥돌이 먼지 벌판에 버려지고 밝은 달이 깊
> 은 못에 잠긴 것이니, 훌륭한 장인(匠人)을 만나지 못하면 누가 지극한
> 보배를 알겠소. 어찌 애석치 아니하리오. …… 이 나라를 맡아 다스릴
> 사람이 선생이 아니고 누구겠소.111)

염왕의 이러한 제의에는 경험 세계에서 좌절된 욕망을 지닌 박생의 처
지를 애석하게 여겨 그로 하여금 저승에서 염라왕이라는 지위를 얻게 하
여 경험 세계에서의 좌절을 보상해 주려는 의도가 깔려 있다. 이 역시 욕
망의 성취를 기본 특성으로 하는 몽유전기소설적 결구에 다름 아니다.

<용궁부연록>에서 주인공 한생은 문사로서 자신의 재능을 과시해 보
고자 하는 욕망을 드러낸다. 어릴 때부터 글을 잘하여 조정에까지 이름
이 알려져 문사로서 칭해졌다고 하였는데, 이러한 그의 문재(文才)가 꿈속
체험의 계기가 되는 것이다. 그를 용궁으로 초청한 용왕이 상량문을 지
어달라고 부탁하면서, '풍문에 들으니 수재(秀才)라는 명성이 삼한(三韓)에
널리 알려졌고 재주가 백가(百家)의 머리라 하였기에 특별히 멀리까지 초
대한 것'112)이라 한 말에 이 점이 잘 나타나 있다. 또한 용궁에 초대된
다른 세 신선이 한생에게 윗자리를 양보하면서, '음양의 길이 달라 서로
통섭할 수 없으나, 신령스런 용왕의 위엄이 중하고 사람 보는 식견이 밝
으니, 선생은 반드시 인간 세상의 문장거공(文章鉅公)일 것이라. 신왕의 명
이 이러하니 사양치 마시오.'113)라고 하는 대목에서도 드러나 있다.114)

---

111) 306면, 寡人聞子 正直抗志 在世不屈 眞達人也 而不得一奮其志於當世 使荊璞棄於塵野
　　　明月沈于重淵 不遇良匠 誰知至寶 豈不惜哉……司牧此邦 非子而誰.
112) 308면, 側聞 秀才名著三韓 才冠百家 故特遠招.

이리하여 한생은 용왕의 부탁으로 상량문을 지어 용왕과 신선들의 칭찬을 받게 되고, 또한 용궁의 무악(舞樂)을 즐기고 용궁의 신비스런 여러 물건들은 관람하게 된다. 용궁 유람 역시 앞서 본 <취유부벽정기>에서의 멀리 가고 싶은 뜻과 상통하는 내용이다.

이상에서 보듯이, 《금오신화》의 다섯 작품은 남녀 간의 정욕, 흥취와 감상성(感傷性), 유람과 하거(遐擧)의 뜻, 좌절에 대한 보상 심리, 문재(文才)의 과시 등 대부분 주인공의 욕망과 관련된 의식을 드러내고 있다. 이러한 욕망의 드러남을 계기로 하여 이들은 꿈속 체험을 통하여 자신의 욕망을 성취하게 된다. 이에 다음에서 이들이 겪는 꿈속 체험의 성격과 욕망의 성취 양상에 대해서 살펴볼 수 있다.

꿈속의 세계는 이계의 형상을 띤 환상적 공간으로 설정된다. 사실은 무덤으로서 귀신들의 세계인 개녕동(開寧洞), 오래전에 죽어 선녀가 된 기씨녀가 하강하는 부벽정(浮碧亭), 구리와 쇠로만 이루어진 삭막한 염부주(炎浮州), 용왕과 여러 강이나 연못의 신들이 왕래하는 용궁(龍宮) 등 모두 환상적인 공간인 것이다. 그런데, 이러한 이계가 작품 속에서 지니고 있는 보다 중요한 의미는 그러한 환상적 공간이 오직 주인공들만을 위한 세계라는 점이다.115)

<만복사저포기>에서 남녀 주인공들이 만나는 시간은 남원 고을에서 연등행사가 있는 3월 24일이었다. 일종의 마을 축제인 이 연등제에서 마

---

113) 같은 곳, 陰陽路殊 不相統攝 而神王威重 鑑人惟明 子必人間文章鉅公 神王是命 請勿拒也.
114) 몽유전기소설에서도 몽유록에서처럼 좌정(坐定)의 단락이 나타나는 작품이 있다. 그런데 몽유전기소설에서는 주인공의 욕망이 성취되는 자리이기에 몽유자가 대체로 좌중의 윗자리에 초대되는 데 비하여, 몽유록에서는 역사적으로 앞선 시대의 인물들을 만나는 자리이므로 몽유자가 대체로 좌중의 말석에 자리하는 차이점을 지닌다.
115) 필자는 몽유전기소설에 설정된 공간 배경의 이러한 특징을 '닫힌 시공'이라 명명한 바 있다(신재홍, 「초기 한문소설집의 전기성에 대한 반성적 고찰」, 『관악어문연구』 14, 1989).

을의 사녀(士女)들이 모여들어 자신의 소망을 기원하는데, 여기서 양생은 '날이 저물고 불공이 파하여 사람들이 희소해졌을 때'116) 저포를 들고 부처 앞에 발원하는 것이다. 마찬가지로 <취유부벽정기>에서 홍생은 홍부 아내가 베푼 잔치에서 돌아와서도 청흥(淸興)을 이기지 못하여 홀로 작은 배를 타고 부벽정 아래에 이른다. 이렇듯 시공간적 배경이 다른 일반인과는 유리된 고독한 소외자에게만 허여된 비밀스럽고 고립된 세계로 설정된다. 그리하여 환상적 체험을 하고 난 주인공에게 현실에 속한 평범한 일반인이 그 체험과 관한 질문을 하게 되면 주인공은 이를 우회하여 피하거나 아니면 아예 숨기게 된다.

<만복사저포기>에서 양생은 여인과 개녕동으로 향하다가 지나가는 사람이 "아침 일찍 어디에서 돌아오는가?"고 묻자, "마침 만복사에서 취하여 누웠다가 옛 벗의 마을 터에 투숙하였었다."고 답하여117) 자신의 체험을 숨기고 있다. <취유부벽정기>에서도 홍생은 기씨녀와 만난 후 예전에 배를 대었던 강안에 이르자, 장사하기 위해서 그와 동반했던 사람들이 "지난밤에 어느 곳에서 지냈는가?"라고 다그치지만, 홍생은 "지난밤 낚싯대를 잡고 달빛을 타 장경문 밖 조천석 가에 이르러 금린어를 낚으려 했으나, 마침 밤 날씨가 쌀쌀하고 물이 차서 붕어 한 마리도 얻지 못하였으니 유감스럽기가 어찌 이 같은가."라면서118) 자신의 체험을 동반자들에게 숨긴다. 이러한 양상은 <이생규장전>에서 좀 더 철저히 진행되는데, 이생이 최씨의 혼령을 만나고 나서 취하는 다음의 행동 양식이 이를 잘 보여 준다.

116) 286면, 日晚梵罷人稀.
117) 288면, 行人……但曰 生早歸何處 生答曰 適醉臥萬福寺 投故友之村墟也.
118) 301면, 同伴競問曰 昨宵托宿甚處 生紿曰 昨夜把竿乘月 至長慶門外 朝天石畔 欲釣錦鱗
　　　會夜凉水寒 不得一旵 何恨如之.

그 후 이생도 벼슬을 구하지 않고 최씨와 더불어 거하였는데, 하인 중 도망하여 살아남은 자 역시 스스로 이르렀다. 생은 이로부터 인사(人事)를 게을리하여 비록 친척이나 빈객의 경조사라 할지라도 문을 닫고 나가지 않았다. 항상 최씨와 함께 시를 주고받으면서 금슬 좋게 서로 화락하면서 수년을 보냈다.[119]

이러한 양상은 몽유전기소설에서의 환상적 체험이 주인공에게 있어서 현실 세계와의 단절을 의미하며, 자기 삶의 고립된 완결성으로서 자기만의 비밀스런 체험에 해당하는 것임을 말해 준다.[120] 그리고 이러한 체험은 주인공들이 평생토록 품은 욕망의 일회적 집약적 성취이기에 그것이 주인공들에게 주는 의미는 매우 강렬한 것이다. 이러한 환상적 체험의 고립성과 완결성, 일회성과 강렬성은 몽유전기소설의 주된 흥미소로 작용하게 된다.

이러한 관점에서 작품에 설정된 환상적 공간은 경험 세계의 어느 곳에 실체로서 존재하는 세계라기보다는 작가와 독자를 포함한 주인공의 의식 내부에 있는 심리적 현실로서 이해되어야 한다. 작품에 그려진 현실 속의 주인공들이 겪는 불운과 좌절, 그로 인해 더욱 절실하게 자신의 좌절된 욕망을 성취하려는 욕구, 이러한 설정을 통하여 주인공들이 꿈속 체험에서 얻게 되는 욕망의 성취는 그 심리적 값어치를 충분히 발휘하게

---

119) 296면, 其後 生亦不求仕官 與崔氏居焉 幹僕之逃生者 亦自來赴 生自是以後 懶於人事 雖親戚賓客賀弔 杜門不出 常與崔氏 或酬或和 琴瑟偕和 荏苒數年.

120) 이에 대해 조동일(1977), 앞의 책, 227~228면에서는 '타인에게는 공개될 수 없는 것으로 되어 자아가 자기대로 고독하게 지닌 소망이야말로 남이 알아줄 수 없는 진실성임을 강조한다.'라고 지적한 다음, '세계와의 분열을 극복하기 위해서 자기대로 화합을 시도했으나, 세계와의 분열도 자기만의 고독한 경험이고, 세계와 화합하기 위해서 세계를 개조하고자 하는 의지 역시 누구에게도 호소할 수 없는 외로운 정열이었다.'라고 해석하였다. 이러한 조동일의 분석에 의지하면서 필자는 이를 몽유전기소설의 한 특징으로 보고, 그 심리적 절실함이 주는 심미적(審美的) 측면을 부각시켜 논하고자 한다.

된다. 여기서 욕망의 성취가 지니는 허구적 진실성이 제대로 파악될 수
있다.

작품에 설정된 환상적 공간을 인간 내면에 잠재된 심리적 현실로서 이
해했을 때, 그 환상성의 사건 전개의 측면을 생각해 볼 수 있다. 이는 작
품이 독자에게 주는 미학적 효과와 연관되는 문제이다. 독자는 작품에
그려진 주인공의 의식의 추이를 좇아서 추체험하는 입장에 있기 때문에,
작품 속에서 전개되는 주인공의 의식의 추이를 분석해 볼 필요가 있다.

> 박생이 경악하여 머뭇거리고 있는데, 문지기가 그를 불렀다. 생은 당
> 황하였으나 명을 어길 수 없어 조심조심 나아갔다. 문지기가 창을 세우
> 고 묻기를, "당신은 어떠한 사람이요." 하니, 생이 떨면서 답하기를, "아
> 무 나라 아무 땅 일개 우활(迂闊)한 선비로서 신령한 관부(官府)를 범하
> 였으니 죄 줌이 마땅하나 관용을 베푸시고, 법대로 함이 당연하나 너그
> 러이 용서하십시오."라고 하였다.121)

<남염부주지>에서 꿈에 든 박생이 염부주에 이르렀을 때의 심리와
행동이 그려져 있는 위의 기술은, 몽유전기소설의 주인공이 환상적 공간
에 이르렀을 때 취하는 태도를 잘 보여 준다. 박생은 경악하여 머뭇거리
고, 두려움에 떨고 있는 것이다. 이러한 경이감과 두려움, 그로 인한 머
뭇거림이 환상적 체험을 겪는 처음 대목에서 주인공들이 처하게 되는 심
리적 상태이다.122) <용궁부연록>에서 용왕의 사자가 한생을 부르러 왔

---

121) 303면, 生驚愕逡巡 守門者喚之 生遑遽不能違命 跦踏而進 守門者竪戈而問曰 子何如人
　　也 生慄且答曰 某國某土某一介迂儒 干冒靈官 罪當寬宥 法當矜恕.
122) 토도로프는 환상 문학의 특질을 논하면서 현실과 비현실 사이에서의 머뭇거림
　　(hesitation)을 설정한 바 있고(Tzvetan Todorov, *The Fantastic*, tr. by Richard Howard,
　　Cornell University Press, 1975, p.33), Manlove는 경이감(wonder)을 유발시키는 것을
　　환상 문학의 중요한 요소로 정의한 바 있다(C. N. Manlove, On the Nature of
　　Fantasy, in *The Aesthetics of Fantasy Literature and Art*, ed. by Roger C.Schlobin, The
　　Harvester Press, 1982, p.22). 이러한 서구 환상 문학에 대한 연구를 원용하여 우리

을 때, 한생 역시 박생과 마찬가지로 '놀라 얼굴빛이 변하면서 "신과 인간의 길이 격하였는데 어찌 능히 서로 미치겠는가. 또한 수부(水府)는 아득히 멀고 파도가 침노하니 어찌 쉽게 갈 수 있겠는가."라고 하였다.'[123] 이러한 양상은 정도의 차이는 있으나 다른 작품들에서도 비슷하게 나타나고 있다.

이러한 주인공의 심리적 머뭇거림의 상태에 대해서 주인공에게 접근해 오는 이계의 인물은 자신의 정체를 모호하게 드러낸다는 점이 흥미롭다. <남염부주지>나 <용궁부연록>의 경우는 현실의 인물이 염부(閻府)와 수부로 인도되어 가는 것이기에, 처음에는 위에서 본 경이감과 두려움을 느끼게 되지만 이계의 인물들과 만나게 되어서는 의연히 대처하게 된다. 주인공은 이미 그 만남의 대상이 이계에 속한 인물이라는 것을 인식하고 있기 때문이다. 이에 비하여 이계의 인물이 현실의 주인공에게 다가오는 경우인 <만복사저포기>, <이생규장전>, <취유부벽정기>에서는 양상이 다르게 나타난다.

<취유부벽정기>에서 홍생은 문득 서쪽으로부터 다가오는 발소리를 듣고는 '절의 스님이 시 읊는 소리를 듣고 의아하여서 오겠거니.'[124] 생각한다. 그러나 다가온 사람은 스님이 아니라 어여쁜 여인이었는데, 이때에도 그는 용모와 행동거지를 살피면서 '모양이 귀한 집 처녀 같았다.'고 한다.[125] 이렇게 홍생은 자신에게 접근해 오는 인물을 맨 처음에는 현실적 인물로 인식한다. 여기에 더하여 홍생에게 나타난 여인은 애초에 자신에 대해 소개하면서 '나는 꽃과 달의 요정이나 연꽃 위를 걷는 미인이

고전 소설의 환상성을 고찰한 예로서 김성룡, 「한국고전 소설의 환상성에 관한 연구」, 『국문학연구』 70, 서울대, 1985 ; 신재홍, 앞의 논문이 있다.

123) 307면, 生愕然變色曰 神人路隔 安能相及 且水府汗漫 波浪相齧 安可利往.

124) 298면, 忽有跫音 自西而至者 生意謂 寺僧聞聲 驚訝而來.

125) 같은 곳, 狀如貴家處子.

아니다.'고 말한다.126) 곧, 여인은 자신을 이계의 인물로 소개하지 않는 것이다. 이렇게 맨 처음에는 자신의 정체를 감춤으로써 주인공으로 하여금 의아심을 품게 하는데 이는 독자에게도 그대로 전달된다. 따라서 주인공은 자기가 지금 겪고 있는 상황에 대한 파악이 상당히 더디며 그러한 상황을 합리적으로 수용하는 데에는 더욱 모호한 입장에 서게 된다. 이러한 주인공과 이계 인물과의 심리적 대응 상태 속에서 그것이 환기하는 독자의 느낌이나 의식 또한 작품 속의 상황에 대한 합리적 판단을 유보하게 되는 것이다.

심리적 머뭇거림, 정체의 감춤, 그에 대한 주인공의 의아심 등이 어울리며 사건이 전개됨으로써 몽유전기소설의 환상성은 그 심리적, 미학적 효과를 발휘하게 된다. 이러한 양상이 교묘하게 잘 드러나 있는 작품이 <만복사저포기>이다. 고독한 양생에게 나타난 여인은 부처 앞에 발원문을 바치는데, 그 중 한 대목은 다음과 같다.

> 지난번 변방의 방어가 무너져 왜구가 침범하였는데, 무기들이 눈에 가득하였고 봉화(烽火)가 한 해 동안 이어졌습니다. 가옥을 분탕질하고 생민(生民)을 약탈하니, 동서로 달아나 숨고 친척과 하인들도 각기 서로 흩어졌습니다. 첩은 부들이나 버들 같이 연약한 몸으로 멀리 피란가지 못하여 깊은 규방에 들어 있다가, 끝내 그윽한 정절을 지키고 옷이 이슬에 젖은 짓을 저지르지 않고서 상도(常道)에 어그러진 화를 피했습니다. 부모께서는 딸이 수절한 것이 사리에 어그러지지 않았다 하여 궁벽한 곳으로 피하여 초야에서 지내게 해 주신 지 이미 3년이 되었습니다.127)

---

126) 같은 곳, 我非花月之妖 步蓮之姝.

127) 286면, 曩者 邊方失禦 倭寇來侵 干戈滿目 烽燧連年 焚蕩室廬 虜掠生民 東西奔竄 左右
迸逃 親戚僮僕 各相亂離 妾以蒲柳弱質 不能遠逝 自入深閨 終守幽貞 不爲行露之霑 以
避橫逆之禍 父母以女子守節不爽 避地僻處 僑居草野 已三年矣.

　　억울한 사연을 호소하는 여인의 진술 속에는 자신의 정체를 모호하게 밝히거나 혹은 숨기고 있는 대목이 들어 있다. 인용문 가운데 '깊은 규방에 들어 있다가 끝내 그윽한 정절을 지키고', '부모께서 궁벽한 곳으로 피하여 초야에서 지내게 해 주셨'다고 말한 대목이 그렇다. 여인은 자신의 지금 처지를 경험 세계에서의 체험의 연장으로서 현실적인 문맥 속에서 진술하고 있는 것이다. 이를 통해 그녀는 자신이 죽은 혼령이라는 사실을 감추고서, 현실적으로 좌절된 자신의 욕망을 양생과의 만남을 통하여 성취하려는 의도를 드러낸다. 그리하여 양생이 그녀가 어떤 사람인지를 물었을 때, 여인은 "첩 또한 인간입니다. 대체 무슨 의아함이 있습니까?"128)라고 반문한다.

　　이렇게 양생과 여인의 첫 만남에서 나타나는바 이계 인물이 자신의 정체를 감추고 이에 대해 주인공은 의아심을 품었다가 여인의 말씨나 행동으로 인해 의심을 풀게 되는 양상은 환상적 체험의 시간 내내 지속적으로 반복되고 있다. 여인이 시녀를 명하여 베푼 조촐한 술자리에 차려진 술상이나 술이 인간 세상의 것이 아니어서 양생이 의아하게 여기지만, 여인의 담소(談笑)와 용모의 맑고 차분함으로 인해 귀한 집 처녀가 담을 넘은 것이려니 생각하여 의심을 푼다. 개녕동에서도 기물(器物)이 정결하여 무늬가 없음을 보고 그곳이 인간 세상이 아닐 줄 짐작하지만, 깊은 정독실한 뜻으로 인해 다시는 그런 생각을 하지 않았다고도 하였다. 이러한 심리적 머뭇거림의 상태에서 양생이 여인의 정체를 명확히 알게 되는 것은 환상적 체험이 일단 완결된 다음, 보련사 가는 길에서 여인의 부모를 만났을 때, 그 부모의 말을 통해서이다. 여인은 왜구의 난 때 이미 죽은 몸이었던 것이다.

---

128) 287면, 妾亦人也 夫何疑訝之有.

이렇듯 《금오신화》에 실린 다섯 작품은 모두 환상적 체험이 주는 경이감이나 모호성에서 연유하는 의아심이 주인공들의 의식을 통해서 독자에게 전해지면서 환상성으로부터 심리적 긴장감을 불러일으키고 있다. 필자는 몽유전기소설의 미학적 특징 가운데 하나는 바로 이러한 환상성의 심리적 효과라는 측면에서 찾아야 하리라 본다. 그런데 독자의 심리적 긴장감은 여기서 그치지 않는다. 환상성과 더불어 환상적 체험 속에 내재된 주인공들의 절실한 욕망의 성취 과정이 극적인 긴장감을 유발한다. 그것은 경험 세계의 횡포나 이념적 질곡으로부터 벗어나 순연한 인간성에 바탕을 둔 진실한 욕망이 성취되는 과정이기 때문에 그러한 것이다.

이는 여성 주인공들의 다음과 같은 적극적인 자기 의사의 개진 속에 잘 드러나 있다.

> 첩이 법도를 범하였다는 것은 스스로 심히 명백히 알고 있습니다. 어려서 시서(詩書)를 읽었기에 예의에 대하여 조금은 압니다. 「건상(褰裳)」의 시가 부끄러운 것이고 「상서(相鼠)」의 시가 얼굴 붉힐 일이라는 것을 기억하지 못한 것은 아닙니다. 그러나 오랫동안 다북쑥에 처하고 들판에 버려지매, 풍정이 한번 일자 마침내 삼갈 수가 없었습니다.129)

양생과 마지막으로 이별하면서 남기는 여인의 말의 서두인데, 여기서 그녀가 예의에 대해서 충분히 알고 있으면서도 정식 경로를 거쳐 양생과 결연하지 못한 이유가 잘 드러나 있다. 풍정, 곧 사랑을 갈구하는 그녀의 절실한 욕망이 예의 관념을 이겨낼 수 있게 한 것이다.

<만복사저포기>의 여인과 마찬가지로 <이생규장전>의 최씨 역시 중매나 절차 없이 이루어진 이생과의 결연이 파기될 위험에 봉착했을 때,

---

129) p.290 妾之犯律　自知甚明　少讀詩書　粗知禮義　非不諳褰裳之可愧　相鼠之可杸　然而久處
　　　蓬蒿　抛棄原野　風情一發　終不能戒.

몸져누워 무언의 항의를 하다가 부모에게 자신의 결연한 의지를 다음과
같이 피력한다.

> 남녀가 서로 느끼는 것은 인정의 지극히 중한 것입니다. 이러므로 떨
> 어진 매실에 길함이 미치리라고 「주남(周南)」에서 읊었고, 함괘(咸卦)에
> 그 움직이면 흉하다고 『주역』에서 경계했습니다. 스스로 장차 부들이나
> 버들 같은 몸으로 뽕잎이 떨어진다는 시를 생각지 않고 이슬이 옷에 젖
> 고 말았기에, 그윽이 옆 사람의 비웃음을 받았습니다. 이끼가 나무에 붙
> 어살듯이 이미 위아(媦兒)의 행실을 지었기에 죄가 몸을 꿰뚫어 가득차
> 고 허물이 문호에 미쳤습니다. 그러나 저 예쁘장한 아동에게 한번 향기
> 를 주고받고서는 불평과 원망이 수없이 일어납니다. 자그마한 연약한
> 몸으로 근심스레 홀로 처함을 참으려 하니, 정념은 날로 깊어지고 중한
> 병은 날로 더해가서 거의 죽을 지경에 이르러 장차 궁한 귀신이 되려
> 합니다.[130]

최씨 역시 자신의 의지에 의해 이생과 결연한 행동이 정절을 지키지
못한 잘못이라는 인식을 바탕에 깔고 있으면서도, 이생을 향한 강렬한
정념의 힘으로 인해 죽을 지경에 이르렀다고 호소하고 있다. 여기서 풍
정, 정념 등으로 불리어지는 진실한 욕망의 성취를 위하여 주인공들이
얼마나 힘겹고 치열한 노력을 하고 있는지 알 수 있다. 바로 이 점이 몽
유전기소설의 서사적 긴장을 지탱시키면서 독자로 하여금 앞서 살핀 환
상적 체험의 심리적 진실성을 수긍할 수 있도록 한다.

이와 같이, ≪금오신화≫의 몽유전기소설 다섯 편은 기본적으로 욕망
의 성취를 양식적 특성으로 하여, 환상적 체험이 유발하는 심리적 긴장

---

130) p.295 男女相感 人情至重 是以標梅迨吉 詠於周南 咸腓之凶 戒於義易 自將蒲柳之質 不
念桑落之詩 行露霑衣 竊被傍人之嗤 絲蘿托木 已作媦兒之行 罪己貫盈 累及門戶 然而彼
狡童兮一倫賈香 千生喬怨 以眇眇之弱軀 忍悄悄之獨處 情念日深 沈痾日篤 濱於死地 將
化窮鬼.

　제1부 몽유 양식의 소설사적 전개 양상

감과 자신들의 진실한 욕망을 성취시키고자 하는 주인공들의 서사적 탐
색 과정이 결합되어 소설적 진실성을 확보하게 되는 것이다.[131]

　몽유전기소설의 주인공이 꿈속 세계에서 다시 현실로 돌아왔을 때 그
의 삶은 질적으로 고양된다. 도입 액자에서 주인공의 삶을 규정했던 고
독과 결여의 상태는 이제 다른 차원의 의미를 지니게 되는 것이다. 주인
공은 자신만의 진실을 환상 속에서 성취하였기에, 더 이상 경험 세계에

---

131) 고전 소설 일반에 나타나는 환상성을 어떻게 해석할 것인지에 대한 논쟁이 일어났
　　다.(진경환, 「창선감의록의 사실주의적 성격과 낭만적 구성」, 『고전문학연구』 6, 1991
　　및 이 논문에 대한 박희병의 질의) 이 논쟁은 고전 소설에 나타나는 현실성에 대한
　　탐구의 과정 속에서 필연적으로 부닥치게 되는 환상성의 문제를 그 현실성과의 관련
　　아래서 어떻게 이해해야 할 것인가 하는 매우 중요한 문제 제기이다. 고전 소설의 초
　　기 형태인 전기 소설에 나타나는 환상성은, 이 글에서 분석한 것처럼, 작품 주제의
　　형성과 독자의 미의식에 미치는 영향의 측면에서 매우 중요한 구실을 하고 있다고
　　판단된다. 그런데, 소설사의 후반으로 가면서 환상성은 다분히 상투화되는 경향을 띤
　　다. 더욱이 몽유전기소설의 중심 주제가 욕망의 성취에 있다고 보는 필자의 관점에서
　　환상성이 주인공이나 독자의 심리적 현실에 던지는 극적 긴장감은 매우 인상적인데,
　　후대에 나오는 소설들에서는 욕망이 아니라 이념의 작품 내적 실현을 위한 도구로서
　　환상성이 상투적으로 차용된다. 그리하여 주인공들이 시련을 당하는 과정에서 환상
　　성이 적극적으로 개입하는데, 이는 모두 선한 주인공들의 자기실현을 위한 하늘의 도
　　움으로 치부된다. 이러한 이념의 실현 과정에 개입되는 환상성은 분명 초기 전기 소
　　설의 그것과는 질적으로 구분된다. 한편, 이념의 실현을 위한 환상성의 도구적 차용
　　이라는 양상을 작품의 평가와 관련하여서는, 중세적 이념이 당대인들에게 질곡으로
　　작용하였던 측면과 더불어 이념 자체의 순수성이 또한 고려되어야 한다. 정절을 지키
　　고자 자결하는 여인을 하늘이 돕는다는 발상은 권선징악의 온전한 실현으로서 그 가
　　치가 무시될 수 없다. 이렇게 볼 때, 고전 소설의 환상성은 그것이 작품의 주제 형성
　　에 얼마나 잘 부합되는지의 여부가 꼼꼼하게 따져져야 할 문제이다. 또한 고전 소설
　　수용층의 작품에 대한 기대치, 곧 허구적 진실성이 독자에게 끼치는 심리적 보상 역
　　할도 고려될 만하다. 가령, <숙향전>에서는 주인공의 고난이 상당히 부각되어 나타
　　나는데, 고난이 부각될수록 그 심리적 보상의 기대치도 크다는 점을 염두에 둘 필요
　　가 있다. 주인공을 동정하는 독자들의 심리적 기대치를 충족시키는 소설적 기제가 곧
　　환상성이 아닐까 생각한다. 이러한 의미에서 <숙향전>에 나타나는 환상성은 초기
　　전기 소설의 경우와 마찬가지로 주제 형상화에 이바지하고 있다고 하겠다. 필자의 생
　　각으로는 환상성은 그것이 비현실적이라는 이유로 소설의 현실성의 성취에 장애가
　　되거나 현실성에 대한 논의에서 배제될 수는 없다고 본다. 인간의 심리적 욕구로서
　　꿈이나 이계 형상이 주는 의미는 절실한 바 있기 때문이다. 소설의 현실성을 논할
　　때, 경험 세계의 작품 내적 반영만을 논한다면 현실성 자체가 매우 빈약한 모습으로
　　비치게 될 것이다.

연연해할 필요가 없는 것이며, 자신의 비밀스런 체험만이 삶의 의미의 전부이다. 여기서 경험 세계로서의 현실은 아무런 변화도 없이 여전히 지속되고 있고 환상적 체험을 거친 주인공은 자기 삶의 유일한 의미를 가슴 깊이 간직하고 있다. 세계와 자아가 더 이상 공존할 이유가 없게 되었다. 이에 주인공은 자신에게 남은 유일한 삶의 의미로서 환상 속에서 성취된 욕망의 이미지만을 지닌 채 세상 밖으로 사라진다.

결말 액자가 지닌 이러한 비극성은 우선 꿈속 체험의 진실성과 강렬성에서 기인한다. 욕망을 지닌 주인공의 환상적 체험은 또 다른 욕망의 주체로서 귀신이나 이계 인물을 만남으로써 욕망의 합치를 이루어내는데, 이는 그들이 지닌 욕망이 그만큼 절실하다는 데 있다. 그 욕망은 자신의 진실성에 입각하여 경험 세계의 횡포를 이겨보고자 하는 강렬한 의지에 의해 추구되었다. 꿈속 체험의 이러한 진실성과 강렬성이 다시 현실로 돌아온 주인공으로 하여금 세상에 대한 어떠한 관심과도 멀어지게 하였다.

그러나 비극성의 보다 근본적인 원인은 욕망 자체가 지니는 근원적인 불완전성에 있다고 생각된다. 언젠가는 죽을 유한한 인간이 지닌 욕망은 <만복사저포기>나 <이생규장전>에서 보듯이 죽음과 삶을 넘어서서 합치되려 했으나 결국 죽음과 삶의 경계는 명백한 것이었기에 이별이라는 비극으로 귀결된다. 삶과 죽음, 영원과 순간, 무한과 유한의 대립은 유한한 인간이 지닌 욕망만으로서 극복될 성질의 것이 아니었던 셈이다. 이는 뒤에 나오는 <구운몽>과 같은 몽유장편소설에서 욕망과 함께 이념까지를 추구할 때에 다소나마 극복의 전망이 보일 수 있는 성질의 것이다. 삶을 체계화하고 죽음을 설명하는 불교나 유교의 이념을 선택하여야만 욕망이 지닌 근원적인 불완전성을 관념적인 차원에서나마 초극할 수 있을 것이기 때문이다.

이상에서 ≪금오신화≫의 다섯 편을 몽유전기소설로서 지닌 욕망의 성격과 그것의 성취 과정에 대한 분석을 통해 그 미학적 의미를 탐색해 보았다. 현실에서 좌절된 욕망을 환상적 체험을 통하여 성취하고 다시 현실로 돌아와서는 환상 속에서 성취된 욕망을 가슴 깊이 간직한 채 세상 밖으로 사라진다. 여기서 환상성이 지니는 주제적 의미는 아주 중요하다. 경험 세계의 횡포에 맞서 진실한 욕망을 성취하고자 하는 치열한 노력이 환상적 체험이 독자에게 주는 심리적 긴장과 상승 작용을 일으켜 소설적 감동을 주기 때문이다. 이러한 특성은 15세기 몽유전기소설이 달성한 미학적 성과로 이해할 수 있다.

3) 양식적 실험과 변모 양상

1529년에 창작된 심의(沈義)의 <대관재몽유록>은 지금까지 몽유록의 효시에 해당하는 작품으로 이해되어 왔다. 그러나 이 작품의 서술 구조를 살펴보면, 몽유록과는 뚜렷이 구분되는 특성을 찾을 수 있고, 또한 몽유록이 지닌 양식적 성격에서도 벗어나 있는 양상을 보여 준다.[132] 몽유록은 일반적으로 '좌정－토론－시연'의 순차적 서술 구조로 이루어져 있고, 토론의 내용이 대부분 역사적 현실 속에 처했던 인물이 경험 세계와 이념 사이의 모순을 한탄하는 것으로 되어 있다. 이에 비해, 이 작품은 몽유자의 꿈속 체험이 일대기(一代記)적인 구성을 지녀 시간의 연속으로 펼쳐지는 반평생에 해당하는 인생 편력이 전개된다.

132) 서대석은 몽유록을 방관자형, 참여자형, 주인공형의 세 유형으로 분류하였는데(「몽유록의 장르적 성격과 문학사적 의의」, 『한국학논집』 3, 계명대, 1975), <몽결초한송>(제마무전)과 이 작품을 주인공형에 귀속시키면서, 주인공형으로서 <용궁부연록>, <남염부주지>와의 공통성을 지적한 점도 주의해 보아야 할 사항이다.

일대기적 구성은 심기재의 <침중기>의 영향에 의한 것으로 추정된다. 당나라 전기 소설인 이 작품에서 노생(盧生)의 꿈속 체험은 입몽 후 반평생에 걸친 인생 역정을 그리고 있는데, <대관재몽유록>에서도 이러한 일대기적 구성으로 되어 있는 것이다. 또한 <침중기>에서 노생의 반평생 가운데 가장 중요한 서사적 계기가 되는 사건은 혼인과 전쟁이다. 혼인을 통하여 부를 축적할 수 있게 되어 정계에 진출할 발판을 마련하였고, 전쟁에서의 승리를 통하여 지위가 급상승하게 된다. 이렇게 주인공의 일대기에서 중요한 계기가 되는 혼인과 전쟁의 모티프는 <대관재몽유록>에서도 나타난다. 몽유자가 천자로부터 큰 저택을 하사받고 이어 장옥란(張玉蘭)이라는 여인과 혼인을 하게 되는 것과, 김시습이 천자의 문치 정책에 반발하여 반역하자 몽유자가 단신으로 나아가 그를 항복시키는 것이 곧 이에 해당되는 대목이다. 이와 같이 이 작품은 명백히 당나라 전기 소설의 영향을 받고 있는 반면 서술 구조나 작품의 성격상 몽유록과 구분된다. 따라서 비록 제목이 몽유록으로 되어 있다 할지라도, 이 작품은 몽유록이 아니라 몽유전기소설로 보아야 한다.

줄거리를 이끌어 나가는 기본적인 추동력은 몽유자의 문학적 능력에 대한 천자 최치원의 인정과 그로 인한 지위의 상승에 있다. 다음의 인용문에서 보듯이, 꿈속 세계를 지배하는 기본적인 성격은 문장에 대한 평가이다.

> 지금 천자는 문장을 좋아하여, 현부 귀천(賢否貴賤)을 묻지 않고 관직의 수나 순량한 자질을 막론하고, 오직 문장이 낮고 높음을 보아 벼슬을 올리기도 내리기도 하여 제수한다네.[133]

---

133) <대관재몽유록>, 장덕순, 『국문학통론』, 신구문화사, 1963, 304면, 今天子 好文章 勿問賢否貴賤 勿論簡限循資 惟視文章高下 以官爵陞降除授.

꿈속 세계에서 참찬(參贊)의 벼슬을 하고 있는, 몽유자의 지기인 박은(朴誾)이 한 이 말 속에 이 작품의 꿈속 세계의 성격이 단적으로 드러나 있다. 곧, 문장의 고하에 의해 지위가 결정되는 세계인 것이다. 그리고 문사들의 문장에 대한 평가의 기준은 당율(唐律)에 두고 있다. 그리하여 몽유자는 천자의 시 구절 '風鼓夜子送潮沙'에서 '송(送)'자를 '낙(落)'자로 고침으로 해서 지위가 높아지기도 하고, 천자와 시를 짓는 법에 대해서 논하여 천자의 총애를 받기도 하며, 이규보의 문장에 대한 몽유자의 평가가 인정되어 오거서(五車書)를 받고 또 경연(經筵)을 주재하기도 한다.

이러한 문장에 대한 평가는 몽유자와 천자의 의견 일치에 의한 것으로서 몽유자의 자기 능력에 대한 과시에 다름 아니다. 이는 <용궁부연록>에서 한생의 문장 능력이 용궁에서 크게 발휘되는 양상과 유사한 것이다. 이 작품의 몽유자는 한생과 마찬가지로 자신의 문재를 꿈속에서 마음껏 발휘하는 인물인 것이다. 몽유자가 입몽하여 천자를 뵈었을 때, 그에게 금자광록대부(金紫光祿大夫)의 벼슬을 제수하고 훌륭한 집과 하인들을 하사하는데, 여기서 이미 몽유자의 능력이 인정받아 부귀를 누리게 되는 것으로 그려지고 있다. 그 부귀의 구체적인 형상은 다음과 같이 제시된다.

> 말에 올라 고삐를 잡으니 장식한 기구가 영롱하였다. 좇는 종자들이 시끄러이 벽제를 하면서 궁궐 동쪽 8, 9리쯤에 있는 한 저택으로 인도하여 들게 했다. 여러 층 누각이 우뚝 솟았는데, 붉고 흰 벽이 햇빛에 빛나고 있었다. 문에는 화려한 나무창을 든 자들이 나열해 있었고, 준비된 휘장과 주렴이 쳐진 창문은 금은으로 싸여 있었으며, 늘어선 방이 수십 칸이었다. 아리따운 여인들이 비녀를 예쁘게 꽂고 비단 옷을 땅에 끌면서 다투어 배알하고는 옷을 벗었다. 잠자리에는 향기가 엉기었고, 여인들의 살결은 곱고 기름졌다.[134]

---

134) 같은 곳, 乘騎按 錯具玲瓏 騶從喧喝 引入闕東八九里許一宅 層樓隆堀 赭堊耀日 門列棨戟 供帳廉權 絡以金銀 比房數十 蛾眉笄珥 齊紈曳地 競謁解衣 衾枕凝香 肥膩潤脂.

훌륭한 저택의 묘사와 아름다운 여인들과의 운우지락, 이것이 부귀의 형상이다. 이는 결국 작품의 핵심적 성격도 몽유전기소설 일반이 지니고 있는 욕망의 성취에 있음을 보여 준다고 할 수 있다.

몽유자는 꿈속에서 자신의 욕망을 성취했지만 끝부분에 가서는 한원(翰苑) 선생의 탄핵으로 인해 좌천되어 고향으로 돌아간다. 욕망이 다시 좌절되는 것이다. 이는 <침중기>에서 노생이 모함을 입어 좌천되는 것과 동일한 전개이다. 그리고 상국(相國) 이색(李穡)이 몽유자의 배를 칼로 찔러서 그 피로 먹물을 만들어 배 속에 붓는 것으로써 각몽의 계기를 마련하고 있다. 작품 말미의 이 상징적인 사건은 각몽의 계기일 뿐 아니라, 이 작품 전체의 성격이 먹물로 상징되는 문장에 대한 평가에 있었다는 점을 다시 한 번 상기시키는 것이기도 하다.

이와 같이, 이 작품은 기본적으로 몽유전기소설로서 이해되어야 할 특성을 지니고 있다. 그렇지만 몽유록적인 성격도 아울러 지니고 있다는 점에 주의해야 한다. 이는 작품에 등장하는 인물들이 모두 역사적으로 실존했던, 우리나라의 이름 있는 문사들이고 몽유자의 시각에서 이들의 문장에 대해 평가하고 있다는 점에서 잘 나타난다. 이러한 문장 평가에 의해 최치원을 천자로 하는 가상의 문장 왕국을 설정하게 되는 것이다. 이러한 특성은 다른 몽유전기소설에서는 나타나지 않았던 것으로서 몽유록에서 두드러지는 작품 외적 세계의 개입이라는 교술적 성격을 보여 주는 것이다.135) 그러나 이 작품이 아직 완전한 몽유록의 모습을 갖추지 못했다는 것은, 앞서 분석했듯이, 서사적 전개 양상이나 욕망의 성취로서의 작품 성격에서 확인된다. 이에 이 글은 이 작품을 몽유전기소설이면서 동시에 몽유록적 성격을 지닌, 몽유전기소설과 몽유록의 중간적·복

---

135) 서대석, 앞의 논문 참조.

합적 성격을 지닌 작품으로 이해한다.

<대관재몽유록>이 창작되고서 24년이 지난 1553년에 신광한(申光漢)의 ≪기재기이(企齋記異)≫가 나왔다.136) ≪기재기이≫에 실린 네 편의 작품은 ≪금오신화≫와 동질적인 양식적 성격을 보여 주고 있는 동시에, 몽유 양식 혹은 유사 몽유 양식에 속하는 작품들로 이루어져 있다. <안빙몽유록(安憑夢遊錄)>은 명확히 몽유 양식에 속하는 작품이고, <서재야회록(書齋夜會錄)>과 <최생우진기(崔生遇眞記)>는 문면에 몽유 체험임이 분명히 나타나 있지는 않으나, 전자의 경우 주인공이 밤에 의인화된 지필묵연(紙筆墨硯)을 만나 그들의 소회를 듣는다는 것이나, 후자에서 주인공이 계곡으로 추락하여 이계를 체험하고 돌아오는 것이나 모두 유사 몽유 양식으로 볼 수 있다. <하생기우전(何生奇遇傳)> 역시 명혼 모티프를 근간으로 하는 작품으로서, ≪금오신화≫의 <만복사저포기>와 유사한 성격을 보여 주고 있기에 유사 몽유 양식으로 논의에 포함될 수 있다.

<안빙몽유록>은 주인공이 꿈에 꽃들의 세계에 들어가 그들과 시를 짓고 놀다가 깨어났다는 이야기이다. 몽유자 안빙(安憑)은 여러 차례 진사에 올랐으나 급제하지는 못한 인물로 설정되어 있다. 몽유전기소설의 일반적인 인물 설정이다. 그래서 남산에 별장을 짓고 살았는데, 그 후원에 명화이초(名花異草)를 심어 놓고 날마다 그 사이에서 시를 읊는다. 어느 늦은 봄, 그는 후원에서 꽃들을 완상하다가 거연히 나른해져서 오래된 회나무에 기대어, 혼잣말로 "세상에 전하는 괴안(槐安)의 이야기는 심히 황탄(荒誕)한 것이니, 아, 괴이하구나."137)라고 한다. 이는 당나라 전기 소설인 남공좌의 <남가태수전>의 이야기를 염두에 두고 한 말로서, 앞서 명

---

136) ≪기재기이≫의 서지 사항과 창작 연대, 작가의 생애 등에 대해서는 소재영, 「기재기이 연구」, 『민족문화연구총서』 38, 고대, 1990 참조.
137) 위의 책, 자료편, 3면, 世傳槐安之說甚誕 亦怪哉.

화 이초가 가득한 후원을 설정한 것과 함께 입몽의 계기가 되고 있다. 여기서 몽유자의 입몽 계기가 괴이한 사건에 대한 호기심에서 발로되었음을 알 수 있으며, 이는 또한 작가의 호사취미(好事趣味)가 작용한 결과이기도 하다. 이러한 호사 취미는 작가의 개인적인 취향에서 유래한 일종의 욕망의 형태로 이해될 수 있다. 따라서 이 작품은, 위에서 살핀 <대관재몽유록>과 함께, 비록 몽유록이라는 제명을 갖고 있는 작품이지만 양식적 성격에 있어서 몽유록이 아닌 몽유전기소설에 속하는 작품으로 이해되어야 하리라 본다.138)

안빙은 홀연 꿈에 들어 나비의 인도를 따라 한 동구에 이른다. 시냇가에서 청의동자가 그에게 반가이 응대하고서는 가버린다. 골짜기를 따라 들어가니 화려한 집이 나타나는데, 한 시녀가 나와 그를 아는 채하면서 과군(寡君)이 그와 만나고 싶다는 전갈을 한다. 그 왕은 요임금의 윤자(胤子)인 단주(丹朱)의 후예라 하고, 시녀 자신은 강후(絳候)의 후예인 강락(絳樂)이라고 소개한다. 또 한 시녀가 나와 자신을 안류(安留)라고 소개하고서는 앞의 시녀와 함께 그를 조원전이라 쓴 문 안으로 인도한다. 그곳에서 나이 17, 8세 되어 보이는 여왕이 그를 맞이하여 전에 오르게 한 후, 이부인(李夫人)과 반희(班姬)를 부른다. 이들이 와서 서로 자리를 양보하니 왕

138) <대관재몽유록>, <안빙몽유록>과 함께 작자 연대 미상의 <부벽몽유록(浮碧夢遊錄)>(임명덕 편, 『한국한문소설전집』 3 소재) 역시 몽유전기소설과 몽유록의 중간적 성격을 띤 작품으로 생각된다. 이 작품은 작품 배경 및 몽유자의 회고지정(懷古之情)에 있어서 <취유부벽정기>와 유사하고, 꿈속에 등장하는 양귀비, 이부인, 우미인 등은 <안빙몽유록>의 등장인물의 설정과 비슷하다. 그런데 이 작품은 구성 면에서 입몽 이전의 회고지정과 꿈속에서의 미인들의 등장 사이에 전혀 유기적인 관련성이 없고, 따라서 어떤 뚜렷한 주제를 부각시키지 못했기 때문에 작품적 가치는 별로 없다. 단지 작가의 호사 취미에 의한 희작(戲作)으로 보일 따름이다. 이러한 이유로 이 글에서는 이 작품을 구체적으로 분석하지 않고, 여기서 간단히 언급하는 데 그치고자 한다. 그리고 앞장에서 제시한 도표 가운데 이 작품을 18~19세기에 집어넣은 것은 이 작품이 조선 후기에 나왔으리라는 필자의 막연한 추정에 따른 것일 뿐임을 밝혀 둔다.

이 중재하여 반희가 상좌에 오른다. 이어 조래선생(徂徠先生), 수양처사(首陽處士), 동리은일(東籬隱逸) 등 세 명(수양처사가 백이와 숙제 두 사람이므로 정확히는 네 명)이 와서 합석한다. 이들은 왕에게 예한 후 안빙이 이른 것을 환영하여 그에게 왼쪽 자리를 권한다. 안빙이 여러 번 사양하다가 왕의 권고로 부득이 자리에 앉는다.

여기서 보듯이, 이 작품은 인물들의 좌정 대목이 세심하게 서술되어 있다. 그런데 좌정의 과정에서 몽유자가 후대를 받아 세 은사(隱士)의 상좌에 앉는 것은 앞서 본 <용궁부연록>의 경우와 유사한 것으로서, 이는 꿈속 세계가 몽유자의 욕망이 실현되는 장소임을 드러내는 것이다. 이 역시 몽유록에서 몽유자 대부분이 모임의 말석에 자리하는 것과 대비되는 기술 방식이다.

세 은사가 오고 난 후 이부인의 요청으로 옥비(玉妃)를 부르는데, 옥비는 부용성주 주씨(周氏)와 함께 모임에 참여한다. 이들 또한 좌정의 문제로 잠시 논란하다가 옥비가 왕의 다음 자리에, 주씨가 그 다음에 앉게 된다. 이렇게 연회의 참석자들이 모두 모인 후 잔치가 열린다. 왕이 상좌에 앉은 안빙에게 제일 먼저 술잔을 권하고 나서 여러 기생들이 주악을 연주한다. 기생들의 노래를 듣고 난 왕이 속악(俗樂)은 다만 사람의 귀를 어지럽게 할 뿐이니 자신의 집안에 내려오는 옛 음악을 듣자고 하여 <남훈곡(南薰曲)>을 탄다. 이 곡은 자신의 조상인 문조(文祖)가 지었고 중화(重華)가 불렀다고 소개하니, 음악을 들은 참석자들이 예전에 오계찰(吳季札)이 듣고 "덕이 지극하고 다하였구나. 다른 음악이 있다고 해도 다시 보지 않겠노라."139)라고 했던 대로의 감상을 피력한다.

이에 왕이 더 이상 음악을 연주하지 않도록 명하고 나서, 참석자들이

---

139) 14~15면, 德至矣盡矣 縱有他樂 請勿復觀.

각자 돌아가면서 시 한 수씩 지어 즐거움을 잇자고 제안하여 시연이 베풀어진다. 이 시연의 기본 성격은 언지(言志)에 있다. 꽃과 관련된 고사의 주인공들인 참석자들이, 고사와 연관 지어 그들의 회포를 시로써 토로하는 것이다. 이러한 언지로서의 시연의 성격은 뒤에 나오는 몽유록의 기본 특성이 되고 있는데, 이 점에서 이 작품은 몽유록과 공통된 성격을 지니고 있다. 그러나 몽유록에서의 시연은 역사적 사건과 관련된 인물이 경험 세계와 이념 사이의 괴리를 뼈저리게 경험하여서 나온 회포를 표현하고 있는 데 반해서, <용궁부연록>이나 이 작품에서는 상투화된 고사의 주인공들이 자기 역할에 맞는 정서를 시로 읊는다는 점에서 차이를 보인다.

연회에 참석한 모든 인물이 돌아가면서 시를 지어 회포를 푼 다음, 각기 흩어져 가고 안빙은 문을 나서다가 문밖에 있던 한 여인을 만나서 그녀의 하소연을 듣게 된다. 그녀는 자신의 선조가 개원(開元) 말에 양귀비에게 죄를 얻었기에 당에 오르지 못했음을 한탄한다. 말이 마치지 못해서 번개 소리에 각몽한다.

각몽 이후의 기술 내용은 도입 액자와 관련되면서 전기적 특성이 잘 나타난다. 이미 입몽 자체가 <남가태수전>에 의해 촉발된 것이었는데, 각몽을 하고 나서 안빙은 생각하기를, '이번 꿈이 또한 남가(南柯)에서 나무와 관련되어 생각한 것이라.'140)고 하여 다시 한 번 이를 환기한다. 그리하여 <남가태수전>에서 순우분이 각몽한 후, 자신의 꿈속 체험의 세계가 자기 집 마당의 회나무 아래 있는 개미들의 세계였음을 확인하는 것과 마찬가지로, 안빙은 자신의 꿈속 체험의 세계가 후원에 피어 있는 꽃들의 세계였음을 확인하는 것이다. 여기서 이 작품에 미친 <남가태수

---

140) 26면, 向之所夢 亦是南柯繞樹而思.

전>의 영향을 거듭 확인할 수 있다.

또한 주인공의 꿈속 체험을 꽃들이 작괴(作怪)한 것으로 서술함으로써 기이한 체험으로서의 의미를 강조하고 있는 것은, 앞에서 지적했듯이, 작가의 호사 취미에 의한 것이다. 그러므로 이 작품에 나타나는 작가의 의식은 다분히 유희적인 성격을 지니고 있다. 이러한 성격으로 인하여 이 작품이 지닌 작품적 가치는 그리 크지 않은 것으로 생각된다. 다만, 몽유 양식사의 전개 과정에서 몽유전기소설과 몽유록의 중간적 성격을 지닌 작품인 점을 그 사적인 의의로 지적할 수 있다.

<서재야회록>은 유사 몽유 양식에 속하면서도 사물을 의인화하는 가전체(假傳體)의 수법으로 쓰인 작품이다. 곧, 몽유 양식과 가전체 수법이 결합된 양상을 띠고 있는 것이다. 이는 가전체 작품인 <정시자전>이 몽유의 형태를 갖추고 있는 것[141]과 유사하다.

이름을 밝히지 않은 한 선비가 이 작품의 몽유자에 해당한다. 그는 호고 낙척(好古落拓)하여 세상에서 배척된 인물이다. 집이 매우 가난하였으나 뜻은 활달하였다. 현실에서의 불우함과 좌절된 욕망을 지닌 인물인 것이다. 달촌산에 별장을 짓고 두문불출하며 산 지 3년이 되도록 이웃 사람이 그 얼굴을 보지 못할 정도로 그는 고립된 삶을 살고 있다. 추석 이틀 전에 완월(翫月)의 흥을 타서 서당을 나와 뜰을 거닐면서 자신의 좌절된 욕망을 시로써 토로한다.

정정(丁丁)히 나무 패는 시냇가,
적막한 서재에 이웃이 적도다.
약초 찧어서 응할 뿐인 가련한 옥토끼야
술잔 머물고 누구와 달을 논할까.

141) 김현룡, 앞의 논문, 78면.

> 단풍 숲에 떨어지는 이슬 소리 때때로 듣고,
> 문 앞길이 맑고 깊어 티끌을 볼 수 없네.
> 한번 봉루(鳳樓)를 이별한 지 이제 몇 해이던고
> 미인은 또 어찌하여 사람을 슬프게 하는가.[142]

이렇게 밖에서 서성거일 때, 홀연 서실 중에서 웃음과 말소리가 들려온다. 입몽에 해당하는 대목이다. 숨을 죽이고 가만히 서실을 들여다보니 네 사람이 둘러 앉아 있었다. 곧, 벼루, 붓, 종이, 먹의 의인화된 인물이다.

네 사람은 서로 말하기를, "누가 능히 무(無)를 몸으로 여기고, 삶을 거짓으로 죽음을 진짜로 여기랴. 누가 동정(動靜)과 흑백(黑白)이 한 이치임을 알겠나."[143]라고 한다. 이는 곧 현실과 꿈의 변별 불가능성에 입각하여, 무(無)와 신(身), 생(生)과 사(死), 동(動)과 정(靜), 흑(黑)과 백(白)의 역전을 가능케 하는 환상적 체험의 특질을 요약한 말이다. 따라서 이 작품은 현실과 꿈의 역전을 통하여 꿈속 체험의 진실성을 드러내는 몽유 양식의 일반적인 창작 동기를 공유하고 있는 작품이다.

이어 탈모자(脫帽者)[붓]가 이르기를, "주인이 무리를 떠나 처소를 찾으매, 더불어 처한 자는 우리들이다. 살을 갈고, 뼈를 깎으며, 머리를 적시고, 등을 적시어 노역을 당한 지 이미 오래인데, 나는 노둔(老鈍)하다는 기롱을 받았고, 자네는(백의자(白衣者)[종이]) 경박하다는 질책을 당했으니 전자는 운이 다한 것이요, 후자 또한 흠이로다."[144]라면 한탄한다. 이들은 무리를 떠난 고독한 선비의 유일한 벗이며, 오랫동안 선비와 함께 지내오다가 이제는 퇴락하였다는 것이다. 여기서 거듭 선비의 불우함과 고독

---

142) 28면, 丁丁伐木澗之濱　岑寂書齋少有隣　搗藥只應憐玉兎　停盃誰與問氷輪　楓林滴瀝時聞
　　露　門巷淸深不見塵　一別鳳樓今幾載　美人何得更愁人.
143) 30면, 孰能以無爲身　以生爲假　以死爲眞　孰知動靜黑白之一理者.
144) 같은 곳, 主人離群索居　所與處者吾輩　磨肌戞骨濡首霑背　執役已久　吾被老鈍之譏　子有輕
　　薄之誚　彼則運盡　此亦玷缺.

이 언급되면서, 네 인물의 한탄이 곧 선비의 그것을 대신한 것임을 시사한다. 말하자면, 이들은 선비의 좌절된 욕망의 대체물인 셈이다.

　연장자인 치의자(緇衣者)[벼루]의 요청으로 네 인물이 돌아가면서 시를 지어 각기 회포를 토로한다. 가령, 치의자 자신이, '달에서 떨어지는 이슬 씻은 듯 맑은데 / 맑은 달 가을이 차서 잠은 오지 않고 / 적은 시구(詩句) 다 썼으나 심사는 고달픈데 / 눈물 흔적은 되레 감은 눈썹 가에 남았네.'[145]라고 읊으니, 이에 대해 백의자[종이]가 "지금 자네의 시 미련(尾聯)이 자못 아녀자와 유사하여 뜻이 중후하지 않으니 자네도 쇠하였네."[146]라고 평한다. 치의자의 시뿐만 아니라 나머지 인물들의 시에서도 노쇠함에 대한 한탄이 주된 정서를 이루고 있는데, 이는 선비의 노쇠함과 그에 따른 슬픈 회포가 이들의 시를 통해 드러난 것으로 볼 수 있다. 다시 말해, 선비가 좌절된 욕망의 상태에서 그것을 이루지도 못한 채 노쇠하였음을 암시하는 것이다. 그리하여 허무와 무상감이 이 시들의 주된 정서가 되고 있다.

　시를 짓고 나서 이들은 틈새로 들킬까 염려하던 중, 이를 엿보고 있던 선비가 기침을 하자 서실이 고요해지며 갑자기 보이지 않는다. 여기서 일차적인 산회(散會)가 이루어지는데, 이를 각몽에 해당하는 대목의 하나로 이해할 수도 있을 것이다. 그러나 몽유자인 선비는 환상적 인물들을 다시 불러들이려고 축문을 지음으로써 아직 완전한 각몽의 상태로 돌아온 것은 아니다. "이미 자네들의 정회를 알았는데, 감히 자네들의 모습을 숨기는구나. 지금은 노성(奴星)이 풀을 맺어 보냄이 아니요, 상객(上客)이 왼쪽 자리를 비워 놓고 맞이함이라. 비록 그윽함과 드러남이 사이가 있으나 진실한 감정은 반드시 통하리니, 네 사람은 끝내 나를 버리려는가."[147]라

---

145) 32면, 金蟾滴露淸如洗　玉兎秋毫冷不眠　寫盡小詩心事苦　淚痕猶在鎖眉邊.
146) 33면, 今子之末聯　頗類婦人　意不重厚　子其衰乎.

고 하여, 선비는 네 인물의 정회를 충분히 이해한다면서 손님의 자리를 비워 놓고 진실한 감정이 통하기를 축원하고 있다. 이에 한참 후, 사라졌던 네 인물이 나타난다. '홀연 서재의 북쪽 창밖에서 타박타박 소리가 나며 점점 가까이 이르렀다.'[148]라고 기술함으로써 유사 입몽의 방식으로 네 인물이 다시 등장하는 것이다.

선비는 그들의 성명보계(姓名譜系)를 물어서 산정수매(山精水魅)를 변별하고자 하는데, 그들의 뜻을 거스를지 몰라서 먼저 자신의 내력을 이야기한다. 자신은 고양씨(高陽氏)의 후손으로 공부에만 뜻을 두어 박심사변(博審思辨)의 교훈과 격치성정(格致誠正)의 학문에 전념했다고 한다. 중용과 대학을 공부하는 전형적인 유학자의 모습이다. 그러나 외롭고 처량하게 지내면서 벗들이 서로 버리고 집안사람이 귀양 가는 액궁을 당하였으나 원망하거나 근심하지 않았다고 한다. 이러한 그에게 네 인물은 다음에서 보듯이 매우 소중한 존재였던 것이다.

지금 마른 모습과 떨어진 지혜에 세상을 등지고 무리를 떠나니, 산기슭이 적막하고 초가집이 고절하다. 정신이 안씨(顔氏)와 교감하고 꿈에 주공(周公)이 끊겼으나, 혹 인의(仁義)에 침잠하고 혹 사장(辭章)을 희롱하니, 자네들 네 사람이 아니었다면 누가 나를 좇아 놀리오.[149]

이러한 선비의 말에 네 인물은 감사하면서 각기 자신들의 내력과 소회를 피력한다. 여기서 전형적인 가전체의 기술 방식이 도입되는데 네 인물은 각각 자신의 내력을 말하면서 역대의 고사를 차용하고 있다. 내력

---

147) 35면, 既得子情 敢隱子形 今也無奴星縛草之送 有上客虛左之迎 雖幽顯有間 誠感必通 四
　　 君終能棄我乎.
148) 같은 곳, 忽聞書齋北窓外 窣窣然有聲漸近.
149) 37면, 今者枯形墜智 遯世離群 山阿寂寥 草堂孤絶 神交顔氏 夢斷周公 或沈潛仁義 或謔
　　 浪辭章 不有四君 孰從我遊.

을 피력하고 나서 마지막 대목에서는 현실에서 그들이 처한 딱한 처지를 호소하여 선비로 하여금 잘 거두어 줄 것을 당부한다. 이러한 방식으로 벼루, 먹, 종이, 붓의 순서로 내력이 소개되고 나서, 선비가 부탁하여 다시 돌아가면서 시 한 수씩을 읊고는 네 인물이 뒷걸음질 쳐서 사라진다.

날이 밝자 시아(侍兒)가 늦게 일어난 연유를 물으니, 선비는 잠을 달게 잤을 뿐이라면서 대답을 피한다. 선비 자신의 환상적 체험은 자기만의 의미를 갖는 것이지 평범한 타인에게 알릴 이유가 없는 것이다. 이는 금오신화에 나타나는 주인공들만의 환상적 체험과 통한다. 그리고는 서실 중의 필연지묵을 살펴보니, 오래 지니고 있던 도자기 벼루는 옆면이 떨어져 나갔고, 붓 한 자루는 반점이 있는 대나무로 대롱을 하였는데 붓 뚜껑도 없이 낡아서 글씨를 쓸 수 없을 정도고, 먹 한 매는 거의 다 닳았고, 종이는 며칠 전 시아의 말을 듣고 장독대 덮개로 쓰게 하였던 것이다. 이리하여 네 인물의 정체와 그들이 자신에게 부탁한 연유를 다 알게 된 선비가 붓, 벼루, 먹을 종이에 싸서 땅에 묻어 주고 글을 지어서 그들을 제사 지낸다. 이날 꿈에 네 인물이 와서 사례하고는 선비의 수명이 40여 년 남았다고 알려 준다. 이후 다시 이러한 괴이한 일이 없었다고 한다.

이러한 유사 각몽 이후의 여담(餘談)은 꿈속 체험의 내용을 현실 속에서 확인하고 있는 것으로서, 앞의 <안빙몽유록>에서와 같은 서술 방식이다. 다만, 제문을 지어서 조상하는 것은 <만복사저포기>의 경우를 연상할 수 있고, 또 끝 부분에서 다시 꿈에 네 인물이 나타나 선비의 수명을 알려 준다는 설정 또한 <만복사저포기>에서 여인이 공중에서 다른 나라에 환생하였음을 알려 주는 대목을 떠올리게 한다. 이렇듯 몽유전기소설은 꿈속 체험을 현실 속에서 확인하거나, 그것을 현실에서도 연장시키려는 경향을 띠고 있다. 요컨대 <서재야회록>은 몽유자 자신의 퇴락한 정상과 좌절된 욕망을 의인화된 지필 묵연을 통하여 토로한 작품이라 하겠다.

<최생우진기>은 <용궁부연록>처럼 주인공이 용궁을 다녀오는 이야기로서, 역시 유사 몽유 양식의 특성을 지니고 있다. 그런데 이 작품은 서술 방식과 용궁에서의 연회의 성격 면에서 <용궁부연록>과 구별되는 나름의 특성을 보여 준다.

서두는 작품의 배경이 되는 진주부(眞珠府)(삼척)의 두타산에 대한 설명에서부터 시작되는데, 이는 <용궁부연록>이나 <취유부벽정기>의 서두에 나오는 천마산, 부벽루에 대한 설명과 방불하다. 이러한 몽유전기소설의 서두 부분은 작품의 현실적 배경을 명확히 하는 동시에 배경이 지닌 신이성(神異性)을 함께 제시하는 것으로서 몽유전기소설의 한 문학적 관습에 해당한다.150) 따라서 몽유전기소설에서의 환상적 체험은 단순히 현실과 동떨어진 환상적 공간으로의 여행을 기술하는 것이 아니라 현실과의 일정한 관련성을 내포한 환상적 체험을 하게 된다. 또한 이러한 서두의 배경 설정은 뒤에 몽유장편소설에 이르러는 몽유전기소설에서 환기되는 현실적 효과를 점차 감소시키면서 천상계라는 환상적인, 그렇지만 상투화된 공간 설정으로 변모한다. 이는 몽유 양식의 역사적 변모 양상을 드러내는 한 징표가 되는 것이다.

이러한 두타산을 배경으로 임영(臨瀛)(강릉) 선비 최생의 이계 여행담이 그려진다. 그는 척당(倜儻)한 기개로 영화와 이득을 멀리하고 산수 간을 유람하기를 좋아하여 증공(證空) 스님과 더불어 두타산 무주암에 거하였다. 어느 날 청낭비결(靑囊秘訣)을 읽고 나서 맑은 가을 하늘을 바라보면서 문득 멀리 떠나고 싶은 심정[하거지사(遐擧之思)]에 사로잡힌다. 곧, 욕망의 드러남이다. 이에 증공에게 두타산중의 용추동을 찾겠다고 하니, 증공은

---

150) 신재홍, 앞의 논문, 136~138면.

자신도 한번 절벽 끝의 반석에까지는 가 보았으나 머리가 어지럽고 가슴이 뛰어 엉금엉금 기어서 내려왔노라고 하면서 기껏해야 그 반석을 밟는 것으로 족할 것이라 한다. 그리하여 두 사람은 절벽까지 갔는데, 최생이 절벽에 올라 반석 위에 서서 손으로 학소동, 용추동을 가리키다가 갑자기 몸을 날려 절벽 아래로 떨어졌다. 증공이 매우 놀라 어찌할 바를 모르다가 절로 돌아와 절의 노승에게는 최생이 풍정을 못 이겨 창가에 붙잡힌 모양이라면서 둘러댄다. 그렇지만 절의 스님들은 증공이 최생을 죽인 것이 아닌가 의심하는데, 이렇게 수개월이 지났다. 그러던 어느 달 밝은 밤에 문 두드리는 소리에 나가 보니 최생이 돌아왔다. 증공은 한편 기뻐하고 한편 괴이하게 여기면서 절의 다른 스님들을 불러 최생이 돌아온 것을 확인시킨 연후에, 둘만 남았을 때 최생에게 일의 시말을 캐묻는다. 증공이 하도 재촉하는 바람에 최생이 드디어 자신이 겪었던 일을 이야기한다.

여기서 흥미로운 것은 액자의 구성 방식이 다른 작품들처럼 현실에서 환상세계로 갔다가 다시 현실로 돌아오는 것이 아니라 도입 액자와 결말 액자가 이어져 현실에서의 사건으로 기술되고 난 다음에 환상적 체험이 이야기된다는 점이다. 곧 '현실-환상-현실'이 아니라 '현실-현실-되어 있다. 또한 최생과 증공이 용추동에 들어갈 수 있는 반석에 이르렀다가 최생은 사라지고 증공만이 절로 돌아와 최생의 일을 둘러대는 식으로 기술함으로써 서술 시점에서 주인공 최생이 아닌 증공의 시점을 택하고 있다. 이렇게 함으로써 최생의 환상적 경험이 현실의 관점에서 의혹이 일어나고 해석이 구구하게 되는 효과를 얻게 된다. 더욱이 증공이 매우 소심하고 덜렁대며 둘러대기 잘하는 성격으로 기술됨으로써, 작품 전반부가 해학적인 분위기에 싸이게 되는 점에서 이 작품의 특성이 인정된다. 요컨대, 이 작품은 몽유전기소설의 전통적인 구성 방식으로부터의 이탈,

비극성을 해학성으로 변화시킨 점, 서술 시점의 교체 등 여러 측면에서 독특한 의의를 지니고 있다.

증공의 채근에 의해 최생이 자신의 체험을 기술하게 되는데 여기서 다시 시점의 전환이 이루어진다. 이는 증공의 시점에서 최생의 시점으로 바뀌었다는 것만이 아니라, 아래 예문에서 보듯이 인칭의 변화까지를 지적하려는 것이다.

> 최생이 인상을 찡그리면서 이르기를, "이는 극히 어려운데. 내 마땅히 숨김없이 말하려니와 만일 그렇게 한다면 나를 위하여 누설하지 않을 텐가?" 증공이 머리를 두드리며 이르기를, "결코 아니하겠네." 최생이 바야흐로 말하기를 수긍하였다. 최생이 애초에 아래로 떨어지는데…….151)

최생과 증공의 대화에 이어지는 최생의 체험담은 최생의 말로써 제시되는 것이므로 문맥상 인용문 끝 문장의 '최생'은 '내[余 혹은 吾]'로 되어야 한다. 그런데 여기서 작가는 시점을 3인칭으로 바꾸어 서술하고 있다. 그리하여 최생의 체험담은 줄곧 3인칭 서술자 시점으로 서술된다. 이렇게 서술된 최생의 체험담이 마무리되면서는 다시 다음과 같이 인칭이 바뀌고 있다.

> 최생이 그 말과 같이 하니, 얼마 지나지 않아서 학이 땅에 이른 것 같았다. 눈을 떠 보니 곧 절의 뜰이었다. 나는 이를 다만 하루만의 일로 알았는데, 이제 벌써 수개월이 지났나.152)

최생의 체험담을 서술한 3인칭 시점에서, 대화 가운데의 최생의 말로

---

151) 56~57면, 生深矉蹙頞日 此極難矣 我當爲若無隱 若能爲我無洩乎 空 頭日 不敢 生方且 肯言 生之始墜下也…….
152) 76면, 生如其言 未逾時 鶴若集于地 開視則乃寺之庭也 吾謂此只一日之內也 今已數月乎.

써 1인칭 시점으로 돌아온 것이다. 이러한 적절한 시점의 전환을 통하여 이 작품의 소설적 흥미가 고조된다고 할 수 있다.

이제 액자 내부에 해당하는 최생의 체험담을 살펴보기로 한다. 유사 입몽에 해당하는 부분이 아주 자세하게 기술되어 있는바 이로 인해 유사 입몽 부분이 독자에게는 마치 현실 속에서 체험된 일인 것처럼 받아들이게 된다. 그렇지만 최생이 반석에서 떨어지면서 '마치 취한 듯, 꿈꾸는 듯했다.'153)는 언표적 진술 속에서 이 부분이 유사 입몽의 성격을 지니고 있음을 알 수 있다.

최생은 계곡으로 떨어지다가 나무에 걸렸는데, 절벽 가에 난 동굴을 찾아서 들어가니 별세계가 펼쳐져 있었다. 성문에 이르러 자라 갑옷에 상어 몸을 한 문지기에게 왕을 뵙기를 청하여 인도를 받아 궁전으로 들어간다. 마침 청냉각이란 곳에서 용왕이 동선(洞仙), 도선(島仙), 산선(山仙) 등 세 손님을 청하여 연회를 베풀려던 참이었다. 이에 예를 하고 좌정한 후, 용궁의 성회(盛會)를 관람하게 된다. 먼저 현부인(玄夫人)(거북) 6인이 나와서 <문명지가(文命之歌)>를 부르는데, 우임금이 홍수를 다스린 일을 찬양하고 자신들이 글을 바쳐 문명을 밝힌 것을 자랑하는 내용이다. 이어서 개사(介士)(게) 8인이 나와서 <무성지무(武成之舞)>를 추는데, 왼쪽과 오른쪽이 서로 부르면서 창과 방패를 휘두르며 춤을 춘다. 이를 보고 나서 왕이 "우임금이 선위를 받고 무왕이 정벌하매, 그 노래와 춤의 기상이 이러하다. 가히 그 음악을 듣고서 그 덕을 알 것이다."154)라면 노래와 춤의 의미를 설명한다. 이 대목은 거북과 게가 등장하여 노래 부르고 춤춘다는 점에서 <용궁부연록>에서의 연회와 유사하다. 그런데 이 작품에서 거북의 노래와 게의 춤이 각기 문명(文明)과 무의(武儀)의 기상을 드러낸

---

153) 57면, 況然若醉若夢.
154) 64면, 禹以禪代武以征得　其歌舞氣像乃如此　可謂聞其樂而知其德者矣.

것이라는 명확한 해석을 얻음으로써 연회의 의의가 보다 분명하게 제시되고 있다. 여기서 용궁이라는 이계는 우왕이나 무왕의 성덕이 찬양되는 이상향으로서, 유교적 복고주의에 입각하여 설정된 공간인 것이다. 다시 말해, 용궁이 단순히 이계로서만 의미를 지니는 것이 아니라, 유교적 이념의 이상적 공간으로서 설정되었다는 것을 보여 준다.

노래와 춤이 끝나고 나서 왕이 문사의 풍모를 보고 싶다고 하여 최생이 <용궁회진시(龍宮會眞詩)> 30운을 즉석에서 지어 바친다. 그 내용은 대략, 용왕의 덕을 찬양하여 복희, 황제, 요임금, 탕왕 등의 치적이 모두 용왕의 도움으로 이루어졌음을 말하고, 자신이 용궁에 이르게 된 과정을 간략히 서술한 다음, '원컨대 이 모임을 좇아 대방(大方)을 나와 / 봉래(蓬萊)와 단구(丹丘), 수선(水仙)과 천선향(天仙鄉)을 높이 밟고저. / …… / 돌아가 하루살이 같은 인생을 조상하고 / 세상이 얼마나 아득한지 열력(閱歷)하고 나서 / 피리소리에 싸여 학을 타고서 / 대낮에 옥황께 조회하리라.'155)라고 끝맺은 것이다. 이로써 작품 서두에 설정된 최생의 척당하고 우원한 성격이 유감없이 발휘되고 이계 유람의 흥취를 마음껏 드러내고 있다. 곧, 주인공의 욕망이 실현되어 득의양양한 모습인 것이다.

최생의 이 시에 대해 왕이 칭찬을 하고 동선, 도선, 산선이 차례로 시를 읊는다. 이들 세 신선은 구체적인 이름이 밝혀져 있지 않으나, 이들 모두는 우리나라 전래의 신선들인 듯하다. 동선(洞仙)은 '운수가 다해 가는 천 년의 마지막에 / 이름이 사해와 진(辰) 땅에 전파되었다네. / 관하(關河)에서 세월을 슬퍼하더니 / 변방에는 풍진이 어두웠다네. / 격서(檄書)를 초하여 일찍이 적을 놀래고 / 뗏목에 올라 나루를 물었다네. / 정을 묶어 두고서 방장(方丈)을 벗하며 / 낙수(洛水)의 신(神)에게 노리개를 끼쳐 두었

---

155) 67면, 願言從此會 高踏出大方 蓬萊與丹丘 水僊天僊鄉……歸來弔蜉蝣 閱世何茫茫 笙簫擁鶴馭 白日朝玉皇.

네. / 고국을 잊지 못하여 / 아름다이 대신(大臣)의 직책을 헌납하였네. / 가야산에 구업(舊業)을 남겨 두고 / 구름과 물을 따라 지금의 신세가 되었다오.'156)라고 읊는다. 이는 최치원의 일생을 소재로 한 것으로서, 황소의 난에 격서를 짓고, 쌍녀분에서 <낙신부>를 남기고, 후에 가야산에 들어가 신선이 되었던 사적을 말하고 있다. 따라서 동선이 곧 최치원임은 분명하다. 또한 도선(島仙)의 시 가운데 '동선과 함께 나는 학을 타고서 / 우연히 강의 사자를 좇아 용궁에 배알하였더니 / 남생(南生)이 잘못 붉은 색 글자를 붙여서 / 헛된 이름 일으켜 대동(大東)에 가득하네.'157)라고 하여, 최치원과 함께 용궁을 다녀왔다는 이야기를 남긴 주인공이 도선이다. 여기서 지칭한 남생은 붉은 글씨 운운한 것으로 보아 아마도 신라 사선의 하나인 남랑(南郎)을 말하는 듯하지만, 도선이 정확히 누구를 모델로 한 것인지는 분명치 않다. 산선(山仙)의 경우도, '처음엔 구담(瞿曇)을 배웠다가 느지막하게 신선을 배워서 / 일생의 종적이 머무르기 끝이 없었네. / 풍진의 세상 변화에 삼국(三國)을 보았고 / 물과 불로 단약을 이루려고 몇 년을 물었던가. / 청학동 가운데 게사(偈詞)를 지어 남겼고 / 백운암 아래서 참선을 하였다네.'158)라고 하여, 승려로서 신선이 된 삼국 시대 인물로서, 청학동과 백운암에 자취를 남긴 인물임이 드러난다.159)

이렇듯 이들 세 신선은 모두 전래의 역사적 인물 가운데 신선이 되었다고 믿어지는 인물을 모델로 한 것이다. 이는 용궁의 연회가 현실과의 관련 속에서 우리나라의 전통에 대한 문화적 인식에 바탕을 두고 그려졌

---

156) 69~70면, 運落千年季 名傳四海辰 關河悲歲月 邊徼暗風塵 草檄曾驚賊 乘槎幾問津 情方丈侶 遺佩洛濱神 故國同丘首 嘉獻付大臣 伽倻餘舊業 雲水幻今身.
157) 72면, 與洞仙飛鶴馭 偶隨江使拜龍宮 南生誤着丹砂字 惹起虛名滿大東.
158) 73면, 早學瞿曇晚學仙 一生蹤跡住無邊 風塵世變看三國 龍虎丹成問幾年 靑鶴洞中留作偈 白雲岩下坐參禪.
159) 도선과 산선의 구체적인 인물 모델을 찾는 것이 과제로 남는다.

다는 것을 잘 보여 준다. 따라서 이 작품 속에서의 용궁은 유교적 이념의 발현과 함께, 자국의 문화적 전통에 대한 자부심에 의해 형상화되었다고 하겠다.

이렇게 최생과 세 신선이 시를 읊은 후, 용왕이 마지막으로 시를 읊는다. 그러고 나서 세상으로 돌아가고 싶지 않다는 최생에게 동선이 과립으로 된 약을 주면서 10년을 더 산 후 봉도(蓬島)에서 다시 만날 것을 약속한다. 최생은 증공과의 신의를 지키려 한다면서 약순가락 하나를 얻기를 청하지만, 동선은 선분(仙分)이 없는 사람이 선약을 먹으면 수를 재촉할 뿐이라며 거절한다. 최생이 인사하고 문을 나와, 현학을 타고 절로 돌아오는 것이다. 그 후 최생은 입산채약(入山採藥)하여 부지소종 하였다고 하고 증공은 늙을 때까지 무주암에 거하면서 자주 이 일을 말했다고 한다.

이상에서 본 바와 같이, <최생우진기>는 전대의 <용궁부연록>을 계승하면서도 서술 방식의 측면과 해학적 성격, 용궁의 연회가 갖는 의미 등에서 독자적인 의의를 지닌 작품이다. 이는 또한 몽유전기소설의 전개 속에서 ≪기재기이≫의 작가가 서술 방식상의 실험을 모색하였다는 점에서 사적인 의의가 인정된다.

<하생기우전>은 애정 갈등을 중심으로 한 유사 몽유전기소설로서, 사건 전개나 대화의 성격 면에서 <만복사저포기>, <이생규장전>과 관련될 수 있다. 그러면서도 구성 면이나 갈등의 양상에 있어서 독자적인 특징을 갖고 있다. 고려 말경으로 설정된 시간 배경 속에 주인공인 하생은 일찍 부모를 여의고 아직 장가를 가지 못한 불우한 청년이다. 그러나 풍채가 빼어나고 재주가 뛰어나서 동네에서는 현자(賢者)로 칭찬받는 인물이기도 하다. 이에 주재(州宰)가 그를 태학생으로 선발하여 국학(國學)에 들어가게 한다. 집을 떠날 때, 하생은 종들에게 다음과 같은 포부를 말한다.

내가 위로는 부모가 없고 아래로는 처자식이 없으니 오히려 어찌 너
희들을 돌아보겠느냐? 랄랄(剌剌)은 예전에 군대를 좇아 통행증을 버렸
고, 상여(相如)는 약관에 기둥에 글을 썼으니 모두 큰 뜻을 지닌 것이다.
내가 비록 아둔하나 두 사람의 인물됨을 사모하나니, 타일에 비단옷 입
고 돌아옴이 너희들에게도 영화와 다행함이 될 것이니, 구업을 지켜 떨
어지지 않게 하라.160)

랄랄과 상여의 큰 뜻을 좇아 일을 이루고 금의환향하겠다는 포부이다.
하생은 다른 몽유전기소설의 주인공들처럼 불우한 처지에서 큰 뜻을 품
은, 욕망의 소유자인 것이다.

그는 국학에 들어가 여러 학생들과 재주를 겨루어 보니 자신을 앞서는
자가 없었다. 과거에 급제하여 청운에 높이 오르리라는 고세지지(高世之志)
를 품고 기대하고 있었다. 그러나 이때는 이미 조정이 어지러워져서 인
재의 선발 또한 공평치 못했다. 이런 상황에서 그럭저럭 4~5년 동안 국
학에 몸을 담고서 자신의 포부를 굽혀야 했다. 여기서 경험 세계에 의해
주인공의 욕망이 좌절되는 몽유전기소설의 일반적인 성격이 잘 드러나
있다.

이러한 방황 끝에 하루는 낙타교 옆에 거하는 복사(卜師)를 찾아가서
자신의 방황에 종지부를 찍으려고 마음먹는다. 그는 복사로부터 '명이지
가인(明夷之家人)'의 점괘를 얻게 되는데, 이 점괘는 곧 밝은 데에서 땅 속
으로 들어가는 상이요, 유혼(幽魂)을 만나게 되는 괘이다. 이러한 점괘를
낸 복사의 존재는 <만복사저포기>에서의 부처나 <이생규장전>에서의
천제(天帝)가 맡은 역할을 대신하고 있다. 말하자면, 산 사람이 유혼과 만
나게 되는 기이한 인연이 초월계의 존재들로부터 이미 예정된 것이라는

160) 78면, 吾上無父母 下無妻子 尙何顧汝輩 剌剌昔從軍棄繻 相如題柱弱冠 皆有大志 吾雖駑
駑 頗慕兩者爲人 他日衣錦歸 爲爾輩榮幸 守舊業無墜.

의식을 이들 세 작품은 공유하고 있는 것이다.

복사가 일러준 대로 하생은 국남문 밖으로 나가서 날이 저물도록 이리 저리 다니다가, 멀리 수풀 사이로 등불이 비치는 것을 보고는 그 집을 찾아간다. 이 부분이 유사 입몽에 해당하는 대목인 것은 물론이다. 그 집에 이르니 바깥문이 반쯤 열려 있고 인적이 없어서 안으로 들어가 엿보니, 16세쯤 되어 보이는 한 미인이 베개에 기대어 턱을 괴고 한숨을 쉬면서, '분갑엔 먼지가 앉고 구리엔 녹이 끼는데 / 꿈속에서 만난 낭군 깨어나니 헛일일세.'161)라고 시를 읊는다. 하생은 시를 듣고서 그 여인이 과부거나 아니면 귀가 처자(貴家處子)일 것이라고 생각하여, 혹 지키는 사람이 있을까 두려워 물러나다가 발소리를 내고 만다. 앞에서 논한, 욕망의 드러남과 심리적 머뭇거림이 나타나 있는 것이다.

그 소리에 미인은 시녀더러 간밤에 아름다운 꿈을 꾸었는데 혹 길사(吉士)가 온 것일지도 모른다고 말하자 하생이 복사의 말을 생각하고는 기침소리를 낸다. 문에 나온 시녀에게 하룻밤 묵어가기를 청하여 한쪽 방에 들게 된다. 여인은 시녀를 통하여 여기에 이르게 된 사연을 물으니, 하생은 자신의 포부가 실현되지 못하여 방황하다가 복사의 말에 따라 이곳에 이르게 되었다는 대답을 한다. 다시 여인이 시녀를 시켜 자신도 복사의 말을 믿고 여기에 온 것이니 이 만남이 우연이 아니라는 말을 전하게 한다. <만복사저포기>의 여인처럼, 여인은 자신의 정체를 일시적으로 숨기고 있다. 이에 두 사람은 시녀를 통해 시를 주고받음으로써 자신의 욕망을 상대방에게 암시하고, 서로의 정회가 상통함을 안 연후에 하생은 여인의 거실로 가서 그녀와 동침하게 된다. 서로가 지닌 욕망을 성취한 것이다.

---

161) 81면, 塵留粉匣綠生銅 夢裏逢郎覺是空.

밤이 장차 밝으려 할 즈음에 여인은 흐느껴 울면서 자신의 내력을 토로한다. 자신은 시중(侍中) 아무개의 딸로서 죽은 지 3일이 되었다고 하고, 자기 아버지가 남을 시기 중상하여 그 벌로 다섯 아들과 딸 하나까지 요절하게 되었다고 한다. 그런데 근래에 큰 옥사를 처리하면서 아버지가 은혜를 베풀었기에, 상제(上帝)가 딸만이라도 환생시켜 주겠다고 하여 이제 오늘 안으로 무덤 속에서 나오면 살 수 있게 된다고 하였다. 이렇게 여인은 자신의 정체를 밝히고, 또한 자신이 죽게 된 내력을 말하고 있다. 이는 도입 액자에서 하생이 능력이 출중한데도 조정이 어지러워 벼슬길에 나아가지 못한 현실적 부조리와 관련되는 진술이다. 곧 하생과 같은 인물을 불우한 처지에서 벗어나지 못하게 만든 현실의 부조리를 시중 아무개의 중상모략이라는 행위로써 대상화시킨 것이다. 이러한 설정 위에서 현실적으로 불우한 하생이, 현실적으로는 권세를 누리지만 죽음의 형벌을 받고 있는 시중, 그 희생이 된 딸을 소생시키는 역할을 맡게 됨으로써 환상적 체험을 통한 욕망의 성취와 함께, 현실에서의 성취도 가능하게 된다.

이러한 사연을 말한 후, 여인은 금척(金尺)을 하생에게 주면서 국도(國都)의 대사(大寺) 앞 하마석 위에 놓고 기다리라고 부탁한다. 그리고는 서로 시를 지어 마음을 변치 말자는 약속을 하고서 헤어지게 된다. '하생이 문을 나와서 몇 발짝을 간 다음, 뒤를 돌아다보니 곧 새로이 쌓은 무덤이었다.'162)는 진술로써 유사 각몽 부분을 처리하고 있다.

이후 진행되는 사건은 현실 속에서 여인의 환생 과정과 애정 갈등으로 전개된다. 여인의 말대로 대사 앞 하마석에 금척을 놓고 기다리는데, 소복을 입은 여자가 하마석 주변을 돌며 유심히 살펴보고 간 후, 얼마 있다

---

162) 89면, 生出門數步　顧視則乃一新塚.

가 건장한 하인들이 와서 하생을 도굴꾼으로 매도하면서 결박하여 시중에게 끌고 간다. 시중이 도굴한 일을 책하자, 하생은 자신이 겪었던 일을 자세히 말한다. 이 대목은 <만복사저포기> 후반부와 유사한 양상을 보여 준다.

하생의 말을 시험하려고 하인들을 데리고 무덤에 가서 파 보니 여인의 가슴에 온기가 있었다. 이에 집에 데려와 조리를 시키니 저물녘에 여인이 소생하는 것이었다. 부모가 기이하게 여기자, 여인은 "저는 꿈으로만 여겼는데 이것이 죽은 것이었습니까?"라고 답한다.163) 여기서 죽음의 상태가 꿈으로 관념되고 있음을 확인할 수 있다. 부모는 딸로부터 사건의 전말을 듣게 되고, 오해를 풀고 잔치를 베풀어 하생을 위로한다.

이렇게 여인이 환생한 후, 하생과 여인과의 현실 속에서의 결연 과정이 작품의 마지막을 장식하게 되는데, 이는 <이생규장전>의 앞부분의 사건 전개와 유사한 성격을 띠고 있다. 시중은 하생의 출신과 처지를 물은 후, 아내와 상의하여 딸을 하생에게 시집보내는 것을 피하려 든다. 집안과 세계(世系)가 대등하지 못하다는 점과 꿈같이 허탄한 사건이어서 세상 사람의 기롱거리가 될 것을 꺼려했기 때문이다. 여기서 애정 갈등을 야기하는 근본 원인으로서 계층적 차이와 토대의 문제가 제시된다. <이생규장전>에서 가난한 사대부 집안과 명문 귀족 집안이라는 계층적 차이로 인해서 이생과 최씨녀의 결혼이 심각한 장애에 부딪쳤듯이, 이 작품에서도 권세 있는 귀족 집안과 영락한 사대부 집안 사이의 계층적 차이로 인해 결혼이 방해받고 있는 것이다. 이는 지극히 현실적인 이유로 인한 애정 갈등으로서, 비록 환상적 체험 속에서 남녀가 애정을 확인하고 가약을 맺었다 할지라도 그것은 세상 사람의 일반적인 시각으로는 황

---

163) 91면, 父母問曰 爾之死去 有何異也 女曰 吾以爲夢 是乃死乎.

당한 이야기에 지나지 않을 따름이다. 꿈속에서 이룬 진실한 욕망의 합치는 현실 속에서 그저 황당할 따름이며, 가세(家世)라는 현실적인 결혼의 조건 앞에서 무력화될 위험에 봉착한 것이다.

이러한 시중의 의중을 간취한 하생은 시로써 여인의 신의 없음을 풍자한다. 이를 전해 받은 여인은 병을 칭하고 음식을 전폐한다. 부모가 그녀를 문병하러 오자, 그녀는 하생과 결연하게 된 배경을 명확히 밝히고 자신의 결연한 마음을 토로하기에 이른다.

> 한밤에 깨어 가슴을 치고 기나긴 밤 원한이 맺혔다가, 달이 떠올라 밝은 날 이내 님을 만났습니다. 서로 얽혀 한번 맹세하여 이미 부부가 되었고, 담을 뚫고 집 문을 두드렸으니 살아서나 죽어서나 골육입니다. 황천에 틈이 없고 큰 굴이 비어 있어 화락하고 서로 따름에 그 즐거움이 또한 깊었나이다. 중매에 의한 것이지 제멋대로 결단한 것이 아닌데 제가 어찌 이슬에 옷을 적셨겠습니까. …… 일찍 이와 같음을 알았으니 살아 있음만 같지 못합니다. 공강(共姜)이 귀신으로 있다면, 그녀와 손을 잡고 동행하리다.164)

무덤 속에 있을 때의 슬픔과 한을 말하고, 하생과 부부의 인연을 맺어 즐거움을 누린 것이 정조를 더럽힌 일이 아니라고 항변하면서, 혼인을 이루지 못하면 차라리 죽어서 망부(亡夫)에 대한 절개가 지극했던 공강을 따르겠다는 것이다. 『시경』의 구절을 많이 차용하여 4언으로 일관되게 표현된 여인의 이 말은 <만복사저포기>의 여인이나, <이생규장전>의 최씨의 말과 모든 면에서 유사한 성격을 지닌다. 시경이나 서경 같은 원시유교의 경전에서 인용하고 있는 점, 좌절된 욕망의 상태를 강조한 점,

---

164) 94~95면, 中宵寤擗 怨結永夜 月出皎兮 逢此粲者 綢繆一誓 已成同穴 穿墉啄屋 生死肉骨 黃泉無間 大隧有空 融融洩洩 其樂亦孔 仲非折擅 女豈霑露……早知如此 莫若無生 共姜有鬼 携手同行.

정조 관념과의 갈등 관계를 설정한 점, 죽음도 불사하고 자신이 택한 배필을 따르겠다고 결연한 의지를 보이는 점 등에 있어서 공통되는 것이다. 따라서 몽유전기소설의 중심 주제는 이와 같이 표현되는 여성 주인공의 대사 속에 집약되어 나타나는데, 또한 이 점은 이 양식의 특성이 욕망의 성취에 있다는 것을 분명히 확인해 주는 것이기도 하다.

결국 시중은 이러한 딸의 말에 감동하여 두 사람의 혼인을 허락한다. 두 사람의 사랑이 행복한 결말에 이르게 된 것이다. 이들이 결혼한 다음 해에 하생은 과거에 급제하여 나중에 상서령(尙書令)에 이르렀고, 40여 년을 함께 부부로 지냈으며, 두 아들을 낳아 각각 적선(積善), 여경(餘慶)이라고 이름 지었다. 그리고 정혼하던 날 예전의 복사를 찾아보았으나 이미 터를 옮긴 후였다고 한다. 이 작품의 이러한 결말 양상은 <만복사저포기>나 <이생규장전>에서의 비극적 결말과는 구분되는 것으로서 몽유전기소설이 뒤에 나오는 대중적 국문 소설로 이행되는 단초를 보여 주는 것으로 이해된다.165)

이상에서 살펴본 <대관재몽유록>과 ≪기재기이≫ 소재 네 편의 몽유전기소설은 전반적으로 ≪금오신화≫에서 완성된 몽유전기소설의 특성을 계승하면서도 어느 정도 변모된 양상을 드러내는 것이라 생각된다. <대관재몽유록>과 <안빙몽유록>은 역사적 인물을 등장시키거나, 좌정 대목에 대해 세심하게 주의하거나, 토론과 시연으로만 꿈속 세계를 서술한다는 점에서 몽유전기소설에 몽유록적 성격을 덧붙인 작품들로, 몽유전기소설과 몽유록의 중간적 복합적 성격을 지니고 있다. <서재야회록>은 몽유전기소설에 가전체 수법을 전면적으로 도입하였고, <최생우진

165) 김종철, 앞의 논문, 203면.

기>는 희극적 인물의 등장, 서술 시점의 교체 등의 실험적 성격을 지니고 있으며, <하생기우전>은 결말 부분이 행복하게 마무리됨으로서 전대의 비극적 결말에서 벗어나고 있다. 이렇게 이 작품들은 몽유전기소설 내에서 여러 측면에서의 모색과 변모가 이루어지고 있음을 보여 준다.

4. 시대적 상황에 대한 이념적 대응
: 16세기 중엽~17세기 말

3세기 『삼국유사』나 『수이전』에서 이미 몽유전기소설의 초기 형태를 보여 주는 작품이 나타난 후, 15세기 김시습의 ≪금오신화≫와 16세기 중엽 신광한의 ≪기재기이≫에서 몽유전기소설이 완성 혹은 변모되었다. 16세기 중엽까지의 몽유 양식사에 있어서 그 주도적인 하위 양식은 몽유전기소설이었는데, 16세기 말에 이르러 몽유 양식 내에서 몽유록(夢遊錄)이 새롭게 부상하면서 17세기 말에 이르기까지 몽유 양식의 주도적인 위치를 차지하게 된다. 그 뚜렷한 징표가 <원생몽유록(元生夢遊錄)>의 출현이다. 이 작품은 몽유록이 몽유전기소설의 영향에서 벗어나 독자적인 양식적 특성을 드러내는 최초의 작품이다. 이를 이어서 나오는 <금생이문록(琴生異聞錄)>, <달천몽유록(㺚川夢遊錄)>[166] 등이 <원생몽유록>과의 양식적 동질성을 띠고 있음으로 해서, <원생몽유록> 이후에 비로소 몽유록이 하나의 양식적 유형성을 확보하면서 한 시대를 풍미하게 되는 양상을 살필 수 있다.

---

166) <달천몽유록>은 같은 제목으로 윤계선과 황중윤의 두 작품이 있다. 이 글에서는 편의상 전자의 작품을 <달천몽유록>1, 후자의 작품을 <달천몽유록>2라고 지칭하겠다.

이와 함께 전대의 전기 소설은 이 시기에 들어 현실성이 강화되는 양상을 보인다. 소설사적으로 이 시기는 허균에 의해 국문 소설인 <홍길동전>이 창작되어 소설사의 새로운 장을 열었고, 또 권필의 <주생전(周生傳)>이나 조위한의 <최척전(崔陟傳)>과 같은 전기 소설이 전대의 환상적 성격에서 어느 정도 벗어나 현실성을 띠게 된다. 이러한 점에서 이 시기는 소설사적으로 매우 중요한 시기로 생각되는데, 몽유 양식에 한하여 보았을 때, <운영전(雲英傳)>의 존재가 이러한 소설사적 현상을 몽유 양식 내부로 수렴하고 있는 것이라고 판단된다.

한편, 몽기류(夢記類) 역시 이 시기에 이르러 양식 내적인 운동 속에서 몽유록으로 나아가는 작품들이 산출됨으로써, 단순히 개인적인 꿈 체험의 기록이라는 차원을 넘어서서 몽유록과의 관련 양상을 뚜렷이 보여 주고 있다. 그러한 작품의 예로서 장경세(張經世)의 <몽김장군기(夢金將軍記)>를 들 수 있다. 몽기류는 전대에 이미 이규보의 <몽험기>, 남효온의 <수향기(睡鄕記)>, 성운의 <취향기(醉鄕記)> 등의 작품들이 창작되었었다. 그렇지만 이 작품들은 몽기류 원래의 교술 문학적 성격을 벗어난 것은 아니었는데, 이 시기에 이르러 몽기류에 허구적인 윤색이 가해지는 경향을 띠면서[167] 그중 몽유록의 범주에 들 만한 작품이 나타나는 것이다. 그러나 이 시기에 나온 대다수의 몽기류는 여전히 개인 기록물의 차원에 머물고 있는바 이러한 양상은 조선 말기에 이르기까지 지속되고 있다.

---

167) 특히 허균의 몽기류 작품에서 이러한 허구화의 경향이 두드러진다. 이 점에 대해서는 이문규, 『허균 산문문학연구』, 삼지원, 1986, 145~147면 참조.

1) 몽유록의 이념적 성격 확립

몽유록은 이 시기의 몽유 양식을 특징짓는 하위 양식으로서의 역사적 의의를 부여할 수 있다. 먼저 몽유록이 이 시기에 와서 어떻게 양식 내의 주도적 위치를 점하게 되었는지를 살펴보기로 한다.

몽유록이 독특한 서술 구조와 양식적 성격을 지니게 되기까지에는 전대의 몽유전기소설에서 몽유록이 분화되어 나온 과정이 있었다. 앞 절에서 살펴본 바와 같이, <안빙몽유록>과 <대관재몽유록>은 몽유전기소설로서 서사적 특징을 갖추고 있기는 하지만, 순수 서사로서의 전기 소설적 성격에서 어느 정도 이탈하고 있는 모습도 아울러 보여 준다. 전자는 좌정 단락에 대한 세심한 주의나 인물평까지 겸한 꿈속에서의 연회가 지니는 성격 등에서, 후자는 우리나라 역대 문사들을 등장시켜 문장에 의한 인물평을 의도하고 있다는 점에서 두 작품은 몽유록적 성격을 띠고 있다. 전자보다는 후자가 몽유록에 근접한 작품이라고 할 수 있는데, 역사적 인물을 한 자리에 모으고 그들에 대한 인물평을 하는 양상은 후대에의 몽유록과 유사하기 때문이다.

이렇게 몽유전기소설에서 몽유록으로의 이행 과정에서 <안빙몽유록>이나 <대관재몽유록>과 같은 과도기적 작품이 있었다. 따라서 몽유록의 출현에 있어서 몽유전기소설의 영향은 무시될 수 없으며 이러한 영향 관계 속에서 몽유록이 지닌 서사적 특성이 보다 잘 이해될 수 있다.

몽유록이 독자적인 성격을 지니기 위해서는 양식 내적인 변모와 함께, 양식 외부로부터의 충격이 요구되었다고 보인다. 그것은 계유정란(1453), 임진왜란(1592), 병자호란(1636) 등의 정치적 사건에 의한 것이었다. 계유정란에서 비롯되어 단종 폐위(1455), 사육신 사건(1456), 단종의 죽음(1457)으로 이어지는 일련의 사건은 신하인 수양대군이 임금인 단종을 몰아낸 일로서 왕과 신하 사이의 엄격한 명분이 정치적 패권에 의해 와해된 것이었다. 임병양란 역시 전통적으로 존주양이(尊周攘夷)의 명분을 지켜왔던 조선조 사대부들에게 있어서 오랑캐로 폄하되었던 왜와 여진이 현실적인 힘을 앞세워 소중화(小中華)로 자부하던 조선을 침략, 유린한 사건이었다. 이들 정치적 사건은 조선 사회가 확고하게 구축해 놓았던 이데올로기적 기반을 그 근저에서부터 흔들어 버릴 만한 사건들로서, 이를 직접 경험하였던 당대 사대부들에게 있어서는 대단한 정신적 충격이었을 것임을 짐작하기 어렵지 않다. 이에 대해 문학의 입장에서 어떠한 방식으로든지 대응해야 했었다면, 이에 몽유록의 출현이 그 일익을 담당하게 된 것으로 보인다.

요컨대, 몽유록이 이 시기에 들어서 주도적 위치를 점하게 된 배경에는 전대의 몽유전기소설로부터 이탈하는 양식 내적인 운동과, 당대의 정치 사회적 사건들에 의한 양식 외부로부터의 충격이라는 양식 내외적인 원인이 함께 작용했던 것이다.

이렇게 하여 몽유록은 독자적인 서술 구조와 양식적 특성을 갖추면서 이 시기에 와서 집중적으로 성행하게 된다. 이러한 양상의 시발점으로서 1568년에 나온 임제(林悌)의 <원생몽유록>을 주목하게 된다.168) 제재가

---

168) 황패강은 황여일(黃汝一)의 『해월문집(海月文集)』을 근거로 하여 <원생몽유록>의 작가는 김시습이나 원호가 아니라 임제(1549~1587)이며, 작품 말미의 무진(戊辰, 1568) 중추(仲秋)를 그대로 창작 연대로 비정하였다(「원생몽유록 연구」, 『국어국문학총서』 5, 정음사, 1976. 6). 그런데 이 논문에서는 황여일이 13세의 어린 나이에 이 작품의 제발(題跋)을 지을 만큼 숙성하였겠는가 하는 문제(위의 논문, 179면)와 황여일과 임제의 교류가 문헌상으로 확인되는 것은 1577년 반궁(泮宮)에 병구(幷驅)한 때라는 점(위의 논문, 183면)을 들어, 결론에서 창작 연대를 확신할 수 없다고 하였다. 그러나 이 논문을 『한국서사문학연구』, 단대출판부, 1972에 개재하면서는 이러한 의심을 철회한 채, 1568년을 창작 연대로 확정지었다. 그러나 최근에 이 논문을 개고하면서 그는 다시 『해월선생연보(海月先生年譜)』1 「부보첩(附譜牒)」의 기사를 들어 1568년에서 임제가 졸한 1587년 사이에 지어진 것으로 정리하고 있다(김진세 편, 『한국고전소설작품론』, 집문당, 1990, 135면). 필자는 일단 황패강이 단행본에서 확정지은 연대를

되었던 계유정란은 15세기에 일어난 사건으로서, 시기적으로는 몽유전기소설이 완성되던 무렵에 발생한 일이었음에도 불구하고, 당시에는 문학에서 직접적으로 다룰 만한 소재가 될 수 없었다. 김시습과 같은 체제 비판적 지식인조차 그 사건에 대해서는 <남염부주지>를 통한 우회적인 비판만이 가능했던 것이다. 그러던 것이 약 100년 남짓 지나서야 비로소 임제에 의해 그 사건을 소재로 하여 <원생몽유록>이 창작될 수 있었다. 이 작품의 등장으로 인해 몽유록은 전대의 몽유전기소설과는 구분되는 특성을 뚜렷이 드러내게 되었으며, <안빙몽유록>이나 <대관재몽유록>과 같이 몽유전기소설과 몽유록의 중간적 성격을 지닌 작품들에서도 벗어나 자신의 독자적인 양식적 성격을 확보하기에 이르렀다.

　<원생몽유록>은 작품의 내용이나 서술 구조, 창작 동기, 독자들의 수용 태도 등에 있어서 여타의 몽유록의 전범이 될 만하다. 먼저, 원자허(元子虛)라는 몽유자는 이후의 몽유록에 등장하는 몽유자들의 성격을 대표하고 있다.169)

　　수용하겠으나, 논자의 의심에 비추어 볼 때, 위의 두 문제 가운데 특히 후자의 것에 대한 보다 정밀한 고찰이 요구된다고 본다.

169) <원생몽유록>의 원전 비평은 황패강(1972), 앞의 책, 271~277면에서 이루어졌는데, 이본들 사이에 자구의 가감이 있기는 하지만, 대체적으로 같은 내용으로 되어 있다. 그러나 이 작품의 핵심적인 주제를 표출하고 있는 복건자와 왕의 대화 가운데 비판되는 사군(四君)을 다른 이본에서는 모두 '堯舜禹湯'라 하였지만, 이가원 소장본(『국어국문학』 4, 1953. 2., 61~62면)에서만은 '堯舜湯武'라고 하여 우왕과 무왕 사이의 출입이 있다. 또한 4군을 비판하면서 '賊' 자를 쓴 것을 숙종이 보고난 후 '人'과 '非'로 바꾸었다는 기록이 있는데(황패강(1972), 앞의 책, 275~276면), 이가원 소장본은 '賊' 자를 그대로 쓰고 있다. 이에 필자는 이가원 소장본이 원본에 충실한 이본이라고 생각하여 작품 인용은 여기에서 하기로 한다. 물론, 이 이본의 말미에 붙은 '梅月居士志'의 구절은, 황패강이 논구한 바대로, '梅'를 '海'로 바꾸어 파악하여야 할 것이다. 그리고 이 이본은 이미 이가원에 의해서 번역된 바 있는데(『이조한문소설선』, 교문사, 1984), 필자는 이를 참조는 하되 필자 나름으로 번역하여 인용하고자 한다. 번역을 통해 원문을 고어 투의 전아한 문체로 옮기는 것보다는 주제의 치열함을 드러내기 위하여 현대어의 어투를 따르는 게 낫다고 생각했기 때문이다.

세상에 원자허라는 사람이 있는데, 그는 강개한 선비다. 기상이 매우 높아 시속에 용납되지 못하였기에, 여러 번 나은(羅隱)의 슬픔을 품었고 원헌(原憲)의 가난을 어렵게 견디었다. 아침에 나가 밭 갈고 저녁에 돌아와 옛사람의 책을 읽었는데, 벽을 뚫고 주머니에 반딧불을 담는 등 하지 않는 바가 없었다. 일찍이 옛 역사를 열람하면서, 역대에 위태로이 멸망하려 하여 운세가 옮겨가고 세력이 꺾이는 대목에 이르러서는 책을 덮고 눈물을 흘리지 않음이 없었다. 마치 자신이 그 때에 처하여 그 멸망하려는 것을 보고 이리저리 힘쓰나 자기 힘으로 능히 일으킬 수 없는 듯이 하였다.[170]

강개한 선비로서 기상이 뇌락하여 세상에 용납되지 못한 원자허의 성격은 몽유록에 등장하는 몽유자들의 전형적인 모습이다. 이는 양식적 특성의 하나로 지적될 정도로[171] 몽유록에 특징적인 인물이다. 그런데 이러한 인물의 성격을 단지 그 인물의 성격적 특성으로 파악하기보다는 그러한 성격을 이루는 사회·역사적 원인을 시사하는 것으로 이해해야 하리라 본다. 즉, 원자허가 강개하고 뇌락한 성격을 가지게 된 배경에는 계유정란이라는 충격적인 사건을 겪은 다음 세상에 대한 불만이 그런 방식으로 쌓이게 되었다고 보아야 할 것이다. 그러기에 다음 대목에서 역사 가운데 위망(危亡)의 지경에 이르러 운세가 옮겨간 대목에 특히 관심을 쏟고 비분한 마음에 눈물을 흘리는 정상을 제대로 포착할 수 있다. 이는 몽유자가 역사적 현실과 이념 사이의 괴리로 인해 심각한 고뇌에 싸여 있다는 점을 말해 준다.

이러한 원자허라는 인물이 중추절에 탁자를 의지하여 잠이 들어 어느 강안에 이르게 된다. 이곳을 둘러보니 '천재불평지기(千載不平之氣)'가 서린

---

170) 61면, 世有元子虛者 慷慨士也 氣宇磊落 不容於時 累抱羅隱之悲 難堪原憲之貧 朝出而耕 暮歸讀古人書 穿壁囊螢 無所不爲 嘗閱古史 至歷代危亡 運移勢去處 則未嘗不掩卷而流 涕 若身處其時 汲汲焉如見其垂亡 而力不能扶者也.

171) 장덕순, 「몽유록 소고」, 『국문학통론』, 신구문화사, 1963, 295~296면.

듯하여 시 한 수를 읊어 그곳이 한나라 가의(賈誼)가 내침을 당한 장사(長
沙)의 강안과 같은 곳임을 암시한다.[172] 이때 문득 복건 야복의 한 남자
가 나타나서 읍하여 맞이한다. 자허는 그를 보자 산정수매(山精水魅)가 아
닌가 놀라 응답도 제대로 못하다가, 그의 모습이 빼어나고 한아(閑雅)함을
보고 마음속으로 칭찬한다. 몽유자의 놀람과 그 해소는 앞 절에서 살핀
몽유전기소설 주인공들의 의식 상태를 이은 것이다. 이에 그의 인도로
어느 정자에 이르니, 그곳에 모여 있던 왕과 다섯 신하가 맞이한다. 자허
는 왕을 알현한 후 좌정(坐定)을 기다려 복건자 아래에 앉는다. 그리고는
함께 고금흥망을 논하는데, 토론의 초점은 신하로서 왕위를 찬탈한 일에
대한 비판에 있다. 복건자가 말한다.

> 요순탕무는 만고의 죄인입니다. 후세에 여우같은 능청스러움으로 선
> 위(禪位)를 취한 자가 빙자하고, 신하로서 임금을 친 자가 이름을 삼습
> 니다. 역사의 도도한 흐름 속에서 결국 그것을 구할 수 없습니다. 아아,
> 네 임금이 도적의 효시가 되었습니다.[173]

후대에 왕위를 찬탈한 자들이 모두 요순탕무를 빙자하여 찬탈을 합리
화하는 행태에 대한 비판이다. 이는 작가 당대에 성군(聖君)으로 떠받들던
요순탕무의 권위에 대한 도전까지도 불사하는 심각성을 내포하고 있는
언술이다.[174] 그만큼 계유정란의 이념적 충격은 심대한 것이었고, 이를

---

172) 61면, 分明認是長沙岸 月白英靈何處遊.
173) 같은 곳, 堯舜湯武 萬古之罪人也 後世之狐媚取禪者 藉焉 以臣伐君者 名焉 千載滔滔 卒
　　 莫之救 咄咄四君 爲賊嚆矢矣.
174) 진술의 이러한 과격성으로 인해 숙종이 이 작품을 읽은 후, 본문의 '爲賊嚆矢'를 '永
　　 爲嚆矢' 혹은 '爲人嚆矢'로 바꿀 정도였다. 그리고 원호(元昊)의 문집인 『관란유고(觀
　　 瀾遺稿)』에서는 복건자와 왕과의 대화 대목이 작은 글씨로 수록되어 있는데, 그 후주
　　 에서 '앞서 간행한 책에서는 빠진 것인데 이제 장릉지의 기록에 의거하여 기입한다.
　　 그러나 확실히 알 수 없는 까닭에 글자의 행을 반칸으로 썼다. 후고를 기다린다[旣爲
　　 前刊所缺 而今因莊陵誌記入 然未能的知 故偏書字行 以俟更考].'라고 하여 매우 조심스

문학적으로 다루면서 이념의 정점에 위치한 성군들에게까지 비판이 가해
진 것이다. 이러한 복건자의 과격한 언사에 대해서 왕이 제재를 가하며
다음과 같이 말한다.

> 이 무슨 말이냐. 네 임금의 덕을 지니고 네 임금의 시대에 처하게 되
> 면 가하지만, 네 임금의 덕이 없고 네 임금의 시대가 아니라면 불가한
> 것이다. 저 네 임금이 어찌 죄가 있으랴. 그들을 빙자하고 이름을 삼는
> 자들이 도적인 것이다.[175]

이와 같이 왕은 네 임금의 권위에 대한 복건자의 도전을 단호히 질책
하면서, 네 임금은 그럴 수밖에 없었던 시대적 상황에 처했기에 그리하
였다고 옹호하고 있다. 이는 경험 세계가 던진 심각한 이념적 충격에 대
해서 그 이념이 지닌 순수한 형태의 도덕성을 내세워 방어하고 있는 형
국이다. 그러나 이는 신하였던 수양대군이 단종을 폐위시킨 사건이 현실
에서 실제로 일어났던 것에 대한 이념적인 반박일 뿐, 그러한 현실의 모
순을 어떻게 극복할 것인가 하는 문제에 대한 해답이 될 수는 없는 것이
다. 그러니 당연히 토론 참가자 모두에게 있어서 경험 세계와 이념 사이
의 괴리와 모순을 더욱 절감할 수밖에 없다.[176]

복건자와 왕 사이에 오고간 토론이 수습되고 나서, 왕이 금포를 풀어
술을 사오게 하여 조촐한 연회를 베푼다. 이 자리에서 왕을 위시하여 다
섯 신하와 복건자, 몽유자인 자허에 이르기까지 돌아가면서 시를 읊는다.

런 태도를 보이고 있다.

175) 61면, 惡是何言也 有四君之德 而處四君之時 則可 無四君之德 而非四君之時 則不可 彼
　　四君者 豈有罪哉 顧藉之名之者 賊也.

176) 작품 말미에 붙어 있는 해월(海月)의 논평에 '시세(時勢)'와 '천도(天道)' 사이의 괴리
　　를 지적하고 복선화음하는 천도가 시세에 의해 무너진 현실의 이치를 알 길이 없다
　　는 고뇌에 찬 심정을 토로하고 있음을 보아도, 현실과 이념의 모순은 등장인물뿐 아
　　니라 작가와 독자 모두에게 절실한 고뇌인 것이다.

경험 세계와 이념 사이의 모순을 절실히 인식하고는 있으나 그것을 극복할 어떠한 대안도 찾을 수 없을 때, 이들은 결국 감정의 토로로서 서정 장르에 의존할 수밖에 딴 도리가 없었던 것이다.

이들이 읊는 시의 내용은, 왕이 시 짓기를 권하면서 "각기 뜻을 말하여서 깊은 원한을 펼칠 것이라[各言其志 以敍幽寃]."고 한 말 속에 포괄되어 있다. 가령, 첫 번째로 읊는 왕의 시의 내용은 다음과 같다.

> 강물이 오열함이여, 끝없이 흐르나니
> 나의 회포 길고 김이여, 그와 같도다.
> 살아서 천승의 국왕이더니 죽어서 외로운 혼이 되어
> 새 임금은 거짓이니 제왕이라 하여 존경하랴.
> 고국의 인민들은 초나라 국적에 들었으나,
> 예닐곱 신하가 함께 하니 혼이 의탁할 만하도다.
> 오늘 저녁은 어떠한 저녁이기에
> 모두 함께 강루에 오르니,
> 물결과 달빛에 내 마음 서글프고
> 슬픈 노래 한 곡조에 천지가 아득하도다.177)

왕은 스스로를 의제(義帝)에 비기면서 깊은 원한을 토로하고 있다. 이와 같이 이들이 돌아가며 읊는 시의 정조(情調)는 대단히 비창하고, 그 내용은 각자의 체험과 결부되어 왕은 자신이 당한 억울한 죽음에 대한 한탄하고 다섯 신하는 왕에 대한 충성심을 노래하고 있다. 이는 이에 앞서 토론을 통하여 유교적 이념에 모순되는 현실을 극단적으로 비판했던 인물들이 이제 현실에 좌절당한 자신들의 이념을 시를 통해 토로하고 있는 것이다. 말하자면, 시는 몽유록의 등장인물의 내면을 토로하는 일종의 한

---

177) 61면, 江波咽咽兮 流無窮 我懷長長兮 與之同 生爲千乘兮 死作孤魂 新是僞王兮 帝乃陽尊 故國人民兮 盡輪楚籍 六七臣同兮 魂庶有托 今夕何夕兮 共上江樓 波光月色兮 使我心愁 悲歌一曲兮 天地悠悠.

풀이로서의 기능을 수행하고 있다.[178]

이렇게 좌중의 인물들이 돌아가면서 시를 읊고서 마지막으로 몽유자가 그들을 애도하는 시를 짓고 났을 때 한 기남자(奇男子)가 나타난다. 그는 왕을 뵙고 나서 부유(腐儒)들과는 족히 더불어 일을 이룰 수 없다고 탄식한 후, 칼을 뽑아 춤을 추면서 비분강개한 시 한 수를 읊는다. 그리고는 벼락 소리에 모두 문득 사라지고 자허는 각몽하게 된다.

이러한 이야기는 몽유자의 꿈속 체험이 '좌정(坐定) — 토론(討論) — 시연(詩宴)'의 순차적인 서술 구조로 짜여 있다.[179] 이는 몽유록의 일반적인 서술 구조로서 뒤에 나오는 <금생이문록>이나 <달천몽유록>1 등이 이와 동일한 서술 구조를 갖추고 있음으로 해서 하나의 전범으로 볼 만하다.

이 작품에서 정형화된 몽유록의 서술 구조는 몽유록이 지닌 양식적 성격을 파악하는 데 중요한 시사점을 제공한다. 우선, 몽유록이 지닌 서사성의 근간이 이러한 서술 구조에서 드러나고 있다는 점이 지적되어야 하겠다. 몽유록은 기본적으로 시간적인 순서에 따라 사건을 기술하고 있는 서사물(敍事物)이다.[180] 곧, 어떤 허구화된 인물이 꿈속에서 겪은 허구적 체험을 기술하고 있는 것이다. 그런데 그 꿈속 체험은 역사적 사건과 결부된 역사적 인물들을 만나 그들과 함께 역사나 이념의 문제에 대해서 토론을 벌이고, 그 토론에서 제기된 문제를 석연히 해결하지 못한 상태에서 토론에 참여한 인물들 각자가 자신의 내면적 고뇌를 시로써 토로하는 것으로 기술된다. 곧, 허구적 상황에 처한 인물[181]이 허구화된 사건의

178) 이러한 양상에 대해 필자는 '갈등의 내면화'라고 이해하였다(신재홍, 「몽유록의 유형적 고찰」, 『국문학연구』 75, 서울대, 1986, 108면).

179) 위의 논문, 15면.

180) 정학성, 「몽유록의 역사의식과 유형적 특질」, 『관악어문연구』 2, 서울대, 1977에서 몽유록이 기본적으로 서사물임을 논하였다. 필자는 이 소론에 동의하는 입장이다.

181) 몽유록을 교술 장르로 보는 입장에서는 작품의 이해를 위해서 역사적 사건의 이해가 필수적이고, 인물들 역시 실제 역사상의 인물들의 행적에 기초하여서 이해되어야 한

진행 속에서 토론을 벌이고, 이어서 자신의 심정을 시로써 토로함으로 해서 토론과 시연이 인과적인 계기로 짜이게 된다. 그리하여 몽유록은 단순히 토론을 통한 주제의 제시에 머물지 않고 작품 전체가 하나의 정제된 사건 기술의 면모를 띠는 것이다.

여기에 덧붙여 몽유록의 이러한 서사성은 양식 출현 과정 속에 이미 내재해 있었다는 점을 지적해야 한다. 앞에서 언급했듯이, 몽유록은 전대의 몽유전기소설의 영향을 받으면서 양식 내적인 변모를 거쳐 이루어졌는데, 순수 서사로서 몽유전기소설이 지닌 서사적 성격이 몽유록의 양식적 성격을 형성하는 데에 그 바탕을 이루고 있다고 볼 수 있다. 이러한 몽유록의 출현 과정 역시 이 양식을 순수한 교술 장르로서 파악하기 어렵게 하는 한 요인이 된다.

다른 한편으로, 몽유록은 서사로서의 성격만이 아니라 교술적인 성격도 아울러 지니고 있다. 이 점이 몽유록을 전대의 몽유전기소설과 구분 짓는 중요한 측면이며 이 양식을 교술 장르로까지 파악하였던 근거이기도 했다.[182] 이 글은 작품 외적 세계의 개입 여부를 이 양식의 장르적 특성을 드러내는 근거로 보는 점에 대해서는 의문을 품고 있지만, 몽유록의 교술적 성격만큼은 충분히 인정해야 하리라 본다. 몽유록의 교술적 성격은 작가의 창작 동기, 독자의 작품 이해 태도, 서술 구조상 토론의 양상 등에서 드러나 있다.

<원생몽유록>은 단종과 사육신을 추모하기 위해 지은 것인데 이러한

다고 지적한다. 그러나 필자는 어떠한 경험 세계의 사건이 작품화될 때에는 작품 구성을 위한 선택과 배열이 이루어지는 것이기에 작품 세계 안에서 행동하고 토론하는 인물은 작품의 구조 속에 편입된 허구화된 인물로서 이해될 수 있다고 생각한다. 특히 몽유록의 경우는 이러한 허구화의 방식이 환상적 체험으로서의 꿈속체험, 허구적 상황의 설정, 토론과 시연을 통한 인과적 사건 전개 등으로 이루어짐으로 해서 기본적으로 서사성을 기초로 한 양식으로 파악될 수 있다.

182) 서대석, 「몽유록의 장르적 성격과 문학사적 의의」, 『한국학논집』 3, 계명대, 1975 참조.

역사 인물에 대한 추모 의식에 의한 창작은 뒤에 나오는 <금생이문록>이나 <달천몽유록>1에서도 마찬가지이다. 더욱이 <내성지>에서는 작가가 여러 역사책을 근거로 하여 단종의 일을 기술하였다는 창작 동기를 밝히고 있음으로 해서183) 몽유록 작가의 창작 동기가 다분히 교술적인 의도에 의한 것임이 뚜렷이 드러난다. 이러한 창작 동기는 작품의 서술 구조 가운데 토론 단락을 통하여 경험 세계와 이념 사이의 모순을 문제 삼음으로써 이념적 성격을 띤 토론으로 전개되는 양상과도 깊은 연관이 있다. 몽유록 작가들이 제재로 취한 대부분의 역사적 사건과 인물들은 경험 세계와 이념 사이의 모순 속에서 발생, 피해를 입은 것이기에 이들에 대한 추모 의식은 자연히 그러한 모순에 대한 성토로서 작품 속에 드러나기 때문이다. 또한, 독자는 <원생몽유록>을 감상하면서 왕은 단종, 제1좌는 박팽년 식으로 이해하려 든다.184) <달천몽유록>1에서도 독자를 의식한 작가가 작품 말미에서 등장인물들의 성명을 일일이 기록해 놓고 있다. 작품에 그려진 인물들에 대해 하나하나 실제 이름을 말하는 것은 몽유록 작품을 역사적 기록의 하나로서 이해하려는 태도를 보여 준다. 이는 작중 인물들이 역사적 사건에 연루된 인물임을 인식하고 이 작품이 단순히 허구적 사건의 기록이 아니라 역사적 사건에 대한 후세의 논평이라고 수용하는 독자의 태도가 드러나는 것이다.

몽유록은 이와 같이 서사성을 기본으로 하면서도 작가 및 독자의 향유 태도, 경험 세계와 이념 사이의 모순을 문제 삼아 토론을 벌이는 작품 내용의 면에서 교술성을 아울러 드러내는 양식이다. 따라서 몽유록은 이른

---

183) <내성지>의 작가 김수민(金壽民)은 그의 문집에서 『황명사기(皇明史記)』, 『노릉지(魯陵誌)』, 『동각기(東閣記)』, 『육신전(六臣傳)』 등을 참조하여 작품을 지었다고 밝히고 있다(신재홍, 「명은 김수민의 내성지 검토」, 『국어국문학』 105, 1991, 147면).

184) 이가원 소장본에서는 '第一座者(朴彭年)' 식으로 기술하고 있으며, 『추강집(秋江集)』 소재본에서는 '記曰五人者 盖指六臣 而第一朴公也' 식으로 기술하고 있다.

바 혼합 내지 중간 장르로서의 특성을 지니게 된다.185) 이에 이 글은 몽
유록을 '교술적 서사'라고 규정하고자 한다.186) 이러한 몽유록의 양식적
성격은 몽유 양식 내적인 변모 과정과 함께, 조선조의 중세 이념이 심각
한 타격을 받은 상황에서 그 문학적 대응 방식으로서 형성되었다고 할
수 있다. 그리하여 몽유록은 16, 17세기 몽유 양식 중에서 역사적 의의를
가장 두드러지게 확보하게 된 것이다.

　<원생몽유록>에서 몽유록의 유형성이 확립되고 나서 이를 계승하는
작품들이 이어졌는데, 시기적으로 바로 뒤 세대에 의해 창작된 작품이
최현(崔晛)의 <금생이문록(琴生異聞錄)>(1591)이다.187)

　<금생이문록>의 몽유자로 설정된 금생이라는 인물은 여타의 몽유자
에 비해 전기적(傳奇的) 성격이 첨가되어 있다. 그는 봉산도사에게 거문고
를 배워서 자못 그 묘처를 터득했는데, 거문고를 타게 되면 바람과 구름
을 변화시킬 수 있고 귀신을 오르내리게 할 수 있다고 하였다. 이러한 전
기적 성격과 더불어 몽유자의 일반적인 성격도 나타난다. 곧, 그는 질탕
불기하고 항상 원유(遠遊)의 뜻을 품고 있으면서 다음과 같이 탄식한다.

　　산에 오르면 반드시 정상에 오르고, 물을 보면 반드시 대해(大海)를

---

185) 김흥규, 「한국문학의 갈래」, 『한국문학의 이해』, 민음사, 1986, 129면.
186) 서대석(1975), 앞의 논문, 14면에서 몽유록의 장르적 성격을 좀 더 분명하게 '허구적
　　교술' 혹은 '서사적 교술'이라고 하였다. 그리하여 몽유록의 최종적인 장르 귀속은 교
　　술에 할당되었다. 이에 비해 필자는 몽유록을 '교술적 서사'로 보아, 정학성(1977)과
　　마찬가지로 몽유록의 최종적인 귀속 장르는 서사로 파악한다.
187) 홍재휴, 「금생이문록」, 『국어교육연구』 2, 경북대, 1971에서 소개된 작품이다. 그런데
　　최근에 몽유록의 새 작품인 <용문몽유록>이 소개되는 가운데, 여기에 합철된 <금생
　　이문록>의 이본으로서 <금오몽유록(金烏夢遊錄)>이 발견되었다(강동엽, 「용문몽유록
　　에 대하여」, 『한국문학연구』 14, 동국대, 1992). 그리고 작가 최현(1563~1640)은 임
　　진왜란을 소재로 하여 날카로운 현실 인식을 드러낸 가사 작품 <용사음(龍蛇吟)>을
　　지은 인물이기도 하다(홍재휴, 「인재 가사고」, 『청계김사엽박사 송수기념논총』, 학문
　　사, 1973).

보아야 할지니, 대장부가 어찌 편방(偏方)에 매여 있어서 불안스레 우물 속 개구리가 되기를 좋아하리오. 내 제도(帝都) 문물의 성함을 보기 원하나니 천하를 편력하여서 우(禹)의 자취가 미치지 못한 곳과 자장(子長)이 보지 못한 바를 끝까지 찾아 역람하여 남은 것이 없도록 하리라. 그렇지만 멀리 가고자 하면 반드시 가까이에서 시작할 것이니, 내 이미 해 뜨는 곳에 있으므로 마땅히 청구(靑丘)에서 시작하여 곤륜(崑崙)에서 마치겠노라.[188]

이리하여 우리나라 전역의 명승고적을 역람하면서 혹 충현의 사묘를 만나면 존경을 다하고 제영을 지었는데, 이는 모두 '옛것을 조상하고 선현을 회고하는[弔古懷賢]' 뜻이 담긴 것으로서 거의 수백 편에 이르렀다. 그러다가 영남에 이르러 태청궁과 같은 수려한 풍경과 영남의 성한 문물을 찬양하는 시 두 수를 읊는다. 이윽고 밤이 되어 책을 베고 누었는데, 꿈에 어느 한 곳에 이르러 한 서생의 인도로 '청풍입유지문(淸風立懦之門)'이라 제한 대문 안으로 들어간다. 그곳에는 복건(角巾)(冶隱 길재), 자영(紫纓)(佔畢齋 김종직), 오사(烏紗)(新堂 정붕), 윤건(綸巾)(松堂 박영) 등 네 선생이 있었는데, 금생이 이르자 자리를 주면서 이러한 적막한 곳을 어찌 방문하였는가 하고 묻는다. 이에 금생이 "평소에 품은 의기로서 자로의 비협함을 탄식하고 굴원의 원유함을 생각하며, 개미 걸음의 차례로 나아감을 탄식하고 붕의 깃이 바람을 침을 사모하여, 이름 있는 고장을 궁람하고 맑은 물에 배를 띄웠습니다."[189]라고 대답한다. 이에 대해서 네 선생은 빙그레 웃으면서 다음과 같이 충고한다.

---

188) 홍재휴, 앞의 논문, 152~153면, 登山 必登絶頂 觀水 必觀大海 大丈夫安肯瓢繫偏方 窣窣爲坎井之蛙乎 我欲縱觀帝都文物之盛 因遍遊天下 禹跡之所未及 子長之所未覩 窮搜歷覽而無餘焉 然行遠必自近 我旣在日出之方 當始於靑丘而終於崑崙乎.

189) 153면, 素負意氣……嘆子路之卑狹 懷屈子之遠遊 慨蟻步之循階 慕鵬 之搏風 窮覽名區 泛波淸流.

자네와 더불어 말할 수 있겠구나. 그러나 굴원이 멀리 간 거조는 참소를 받아서 스스로를 상한 것이요, 장생이 소요한 것은 세상을 분히 여겨 우언(寓言)한 것이다. 모두 절실한 말이 아니고 중용(中庸)의 도리에 들 수 없는 것이다. 성현의 도리는 일용(日用)의 떳떳한 윤리 가운데서 벗어나지 않는 것이니, 자네가 어찌 가까운 것을 버리고 먼 것을 좇으며 근본을 버리고 끄트머리를 좇는가.[190)

이러한 말은 몽유록의 일반적인 서술 단락인 토론의 성격을 지니고 있다. 금생의 기질에 부합되는 굴원이나 장자의 도에 대해서 네 선생이 비판하면서 중용과 일용 이륜(日用彝倫)의 도를 내세워 유교적 이념을 드러내고 있는 것이다.

이러한 대화에 이어 정 시중(鄭侍中)(圃隱 정몽주)이 이르자 네 선생이 문밖까지 나가 제자의 예로 맞이한다. 누추한 곳을 방문하여 준 것을 사례하자, 정시중은 '같은 기운이 서로를 구함[동기상구(同氣相求)]'이라 하면서 좌중이 빛나고 성함을 칭찬한다. 이에 네 선생이 다시 네 장로와 두 처사를 부를 것을 청하여 이들이 모임에 참석한다. 네 장로는 곧, 화복(華服)(籠巖 김주), 치관(豸冠)(丹溪 하위지), 갈건(葛巾)(耕隱 이맹전), 복건(幅巾)(鳳巖 김숙자)이고, 두 처사는 용암(龍巖)(박운)과 진락당(眞樂堂)(김취성)이다.

이에 네 선생이 동쪽에 앉고 네 장로는 서쪽에 앉아 주인과 손님의 예로 좌정하고, 두 처사는 제자의 신분으로 네 장로의 서열을 감당할 수 없어서 두 기둥 사이에 앉는다. 그런데 이와 같은 차례 매김에 대해서 정상공이 다음과 같은 의견을 제시한다.

대저 사람이 귀하게 여기는 것은 학문과 사업이라. 소위 학문은 장구(章句)를 이름이 아니요, 소위 사업이 또한 어찌 공리(功利)를 칭함이겠

---

190) 154면, 子可與言矣 雖然 屈子之遠擧 離讒而自傷也 莊生之逍遙 憤世而寓言也 皆非切實之
語 而不可與入中庸之道也 聖賢之道 不外乎日用彝倫之中 子何捨近而趨遠 遺本而逐末乎.

는가. 기른 바를 궁구하여 정심(正心)과 수신(修身)의 실효가 있은 연후에, 베풀 바를 도달케 하여 임금을 바르게 하고 도를 행하는 의리에 부끄러움이 없을 것이다. 만일 혹 그 때를 만나지 못하여 도가 시행되지 못한다면, 혹 몸이 언덕 골짜기에 처하여 고인의 뜻을 구하거나, 혹 몸을 철월(鐵鉞)에 부쳐서 명교의 중함을 지탱할 것이다. 만일 이 같은 자가 비록 배우지 못했다고 이를지라도 기른 바가 바르다면 가히 볼 만한 것이다. 그러므로 군자가 사람을 논함에 있어서 기른 바를 우선하고 문학을 나중 하는 것이니, 말세에 백성이 와전하고 바른 학문이 분명치 않아서 옳고 그름이 혼동되고 취사선택하여 도리를 팔아 버리나니, 어짊을 밟고 의로움을 잡았으나 혹은 가고 혹은 죽거나, 명철(明哲)하여 빛을 감추고 발자취를 이어서 앞길을 닦는 자가 도리어 여러 현인들의 반열에 들지 않을지 어찌 알겠는가.191)

소양을 갖춘 인재가 때를 만나지 못하여 구학(丘壑)에 숨어 있다 하여도, 명철도광(明哲韜光)하고 접무전수(接武前修)하는 그들을 현인들의 반열에 들게 해야 한다는 것이다. 이에 자리에 모인 사람들은 주인과 손님의 예를 의론하지 않고 도덕을 우선하고 스승과 제자의 분의로써 그 다음을 삼아 차례를 정하여 다시 좌정하게 된다. 그리하여 정 상공이 북벽에 위치하고 동쪽에는 각건, 갈건, 복건, 오사의 순으로, 서쪽에는 화복, 치관, 자영, 윤건의 순으로 위차가 정해지고, 두 처사는 남쪽 기둥 아래에, 그리고 금생에게는 동남쪽 계단 위에 따로 한 자리를 마련하여 앉게 하였다.

이와 같이, 이 작품에서는 몽유록의 서술 구조 가운데에서 좌정 단락이 매우 중요하게 기술된다. 이는 이 작품이 단순히 역사적 인물들을 한 자리에 모아 놓는다는 의도에 의한 것이 아니라 좌정의 차례를 엄격히

---

191) 154면, 夫人所貴者 學問與事業也 所謂學問者 非章句之謂也 所謂事業者 亦豈功利之足稱乎 窮之所養 有正心修身之實 然後 達之所施 無愧於格君行道之義 如或遇非其時 道不見施 則或棲身丘壑 以求古人之志 或委身鐵鉞 以扶名教之重 若是者 雖曰未學 而所養之正 即可見矣 故君子之論人 先所養而後文學 叔季民訛 正學不明 是非混眞 取捨貿理 安知蹈仁秉義 而或去或死 明哲韜光 而接武前修者 反不齒於諸賢之列哉.

  제1부 몽유 양식의 소설사적 전개 양상

지킴으로써 학문과 도덕의 높고 낮음에 의해 그들에 대한 평가를 시도한 것으로 이해된다. 따라서 이 작품에서 그려진 좌정의 모습은 역사적 인물의 평가라는 몽유록 본래의 취지에 매우 적절한 서술 방식이 되는 것이다. 이러한 양상은 <원생몽유록>이나 <달천몽유록>1에서 등장하는 인물들이 어떤 역사적 사건에 관련되어 서로 동질적인 체험과 정서를 지니고 있었기에, 이 작품에서와 같이 신중하면서도 엄격한 좌정의 차례를 문제 삼지 않아도 무방했던 것과 비교될 수 있다.

요컨대, 작품에 기술된 좌정의 대목은 유교적 덕행이라는 기준에 의해서 과거의 역사적 인물들에 대한 평가를 암시하고 있는 점에서 유교적 이념의 발현이라고 할 수 있다. 이 점을 특히 강조하는 것은 다음 시기에 나타나는 <금화사몽유록>이나 <사수몽유록>에서 이러한 좌정 단락이 서사적으로 확대되고 있는 현상을 염두에 두었기 때문이다. <금생이문록>에서 보이는 좌정 단락에 대한 강조는 후대의 몽유록에서 역사적인 인물에 대한 평가를 모임의 참석 여부와 좌정의 위차에 의해 결정하는 양상을 띠게 되는 것에 대한 선구적인 의의를 지닌다.

좌정의 과정을 거친 다음, 술자리가 베풀어지고 금생이 거문고를 타면서 <풍입송(風入松)>을 부른다. 그리고는 정 상공이 여러 선생들을 향하여 "금생의 노래가 좋구나. 어찌 서로 더불어 화답하여서 각자의 뜻을 말하지[언기지(言其志)] 않는가?"라고 하여 각자 시를 지어 회포를 풀 것을 권한다. 이에 정 상공을 위시하여 그 자리에 모인 네 선생과 네 장로가 돌아가면서 시를 짓는다. 그 가운데 정 상공의 시 하나를 인용해 본다.

> 문왕이 돌아가시자 문물이 없어졌고,
> 주공을 꿈에 보지 못하였으니, 울던 새가 벙어리가 되었도다.
> 깊고 깊은 공맹학 넓고 넓은 성리학
> 우리의 도가 동쪽으로 뻗어서 학문에 으뜸 스승이도다.

> 음양은 번갈아 시세를 타고 융체(隆替)는 잠깐 사이니,
> 오백년 이래로 왕도의 자취 말랐도다.
> 도도한 유한(遺恨)이어, 역사의 붓이 휘어짐을
> 한나라 헌제가 지위를 잃었으니 반드시 무도함의 극치가 아니리오.
> 진나라 원제가 지위를 이었으니 어찌 우금(牛金)의 자식임을 알리오.
> 옛 수도에 보리가 자랐는데 누가 기량(器量)을 지녀 제사를 지내 주리오.
> 뒷 현인이 잘못을 이어받아 도리어 범증을 받들어 알렸다 기롱하나니
> 공도(公道)는 미미하니 무리의 몽매함을 누가 깨우치랴.
> 나의 진심 밝히는 일 내세에나 기다리겠노라.[192]

정몽주의 위의 시에서는 자신이 성리학을 신봉한 것과, 멸망한 고려 왕조에 대한 맥수지탄(麥秀之歎), 후세인의 기롱에 대한 원망이 토로되어 있다. 이러한 내용은 <원생몽유록>이나 <달천몽유록>1에서 나타나는 등장인물들의 시와 비슷한 함의를 지니고 있다. 곧, 정몽주 개인의 역사적 체험과 그로 인한 원한을 토로함으로써 언지(言志)의 성격을 분명히 하고 있는 것이다. 더욱이 고려의 충신 혹은 유신으로서 정몽주와 길재, 계유정란의 희생자로서 사육신인 하위지와 생육신인 이맹전, 나아가 무오사화의 계기가 된 김종직 등 작품에 등장하는 인물 대부분이 역사적 사건의 희생자들로서 울분을 지니고 죽은 인물이라는 점에서, 앞의 작품들에 나오는 인물과 공통된다. 이들 역시 현실과 이념의 괴리와 모순 속에서 자신이 취한 행동의 정당성과 그래도 풀지 못하는 마음에 맺힌 원한을 시로써 토로하고 있는 것이다.

인물들이 읊는 시를 듣고 있던 금생이 다음과 같은 질문을 던짐으로써 그 자리에 모인 인물들의 의식을 집약하여 드러낸다.

---

192) 155면, 文王旣沒 文不在 周公不夢 鳴鳥啞 淵淵洙泗 浩浩濂伊 吾道其東 學有宗師 陰陽迭乘 隆替忽 五百年來 王迹渴 滔滔遺恨 史撓筆 漢獻失位 不必無道之極 晉元嗣統 焉知牛金之子 故都麥秀 誰能抱器而存祀 後賢襲謬 反譏事范而報智 公道靡靡 群蒙誰啓 不昧其衷 以俟來世.

군자가 몸을 닦고 행동을 삼가는 것은 장차 그것으로써 경륜을 펴기 위함입니다. 예부터 올바름을 지켜서 도리를 행한 자는 대개 적지만, 정성을 다하고 충성을 바쳤으나 도리어 음화(淫禍)를 샀고, 참소하면서 아첨했던 자은 쉽게 쓰여서, 살아서는 존경과 영화를 누리고 죽어서도 남은 은택이 있나니, 이 어찌 정직한 자가 용납되기 어려움이 하늘과 사람에 차이가 없는 것이겠습니까? 장차 하늘이 좋아하고 싫어함이 또한 사람과 다름이 없습니까?[193]

수정행도(守正行道)한 자가 음화를 입고 참소하고 아첨한 자가 복록을 누리는 현실에 대해서 개탄하고 있는데, 정직한 자가 용납되기 어려운 것이 사람들 사이에서뿐 아니라 하늘까지도 그러한 성향을 띠고 있는 것이 아닐까 하고 회의하는 대목에서 문제의 심각성이 더욱 뚜렷해진다. 이러한 금생의 문제 제기에 대해서 정 상공이 변호를 한다.

군자는 떳떳함을 말하지 변함을 말하지 않으며, 충신은 의로움을 좇지 이로움을 좇지 않는다. 삼강오상(三綱五常)은 백성의 준칙이니 만고불역이나, 치란과 득실은 운수의 변함이니 때에 따라 일정치 않다. 마땅히 나의 준칙을 밝혀 북돋우고 다질 따름이니 그것이 기의 운수에 무슨 상관이겠는가. 저 이해와 영욕에 눈 어두워 그 지켜야 할 바를 잃어버린 자를 어찌 입에 올려 말할 만하겠는가.[194]

삼강오상의 떳떳한 도를 준칙으로 삼아 소양을 닦는 일이 전부이지 이해와 영욕에 빠져 도리를 잃어버린 자들에 대해서 족히 논할 바 아니라는 것이다. 이 도저한 유교적 이념의 현시를 통하여 이념과 현실 사이의

---

193) 157면, 君子 修身謹行 將以經綸也 自古 守正行道者盖寡 而竭誠盡忠 反賈淫禍 讒慝而諛者易售 而生享尊榮 死有餘澤 是何正直之難容 無間於天人也 將天之好惡 亦無異於人乎.
194) 157면, 君子語常不語變 忠臣徇義不徇利 三綱五常 民之則也 萬古不易 治亂得喪 數之變也 隨時不一 當明吾之則 扶植之而已 其於氣數何哉 彼規規於利害榮辱 而喪其所守者 何足掛齒牙間.

모순으로 인한 금생의 고민을 해소하려 하고 있다. 이러한 양상은 <원생몽유록>에서 복건자의 회의를 왕이 무마하는 것이나, <달천몽유록>1에서 귀졸들과 신립 사이의 논쟁을 그 옆에 있던 사람이 이미 지나간 일이라고 진정시키는 양상과 동일하다. 이와 같이 이들 몽유록 작품에 공통적으로 나타나는 주제는 현실과 이념 사이의 모순을 제기하고 이를 다시 이념의 관철로써 무마하는 것이라고 정리할 수 있다. 이에 몽유록은 당대의 현실적 고민을 문제 삼아 작품에 반영하고, 또 그 문제에 대한 해결책으로서 유교적 이념을 제시한다는 공통점을 거듭 확인할 수 있다.

이러한 토론이 삽입되고 나서 두 처사가 함께 정 상공과 네 선생, 네 장로들에 대한 찬양과 자신들의 회포를 시로 읊어서 금생에게 전한다. 그러면서 네 선생과 네 장로의 고풍장절(高風壯節)을 받들라고 충고한다. 잠시 후, 정 상공 등이 흩어져 가고 방황할 즈음에 닭소리에 각몽한다. 이에 야로(野老)를 만나 그곳이 금오산이요 낙동강이고, 산 아래에 충신묘가 있다는 말을 듣고 가서 보니 과연 네 선생의 위차를 모신 사묘가 있었다는 것이다.

이상에서 드러나듯이, <금생이문록>은 앞 세대에 이루어진 <원생몽유록>의 서술 구조와 주제를 계승하면서 몽유록이 지닌 양식적 특성을 보다 확고히 했다고 할 수 있다. 여기서 몽유록의 양식적 성격과 관련하여 한 가지 덧붙일 것은 몽유록이 지닌 지역적 배경에 대한 것이다. <금생이문록>이 창작되고 문헌에 정착되는 과정에 대한 기록에 따르면, 이 작품은 작가 최현이 자신의 고향인 선산(善山)과 관련된 인물들의 덕을 드러내고 그들을 추모하기 위해 편찬한 『일선지(一善志)』에 수록하기 위해 창작된 것이다.195) 따라서 이 작품은 선산이 배출했거나 선산에 관리로

---

195) 홍재휴(1971), 앞의 논문, 146~148면.

내려왔던 인물들을 꿈속 세계에 등장시켜 그들의 학행을 찬양한 것이다. 이는 이미 <원생몽유록>에서 설정한 배경이 단종의 유배지인 영월로 되어 있는 점과 함께, 이후에 나오는 몽유록 작품들의 대부분이 일정한 지역을 배경으로 창작되었다는 사실과 더불어 이해해야 한다. <달천몽유록>1, 2는 신립이 패배한 충주 달천강이 배경이며, <용문몽유록>은 거창과 안의의 경계에 있는 황석산성을 배경으로 하였고, <강도몽유록>은 강화도가 배경이다. 이러한 점으로 미루어 몽유록이 이 시기 경향 각지의 사적(史蹟)과 거기에 관련된 역사적 인물들을 추모하려는 창작 의도가 작용했음을 알 수 있다. 이렇게 작품에 설정된 배경의 지역성이라는 특성이 또한 몽유록의 양식적 특성의 하나로 지적될 수 있다. 이는 몽유록이 당대의 문제를 사적과 결부된 어느 특정한 지역을 배경으로 함으로써 작품의 현실적 의미를 부각시키고자 했던 것으로 본다.

2) 임병양란에 대한 문학적 대응 양상

<원생몽유록>에서 확립되고 <금생이문록>에서 계승된 몽유록의 양식적 특성은 임진왜란과 병자호란을 겪으면서 그 역사적 의의가 더욱 분명히 드러나게 된다. 임진왜란을 소재로 한 몽유록 작품으로는 윤계선(尹繼善)의 <달천몽유록(獺川夢遊錄)>(1600), 황중윤(黃中允)의 <달천몽유록(獺川夢遊錄)>(1611), 신탁(愼諑)의 <용문몽유록(龍門夢遊錄)>, 장경세(張經世)의 <몽김장군기(夢金將軍記)>(1607), 그리고 <피생명몽록(皮生冥夢錄)> 등을 들 수 있다. 이와 같이 현재 학계에 소개된 작품만도 다섯 편에 이르는데, 이는 몽유록이 <원생몽유록>에서 그 양식적 특성이 확립된 이후, 임진왜란의 충격으로 인해 일대에 성행하게 되었던 저간의 사정을 말해 주는 것이다.

이들 작품 가운데 몽유록의 유형적 특성을 그대로 보여 주고 있는 대표 작이 윤계선(1577~1604)의 <달천몽유록>이다.

이 작품의 몽유자로 설정된 파담자(坡潭子)는 작가 윤계선의 아호이다. 만력 경자년(庚子年, 1600) 봄에 왕명을 받아 호서 지방을 암행하다가 충주 달천에 이르러 지난 임진란을 다음과 같이 회상한다.

> 수척한 말을 느릿느릿 채찍질하면서 조용히 당시를 생각해 보았다. 양가(良家)에서 뽑힌 자제와 대군(大軍)의 병사로서, 혹은 금화(金華)의 스스로를 천거함으로 인해서, 혹은 석호(石壕)의 점고를 재촉함을 입어서 활을 차고 화살을 지고 갑옷을 입고 북을 두드렸으나, 날카로운 무기를 가지고도 싸워 보지 못하여 주장(主將)의 책략 없음에 분노하였다. 손을 묶어 두고서 적을 맞았고 고개를 빼어서 칼날을 받았으며 뜻을 품고도 원한을 머금었으니, 낭자하게 죽은 영혼으로서 사충(沙忠)(벌레)이 되고 원숭이와 학이 된 자 그 몇 천만 명인 줄 알지 못하겠다. 분한 기운이 위에 엉겨 진운(陣雲)이 어둡고 캄캄하며, 원한의 소리가 아래로 흘러 큰 냇물이 오열하니, 마음을 상하게 하고 눈을 참혹케 함이 이 같을 수 있으랴.196)

임진란 당시 달천에서의 전투를 회상하면서 억울하게 죽은 병사들의 원한을 대변하고 있는 것이다. 이어서 파담자는 이러한 감회를 다시 세 편의 시로써 읊는다. 그리고 나서 서울로 돌아와 복명한 후 화산(花山)의 원으로 나온다.

직무가 한가한 가운데 베개에 기대어 잠이 들어 큰 나비의 인도로 어느 한 곳에 이르는데, 질풍노호에 놀라 숲 속으로 몸을 숨긴다. 이에 '머

---

196) <달천몽유록>, 임명덕 편, 『한국한문소설전집』 3, 73면, 羸驂倦策 默想當時 良家之選 大閱之兵 或因金華之自薦 或被石壕之催點 腰弓負羽 衽革挑金 藏利器而不戰 慎主將之 無策 束手而迎敵 延頸而受刃 齎志而飮恨 浪死之魂 爲沙忠 爲猿鶴者 不知幾千萬人 奮氣 上結 陣雲昏黑 冤聲下泝 大川嗚咽 傷心慘目 如有是耶.

리 없는 자, 좌우 어깨가 잘려 나간 자, 발이 베어진 자, 허리는 있으나 다리가 없는 자, 다리는 있으나 허리가 없는 자, 배가 탱탱하여 비틀거리는 자 등 모두 익사한'[197] 여러 귀신들이 가슴을 치고 통곡하면서 나타난다. 이들은 원한을 풀기 위해 한바탕 노래를 부르는데, 그중 한 귀신이 그곳에 인간의 냄새가 난다고 하여 숨어 있던 파담자가 나온다. 귀신들은 그가 전에 지은 시를 칭찬하고 나서 자기네 말을 세상에 전해 줄 것을 부탁한다. 그리고 달천 싸움에서 신립(申砬) 장군이 취한 행동에 대해 비판한다.

> 중원(中原)의 형승이 실로 남쪽의 벼리가 되나니, 초점(草岾)은 하늘이 설치한 옹벽이라 칭할 만하고 죽령(竹嶺)은 지세의 이로움을 족히 믿을 만하여, 한 명이 관문을 막아도 만 명이 열 수 없음이 촉도(蜀道)보다 어렵고, 백 사람이 험지(險地)를 지키면 천 사람이 지나가지 못함은 위태롭기 정형(井陘)과 같다. 안일로써 수고로움을 기다려 장졸들이 베개를 높이고, 주인이 손님을 제압하리라며 승패를 바둑판처럼 했으니 애석하도다. 나무를 깎아 목책(木柵)을 만들고 돌을 깨뜨려 수레를 하였으면 북쪽의 군사가 어찌 날아서라도 건넜을 것이며, 남쪽의 바람이 죽음의 소리를 불어오진 않았으리라.[198]

안일한 태도로써 방비를 소홀히 한 처사에 대해서 비판을 가하고 있다. 이어 김 종사(金從事)와 이 순변(李巡邊)의 말을 귀담아 듣지 않고서 자신의 억측에 의해 진을 죽령에서 탄금대로 후퇴시킨 처사를 비난한다.

---

197) 75면, 或無頭者 或斷右臂者左臂者 或 左足者右足者 或腰存而無脚者 或脚存而無腰者 或腹漲而蹣跚者 蓋溺水者也.

198) 76면, 中原形勝 實爲南紀 草岾乃天設之稱雄 竹嶺是地利之足恃 一夫當關 而萬夫莫開 難於蜀道 百人守險 而千人不過 危若井陘 以逸待勞 將士高枕 爲主制賓 勝敗如局 惜乎 刊木作柵 裂石爲車 則北軍焉得飛渡 南風不吹死聲.

배를 떠난 적은 거위나 오리같이 걷기가 어렵고, 도로만 믿는 적은 개나 돼지 모양으로 책략이 업을지니, 평평한 땅 너른 들판에서 가히 한 번 휘둘러 박멸할 수 있을 것이다. 높은 산과 험한 고개에서 어찌 써 두 갈래 길로 갈라서 지키랴. 하고는 드디어 진을 탄금대 위로 물리고 용추(龍湫)의 강변에 초병을 보내었다. 더욱 가소로운 것은 서릿발 엉긴 큰 칼과 해같이 빛나는 긴 창으로 지휘하며 번쩍이고 뛰어올라 소리쳤으나, 이에 감히 임전(臨戰)하매 진을 바꾸고 금고(金鼓)를 울렸으나 깃발을 눕혔으니, 당당하고 정정한 형세는 구름과 새가 흩어지듯 하고 씩씩하고 굳센 용사들은 승냥이 앞에서 쥐가 움츠리듯 하였다. 드디어 관문을 뛰어 넘고 수레 채를 낄 수 있는 용맹과 노쇠를 당기고 뿔을 뽑은 용력으로 헛되이 강개함을 품어 마침내 썩은 고기가 되었으니 당시의 일을 어찌 차마 말하리오.199)

신립의 독단적인 판단에 의해서 적을 얕잡아 보고 진을 탄금대로 옮긴 일을 비판하고, 적에게 패배하여 당당한 형세나 용력이 쓸모없게 된 것을 조롱하고 있다.

이러한 제귀(諸鬼)의 비판에 대해 무리 중에 있던 신립이 주뼛주뼛 나서면서 스스로를 변호한다. 자신은 본래 장종(將種)으로서 변방의 장수가 되어 북쪽 오랑캐가 준동할 즈음에 서쪽 변방에 걸연한 성을 이루어 삼군을 진동하여 오랑캐 소굴을 소탕함으로 인해 지위가 높아졌다고 한다. 임진란이 일어나자 왕 앞에서 충성을 맹세하고 처음에는 의기양양하였는데, 관문을 열어 적을 끌어들임을 깨닫지 못하고 적을 우습게 보면 반드시 패한다는 고인의 훈계를 잊어 결국 대사를 그르치고 자신도 강물에 몸을 던지게 되어 그 수치를 씻을 길이 없다면서 한탄한다. 이러한 신립

---

199) 76면, 離舟之敵 難步如鵝鴨 信道之敵 無策若犬豕 平郊大野 可以搏滅於一麾 高山峻嶺 焉用把截於二路 遂退陣于彈琴臺上 遣哨報於龍湫水邊 三令擊鼓 五衛含枚 無故驚軍者斬……尤可笑者 凝霜大劍 燿日長槍 指揮而閃爍 踴躍而叫怒 乃敢臨戰易陣 鳴金偃旗 堂堂井井之形 雲擾鳥散 趐趐洸洸之士 狼顧鼠攫 遂使超關挾 之勇 蹶張拔角之力 空抱慷慨 竟爲腥 當時之事 尙忍言哉.

장군의 변명에 대해 옆에 있던 사람이 나서서 "그릇은 이미 깨어졌고 일은 이미 지나갔다. 성패에는 운수가 있고 시비는 이미 정해졌다."[200]고 하면서 무마한다.

이와 같이, 이 작품에서는 신립의 달천강 전투에서의 실책에 대한 비판과 신립 자신의 변명으로 토론이 전개되고 있고, 또 이미 지나간 일이므로 시비하여 무엇 하겠는가 하는 입장에서 토론이 마무리되고 있다. 그 토론의 내용은 달천 전투에서의 패배에 관련된 것으로서, 현실적으로 패배한 신립과 그의 부하들이 자신들의 능력을 제대로 발휘하지 못하고 패하고 만 사실에 대해서 매우 원통해하고 있다. 이는 경험 세계에서의 현실적 패배에 대한 원망을 토로하고 있다는 점에서, <원생몽유록>에서 나타난 현실과 이념 사이의 괴리에 준하는 주제 의식을 표출하고 있다. 그러므로 신립에 대한 비판 자체는 현실적 패배에 대한 책임을 따지자는 것이지 신립이란 인물 자체를 비난하려는 뜻은 아니라고 본다. 그렇기에 신립에게 변호의 기회를 주는 것이 가능한 것이다.

토론이 진정된 다음, 이순신(李舜臣)을 위시하여 임란 당시의 관장(官將), 의병장(義兵將), 승장(僧將) 등이 와서 각 방위에 자리를 잡고 앉는다. 이는 몽유록의 유형화된 서술 단락 중의 하나인 좌정에 해당한다. 이순신이 오른쪽 맨 윗자리에 앉아 좌장으로서 위치하고 왼쪽에는 고 첨지(高僉知) 등 9인이 차례로 앉는다. 오른쪽에는 이순신 옆에 황 병사(黃兵使) 등 8인이 앉고, 남쪽 행렬에는 심 감사(沈監司) 등 9인이 차례로 앉는다.

이렇게 27명의 인물들이 좌정한 후, 고 첨지가 "오늘의 낙은 즐겁기는 즐거운 것이다. 아름다운 손님이 자리에 있고 성대한 연회를 다시 얻기 어려우니, 어찌 여러 귀졸들을 물리고 각기 자신의 뜻을 말하지 않으리

---

200) 77면, 甁已破矣 事旣往矣 成敗有數 是非已定.

오.”201)라고 하여 자리에 참석한 인물들이 자신의 회포를 털어 놓도록 권한다. <원생몽유록>에서 복건자와의 토론이 진정되고 나서 왕이 자리에 모인 신하들에게 언지(言志)할 것을 권하는 대목과 같은 기술이다. 이는 인물들이 자신의 역사적 행적과 결부하여 감회를 토로하는 내용의 서술 단락이 설정된 것으로서 서술 구조상 <원생몽유록>과 동질적임을 확인할 수 있기도 하다.

이리하여 27명의 인물들이 돌아가면서 각기 자신들의 회포를 말한 다음 시를 읊는다. 그중에서 첫 번째 것만 들어 보기로 하겠다.

고 임피(高臨陂)가 나아가 이르기를, “우림(羽林)의 고아로서 부친상을 당한 지극한 고통을 안고 호랑이 같은 아버지에 강아지 같은 아들이 될까 두려워하여, 매의 날개에 앵무새가 찢길 것도 잊고서 피눈물을 뿌리며 창을 베고 뼈를 깎아 복수할 것을 도모하였다. 목숨을 버리고 의(義)를 취하려는 무리들이 싸락눈처럼 모여들어 관흥(關興)과 장포(張苞)의 승리를 날을 꼽아 기다렸더니, 마침내 굶주린 아가리에 육신을 던졌으니 죽어서도 눈을 감을 수 없다.” 하고 이어 읊으니,

해마다 바람과 비는 몰아치고
모래 벌에 널린 뼈에 이끼가 끼었구나.
평생토록 원수 갚을 뜻에
한시라도 재가 될 수 없도다.202)

고 임피의 언지 내용은 자신이 전쟁에 참가한 내력과 복수를 다 못하고 죽은 원한을 진술하고, 다시 이를 오언 절구의 시로써 토로하고 있다. 이러한 진술 방식은 27명 모두 동일하게 나타난다. 그 내용은 대개 임진

---

201) 78면, 今日之樂 樂則樂矣 嘉賓在座 盛宴難再 盍退諸卒 各言其志.
202) 78~79면, 高臨陂進曰 以羽林之孤兒 抱終天之極痛 恐犬子於虎父 忘隼翼於鸚披 泣血枕戈 刻骨圖報 舍生取義之徒 如霰斯集 關興張苞之捷 指日而待 竟投肉於餓口 未遂願於瞑目 遂吟曰 年年風雨過 沙場骨已苔 平生報仇志 一寸未成灰.

란에서의 활약과 장한 죽음에 대한 자랑과 함께, 공을 못 다 이루고 죽은 원한을 피력하는 것으로서, 역사적 사건 속에서 이념의 달성을 위해 노력한 이들 인물들의 의지가 담겨 있는 것이다. 곧, 오랑캐라고 얕잡아 보던 왜에 의해 강토가 유린되고 수많은 백성과 장졸들이 희생된 임진왜란이라는 역사적 사건을 겪은 이들이 그러한 현실적 좌절을 이념의 관철로써 극복하려는 의지를 표출한 것이다.

이런 방식으로 언지를 행하고 나서 <원생몽유록>과 마찬가지로 마지막 차례에 몽유자 자신이 연회를 마무리하는 시를 읊는다. 시연이 파할 즈음, 강가에서 잡귀들이 원균(元均)을 기롱하여 그 배를 가르고 입을 찢으니 원균이 흙빛이 되어 엉금엉금 기고 있었다. 파담자가 그 광경을 보고 껄껄 웃다가 각몽하게 된다. 여기서 일단 작품은 종결된다.

그런데 작품 말미에서 꿈속에 나왔던 27명의 인물들의 관작과 성명을 일일이 밝히고 있다. 장군은 이순신, 고 첨지는 고경명, 최 병사는 최경회 등등으로 기술하고 있는 것이다. 몽유록의 교술성이 잘 드러나는 대목이다. 그리고 나서 작가가 제문을 지어서 이들의 의리와 절개를 추모하는 것으로 작품을 끝맺고 있다.

이상에서 보듯이, 윤계선의 <달천몽유록>은 시기상 30여 년 전에 나온 <원생몽유록>의 서술 구조를 이으면서, 임진왜란 때 활약했던 인물들을 등장시켜 그들의 원한을 토로하게 하고 있다. 이는 자신들이 몸 바쳐 싸웠던 정성에도 불구하고 역사적 현실은 오랑캐에 의해 강토가 유린되었던 것에 대한 한탄인 것이다. 따라서 이 작품 역시 경험 세계와 이념 사이의 괴리를 문제 삼아서 이념의 관철을 시도하려는 몽유록의 전반적인 주제 의식을 드러내고 있다.

윤계선의 <달천몽유록>과 함께 임진왜란 당시 달천 전투를 소재로 한 작품으로 황중윤의 <달천몽유록>이 있다.203) 이 작품은 서두의 2, 3

장이 누락되었으므로 몽유자가 어떻게 입몽하게 되는지 알 수 없다. 어떤 계기로 인해 몽유자가 꿈에 용궁에 들어간 듯한데, 여기서 그가 지은 시의 내용이 작품 서두에 나온다. 용궁의 휘황한 풍광을 찬미하는 내용이다. 읊기를 마친 후, 노기를 품은 신립 장군이 등장한다. 그는 생(生)과 인사를 나눈 후, 세상 사람들이 자신에 대해서 어떻게 생각하고 있는지를 묻는다. 생은 "장군이 일국의 정예를 모두 거느리고서 무기 한번 부딪치지 않고 궤멸하였기에, 의론하는 자가 모두 장군의 배수(背水)의 계책이 슬기롭지 못한 것이었다고 여긴다."204)고 대답한다. 이는 윤계선의 <달천몽유록>에서 귀졸들이 취한 입장과 유사한 관점으로서, 당대인이 신립을 비판하였던 일반적인 견해이다.

　이에 대해 신립이 자신을 변호하는 내용은 윤계선의 작품과는 사뭇 다르게 나타난다.205) 신립은 그러한 평가에 분개하면서 대략 다음과 같이 정리되는 변명의 말을 한다. 첫째, 오랜 승평(昇平) 시절에 창졸간에 닥친 전란을 방비할 만한 준비가 없었다는 점, 둘째, 수하의 장졸들이 모두 양

---

203) 이 작품은 김동협, 「달천몽유록 고찰」, 『국어교육연구』 17, 경북대, 1985에서 소개되었다. 공교롭게도 이 작품의 작가 황중윤(1577~1648)은 <원생몽유록>에 제발(題跋)을 붙인 황여일의 아들이다. 뒤에서 살피게 될 장경세의 <몽김장군기>는 윤계선의 <달천몽유록>의 영향을 받아 창작되었고, <내성지>를 지은 김수민의 <기동악부(箕東樂府)>에는 장경세의 몽유록 작품을 언급하고 있다. 이와 같이 몽유록 작품이 사대부들 사이에서 유통된 양상과 작품들 사이의 영향 관계가 드러나는 것을 통해 몽유록이 당대에 성행하였던 사정을 알 수 있다.

204) <달천몽유록>, 『국학자료1, 황동명소설집』, 문학과언어연구회, 77~278면, 將軍盡一國之精銳 兵不接而見潰 議者皆以將軍背水爲不智也.

205) 김동협, 앞의 논문 ; 차용주, 「달천몽유록에 반영된 임란의 전후의식에 대한 비교연구」, 『고소설연구논총』, 1988에 의해 두 작품에 나타나는 신립 비판에 대한 작가 의식의 차이에 대한 논의가 있었다. 김동협은 윤계선의 관점이 보다 객관적, 여론적인 데 비해, 황중윤의 그것은 개인적, 정책적, 대안적이라고 보았고, 차용주는 전자가 패전에 대한 책임을 추궁한 것이라면, 후자는 패전의 결과보다는 그 원인을 반성한 것이라 하였다. 그리하여 두 논자 모두 후자의 관점을 긍정적으로 평가하려는 태도를 보여주는데, 뒤에서 논의되듯이, 필자는 이와 견해를 달리한다.

처럼 나약한 무리였다는 점, 셋째, 아군과 적군은 중과부적의 상황이었다
는 점 등이다. 여기서 필자는 신립의 자기변호가 국가 방위를 책임진 위
엄 있는 장군의 그것이 아니라 자기 합리화에 급급한 용렬한 필부의 그
것임을 지적하지 않을 수 없다. 상관으로서 패전의 책임을 자신의 부하
들에게 미루고 더욱이 중과부적의 상황을 패전의 원인으로 핑계 대는 행
태는 아무리 접어두고 보아도 장군으로서의 자 변명이라 하기 어렵다.
이러한 태도에서 사현(謝玄)과 오윤문(吳允文) 같은 일개 서생(書生)도 전쟁
에서 이기는 반면, 관우나 제갈량 같은 장군도 결국에는 적의 손에 죽임
을 당하였다고 하면서 전쟁의 승패를 오로지 하늘의 탓으로 돌리고 만다.
이는 논리상 전혀 맞지 않는 내용을 거론한 것인데, 사현과 오윤문이 일
개 서생으로서 가진 충성심이나, 나라를 위해 헌신하였던 관우나 제갈량
의 노력에 대하여는 전혀 언급 없이 그들의 종말만을 들어서 하늘 탓으
로 돌리고 있다는 점에서 그렇다.

　여기서 이 작품과 윤계선의 작품에 그려진, 신립이 전투에 임하는 자
세에 대한 서술 내용을 인용, 비교해 보기로 하겠다.

　　대저 국가가 위태로워 망하게 된 때를 당하고, 천지가 풍우에 휩싸인
　때를 맞아서, 일국의 병사를 장악하여 내 한 몸에 속하게 하고 삼군의
　명령을 총괄하여 한번 전쟁에 부쳤으니, 그 성공시키는 것도 하늘이요
　그 패하게 하는 것도 하늘이라.206)

　　변방의 먼지가 한번 일어나 봉화(烽火)가 삼개월간 계속되니, 장수로
　추천하는 명령을 받고는 즉시 시체로 말가죽에 싸여 돌아오겠다는 뜻을
　결단하였다. 탑전(榻前)에서의 간절한 정성은 임금을 감동시켰고, 문밖
　의 장수들이 모두 내 한 몸에 맡겨졌으니, 적이 눈에 들었고 병법의 운

---

206) 앞의 책, 280면, 大抵當國家危亡之夕 値乾坤風雨之秋 捲一國之兵而屬一身 摠三軍之命
　　而寄一戰 其成之者天也 其敗之者天也.

용이 손 안에 있었다.207)

전자에서는 신립이 자신의 위세를 과시하면서, 전쟁에 임하는 자세에 있어서는 그 승패를 하늘에 돌리고 있을 따름이다. 반면, 후자에서는 신립이 왕의 명을 받은 후 보이는 결연한 의지와 간절한 정성, 장졸들에 대한 책임감 등이 문면에 잘 드러나 있다. 전반적으로 윤계선의 작품이 황중윤의 작품보다 당시 상황을 더욱 핍진하게 서술하고 있으며 신립의 인물형상에서도 더욱 장렬한 모습의 충성된 신하로서 그려 놓았다고 하겠다.

물론, 황중윤의 작품에서는 윤계선의 것과는 달리 전쟁의 패인이나 전쟁 후 공과를 따지는 데에 당대 사회 제도의 모순성을 비판하고 있다는 점에서 그 가치가 어느 정도 인정된다. 신립의 자기변호의 말 가운데, 방비의 허술함을 탓하고 조발된 군사력의 열등함을 논한 것이나, 전쟁 후 유민(流民)의 머리를 베어 왜군의 것이라 하고 낙오된 병사의 무기를 빼앗아 적의 것이라 하여 포상 받은 자들을 비판한 것은 당대 현실의 부조리를 비판한 것으로 볼 수 있다. 그렇지만 그럴 경우조차 "조정의 상벌이 이와 같으니 나의 재주의 용감함으로써 그 때에 죽음을 돌아감같이 보고서 홀로 패군(敗軍)의 귀신이 되어, 황천 아래에서 깊은 원한을 품게 된 것을 한(恨)한다."208)라고 하여 상벌의 불공정함 때문에 자신이 자결한 일에 대해서 후회한다는 태도를 보이고 있다. 유교 이념에 충실히 따르는 관점에서 볼 때, 이러한 발언은 스스로의 충절을 깎아내리는 것이다. 그렇다고 작품에 그려진 신립의 모습이 유교적 이념에 저항하는 민중적 영웅의 모습인 것은 전혀 아니다.

---

207) <달천몽유록>, 임명덕 편, 『한국한문소설전집』 3, 77면, 邊塵一起 烽火三月 及承推轂之命 即決褰革之志 榻前之懇懇 感動天聰 閫外之將將 悉委余躬 虜在目中 兵運掌上.
208) 282면, 朝家之賞罰如是 以我才之勇 恨當日視死如歸 獨作敗軍之鬼 抱深寃於重泉之下也.

작품에 대한 이러한 평가는 신립을 이어서 등장하는 그의 동생 신길(申
硈)이 전쟁의 패인으로 국가의 병제(兵制)가 지닌 모순성을 비판하는 대목
에서도 유효하다. 신길이 조선조 전통적인 병농일치(兵農一致)의 병역 제도
에 대해 비판하는 기본 입지점은, '성대(盛代)에는 마땅하나, 말세에는 마
땅치 않다.'209)는 데 있다. 그리하여 전쟁이 일어났을 때 농사에 종사하
던 일반 백성들은 무기에 익숙지 않을 뿐더러 전쟁보다는 처자식을 생각
하게 되고, 심지어는 뇌물을 써서 병역을 회피하려 든다고 비판한다. 이
러한 폐단을 시정하기 위해서는 임금이 문무성강(文武成康)의 마음을 지니
고 그러한 정치를 행할 때에 가능하다는 것이다. 이 말을 들은 몽유자가
"병농일체(兵農一體)의 법은 왕도의 제도이니 어찌 마땅치 않을 리 있겠는
가. 장군의 말은 특히 세상이 쇠퇴함을 탓하는 뜻이겠다."210)라고 하는
데에서 보듯이, 이는 병제 개혁의 현실적인 대안이 아니라 시대의 풍조
를 탄식하는 것일 따름이다. 현실적으로도 당시에 병농일치가 아닌, 가령
직업 군인제도 같은 것이 마련되기는 매우 어려운 일이었을 것이다.

이와 같이 전개된 토론은 막빈[김여물(金汝岉)]과 용왕에 의해 무마되면
서 시연으로 이어진다. 몽유록의 일반적인 서술 방식이다. 술자리가 베풀
어지고 무희들이 춤추며 노래를 부른 후, 신립, 신길, 김여물 등이 돌아
가면서 각자의 회포를 시를 지어 토로한다. 이를 이어 몽유자 역시 시를
짓고 끝으로 용왕이 시를 지어 좌중을 정리한 후, 몽유자는 용왕으로부
터 황금 백 일과 흰 구슬 한 쌍을 선물로 받고는 사자의 인도에 따라 배
로 돌아오게 된다. 각몽인 셈이다.

황중윤의 <달천몽유록>은 윤계선의 작품과 같은 소재를 취하고 있지
만 작가 의식이나 서술 내용 면에서 수준이 다소 떨어지는 작품이다. 이

---

209) 284면, 兵農一體之法 宜於盛代而不宜於末世也.
210) 287면, 兵農一體之法 王制也 安有不宜之理 將軍之言 特衰世之意也.

렇게 된 원인으로서 앞에서 살펴본바 신립에 대한 작가의 과도한 변호에서 찾을 수 있지만, 더욱 중요한 것은 몽유록이 지닌 심각한 주제 의식에서 벗어나 있다는 점에 있다. 이 작품은 애초에 몽유자가 용궁에 들어가서 달천후(獺川候)가 되어 있는 신립을 만난다고 설정했는데, 이는 신립이 역사적으로 패배한 인물과 이계에서 천제(天帝)의 배려로 달천후가 되어 있는 인물이라는 이중적 형상을 띠게 된 것으로서 곧 몽유록과 몽유전기 소설이 결합된 모습이다. 그런데 몽유전기소설은 주인공의 욕망이 꿈속에서 성취되는 것을 기본으로 하, 몽유록은 꿈속에서조차 파기된 이념의 관철을 도모하는 양식이기 때문에 이러한 결합을 통해 주제를 적절히 형상화하기가 쉽지 않다. 가령, 몽유자가 좌정을 정리하는 시에서 그때까지 진행되어 온 신립 등과의 토론과는 상관없이 용궁의 화려한 잔치와 여기에 참여하게 된 자신의 영광을 서술하는 내용을 담게 되는데, 이는 앞서의 토론과는 무관한, 몽유자의 성취된 욕망만이 드러난 것이다. 따라서 작품의 주제가 양분되었을 뿐 아니라 이념적 주제 역시 심각성이 감소하였던 것이다.

장경세의 <몽김장군기>는 정유재란(1597) 당시 남원성의 함락과 관련된 역사적 사실을 한 인물을 통해 형상화한 몽유록이다.211) 만력 정미년(丁未年, 1607)212) 가을에 한 야로(野老)가 산 속 서재에 홀로 앉아 한유의

---

211) 이 작품에 대해서는 신재홍, 「몽기류 작품의 검토」, 『이두현교수 정년기념논문집』, 1989에서 소개하면서 몽유록으로 처리해야 할 것이라고 논한 바 있다. 장경세(1547~1615)는 남원에서 출생하였는데, 정유재란 당시에는 자기 고향에 은둔해 있었다. 그는 <몽김장군기> 외에도 이황의 <도산십이곡(陶山十二曲)>을 효방하여 <강호연군가(江湖戀君歌)> 12수의 시조를 지은 인물이기도 하다(임기중, 「장경세론」, 『속 고시조작가론』, 백산출판사, 1990 참조).

212) 이 연대가 작품의 창작 연대이기도 하다. 작가의 연보에는 창작 연대와 창작 동기가 다음과 같이 기록되어 있다. '萬曆 三十五年 丁未, 先生年六十一 是歲 八月十五日 卽府城被陷之日也 故友金公敬老 實與李福男 李元春 鄭期遠 任鉉 李德恢 諸公同殉節 而金公獨漏旌美 先生當慟之 至是 因夢爲記 又上書方伯 立忠烈祠 于府城北'(임기중, 앞의

<장중승전후서(張中丞傳後敍)>를 읽고서 개연히 탄식하면서 장순(張巡)에 비하여 충렬이 덜하지 않은 하원(許遠)이 역사가의 기록에서 누락된 것을 통탄하였다. 이윽고 나비와 수마(睡魔)에 이끌려 잠이 들었는데, 꿈에 체격이 우람하고 풍신이 우활한 한 장부를 만났다. 그가 읍하면서 "간밤에 한유의 글을 읽고서 청사(靑史)를 편찬하는 자에 대해 눈물을 뿌린 자가 당신인가?"[213]하기에 자세히 보니 김경로 장군이었다. 그는 몽유자에게 자신의 억울한 사연을 길게 하소연한다.

유명(幽明)과 인귀(人鬼)로 나뉘었으나 자신의 유해를 수습해 줄 사람도 없고 충절을 선양함에 있어 시비가 전도되었기에 그 깊은 원한을 풀지 못한 지 오래였는데, 오늘밤에 옛 벗을 만났고 겸하여 의를 취한 날을 맞았기에 자신의 충곡을 펼치려 한다고 하였다. 승평 200년에 강토가 전장으로 변하고 임금이 파천하는 때를 당하여 신하된 몸으로서 어찌 임금을 위하여 분주히 힘을 다하지 않겠느냐, 자신은 원래 무반 집안의 사람이었는데 임진왜란의 참혹한 정경을 보고는 호방(虎榜)에 올라 두 고을을 관장하게 되었다고 한다. 다행히 권율 장군의 행주대첩과 명나라의 원병이 이르러 왜군이 쫓겨 가고 임금이 귀경하여 백성들이 모두 기뻐하였으나 왜가 정유년에 다시 침입하여 곧장 대방(帶方)(남원)을 공격하였다. 이 위태로운 때를 만나 방어의 명을 받고 이복남(李福男) 절도사와 함께 협심하여 죽기를 맹세하고 남원성으로 들어갔다. 왜병이 포위하여 공격하매 명나라 장수 양원은 달아나고 자신은 적들의 칼날에 난자당해 죽었다고 한다. 이렇게 김경로는 자신이 죽은 내력을 말한 다음 마음에 맺힌 원한을 토로한다.

논문, 164면에서 재인용)이라 하여, 작가가 남원성 함락 시 제공(諸公)과 함께 순절한 김경로(金敬老)가 표창되지 못한 것을 통한해하다가 이해 함락된 날을 당하여 꿈으로 인하여 기술하였다고 하였다.
213)『사촌집(沙村集)』3권, 56면, 疇昔之夜 爲讀韓公之書 淚灑靑史之編者 非子也耶.

스스로 진심을 돌아보아 하늘에 부끄러움이 없고, 위태로움에 임해서 목숨을 바쳐 스스로 그 직분을 다했으니, 아득한 의론(議論)을 죽은 다음에 어찌 상관하랴. 그러나 공(功)을 보상하고 노고에 답함이 제왕의 법령이요, 절개와 충성을 표창함이 역사가의 기록이라. 훈업이 당세에 넘치고 풍렬(風烈)이 역사책에 빛나서 경사로움이 자손까지 이어지고 이름이 고금에 전함이 어찌 위대하지 않겠는가. 나로 말하면, 위로는 의뢰할 만한 세도가도 없고 아래로는 가까운 친척이 없으며, 무미한 언어와 가증스런 얼굴로 움직이면 문득 생경하고 여러 번 일어나고 여러 번 넘어지니, 살아서 오히려 이러한데 죽어서 무엇을 말하리오. <달천몽유(獺川夢遊)>는 누가 지은 바인가. 충신의 한 전기(傳記)인 것을 누가 역력히 헤아리겠나. 충현은 분명한데 불초의 이름은 그 열에 있지 않도다.214)

자신의 충성심이 보상받고 기록되지 못한 것에 대한 원망과 분노인 것이다. 그런데, 위의 예문 가운데는 <달천몽유록>을 인용한 구절이 발견되는데, 이를 통해 작가가 윤계선의 <달천몽유록>을 보고서 그 형식과 주제를 본떠서 김경로를 추모하는 한 편의 몽유록을 창작한 것임을 알 수 있다. 이러한 하소연과 함께 김경로는 몽유자에게 자신의 처지를 글로써 알려 달라고 부탁하는데, 말이 채 마치기 전에 잠을 깬다. 이에 작가는 울음을 삼키면서 이를 기록한다고 하였다.

이와 같이 이 작품은 정유재란 당시 남원성이 함락될 때 전사한 김경로 장군이 꿈에 나타나 자신의 내력과 죽기까지의 과정, 충절의 마음을 토로하고, 그렇지만 자신의 충렬이 보상받지 못하고 전해지지 않은 것을 원망하는 내용으로 되어 있다. 이는 <달천몽유록>1에서 여러 장수들이 차례로 자기의 내력을 소개하고 시를 지어 한탄하는 내용과 비교해 볼

---

214) 58~59면, 自顧赤心 無愧蒼天 臨危授命 自盡其分 悠悠議論 身後何關 雖然 報功酬勞 帝王令典 獎節褒忠 史家有記 勳業洋溢於當世 風烈輝暎於簡策 慶延子孫 名流今古 豈不偉哉 我則上無攀援之勢 下乏戚里之親 無味言語 可憎面目 動輒生梗 屢起屢碩 生猶如此 死何可言 獺川夢遊 誰所錄也 忠臣一傳記者 何人歷數 忠賢了了分明 不肖之名 不在其列.

때, 그중 어느 한 인물을 주인공으로 설정하여 확대시킨 듯한 인상을 받는다. 다만 <달천몽유록>1에서는 등장인물들의 내면적 원한을 시로써 토로하는 데 비해 이 작품에서는 시가 빠져 있다는 점에서 차이가 있다. 따라서 이 작품은 몽유록의 전형적인 서술 구조에서는 이탈하고 있지만 작품의 주제나 창작 동기에서 몽유록의 전반적인 특질에 부합한다.

정유재란을 소재로 한 또 다른 작품으로 신탁(1581~?)의 <용문몽유록>이 있다.215) 작품의 문면으로 보아 창작 시기는 병자년(1636) 3월로 볼 수 있는데 이때는 병자호란이 일어나기 몇 달 전이다. 작가는 작품을 쓸 당시의 시대 분위기를 작품의 후반부에서 박숙선(朴叔善)의 말로써, "지금 변방이 경동하여 나라의 운명이 다난한데, 벼슬아치들은 어지러워 오랑캐를 막아낼 계책이 없다."216)라며 우려하고 있다. 그러나 작품의 소재는 정유재란 당시 황석산성이 적군에게 함락당한 역사적 사건이다.

을해(乙亥, 1635)에 남교에 우거해 있던 황계자(黃溪子)(황계는 작가의 호)는 병자 3월 막내 누이를 보러 화림(花林)으로 가다가 용문(龍門)에서 며칠 지체하게 된다. 어느 달 밝은 저녁에 객관에서 잠이 들어 입몽하게 되는데, 한 곳에 이르러 정자 위를 보니 나열해 앉은 사람들이 있었다. 그중 한 사람이 정자에서 내려와 읍하고는 몽유자를 인도하여 상좌에 앉게 했다. 여기에 모인 사람들은 모두 황석산성이 함락될 때 죽은 이른바 황석 제공(黃石諸公)으로서 곽준(郭䞭) 부자, 조종도(趙宗道), 유세홍(柳世弘) 부자, 정언남(鄭彦男) 등이었다. 이에 이들은 서로 돌아가면서 자신의 억울한 사연을 호소하고 또 자신의 회포를 시로써 토로한다. 이들은 자신들의 죽음 자체는 나라의 은혜에 보답하기 위한 것이었기에 마땅하다고 하면서, 당

---

215) 이 작품도 최근에 발견된 작품으로서, 강동엽, 「용문몽유록에 대하여」, 『한국문학연구』 14, 동국대, 1992에서 간략한 설명과 함께 작품 원문이 소개되었다.
216) 위의 논문, 150면, 今邊鄙有警 國步多艱 肉食紛紛 禦戎無策.

시 성문을 열고 도망가려다 적군이 그 문을 통해 들어와 성이 함락된 원인이 되었던 백사림(白士霖)에 대해서 맹렬히 규탄하고 있다. 유세홍의 다음과 같은 한탄이 한 예이다.

> 마치 옛적 장순, 허원, 남제운, 뇌만춘의 충성과 용기로도 강회(江淮)의 보루를 보전치 못하여 성이 함락되어 죽었던 것 같으니, 우활한 선비 곽후와 용렬한 사내 사림이 어찌 같은 성에 함께 하여 그 깨지지 않을 것을 보전하였겠는가.[217]

위에서 살핀 <몽김장군기>에서도 인용된 장순, 허원 등에 자신들을 비교하면서 성을 책임진 곽준과 성을 버리고 도망친 백사림을 함께 비난하고 있다. 이러한 좌중의 분위기에 따라 백사림인 듯한 자의장신자(紫衣長身者)가 들어오려 하자 유세홍의 아들인 유강(柳橿)이 그를 질타하면서 내쫓는다. 그러고 나서 유강은 자신과 동년배요 벗인 황계자에게 자신의 간절한 뜻을 시로써 전한다. 이에 황계자가 다시 한 번 백사림의 행위는 비단 곽후의 죄인일 뿐 아니라 나라의 죄인이라면서 규탄하고 나서 황석산성 함락과 관련된 토론과 하소연을 마무리 짓는다.

이어지는 이야기는 황석산성의 일과 전혀 무관한 내용이다. 고려 말 홍무 연간에 박습(朴習)에게 배운 박숙선이란 자가 황계자와 함께 용문과 관련된 성씨, 주변의 승경, 지역 전설 등에 대해서 이야기한 다음, 황계자가 예전에 심진동(尋眞洞)에 제하였던 시 구절이 귀신을 울게 할 만한 것이었다고 칭찬하고서는 박생 자신이 시를 짓는다. 그러고 나서 당시의 시대 상황에 대한 우려를 표명한 후, 박생의 자손과 황계자와의 교유를 대상으로 서로 희롱한다. 자리에 모인 사람들 모두 술을 들면서 황계자

---

217) 148면, 如古之張巡許遠南霽雲雷萬春之忠勇　不能保江淮之堡障　城陷而死　則郭侯之迂儒士霖之庸夫　豈可與同城　而保其不破者也.

의 무강을 축원하고 황계자가 시 한 구절을 지은 후 닭소리에 모두 사라지고 각몽하게 된다. 깨어나 보니 옆에서 박생이 코를 골며 잠자고 있었다고 한다.

후반부는 전반부에 비해 다분히 희필적인 성격을 띠고 있고 자기 과시적인 서술 태도로 인하여 주제 의식이 매우 미약해져서 작품의 가치를 떨어뜨리고 있다. 따라서 전반부의 내용만이 몽유록의 주제 의식과 양식적 성격에 부합된다고 할 것이다. 그렇지만 후반부의 이러한 내용은 개인의 꿈 체험을 희필적으로 서술하는 몽기류에 흔히 보이는 것으로서, 몽기류의 일반적인 서술 경향이 몽유록에 들어왔다고 하겠다.

임진왜란이 지난 후 사회적 문제로 대두된 시신(屍身)의 처리 문제와 관련된 작품이 <피생명몽록>이다. 몽유자 피생은 성품이 강개하였는데, 일찍이 주유역람(周遊歷覽)하여 천하의 대관(大觀)을 빠짐없이 보고자 하는 뜻을 두었다. 이러한 피생의 뜻은 <금생이문록>에서의 금생이 지닌 원유지지(遠遊之志)와 동일한 것으로서 몽유자의 일반적인 성격에 해당한다. 이에 이성(利城)을 나와 도적산(圖寂山) 아래 이르러 썩어 가는 시체들이 길가에 널려 있은 광경을 보게 된다. 그것을 차마 볼 수 없어 눈을 감고 지나치면서, '들판의 썩은 해골 덮어 줄 이 없으니 / 이끼 낀 남은 두개골에 납가새가 자랐도다.'218)라고 시를 읊는다. 이때 마침 지나가는 야승(野僧)을 만나 그러한 참상에 대해 탄식하자, 스님은 전쟁 통에 미처 시신을 수습하지 못한 사연과 함께 이 원외(李員外)[극신(克信)]가 자기 부친의 시신을 거두어 장사 지낸 일을 말해 준다. 그의 말 중에 전자에 해당하는 대목을 인용해 보면 다음과 같다.

---

218) <피생명몽록>, 『필사본 고전소설전집』 3, 아세아문화사, 1980, 223면, 原頭朽骨無人掩 苔蝕殘顱長蒺藜.

　　지난 임진년에 낙중(洛中)의 남녀들이 모두 도적에게 쫓기어 귀천을 막론하고 여기에서 모두 죽었다. 어떤 이는 머리를 잃었고 어떤 이는 창자가 찢기어, 죽은 자는 이미 죽었고 산 자들은 사방으로 달아났으니, 이리들이 그 고기를 먹고 까마귀 솔개가 그 창자를 쪼았다. 세월이 오래 지났으나 누가 삼태기로 흙을 덮어 줄 사람이며, 비바람에 깎였으니 이마에 땀 흘리는 자식을 보지 못했다. 하늘이 음침한 저녁과 달 없는 밤에 흐느끼는 귀신의 곡소리가 총총하고 성긴 사이에서 끊이지 않은 지 이에 십 년이다.[219]

　　이러한 전쟁의 참상에 대한 묘사는 이미 <달천몽유록>1에서 귀신들의 형상을 통해 그려졌으며, 이 작품에 뒤이어 나오는 <강도몽유록>에서도 이와 유사한 표현이 보인다. 그런데 여기서 주의할 것은 이 작품들에 그려진 전쟁의 참상에 대한 표현만으로 몽유록 양식을 현실주의에 입각한 작품들로 보기 어렵다는 점이다. 몽유록 작품들에 그려진 전쟁에 대한 기술 내용은 비참한 형상에 대한 여실한 묘사에도 불구하고 기본적으로 작가의 이념적인 시각에 입각해 있기 때문이다. 앞서 보았듯이, <달천몽유록>1에서는 결국 신립 장군에 대한 비판과 순국한 여러 장수들에 대한 추모 의식이 작품의 주제를 이루고 있다. 이러한 양상은 <피생명몽록>에서도 드러나는바 위의 인용문에서 전쟁에 대한 묘사를 이어 시신들을 거두어 가지 않는 사람들에 대한 비판이 기술되고 있는 것이다. 그리하여 스님의 말은 이극신이라는 패역무도한 인물의 오장(誤葬)의 문제를 거론하는 것으로 귀착된다.

　　스님과 헤어져 고개 아래 마을에서 잠이 든 피생의 꿈에 오장의 문제의 당사들인 이헌(李憲)과 김검손(金儉孫)이 나타나 서로 논란을 벌인다. 먼

---

219) 224면, 往在壬辰 洛中士女 皆爲賊所驅 無貴無賤 同死於是 或喪其頭 或裂其腸 死者旣死 生者四走 狐狸食其肉 烏鳶啄其腸 歲久年深 誰是反蕢之人 風磨雨洗 未見泚顙之子 天陰之夕 月黑之夜 啾啾鬼哭之聲 不絶於叢薄之間者 十年于玆矣.

저 이헌이 나타나 자기 아들인 극신이 남의 이목을 두려워하여 정성된 마음 없이 아무 시체나 골라서 부친의 것이라 하고는 거창하게 장사지낸 일을 통탄해한다. 이어 나타난 김검손은 삼생지연(三生之緣)을 내세워 전세(前世)에 극신의 모친과 자신이 부부지간이었기에 그 수장은 하늘이 시킨 것이라고 주장한다. 이들의 논란 가운데 이극신이라는 인물에 대한 비판 의식이 이 작품의 중요한 주제로 드러난다는 점은 이론의 여지가 없다.220)

여기서 몽유 양식사의 관점에서 이 작품이 지니는 의의를 생각해 보아야 한다. 이를 위해 김검손이 전세에서 자신과 극신의 모친 사이에 맺어졌던 사연을 요약해 본다. 김검손 자신과 극신의 모친은 모두 고려 때 시중으로 있었던 염흥방(廉興邦)(이 인물은 고려 시대의 실존 인물이다.)의 하인으로서, 자신의 이름은 김이(金伊)로 스무 살이었고 여인의 이름은 목환(木歡)으로 열여덟이었다. 두 사람은 뛰어난 재주와 말로써 시중의 은총을 받아 그 곁에서 수년간을 모셨다. 어느 늦은 봄날 저녁 시중이 이화정에서 곤히 잠들었을 때, 창밖과 안에 있던 두 사람이 서로 눈이 맞아 문과 병풍 사이에 들어가 운우지정을 나누었다. 그 뒤로 구멍을 뚫거나 담을 넘어 들어가 밤마다 만나다가 목환이 임신을 하여 아기를 낳았다. 이에 비로소 시중에게 들키어 목환은 곤장에 맞아 죽고 김이와 그 태어난 아기 역시 다리 옆에 버려져 죽었다. 여기까지 진행된 줄거리만 보아도 김검손이 말하는 전세의 인연은 전기 소설이 지니고 있는 주제를 계승하고 있음을 알 수 있다. 두 주인공의 정욕에 의한 자발적인 결연, 월장(越墻) 모티프, 그리고 비극적인 결말 등이 한 편의 전기 소설로서 읽힐 수 있는 것이다.

두 사람의 이야기는 더 이어진다. 이들이 죽은 후 명사(冥司)가 그 무죄

---

220) 서대석, 앞의 논문, 21~22면에서 역사상 실존 인물인 이극신에 대한 실록의 비판과 이 작품에서의 그에 대한 비판이 일치함을 밝혔다.

함을 알고는 목환은 권씨(權氏)의 딸로, 김이는 김가(金哥)의 아들로 환생시킨다. 인연이 미진했으니 응당 부부가 되어야 했으나 '국가의 풍속에 사대부와 상민의 등분이 있어서 혼인할 수 없었다.'221) 그리하여 여인은 이헌의 처, 그 아들은 극신이 되었다는 것이다. 여기서 환생 모티프와 함께, 신분의 차이에 의해서 다시 맺어질 수 없게 되었다는 언급에서 나타나는 전기 소설적 주제를 거듭 확인할 수 있다. 요컨대, 김검손의 전세 이야기는 그 자체로서 한 편의 전기 소설적 구성을 이루고 있다.

더욱 문제적인 것은 이러한 김검손의 이야기가 작품에서 갈등의 중재자요 해결사인 피생에 의해 단호히 배척당한다는 사실이다.

> 이모(李某)는 상인의 가문으로 흥성한 족속이요, 너는 불과 한 상놈인데 네 어찌 감히 이같이 당돌한가. 비록 극신의 모친과 전세의 부부였다 하나, 이모는 금세의 부부라. 극신을 낳은 자도 이모요, 극신을 기른 자도 이모이니 극신이 네 유골을 합장한 것은 극신의 잘못일 따름이다. 극신의 허연 머리와 영악한 모습이 혹 너와 비슷하나 또한 어찌 너를 아비로 여기려 들겠는가. 너는 여러 말 마라.222)

삼세지연(三世之緣)을 빙자하여 극신의 모친과의 인연을 주장하는 김검손에 대해 유교적 현세주의(現世主義)에 입각하여 단호히 배척하고 있다. 이러한 양상을 몽유 양식사의 관점에서 본다면, 이 작품은 욕망의 성취라는 몽유전기소설적 주제를 부정하면서 이념의 관철이라는 몽유록의 특성을 드러내는 것이라고 할 수 있다. 그리하여 앞서 살핀 <달천몽유록> 2에서 몽유전기소설과 몽유록의 결합이 주제의 분산을 초래하였음에 비

---

221) 230면, 國俗有士族常庶之等分 不得使之爲婚姻.

222) 231면, 李某乃商門盛族 汝不過一常漢也 汝焉敢唐突至於此耶 雖與克信之母 爲前世之夫婦 而李某乃今世之夫婦也 生克信者 李某也 長克信者 李某也 克信之合葬汝骨 亦克信之誤過耳 克信于思之鬚 獰惡之形 雖或似汝 而亦安肯以汝爲父乎 汝勿多言.

하여, 이 작품은 욕망을 추구하는 몽유전기소설적 주인공을 배척하는 대신 유교적 이념을 관철함으로써 몽유록적 특성을 뚜렷히 드러낼 수 있었다고 하겠다. 결국, 이 작품의 내용 속에서 몽유전기소설의 시대에서 몽유록의 시대로 이행했던 소설사적 전개의 한 양상을 포착할 수 있는 것이다.

임진왜란과 함께 병자호란 역시 몽유록의 배경으로서 작용하고 있음을 <강도몽유록(江都夢遊錄)>에서 확인할 수 있다. 이미 임진왜란을 겪으면서 시대적 문제의 대응 양식으로서 몽유록이 두드러졌는데 이제 병자호란을 당해서 다시 한 번 몽유록의 효용이 발휘된 것이다. 강도 함락이라는 역사적 사건은 조선 왕조가 남한산성을 고수하면서 청나라의 막강한 군사력에 그나마 지탱하고 있었던 당시에 그 마지막 지탱력을 와해시킨 사건이었다. 이로 인해 조선 왕조는 수백 년 존주양이의 이념 아래 오랑캐라고 멸시하던 청나라에 굴복하고 마는 수치를 맛보게 되었다.

<강도몽유록>은 이러한 역사적 사건을 소재로 한 작품이다. 몽유자로 설정된 청허선사(淸虛禪師)는 인애하고 자비로운 사람으로 그려진다. 이는 사대부가 아니라 스님이라는 점, 뇌락 불기한 성격이 아니라는 점에서 몽유자의 일반적인 성격에서 다소 벗어난 것이다. 그러나 이러한 인물 설정에 이어지는 다음과 같은 서술자의 언술은 역사적 사건에 대한 대응 양식으로서의 몽유록의 성격을 잘 보여 주고 있다.

> 아아, 국운이 불행하여 철마(鐵馬)가 천지를 덮었고 임금은 고성(孤城)에 처하였으니, 애달픈 우리 백성들은 반나마 창과 화살에 죽어갔지만, 오직 저 강도에서 어육 됨이 더욱 심하였다. 시내에 흐르는 것은 피요 산에 쌓인 것은 해골이라. 그것을 쪼아대는 까마귀만 있고 장사 지내 줄 사람은 없도다.223)

전쟁 후 이 같은 비참한 상황 앞에서 청허선사는 주인 없는 유골들을 안장해 주려고 강도로 간다. 연미정 남쪽에 초막을 짓고 거하다가 어느 달 밝은 날 밤에 입몽하여 모두 여성들만 모여 읍소하고 있는 광경을 목도하게 된다. 여기에 모인 여인들의 형상은 <달천몽유록>1에서의 원귀(寃鬼)들의 형상을 닮아 있다.

> 두어 발의 끈이나 두어 자의 칼끝으로 혹 부드러운 목을 졸라매거나 혹 딱딱한 뼈에 피를 내었다. 어떤 이는 머리가 다 깨지고, 어떤 이는 입과 뱃속에 물을 들이켰으니 그 참혹한 형상을 차마 볼 수 없었다.224)

이러한 원귀들이 등장하여225) 서로 돌아가면서 자신의 품은 원한을 하소연하는 것으로써 꿈속 세계가 전개된다. 모두 열네 명의 여인이 자신의 회포를 토로하는데, 이들의 말은 대체로 첫째, 자신들의 남편, 시아버지, 아들 등 남성들이 강도를 지키지 못한 무능과 비리를 고발하고, 둘째, 자신들이 스스로 목숨을 끊어 정절을 지킨 일에 대해 자부하거나 한탄하고, 셋째, 살아남은 가족들에 대한 원망이나 걱정 등을 담고 있다.

여기에 등장하는 여성들은 아마도 모두 역사적 인물들의 부인이나 며느리들일 것인데,226) 이 글에서 여기서 주목하려는 것은 이 인물들의 발

---

223) <강도몽유록>, 임명덕 편, 『한국한문소설전집』 3, 101면, 嗚呼 國運不幸 鐵馬乾坤 聖主孤城 則哀我蒼生 半歸鋒鏑 而惟彼江都 魚肉尤甚 川流者血 山積者骨 啄之有鳥 葬之無人.

224) 101~102면, 丈餘之索 尺許之鋒 或係於纖頭 或血於硬骨 或頭腦盡破 或口腹含水 其慘惻之形 不可忍視.

225) 이렇게 원귀의 형상을 기술해 놓은 작가는 열네 명의 인물들 가운데 비빈(妃嬪)이나 기녀의 경우는 서왕모, 직녀, 항아 등 전통적인 미인의 형상으로 그리고 있다. 이러한 이율배반적인 기술 방식으로 인해 작품 서두에 제시된 전쟁 후의 참혹상에 대한 묘사가 꿈속 세계에서 반감되는 효과를 낳게 된다. 한편 등장인물을 미인의 형상으로 묘사하는 점은 이 작품이 전기 소설적인 문학적 관습 아래에 쓰였음을 보여 주는 것으로 이해할 수 있다.

226) 김기동은 강도 함락시 벌어진 사건들에 부합되는 여인들의 호소 내용을 분석해 놓았

언 내용이 모두 정절 관념의 확고한 고수에 있다는 점이다. 이는 열세 명
의 말을 다 들은 후 마지막으로 등장하는 기녀의 입을 통하여, "다행이
옥음을 들으니 그 절의(節義)의 높음과 정렬(貞烈)의 아름다움에 하늘이 반
드시 감동할 것이며 사람들이 탄복할 것이라. 죽어도 죽은 것이 아니니
어떤 한이 있겠는가."227)라고 하는 말에서 요약적으로 제시된다. 이러한
작가 의식으로 인해 가령, 열한 번째 여인은 자신이 정절을 지키기 위해
죽은 사실을 남편이 몰라주고 혹 적의 손에 든 것이나 아닌지 의심하는
것을 원망하는 등의 내용을 담게 된다. 더욱이 열세 번째 여인은 절의를
인간의 최고 덕목으로 평가하는 옥황상제로부터 자신의 정절을 인정받아
천상계에서 노닌다면서 자랑하고 있기도 하다. 이 가운데에는 네 번째
여인의 경우처럼 적이 들이닥치기 전에 아들의 강압에 의해 자결한 후,
정절을 이루었다 하여 정문을 세우는 행태에 대해 조롱하는 내용도 포함
되어 있다. 이 대목은 당대 정절 관념의 부조리한 측면을 고발하는 의의
를 갖는 것이지만, 작품의 전체적인 분위기는 여인들 모두 정절을 지켰
다는 자부심이 강하게 드러나 있다.

또한, 이미 역사적으로 패배한 사건인 강도 함락을 놓고 자신들의 남
편, 시아버지, 아들의 무능과 비리를 질타하는 것은 <달천몽유록>1에서
의 신립 비판과 유사한 성격을 지닌 것이다. 역사적 사건에 처하여 충실
한 신하나 관리로서의 임무를 태만히 한 남성들의 행위를 비판하는 것
역시 이념적인 명분에 입각해 있다. 이러한 양상은 이 작품도 다른 몽유
록과 마찬가지로 역사적 현실에 대해 이념적으로 대응한 것이었음을 보

다(『한국고전소설연구』, 교학연구사, 1983, 97~107면). 그러나 열네 명 가운데 다섯
　명 정도에 대해서만 사실과의 관계를 분석하였기에 이들 모두의 역사적 인물과의 관
　련성은 과제로 남아 있다. 그 가운데 첫 번째와 두 번째 여인이 각기 김류와 김경징
　의 부인이라는 사실은 서대석(1975 : 23~25)에 의해 정정되었다.
227) 108면, 幸聽玉音 其所節義之高 貞烈之美 天必感動 人所歎服 則死而不死 何恨之有.

여 준다.

이상에서 보듯이, 몽유록은 계유정란이나 임병양란과 같은 중세적 이데올로기에 심각한 타격을 가한 역사적 사건들을 겪으면서 전대의 몽유전기소설에서 탈피하여 독자적인 특성을 지니면서 당대의 주도적인 양식으로 정착, 성행하게 되었던 것이다. 그런데 몽유록이 역사적 사건에 의해 충격을 받아 그에 대응하는 문학 양식으로서 시대적 상황을 현실적으로 반영했던 것은 분명하지만, 그 현실 반영의 양상에 대해서는 주의해 보아야 할 점이 있다.

몽유록은 서사성과 교술성이 혼합된 장르적 성격을 지니고 있는데, 현실의 반영이라는 측면에서 볼 때, 서사적 전개 과정에서 현실을 살아가는 인간들의 삶이 여실하게 그려진 것도 아니요, 그렇다고 현실에 대한 분석과 비평에 의존하는 논설적 서술만으로 이루어진 것도 아니다. 이 두 가지 성격이 상호 관계를 맺으면서 혼합 장르로서의 성격을 형성하고 있는 것이다. 여기서 몽유록의 현실 반영의 양상이 현대적인 관점에서의 현실주의(現實主義)에 상응하는 모습을 띠고 있지 않은 이유가 설명될 수 있다. 몽유록은 역사적 현실을 서사적인 맥락 속에서 반영은 하되 이를 교술적인 시각에서 서술하게 되는 것이다. 이에 <원생몽유록> 이하 <강도몽유록>에 이르기까지 몽유록이 당대 현실을 문제 삼고 있는 기본적인 태도가 이념적인 성격을 지니고 있다는 점이 특별히 지적되어야 할 것이다. 가령, <원생몽유록>에서는 단종의 폐위 사건을 사건들의 연쇄로서 줄거리를 구성하기 보다는, 꿈속 체험 속에 모임을 설정하여 인물들 간의 대화를 통해 이념적인 토론을 펼쳐 보이는 것이다. 그리하여 세조의 왕위 찬탈을 그 과정으로서 제시하기보다는, 이미 일어난 현실과 자신들이 신봉하는 이념과의 괴리와 모순을 지적하는 데 토론의 중심이 놓이게 된다. 이러한 양상은 임진왜란이라는 역사적 사건을 반영한 몽유

록 작품들에서도 유사하게 나타나고 있다. <달천몽유록>1의 경우만 들
어도 전쟁의 과정에 대한 기술이 아니라 이미 끝난 전쟁의 결과를 놓고
서로 시비를 다투는 토론의 모임으로 서술되고 있는 것이다. 그리고 여
기서 작품의 초점은 역사적 사건에 대한 이념적 반성에 놓이게 되는데,
물론 이때의 이념이란 유교적 대의명분론(大義名分論)에 다름 아니다. 그러
므로 현대의 고전 소설 연구자의 입장에서 몽유록을 통해 현실주의의 성
취를 찾는다는 것은 재고되어야 한다. 그보다는 오히려 몽유록이 지닌
이념적 성격의 비장함과 치열함에서 그 소설사적 가치를 찾아야 할 것으
로 본다.

　이상에서 살펴본 바와 같이, 16세기 말에서 17세기에 걸쳐 창작된 몽
유록 작품들은 대체로 당대의 역사적 사건에 의한 충격 속에서 그에 대
응하는 문학 양식의 하나로서 역사적 기능을 수행하였다. 원래 몽유록은
전대의 몽유전기소설의 영향을 받아 형성되었던 것이지만 양식적 특성을
확립하는 데에 당대의 역사적 사건들이 중요한 자극이 되었다고 하겠다.
그와 같은 사건들을 경험하면서 우의적(寓意的)인 수법인 몽유의 형식에
가탁하여 현실과 이념 사이의 괴리와 모순에 대해 집중적으로 문제 삼아,
혹은 토론으로 혹은 한탄으로 혹은 시를 통해 당대인의 정신적 방황을
그려 내었던 것이다. 그렇지만 몽유록은 서사성과 교술성의 복합으로 된
혼합 장르적 성격으로 인해 순수 서사성에 기초한 몽유전기소설이 이 시
기에 변모를 겪어 달성한 현실주의의 모습은 보여 주지 못하고, 다만 이
념적 갈등의 표출로서 만족해야만 했던 것이 양식적 한계로 지적될 수
있다.

3) 몽유전기소설의 현실성 강화 경향

몽유록이 성행하여 몽유 양식의 주도적 양식으로 부상했던 이 시기에 전대의 몽유전기소설이 어떠한 양상으로 나타나는가를 살펴보아야 한다. 이에 그 대표작으로 <운영전(雲英傳)>을 들 수 있다. 이 작품의 창작 연대가 분명히 밝혀진 것은 아니지만 이와 영향 관계가 있는 <상사동기(相思洞記)>가 적어도 1651년(권전(權佺)의 몰년) 이전에는 창작되었기 때문에228) 이 연대를 하한선으로 잡을 수 있다. 따라서 <운영전>은 17세기 전반에 나온 작품인 것으로 보인다.229)

<운영전>이 나온 이 시기는 ≪기재기이≫ 이후 전기 소설(傳奇小說) 가운데 비록 작품집의 형태로 묶여지지는 않았으나 우리 소설사에서 중요한 위치를 차지하는 몇몇 작품들이 산출되었다. 그중 특히 권필의 <주생전(周生傳)>과 조위한의 <최척전(崔陟傳)>은 일찍부터 주목되었던 작품인데 최근 들어 학계의 관심이 더욱 높아졌다.230) 이 작품들은 남녀 간의 애정 갈등을 주제로 하고 있고,231) 사건 전개에서 시가 차지하는 비

---

228) 박노춘, 「고전문학 관계 기록 3편」, 『숭전어문학』 5, 1976, 5~6면에서 권전(1583~ 1651)의 『석로유고(釋老遺稿)』에 기록된 <상사동기>에 관한 기사가 소개되었다.

229) 이 작품의 창작 연대에 대해서는 임란 직후 혹은 영정조 시기라는 설이 맞서 있었으나 권전의 기록으로 인해 17세기 전반 창작설이 유력해졌다. 이 작품을 17세기 전반기의 것으로 보고 작품의 의미를 논한 논문으로 박일용, 「운영전과 상사동기의 비극적 성격과 그 사회적 의미」, 『국어국문학』 98, 1987이 있다.

230) 최근에 나온 <주생전>과 <최척전>에 대한 주요 연구로 다음을 들 수 있다. 박일용, 「주생전」, 『한국고전소설작품론』, 집문당, 1990 ; 정민, 「주생전의 창작 기층과 문학적 성격」, 『한양어문연구』 9, 1991 ; 이종묵, 「주생전의 미학과 그 의미」, 『관악어문연구』 16, 1991 ; 박희병, 「최척전」, 『한국고전소설작품론』, 집문당, 1990 ; 박일용, 「장르론적 관점에서 본 최척전의 특징과 소설사적 위상」, 『고전문학연구』 5, 1990.

231) ≪금오신화≫의 몇 작품과 함께 이 시기에 나온 전기 소설들은 대개 애정 갈등을 주제로 하고 있는데, 이들 작품은 염정소설(艶情小說)의 모색형(摸索型)의 구조를 지니고 있고 소설사적으로는 모색기에 나온 작품들로 논의된 바 있다(정종대, 「염정소설 구조연구」, 고대 박사논문, 1989, 48~56면, 142~144면).

중이 크며, 작품의 분위기나 서술 태도가 주인공들의 기이한 경험에 초점을 맞추고 있다는 점 등으로 보아 전기 소설의 범주에 드는 작품들이다. 그런데 같은 전기 소설이면서도 이전의 ≪금오신화≫나 ≪기재기이≫에서 주제의 형상화에 이바지했던 환상성이 상당히 약화되면서 현실성을 강하게 드러내고 있다는 두드러진 변화를 보여 준다.

가령, 애정 갈등을 주제로 한 전대의 <만복사저포기>, <이생규장전>, <하생기우전> 등은 모두 죽은 여인과 산 남성과의 애정 문제가 그려진 명혼 모티프가 사건의 중심 동기로 작용하고 있다. 이는 이 작품들이 현실적인 애정 갈등을 제재로 하면서도 그 사건 구성의 측면이나 미학적 기저로서 환상성을 바탕으로 하고 있음을 보여 주는 것이다. 이에 비해 같은 애정 갈등을 소재로 한 <주생전>이나 <최척전>에서는 명혼 모티프가 사라진 대신 남녀 간의 강인한 애정을 바탕으로 남녀 각 개인의 기구한 운명을 형상화해 놓고 있다. 이는 분명 이 시기에 들어 전기 소설이 본연의 환상성에서 벗어나서 경험 세계를 현실적으로 반영하고 또 갈등 양상 자체도 현실 원칙에 따라 전개되는 현실주의적 모색을 시도하고 있었던 증좌로 이해된다. 이 시기에 이루어진 현실성 강화의 경향은 비단 전기 소설 내의 문제였을 뿐 아니라 <김영철전(金英哲傳)>에서 보듯이232) 정통 한문학의 한 장르인 전(傳) 문학에서도 나타나는 현상이다. 따라서 이 시기는 소설사적으로 매우 중요한 의의를 지니고 있다고 하겠다.

당시의 소설사적 흐름 속에 <운영전>이 놓이게 된다. 이 작품이 몽유 양식사에서 차지하는 위치를 살피기 위해서는 우선 서술 구조상의 특이성이 논의되어야 한다. 앞 절에서 몽유전기소설의 양식적 특성은 ≪금오

---

232) 박희병, 「17세기 동아시아의 전란과 민중의 삶-김영철전의 분석」, 『한국근대문학사의 쟁점』, 창작과 비평사, 1990 참조.

신화≫에서 완성되었고 그보다 약 70여 년 후에 나온 ≪금오신화≫에서 여러 가지 서술 방식상의 실험을 시도하고 있음을 확인하였다. <운영전>은 ≪기재기이≫에서 이루어진 서술 방식상의 실험을 계승, 발전시켜 그것을 아주 정제된 형태로 구사하고 있음을 보여 준다.

이에 먼저 몽유자 유영을 중심으로 한 작품의 외부 액자와 운영과 김 진사의 이야기가 중심이 된 내부 액자가 작품의 이중적 구심점을 형성한다는 점을 지적할 수 있다.233) 외부 액자의 이야기는 몽유 양식의 일반적인 서술 방식에 따라서 기술되고 있다. 서두에서 수성궁의 위치와 수려한 경치에 대한 묘사가 나오는데 이는 <취유부벽정기>, <용궁부연록>, <최생우진기> 등의 작품 서두가 특정한 지역에 대한 서술로부터 시작되는 양상과 유사하다. 그리고 몽유자 유영(柳泳)에 대해 소개하면서 '연기(年紀) 20여에 표채가 준아하고 학문이 유여하되, 가세가 빈곤하여 의식을 이을 길이 없'234)다고 하여 경험 세계 속에서 재주는 지녔으나 불우한 처지에 놓인 대부분의 몽유 양식에 설정된 몽유자의 성격과 같다. 그는 봄날에 수성궁의 경개를 구경하려 들어갔으나, '보는 사람들이 서로 돌아보고 가리켜 웃기를 마지아니하는지라. 생이 무료하고 부끄러움을 견디지 못하여 인하여 후원으로 들어가서 사람 없는 곳에 이르러'235) 홀로 경치를 완상하게 된다. 고독하게 경험 세계에 처한 몽유전기소설 남

---

233) 서대석(1975), 앞의 논문, 7~10면에서는 <운영전>의 서술 구조를 제1액자와 제2액자로 구분하고 이를 서술 시점의 교체 현상으로 파악한 바 있다. 필자는 이러한 작품의 서술 시점과 서술 구조가 지니는 양식사적 의의를 살펴보고자 한다.

234) <운영전>, 김동욱 교주, 『한국고전문학대계』 4, 교문사, 신정판, 1984, 314면. 이 작품의 국문본과 한문본에 대한 비교 고찰은 소재영, 「운영전의 비극성」, 『고소설통론』, 이우출판사, 1983 ; 박기석, 「운영전」, 『한국고전소설작품론』, 집문당, 1990에서 이루어졌다. 이들 연구에서 국문본이 한문본보다 부연되었다는 점이 밝혀졌는데, 필자는 작품의 주제가 국문본의 부연 첨가된 부분에 더욱 잘 나타나 있다고 생각하여 이재수(李在秀) 소장본을 대본으로 교주한 위의 책을 텍스트로 선택하였다.

235) 317면.

주인공의 전형적인 모습인 것이다. 이와 같은 유영의 모습 속에는 무언가 삶에 대한 허무 의식을 지니고 있다는 암시를 받을 수 있다. 이는 수성궁의 퇴락한 모습으로 상징되는 작품의 분위기와 연관된다.

> 이때 임진왜란을 갓 지난 때라. 장안 궁궐과 만성(滿城) 제택(第宅)이 탕연히 빈 곳이 많고, 무너진 담과 깨어진 기와며 폐한 우물과 거친 섬돌에 수풀이 자욱하였고, 임자 없는 꽃은 절로 취하였으되 다만 동편에 수간 행각이 귀연히 남았더라.236)

임진왜란의 여파로 인하여 서울 거리가 황폐하고 궁궐 뜰이 거칠어졌다는 기술이다. 이러한 기술 내용은 앞에서 살핀 몽유록에 나오는 전쟁의 참혹상에 대한 묘사와는 구분된다. 위의 인용문은 전쟁으로 인해 폐허가 된 작품의 배경을 그리면서도, 그것과 전쟁의 비참함을 연계시키려 하기 보다는 그러한 폐허로부터 환기되는 쓸쓸하고 허무한 작품의 분위기에 묘사의 초점이 놓이기 때문이다. 여기서 몽유전기소설에서 일반적으로 설정되는 전쟁으로 인한 욕망의 좌절이 어렴풋하게나마 잔영을 보여 주고 있음을 알 수 있다. 이러한 배경 아래서 유영은 홀로 술잔을 기울이다가 잠이 든 다음 다시 깨어나서 운영과 김 진사를 만나게 되는 것이다. 그리고 내부 액자에서 운영과 김 진사의 이야기가 끝나고 나서 함께 시를 짓게 되는데, 마지막으로 유영이 지은 시에서도 입몽 이전의 허무 의식이 감지된다.

> 달이 고궁(故宮)에 돋아 왔으매 옛 빛이 새로웠으니,
> 풍광이 흡연히 거년(去年) 봄 같도다.
> 빌어 묻느니, 주인과 객이 이제 어디 있는가,

---

236) 같은 곳.

오직 꽃 같은 혼백만 남아 있어 사람으로 하여금 슬프게 하도다.237)

수성궁의 주인이었던 안평대군과 그의 객이었던 김 진사를 위시한 문사들, 이들 모두 지금은 죽고 없는 것이다. 오직 억압자 안평에 의해 수난당한 운영의 혼백만이 몽유자 자신의 감회를 슬프게 한다고 읊고 있다. 시를 읊은 후 다시 술을 마시고 자다가 일어나니 두 사람이 간데없고, 운영의 구술을 받아쓴 김 진사의 글만이 남아 있었다. 이에 유영은 집에 돌아와 그 글을 상자 깊숙이 감춰두고 때때로 꺼내 읽으면서 감회에 젖곤 했는데, 후에 명산대천을 편답하다가 부지소종 하였다고 했다.

이렇게 외부 액자는 유영을 중심으로 한 한 편의 몽유전기소설로서의 짜인 틀을 갖추고 있고 이를 통해 삶에 대한 허무 의식을 토로하고 있다. 이와 함께 이 작품의 중심된 주제는 운영과 김 진사의 사랑 이야기인 내부 액자에 의해 표출되고 있다. 따라서 이 작품은 전통적인 몽유 양식의 틀과 작가의 독창적인 내부 액자의 구성에 의해 중층적 구조를 이루고 있다는 특성을 지닌다.

작품의 내부 액자가 독창적이라는 점은 서술 방식을 분석함으로써 확인할 수 있다. 크게 보아 작품의 내부 액자는 대화(對話)와 시연(詩宴)에 의해 구성되어 있기 때문에 꿈속 세계가 토론과 시연의 순차적인 서술 구조를 지니는 몽유록과의 유사성을 인정할 수 있다.238) 그와 동시에 대화의 내용이 순전히 서사적인 줄거리를 갖춘 한 편의 이야기라는 점에서 몽유록과 구분된다. 그 이야기는 상당한 소설적 서술 기법에 의해 기술되고 있다.

---

237) 439면.
238) 신재홍(1986), 앞의 논문, 59~63면에서 <운영전>의 서술 구조가 지니는 몽유록과의 유사성에 대해 논한 바 있다.

먼저, 운영이 이야기를 한다. 따라서 그녀가 한 이야기는 원칙적으로 1인칭 시점에 입각해 있다. 그러나 서두에서는 안평대군이 여러 문사를 모으고 시로써 소일하던 일을 3인칭 시점에서 제시한다. 그러다가 안평의 궁녀 10인을 소개하면서 곧 1인칭 시점으로 넘어온다. 이러한 인칭의 교체는 이야기 전개 과정에서 필요에 따라 나타나고 있는데, 가령, 김 진사가 처한 상황을 말할 때는 다시 3인칭이 되지 않을 수 없는 것이 그렇다. 이와 같이 1인칭과 3인칭 시점의 교체에 의해 사건을 전개시키고 있는 점이 우선적으로 지적할 만한 서술상의 특징이다. 이는 앞에서 살핀 바 <최생우진기>에서의 시점의 교체 양상을 연상시킨다.

이보다 더욱 흥미로운 것은 시간의 역전적 배치이다. 사건의 발단은 안평이 여러 문사들에게 시를 청했으나 마음에 드는 시가 없자 궁녀 10인에게 시를 짓게 하는 데서부터이다. 이들이 지은 시를 살펴보는 가운데 안평은 운영의 시에 나타난 연정에 대해 의심을 품게 된다. 운영은 이를 변명으로써 모면하지만, 정의(情誼)가 형제보다 더한 자란(紫鸞)의 추궁에 결국 그녀에게만큼은 진심을 토로하게 된다. 여기서 사건은 지난해 가을로 되돌아가서, 운영이 김 진사를 한번 보고서 정을 품게 되고, 김 진사 또한 그녀를 사모하게 된 사연이 토설된다. 이 얘기를 하고 나서 운영이 "그때 일을 네 능히 알지 못할소냐?"라고 자란에게 묻자, 자란이 "내 잊었는지라. 이제 네 말을 들으니 황연히 술 깬 듯하다."라고 받는다.239) 이는 곧 현재 시점이다. 이어서 다시 운영의 얘기는 과거로 돌아가 김 진사를 처음 만난 이후 사모의 정이 깊어 전전긍긍하다가 벽 사이로 금비녀와 시를 던진 일과 김 진사가 무녀를 청하여 무녀에 의해 김 진사의 편지가 운영에게 전달된 사연이 말해진다. 그리고는 현재 시점으

---

239) 353면.

로 돌아와서 궁녀 10인이 남궁과 서궁으로 옮긴 후, 자란의 도움으로 중추절에 완사(浣紗)하는 일을 구실로 김 진사를 다시 만나고, 김 진사가 월장하여 운우의 정을 나누다가 결국에는 안평에게 들켜서 운영이 자살하는 얘기가 전개된다. 여기서 운영의 이야기는 종결되고, 이어서 김 진사의 시점에서 운영이 자살한 이후의 이야기가 전개된다. 김 진사의 하인 특자(特者)의 간특한 행위와 그 종말, 죽은 운영의 영혼을 위해 김 진사가 손수 불공을 드린 일, 몽유전기소설 주인공다운 그의 최후 등이 말해지는 것이다.

이와 같이, 운영과 김 진사의 시점을 바꾸어 가며 이야기가 전개되고, 같은 화자의 이야기 속에서도 1인칭과 3인칭 시점의 교체가 일어나며, 시간의 역전적 배치를 통하여 사건 전개의 입체적 구성을 가능하게 한 점 등은 내부 액자가 지닌 서술 방식상의 특성이다. 이는 이 시기에 이르러 몽유전기소설이 소설 기법적인 면에서 매우 깊이 있는 모색이 이루어졌음을 보여 주는 징표로서 그 의의가 자못 크다고 하겠다.

이와 함께 이 작품이 몽유 양식사에서 차지하는 의의를 검토하여야겠다. 이를 첫째, 욕망의 성격 변화, 둘째, 욕망과 이념 혹은 욕망과 경험 세계 사이의 갈등 관계, 셋째, 몽유전기소설의 일반적인 성격 자체의 변화 등의 세 가지 면에서 정리할 수 있다.

첫째, <운영전> 역시 몽유전기소설로서 운영과 김 진사 간의 사랑의 이야기가 작품의 중심 주제를 이루지만, 욕망의 성격에 있어서 전대의 몽유전기소설에서 볼 수 없었던 변화가 나타난다. 전대의 몽유전기소설에서는 남녀의 정욕 자체에 대한 의미 부여가 그리 강조되고 있지 않은데 반해 이 작품에서는 욕망 자체에 대한 의미 부여가 이루어지고 있다. 이는 우선 운영의 진심을 알기 위해 그녀를 추궁하는 자란의 말에서부터 나타난다.

   제1부 몽유 양식의 소설사적 전개 양상

　　여자가 세상에 나매 시집가고자 하는 마음은 사람마다 있는지라. 이
제 우리 등은 전세 죄업이 심중하므로 여자 되어 나고, 더욱 훼치지년
(毀齒之年)으로부터 심궁(深宮)에 잠겨 있어 염량(炎凉)은 때를 알아 어느
덧 돌아가고 세월은 물 흐르듯 잠깐도 머물지 아니하는지라. 춘풍도리
개화시(春風桃李開花時)와 추야장혜(秋夜長兮) 긴긴 밤에 나위는 적막하
고 수막은 비었는데, 청등한침(靑燈寒枕)에 꿈 이루기 어려운지라.240)

　　청춘의 나이에 심궁에 갇혀 있는 이들 궁녀들의 욕망을 서술하고 있는
이 말 속에 자신들의 욕망이 '사람마다 있는' 욕망임을 명확히 인식하고
있다. 곧, 욕망이 갖는 인간적 본능으로서의 진실성을 옹호하고 있다. 이
러한 인식은 운영의 이야기를 듣고 나서 자란이 하는 말 속에 "사람이
세상에 나매 귀한 바가 인명이요, 중한 바가 인륜이라. 귀천 없이 귀히
길러 인륜을 정할 바이어늘"241)이라 하여, 인간으로서 '귀천 없이' 지니
는 애정의 욕망을 다시금 강조하고 있는 데서도 드러난다. 이는 운영의
일이 탄로 나서 형문(刑問)을 받을 때에 은섬(銀蟾)의 공초 중에, '남녀 정
욕은 음양으로 품수함이라. 귀천 없이 사람마다 있거늘'242)이라고 당당
히 주장되고 있다.

　　남녀의 애정이 중심 갈등이 되고 있는 전대의 몽유전기소설 중에도 이
러한 욕망의 진실성을 주장하는 여주인공들의 발언이 나타나고 있기는
하지만, 여기서처럼 인간적 본성으로서 욕망이 지니는 가치에 대한 확고
한 믿음을 인식하고 있는 주인공은 없었다. 말하자면, 인간적 각성에 입
각하여 욕망을 적극적으로 옹호하는 주장을 펼친 점에서 작품의 의의가
인정되는 것이다.

240) 341면.
241) 363면.
242) 423면.

둘째, 앞 절에서 살펴보았듯이, 전대의 몽유전기소설에서도 여주인공의 욕망이 전쟁으로 대표되는 경험 세계나 유교적 이념에 의해 좌절되는 양상이 나타나고 있는데, 이 작품에서는 욕망의 좌절을 야기한 경험 세계 혹은 이념의 억압 구조가 명확히 형상화되어 있다는 점이 특징이다. 이는 억압자로서의 안평대군의 형상을 통해 드러난다. 그는 자신의 궁녀 10인에게 소학과 사서삼경, 그리고 특히 당시(唐詩)를 교육시켜, 오직 자신만의 풍류 생활을 위한 노리개로 삼았다. 그리하여 자신의 집을 드나드는 문사들에게 궁녀들이 지은 시들을 내어 놓고 자랑하면서도, 그것들을 항간에서 우연히 취득한 것으로만 소개할 따름이었다. 곧, 궁녀 10인은 안평의 개인적 욕망을 충족시키는 사유물에 지나지 않았던 것이다. 그러면서 안평은 항상 "시녀 중 만일 하나라도 궁문 밖을 나간즉 그 죄 마땅히 죽을 것이요, 밖 사람이 궁인의 이름을 알면 그 죄 또한 죽으리라."243)라고 명하여 궁녀들을 억압적인 상황 속에 놓이게 하였다.

이렇게 개인의 욕망을 좌절시키고 있는 중세적 질곡을 안평이라는 구체적인 인물의 형상을 통하여 상징적으로 드러낸 것은 이 작품의 현실성을 높이 평가하는 근거의 하나가 된다. 이는 전대의 몽유전기소설에서 막연히 욕망과의 대립 관계로만 설정되었던 중세적 이념이나 경험 세계를 보다 명확히 형상화하였다는 점에서 몽유전기소설의 현실성 획득에 진일보한 의의를 지닌다고 하겠다.

셋째, <운영전>은 몽유전기소설의 관습적인 서술 구조에서 벗어나고 있는 양상을 보여 주고 있다. 앞에서 몽유전기소설에서의 중요한 서술적 장치로서 주인공들만을 위한 세계 곧 '닫힌 시공'의 설정을 주목하였던 바 이 작품에서의 수성궁이 이에 해당된다. 이는 궁녀 10인의 유폐된 공

---

243) 327면.

간으로서 인간적인 욕망이 차단된 억압적 상황을 상징하고 있다. 그런데 이 공간으로부터의 탈출을 시도하는 운영의 모습에서 전대의 문학적 관습이 어느 정도 해체되고 있는 모습을 찾을 수 있다.

운영은 다른 궁녀 4인과 함께 수성궁 중에서도 서궁(西宮)에 더욱 깊숙이 유폐되는 상황에 놓이게 되는데, 완사를 계기로 김 진사가 월장을 하게 되어 서로 운우의 정을 나눌 수 있게 된다. 이들이 안평 몰래 서궁에서 서너 달 정도 만나면서 점차 그들의 밀회가 탄로 날 것을 두려워하게 되고, 이에 김 진사의 하인 특자(特者)의 권유로 운영의 재물을 모두 궁 밖으로 빼내고 함께 도망갈 것을 모의하게 된다. 이 시도는 비록 자란의 사려 깊은 충고에 의해 무산되긴 하지만 이것이 갖은 의미는 크다고 본다.

이제까지의 몽유전기소설에서 남녀 주인공은 모두 두 사람만의 은밀한 만남의 공간에 처하여 그곳에서 벗어나려 하지 않는 것이 일반적이었다. 그들의 만남이 닫힌 시공 속에서만 진실성을 확보하는 것이었고 아무도 둘만의 공간에 간여할 수 없었다. 그리하여 <만복사저포기>의 양생은 여인과 함께 개녕동으로 가다가 길에서 만난 사람에게 홍부 아내 집에 가는 길이라고 속였고, <이생규장전>에서의 이생은 죽은 아내를 만나 두문불출하고 지냈던 것이다. 그런데 <운영전>에서는 개녕동과 유사한 성격의 수성궁으로부터 벗어나려는 노력을 하고 있다. 둘만의 진실한 삶은 수성궁에서는 완성될 수 없는 것이며 오히려 수성궁은 그들의 진실한 삶을 방해하는 억압적 공간일 따름이기 때문이다.

이와 관련하여 남녀 주인공만의 욕망이 서술의 초점이 되었던 전대의 몽유전기소설에 비해 이 작품에서는 운영과 함께 나머지 9인의 궁녀에 대한 성격 묘사도 아울러 이루어지고 있다는 차이를 보인다. 여기서 이 작품과 <만복사저포기>를 비교해 볼 필요가 있다. <만복사저포기>에서 양생이 여인과 개녕동에서 3일을 보낸 후, 이별을 하는 날에 이웃에 사는 네 여인을 초청하여 함께 시연을 베푼다. 이 네 사람은 애초부터 여인과 비슷한 처지에 있던 인물들이다. 이와 마찬가지로 <운영전>에서는 운영과 비슷한 처지의 궁녀 9인이 나온다. 그런데 <만복사저포기>에서는 여인만이 현실에서 좌절된 자신의 욕망을 양생과의 만남을 통하여 환상적인 방식으로나마 성취하고자 노력한 인물이고, 네 명의 이웃 여인은 자신들의 좌절된 욕망을 한탄만 할 뿐 어떠한 행동도 취하지 못한다. 이는 여인이 네 이웃 여인과 애초에 동질적인 성격을 지녔으면서도 결국에는 그들과 달리 욕망을 성취하고 타국의 남성으로 환생할 정도까지 자신의 삶을 적극적으로 개척했다는 점에서 큰 차별성을 지니는 것이다.

이에 비해 <운영전>에서는 운영의 행동이 다른 9인의 궁녀와 차별성을 띠는 것이 아니라 애초에 공유했던 동질성을 끝까지 지속한다는 점이 차이점이 두드러진다. 더욱 문제적인 것은 9인이 처지가 비슷하다고 하여 처음부터 운영의 처지를 이해하고 도와준 것이 아니라는 점이다. 운영의 지기(知己)로서 처음부터 그녀를 이해하고 적극적으로 도와주는 자란도 있었지만, 운영의 처지를 알고도 처음에는 안평의 노여움을 걱정하여 주저하거나 아예 상관치 않겠다고 한 인물도 있다. 이러한 9인의 태도는 완사의 장소를 궁 밖의 탕춘대로 할 것인가, 궁 안의 소격서동으로 할 것인가를 가지고 서궁의 궁녀와 남궁의 궁녀들 사이에 논란이 벌어지고, 이를 조정해 나가는 과정에 대한 세밀한 기술에서 잘 드러나고 있다. 서궁의 궁녀들은 운영의 처지를 이해하여 그녀와 김 진사를 만나게 해 줄 요량으로 매개자인 무녀가 사는 동네인 소격서동으로 완사의 장소를 택할 것을 주장하는데, 남궁 궁녀들은 그러한 줄 모르고 예전에 해 오던 대로 궁 밖의 탕춘대로 가자고 맞선다. 이에 자란이 밤에 남궁에 가서 설득하게 되는데, 소옥(小玉)은 겨우 응낙하였으나 부용(芙蓉), 보련(寶蓮), 금련(金蓮)은 사리가 합당치 않다면서 완사에 참여치 않겠다고 한다. 그러나

비경(飛瓊)이 울면서 운영의 가엾은 처지를 동정하는 말을 하고, 자란의 실망한 태도에 세 사람도 결국 운영을 돕기로 한다. 이는 곧 자란이 그들을 설득한 말 중에 "저(운영)의 당한 바 일이 일체라."244)라는 점을 모두 인정한 것이며, 나중에 완사를 다녀온 후 자란이 소옥에게 하는 말 중에 "여자의 정은 일체라."245)라는 것을 확인한 것이다.

이러한 양상은 운영이 나머지 아홉 궁녀의 심정을 대변하는 인물로서 일종의 전형적 인물임을 보여 주는 것이다. 이는 <운영전>이 전대의 몽유전기소설과는 달리 현실성을 획득하게 되는 중요한 요인이 된다고 본다. 현실성 획득의 기본 전제는 전형의 창조에 있을 것이기 때문이다. 그리하여 작품에서 가장 의미 있는 말 중의 하나인 "한 사람의 마음이 곧 천하 사람의 마음이라."246)가 지니는 현실적 무게를 실감할 수 있다.

이와 같이, <운영전>은 전대의 몽유전기소설과 기본적으로는 동질적인 성격을 지니고 있고 또 당대에 성행한 몽유록의 서술 구조와도 관련을 맺으면서, 시대의 변화에 따라 욕망, 갈등 관계, 작품의 전반적인 성격 등에 있어서 진일보한 의의를 지닌다.247) 이를 종합하여 말한다면 곧 현실성의 획득이라고 할 수 있다. 이러한 현실성의 획득이라는 면에서

244) 373면.
245) 391면.
246) 392면.
247) 여기서 한 가지 언급해 두어야 할 것은 <운영전>이 지닌 비극성을 두고서 우리 고전 소설에서는 거의 유일한 비극 소설이라는 식으로 이 작품의 의의를 논하는 입장에 대해서다(박성의, 신기형, 정주동 등의 개론서에서의 언급과 함께 大谷森繁, 「운영전 소고」, 『조선후기 소설독자연구』, 민족문화연구총서 23, 고대, 1985 참조). 이들의 견해는 <운영전>이 소설사적으로 어떠한 맥락 속에서 창출되었는지에 대해서 세심하게 주의하지 않고, 다만 조선 후기의 통속 영웅 소설이나 판소리계 소설들에서 공통적으로 결구된 행복한 결말에 대비되어 <운영전>의 비극성이 강조되었던 것으로 보인다. 그러나 이 작품의 소설사적 위치에 대해 전시대 및 당대 소설들과의 관련 아래에서 조명해 보면, 이 작품의 비극성이 소설사적으로 그렇게까지 특출 난 것은 아니라는 사실, 이보다 중요한 이 작품의 의의는 현실성의 획득에서 찾아야 할 것이라는 점 등이 뚜렷이 드러나게 되는 것이다.

<운영전>은 몽유 양식사에서 차지하는 의의가 대단히 크다고 하겠다.

이상에서 16세기 말에서 17세기에 걸쳐 이루어진 몽유 양식의 전개 양상에 대해서 검토해 보았다. 요컨대, 이 시기는 몽유록이 당대의 현실을 나름대로의 방식으로 반영하여 중세적 이념에 가해진 충격에 대응하려 했던 시기로서, 바로 이 점이 몽유록을 몽유 양식의 주도적인 위치로 부상하도록 한 결정적인 계기가 되었다고 본다. 그리하여 이념적 성격이 두드러진 몽유록 양식은 시대 상황의 모순을 현실적으로 반영하면서 그에 대한 이념적인 대응 양식으로서 역사적 의의를 확보하게 되었다. 이는 이 시기에 들어서 몽유전기소설이 전대의 환상성에서 벗어나 현실성을 추구하는 방향으로 나아갔던 현상과 더불어 이해되어야 할 것이다. 몽유전기소설로서 <운영전>이 거둔 현실주의의 값진 성취는 이 시기 소설사의 역동적인 전개 양상을 포착하는 데 있어서 매우 중요한 의의를 지닌다.

 제1부 몽유 양식의 소설사적 전개 양상

5. 욕망과 이념의 통합을 통한 중세적 삶의 총체적 조망
: 17세기 말~19세기

몽유 양식 내부에서 몽유록이 양식적 성격을 확립하여 성행하고 몽유
전기소설이 현실성을 강화해 갔던 전대(前代)를 이어 17세기 말경에 이르
러 몽유 양식 가운데 장편 소설로서의 면모를 갖춘 작품이 나타나면서
몽유장편소설이 다른 하위 양식을 밀치고 주도적인 양식으로 부상하게
된다. 그 뚜렷한 징표가 <구운몽(九雲夢)>의 출현이다.248) 이 작품의 출
현 이후 중세가 마감되는 19세기 말에 이르기까지 몽유 양식의 주도적
양식은 몽유장편소설이 되는 것이다. <구운몽>에서 몽유장편소설로서의
유형성이 확립되고 나서 아류작인 <구운기(九雲記)>가 나왔고, 19세기에
이르러 <구운몽>의 영향을 받으면서도 독자적인 갈등 구조를 서사적으
로 훌륭히 형상화한 <옥련몽(玉蓮夢)>, 이 작품을 개작하여 작가의 사회
비판 의식이 더욱 부각된 <옥루몽(玉樓夢)>이 산출되었다.249) 여기에 창

---

248) <구운몽>의 창작 시기에 대해서는 선천설(宣川說)과 남해설(南海說)로 대립되어 있었
　　는데『서포연보(西浦年譜)』가 발견됨으로써 서포가 선천에 유배된 1687년에 지은 것
　　임이 밝혀졌다(김병국, 「구운몽 저작시기 변증」, 『한국학보』 51, 1988 여름).
249) 이 글에서 18~19세기의 주도적 양식을 몽유장편소설로 보았을 때, 이는 김태준(『조
　　선소설사』, 학예사, 1939, 119~122면) 이래 소설사에서 하나의 부류로 설정된, <구

작 연대가 확실히 밝혀진 것은 아니나 조선 후기에 나왔으리라 추정되는 <옥선몽(玉仙夢)>이 추가되어 몽유장편소설이 양식 내적으로 큰 흐름을 이루게 된다.

한편, 이 시기는 전대의 몽유록이 유형화된 서술 구조에서 점차 벗어나 서사성(敍事性)이 강화되는 양상으로 전개되고 있다. 이제까지의 몽유록은 상층 사대부가 한문으로 창작했던 데 비해 이 시기에 오면 한글로 된 몽유록 작품들이 나타나고 그에 따라 통속 국문 소설로서의 특징을 지니게 된다. 물론 김수민(金壽民)의 <내성지(柰城誌)>와 같이 전대의 몽유록의 유형성을 그대로 계승한 작품도 나타나지만 이 역시 조선 후기 서사 문학사의 흐름을 반영하면서 어느 정도 변화된 모습을 띠고 있다. 이와 함께 몽기류는 개인적 꿈 체험의 기술이라는 교술 장르로서의 성격을 그대로 유지하면서 개인적 차원에서 꾸준히 창작되었다. 몽기류의 지속적인 창작은 몽유 양식사의 전 기간에 걸친 것인데, 이 시기의 몽기류는 전대에 양식 중에 몽유록의 유형성을 갖춘 작품이 나타나는 정도의 양식

운몽> 이후 <옥루몽>에 이르는 이른바 몽자류(夢字類) 소설의 흐름을 말하는 것이다. 그런데 <옥루몽>을 몽자류가 아닌 영웅 소설로 파악하여 몽유 양식의 소설사적 전개 과정에서 배제시키려는 견해가 대두하였는바(차용주, 『옥루몽연구』, 형설출판사, 1982, 89면 ; 장효현, 「몽유록의 역사적 성격」, 『한국고전 소설론』, 새문사, 1990, 145면), 이는 <옥루몽>이 <구운몽>으로부터 받은 영향 관계에 대해 작품의 현상적인 측면만을 대비 관찰한 결과로 생각된다. 필자가 보기에 <구운몽>과 <옥루몽>은 인물, 삽화, 줄거리 등에서 공통성을 지닌다는 차원에서의 영향 관계가 아니라, 두 작품의 핵심적인 성격에 있어서 긴밀한 관련성을 맺고 있다고 생각된다. 또한 <옥루몽>의 두 주인공 양창곡과 강남홍의 일대기, 그리고 군담의 확대를 근거로 이 작품을 영웅 소설로 이해할 여지는 있지만, 이것 역시 작품 제목에서 이미 명확히 제시된, 이 작품의 핵심 구조인 몽유 구조를 도외시한 관점이다. <옥루몽>에서 보이는 각몽의 탈락 현상은 그것대로 몽유 양식사의 전개 과정 속에서의 변모 양상으로서 중요한 사적 의의를 지니는 것이지, 각몽 탈락 자체가 이 작품을 몽유 구조에 입각한 작품이 아닌 것처럼 파악할 근거로 제시될 만한 성질의 것은 전혀 아니다. <구운몽>과 <옥루몽>은 양식적 성격의 계승과 변모 양상에 초점을 맞추어 고찰될 수 있는, 동일 양식의 대표적인 두 작품임을 의심할 여지가 없다.

사적 의의는 없어졌다고 하겠다.

1) 욕망과 이념의 통합 양상과 몽유장편소설

몽유 양식사에서 <구운몽>의 출현은 이전의 몽유 양식 작품과는 질적으로 구분되는 변화를 보여 주는 것이다. 해석학적인 면에서 보자면 이는 하나의 기대 지평의 변동에 해당하는 일이었던 셈이다.[250] 이 작품의 이러한 양식사적 의의를 논하기 위해서는 전대의 몽유 양식에서 계승하고 있는 면과 아울러 새로이 개척한 특성을 드러내는 일이 필요하다.[251]

<구운몽>은 전대에 이루어진 몽유 양식 중에서 몽유전기소설의 특성을 상당 부분 수용하고 있다. 몽유전기소설이 욕망의 성취를 양식적 특징으로 한다는 이 글의 관점에서 보았을 때, <구운몽>은 욕망의 성취와 관련된 삽화들이 서사 전개의 중심을 이루고 있다는 점이 주목된다. 이는 작품의 도입 액자에서부터 성진과 팔선녀의 석교 상(石橋上) 만남으로 나타난다. 이 대목은 성진이 입몽하여 각몽할 때까지의 서사 전개를 결정짓는 핵심적인 계기가 되는 것으로 작품 내적 의미는 실로 중대하다. 따라서 이 대목에 대한 분석을 통해 작품에서 전개될 서사적 줄거리의 기본 성격을 파악할 수 있다.

250) H.R.야우스, 장영태 역, 『도전으로서의 문학사』, 문학과 지성사, 1983, 186~192면 참조.
251) <구운몽>에 대한 연구는 이 작품이 지닌 소설사적 의의에 걸맞게 수많은 업적들이 축적되었는데, 김병국, 구운몽, 그 연구사적 개관과 비판(『김만중연구』, 새문사, 1983) 에서 연구 경향의 흐름을 짚어 볼 수 있다. 그런데 이 작품이 전대의 작품들을 어떻게 계승하였으며, 그 바탕 위에서 어떻게 소설사의 새로운 길을 열었는가 하는, 이 작품에 대한 소설사(小說史)적 관점에서의 고찰은 좀 더 깊이 있게 논의되어야 할 문제이다.

성진은 육관대사의 고제(高弟)로서 대사의 명을 받들고 동정용왕에게 사례하러 갔다가 용왕이 대접하는 술 석 잔을 마시고는 연화봉으로 돌아온다. 산 아래 이르러 술기운으로 인하여 얼굴이 붉어진 것을 느끼고는 스승이 꾸중할까 염려하여 시냇가에 앉아 얼굴을 씻는다.

> 홀연 이상한 향기가 코를 비트는데, 난초향이나 사향도 아니요 꽃이나 풀 향기도 아니었다. 정신이 자연 진탕(震蕩)해져서 비루하고 인색함이 문득 사라지고 유연히 나약함을 떨쳐 일어나게 하매 이루 형용할 수 없었다. 이에 스스로 말하기를 "이 시냇물 상류에 어떤 모양의 기이한 꽃이 있어서 욱렬(郁烈)한 향기가 물에 얹혀서 오는고? 내 마땅히 가서 그것을 찾아보리라." 하고, 다시 의복을 정제하고 물 흐름을 옆에 끼고 올라갔다.252)

성진은 물에서 풍기는 이상한 향내를 맡고 향기가 나오는 근원을 찾아 상류로 올라간다. 이러한 기술은 기이함에 이끌려 이계로 들어가는 몽유 전기소설적 수법과 유사하다. 또한 이상한 향기로 인해 생겨난 성진의 정서적, 심리적 변화도 주의해 볼 만하다. 향기로 인해 성진은 정신이 진탕(震蕩)해지면서 비인(鄙吝)이 사라지고 임약(荏弱)를 떨쳐 버릴 수 있게 된다. 말하자면, 성진의 정서나 심리 상태가 어떠한 자극에 의해서 대단히 고양되어 있는 것이다. 이러한 고양된 감정은 이 대목의 기술에 앞서 제시된 팔선녀의 경우에도 마찬가지이다. 그녀들은 남악 위부인의 명으로 육관대사를 뵙고 돌아가는 길에 연화봉의 승경을 완상하면서 석교 상에 머물고 있었는데, 그녀들의 정서적 상태도 앞의 성진의 그것과 동질적인

---

252) 정규복, 『구운몽 원전의 연구』, 일지사, 1977 소재 <노존본(老尊本) 구운몽> 169면,
忽有異香 振鼻而迅 旣非蘭麝之薰 亦非花卉之馥 而精神自然震蕩 鄙吝恔爾消爍 悠揚荏弱 不可形喩 乃自語曰 此溪上流 有何樣奇花 郁烈之氣 泛水而來耶 吾當往而尋之 更整衣服 沿流而上.

것이었다.

> 　이때는 정히 춘삼월을 당하여 수풀의 꽃이 일제히 피어나고, 연한 안
> 개는 푸르스름하게 피어올라서, 바라보매 마치 비단을 펼쳐놓은 빛깔이
> 었다. 골짜기의 새는 다투어 노래하여 아리따운 소리가 완연히 구르니,
> 들으매 관현(管絃)의 곡조를 타는 듯하였다. 봄바람은 사람의 마음을 태
> 탕(駘蕩)케 하고 물색(物色)은 사람을 머물도록 붙잡았다.253)

　팔선녀 역시 심리적으로 태탕한 상태에 있었다. 이렇게 성진과 팔선녀
의 정서적, 심리적 상태가 동질적이었기 때문에 이들이 석교 상에서 만
났을 때 다른 어떤 매개나 탐색 없이 서로에 대한 은근한 정을 교환할
수 있었던 것이다.

　이 같은 석교 상의 만남이 몽유전기소설에서 나타나는 욕망의 드러남
과 동질적인 성격이라고 본다. 몽유전기소설에서 남녀의 애정 갈등은 욕
망의 드러남에서 계기를 마련하는 것인데, 성진과 팔선녀의 경우도 마찬
가지이다. 이후 석교 상의 만남으로 인한 형벌로서 성진과 팔선녀는 입
몽하게 되어, 다시 양소유와 여덟 여인으로 환생하여 전세에서 이루어졌
던 한 번의 만남을 서사적인 전개에 따라 차례차례 성취해 나간다. 따라
서 액자 내부에서 양소유와 여덟 여인과의 만남은 전적으로 석교 상의
만남에 의한 것이고, 더불어 그것은 석교 상의 만남과 같은 성격의 욕망
을 계기로 하여 욕망의 성취로 나아가게 되는 것이다. 그러므로 액자 내
부에서 양소유와 여덟 여인의 만남의 과정은 다분히 몽유전기소설적 성
격을 띠게 된다.

　양소유의 첫 만남인 진채봉과의 결연 과정부터가 그러한 성격을 띠고

---

253) 168~169면, 此時正當春三月也 林花齊綻 紫霞蔥蘢 望之如展錦繡之色 谷鳥爭鳴 嬌音宛
　　轉 聞之如奏管絃之曲 春風使人駘蕩 物色挽人留連.

있다. 양소유가 부거(赴擧)길에 올라 화음현에 이르러 어느 그윽한 별장 옆을 지나게 된다. 수풀 사이에 작은 누각이 서 있고, 그 담장 아래로 늘어진 버드나무를 만지면서 <양류사(楊柳詞)>를 읊는다.

> 버들은 비단같이 푸르고 긴 가지가 색칠한 누각에서 흔들리네.
> 님이여, 부지런히 심으소서. 이 나무가 가장 풍(風流)류로우니.
> 버들은 하 푸르디푸르고 긴 가지가 화려한 기둥에서 흔들리네.
> 님이여, 꺾지 마소서. 이 나무가 가장 다정(多情)하나니.254)

풍류와 다정, 이것은 양소유의 정서적 상태를 대변하는 말이다. 이는 곧 욕망의 드러남으로서 <이생규장전>이나 <만복사저포기>의 남주인공이 읊는 시와 동질적인 성격이다. 이때 진채봉은 마침 누각 위에서 낮잠을 즐기다가 소유의 낭랑한 음성을 듣고 깨어나 난간에 기대어 소리 나는 쪽을 찾다가 소유와 서로 눈길이 마주치게 된다. 이리하여 두 사람의 첫 만남이 이루어진다. 진채봉은 한번 본 양소유를 평생의 배필로 삼으리라 결심하고 유모를 주점에 보내어 자신의 뜻을 전하고 언약을 맺는다. 그런데 채봉이 유모를 통하여 보낸 <양류사>에 대한 소유의 답시(答詩)에서 '원컨대 월하(月下)의 끈으로 / 봄소식을 좋이 맺고 싶구나.'255)라고 하여 밤에 채봉의 집을 방문할 뜻을 비치자 이에 대해 채봉은 다음과 같이 답변한다.

> 남녀가 행례(行禮)를 하지 않고서 사사로이 서로 만남은 극히 비례(非禮)임을 압니다. 그러나 바야흐로 몸을 그 사람에게 의탁코자 하니 어찌 그 말을 어기겠습니까. 또한 한밤중에 서로 만나는 것은 사람들이 수군

---

254) 175면, 楊柳靑如織　長條拂畵樓　願君勤種植　此樹最風流　楊柳何靑靑　長條拂綺楹　願君莫攀折　此樹最多情.
255) 177면, 願作月下繩　好結春消息.

댈까 두렵습니다. 다른 날에 부친께서 그것을 아시게 되면 반드시 심한 꾸중을 하실 것입니다. 내일을 기다려 중당(中堂)에서 만나기로 서로 약정합시다.256)

한번 본 소유에게 의탁할 뜻을 전한 채봉에게는 밤에 만나는 것이 예의에 어그러지는 일이라는 의식이 있다. 이 또한 몽유전기소설의 여주인공에게 보이는바 욕망과 정절 관념 사이의 긴장 관계를 드러내는 대목이다. 뿐만 아니라 이들은 구사량(仇士良)의 난이라는 전쟁에 의해서 서로 이별함으로써 욕망이 경험 세계의 횡포에 의해서 좌절된다. 이 역시 몽유전기소설적 수법에 의한 것이다.

이와 같이, 시를 통한 욕망의 드러남, 남녀 주인공의 자발적인 의사에 의한 결연, 여주인공의 욕망과 이념 사이의 긴장 관계, 전쟁으로 인한 이별 등의 내용이 모두 몽유전기소설의 성격을 띠고 있음을 알 수 있다.

남녀 결연에서의 이러한 성격은 양소유와 가춘운, 양소유와 백능파의 만남에서도 뚜렷이 드러난다. 양소유와 가춘운과의 결연 과정은 그 삽화만으로도 한 편의 유사 몽유전기소설로 성립될 만한 것이다. 양 한림이 정부(鄭府)에 있으면서 무료하던 차에 정십삼의 권유로 성남의 경치 좋은 곳에 유완한다. 선분(仙分)을 운운하는 십삼의 말에 자못 호탕한 마음이 일었는데, 마침 십삼의 가동이 와서 집안일로 그를 모셔가자 한림은 홀로 여흥을 즐기면서 산속 깊이 들어간다. 어느 냇가에 이르러 시냇물에 떠오는 붉은 계수나무의 잎사귀에 쓰인 시구를 발견한다. 기이히 여긴 한림이 그 근원을 찾아가 결국 선녀 같은 한 여인 곧, 가춘운을 만나게 된다. 이리하여 두 사람의 결연이 이루어지는 것이다. 그 후 여인은 밤마

---

256) 177면, 男女未及行禮 私與相見 極知其非禮 然方欲托身於其人 而何可有違於其言乎 且中夜相會 人言可畏 異日父親若知之 則必有厚責 欲待明日 會於中堂 相與約定云矣.

다 한림의 처소를 찾아와서 함께 즐거움을 나눈다. 그러던 어느 날, 정십삼이 한림에게 들려서 지나가는 말인 양 지난번 유완했던 자리 부근에 장여랑(張女娘)의 무덤이 있고, 거기에 한림의 손수건이 떨어져 있었다고 일러 준다. 그의 말을 듣고 한림은 밤마다 찾아오는 여인이 곧 장여랑의 혼백임을 알게 되나 그녀에 대한 연모의 정은 더욱 간절하였다. 그러던 어느 날 밤, 문밖에서 여인의 흐느껴 우는 소리가 들리면서 한림에게 부적이 붙어 있기에 더 이상 모시지 못하고 영별(永別)하겠다고 하고는 사라진다. 이에 한림이 자기 머리에 부적이 붙은 것을 비로소 알고 정십삼의 짓이라고 여겨 분함을 참지 못한다. 그러다가 한림은 여인 생각에 상사병이 들어 자리에 눕게 된다. 이와 같이, 양소유가 가춘운을 만나게 되는 과정의 이계 여행 모티프나 가춘운을 장여랑의 혼백으로 설정한 명혼 모티프의 차용 등이 모두 유사 몽유전기소설적 성격을 띠고 있다.

양원수가 남해 용왕의 딸인 백능파를 만나게 되는 과정은 문면에 명백히 몽유 체험으로 기술된 것으로 인해 몽유전기소설과의 관련성이 더욱 뚜렷하다. 양 상서가 토번을 치러 가는 도중에서 반사곡에 이르러 진퇴양란의 위기에 처했을 때 탁자에 의지하여 잠이 든다. 여동 두 사람이 나타나 동정 용왕의 딸이 양 상서를 청하노라 하니, 상서는 "용신이 처한 곳은 곧 수부(水府)요, 나는 인간 세상의 사람이라, 장차 어떤 방법으로 몸을 이르게 할 것인가?"257) 하면 의아해한다. 이는 <용궁부연록>에서 용궁 사자가 부르러 왔을 때 한생이 취하는 태도에 다름 아니다. 여동이 신마(神馬)를 타면 곧 이르게 된다고 하여 함께 용궁에 이른다. 이에 동정 용왕의 딸을 만나 그녀의 내력과 남해 용왕의 아들이 핍박하는 상황에 대해 듣고는, 마침 백룡담으로 쳐들어온 남해 태자와 격돌하여 그를 무

---

257) 225면, 龍神所處 卽水府也 我人世人也 將以何術致身乎.

찌른다. 동정 용왕이 그 은혜를 사례하기 위해 베푼 연회에 참석하여 용궁의 화려한 무악(舞樂)을 관람하고 용궁을 나와 남악 형산에 잠시 들렀다가 잠에서 깨어난다. 입·각몽의 설정, 용궁에 들어가는 과정에서의 대화와 행동, 용궁의 화려한 연회에 참석하는 것 등이 모두 몽유전기소설적 수법에 의한 것임을 알 수 있다.

이렇듯 <구운몽>은 도입 액자에서 욕망의 드러남에 의해 성진과 팔선녀의 만남이 이루어졌고 이 만남이 액자 내부로 이어져 양소유와 여덟 여인의 만남의 성격을 규정지음으로 해서 그 각각의 만남이 모두 몽유전기소설적 서술 방식에 의해 그려져 있다. 이는 <구운몽>이 전대의 몽유전기소설에서 받은 영향이 매우 크다는 것을 보여 준다. 그런데 이러한 영향 아래 창작된 <구운몽>은 전대의 몽유전기소설로부터 명백히 벗어나 있는 몇 가지 특성을 지니고 있다. 이 점이 몽유 양식사에서 이 작품이 차지하는 의의를 드러내는 중요한 지표가 된다.

전대의 몽유전기소설로부터 벗어나는 징후는 우선 도입 액자에서 나타난다. 성진이 석교 상에서 팔선녀를 만나고 선방(禪房)으로 돌아와서 취하는 그의 행동과 고민에서 그러한 조짐을 살필 수 있는 것이다. 그는 팔선녀를 본 이후로 그 아리따운 소리와 모습을 잊으래야 잊을 수 없어 정신이 황홀하고 유유 탕탕한 상태에서 다음과 같은 고민을 하게 된다.

남아가 세상에 나매, 어려서 공맹의 글을 읽고 커서는 요순 같은 임금을 만나, 나가면 삼군(三軍)의 장수가 되고 들어오면 백규(百揆)의 수장이 되어, 몸에 금포를 입고 허리에 자수를 차고, 인주(人主)에게 읍양(揖讓)하고 백성을 이롭게 하며, 눈에는 아름다운 미인을 보고 귀로는 오묘한 소리를 들어, 영화의 빛남이 당대에 극하고 공명을 후세에 드리움이 이 진실로 대장부의 일이라. 아아, 우리 불가의 도는 불과 한 바리 밥과 한 병 물과 수삼 권 경문과 108개의 염주뿐이라. 그 덕이 비록 높고 그 도가 비록 현묘하나, 적료(寂寥)하기가 매우 심하여 메마르고 담

박함에 그친다.258)

팔선녀를 만난 후의 성진이 욕망을 욕망 자체로서 인식하기보다는 그 것을 유교적 공명주의나 불교적 허무주의와 관련지어 받아들이고 있다는 점에 주의를 요한다. 말하자면, 성진은 욕망의 드러남에 의해 생겨난 내 적 갈등을 이념적인 차원으로 옮겨서 고민하고 있는 것이다. 그리하여 '눈에는 아름다운 미인을 보고, 귀로는 오묘한 소리를 들'으려는 인간적 욕망이 유교적 공명주의와 결합되어 성취되는 것으로 인식되고 있다. 이 는 전대의 몽유전기소설에서는 나타나지 않았던 양상이다. 몽유전기소설 의 어느 작품에서도 애정 갈등의 계기가 되는 욕망을 이념적 성취와 관 련시켜 제시된 경우는 없었던 것이다.

이에 액자 내부에서는 도입 액자에서 성진이 고민한 내용 중에서 유교 적 공명주의에 입각한 사건 전개가 이루어진다. 양소유는 여덟 여인과의 만남을 통하여 자신의 욕망을 완전히 성취하는 동시에 출장입상(出將入相) 과 부귀공명(富貴功名)이라는 이념적 성취도 아울러 이룬다. 그런데 <구운 몽>에서 그려지는 이러한 욕망과 이념의 통합을 이루어내는 과정 속에 는 이 작품의 미학적 기저로 작용하고 있는 유머가 개재되어 있다는 점 을 특히 주목해야 한다.259)

유머의 작품 내적 기능과 관련하여 앞서 살핀 양소유와 가춘운의 결연 과정을 다시 한 번 주의 깊게 살펴볼 필요가 있다. 부적이 붙어서 더 이

---

258) 170면, 男兒生世 幼而讀孔孟之書 壯而逢堯舜之君 出則作三軍之帥 入則爲百揆之長 着 錦袍於身 結紫綬於腰 揖讓人主 澤利百姓 目見嬌艶之色 耳聽幻妙之音 榮輝極於當代 功 名垂於後世 此固大丈夫之事也 噫我佛家之道 不過一盂飯一瓶水 數三卷之經文 百八顆之 念珠而已 其德雖高 其道雖玄 寂寥太甚矣 枯淡而止矣.

259) 신재홍, 「구운몽의 서술원리와 이념성」, 『고전문학연구』 5, 1990)에서 이 문제에 대 해 한 차례 논의하였다. 이 글에서는 <구운몽>의 양식사적 위치와 관련하여 욕망과 이념의 통합을 매개해 주는 유머의 기능에 초점을 맞추어 논하고자 한다.

상 모실 수 없음을 고하고 떠난 가춘운을 그리워하여 양 한림이 병이 날 정도였다. 어느 날 정사도 내외가 그를 불러 주찬을 대접하는 자리에 정십삼이 합석하자 양 한림은 그를 쏘아본다. 이 자리에서 결국 가춘운 사건의 시말이 밝혀지게 된다. 이 일은 모두 정경패의 계략에 의한 속임수였던 것이다.

> 사도(司徒)가 이에 먼지떨이로 병풍을 치면서 이르기를, "장여랑은 어디에 있느냐." 하니, 한 여자가 홀연히 병풍 뒤에서 나와 웃음과 교태를 머금고 부인의 뒤로 가서 섰다. 한림이 한번 눈을 들어 보고는 이내 장여랑임을 알았다. 황황 홀홀하여 일의 시말을 알지 못하고 사도와 정생을 똑바로 바라보면서 묻기를, "이것이 사람인가, 귀신인가. 귀신이라면 어찌 능히 대낮에 나올 수 있으랴." 사도와 부인이 치아(齒牙)를 열고 웃고, 정생은 배를 안고 크게 웃으며 엎어져 일어날 줄 모르며, 좌우의 시비(侍婢)들도 허리를 꺾었다.……정생이 이르기를, "성인이 말씀하시기를 '너에게서 나온 것이 너에게로 돌아간다.' 하였나니, 양형은 다시 생각하라. 일찍이 어떠한 계교로써 어떠한 사람을 속였는가? 남자가 오히려 여자로 변하였는데, 속인(俗人)이 신선(神仙)이 되고 신선이 귀신(鬼神)이 되는 것이 어찌 괴이하리오." 한림이 이에 크게 깨닫고 웃으면서 사도에게 이르기를 "옳습니다. 옳습니다. 제가 일찍이 소저(정경패)에게 득죄한 일이 있었더니, 소저가 반드시 자그마한 원한을 잊지 않았던 모양입니다." 하였다.260)

가춘운은 선녀도 귀신도 아니요 정경패의 시녀였던 것이고 이 모든 일이 여장(女裝)한 양소유에게 한번 속임을 당했던 정경패가 설욕하기 위해

---

260) 205면, 司徒乃以塵尾 打屛風曰 張女娘安在 一女子忽自屛後而出 含笑含嬌 立於夫人之後 翰林一擧目 已知其張女娘也 怳怳惚惚 莫知端倪 直視司徒及鄭生而問曰 此人耶鬼耶 鬼何以能出於白晝耶 司徒及夫人 啓齒而笑 鄭生捧腹大噱 顚仆不能起 左右侍婢等 已折腰矣……鄭生曰 聖人有言曰 出乎爾者 反乎爾 楊兄更思之 曾以何計 欺何許人乎 男子尙化爲女子 以俗人而爲仙 以仙子而爲鬼 何足怪哉 翰林乃大覺 笑告司徒曰 是哉是哉 小婿曾有得罪小姐之事矣 小姐必不忘睚眦之怨也.

꾸민 것이었다. 그리하여 사건의 정체가 밝혀지자 모두들 포복절도하게 된다. 한바탕의 호쾌한 웃음인 것이다. 이는 몽유전기소설의 테마가 <구운몽>에 와서 질적으로 변화하였음을 보여 주는 중요한 징표이다. 몽유전기소설에서는 주인공이 귀신과 교접한 후, 결국 이별로써 비극적인 결말에 이르지만, <구운몽>에서는 이러한 비극성을 희극성으로 역전시키고 있는 것이다. 이를 통하여 양소유는 가춘운을 새로운 반려자로 얻게 되었고 정경패는 시원스레 설욕을 한 셈이기에 양소유의 욕망이 성취되었고 정경패의 원한도 풀어진 것이다.

이러한 유머의 기능은 비단 가춘운 사건에서만 드러나는 것이 아니다. 정경패와 이미 정혼한 양소유에게 태후가 자신의 딸을 그와 혼인시키려 든다. 이러한 태후의 늑혼(勒婚) 압력에 대해 양소유가 단호한 태도로 거절하여 옥에 갇히게 되고 정사도 집안은 큰 시름에 잠긴다. 양소유와 정경패에게 위기가 닥친 것이다. 이때 마침 토번이 침공하자 소유가 뽑히어 출전하게 되고 그가 없는 사이에 태후의 딸 이소화의 기지로 말미암아 태후의 늑혼으로 인해 야기된 위기가 해소된다. 정경패와 이소화가 함께 양소유에게 출가하는 것으로 결정되는 것이다. 그런데 토번을 치고 개선한 양소유에게 태후와 정사도 부처, 정경패와 이소화 모두가 공모하여 그를 속이는 이야기가 나온다. 곧, 가춘운이 소유에게 그가 출전한 사이에 정경패가 병들어 죽었다고 속인다. 그러고는 태후에게 두 딸이 있는데 그들을 함께 소유에게 출가시키기로 했다고 한다. 이리하여 소유는 어쩔 수 없이 태후의 늑혼을 받아들이게 된다.

두 공주와 결혼한 후, 소유가 영양 공주를 과거 정혼했다가 죽은 정경패와 흡사하다고 여기어 그 말을 하여 영양 공주가 노여워하여 그를 배척한다. 이는 영양 공주가 된 정경패가 소유를 속이기 위한 것이지만 이로 인해 소유는 영양의 교만함에 노기를 품게 된다. 그러던 어느 날 밤

무료히 뜰을 배회하다가 영양의 침실에서 소리가 나서 창가로 엿보니 두 공주와 진 숙인(진채봉), 가 유인(가춘운) 4인이 모여서 서로 희담을 하고 있었다. 그들의 말을 엿듣고 비로소 영양이 정경패임을 안 소유는 다음 날부터 일부러 병이 든 것처럼 하여 밤마다 꿈에 죽은 경패가 나타나 자신을 괴롭힌다고 하면서 거짓 미친 체한다. 이러한 소유의 양광(伴狂)으로 인해 결국 두 공주가 병문안을 와서 실토를 하게 된다.

> 영양(英陽)이 반신반의하여 머뭇거리며 들어가려 하지 않자 난양(蘭陽)이 손을 끌어 함께 들어갔다. 승상이 오히려 헛소리를 하는데, 정씨를 향한 말이 아님이 없었다. 난양이 소리를 높여 이르기를, "승상, 승상, 영양저저께서 오셨으니 눈을 뜨고 보소서." …… 난양이 이르기를, "옛사람이 쟁반 속에 비친 활모양의 그림자를 보고 의심스런 병이 든 자 있더니, 승상의 병이 아마도 활을 뱀으로 여긴 듯합니다." 승상이 대답지 않고 다만 손을 떨고 있을 따름이다. 영양이 그 병세가 어려워짐을 보고 감히 끝까지 감출 수 없어서 이에 나아가 앉아 이르기를, "승상은 다만 죽은 정씨만 생각하시고 산 정씨는 보려 하지 않나이까. 상공이 진실로 보고자 하신다면 첩이 곧 정씨 경패입니다." 승상이 거짓으로 믿지 못하겠다는 듯이 이르기를, "이것이 웬 말이요. 정사도는 다만 한 딸을 두었다가 이미 죽은 지 오래요. 죽은 정씨가 이미 내 신변에 있다면 죽은 정씨 외에 어찌 산 정씨가 있으리오."261)

이렇게 태후를 위시하여 정경패, 이소화가 소유를 속이고, 또 그 내막을 알고 난 소유가 그들을 되속이는 과정에서 작가의 유머 감각이 유감없이 발휘되고 있다. 이를 통하여 태후의 늑혼으로 인해 야기된 갈등이

---

261) 254~255면, 英陽且信且疑 踟躕不入 蘭陽携手同入 丞相猶作譫語 而無非向鄭氏之說也 蘭陽高聲曰 相公相公 英陽姐姐來矣 開目而見之……蘭陽曰 古人見盃中弓影 而有成疑疾者 恐丞相之病 亦以弓而爲蛇也 丞相不答 但搖手而已 英陽見其病勢轉劇 不敢終諱 乃進坐曰 丞相只念死鄭氏 而不欲見生鄭氏乎 相公苟欲見之 妾卽鄭氏瓊貝也 丞相佯若不信曰 是何言也 鄭司徒只有一女 而死已久矣 死鄭女旣在吾之身邊 則死鄭女之外 豈有生鄭女乎.

온전히 해소되면서 양소유는 두 공주와 혼인했을 뿐 아니라, 죽었다고 믿었던 정경패를 다시 만났고, 나아가 오래전에 이별했던 진채봉과의 재상봉도 성취되었던 것이다. 말하자면, 양소유의 욕망이 완전히 성취된 것이다.

<구운몽>은 이와 같이 주인공들의 욕망이 성취되는 과정에서 속임수에 의해 유발되는 유머가 중요한 역할을 감당하고 있다. 이를 통해 욕망은 비극적 결말에 이르지 않고 그 완전한 성취에 도달하는 것이다. 그런데 이러한 유머는 단순히 유쾌함 자체를 의미하지는 않는다는 점이 더욱 문제적이다. 이 작품에 그려진 유머는 다분히 이념적인 성격을 띠고 있는 것이다. 곧, 단순한 유쾌함의 표현이 아닌, 조선조 사대부 집안의 질서 있는 세계 자체를 상징하는 웃음인 것이다. 양소유가 여덟 여인들과 만나 결연하게 되는 것은 자신의 사적 욕망의 성취만을 이루려는 것이 아니었다. 여덟 여인과의 결연 과정이 차례차례 서사적 여정 속에 전개된 다음, 그 결연이 총체적으로 귀결된 모습이 다음의 인용문 속에 상징적으로 드러난다.

> 정당은 경복당(慶福堂)이라 하여 대부인이 거하고, 경복당 앞쪽에 연희당(燕喜堂)이라 하여 좌부인 영양 공주가 처하고, 경복당 서쪽에 봉소궁(鳳簫宮)이라 하여 우부인 난양 공주가 처했다. 연희당 앞쪽의 응향각(凝香閣), 청화루(淸和樓)는 승상이 손님을 접대하고 공사를 처리하는 곳이다. 봉소궁 남쪽의 심흥원(尋興院)은 곧 숙인 진채봉의 집이요, 연희당 동쪽의 영춘각(迎春閣)은 곧 유인 가춘운의 방이다. 청화루 동쪽과 서쪽에 각기 소루가 있는데 푸른 창 붉은 난간에 수풀이 우거져 햇빛을 가렸고 둘레에 행각을 지어 청화루, 응향각에 접했으니 동쪽은 상화루(賞花樓), 서쪽은 망월루(望月樓)라 하여 계섬월, 적경홍 양 희첩이 각각 그 한 누각을 점했다. …… 승상이 심요연, 백능파 양인은 천성이 산수를 사랑한다 하여, 화원 속에 한 연못이 있어 청랑하기가 강호(江湖) 같으

매, 연못 가운데 채각이 있어 영아루(映蛾樓)라 이름 하였으니 능파로 거하게 하고, 연못 남쪽에 가산(假山)이 있어 뾰족한 봉우리는 옥을 깎은 듯하고 중첩된 절벽은 철을 쌓은 듯하며 노송은 음밀하고 마른 대나무 그림자가 띄엄띄엄한 가운데 한 정자가 있어 빙설헌(氷雪軒)이라 이름 하였으니 요연으로 거하게 하였다.262)

이 장면은 소유의 기나긴 서사적 탐색이 대단원 가까이에 이르면서 인생 편력의 현세적 귀결점으로서 도달한 양부(楊府)의 형상이다. 대부인을 비롯하여 소유의 여덟 부인의 처소가 각 방위에 따라 배치된, 질서정연한 양부의 가옥 구조가 나타나 있다. 이는 서사적 문맥 속에서 그려진 인물 간의 친분 관계가 우선 고려되었는데, 정경패의 연희당 동쪽에 가춘운의 영춘각이, 이소화의 봉소궁 남쪽에 진채봉의 심흥원이 위치하고 있는 것이 그렇다. 또한, 계섬월과 적경홍은 희첩으로서 양소유가 손님을 접대하는 장소인 청화루와 행각으로 연결된 동서쪽에 위치한 상화루와 망월루에 거처가 정해졌다. 희첩으로서의 역할이 고려된 것이다. 그리고 자연적으로 배인 심성에 따라 용녀(龍女)인 백능파는 연못 가운데 위치한 영아루에, 자객(刺客)이었던 심요연은 연못 남쪽의 가산에 위치한 빙설헌에 거한다. 무엇보다도 대부인－정경패－양소유의 처소가 남북으로 일직선상에 놓임으로 해서 이들이 양부의 뼈대가 됨을 상징적으로 보여 주고 있다.

요컨대, 위 인용문은 작품의 주인공들이 양소유를 중심으로 하는 가정

---

262) 259면, 正堂曰 慶福堂 大夫人居之 慶福之前曰 燕喜堂 左夫人英陽公主處之 慶福之西曰 鳳簫宮 右夫人蘭陽公主處之 燕喜之前 凝香閣 清和樓 丞相處之 時時設宴於此 其前太史堂 禮賢堂 丞相接賓客 聽公事之處也 鳳簫宮以南 尋興院 卽淑人秦彩鳳之室也 燕喜堂以東 迎春閣 卽孺人賈春雲之房也 清和樓東西 皆有小樓 綠窓朱欄 蔽虧掩暎 周回作行閣 以接於清和樓凝香閣 東曰 賞花樓 西曰 望月樓 桂狄兩姬 各占其一樓……273면, 丞相以烟波兩人 性愛山水 花園中有一畝芳塘 清若江湖 池中有彩閣 名曰 映蛾樓 使凌波居之 池之南有假山 尖峰蹄玉 重壁積鐵 老松陰密 瘦竹影疏 中有一亭 名曰 氷雪軒 使裊烟居之.

의 일원이 된 모습으로서, 여기서의 양부는 곧 신분 관계의 엄격한 질서 속에 영위된 중세적 삶의 상징적 구축물인 것이다. 이는 또한 양소유와 여덟 여인의 욕망의 성취가 중세적 질서의 상징물로서 양부의 가옥 배치로 나타난 이념적 성취와 통합된 것임을 의미한다.

이와 같이, <구운몽>에서 작가는 욕망과 이념을 유머라는 미학적 기제를 매개로 하여 통합해 내었고 이를 엄격한 신분 질서에 입각한 양부의 구축으로 상징화하였다. 이제 남은 문제는 이 작품의 도입 액자에서 제시된 불교적 허무주의에 대한 성진의 회의를, 액자 내부에서 완벽하게 형상화된 양소유의 욕망과 이념의 통합 상태에서 어떻게 마무리 짓는가의 문제이다. 여기서 작가는 양소유의 인간 보편적인 허무 의식을 각몽의 전제로서 끌어들인다. 그리하여 욕망과 이념이 완벽하게 성취된 그 상태에서 양소유로 하여금 다시 인생의 허무함을 실토하게 하는 것이다.

양부가 구축된 후 태평성대(太平聖代)의 기상으로서 월왕부(越王府)와의 낙유원 잔치 석상에서 가무 경쟁을 하여 월왕부를 이김으로써 양부의 풍류가 만천하에 떨치게 된다. 이제 더 이상의 성취는 불필요하게 된 것이다. 이에 소유는 천자에게 전원으로 돌아갈 것을 간청하게 되고, 결국 윤허를 받아낸다. 그리하여 취미궁에 은거하는데, 그런 지 누년, 소유는 등고절(登高節)에 부인들과 함께 주찬을 마련하여 고대(高臺)에 올라서 처량한 곡조의 퉁소를 분다.

잠시 후 저녁볕이 곤명지(昆明池)를 비추니, 구름 그림자는 너른 들판에 낮게 드리우고 가을빛은 생동하는 그림처럼 찬란하게 펼쳐져 있었다. 승상이 구슬 퉁소를 잡고 스스로 수곡(數曲)을 부니, 그 소리가 오오열열 하여 원망하는 듯, 생각하는 듯, 흐느끼는 듯, 하소연하는 듯하였다. …… 양부인이 물어 이르기를, "승상께서 일찍 공명을 이루고 오래 부귀를 누렸기에, 일세가 선망함이 근래에 드문 바입니다. 이 같은 좋은 계절을 맞아 풍경이 정히 아름답고, 국화 송이를 잔에 띄우고 옥인(玉人)이 만좌하니 이 또한 인생의 낙사(樂事)인데, 퉁소 소리가 심히 애처로워 사람으로 하여금 눈물을 머금게 하니 오늘의 퉁소 소리가 예전에 불던 퉁소가 아닙니까?"263)

양소유가 처량히 퉁소를 부는 것은 인간 보편의 허무 의식에서 발로되어 나온 것이다. 이는 양소유의 세계가 유머에서 비장(悲壯)의 세계로 나아감을 시사한다. 현세에서 이룬 모든 부귀공명으로부터 허무를 감지한 소유는 퉁소를 빌려서 자신의 비장한 정서를 드러낸 것이다. 이에 대해 양부인이 그 연고를 묻고 있다. 아래는 양소유의 대답이다.

북쪽을 바라보면, 평야가 사방 너른 곳에 무너져 가는 고개가 홀로 서서 저녁 햇볕의 남은 그림자가 거친 풀 사이로 명멸하는 것이 곧 진시황(秦始皇)의 아방궁(阿房宮)이요, …… 한무제(漢武帝)의 무릉(茂陵)이요, …… 현종황제(玄宗皇帝)가 양태진과 함께 놀던 화청궁(華淸宮)이라. 아아, 이 세 임금은 모두 천고 영웅으로 사해를 집 뜰로 삼고 억조를 신첩(臣妾)으로 삼아 웅호한 의기가 우주에 오르내리고 곧바로 삼광(三光)을 끌어당겨 천세를 열력하였으나 이제 어디에 있는가? 소유가 하동(河東)의 한 포의로 성주(聖主)의 은혜를 입어 지위가 장상(將相)에 이르고 또 여러 낭자와 서로 만나 두터운 뜻과 깊은 정이 늙도록 더욱 친밀하니, 전생에 미진한 인연이 아니라면 반드시 이에 미치지는 못하였으리다. 남녀가 인연으로써 만나 인연이 다하여 돌아감은 천리(天理)의 떳떳함이라. 우리들이 한번 돌아간 후에 고대(高臺)는 저절로 무너지고 굽은 연못 또한 인멸하리니, 오늘 노래하던 전각과 춤추던 누각이 곧 누런 풀과 차가운 연기가 되리로다. …… 천하에 세 가지 도가 있으니 유도(儒道)와 선도(仙道)와 불도(佛道)라. 그 가운데 오직 불도가 제일 높고 유

---

263) 278~279면, 而已返照倒射於昆明 雲影低垂於廣野 秋色燦爛如展活畵 丞相手把玉簫 自吹數曲 其聲嗚嗚咽咽 如怨如思 如泣如訴……兩夫人問曰 丞相早成功名 久享富貴 一世所羨 近古所罕 當此佳辰 風景正美 菊英泛觴 玉人滿座 是亦人生樂事 而簫聲甚哀 使人堪涕 今日之簫聲 非昔日之吹簫也.

도는 완전함을 이루고 윤기(倫紀)를 밝히고 사업을 귀히 여겨 이름을 죽은 후까지 남길 따름이라. 선도는 허탄함에 가까워 자고로 그것을 구한 자 매우 많지만 마침내 얻지 못하였으니 진시황, 한무제, 현종황제를 귀감으로 삼을 수 있다. 내가 치사(致仕)하고 이곳으로 온 다음부터 매일 밤 잠이 들면 꿈속에서 반드시 부들자리 위에서 참선하나니, 이는 반드시 불가와 인연이 있음이라.264)

소유는 고대에서 멀리 내려다보이는 풍경 속에 진시황의 아방궁, 한무제의 무릉, 당현종의 화청궁을 가리키며 그들의 혁혁한 명성에 대비된 허무한 자취를 드러낸다. 그리고 여기까지 진행되어 온 서사 전개로서 자신의 개인적 체험을 이에 견준다. 이는 인간 보편의 허무 의식과 서사적 개인의 체험에서 나온 그것이 일치되는 양상으로서, 곧 보편과 특수의 변증법적 지양인 것이다. 그러기에 이 진술은 독자로 하여금 진실한 감흥을 불러일으킨다. 이어 여태까지 진행되어 온 유교적 이념에 입각한 삶을 부정하면서 자신의 꿈속 체험을 증거로 하여 불교와의 인연을 예감한다. 이제 성진의 세계로 돌아갈 준비가 끝난 것이다.

결말 액자에서 성진은 각몽 직후 '이는 반드시 스승께서 내 일념의 잘못을 알도록 하려고 인간의 꿈을 만들어 나로 하여금 부귀영화(富貴榮華)와 남녀정욕(男女情慾)이 모두 허망한 허깨비임을 알게 하려 하심이라.'265)라고 생각한다. 여기서 유교적 이념과 결합된 욕망이 불교적 세계관에

---

264) 279면, 北望則平郊四曠 頹嶺獨立 夕照殘影 明滅於荒草之間者 卽秦始皇阿房宮也……漢武帝茂陵也……玄宗皇帝與太眞同遊之華淸宮也 噫此三君 皆千古英雄 以四海爲戶庭 以億兆爲臣妾 雄豪意氣 軒 宇宙 直欲挽三光 而閱千歲矣 而今安在哉 少游以河東一布衣 恩承聖主 位致將相 且與諸娘子相遇 厚意深情 至老益密 非前生未了之緣 必不及於是也 男女以緣而會 緣盡而歸 乃天理之常也 吾輩一歸之後 高臺自頹 曲池且煙 今日歌殿舞榭 便作衰草寒烟……天下有三道 曰儒道 曰仙道 曰佛道 三道之中 惟佛最高 儒道成全 明倫紀 貴事業 留名於身後而已 仙道近誕 自古求之者甚多 而終未能得之 秦皇漢武及玄宗皇帝 可鑑也 吾自致仕來此之後 每夜着睡 則夢中必參禪於蒲團之上 此必與佛家 有緣也.
265) 281면, 此必師俾知吾一念之差 傳著人間之夢 要令性眞 知富貴繁華 男女情慾 皆妄幻也.

의해 부정되고 있음을 목도하게 된다. 따라서 이 작품의 전체적인 의미의 구조는 욕망의 드러남에서 시작하여, 환생 혹은 몽유 체험을 통하여 욕망과 이념의 완전한 통합을 이루어내고, 욕망 자체와 그것의 이념적 통합까지 부정하면서 불교적 깨달음의 경지에 이르는 것으로 파악된다.266) 따라서 <구운몽>의 서사적 전개는 도저한 변증법적 사유 체계에 바탕을 둔 대단히 정제된 지향성을 지니고 있다. 또한, 이는 중세적 세계관의 두 지주였던 유교와 불교 사이의 변증법적 관계를 인식한 작가의 사상적 편력의 소산이기도 하다.

2) 계승과 변모 양상

<구운몽>에서 확립된 몽유장편소설의 양식적 특성은 19세기 중엽에 나온 <옥련몽>과 <옥루몽>에 의해 계승되고 있다. 이 작품들에서는 몽유장편소설로서의 일반적 특성을 공유하고 있으면서도 <구운몽>에서는 드러나지 않았던 여러 가지 변모 양상이 나타난다. 그 변모 양상은 잘 짜인 서사 구조를 바탕으로 하여 이루어진 것이며, 조선 후기의 시대적 배경을 일정하게 반영하고 있다는 점이 주목되어야 할 것이다. <구운몽>과 <옥련몽>, <옥루몽>의 거리는 몽유 양식사 내에서뿐만 아니라 우리 소설사에서 장편 소설의 성장과 변모를 보여 주는 의미 있는 잣대의 구실을 할 수 있다. 여기에 덧붙여 <옥련몽>과 <옥루몽> 사이에서 찾아지는 차이점 역시 그것대로의 의의를 지니는 것이므로 두 작품은 각기

---

266) <구운몽>의 주제론에서 유력하게 거론된 공 사상설(空思想說)(정규복, 『구운몽연구』, 고대출판부, 1974 및 이 논의를 불교적 시간 개념에서 재조명한 설성경, 「구운몽의 구조적 연구(1)—시간론」, 『인문과학』, 연대, 1972 참조)은 이 작품의 서사 전개의 최종점에 위치한 불교 사상에 초점을 맞춘 분석으로 생각된다.

따로 고찰할 필요가 있다.

<옥련몽>은 <구운몽>의 영향을 받으면서도 <구운몽>이 산출된 17세기 말에서 170여 년이나 지나서 나온 작품답게 <구운몽>과는 상당한 차이를 지니고 있다.[267] 먼저, <옥련몽>이 <구운몽>의 몽유 구조를 명확한 적강 구조의 형태로 바꾸어 수용하였다는 점을 지적해야겠다. <구운몽>에서의 액자 외부가 지니고 있던 모호한 성격, 곧 천상적 성격을 지니는 동시에 현실적 성격도 띠고 있는 액자 외부의 세계가 <옥련몽>에서는 천상적 성격의 세계로서만 설정되었다는 것이다.[268] 이는 <옥련몽>이 나오기 이전 꾸준히 유행하였던 영웅 소설의 배경 설정과 유사한 것으로 이 작품이 적강 소설이면서 대중적 영웅 소설의 영향 아래 창작되었음을 보여 주는 것이다. 그리하여 작품의 서두는 선관선녀(仙官仙女)들의 천상계에서의 유흥과 취몽(醉夢)을 서술함으로써, 현실계의 주인공들이 이른바 반본환원(返本還元)할 본향으로서 <구운몽>의 연화봉에 비견될 수 있는 장소가 설정되지 않고, 다만 백옥루라는 전통적인 의미의 도가적(道家的) 성향의 천상계가 설정되었을 따름이다.

앞에서 <구운몽>의 성격을 욕망과 이념의 통합을 지향한 작품으로 규정하였는데, 이는 몽유장편소설의 일반적인 성격이기 때문에 <옥련몽>에도 해당된다. 그렇지만 <옥련몽>은 <구운몽>에서 이루어진 욕망과 이념의 조화로운 통합에 비해 볼 때, 첫째, 욕망의 성격이 변모된다는 점, 둘째, 이념적 성취의 양상이 매우 심각한 갈등의 과정을 거쳐서 이루어진다는 점, 셋째, 욕망과 이념이 통합된 상징적 모습에 변화가 나타난다는 점 등에서 <구운몽>과 뚜렷이 구분되는 변화의 양상이 나타난다.

---

267) <구운몽>과 <옥련몽>(혹은 <옥루몽>)의 비교 연구는 성현경, 차용주, 서대석 등에 의해서 논의된 바 있다. 이 글에서는 이제까지 고찰해 온 몽유 양식사의 관점에서 이 두 작품의 양식사적인 거리를 분석해 보고자 한다.

268) 서대석, 『군담소설의 구조와 배경』, 이대출판부, 1985, 254~259면.

먼저, 욕망의 성격이 변모된 양상을 검토하기로 한다. <구운몽>에서
의 남녀 간 애정 갈등의 계기는 몽유전기소설에서처럼 대부분 정욕의 차
원에서 이루어진다. 주인공은 청춘 남녀로서 남성 혹은 여성 자체에 대
한 호기심과 정욕에 이끌려서 상대방에게 접근한다. 양소유의 첫 만남인
진채봉과의 결연에서부터 좋은 시절, 좋은 경치를 배경으로 담장에 늘어
진 버드나무 가지에 의탁하여 <양류사>를 지어 자신의 욕망을 드러내었
던 것이다. 낙양 천진교의 주루(酒樓)에서 계섬월을 만났을 때, 두 사람의
욕망의 드러남은 다음과 같이 그려져 있다.

> 양생(楊生)이 잠깐 취한 눈을 들어 여러 창기(唱妓)들을 둘러보니 20
> 여 인이 각기 기예(技藝)를 잡았으나 오직 한 사람만이 초연히 단좌하여
> 악기를 연주하지도 말을 나누지도 않았다. 정숙하고 아름다운 용모와
> 잘 다듬어진 아리따운 태도가 실로 국색(國色)이었다. 바라보매 남해 관
> 음이 그림 속에 예쁘게 홀로 서 있는 듯하였다. 생이 정신이 요란하여
> 저절로 술잔 돌리는 것을 잊을 정도였다. 그 미인도 역시 양생을 자주
> 돌아보면서 은근히 추파(秋波)로써 정을 보냈다.[269]

한마디로 말해서 양소유와 계섬월은 첫눈에 서로 반해 버린 것이다.
여기에 소유의 삼장 시(三章詩)를 섬월이 낭랑하게 읊음으로써 그들의 서
로에 대한 연정이 분명히 확인된다. 이러한 욕망의 드러남은 계섬월이
기생이기 때문에 그렇게 그려진 것이 아니다. 나중에 소유의 제1정실부
인이 되는 정경패와의 만남에서 소유는 두 연사(杜鍊師)에게 "평생의 어리
석은 소원으로 처자(處子)를 보지 않고서는 구혼하지 않겠나이다. 원컨대
사부는 특별히 자비의 마음을 내시어 소자로 하여금 한번 그 안색을 보

---

269) <구운몽>, 앞의 책, 181면, 楊生乍擡醉眸 獵視群唱 二十餘人 各執其藝 而惟一人 超然
端坐 不奏樂不接語 淑美之容 冶艶之態 眞國色也 望之如南海觀音 婷婷獨立於繪素之中
矣 生神魂搖亂 自忘盃巡 其美人亦頻顧楊生 暗以秋波送情.

게 하소서."[270]라면서 경패의 용모에 대한 호기심을 강하게 드러내고 있다. 그리하여 소유는 결국 여장을 하고 정부에 가서 경패를 직접 보는 것이다.

이러한 <구운몽>에서의 욕망이 <옥련몽>에서는 남녀의 정욕으로서의 욕망에 다분히 이념적인 성격이 부가된 것으로 변화되고 있다. 곧, 남녀의 만남이 정욕에 의한 것만이 아니라, 지기(知己)로서의 서로에 대한 신의(信義)를 전제 조건으로 내세우고 있는 것이다. <구운몽>의 양소유와 계섬월의 만남과 유사한 결구로 이루어진 양창곡과 강남홍의 만남의 과정에서 이 점이 잘 드러나고 있다. 양소유와 마찬가지로 아직 어린 나이에 포의(布衣)의 한사(寒士)로서 부거길에 오른 양창곡은 압강정 연회에 참석하여 강남홍을 만나게 된다. 이 연회에서 두 사람의 첫 대면을 통해 나타나는 연정은 양소유와 계섬월의 그것과 별 차이가 없지만, 이후 창곡을 먼저 자기의 처소로 보내고 압강정 연회에서 탈신도주하여 뒤늦게 자기 집에 이른 강남홍이 '비록 용모 문장은 디강 알아시나 언힝지조를 모로니 장춧 빅년을 의탁고져 ᄒᆞ면셔 거연이 허신치 못홀 거시니 니 맛당히 일시 권을 써 다시 마음을 시험ᄒᆞ리라.'[271]고 하여 남장을 하고서, 객점에서 강남홍이 오기만을 무료히 기다리고 있는 창곡에게 접근한다. 양창곡이 지조를 굳게 지킬 마음을 지닌 인물인지의 여부를 시험해 보기 위한 것이다. 이는 <구운몽>에서 소유가 여장을 하고 경패를 속이는 삽화의 역전에 해당된다. <구운몽>에서는 남성 주인공이 여장을 하고 애정의 대상인 여성을 속인 것에 반해서, 여기서는 여성 주인공이 남장을 하여 남성을 속이고 있다. 또한, 속임의 의도도 단순한 호기심에 의한 것

270) <구운몽> 187면, 平生有癡獃之願 不見處子 則不欲求婚 願師傅特出慈悲之心 使小子一見其顔色.
271) <옥련몽>, 『구활자본 고소설전집』 10, 인천대, 1983, 51면.

이 아니라 상대의 마음가짐을 시험하기 위한 것이다.

이러한 양상은 강주에 유배되어 있던 창곡이 벽성선을 만나는 장면에서도 나타난다. <구운몽>에서와 유사하게 이미 윤 소저와 정혼해 놓은 상태에서 황 승상의 간청으로 천자가 창곡에게 황 승상의 딸 황 소저와 혼인하라는 칙령을 내리자 창곡은 이를 거역하여 강주로 유배가게 된다. 그곳에서 적적하게 지내던 차에 근교에 있는 심양정에 올라 경치를 완상하다가 풍편에 들려오는 비파소리를 좇아 어느 초당에 이르러 벽성선을 만나게 된다. 두 사람은 개세군자(蓋世君子)와 경국지색(傾國之色)으로서 첫눈에 서로 정을 통하였지만 여기서도 지기로서의 만남이라는 의미가 부여된다. 즉, 벽성선이 창곡 앞에서 종자기의 아양곡을 연주하고 나서, "첩이 비록 빅아의 거문고 업스ᄂ 미양 종ᄌ긔롤 맛ᄂ지 못홈을 한ᄒ더니"272)라고 하여 창곡과의 만남을 지기로서 받아들이고 있는 것이다. 또한, 그들의 사귐이 깊어진 다음 창곡이 운우지정을 내비치자 벽성선은 다시, "첩이 평싱 지긔롤 맛ᄂ 허심홈을 원ᄒ고 범부의게 허신홈을 즐겨 아니ᄂ니 금일 상공은 첩의 지긔라 엇지 감히 청누 천기의 음ᄂ혼 풍정으로 ᄉ괴리오."273)라면서 거절한다.

남녀 주인공이 이와 같이 지기로서의 만남을 전제로 하는 것은 양창곡의 세 번째 첩이 되는 일지연과의 혼인 과정에서도 거듭 강조되고 있다. 창곡이 남만과 홍도국을 평정하는 과정에서 축융왕의 딸인 일지연을 볼모로 삼아 개선한 후, 일지연은 양부(楊府)에서 기거하게 된다. 황 소저로 인한 가정불화도 그녀의 개과천선으로 해소된 후 양부의 권속들이 삼월 망간 좋은 시절을 타서 상춘원에서 음식을 장만하여 꽃구경을 하며 즐긴다. 권속 모두가 화락한 가운데 오직 일지연만이 우울한 빛이 있어 홍난

---

272) 122면.
273) 128면.

성(강남홍)이 그 뜻을 눈치 채고 창곡에게 그녀를 천거하여 혼인하도록 한다. 이에 난성이 일지연의 속마음을 알고자 넌지시 혼인의 말을 꺼내자 일지연은 다음과 같이 대답한다.

> 구ᄎ홈이 셰가지니 만일 상공이 쳡의 쳐지를 불상이 녁이ᄉ 마지 못ᄒ야 거두신즉 그 구ᄎ홈이 ᄒ 가지오, 방인의 력권홈을 인연ᄒ야 민면 종지ᄒ시면 그 구ᄎ홈이 두 가지오, ᄯᅩᄒ ᄌ식만 취ᄒ시고 그 마음을 모로신즉 구ᄎ홈이 셰 가지라. 이 셰 가지에 한 가지라도 잇슨즉 쳡이 맛당이 영쳔슈의 귀를 씌실 것이오, 노련의 동희를 밟고져 ᄒᄂ니이다.274)

일지연 역시 강남홍, 벽성선과 마찬가지로 양창곡과의 결연의 전제로서 인격적으로 대등한 지기로서의 만남을 내세우고 있다. 이와 같이 <옥련몽>의 여주인공들은 모두 남성과의 결연을 단순한 정욕에 의해서가 아니라 매우 사려 깊은 태도에 입각하여 서로 지기로서의 만남을 원하고 있다. 이는 분명 <구운몽>과 그 이전의 몽유전기소설들에서는 나타나지 않던 양상인 것이다.275) 여기서 욕망의 성격이 변모되었음을 알 수 있다.

이와 함께 욕망의 측면에서 또 다른 변모가 나타나는바, 곧 작품 가운데 욕망의 주체로서 설정된 중심인물이 변동되어 있다는 점이다. <구운몽>에서는 작가의 서술 태도와 관련하여 명백히 신분적 차별성이 전제된 서술 내용을 담고 있다. 그것은 양소유와 그의 두 정실부인인 정경패, 이소화와의 결연 과정과, 계섬월을 비롯한 첩들과의 결연 과정에 대한

---

274) 417면.

275) <하생기우전>에서 여인과 헤어질 때 하생이 여인의 절개를 다짐 받는 대목, 그리고 <주생전>에서 배도가 주생에게 맹세의 언약을 다짐받는 장면이 나오긴 하지만, 이는 모두 인격적인 만남을 위한 전제로서가 아니라 혹 있을지도 모를 애정에 대한 배신행위를 미연에 방지하기 위한 것일 따름이다.

차별적 기술에서 뚜렷이 나타난다. 전자의 경우, 경패와 소화에 대해서는 태몽이 기술되어 있고, 소유가 남전산 도인에게서 받은 거문고와 퉁소가 각기 경패와 소화의 결연에 매개물로 기능한다. 이들과의 결연은 신이한 예정에 의한 것으로서 엄숙함과 정결함이 강조되고 있는 것이다. 반면, 후자의 경우, 어떠한 징조로도 예견되지 않은 채, 소유가 천하를 편력하는 가운데 만나서 그들의 자발적인 구애에 의해 결연이 이루어지는 것이다. 더욱이 계섬월을 위시한 여섯 여인의 과거사는 모두가 고난 받는 여성상으로 그려져 있다. 이들은 공통적으로 부친의 사망과 혼사에 얽힌 고난에 의해 핍박받는 인물들로 그려져 있어서 경패와 소화의 형상과는 확연히 대조가 된다. 그리고 이러한 서술 내용의 차별성은 <구운몽>의 작가가 양부의 형상으로 상징화한, 엄격한 신분질서에 의한 유교적 이념의 구현이라는 시각에 입각해 있음을 드러낸다.[276]

이러한 <구운몽>의 서술 태도에 비해 <옥련몽>에서는 명백히 여주인공으로서의 강남홍, 그리고 벽성선과 일지연 등 양창곡의 세 첩에 대한 서술의 비중이 높은 반면, 양창곡의 정실부인인 윤 소저와 황 소저에 대한 서술은 미흡하다. <구운몽>의 서술 태도가 역전된 것이다. 이 작품의 주인공 격인 강남홍에 대한 서술 내용은 말할 것도 없고, 벽성선에 대한 것만 하더라도 양창곡과의 만남의 과정이 <구운몽>에서 소유와 정경패, 이소화의 만남을 합쳐 놓은 듯한 인상을 줄 정도이다. 창곡과 벽성선의 만남에서 벽성선이 비파를 타고 이를 창곡이 해설하는 기술 방식이나 어려서 신인(神人)에게 받은 옥적(玉笛)을 창곡에게 전하는 내용이 <구운몽>에서 소유의 음률에 대한 경패의 해설과 남전산 도인에게서 받은 퉁소로 인한 이소화와의 결연을 연상케 하는 것이다. 더욱이 양창곡의 제2

---

276) 신재홍, 앞의 논문, 146~147면.

부인이 되는 황소저의 경우는 오히려 부정적인 욕망인 투기심으로 인해 가정에 풍파를 야기하는 전형적인 악인의 형상으로 그려짐으로써 정실부인으로서의 위엄을 상실하고 있다.[277] 요컨대, 욕망의 주체로서 작품의 중심인물이 <구운몽>에서는 양소유와 두 정실부인이었던 데 비해 <옥련몽>에서는 양창곡과 세 첩으로 옮겨진 것이다.

두 번째로, 욕망과 이념의 통합 과정에서 이념적 성취에 이르는 과정이 상당한 갈등을 거쳐서 어렵게 이루어진다는 점이다. <옥련몽>에서의 욕망과 이념의 통합 과정은 크게 보아 두 방향에서 이루어진다. 하나는 가정의 화목을 지향하는 방향이요, 다른 하나는 국가의 기강 회복을 지향하는 방향이다. 그런데 두 방향 모두 상당한 진통과 좌절을 겪고 나서야 비로소 그 목표에 도달되는 것이다.

가정의 화목을 깨뜨린 주범은 벽성선에 대한 투기심으로 인해 그녀를 여러 차례 모함하여 가정에 파란을 일으키는 황소저이다. 양창곡과 황소저의 혼인부터가 황소저의 부친인 황 승상(강남홍을 겁탈하려던 황여옥이 그의 아들이다.)이 천자에게 간청하여 천자의 늑혼 압력에 의해서 성사된 것이기에 창곡의 입장에서는 애초부터 내키지 않은 혼사였다. 과연 그녀는 친정의 위세만 믿고서 방자한 태도로써 일개 첩인 벽성선의 용모와 성품을 시기하여 무고하게 모함을 하게 된다. 황소저의 모함은 비록 그녀의 투기심에 의한 것이지만 그 이면에는 그녀가 대대로 내려온 훈귀(勳貴) 가문의 자식이었던 것이 배경으로 작용하고 있다. 그만큼 가정 내의 불화

---

277) <옥련몽>에서 황소저의 욕망이 부정적으로 그려진 것은 17세기 <사씨남정기>나 <창선감의록> 등 전대의 가정소설 혹은 규방소설(閨房小說)(이 용어는 임형택, 「17세기 규방소설의 성립과 창선감의록」, 『동방학지』 57, 연대, 1988에서 쓰였다).의 서술 시각에서 영향을 받았을 것이다. 이는 전기 소설(傳奇小說)에서 여성의 욕망이 작가의 진지한 서사적 탐색의 중심축을 형성하였던 것에 비하여, 다분히 여성의 욕망을 제약하는 이데올로기적 시각이 반영된 것이다. 이러한 욕망에 대한 서술 시각의 변화는 소설사의 전개에 있어서 중요한 질적 변화를 의미한다.

가 단순히 가정 내의 문제로 끝나지 않는 것임을 암시하고 있는 것이다. 그리하여 결국 환상적인 몽유 체험을 통하여 황소저가 개과천선함으로써 가정의 화목이 이룩되는데, 이러한 환상적 계기에 의해 가정이 화목하게 된다는 설정 자체가 가정불화의 심각성을 역설적으로 드러낸다고 볼 수 있다.

국가적 위기에 봉착해서 이를 유교적 이념의 원칙에 입각하여 극복하려는 양창곡의 노력 역시 심각한 시련을 겪고서야 비로소 완수될 수 있었다. 국가적 위기는 먼저 오랑캐의 침입으로 나타난다. 남만왕이 변방을 침범해 오자 마땅히 대적할 인물이 없어서 운남에 유배 간 창곡을 불러 정남대원수를 시켜 출전케 한다. 양창곡, 그리고 전쟁의 과정에서 합류하는 홍혼탈(강남홍)의 활약으로 남만을 평정하고 뒤이어 쳐들어온 홍도국도 거듭 평정하여 국가의 위기를 넘긴다. 이 전쟁의 과정에 대한 서술은 기본적으로 독자들의 군담에 대한 흥미를 고조시키는 역할을 하고 있는 것은 사실이지만,[278] 작품 내적으로는 그만큼 국가적 위기를 극복하는 과정이 힘겨움을 암시하고 있는 것이기도 하다.

양부의 가정적 위기가 해소된 이후, 국가적으로 또 다시 위기가 닥친다. 일개 환관인 석형이 음률로써 천자를 미혹시켜 조정을 탁란케 하였던 것이다. 그리하여 조정의 기강이 무너져 관리들은 모두 석형의 문전을 드나들며 벼슬을 구걸하는 등 석형의 위세가 날로 높아 갔다. 천자는 석형의 민첩한 응대와 언변에 더욱 침혹하여 석형의 주청으로 의봉정을 짓고 이원제자(梨園弟子)를 모집하도록 한다. 이에 소유경과 윤각노가 상소를 올려 간하였으나 한응문 등 석형의 측근이 맞상소를 올려 결국 두 사람이 삭직되는 지경에 이른다. 이에 연왕 양창곡이 거듭 상소를 올리나

278) 서대석, 앞의 책, 246면 ; 차용주, 앞의 책, 186면.

받아들여지지 않자 직접 의봉정으로 가서 천자를 면대하여 직간한다. 연왕의 상소 내용과 태도도 그렇거니와 석형의 울음 섞인 아첨과 천자의 노여움이 긴박하게 묘사된 이 장면은 작품에서 가장 긴장감 넘치고 또한 가장 비장한 대목 가운데 하나이다.

> 텬안이 엄녀ᄒ시고 옥음이 밍녈ᄒᄉ 셔안을 치시며 왈, "져는 고기 직셜과 이부 쥬소로 즈쳐ᄒ고 짐은 당명황 진후쥬에게 비ᄒ니 엇지 신즈에 도리리오." ᄒ시고 옥음을 놉혀 왈, "이원졔즈는 갓가이 ᄂ아와 일시에 풍뉴를 알외라. 짐이 쟝야지악을 효측ᄒ리라." 셕즁셔 단판을 들고 복지 쥬왈, "신이 쥭을지언졍 이 풍뉴를 알외지 못ᄒ리이다. …… 년왕의 권세 일국을 기우리고 인쥬를 ᄒ시ᄒ야 한번 녕닌즉 소신에 셩명을 보젼치 못홀지라 폐하 엇지 한지조죠 동승 쥭이믈 싱각지 못ᄒ시ᄂᆞ잇가." 샹이 더옥 진노ᄒ샤 풍뉴를 지촉ᄒ시니 …… 이ᄶᅵ 년왕이 샹소를 밧치고 대누원에 안져 비답을 기다리되 오리 나리지 안이ᄒ고 후원에 풍유소리 궁즁을 흔들거늘 …… 연왕이 기년이 이러셔며 왈, "니 그져 믈너간즉 우리 셩쥬의 ᄆᆞᆰ으신 덕을 뉘가 ᄭᅵ치시게 ᄒ리오." ᄒ고 바로 합문으로 드러가니 원니와 좌우에 보는 지 면무안ᄉᆞᆨᄒ야 쓸지 안는지 업더라. …… 안식이 씍씍ᄒ고 긔샹이 당당ᄒ니 모든 군시 길을 치워셔 감히 막지 못ᄒᄂᆞᆫ지라. …… 연왕이 바로 뎐젼에 나아가 부복 쥬왈, "……이제 폐하는 만승지군으로 일기 징신이 업스샤 외로이 의봉졍샹에 안즈 계시오니 신이 ᄎᆞ마 믈너가지 못ᄒ나이다 이졔 셕형을 버히지 안이시고 니원을 파ᄒ지 안이시니 궁즁의 문직흰 군ᄉ를 볼낫치 업ᄉᆞ와 나가지 못ᄒ리로소이다." 샹이 분연히 일어셔시며 왈, "이갓치 독호 사롬은 쳐음 보도다." ᄒ시고 의봉졍 뒤문으로 거러 환궁ᄒ시니[279]

이렇게 긴박감 넘치는 장면에서 국가의 기강을 무너뜨리는 천자의 행위에 대비되어 유교적 이념에 입각하여 그 잘못을 직간하는 양창곡의 충신으로서의 면모가 한층 부각된다. 그렇지만 이 또한 유교적 이념의 회

---

279) 435~438면.

복을 위한 그러한 노력이 대단히 어렵고 힘겨운 것임을 보여 주는 것이기도 하다.

국가적 위기는 여기서 그치는 것이 아니다. <구운몽>에서는 양부와 월왕부의 낙유원 잔치가 태평성대의 기상으로 치부되고 이로써 양소유의 부귀공명이 극에 달한 것으로 제시된다. 낙유원 잔치에 비교될 수 있는 <옥련몽>의 장면은 연왕이 천자의 동생인 초왕과 함께 상림원에서 연회를 베푸는 대목이다. 이 역시 두 가문의 기악과 무예를 자랑하는 자리로서 이로 인해 연왕부의 풍류가 과시된다. 그러나 낙유원 잔치가 태평성대의 기상으로 제시되는 데 비해, 상림원 잔치는 곧이어 부마도위 곽우진이 연왕과 초왕을 반역의 무리로 무고하는 빌미로 이용되고 있다. 그리하여 다시 연왕은 대역죄로 옥에 갇히고 초왕은 정벌당할 위기에 처하게 된다. 이는 황실의 형제 사이의 싸움을 야기한 것으로서 중세적 질서의 정점에 있는 인물들 간의 대립이라는 점에서 매우 심각한 위기인 것이다. 결국 이 위기는 연왕의 세 첩의 활약에 의해서 극복되는 것이지만, 중세적 질서의 위기가 이에 이르렀다는 것은 심각한 문제가 아닐 수 없다. 여기서 거듭 유교적 이념에 입각한 중세적 질서의 회복이 극히 험난한 일임을 인식하게 된다.

이와 같이, <옥련몽>은 중세적 질서의 위기 상황을 거듭하여 설정하였고 극복 과정이 매우 심각한 갈등을 겪고 있다는 점이 몽유장편소설로서 전대의 <구운몽>으로부터 크게 변모된 양상이다. 이는 19세기로 오면서 야기된 경험 세계의 전면적인 변화의 양상을 서사적 결구를 통하여 반영했다는 의미로 해석해야 할 것이다.

세 번째로, 욕망과 이념의 통합을 상징적으로 그려낸 형상에 변화가 나타난다는 점이다. 앞에서 살폈듯이 <구운몽>의 대단원 부근에 그려진 양부의 형상은 욕망과 이념의 통합이 상징화된 것이다. 이에 해당하는 대목이 <옥련몽>에서도 나타나고 있다. 곧, 연왕 양창곡이 곽도위의 무고로 인해 야기된 위기에서 벗어난 후, 홍난성의 권유로 치사(致仕)하고 취성동에 은거하게 되는데 취성동 연왕부의 모습이 <구운몽>에서의 양부의 형상에 비교될 수 있다.

> 이제 봉(ᄌ기봉)하에 긔지를 닥고 일좌 제틱을 지을시 검소정치ᄒ야 쟝려홈을 슝샹치 안이하니, 안으로 귀련당은 쳔셰영귀 유어연엽(千世靈龜游於蓮葉)홈을 취홈이라 틱미 잇고, 좌편으로 엽남헌은 동아부ᄌᄒ야 엽피남모지의(同我夫子饁彼南畝之意)를 취홈이라 윤부인이 잇고, 우편으로 녕지헌은 빅실녕지ᄒ니 부ᄌ녕지지의(百室營止夫子營止之意)를 취홈이라 황부인이 잇고, 밧그로 츈의루는 춘초보희지의(春草報暉之意)를 취홈이라 틱야 쳐ᄒ고, 업(옆)ᄒ로 은휴정은 쳔은을 송츅홈이라 연왕이 잇시니, 젼후동셔에 힝각으로 둘넛고 문졍쟝원이 일동을 덥헛더라.[280]

태미와 윤・황 부인, 태야와 연왕의 처소가 각기 수복(壽福), 공경(恭敬), 화목(和睦), 보은(報恩), 송축(頌祝)의 뜻을 따서 내외가 구분되어 앞뒤로 나란히 배치되어 있다. 이 가옥 구조가 연왕부의 중심임을 상징한다는 의미에서 <구운몽>의 대부인ー정경패ー양소유의 일직선적인 가옥 배치와 동일한 함의를 지닌다. 그런데 이 작품에서는 이와 별도로 연왕의 세 첩인 강남홍, 벽성선, 일지연의 처소를 별원(別苑)에 마련하는 과정에 대한 기술과 가족 구성원 모두가 그들의 처소를 심방하여 각 처소의 주인들의 취향대로 즐기는 대목에 대한 기술이 상세히 전개된다.

> 먼져 ᄌ운루에 니르니……경긔를 숢혀 보니, 남으로 무슈훈 원산은 울호챵챵ᄒ야 구름과 안기를 씌여 잇고, 압ᄒ로 일디 쟝강은 빗겨 흘너 비단과 거울을 펼친 듯, 취셩동 슈빅호는 안중에 력력ᄒ고 ᄌ기봉 쳔만

---

226   제1부 몽유 양식의 소설사적 전개 양상

봉은 셕양에 버럿시니 틱야 소왈, "이는 동즁에 뎨일긔다라."……동루 일홈은 즁향각이니 압힉 셕딕를 모흐고 그 우에 각식 도리 목단 쳑쵹 힝화와 일홈는 화초를 층층이 심엇시니 이는 츈경을 보는 곳이오, 셔 루……금슈뎡이니……츄경을,……남루……영풍각……하경을, 븍루…… 빅셜루……동경을 보는 곳이라.……즁묘당에 니르니, 봉회로젼ㅎ야 산 명슈려ㅎ딕 쇄락ㅎᄂ 송풍은 얼골에 썰치고, 잔원ㅎᄂ 슈성은 흉금이 쳥양 ㅎ야 진셰인연을 초연이 니즐 듯ㅎ더라.……"닉 요딕 션즈와 낙포 션녀 를 진셰에서 보지 못홀가 ㅎ얏더니 금일이야 보도다."……분벽ᄉ창에 졍신이 쳥졍ㅎ고 셕경 약노에 향연이 ᄉ라진딕, 칙상 머리의 녹거(기)금 빗겨 노코 빅옥 필통에 파리치를 꼿즈시니……관풍졍에 니르니, 화목은 셩님ㅎ고 괴류는 의의ㅎ야 골목을 일웠는딕 쳥송은 울울ㅎ고 녹쥭으로 바즈ㅎ야, 곳곳이 나믈키기와 가가이 방아소리 향거의 즈미롤 ᄇ야으로 알지라. 슈기 츠환은 길ᄭ의 쏭을 쓰고 냥삼 가동은 언덕 우에 나무ㅎ 니, 산가 촌격이 격양가롤 화답ㅎ야 태평셩딕에 가급인족ㅎ 긔상 볼지 라.……십간 잠실을 짓고 층층이 가ᄌ를 믹여 누에를 올녀시니, 일변으 로 쏭을 쓰 뿌리며 일변으로 고치를 쓰 눈갓치 너럿거놀[281]

자운루는 강남홍의 처소로서 풍류의 기상이 잘 나타나 있고, 중묘당은 벽성선의 처소로서 초탈한 품격이 드러나며, 관풍정은 일지연의 처소로 서 전가(田家)의 풍취가 물씬 풍긴다. 이러한 삼랑(三娘)의 처소를 둘러보고 태야가 종합적으로 평하여, "난셩은 ᄉ치에 갓갑고 션낭은 담박함이다 ㅎ고 연낭은 싱이를 힘쓰니"[282]라고 하였다. 사치스런 풍류의 기상, 담박 한 초탈의 품격, 생산적인 전가의 풍취, 세 가지 삶의 양태는 각기 그 처 소 주인의 취향을 대변해 주는 것이지만 그 이면에는 남성 주인공 양창 곡의 세 가지 이념적 삶의 양태를 상징화한 것이라는 점에 주목해야 한 다.[283] 취성동이라는 공간이 지니는 물외취미(物外趣味)적 성격 속에는 사

---

281) 563~566면.
282) 570면.
283) 이 점에 대해서는 김종철, 「옥루몽의 대중성과 진지성」, 『한국학보』 61, 1990, 겨울

대부가 관직을 물러 나와서 취하는 전원적인 삶의 형상이 이미 전제된 것인데, 작가는 여기에다가 사대부가 물외에 의탁하여 취할 수 있는 세 가지 삶의 양태를 더욱 구체화하였던 것이다. <구운몽>에서의 양부가 사대부적 이념의 추상적 구축이었다면 <옥련몽>에서의 취성동 연왕부는 사대부의 물외적 삶의 양태가 구체적 형상으로 제시된 것이다.

　더욱이, <구운몽>에서의 양부의 구축이 낙유원 잔치와 함께 작품 내적인 서사적 탐색의 최종적인 귀결점이었던 것에 반해 이 작품의 취성동은 중앙 정계와의 일정한 교섭 관계가 전제되어 있는 상태에서 사대부의 물외적 삶의 양태를 그려낸 점이라는 큰 차이를 지니고 있다. 연왕이 휴퇴할 당시 천자는 10년 후 다시 부르겠다는 것, 벼슬을 그대로 지니고 녹봉을 받을 것, 10년 내에라도 조정의 대소사를 의논하겠다는 것 등[284] 세 가지의 약속을 하고서 휴퇴(休退)를 허락하였다. 따라서 취성동에서의 은일적인 삶은 암묵적으로 중앙 정계와의 교섭을 전제로 하여 이루어지는 것이다. 이는 조선조 사대부들의 강호가도(江湖歌道)적 풍류의 본질적인 국면과 일치하는 양상이다.[285] 이러한 성격으로 인해 <구운몽>에서 양

　　에서 주목되었다. 그에 의하면 이러한 거처 선택은 사대부의 진퇴관(進退觀)과 밀접한 관련이 있는데, '강남홍의 거처는 완전히 전원에 물러난 것이 아님을 뜻하고, 일지련의 경우는 본래 사대부의 재지(在地)적 기반을, 벽성선의 경우는 도선(道仙)에 가까이 가는 은둔의 모습을 나타내고 있다. 중앙 정계와 전원 사이의 거리의 제 양상을 구체적인 가옥의 위치로 형상한 것이다.'(위의 논문, 26면)라고 하였다.
284)　559면.
285)　김홍규,「강호자연과 정치현실」,『고전시가론』, 새문사, 1984에서 조선 초기 집권 사대부층과 16세기 사림층의 강호 자연에 대한 인식상의 차별성이 주의 깊게 논의되었다. 특히 후자의 경우, '16세기 이후 사림의 강호시가는 그 고고함과 초속적(超俗的)인 모습에도 불구하고 이에 내포된 정치의식에 있어서는 완전히 방관적인 것이 아니었다. 오히려 그 고고한 강호 취미의 근저에는 한 걸음의 타협이나 양보도 허용하지 않는 대립의 논리와, 언제라도 기회가 주어지면 외현될 수 있는 급진적인 정치 지향의 싹이 내재하였다고 생각된다.'(위의 논문, 409면)라고 하여 은일적인 삶에 내재된 정치 지향적 성격을 분명히 드러내었다. 이는 <옥련몽>에서 나타나는 물외 취미적 삶의 양상에도 적용될 수 있다.

소유가 취미궁으로 은퇴한 후 인생의 허무를 절감하고 불교에 귀의하려는 태도를 보이는 것과는 대조적으로, 양창곡은 자신의 2세들의 정계 진출에 후견인으로서의 역할을 맡게 되며, 나아가 작품의 결말 구조가 <구운몽>에서와 같이 반본환원(返本還元)하는 순환적 구조로 나타나지 않고 여전히 현실적 삶을 영위하는 것으로 그려지게 된다.

이상에서 보듯이, <옥련몽>은 <구운몽>의 핵심적인 삽화들을 수용하고 있으면서도 독자적인 갈등 구조 속에서 성격을 변화시키고 있다. <옥련몽>은 욕망과 이념의 통합을 지향하는 몽유장편소설의 양식적 특성을 유지하는 한편 통합의 과정이 매우 복잡하고 어렵게 전개되고 있는 양상을 보여 준다. 이러한 양상은 이 작품이 창출된 당대의 경험 세계가 그만큼 변화하고 있었다는 사실을 서사적 전개 과정 속에 반영하고 있음을 의미한다. 이 점에서 작품이 지닌 소설사적 의의를 중시할 만하다.

<옥루몽(玉樓夢)>은 <옥련몽>의 작가가 말년에 이르러 다시 자신의 작품을 개작한 것으로 추정되는데,286) 개작을 통해 현실에 대한 비판 의식이 상당히 강화되어 나타난다. 욕망과 이념의 통합을 방해하고 좌절시키는 경험 세계에 대한 작가의 비판 의식이 확대되었다고 할 수 있다. 이를 사건 구성, 인물 형상, 주제 의식의 세 측면에서 고찰해 본 적이 있는데, 결론적으로 <옥루몽>은 <옥련몽>의 갈등 구조를 더욱 심화시키면서 인물이 보다 영웅적·윤리적 성격을 띠도록 하였으며, 작가 의식의 면에서 대사회적인 비판 의식이 심화되었다고 할 수 있다.287) 이 중에서 특히 부각된 것이 사회 비판 의식의 강화인데 이는 크게 세 가지 양상으로 나타난다.

---

286) 성현경, 「옥련몽 연구」, 『국문학연구』 9, 서울대, 1968, 140면 ; 차용주, 『옥루몽 연구』, 형설출판사, 1982, 31면.
287) 신재홍, 「옥련몽과 옥루몽의 비교 검토」, 『고전문학연구』 6, 1991.

첫째, 당대 외척의 횡포에 대한 우회적인 비판이다. 이는 이미 <옥련몽>에서 곽 도위의 작란(作亂)에 의해 그려지고 있는데, 곽 도위가 행하는 작폐가 모두 황태후의 힘을 배경으로 하고 있다는 점에서 그렇다. 그런데 <옥루몽>에 이르러서는 곽 도위의 작란 단락이 탈락되는 대신에 황소저의 모친인 위부인의 역할이 부각되면서 황태후를 배후에 업고 벽성선을 모해하는 내용으로 개작되었다. 이를 외척의 횡포에 대한 우회적인 비판으로 해석할 수 있다. <옥련몽>에서 곽 도위를 직접 내세운 것으로부터 <옥루몽>에서 위 부인을 설정하여 가정 내의 갈등을 조성하는 것으로 개작한 것은 외척의 횡포를 직접적으로 비판하였다는 시휘(時諱)를 염려한 작가의 의도적인 개작으로 보인다.

둘째, 줄거리상 청당(淸黨)과 탁당(濁黨)의 대립 양상을 심화시켜 당대 정치 현실에 대한 비판의 강도를 높이고 있다. 이는 작가의 비판 의식이 개작을 통해서 가장 극명히 드러나는 대목이기도 한데, <옥련몽>에서 사적인 원한을 계기로 하여 빚어진 조정내의 갈등 양상이 <옥루몽>에 오면 정치적 실권의 쟁탈을 둘러싼 정파 간의 대립 양상으로 심화된다. 그리하여 갈등의 과정에 대한 기술 내용이 <옥련몽>에 비해 크게 확대되고 갈등의 양상도 더욱 치열해져 청당과 탁당의 대결 구도가 작품 전반을 지배하면서 상호 세력 다툼에 의한 부침이 그려진다.

이러한 갈등 양상은 이미 청·탁의 명칭에서부터 그 귀결점은 정해져 있었던 것이지만, 작품의 주된 흥미소는 탁당의 전횡에 의해 천자가 어디까지 실정(失政)할 수 있는가 하는 문제에 있다. 이에 천자가 동홍의 음란한 음악에 매료되어 사정(私情)에 의해 관리를 발탁하고, 청당의 인사들을 물리쳐 언로를 차단하고, 노균의 아첨과 권유로 인해 신선 사상에 침혹하여 산동으로 가서 행궁을 짓고 거하다가 결국 북흉노의 침입을 당하게 된다. 이렇게 천자를 정점으로 하는 중세 국가의 몰락 과정에 대한 진지한 형상화를 통하여 당대의 정치 현실에 대한 작가의 비판 의식과 위기감을 여실히 드러내고 있는 것이다.288) 청탁 양당의 대결 국면은 더욱 치열하여 결말에 이르러서도 탁당의 영수인 노균이 오랑캐에 빌붙어 모반을 꾀하였다가 양창곡에게 죽임을 당하며, 잔당들이 다시 한 번 들고 일어나려다가 다시 몰락하게 되는 연속적인 사건들이 결구되어 있다. 이러한 갈등의 양상은 이 작품 당대의 다른 어떤 군담소설이나 대하소설보다도 치열하게 전개됨으로 해서 이 작품의 가치를 뚜렷이 드러내는 요인이 된다.

셋째, 양창곡을 위시하여 청당의 인물이 제출한 표문(表文) 등에 나타난 현실 비판 의식이다. 이는 당대 왕권이 극도로 약화되어 있던 현실을 반영하여서 왕권의 강화를 통한 기강의 확립을 역설하고, 특히 당대의 핵심적인 사회 부조리로 꼽히고 있던 과거제에 대한 비판과 그 개선책을 제시하고 있는 대목에서 두드러진다. 이는 작가의 현실 인식에 바탕을 둔 구체적인 비판과 해결책의 제시라는 측면에서 이 작품의 개작의 의의가 잘 드러나 있는 점이기도 하다.

이와 같이, <옥루몽>은 단순히 <옥련몽>의 개작품이라서 작품 가치가 무시될 수 없는 독자적인 의의를 지니고 있다. 따라서 <옥루몽>은 <옥련몽>이 지닌 소설사적 의의를 그 자체에 포함하면서 사회 비판 의식의 확대와 심화를 통해 이 작품만이 지니는 의의까지 확보했다고 하겠다.

<구운기(九雲記)>는 <구운몽>의 서사적 골격을 그대로 유지하면서 그것에 몇 가지 갈등 관계를 덧붙여 개작한 작품이다.289) <구운몽>의 모

---

288) 이러한 작가 의식은 <옥루몽>과 같은 시대에 나온 <육미당기>를 분석하여 '작자는 백운영의 가족 질서의 파괴를 통하여 당대 사회와 국가 질서의 파괴에 대한 위기의식을 구체화하였고, 그 파괴된 가족 질서의 회복 과정을 서사화함으로써 당대 사회와 국가 질서의 회복에 대한 희구를 반영시킨 것이다.'(이강옥, 「불경계 설화의 소설화 과정에 대한 고찰」, 『고전문학연구』 4, 1988, 162면)라고 파악된 것과 서로 통한다.

방작인 이 작품은 <구운몽>의 줄거리를 답습하고 있는 면과 함께 개작의 과정에서 새로 보충된 줄거리나 갈등 관계로 인해 변모된 양상을 살펴보는 일이 필요하다. 이에 위에서 <옥련몽>을 논한 것과 같은 방식으로 그 변모 양상을 검토할 수 있다.

작품의 도입 액자는 <구운몽>은 물론이려니와 <옥련몽>과도 달리 순전히 도교적인 성격을 띤 천상계로 설정되어 있다. 이는 <구운몽>과 같이 서사적 계기로서의 도입 액자라기보다는 작가의 도교에 대한 지식을 재구성하여 작품 배경을 기술한 것이라고 할 수 있다. 또한, <구운몽>에서는 성진과 팔선녀의 만남이 몽유전기소설적 기법에 의해 흥미롭게 기술된 반면, 이 작품에서는 반도연에 참석하고 돌아오는 신선들에게 인사차 나왔다가 만나게 된다는 작위적인 서술에 그치고 있다. 그리하여 액자 외부와 내부 사이의 유기적인 연관성이 다소 흐트러져 있다.

액자 내부에서 남녀 주인공이 결연하는 과정은 <구운몽>을 거의 그대로 따르고 있다. 그러나 진채봉과의 만남에서 매파의 서신 왕래 대목을 생략했다든가 계섬월이나 적경홍이 양소유와 만나 가약을 맺는 날 밤에 자신들의 몸을 깨끗이 한 다음으로 미루면서 동침 요구를 거절한다든가 하는 변화가 나타난다. 이는 <옥련몽>에서 욕망이 지기(知己)로서의 만남을 강조하는 변모를 보였던 만큼 뚜렷한 변화라고는 할 수 없지만, 순수한 정욕만으로 결연이 가능했던 <구운몽>의 세계와는 어느 정도 구분되는 양상이라고 할 수 있다.

---

289) 윤영옥, 「구운기고」, 『조선후기의 언어와 문학』, 형설출판사, 1978 ; 육재용, 「구운기 연구」, 서강대 석사논문, 1986. 그런데 이 작품을 중국인이 <구운몽>을 개작한 <구운루>와 같은 작품으로 보는 견해가 있다(정규복, 「한중소설연구의 제문제」, 『중국소설연구회보』 10, 1992). 그러한 주장의 가장 유력한 논거는 <구운기>가 백화문으로 쓰였다는 점인데, 필자는 이 점에서는 그럴 가능성을 인정하지만 <구운루>의 작가 매화(梅花) 및 작품의 역수입 경로에 대한 좀 더 자세한 연구 성과를 기다려서 결정할 문제라고 본다.

이러한 변모와 함께, <옥련몽>이 그렇듯이 이 작품도 욕망과 이념을 통합해 가는 과정이 <구운몽>처럼 조화롭게만 이루어지지 않음을 보여 준다. 이 점은 양소유가 향시(鄕試)에 응시했을 때부터 아버지인 장수하(張脩河)의 권세를 앞세워 장원 자리를 얻으려는 장선(張善)이 등장하면서 양소유와 장수하 부자 사이의 갈등이 사건이 진행될수록 심화되는 양상에서 잘 나타난다. 진채봉의 부친 진 어사의 죽음이 장수하의 모함에 의한 것으로 개작되었고, 양소유와 계섬월, 정경패의 결연을 방해하고, 태후의 늑혼 압력을 옹호하여 소유를 처치하려는 인물로서 장수하 부자와 엄학초(嚴學初)가 설정되었다. <구운기>에서의 장선은 <옥련몽>에서의 황여옥에 해당하는 인물인데, 황여옥이 결국에는 개과천선하는 데 반해서 장선은 장수하의 죄가 드러나 옥에 갇히자 친구들과 공모하여 아버지의 재물을 탈취하여 도망가다가 친구들로부터 배신당하고 부랑자 조삼(趙三)에게 죽임을 당하는 비참한 종말을 맞이하는 점에서 악인으로서의 배역이 더욱 강화되어 있다. 이러한 대립 양상은 <옥루몽>에서 청당과 탁당의 대립과 유사하게, 양소유와 정사도를 주축으로 하는 세력과 장수하와 엄학초를 중심으로 한 세력 간의 권력 투쟁의 양상으로까지 전개됨으로써 갈등의 심화를 꾀하고 있다.

여기서 주목되는 것은 장수하 부자를 철저한 악인으로 설정함으로써 경험 세계의 부조리한 면이 상당히 반영될 수 있었다는 점이다. 대표적인 예가 다음의 인용문들에 보이는 뇌물 수수 현상이다.

> 관절(關節)을 도모하여 저로 하여금 장원을 얻게 하신다면 벼슬길이 영화롭고 빛날 것입니다. …… 혹 지체하여 도리어 두리건대 다른 권세 있고 힘 있는 왕친(王親)이나 국척(國戚)이 먼저 후한 뇌물로써 이미 방두(榜頭)에 뽑히게 되어서 후회한들 소용없습니다.290)

하물며 또한 어찌 저 고양이가 생선을 보고 먹지 않겠습니까. 공경(公
卿) 자제들도 돈 보기를 파리가 피 보듯 하는데 어찌 천번 만번 따르지
않겠습니까.291)

원래 장수하는 직위가 이부(吏部)로 있으면서 출척(黜陟)하여 사람을
쓰는 데 오직 뇌물로써 하였으므로 사방에 뇌물을 남겨 다만 몇 백만
금뿐이 아니고 집 재산도 산같이 쌓여 있었다.292)

장선이 장원을 얻기 위해 아버지를 조르는 말, 호고수(胡古綏)가 엄학초
를 옥에서 구하려고 음모를 꾸미는 대목, 장선이 아버지의 재물을 훔쳐
도망하는 대목 등에서 뽑은 위의 인용문에서 뇌물 수수가 만연된 당대
현실이 잘 드러나 있다. 이러한 현실 반영의 양상은 천자가 하는 다음의
말에서 가장 포괄적인 현실 비판의 언술로 나타난다.

근세 이래로 선비들은 경박스럽게 되었고 벼슬하는 방도는 닳아빠졌
다. 기회를 엿보아서 교묘히 순서를 건너 뛰어 취하는 매개로 삼고, 무
리 지어 선동하여서 공공연히 남을 모함 배척하는 술책을 멋대로 한다.
청렴한 자를 노둔하다고 흉보아 물리쳐 쓸모없는 자를 만들고, 헐뜯고
아첨하는 자를 일컬어 재빨리 재주 있는 자로 만든다. 사랑과 증오가
제멋대로 생기고, 은혜와 원수가 서로 얽히니, 마침내 조정이 지닌 위력
은혜의 칼자루가 한갓 권세 있는 간신이 응하여 수작하는 것이 되어 버
렸다.293)

---

290) <구운기>, 영남대도서관 소장본, 2권 7회, 圖關節 得使孩兒 點得壯元 仕道榮耀……或
　　遲延 還恐他有勢有力的 王親國戚 先以厚賂 已點榜頭 悔無及的.
291) 7권 27회, 況又那個猫兒見腥不吃 公子見錢如蠅兒見血 那不千肯萬肯.
292) 7권 28회, 原來張脩河 職居吏部 黜陟用人 惟以賄賂爲之 四方賂遺 不啻屢百萬 家財山積.
293) 2권 8회, 近歲以來 士趨澆漓 宦方刓缺 鑽窺隙竇 巧爲躐取的媒 鼓煽朋儕 公肆擠排的術
　　詆老成廉 退爲無用 謂讒佞便 捷爲有才 愛惡橫生 恩讐交錯 遂使朝廷威福之炳 徒爲權奸
　　應酬之資.

경박하고 기회만 엿보는 선비들의 풍조와, 파당을 만들어 재주 있고 어진 인물을 배척 모함하는 행태, 그로 인해 결국 조정의 권력이 권간(權奸)의 손에 놀아나게 된 당대 현실을 비판하고 있다. 이러한 현실 비판의 내용은 <옥련몽>이나 <옥루몽>에서도 나타나는 것이지만, 이러한 양상 자체는 <구운몽>의 모방작이라는 이 작품에 대한 절하된 평가를 어느 정도 상쇄시킬 수 있는 작품이 지닌 의의라 할 것이다.

또한, 이 작품은 <구운몽>에서 간략하게 서술되었던 군담이 확대됨으로써 서사적 전개의 한 국면을 확장하고 있다. 이는 <옥련몽>에서의 군담의 확대 현상과 유사하긴 하나 군담에 대한 기술 내용에서는 <옥련몽>의 흥미진진하고 치밀한 전개에는 미치지 못한다. 다만 특징적인 것은, 이 작품의 시간적 배경을 명나라 만력(萬曆) 연간으로 설정하였기 때문에 역사적으로 이 시기에 일어난 임진왜란을 염두에 둔 듯, 작품 속에서 일본이 침입하는 것으로 설정한 점이다. 그렇지만 상투적인 군담의 내용만 서술되어 있음으로 해서 이 대목에서 작가의 일본에 대한 어떤 의식을 읽어 내기는 어렵다.

한편, <구운몽>에서는 양부가 구축된 상태에서 작품이 마무리되고 있는 데 비해, 이 작품에서는 양부에 해당하는 서원(西園)의 새 저택이 지어진 다음 그곳에 마련된 여러 가옥과 누각들에 이름을 달고, 후원에서 부인들이 여러 가지 놀이를 하는 장면이 대폭 첨가되어 있다.294) 앞에서 지적했듯이 <구운몽>에서 양부의 형상은 욕망과 이념의 통합을 상징하는 것으로 이해할 것인데, <구운기>에서는 이러한 양부 내에서 소유와 여덟 부인들이 여러 정자나 누각에 모여 시회(詩會)를 열고 놀이를 하는 모습이 크게 확대되면서 양부라는 공간이 유흥적 성격을 띠게 된다. 그

---

294) 이 부분의 몇몇 대목은 <홍루몽>에서 차용한 것이라고 한다(육재용, 앞의 논문 44~55면 참조).

리하여 구축된 양부의 상징적 의미가 상당히 퇴색하고 유흥 공간으로서의 의미로 변모되었다. 이는 <옥련몽>에서 취성동 세 첩의 거처 선택에 대한 작가의 세심한 배려와도 차이가 나는 것이다.

그런데 서원 저택에서 소유와 부인들이 모여 여러 놀이를 하는 가운데 돌아가면서 소화(笑話)를 이야기하는 대목이 흥미롭다. 전부 21화의 이야기가 삽입되어 있는 이 대목에서, 소화의 내용이 주로 해학적이고 음담 패설에 가까운 성격을 지닌다는 것은 이 작품이 <구운몽> 이래 몽유장 편소설이 지녔던 점잖은 웃음으로서의 해학성에서 벗어나 서민적인 취향의 해학성을 지니게 되었다는 점을 말해 준다. 이는 유흥 공간으로서의 양부와 관련된 것으로서 서민적인 유흥과 해학이 작품의 미학적 배경이 되고 있음을 의미한다. 이러한 개작 양상 또한 작품이 지닌 의의라 할 것이다.

전반적으로 <구운기>는 <구운몽>의 서술 구조를 그대로 답습하고 있기는 하지만, 현실 반영의 측면이나 해학성의 변질 등에 있어서 나름대로의 의의를 지니고 있는 작품이라고 할 수 있다.

<옥선몽>에 대해서 몽유록의 서술 구조와 연관해서 한차례 검토한 바 있다.295) 그에 따르면, 작품의 액자 외부는 주인공 허거통(許巨通)이 여기저기 편력하는 중에 지리산 청학동에 들어가 금강불(金剛佛) 앞에서 입몽했다가 그의 혼이 중국에 태어나 고난과 행복의 삶을 영위한 후 각몽하는 것으로 그려짐으로써, 몽유록과 동일한 서술 방식에 의해 구성된 것임이 확인된다. 한편, 액자 내부는 허거통의 환신(幻身)인 전몽옥(錢夢玉)의 일대기가 전개되는 중에 작가의 지식이 한문학의 여러 문체에 얹혀 표출됨으로써 서사성과 교술성이 상충하고 있는 양상을 띠고 있다. 이러

---

295) 신재홍, 「몽유록의 유형적 고찰」, 『국문학연구』 75, 서울대, 1986, 65~75면.

한 교술성의 측면을 필자는 몽유록의 영향으로 파악했는데, 이에 따라 이 작품은 몽유록과 몽유장편소설의 복합적 성격을 지니는 것으로 보았다.

이러한 고찰은 이 작품을 몽유록과의 관련성 속에서 검토한 것이기에 몽유 양식 전반의 전개 속에서 재조명할 필요가 있다. 우선, 이 작품이 몽유록과 몽유장편소설의 중간적·복합적 성격을 지닌 작품이라는 점이 다시 주목되어야 한다. 앞서 살폈듯이, 몽유록은 현실이나 이념의 문제를 몽유의 형식을 빌려서 교술적으로 서술하였기에 액자 내부의 사건들은 주로 토론(討論)과 시연(詩宴)으로 나타날 뿐 몽유장편소설처럼 주인공의 일대기를 기술되어 있지 않다. 그런데 이 작품에서는 액자 외부가 몽유록과 동일한 서술 방식에 입각하여 기술되면서도 액자 내부의 세계는 몽유장편소설과 같이 주인공의 일대기적 구성으로 이루어져 있다. 전몽옥의 일대기만 요약해 보면, 주인공이 특출 난 능력을 지니고 출생하였으나 열한 살 때 부모가 모두 돌아가자 천하를 두루 편력하며 도인도 만나고 여인과 인연을 맺기도 하다가 어느 과부와 정을 나누었으나 그녀가 자결하자 한때 범인으로 몰려 귀양 가게 된다. 그 후 과거에 급제하여 국가의 반란을 평정하고 벼슬을 물러나 세 부인과 살다가 각몽한다는 것이다. 이는 영웅의 일대기와 동일한 유형성을 지닌 것이다.

그런데 이러한 이야기를 엮어 나가는 작가의 태도를 보면 상당히 안이한 모습을 보이고 있다. 여타의 고전 소설들과 마찬가지로 이야기의 중심 내용은 애정담과 전쟁담에 있다. 이 작품의 애정담으로서 어느 정도 비중 있게 서술된 대목이 전몽옥과 계경화의 결연 과정과 이별, 그리고 재결연 대목이다. 전몽옥이 두루 편력하다가 이화촌에 이르러 어느 다방(茶房)에서 계 미사(桂微士) 집 차가 일품이라는 말을 듣고 차를 파는 여인으로 변장하여 계가에 들어가 경랑과 함께 차의 종류와 조제법 등에 대해 논담하고 다시 음률에 대해서 논한다. 그리고 나서 서로 시를 주고받는데 시의 내용으로 경랑이 상대가 여장한 남자임을 알아채고 서로 언약을 하고 하룻밤을 보낸다. 도적의 난리 통에 몽옥이 그 집을 빠져나옴으로써 이별하게 된다. 그 후 계경화는 가화(假花)를 파는 여자로서 부마가 되어 있는 전몽옥의 집을 찾아가자 몽옥의 정실부인 소녕옹주가 그 재주에 탄복하여 첩으로 천거하여 경랑이 몽옥과 재회하게 된다.

이러한 전몽옥과 계경화의 결연 과정은 <구운몽>에서 차용한 모티프들로 짜여 있다. 여관(女冠)으로의 변장과 음률에 대한 논담은 양소유와 정경패의 결연 과정에서, 도적의 난으로 인한 이별은 진채봉의 경우에서, 가화를 만든 재주에 탄복하여 옹주가 계경화를 후대하여 받아들인 것은 이소화의 경우에서 각각 차용하여 조합한 것이다. 그런데 <구운몽>에서는 세 가지 경우가 각기 독자적인 분위기를 자아내면서 섬세한 필치로 그려진 데 반해, 여기서는 그 세 경우에 그려진 모티프들을 조금씩 조합하여 전몽옥과 계경화의 결연이라는 한 가지 경우를 서술하는 데 차용하고 있다.

한편, 전쟁 이야기로서 전몽옥이 국용필의 반란을 평정하는 대목에 대한 작가의 서술 태도도 매우 단조롭고 기계적인 모습을 보여 준다. 여타의 고전 소설들에서는 오랑캐가 중원을 침입하는 것으로 설정하여 진전대화(陣前對話)에서 오랑캐 장수는 그 나름의 최소한의 명분을 제시하는 데 반해, 여기서 설정된 국용필은 단지 지방의 거부로서 '유혹우민(誘惑愚民) 초망납반(招亡納叛)'296)하였다는 극히 짧은 어구로서 반란의 이유가 기술되었을 따름이다. 전쟁의 과정에서도 고전 소설에서 애용하는 쌍방 장수들 간의 싸움 장면이 없고, <옥루몽>의 일지연을 연상시키는 국채란의 투항 장면도 극히 간단하며, 전쟁을 끝내는 대목에서는 전몽옥의 장

---

296) <옥선몽>, 『필사본 고전 소설전집』 3, 아세아문화사, 1980, 135면.

  제1부 몽유 양식의 소설사적 전개 양상

수 아무개가 적장 아무개를 사로잡았다는 식으로 안이하게 서술되어 있다. 말하자면, 작가는 작품의 서사적 진행에 대해서는 그리 큰 관심을 쏟지 않았다고 여겨진다.

이에 반해, 서사 진행의 대목 대목마다에서 나타나는 교술적 진술들은 작가의 주된 관심거리가 되어 있다. 전몽옥이 5, 6세 되어 학업이 일취월장하는 가운데 약야거사(若耶居士) 시준(柴準)이 찾아와 몽옥과 문답을 하는 내용부터 다분히 교술적이다. 시준이 대소장단지체(大小長短之體)와 방원사정지상(方圓邪正之象)에 대해 묻자, 몽옥은 건곤(乾坤)과 동서(東西), 구심(口心)과 붕당(朋黨)으로 각각 대답한다. 이런 식으로 하늘과 땅의 도수(度數), 세상에서 제일 큰 것과 작은 것, 인체의 골절 터럭의 수, 기화(氣化)와 상수(象數)의 부동함, 각 사물의 한 가지씩의 장기 등에 대해서 묻고 답한다. 여기서 시준의 질문 내용이 다분히 수수께끼와 같은 성격의 것인데도 이를 잘 답변했다고 하여 몽옥의 재능을 높게 평가하고 있는 점이 흥미롭다. 질문의 내용 자체도 그렇거니와 답변 역시 백과전서식의 단편적인 성격의 것인데, 이것이 인물의 출중함을 입증하는 것으로 제시된 점은 이 작품이 어느 정도 전통적인 고전 소설의 기술 방식에서 벗어나 있음을 보여 주는 것으로 생각된다.

이어 몽옥이 11세 때, 부모가 모두 죽자 여기저기 돌아다니다 허 진인(許眞人)의 후손이라는 한 노인을 만나 본격적으로 유불선(儒佛仙)에 대한 논의가 나온다. 그 노인은 도가를 논하면서, 신선을 천선(天仙), 지선(地仙), 시해선(尸解仙)으로 구분한 후 도가의 여러 가지 수련 방법에 대해서 설명하고 있다. 이에는 탄일기법(吞日氣法), 탄월기법(吞月氣法), 단전법(丹田法), 하거반운법(河車搬運法), 양생술(養生術), 금단술(金丹術), 타열뢰법(唾咽瀨法) 등에 대한 설명이 포함된다. 이어서 그는 불법에 대해 논하면서 공덕을 닦고 심신을 멸하는 것을 위주로 하는 것이라 하고 또 육관(六觀), 팔환(八

還), 오욕(五欲), 무유문자(無有文字) 등에 대해 설명한다. 이렇게 도불에 대해서 설명한 다음, 몽옥은 유자(儒者)이므로 명교(明敎) 가운데 즐거움을 찾아야 하리라 충고한다.

다음으로, 몽옥이 계경화와 이별한 후 소주에 이르러 진계(陳繼)라는 도학자를 만나 그와 나누는 대화 역시 위의 두 경우와 같은 성격을 띠고 있다. 도학의 연원과 문장의 정식(程式)에 대한 논의를 통하여 작가의 교술적 의도가 나타나는 것이다. 그리하여 도학의 연원으로서 삼황(三皇)부터 공맹(孔孟)을 거쳐 주자(朱子)에 이르기까지가 약술되고, 노장과 불교와 같은 이단에 대한 논의가 있은 후, 구경(九經)에 대한 간략한 평이 덧붙여진다. 이어 문장의 정식에 대해서 한문학의 각 문체에 대한 설명과 시에 대한 논의, 필획과 자음(字音)에 대한 설명까지 보태고 있다. 이와 같이 몽옥과 시준, 허 노인, 진계와의 대화를 통하여 사물, 유불도, 문장 등에 대한 논의를 펼침으로써 줄거리의 전개와는 무관하게 작가의 지식이 문면에 그대로 표출된다.

이러한 교술적 양상은 이 작품의 중심 사건을 이어가면서 더욱 두드러지게 나타나고 있다. 몽옥이 어느 과부와 정을 통했다가 그녀가 자결하자 범인으로 몰려 심문을 받은 끝에 범인이 아닌 것으로 판결은 났으나 과부와 정을 통했다는 이유로 귀양을 가게 되는 사건, 그 후 귀양에서 풀려나 삼장 과거에 급제하여 출세하는 과정에 대한 기술에서 이 점이 잘 드러난다. 앞의 사건을 기술하면서 작가는 이정(里正)이 지부(知府)에게, 지부가 도독(都督)에게, 도독이 형부(刑部)에 올리는 보고문의 내용으로써 심문에서 판결에 이르는 과정을 보여 준다. 여기서 작가가 유념하고 있는 것은 보장(報狀)의 형식에 대한 것이다. 이두문을 섞어서 작성된 이 보장의 형식은 당대 공용문서 작성법의 일례를 보여 주고 있는 것으로서 이 작품의 작가가 관직에 있으면서 직접 공용문서의 작성에 관여했던 경험

을 작품 속에 반영하고 있다고 보인다.[297]

한편, 전몽옥이 삼장 과거에 급제하는 과정에 대한 기술 역시 서사적으로 기술하기보다는 몽옥이 제출한 답안지의 내용을 나열함으로써 교술적인 양상을 보이고 있다. 향시(鄕試)에서는 시제(詩題)로 '남가몽(南柯夢)', 부제(賦題)로 '오유선생(烏有先生)', 의제(義題)로 '몽작예(夢作乂)', 의제(疑題)로 '孟子曰 周于德者 邪世不能亂德 莫如夫子 而猶未免陣蔡之亂 何如'의 네 문제가 나왔는데, 그 문제 내용에서만 보아도 맨 끝의 의제만 제외하고 나머지는 전통적으로 과거의 문제로 나왔을 법하지 않은 문제를 제기하여 답변을 구하고 있는 점에 주의해야 한다. 앞의 세 문제는 모두 꿈과 전기(傳奇)에 관련된 것으로서 이는 이 작품의 창작 동기를 살펴보는 데 유용한 논거가 될 수 있다.

회시(會試)에서는 논제(論題)로 '패설론(稗說論)', 표제(表題)로 '擬玉皇下土臣 許風産富貴', 책제(策題)로 '문무계지언(問無稽之言)' 등 세 문제가 출제되었다. 이 세 문제도 모두 소설과 허구에 대한 내용으로서 앞의 향시의 경우와 함께 작가가 집요하게 허구에 대한 논의를 하기 위해 상정된 논제들임을 확인할 수 있다. 마지막으로 전시(殿試)에서는 '군주민수잠(君舟民水箴)', '영대팔창명(靈坮八窓銘)', '유황작극송(惟皇作極頌)' 등 으레 과거의 문제로 출제될 법한 내용의 것들로 나온다. 이상의 과거 시험 문제에 대한 몽옥의 답변 내용을 그대로 기술함으로써 작가의 교술적 의도에서 나온 일종의 소설론이 전개되는 것이다.[298]

---

297) 이 작품에 나오는 이두문의 사용을 근거로 이 작품이 중인(中人) 출신의 작가에 의해 창작되었으리라고 추정한 논의가 있었다(김기동, 『한국고전 소설연구』, 교학연구사, 1983, 479면). 필자는 이 견해를 존중하면서도 다른 한편으로 작가가 사대부로서 관리직에 있으면서 서리(胥吏)들이 써서 올리는 이두 사용의 공용문서에 익숙하였을 가능성도 배제할 수 없다고 본다. 이 작품의 작가 문제에 대해서는 아직 어떤 계층의 인물인지를 단정할 단계가 아니라고 생각한다.

298) 이 작품에 나타나는 소설론에 대해서는 박일용, 「조선후기 소설론의 전개」, 『국어국

<옥선몽>의 이러한 작품 성격은 몽유장편소설이 조선 후기에 들어 작가의 교술적 의도에 의해 창작된 것임을 알려 준다. 곧 허구적인 스토리의 전개보다는 작가가 지닌 백과전서(百科全書)식의 교양을 과시하려는 의도에서 이와 같은 작품이 창작되었던 것이다. 이는 <구운몽>, <옥련몽> 등 줄거리 위주의 몽유장편소설과는 구분되는 이 작품이 지닌 특성이 드러나는 대목이긴 하지만, 그로 인해 소설로서 작품의 가치가 많이 훼손된 것만은 부인할 수 없다.

이상에서 17세기 말에서 19세기에 걸쳐 몽유 양식의 주도적인 위치를 차지했던 몽유장편소설의 흐름에 대해 살펴보았다. 이 양식은 전대의 몽유전기소설과 몽유록을 아우르면서 욕망과 이념의 통합을 지향하는 특성을 지니고 있다. 그러나 시대의 추이에 따라서 그러한 통합의 양상이 달리 나타나는데, 후기에 나온 작품일수록 여러 가지 갈등 관계가 얽히면서 복잡하게 전개되어 통합의 과정이 매우 어려운 것임을 보여 준다. 이는 소설사의 전개 과정에서 중세적 질서가 해체되어 가는 시대 변화의 추이를 일정하게 반영하였기 때문에 나타나는 현상일 것이다. 따라서 <구운몽>에서 출발한 이 양식은 후기로 오면서 경험 세계의 모순과 갈등을 어느 정도 현실적으로 반영하는 양상을 띠게 되었다. 그러나 이 양식은 본질적으로 중세적 이념을 지켜 내고자 했던 조선조 상층 사대부들의 소설 양식임을 아울러 기억해야 하겠다.

문학』 94, 1985 및 김종철, 「조선후기와 애국계몽기의 소설관」, 『인문학보』 5, 강릉대, 1988에서 논의된 바 있다.

3) 몽유록의 서사성 강화 경향

이 시기에 나온 몽유록 작품으로는 <금화사몽유록(金華寺夢遊錄)>, <사수몽유록(泗水夢遊錄)>, <몽결초한송(夢決楚漢訟)>(제마무전(諸馬武傳)), 김수민의 <내성지(奈城誌)> 등이 있다. 이러한 몽유록 작품들은 대체로 전대의 몽유록이 지닌 교술성을 계속 유지하면서도 서사성의 확대를 통하여 본격적인 서사물로서의 면모를 갖추게 된다. 그리하여 서사성과 교술성의 혼합적 성격을 특징으로 하는 몽유록이 이 시기에 이르러서는 서사성이 확대됨으로써 본격적인 소설로서의 의의를 확보하는 양상을 띠게 된다. 몽유록은 전통적으로 '좌정-토론-시연'의 서술 구조를 갖추었음을 누차 지적했는데, 이 시기의 몽유록은 서술 구조 중 좌정(坐定)과 토론(討論) 단락을 확장하는 한편, 시연(詩宴) 단락을 약화시키면서 서사성의 확대를 꾀했다고 생각된다.

    <금화사몽유록>(금산사몽유록)은 창작 시기가 밝혀져 있지 않아서 몽유 양식사의 어느 시기에 포함시켜 논해야 될 것인지를 분명히 할 수는 없다.299) 여기서는 다만 몽유록의 역사적 전개 양상을 고려하여 적어도 몽유록의 양식적 성격이 확립된 이후 점차 서사성이 강화되어 가는 과정에서 나온 작품으로 보고자 한다.

---

299) 이 작품의 창작 연대에 대해서 장덕순(1963 : 290)은 막연히 병자호란 이후에 나온 작품으로 추정하였고, 차용주는 작품 내적 진술들을 근거로 명나라가 아직 존속해 있던 임란 직후로 보았다(「금산사몽유록」, 『한국고전 소설작품론』, 집문당, 1990). 필자로서도 이 작품 가운데 연회를 마무리하는 한유의 시구 가운데 '故國誰代家 大明揚輝光'이라고 하여 작품 내적 시간을 명나라가 융성하던 때로 기술하고 있는 점을 추가하여서 차용주의 견해를 따르고자 한다. 그렇다면 이 작품은 몽유록이 성행하던 17세기쯤에 나왔을 것으로 보는데, 이를 17세기 이후의 시기에 놓고 논의하는 것은 순전히 양식사적인 관점에 의한 것일 뿐이다. 혹 나중에 이 작품의 정확한 창작 연대가 밝혀지게 되면 소속 시대의 수정이 불가피할 것이다. 다만, 아래에서 분석하는 이 작품의 특징들은 창작 연대의 수정과 관계없이 유효하리라 믿는다.

지정(至正) 말에 성허(成虛)라는 사람이 있었는데 기질이 초매(超邁)하고 호협하고 거리낌이 없었다. 산천을 편력하는 데 뜻을 두고 사해를 두루 돌아다니다가 9월 삼추에 어느 깊은 산중에 이르게 된다. 얼마쯤 가노라니 기화요초가 덮였고 취죽창송(翠竹蒼松)이 벌여 있는 가운데 금화사라고 쓰인 큰 건물에 이른다. 이에 배고프고 피곤하여 선실(禪室)에 누워 잠이 든다. 일반적으로 몽유록에서는 몽유자가 입몽한 다음 기화요초가 만발한 어느 환상적인 공간에 이르는 것으로 서술되는 데 비해 이 작품에서는 현실에서 그러한 공간에 이르고 나서 입몽하는 점이 다소 차이가 난다. 그렇지만 이는 모두 동일한 서술 방식에 의한 것으로 다만 순서의 뒤바꿈일 따름이다.

잠시 후 문밖에서 천군만마(千軍萬馬)가 천지를 흔드는 소리가 나고 그 가운데 네 대의 황금 수레가 들어온다. 이는 한고조, 당태종, 송태종, 명태조 등 천하를 통일한 제왕 네 명이 각기 자신들의 여러 신하들을 거느리고 온 것이다. 제왕 네 명은 법당에 좌정하고 문무 제신들은 동서로 나뉘어 자리한다. 좌중의 주인 격인 한고조가 "오늘의 풍경이 정히 좋아 군신이 서로 모임이 또한 좋은 일이라, 헛되이 보낼 수 없도다."300)고 하면서 연회를 배설한다. 술이 여러 번 돌고 나서 한고조가 자신과 세 제왕의 위업을 회상하고, 또 제왕들이 각기 자신들이 거느린 신하들에게 공을 돌리며 치하한다. 이에 당태종이 중흥지주(中興之主)들을 불러 함께 즐기자고 청하여 한광무, 소열제, 당숙종, 송고종 등 네 제왕이 또한 자신들의 신하를 거느리고 참석한다. 장량이 나서서 군신이 합석할 수 없다고 하

---

300) <금화사몽유록>, 『필사본고전 소설전집』 3, 아세아문화사, 1980, 416면, 今日風景正好 君臣相會 此亦勝事 不可虛度也. 이 작품의 이본으로는 한문본 <금화사몽유록>, <금산사몽회록>, <금화사기>와 국문본 <금산사몽유록>이 있는데 내용은 대동소이하다고 한다(차용주, 앞의 논문 참조). 이 글에서는 <금화사몽유록>을 대상으로 분석하였다.

자, 번쾌를 명하여 남루(南樓) 아래에 다섯 방위에 기치를 꽂고 각각 장상
지재(將相之才), 장재(將才), 충의지사(忠義之士)를 그 기치 아래에 모이게 한
다. 그러나 위징이 나서서 스스로 천거함이 예가 아니라고 하면서 공평
정직한 선비를 뽑아 뭇 신하들의 우열을 포폄하도록 청한다. 그리하여
명태조가 추천한 제갈량이 그 소임을 맡게 된다.

제갈량이 좌정의 차례를 정하려 할 즈음에 진시황, 진무제, 수문제, 초
패왕 등이 격서를 보낸다. 자리가 시끄러워질 것을 염려하려 중흥주는
동루(東樓)로, 백왕(伯王)은 서루(西樓)로 가게 하고 창업주만 법당(法堂)에 들
게 한다. 진시황이 바로 법당에 들어가려 하자, 제갈량이 그는 창업주가
아니라 중흥주일 뿐이라고 논하여 동루로 가게 한다. 항우도 창업주나
중흥주가 아니라 하여 서루로 가게 한다. 그런 다음 제갈량은 이 자리에
패역자가 있으면 왕발과 동탁의 무리에게 가라고 한 후, 다시 좌정의 서
차를 매기려 할 때, 한무제, 당헌종, 진원제, 송신종 등과 진승, 조조, 원
소, 손책, 이밀 등이 연회에 참석하러 온다. 이들 가운데 이밀과 원소는
배척당하고, 한무제 등은 동루에, 진승 등은 서루로 간다. 이렇게 하여
법당, 동루, 서루에 각각 창업주, 중흥주, 백왕이 자리를 잡게 된다.

이러한 양상은 몽유록의 일반적인 서술 구조 가운데 좌정의 단락이 크
게 확장된 것으로서, 이를 통해 중국의 역대 제왕들에 대한 인물평의 성
격을 드러내고 있다. 그런데 이는 몽유록의 교술적 성격이 좌정이라는
서술 단락을 통하여 어느 정도 작품의 줄거리 속에 융해되는 양상으로
볼 수 있다. 그리하여 이 작품은 앞 시기의 몽유록에 비하여 서사적 성격
을 확장시켰다고 생각된다.

이렇게 좌정이 마무리되고 나서 제갈량이 역대 신하들에 대한 인물평
을 하게 된다. 먼저 장량, 위징, 동방삭 등의 반열을 정한 다음, 홍기 아
래에 소하, 곽광 등을, 흑기 아래에 한신, 마원 등을, 황기 아래에 기신,

장순 등을, 청기 아래에 진평, 주유 등을, 백기 아래에 조운, 황충 등을 각각 배정한다. 인물평이 끝나갈 즈음 강유가 나서서 자신의 억울함을 하소연하는데, 제갈량은 항복하기보다는 절개를 지켜 의롭게 죽었어야 했다면서 위로한다. 제갈량의 인물평이 끝나고 동·서루의 중흥주와 백왕을 법당으로 불러서 함께 연회를 베푸는 가운데 한고조가 제왕의 쾌사를 말하자고 청한다. 이에 진시황을 비롯하여 한고조, 명태조 등이 위업을 이룬 과정을 간략히 토로한다. 그러고 나서 한고조가 명태조를 명하여 역대 제왕의 기상과 시비를 논하게 한다. 이에 명태조가 '北風淅瀝 波濤洶湧은 진시황의 기상'이라는 식으로 역대 제왕들의 기상을 비유적으로 표현하고, 이어서 제왕들의 치적과 과실을 들어 시비를 논한다. 명태조의 역대 제왕에 대한 평이 끝나갈 즈음에 이번에는 항우가 나서서 자신을 논하지 않은 것에 대해 화를 내는데, 이에 대해 명태조는 열 가지의 죄목을 들어서 비난한다.

이렇게 중국 역대의 제왕에 대한 평이 끝나고 나서 한고조의 명으로 신하들이 일어나 춤추고 노래를 지어 부른다. 몽유록의 서술 단락 가운데 토론에 이어서 시연이 베풀어지는 것이다. 장량, 소하, 한신, 진평 등이 돌아가면서 시를 짓게 되는데, 여기서는 장량의 시를 인용해 보겠다.

> 황석공(黃石公)에게 수학함이여, 적제(赤帝)(한고조)를 섬겼노라.
> 진나라를 멸하고 항우를 엎어서 제왕의 스승이 되었도다.
> 다섯 세대의 원수를 갚아 신하의 지위 극에 달했도다.
> 공을 이루고 물러나 영화와 지위를 버리니
> 둥근 달에 뜻 높은 학처럼,
> 적송자(赤松子)를 좇아서 만고 운산(萬古雲山)에 노니노라.301)

---

301) 439면, 受學黃石兮 來攀赤帝 滅嬴倒項兮 身爲帝師 五世之讐報矣 人臣之位極矣 功成身退 辭榮避位 團團之月 昂昂之鶴 從遊赤松 萬古雲山.

　이와 같이 각자의 내력과 회포를 시로써 읊는 것이다. 앞 절에서 본 몽유록 작품들의 시에서는 이념이 좌절된 현실을 개탄하는 내용이 주류를 차지하고 있었던 데 비하여, 이 작품에서는 역대 인물의 행적에 따라서 혹은 자랑하고 혹은 탄식하는 등 그 내용이 일정치 않다. 이 작품에 등장하는 수많은 인물들의 행적이 다양하고, 또 어떤 특정한 한 사건에만 관련된 인물들이 아니기 때문에 시의 내용이 단일한 성격으로 나타나지 않게 된 것이다. 이는 몽유록에서의 시연의 성격이 갈등의 내면화라는 기능에서 어느 정도 탈피한 것임을 보여 주는 것이라 하겠다.

　이렇게 신하들이 돌아가면서 시를 읊은 다음, 동방삭으로 하여금 고금의 인물들을 논하여 그에 상당한 직책을 내리게 한다. 말하자면, 가상 조각(假想組閣)을 시도해 보는 것이다. 이에 제갈량과 소하를 각각 좌승상, 우승상으로 하여 70여 명의 인물들에게 그에 상당한 직책을 맡겨 조각을 하게 된다. 동방삭의 가상 조각이 끝나고 이를 후세에 전하게 하기 위하여 한유로 하여금 글을 짓게 하고 또 시를 덧붙여 진상케 한다. 이 때, 원태조가 좌현왕 등을 이끌고 침입해 오매, 진시황이 한무제와 함께 격퇴시키고 개선한다. 이는 명백히 한족(漢族)을 침범한 이민족에 대한 응징을 의미하는 것인데, 이를 전쟁이라는 서사적 줄거리로서 결구하여 놓았다는 점이 특별히 지적될 수 있다. 이렇게 연회가 마무리되고 나서 닭이 울자 모두 돌아가고 성허는 각몽하게 된다.

　이와 같이, 이 작품은 중국 역대의 제왕과 신하들을 등장시켜 그들에 대한 평가를 내리는 내용으로 되어 있다. 따라서 작가 의식의 측면에서는 다분히 교술적인 의도가 바탕이 되었다고 하겠지만, 서술 방식상 좌정의 확대와 전쟁 이야기의 삽입으로 인해서 교술성이 서사적 줄거리 속에 어느 정도 융해되는 양상을 보여 준다.

　<사수몽유록>은 현재 국문으로만 소개되어 있는 작품이다. 중원에 한

선비가 있어서 옛 성현의 글을 대하여 공자나 안증자맹(顔曾子孟)이 시대를 못 만나서 도를 행하지 못함을 탄식한다. 홀연 피곤하여 잠이 들었는데, 두 청의 동자가 그를 데리고 하늘로 올라가 '유청문창부'라고 쓰여 있는 문으로 들어간다. 여기에 두 선관이 나타나 선비가 망령되이 하늘을 원망한 것을 질책하고 공자를 낸 것은 사문(斯文)을 흥기하여 만세에 사해를 계몽케 함이라고 하면서 옥제가 사속(泗涑) 위에 봉하여 소(素)를 국호로 하는 나라를 다스리게 하였으니 한번 가 보라고 한다. 이에 몽유자가 소국을 찾아가니 그곳은 태고적 기상이요 당우(唐虞)적 풍속이었다. 이 나라는 공자가 왕으로 있고, 안연과 공급(자사)과 증삼이 삼공으로 있으며, 맹가가 총백관총재로 있었다. 그리고 민손(자건), 염옹(중궁) 등 여러 신하들이 열립해 있었다. 또한 동국에서 온 아홉 사람으로 설총, 안향, 최치원, 정몽주 등이 입시한다. 이어서 공자가 여러 유학자들에게 직임을 부여하게 되는데, 공자의 명을 받은 사람이 후세의 유자(儒者)에게 사양하는 식으로 하여, 맹자가 주희에게, 자유가 정호에게, 자하가 정이에게, 자공이 소옹에게, 소옹이 다시 제갈량에게 직임을 사양한다. 그리고 장재, 사마광, 주돈이 등에게 각각 직임을 명한다.

이때, 양주와 묵적이 침범한다는 보고를 받고 맹자가 나가서 격퇴한다. 또한 노담이 열어구와 장주를 거느리고 침입하매 장재가 나가서 퇴각시킨다. 그리고 석가여래가 아란가섭, 관음, 문수, 보현, 미륵 등을 거느리고 침입하매 한유가 나가서 퇴각시킨다. 그러나 한번 패하여 도망했던 노담과 석가여래가 합세하여 다시 침범하니 맹자가 장재, 주희, 정호, 정이, 한유 등을 이끌고 나가서 논담으로써 그들을 격파하고 개선한다. 이렇게 전개되는 이 대목은 유교의 입장에서 양묵 도교 불교 등의 이단을 배격하는 내용을 서술하고 있는 것인데, 석가와 맹자의 논쟁이 이러한 양상을 잘 보여 주고 있다.

 제1부 몽유 양식의 소설사적 전개 양상

우리 도덕은 자비로 읏듬을 삼고 돈오하믈 귀히 너겨 블심업을 알면 블셩을 아나니 생함도 업고 멸함도 업고 팔해육통하야 망상을 다 업시 한 휘면 이 니른대 원각이라. 십방셰계랄 께보고 억만중생을 제도하나니, 이제 그대 도난 블과 마암잡기로 읏듬을 삼나니 우리 마암업시함과 엇더하며, 너해 도난 블과 유의하믈 읏듬으로 삼나니 우리 무나함과 엇더하뇨. 너해 도난 블과 셩졍을 됴히 너기거니와 우리 졍멸함과 엇더하며, 너해 도난 블과 하날을 의탁하야 밧드노라 하거니와 우리난 하날을 브리니 엇더하며, 너해난 귀신을 공경하거니 우리난 귀신을 지휘하니 엇더하뇨.302)

이러한 석가의 도전에 대해서 맹자는 다음과 같이 반박한다.

아비 업고 님군 업산 놈이 감히 샤특한 말을 하야 셰상을 속이고 백셩을 혹게 할다. 네 말이 근리한 닷하나 진짓 도에 크게 어자러온디라. 네 이제 너다려 니라리라. 사람이 셰상의 나매 군신과 부모와 부부와 장유와 붕위 이 오륜이라. 사람이 오륜 곳 업사면 사람이 아니어날…… 이러믈 셩인이 충샤와 금슈랄 몰아 산림턴택의 내티고, 칩거든 오슬 닙고 주리거든 밥을 먹고, 나모 우해 이시면 병들 거시매 집을 지어 잇게 하고, 공장으로 하야곰 그라살 쓰게 하고…… 네 닐오대 사람이 된다 하니, 이 더옥 맹낭한 말이라. 초목이 한 번 죽으매 그 나모의 플이 다시 다란 초목이 되디 아니하고, 블이 한 번 꺼딘 후 다시 블이 되디 아니하니라. 사람이 남믈과 다라미 업산디라. 한 번 죽으매 석은 나모 등걸과 꺼딘 재 갓타니 어나 긔운이 이셔 다시 사람이 되며, 네 또 닐오대 사오나온 사람은 디옥이 이셔 형벌로 다사린다 하니 사람이 죽은 후의 혼백이 다 홋터시니 어나 곳의 형벌을 베풀리오.303)

이와 같이 불교와 유교의 입장에서 서로 논쟁을 벌이는 것이다. 물론, 이 논쟁은 유교의 승리로 귀결되는데 이는 작가가 의도한 당연한 결과이다.

302) 이명선 교주, 「사수몽유록」, 『인문평론』, 1940. 6., 203면.
303) 203~204면.

여기서 주목되는 바는 토론의 성격을 지닌 이 단락이 일종의 군담을 서술하는 방식으로 기술되어 있다는 점이다. 이는 몽유록이 이 시기에 이르러 서사성이 확충되는 과정에서 군담이라는 서사적인 성격의 이야기 전개 방식을 수용하였음을 말해 준다. 이미 몽유전기소설과 몽유록의 중간적 성격의 작품인 <대관재몽유록>에서 몽유자가 김시습의 침입을 격퇴시킴으로써 작가의 김시습에 대한 평가를 암시하고 있는 서술 방식이 나타났었고, 위의 <금화사몽유록>에서도 원나라의 침입을 항우 등이 격퇴하는 이야기가 나오는데, 이 작품에서 이러한 서술 방식을 최대한 활용하여 이단에 대한 비판과 배격의 의미를 드러내고 있다.

더욱이 이 작품에서는 이러한 전통적인 서술 방식에 보태어, 다음의 예에서 보듯이 일종의 진전 대화(陣前對話)에 해당하는 서술이 나타난다.

> 딘샹의셔 크게 꾸지져 갈오대, "네 음란한 행실과 샤특한 말로 인심을 함닉하고 우리 길흘 어자러이니, 내 이제 소왕명을 밧자와 선셩의 도랄 붓드러 너해 샤특뉴랄 막자라노라." 이인이 대쇼하고 꾸지저 왈, "우리난 인이 텬디에 덥혓고 의 사해예 펴졋난디라. 엇디 너해 왕의 조곰안도 갓타리오. 빨리 말게 나려 항복하야 만대에 우음을 업게 하라." 맹재 대로하야 딘문을 크게 열고……304)

이와 같은 서술은 다분히 통속 영웅 소설에서 나타나는 진전 대화와 그에 이어지는 싸움을 기술하는 방식과 유사한 양상을 띠고 있다. 이는 몽유록이 서사성을 확충해 나가는 과정에서 국문 소설적 요소를 수용하였음을 보여 주는 것으로 이해된다.

이렇게 하여 이단과의 싸움에서 승리하고 나서 역대 제왕들에 대한 포폄(褒貶)이 행해진다. 이에 분서갱유를 일으킨 진왕 여정을 항적이 토벌하

---

304) 200면.

고, 불교를 신봉하였던 한명제, 송신종, 효종을 꾸짖어 물리친다. 그리고 패도를 내치고 왕도를 행하여 예악지치를 일으켰다고 하여 한고제(조) 유방을 칭찬한다. 이리하여 제왕에 대한 평가를 내린 후 왕이 제신들과 도를 의론하니, '性相近 習相遠', '人心惟危 道心惟微' 등의 어구 해석, 이학(理學)과 수학(數學)의 대비, 순경 양웅 등에 대한 비판 등이 행해진다. 그리고는 왕이 제신들에게 언지(言志)할 것을 권하게 되는데, 자로는 천승의 나라를 다스리겠다고 하고, 안연은 단사표음(簞食瓢飮)을 원한다고 하며, 맹자는 호연지기(浩然之氣)를 이르는 등 각자의 소회를 말한다. 이어서 자공이 안연을 위시하여 공자의 제자들과 유학자들에 대한 간략한 인물평을 하게 된다. 공자가 자신에 대한 평도 요청하고, 다시 공자가 자공을 평함으로써 인물평이 마무리된다. 이렇게 역대 제왕과 유학자들에 대한 평가를 마친 후 잔치가 베풀어지고 왕이 먼저 노래를 부르자 맹자가 이어서 부르고 백공이 이에 화답한다. 그리고는 한유가 연회의 일을 기록하여 몽유자인 선비에게 주니 그가 받아가지고 나오다가 각몽한다.

이상에서 보듯이 <사수몽유록>은 몽유록의 교술적 성격을 이어받아 철저히 유교적 관점에서 불교나 도교 등의 이단을 배척하고, 유교의 성현들과 그 교리를 찬양하려는 의도에서 창작된 작품이다. 그러나 이와 더불어 전쟁 이야기를 끌어들여 본격적인 서사물로서의 면모도 갖추고 있는데, 이러한 양상은 앞서 본 <금화사몽유록>보다 더 소설적 성격에 가깝게 접근한 것이다.

<제마무전>(몽결초한송)은 몽유 양식이 국문 소설로서 정착된 모습을 잘 보여 주고 있는 작품이다. 이 작품의 기본적인 창작 의도는 중국 초한 시대의 인물들에 대한 포폄 의식에 있기 때문에 몽유록의 전통적인 의식을 잇고 있다고 볼 수 있는데, 이를 교술적인 의도 그대로 드러내지 않고 허구적인 줄거리를 갖추어 제시하고 있는 것이다. 이는 앞에서 살펴 본

<금화사몽유록>이나 <사수몽유록>에서 서사성이 확충되어 온 측면을 국문 소설 본래의 서사적 특성을 지닌 작품으로 형상화하였다는 것으로 이해될 수 있다. 그리하여 이 작품은 조선 후기에 많이 나타나는 이른바 송사 소설(訟事小說)의 면모를 띠면서 국문 소설로서의 위치를 점하게 된다.

서두에서 작품의 배경을 한나라 호환황제(桓帝?) 시절로 설정하고, 한고 조가 건국한 지 몇 백 년이 지나서 사회 질서가 문란해졌음을 다음과 같이 서술하고 있다.

> 님금이 유약ᄒ고 됴뎡에 간신이 가득차셔 튱냥을 시긔ᄒ고 빅셩을 학뒤ᄒ기와 곡익(식)을 만이 밧치는 쟈는 벼슬을 주고 큰 도량과 신긔ᄒ 지조가 잇는 자라도 지물이 업는 자면 쓰임을 보지 못ᄒ는 고로, 나라 졍ᄉ ㅣ 졈졈 어즈러워 인민의 슈고ᄒ는 소리 날노 심ᄒ더라.305)

이러한 세태 속에서 제마무는 빈한하지만 강직한 성품으로 항상 충분 강개(衝憤慷慨)한 마음을 품고 배회하는데, 그의 부인 왕씨가 그의 마음을 알고 때를 기다리라고 하면서 위로한다. 이렇게 작품 서두에서 주인공과 그의 부인을 등장시키는 것은 <배비장전>이나 <이춘풍전> 등의 국문 소설에서 일반적으로 나타나는 인물 설정이다.

그러던 차에 과거를 보게 되는데, 가장 먼저 일필휘지하여 답안을 제 출하였으나 방목(榜目)에는 모두 세력 있는 자의 자식이나 재물 많고 무식 한 자들만 붙었을 뿐 자신은 정작 낙방한 것이었다. 이에 분하고 허탈하 여 탄식하다가, "닉 이 셰샹에셰(셔) 공명을 엇어 님군을 셤기고 빅셩을 다스려 텬하를 평뎡ᄒ리라 홈이 도리혀 구구ᄒ 일이라 차라리 한울나라 에 올나가셔 옥황상뎨를 모시(고) 인간 화복을 쥬당ᄒ야 션악화복을 고르

---

305) <제마무전>, 『구활자소설총서』, 민족문화사, 3면.

게 흠이 올타.”306) 하고서는 한 장 글을 지어 불에 태워 공중에 날린다. 몽유록에 설정된 몽유자는 일반적으로 현실에 불만을 품고 비분강개하거나 뇌락 불기한 성격의 소유자들인데, 이 작품에서는 그러한 몽유자의 일반적인 성격을 제시함에 있어서 이처럼 시대적 모순으로 인해서 자신의 포부가 꺾이게 되는 과정을 허구적인 줄거리로 형상화해 놓고 있다.

그렇게 하고 나서 집에 돌아왔는데, 공중에서 형옥진군이 이르기를 그가 지어 올린 글이 옥제에게 상달되었다고 하면서 그 글의 진위를 알기 위해 그를 부른다고 하였다. 이에 마무는 집안사람들에게 자신이 죽더라도 들레지 말고 다시 살아나기를 기다리라고 당부하고는 공중에서 부르는 소리에 기절한다. 이러한 입몽 장면은 죽음과 꿈을 동일시하여 기술한 것으로서, 몽유 양식의 일반적인 서술 방식에 속하는 것이다. 그리하여 마무는 ‘정신이 혼미ᄒ야 아모랄 줄 몰으다가 흐린 긔운은 아리로 나려가고 묽은 넉이 유유탕탕ᄒ야 한 곳에 다다르’307)는데 그 곳이 옥황상제가 있는 하늘나라였다. 옥제는 그에게 염라부 도총대왕을 시켜서 ‘인간 화복 보응ᄒᆯ 일’을 맡긴다. 이에 마무는 염부의 십대왕(十大王)을 거느리고 염부에서 가장 어려운 송사인 초한 시대 인물들의 일을 처리하게 된다. 이리하여 유방, 항우, 한신 등 초한 시대의 인물 60여 명이 등장하여 자신들의 억울한 사연을 고하고 마무의 판결을 받게 된다. 판결의 내용이란 초한 시대의 인물들의 행적을 평가하여 다음 시대에 전개될 삼국 시대의 인물들로 환생시키는 것이다.

여기서 마무가 내리는 판결의 기준이 전통적인 역사적 평가와는 사뭇 차이가 난다는 점이 흥미롭다. 이는 초한 시대의 두 주인공인 유방과 항우에 대한 마무의 판결 내용에서 두드러지게 나타난다. 위에서 살펴 본

306) 5면.
307) 10면.

<금화사몽유록>이나 <사수몽유록>에서도 나타나듯이 흔히 한고조 유 방에 대해서는 긍정적인 반면, 항우에 대해서는 패도를 행한 인물로서 부정적인 평가를 내리는 데 반해 여기서는 오히려 유방이 비난당하고 항 우가 긍정된다. 먼저, 유방에 대한 판결을 들어 보겠다.

> 그디의 험을 의론홀지면 삼강오륜일(을) 다 모르나니……항왕이 그디
> 를 항복밧고져 ㅎ야 티공을 도마 우에 놉히 안치고 그디에게 통고ㅎ기
> 를 만일 항복지 아니ㅎ면 티공을 삶으리라 혼디 그디 화답ㅎ야……다힝
> 이 한 그릇 국을 난어 보너라 ㅎ얏스니 이는 텬하 엇기만 싱각ㅎ고 어
> 버이는 가뷔여이 넉이미니 이 엇지 사룸의 즈식된 도리라 ㅎ리오……
> 쏘 임의 려후의 으달 영으로 티즈를 삼앗거늘 무삼 마음으로 척희의 으
> 달 여의로 박구아 셰우고져 ㅎ다가 뜻과 갓치 되지 못ㅎ야 도로혀 후일
> 에 척희의 모즈로 ㅎ야곰 려후의 독훈 희를 밧아 참혹히 죽게 ㅎ얏스며
> 쏘훈 한신 펑월 영포 등 모든 공신을 다 죽이고 그 삼족을 멸ㅎ얏스니
> 이 엇지 사룸의 참아 홀 바리오. 이로써 볼진디 그디는 부즈와 부부와
> 군신의 륜강을 쓴은 자라 홀지오,……그디의 평싱 힝스를 보면 모다 교
> 사홈을 쥬장ㅎ야 남을 속히고 거즛ㅎ야 셰상 사룸의 이목을 가리올 슈
> 업나니 엇지 대인군즈의 힝위라 ㅎ리오.308)

이렇게 유방에 대해서는 삼강오륜을 해치고 교활한 술책만 썼다고 하 여 혹독한 비난을 가하고는, 그를 삼국 시대에 수모와 핍박을 당하게 될 한헌제로 환생하게 한다. 이에 반해서 항우는 매우 긍정적으로 평가를 받는다.

> 그디는……천고의 짝이 업는 영웅이라 글은 족히 셩명을 긔록홀 짜
> 믈(름)이란 말은 진실노 즈고급금 썩은 션비 붓더를 잡아 여간 문쟝을
> 즈랑ㅎ며 남의 시비 평론ㅎ는 쟈를 쑤지즈미니 엇지 상쾌치 아니ㅎ며

---

308) 38~40면.

쏘 홍문연에 범증이 그디를 위호야 픽공을 죽이려 호야 옥결을 자조 들
되 그디 죠금도 기의치 안이호니……한왕의 빅만디병을 파호고 그 인비
티공과 그 안히 려후를 사로잡아 삼년을 딘중에 두엇스되 죽이지 안앗
스니……한왕을 황(항)복 밧으려 호야 티공을 도마 우에 두고 삶는다 호
다가 한왕이 회답호기를 우리 두 사롬이 초회왕을 셤겨 형데 되얏스니
니 아바지는 곳 네 아바지란 말을 듯고 곳 노아 보니얏스니……다만 의
뎨를 히호 일노써 낙명이 되야 한왕이 말거긔(리)를 만드러 인심을 션등
(동)호야 그디를 비반케 호얏스나 잘혼 일은 만코 잘못혼 일은 젹으니
족히 용셔홀 것이오……그디의 의긔와 덕망이 이러홈으로 팔년 풍진에
디소 전쟝 칠십여 번에 혼번도 픽혼 일이 업더니 하로 아참에 혼싱과
긔즈거의 간계에 싸져 텬하를 일엇스니 엇지 통혼지 안니호리오[309]

이렇듯 항우에 대한 평가는 매우 긍정적이어서, 사대부라면 누구나 비
판해 마지않는, 의제(義帝)를 죽인 항우의 처사에 대해서조차 용서할 만하
다고 평가하고 있다. 이러한 평가에 의해서 항우는 삼국 시대에 가장 걸
출한 영웅인 관운장으로 환생하도록 판결이 난다. 이와 관련하여 삼국
시대 최고의 영웅인 제갈량으로 환생하는 인물이 한신에게 무고하게 죽
임을 당한 나무꾼[초부(樵夫)]인 것도 주목된다.

그디는 한신이 쵸나라을 바리고 한나라로 도라갈 졔 길을 뭇는디 디
호야 그디 됴흔 뜻우(으)로 즈셰히 굴ㅇ쳐 주엇거늘 한신이 그 은혜를
싱각지 안코 도로혀 죽엿스니 엇지 원통치 아니호리오. 그디를 인간에
니여 보니노니 셩명은 제갈량이오 즈는 공명이오 도호는 와룡이라.[310]

흔히 초한 시대의 인물 가운데 제갈량에 비견되는 인물로서는 장량(자
방) 정도를 꼽게 되는데, 여기서는 파격적으로 나무꾼이 제갈량으로 환생

309) 45~47면.
310) 66면.

하는 것으로 나타난다. 이는 한신이 조조로 환생한 것에 대하여, 한신에게 억울하게 죽임을 당한 나무꾼이 조조를 가장 괴롭히는 인물인 제갈량으로 환생하여 한신에게 당한 원한을 풀어주기 위한 설정이다.

이러한 파격적인 인물 평가는 진승과 오광에 대한 평에서도 잘 나타나고 있다. 이들은 진나라 말기에 반란을 일으켜 이를 계기로 하여 초한의 쟁패를 가져온 사람들로서 흔히 그 평가가 부정적인 인물들이다. 그런데 다음에서 보듯이 이들의 변론과 그 평결이 매우 긍정적으로 나타난다.

> 진나라 정시 어즈러워 텬하창싱이 도탄 되는지라 즈고로 나라정스 무도ᄒ면 텬하가 함긔 쳐 그 님금을 밧구고 정스를 시롭게 홈은 한울의 즈연ᄒ 도리라. 그런고로 하걸이 죠학부도ᄒᄆᆡ 은왕 셩탕이 쳐 멸ᄒ고 은나라왕 쥐 도 업스ᄆᆡ 문왕 무왕이 쳐 멸ᄒ고 정스를 시롭게 ᄒᆞ얏나니 이는 다 한울이 식히신 바니 이는 텬하 사ᄅᆞᆷ이 다 아는 바라. 이졔 진나라 되 업셔 빅셩이 다 죽게 되얏스나 텬하에 한 사ᄅᆞᆷ도 닐어 빅셩을 건지고져 ᄒᄂᆞᆫ 쟈 업거늘 우리가 긔연이 닐어나 탕무의 공을 일우고(쟈) ᄒᆞ얏더니311)

진승과 오광의 이러한 자기변호는 공교롭게도 <원생몽유록>에서 토론의 중심 문제로 제기된 요순탕무(堯舜湯武)의 일을 거론하고 있다. <원생몽유록>에서는 요순탕무의 찬탈을 비판하는 복건자의 말에 왕이 나서서 그들의 시대에 처하여 그들의 덕이 있다면 가하다고 옹호되었던 것이지만, 후세의 찬탈하는 무리들이 요순탕무를 빙자하여 명분을 세우는 것에 대해서 복건자나 왕 모두 단호히 비판하고 있었다. 그런데 여기서는 진승과 오광의 말을 통하여 무도한 정치를 개혁하여 임금을 갈아치운 탕무의 일이 하늘의 자연스런 도리라고 하면서 자신들의 반란이 탕무를 본

311) 34~35면.

받고자 함이었다고 변호하고 있다. 제마무는 이러한 진승과 오광의 변호를 인정하여 나중에 판결을 내릴 때에는 이들을 각각 사마의와 사마마소로 환생시켜서 삼국을 평정하고 晉나라를 세운 사마염의 선조가 되게 하였다. 그리고 제마무 자신은 초한 시대의 송사를 잘 처결한 공으로 옥제로부터 후세에 사마염으로 환생하도록 명을 받게 되는데, 이로 보아 진승과 오광은 제마무의 선조 격이 되어 삼국 평정의 과업을 수행하고 영화를 누리도록 판결이 난 것이다.

이러한 양상은 작품의 서두에서 제시된 당대 사회의 부조리한 현실에 대해서 제마무와 진승·오광이 비슷한 불만과 분노를 지니고 있었던 것으로 설정되었기에 가능하였다. 다시 말해, 이 작품은 진승·오광과 같은 반란 세력을 인정하고, 주인공 제마무를 이들에 비견되는 인물로 설정하여서 사회 비판 의식을 강하게 드러내고자 하였던 것이다. 그리고 이는 현실과 이념 사이의 모순에 대한 심각한 고민을 토로하면서 이를 유교적 이념의 관철을 통해 극복하려는 의식을 바탕으로 하여 그 양식적 성격이 확립된 몽유록이 이 시기에 이르러서는 이 작품에서 보듯이 오히려 그러한 유교적 이념의 역전을 시도하면서 어느 정도 중세적인 가치관을 허물어뜨리는 양상을 띠게 되었다고 하겠다. 이러한 양상을 띠게 되는 작품 내적 원인으로서는, 앞서도 지적한 바와 같이, 이 작품이 허구적인 줄거리를 갖추면서 송사소설로서의 면모를 지니게 됨으로써 몽유록이 국문 소설로서의 지위를 점유하게 되었다는 점을 지적할 수 있다. 이러한 허구성에 기초하여서야 비로소 전통적인 이데올로기적 제약에서 어느 정도 벗어나서 작가의 개인적 의식과 결부되어 파격적인 인물평이 이루어질 수 있었다고 할 것이다. 요컨대, 이 작품은 몽유록이 국문 소설로서 허구성과 서사성이 중심이 된 본격적인 서사물로서 자리 잡는 징표로 삼을 수 있을 것이다.

이상의 세 작품이 교술적 서사로서의 몽유록에서 점차 본격적인 서사물로 나아가는 양상을 띠는 데 비하여, 김수민의 <내성지>(1757년)는 <원생몽유록>의 소재를 그대로 끌어옴과 동시에 서술 구조에 있어서도 전통적인 몽유록의 '좌정－토론－시연'의 서술 구조를 따르고 있는 작품이다.312)

몽유자인 무명자(無名子)는 평소 춘추를 읽기 좋아하였고 또 명산대천을 유람하여 가슴을 넓혔다. 내성(奈城)(영월)에 이르러 산수를 두루 구경하면서 비분한 마음으로 시를 짓다가 관풍루에 이르러 입몽하게 된다. 단종(端宗)이 신하들을 거느리고 이르고, 뒤이어 명나라 건문황제(建文皇帝)가 역시 신하들을 데리고 온다. 이들 두 임금은 시대상으로도 50여 년의 차이밖에 없으면서, 친족으로부터 왕위를 강탈당한 공통된 역사적 경험을 지니고 있었기에 그들은 서로 만나 자신들이 겪은 일을 말하면서 울분을 토로한다. 이어 이 자리에 참석하려고 오는 자들이 있을 것이라 하여 동문(東門)에는 방효유, 서문(西門)에는 성삼문을 시켜 충신만을 들여보내도록 한다. 이 대목은 <금화사몽유록>에서처럼 좌정의 단락이 확대된 양상이다.

동·서문을 통하여 들어오는 인물의 수는 170여 명에 달하게 되는데, 이는 단종의 일과 관련되어 계유정란, 사육신 사건, 금성대군 사건 등에 연루된 사람들이 총망라되었기 때문이다. 또한 그 신분상에서도 재상에서 일반 서민에 이르기까지 망라되어 황보인 김종서 등을 필두로 엄홍도와 영월 군민, 건문의 일과 관련하여서 어부, 나무꾼, 품팔이꾼, 불승 등

---

312) 필자는 이 작품에 대해서 한 차례 검토한 바 있다.(신재홍, 「명은 김수민의 내성지 검토」, 『국어국문학』 105, 1991) 그런데 이 논문을 쓰고 난 다음에야 이 작품에 대한 선행 연구로서 조석헌, 「몽유록소설 내성지에 관한 연구」, 건국대 석사논문, 1988이 이미 나왔다는 것을 알게 되었다. 이 자리를 빌려 선행 연구자의 논의를 미처 살피지 못한 필자의 불찰을 사과드린다.

  제1부 몽유 양식의 소설사적 전개 양상

이 등장한다. 그리고 이러한 인물들은 모두 일정한 삽화와 연관된 것으로서, 작가는 단종과 건문의 일에 관련된 가능한 한의 모든 삽화를 작품 속에 수용하고자 했던 것으로 보인다. 이러한 양상은 이 작품이 서사 세계의 확장을 꾀하고 있다는 점을 보여 준다. 이 작품이 창작된 18세기 중엽에는 이미 야담(野談)이 성행하였던 시기이고 그밖에도 통속 영웅 소설의 양산(量産), 장편 국문 소설의 유포 등의 현상이 나타났던 것인데, 이러한 소설사적 현상이 몽유록 작품인 <내성지>에서도 반영되어 서사 세계의 확장이 이루어졌다고 할 수 있다.

이렇게 충신 사들이 모인 다음 시연이 베풀어진다. 몽유록의 유형화된 서술 방식이다. 시연이 무르익을 즈음에 문지기가 손님들이 찾아왔다고 고한다. 남효온, 김종직, 김일손이 온 것이다. 이들 역시 단종의 일이 빌미가 되어 사화(士禍)의 와중에서 희생되었던 인물들이다. 이들에 이어 영월과 정선 군수, 연좌로 인해 죽은 사람들, <동학사 초혼기>에 기록된 인물들이 연회에 참석한다. 다시 한 번 좌정 단락이 전개되는 것이다.

자리가 정리되자 이번에는 왕과 신하들이 그들이 겪었던 당시의 사건을 회상하면서 자신의 회포를 진술한다. 여기서 각 인물은 자신의 행적을 말하고, 왕이나 무명자 및 그 밖의 사람이 행적을 말한 이의 미진한 구석을 질문하는 식으로 이어진다. 말하자면 인물평의 성격을 띤 토론 단락에 해당하는 대목이다. 이를 이어서 역사 일반의 문제에 대한 토론이 벌어지게 되는데, 이는 앞서의 인물평 중심의 서술 방식과는 구분되는 또 다른 성격의 토론 양상을 보여 준다. 그리하여 이 대목에서 이 작품의 중심 주제가 드러나게 된다.

작품의 소재 자체가 그렇기에, 이 토론에서도 <원생몽유록>에서의 논쟁점이었던 요순탕무의 행위에 대한 비판을 토론의 주요 대상으로 삼고 있다. 그런데 이 작품에 드러나는 의식은 <원생몽유록>처럼 천도(天道)와 시세(時勢) 사이에서 명연막연(冥然漠然)한 상태로 머무르지 않고 보다 확고한 유교적 이념의 관철을 도모하고 있다는 차이를 보인다.

> 이기(理氣)는 천지의 부모요 천(天)은 또한 기(氣) 안의 사물이니, 기의 운수가 관여하면 하늘이 은밀히 도우려 해도 어쩔 수 없다. 비록 그러하나 하늘이 안정되고 기(氣)가 일(一)로 돌아가면 이(理)가 이에 회복된다. 그러므로 폐하 및 대왕이 처음을 캐고 끝을 돌이켜 지위를 회복하였으니, 이것이 선천(先天)에서 하늘이 뜻을 어기지 않으면 후천(後天)에서 하늘이 주는 때를 받든다는 것이 아니겠는가. 겸하여 인성은 본래 선하니, 슬프고 우울한 기운은 마침내 충담화평(沖淡和平)한 기상만 같지 못하다.313)

인용문에서 명백히 드러나듯이, 작가는 기(氣)의 운수에 의해 일시적으로는 하늘의 공도가 무너질 수 있을지 모르나 결국 기가 일(一)로 돌아가게 되면 이(理)가 회복된다는 신념을 드러내고 있다. 이는 <원생몽유록>에서와 같이 현실과 이념 사이에서 방황하는 양상과는 뚜렷이 구분되는 의식으로서, 이 작품의 주제 의식을 대변해 주는 대목이다.

이렇게 제2의 토론도 마무리되고 나서는 또 한 번 시연이 전개된다. 인물들이 지금 여기에 모여 나눈 이야기와 회포를 시로써 토로하는 것이다. 그리고는 모두 떠나가고 몽유자는 각몽하게 된다.

이렇게 전개되는 이 작품의 줄거리를 서술 구조의 측면에서 다시 정리해 보면, '좌정1 – 시연1 – 좌정2 – 토론1 – 토론2 – 시연2'의 순차적 구성에 의해 꿈속 세계가 서술되어 있음을 알 수 있다. 이는 이 작품이 '좌정 – 토론 – 시연'의 유형화된 몽유록의 서술 구조를 계승하였으면서 다른

---

313) 『명은집(明隱集)』, 보경문화사, 1986, 580면, 理氣天地之父母 天亦氣中物事 氣數關頭 天欲冥佑 無如之何 雖然天定氣反乎一 而理乃復焉 故陛下曁大王 原始反終而復位 則此 非先天而天不違 後天而奉天時者乎 兼人性本善 悲愁紆鬱之氣 終不如沖淡和平之象.

한편으로 그 각각의 단락을 거듭 전개하여 확장시키고 있음을 의미한다. 그리고 이는, 앞에서 언급했듯이, 몽유록 양식 내에서 서사 세계의 확장을 시도한 것으로서 이 작품이 나온 당대의 소설사적 현상을 반영한 것으로 볼 수 있다.

이 시기 몽유록의 서사화 경향과는 거의 무관하게 교술성에 입각해 창작된 작품이 <금산몽유록(錦山夢遊錄)>이다.314) 김면운(金冕運, 1775~1839)이 1825년에 지은 이 작품은 전대의 몽유록이 지닌 심각한 주제 의식이나 이 시기에 전개되는 몽유록의 서사화 경향과는 동떨어진, 작가의 희필적 성격이 강한 작품으로 소설사적 가치는 그리 대단치 않다. 다만 19세기에도 여전히 몽유록이라는 제명으로 작품이 산출되고 있었다는 사실을 확인해 주는 정도의 의의를 지닐 따름이다.

몽유자인 오연옹(梧淵翁)은 하늘과 우주를 넘나들 뜻을 지니고 있던 중, 무더운 여름날 오동나무에 기대어 잠이 들어 금산에 이르러 여러 승경들을 유람하던 차에 한 도사를 만난다. 도사가 금산을 유람하는 즐거움이 어떠한지를 묻자, 오연옹은 그곳이 험한 바닷길 멀리 궁벽한 곳에 있어서 탐승하는 사람들이 이르지 못함을 탄식한다. 도사는 웃으면서 그렇게 이름을 드날리는 것이 금산의 뜻이 아닐 것이라며, 금산신군(錦山神君)과 노량수부(露梁水府) 사이에 오고간 편지를 내보인다. 금산신령이 노량수부에 보낸 편지에는, 하늘이 그 신령함을 아끼고 땅이 그 지경을 숨겨서 온갖 진기한 짐승들과 기이한 꽃과 나무들로 인해 선경에 방불하였는데, 근래에 들어 사람들이 유람 와서 속된 모양과 시끄러운 말들로 더럽히고, 또 마을로 돌아가서는 과장하여 떠벌리는 작태에 분개하면서, 이렇게 된

---

314) 이 작품은 차용주, 『한국한문소설사』, 아세아문화사, 1989, 246~247면에서 처음으로 소개되었다. 그러나 이 책에서는 이 작품의 작자와 창작 연대를 미상으로 처리하고 있는데, 필자가 규장각에서 『오연집(梧淵集)』을 찾아본 결과, 문집 말미의 가장(家狀)과 묘갈명(墓碣銘)을 통하여 작가와 창작 연대를 확인할 수 있었다.

것은 노량수부에서 직무를 태만히 하여 배들이 순순히 이곳에 이르게 한 죄라며 질책한다.

이에 대해 노량수부의 답신에서, 승경을 보고자 함은 어리석은 자나 현명한 자나 같은 것이라 하고, 성인(聖人)은 사물에 구애받지 않고 세상의 추이에 따르는 것이며, 수부(水府)에는 신령한 용에서부터 하찮은 어패류에 이르기까지 모두 용납함을 상기시키면서, 뭇사람의 인정을 따라 산문을 활짝 열어 받아들이라고 권한다. 이러한 내용의 편지를 보고서 오연옹은 결론적으로 다음과 같이 말한다.

> 금산은 정녀유인(靜女幽人)과 같아서 오직 일점의 더러움 받기를 두려워하고, 수부는 달인장자(達人長者)와 같아서 사물을 용납지 않음이 없으니, 또한 각각 그 뜻을 행한 것일 따름이다. 그러나 백이는 맑음을 오로지 하였으나 협애함이 폐단이었고, 유하혜는 화함을 오로지 하였으나 공손치 못함이 폐단이었으니, 요컨대 백이도 아니다 유하혜도 아니다 라며 옳고 그름을 판별하는 사이에 그 오직 중행(中行)이 군자가 밟을 바일 것이다.315)

결국 중용의 도리로 귀결된 논의였던 것이다. 그리고는 잠에서 깨어나 이를 기록하여 호사자들에게 한바탕의 웃음을 제공하려는 것이었다고 하여 그 희필적인 성격을 드러내고 있다. 이와 같이 이 작품은 일반적으로 몽기류 작품들에서 흔히 보이는 교술적인 내용을 담고 있다.

이상에서 살펴보았듯이, 이 시기에 나온 몽유록 작품들은 전반적으로 서사성을 강화해 나가는 경향을 띠고 있다. 양식 본래의 교술성이 불식

---

315) <금산몽유록>, 『梧淵集』 4, 「雜著」, 錦山如靜女幽人　惟恐一點之受汚　水府如達人長者　於物無所不容　亦各行其志耳　然伯夷一於淸　而其弊隘　柳下惠一於和　而其弊不恭　要之不夷不惠　可否之間　其惟中行君子之所履乎.

된 것은 아니지만 전쟁 이야기나 좌정 단락의 확대를 통하여 본격적인 서사물로서의 면모를 어느 정도 지니게 된다. 그러한 과정을 통해 <제마무전>과 같은 국문 소설로의 이행이 가능했으리라 생각된다. 그리고 <내성지>와 같이 전통적인 몽유록의 서술 방식을 계승한 작품도 있지만, 이 역시 어느 정도 당대의 소설사적 추이를 반영하고 있다.

6. 전환기 시대정신의 수용과 이념적 모색
: 애국계몽기

17세기 후반에서 몽유 양식의 장편 소설화가 이루어진 이후 19세기 말까지 몽유 양식은 인생 전체를 꿈으로 관념하는 기본 틀 속에서 인생 유전(人生流轉)의 다양한 꿈속 세계를 그려왔다. 이러한 장편 소설로서의 몽유 양식은 19세기 후반에 이르러 그 중세 소설로서의 역할을 마무리 짓고 새로운 시대 조류에 자리를 내준다.

주지하듯이, 19세기 후반기는 우리 역사에 있어서 대단한 격동기였다. 중세 체제의 모순이 극대화되어 민중들의 봉기에 부딪쳐 체제 자체가 위기에 봉착하고, 무력하고 부패한 정부는 서구 열강의 외세에 나라의 운명을 내맡기고 있던 시대였다. 이러한 시대 상황 속에서 뜻있는 선각자들의 자주 자강, 애국 계몽 운동은 진보의 기치 아래 민중을 선도하는 역할을 하였다. 운동 과정에서 신문이나 잡지의 역할은 지대한 것이었고 이 지면들을 통하여 이 시대의 문학적 현상이 드러나게 된다.

이 시기에 오면 몽유 양식 내부에도 변화가 생겨난다. 이전 시기까지 몽유장편소설이 주도적인 위치에 있었던 몽유 양식은 시대의 급박한 조류를 따라가기에는 새로운 변신이 요구되었던 것이다. 그리하여 지난 17

세기 때 몽유록이 보여 주었던 당대 현실에 대한 비판 의식이 이 시기에 와서 시대 상황에 맞게 변모되면서, 18~9세기에 저층으로 밀려났던 몽유록이 다시 몽유 양식의 전면에 등장하게 된다. 이러한 현상은 몽유록 자체에 내재해 있던 교술적 성격이 당대 현실에 대한 비판 정신에 힘입어 새롭게 부각된 데 기인한다.

또한, 이 시기에는 토론체 소설과 우화 소설이 결합된 형태로서 동물 우화(動物寓話)라고 칭할 수 있는 일련의 소설 작품들이 존재한다. 동물 우화는 몽유 양식과 결합하여 당대 현실에 대한 토론을 펼치고 있는바 이 점에서 동물 우화가 갖는 몽유록적 성격을 찾을 수 있다. 우화와 몽유 모티프의 결합 양상은 이미 오래전에 <정시자전>과 같은 가전체나 몽유전기소설에서의 의인화 수법 속에 나타난 것이기도 하다.316)

한편, 이 시기는 몽유 양식에 속하는 작품들이 짧은 분량의 잡문(雜文) 형태로 신문이나 잡지 등에 발표되기도 한다. 신문 잡지의 문예란에는 조선조 이래의 전통적인 문학적 관습이 많이 반영된 듯한데, 특히 투고란에 보이는 잡문 형태의 글들 속에서 몽기류나 몽유록에 가까운 작품들을 찾아 볼 수 있다. 잡문 형태의 작품들은 양식상 구분되기 어려운 점이 있는데 그중에는 기존의 논의에서 근대적 단편 소설로 논해진 일련의 작품들이 섞여 있다. 이들 중에서 몽유 양식에 포함될 만한 작품들이 여러 편 보임으로써 이 시기에 와서 몽유 양식이 근대적인 단편 소설로 발전할 수 있는 가능성을 보였다고 하겠다.

---

316) 이 글에서 이 시기에 나온 몽유록이나 동물 우화가 전대에 이미 이루어진 문학 양식의 계승이라는 관점을 취하는 데 있어 입지점을 마련해 준 것은 신소설이 지닌 전대 소설(前代小說)적 특성을 구조적인 관점에서 명확히 분석해 낸 조동일의 논의(『신소설의 문학사적 성격』, 서울대출판부, 1973)이다. 다만 조동일은 이 글에서 다루려는 이 시기 몽유록과 동물 우화를 소설이 아닌 교술로 파악하고 있는데(위의 논문, p.79), 이 글에서는 전대의 몽유록을 이해한 것과 동일한 입장에서 이 시기의 몽유록이나 동물 우화 역시 교술적 서사로 보아 이를 소설사적 맥락에서 살펴보고자 한다.

1) 몽유록의 재발견과 이념적 대응 양상

이 시기의 몽유록317)으로는 김광수(金光洙, 1883~1915)의 <만하몽유록
(晩河夢遊錄)>(1907), 유원표(劉元杓)의 <몽견제갈량(夢見諸葛亮)>(1908), 작자
미상의 <디구셩미리몽>(대한매일신보, 1909. 7. 15 8. 10), 박은식(朴殷植)의
<몽배금태조(夢拜金太祖)>(1911), 신채호(申采浩)의 <꿈하늘>(1916) 등을 들
수 있다. 이들 작품은 우선 문자 표기에 있어서 순한문(만하몽유록), 국한
문혼용(몽견제갈량 몽배금태조), 순한글(디구셩미리몽 꿈하늘) 등으로 구분된다.
이렇게 다양한 표기에 의해 몽유록 작품들이 창작되었다는 사실은 이 시
기가 지닌 전환기적 양상을 그 표기 수단의 측면에서도 보여 주는 것으
로 이해된다.

이 작품들은 공통적으로 작가 당대의 시대정신과 작가의 이념적 지향
이 꿈을 빌려서 기술되어 있다. 이러한 교술적 성격은 몽유록의 전통을
그대로 이어받아 몽유록의 교술성이 당대의 제반 문제로 향하여 이루어
진 것으로 보인다. 다만 <꿈하늘>의 경우, 다른 작품에 비해 서사성이
한층 두드러진다는 점에서 다른 작품들과 구분되는 면이 있다. 그것은
작품의 주인공 한놈이 겪는 시련의 연속된 줄거리에서 드러나는데, 이런
면모로 인해 이 작품을 몽유록으로 처리하기에는 난점이 있다. 그렇지만

---

317) 개화기의 서사 문학을 유형화하여 살피려는 시도는 여러 차례 있었다. 그중 류양선은
신소설・전기류(傳記類)・몽유록(「개화기 서사문학 연구」,『현대문학연구』28, 서울
대, 1979)으로, 윤명구는 한문 소설・몽유록계 소설・전기(傳記) 소설・신소설・토론
체 소설(「개화기 소설의 양식적 특성」,『개화기 소설의 이해』, 인하대출판부, 1986)로
각각 유형화하였다. 여기서 보듯이 개화기 소설 장르에 있어서 몽유록은 하나의 독립
된 유형으로 설정될 만큼 그 의의가 인정되어 왔는데, 개화기 몽유록만을 대상으로
한 연구로서는 정학성, 「몽유담의 우의적 전통과 개화기 몽유록」,『관악어문연구』3,
1978 ; 김성국, 「개화기의 몽유록 소설 연구」, 계명대 석사논문, 1984이 있다. 이들
선행 연구에도 불구하고 각 작품들의 내용이 상세히 분석된 것은 아니다. 또한 개화
기 몽유록을 몽유 양식 전반의 소설사적 흐름과 관련하여 고찰할 필요가 있다.

뒤에서 논의되는 몇 가지 측면에서 이 작품이 몽유록의 특성을 지니고 있다고 판단되므로 이 글에서는 몽유록에 포함시켜 논할 것이다.

<만하몽유록>318)은 전통적인 한문학적 소양을 지닌 문사에 의해 지어졌다. 정미년(1907) 7월 1일 밤 꿈에 들어 괴안국을 지나 청구의 여러 산천을 역람하고 풍랑에 밀려 태화산에 이른다. 여기서 태을진인을 만나 사해유심주(四海遊心舟)라는 배를 얻어 무릉도원에 도착한다. 이곳에서 주옹(朱翁)을 만나 그들에게 지금 세계의 상황을 말해 주고 그들의 과거 행적을 듣게 된다. 이어 무릉도원의 혼인 및 교육 제도에 대해 묻고 군장(君長)을 두어야 할 필요성을 말한다. 두 노인과 헤어진 후 자하도(紫霞島) 또는 남조선이라는 섬나라에 이르러 청포 소년으로부터 태평성대를 구가하는 그 나라의 정교, 민속, 위의, 기상 등에 대해 알게 된다. 소년과 이별하고 다시 유람의 길을 나서 동정호, 소상팔경, 멱라수, 적벽강, 채석강, 심양강, 남창군, 오월(吳越)의 지경 등 중국의 명승지를 답사한다. 장건이라는 사람을 만나 유심주를 정박시켜 두고 그가 타고 온 선사(仙槎)를 타고 하늘에 오른다. 견우, 직녀, 월궁항아, 요지 왕모를 만나고 옥경에 이르러 조회하러 온 오방 신장의 위의를 본 후 상제에게 상소하여 조선의 운명이 위급함을 아뢴다. 옥경을 나와 다시 배를 매어 둔 곳으로 돌아오니 배가 없어져 버렸다.

장건이 새옹(塞翁)에게 맡겨 놓았다는 팔황종의마(八荒縱意馬)를 얻어 이번에는 육지의 여러 곳을 두루 구경한다. 만리장성, 역수(易水), 장안, 거록을 거쳐 임공에 이른다. 여기서 몽유자는 설도, 탁문군을 회상하면서 기생 탐방에 나서는데 어디서 들리는 여인의 노래에 화답한다. 그러나 시로써 거절할 뜻을 비치자 그 여인은 더 이상 화답하지 않고 들어간다.

---

318) 이 작품에 대해서는 김기동, 「만하몽유록의 연구」, 『한국문학연구』 10, 동국대, 1987에서 소개하면서 개략적인 논의가 이루어졌다.

허전한 마음으로 시 한 수를 읊을 즈음 옥계화(玉桂花)라는 미소년이 나타나 그와 함께 거처로 가서 유숙하게 된다. 그곳에서 계화가 자기 누이라고 소개해 준 미인과 인연을 맺게 된다. 다음날 미소년과 함께 청루를 구경하고 돌아오자 다시 미인이 그를 맞이하는데 자세히 보니 미소년과 미인이 용모가 똑같았다. 이에 진정을 묻자 미소년이 곧 미인 자신이라며 변장하여 몽유자와 결연하였음을 토로한다. 둘이 한 달쯤 지내다가 여인이 잉태하게 되어 조실부모한 그녀의 소망을 이루어 주고는 그녀와 이별하고 유람을 계속한다.

금릉, 낙양, 연경을 거쳐 심양에 이르러 삼학사를 추모한다. 몽유자의 꿈에 삼학사가 나타나 지부(地府)로 이끈다. 그곳에서 민영환, 조병세를 만나 그 충절을 찬양하고 다시 송병선, 최익현을 만나 당대 현실에 대한 우려를 표하고 일본을 물리칠 방책을 묻는다. 이들과 이별한 후 해동 난적지굴(海東亂賊之窟), 조선 사흉지굴(朝鮮四凶之窟), 대한 오적지궁(大韓五賊之窟)을 둘러보고 염라지옥에 이르러 사해 신장의 조회하는 모습을 보게 된다. 지난번 옥경에서 상제에게 했듯이 여기서도 염라왕에게 상소하여 자신의 불평한 뜻을 아뢴다. 염라왕은 몽유자가 방광(放曠)에 빠짐을 질책하고 개과천선할 것을 권한다. 불러서 가 뵈니 염라왕은 다름 아닌 자신의 13대조 김인후였다. 이에 다시 심양으로 돌아와 잠을 깨었다. 곧 꿈속 꿈이었던 것이다. 그런데 여태껏 타고 다니던 말이 없어졌으므로 도보로 산해관을 지나 압록강에 이른다. 강을 건널 즈음에 태을진인이 다시 나타나 유심주를 주고 황건역사가 나타나 종의마를 주고는 사라진다. 이 두 가지는 흉해(胸海)와 영대(靈坮)로 칭해진 마음 자체였던 것이다. 잠깐 사이에 고향 집에 돌아와 각몽하게 된다.

이와 같은 줄거리를 지닌 <만하몽유록>은 17세기의 몽유록이나 이 시기 다른 몽유록에 비해 몇 가지 특징을 보여 주고 있다.

첫째, 몽유 양식사의 관점에서 보면, 지난 시기에 몽유 양식을 주도했던 몽유장편소설의 영향이 뚜렷이 감지된다는 점이다. 작품 전체의 3.5분의 1을 차지하는 옥계화와의 결연담은 <구운몽>의 가춘운, 계섬월, 적경홍 세 인물과 양소유의 결연 과정을 조합해 놓은 것이다. 기생 설도와 과부 탁문군의 고사가 깃든 임공에 이르러 기생집을 탐방하던 중 어느 여인의 시에 화답하는 데서부터 시작되는 이 이야기는 미소년으로 변장한 옥계화가 몽유자를 제 집으로 이끌어서 자기 누이라는 미인을 소개하여 서로 인연을 맺게 하는데 결국 미소년이 그 미인임을 토로하게 된다. 이는 적경홍의 여와위남(女化爲男), 가춘운의 위선위귀(爲仙爲鬼)의 모티프를 모방한 것으로서 다음 두 대목에서 그 직접적인 영향을 확인할 수 있다.

서쪽 벽을 바라보니 천진교의 계섬월이 절창의 시를 읊고 낙양에 해 떨어질 때 소유를 좇아 앵두꽃 핀 사창으로 돌아가는 [그림이 걸려 있었다.]319)

옛적에 가춘운이 선녀도 되고 귀신도 되어 양소유가 속임을 당했는데, 이제 옥계화는 남자도 되고 여자도 되어 김광수가 속임을 당했으니 양·가와 김·옥은 가히 다른 세대에 같은 자취를 남긴 자라 이를 만하다.320)

이와 더불어 어느 몽유록 작품에서도 볼 수 없었던 장회 제목이 붙어 있다는 점도 고려되어야 한다. 이 작품에는 '飛將出頭忽慟威風 大人同胞頗深情地' 식의 대구로 이루어진 장회 제목이 6회에 걸쳐 붙어 있다. 장회에 의한 단락 구성이 장편 소설의 특징이라는 점에서 이 작품은 몽유

---

319) <만하몽유록>, 『만하선생문집(晩河先生文集)』, 한국역대문집총서376, 경인문화사, 1990, 114면, 望見西壁 則天津橋桂蟾月 咏罷絶唱之詩 洛陽斜日 從少游歸櫻花之紗窓.
320) 129면, 昔者 賈春雲爲仙爲鬼 楊少游見欺 今者 玉桂花爲男爲女 金光洙見欺 楊賈金玉 可謂異世同轍者也.

장편소설의 영향을 뚜렷이 드러내고 있다.

둘째, 사건 전개상 전대의 국문 소설적 삽화를 수용하면서 이를 작가 당대의 시대의식과 결부시키려는 데서 나오는 기묘한 부조화를 지적할 수 있다. 이 작품은 몽유자가 유심주와 종의마를 타고 중국의 명승지와 고적을 답사하면서 그곳에 얽힌 고사의 주인공들을 회상하고 시를 짓는 것으로 전개된다. 이는 사건 전개의 측면에서 매우 자연스런 결구인데, 풍랑으로 태화산에 이르러 태을진군을 만나 그에게서 유심주를 얻는다는 것이나 옥경을 다녀온 후 새옹지마(塞翁之馬)의 고사에서 차용한 종의마를 얻어 육지의 여러 곳을 역람한다는 것이 그러한 자연스런 사건 전개를 가능케 한 삽화들이다. 이에 태을진군 등의 등장은 전대의 국문 소설적 삽화에서 차용한 것으로 생각된다.

그런데 특히 옥계화의 결연 과정에서 국문 소설적 삽화, 그 가운데 꿈 속 계시의 이야기가 주요 모티프로 차용됨으로써 사건 전개상의 부조화를 야기하고 있다. 몽유자에게 자신의 진정을 토로하면서 옥계화는 현금의 시대 조류를 듣고 남복하여 보통학교, 중학교를 거쳐 지금 대학에 재학 중인 여성임을 밝힌다. 시험 기간 중에 집에 돌아와 쉬고 있는 어느 일요일 꿈에 금동(金童)과 옥녀(玉女)가 나타나 전생 인연을 맺게 해 주겠다고 하여 몽유자를 만나게 되었다는 것이다. 신여성으로서 꿈속 계시에 따라 남자를 만난다는 것도 이상하지만 이 여성이 갖고 있는 의식 또한 심한 부조화를 드러내고 있다.

미소년으로 변장한 계옥화가 몽유자에게 자기 누이와 결연할 것을 권하면서, 지금은 유신 시대(維新時代)로서 내외간 구별 없이 남녀가 서로 동석하는 것을 수치로 여기기는커녕 개명한 것으로 생각한다며 설득한다. 미인과 결연한 후, 후일을 기약하기 어렵다는 몽유자에게 미소년은 다음과 같이 말한다.

다섯 번째 시집 간 장씨녀는 양무에서 젊은이를 좇았고 두 번째 [지아비를] 섬긴 탁문군은 성도로 사마상여를 따랐으나 이는 예법을 지킨 구시대의 일이라오. 위로는 국가가 정한 제도가 있고 아래로는 친정의 교훈이 있어 남녀 간에 자유로울 수 없는 시대에도 오히려 저와 같은 일이 있었는데 하물며 현금 세계에 사람마다 자유 권리가 있어 부부가 불화하면 이혼하는 법이 있고 남녀가 서로 가까우면 사사로이 결연하는 일도 있다오.321)

이러한 자유연애의 사조를 익히 알고 있는 미소년은 자기의 정체를 드러내고 나서는 정절 관념을 고수하고 외손봉사(外孫奉祀)를 위해 남자 아이를 잉태하기를 희망한다. 여기서 그녀의 의식은 봉건적 이데올로기로 회귀하고 만다.

세도와 인심이 비록 크게 한번 변했다고 하지만 하늘이 굳세고 땅이 순종하는 도와 지아비가 부르고 지어미가 따르는 예는 전후 만고에 옮기거나 바뀔 수 없는 떳떳한 이치요 도리입니다. 어찌 한때 변화의 권도로써 만고의 떳떳함을 훼손하리오.322)

결국 옥계화의 의식은 시대 조류에 따르는 신여성으로서가 아니라 봉건적인 윤리 의식과 예의 관념에 고착되어 있는 전통적인 여성의 그것일 따름이다. 이는 작가 자신이 무릉도원에서 주옹과 진옹을 만나 현 시대가 개화 세계, 문명 시대이며 약육강식, 우승열패의 시대라기보다 선공후사, 부약억강의 시대라고 역설한 것이 그렇게까지 진지한 시대의식의 수용이거나 실천과는 거리가 있다는 점을 말해 주는 것이기도 하다.

---

321) 122면, 五嫁張女 從孺子於陽武 再事文君 隨馬卿於成都 此乃執禮法 舊時代之事也 上有 國家之定制 下有親庭之敎訓 而男女間不得自由之時 尙有如彼之事 而況現今世界 人皆有 自由權利 夫婦不和 則有離婚之法 陰陽相迫 則亦有私結之事.

322) 136면, 世道人心 雖曰大一變 然乾健坤順之道 夫唱婦隨之禮 前萬古後萬古 不遷不易之 常理常經也 豈可以一變之權 敢毁萬古之常乎.

셋째, 시대정신의 제한적 수용이라는 측면에도 불구하고 작가의 당대 상황에 대한 심각한 위기의식과 절망감이 표현되어 있다는 점을 들 수 있다. 몽유자가 옥경에 이르러 상제에게 올린 상소문에 당대 상황에 대한 분노와 위기감이 잘 나타나 있다.

> 삼천리 강산을 매매하는 법이 지금부터 시작되었고 오백 년 사직의 위급한 기미가 조석에 달렸습니다. 신하가 임금을 팔아먹으니 화가 내정에서부터 일어남을 알겠고 중화를 오랑캐로 변하게 함을 이웃나라에 알려지게 할 수 없습니다. 우리 군모(君母)를 시해하고 우리 국왕을 축출하매 와신상담할 원수와 함께 하늘을 일 수 없고, 의관을 훼손하고 두발을 자르게 하매 절치부심하는 욕됨을 남에게 보일 수 없습니다. 아아, 국가가 파멸하니 어디로 도망 가 살리오. 힘이 다했으니 하늘에 호소합니다.323)

을미사변(1895)과 그에 뒤이은 단발령의 시행에 대한 분노와 위기의식이 드러나 있다. 이러한 작가 의식은 작품이 창작된 1907년의 상황에 대한 논의에서 더욱 구체화되어 나타난다. 송병선과 최익현을 만난 자리에서 몽유자는 현 상황에 대해 다음과 같이 말한다.

> 왕실의 어려움과 국민의 재앙이 해마다 보태지고 날마다 더해 가니 본 연도에 이르러 음력 6월 12일에는 동쪽에서 온 늙은 오랑캐(이등박문)가 우리나라 난신적자들과 함께 황제를 협박하여 태자에게 선위토록 하니 상황(上皇)의 존망을 신민(臣民)이 알지 못합니다. 이때에 군정을 혁파하여 병기와 갑옷을 모두 빼앗으매 나라는 믿을 데가 없고 백성은 손발을 놀릴 수 없으니 그 뜻을 추측할 수 있고 그 일을 헤아릴 수 있습니다. 이를 장차 어찌합니까.324)

---

323) 94~95면, 三千里江山 賣買之法 自今爲始 五百年社稷 危急之機 非朝則夕 以臣賣君 從知禍起於蕭墻 變華爲夷 不可使聞於隣國 弑我君母 逐我國王 臥薪嘗膽之讐 不共戴天 毁其衣冠 斷其頭髮 切齒腐心之辱 未可見人 嗟乎 國破家滅 逃生何地 勢窮力盡 呼訴于天.

1907년 고종의 양위와 군대 해산을 목도한 작가의 비분을 토로하고 있다. 각지에서 일어나는 의병 봉기에 다소의 기대감을 피력하면서도 결국 다음과 같은 절망감을 표출할 수밖에 없는 것이다.

또한 권신이 발호하여 국가의 명령을 제멋대로 하여 무릇 관료를 내치거나 뽑을 때 오직 이익만을 보고 어진 이를 임용하거나 능한 이를 시키지 못하는 까닭에 방백, 수령의 소임을 맡은 자는 거의가 백성을 궁핍케 하여 자기만 살찌우니 살아가는 백성들은 안도할 수 없습니다. 그러므로 국민은 각자가 마음 써서 혹 솔가하여 나라를 떠나 서간도나 북간도에 가서 사는 자가 몇 천 호인지 모르고, 혹 임금을 배반하여 도적이 되어 녹봉을 얻어 살기를 구하는 자가 몇 백 인인지 모릅니다. 그렇다면 백성은 나라의 근본이니 근본이 어지러워지고 끝이 잘 다스려진 경우는 없습니다. 금일의 의병들은 비유컨대 큰 집이 무너지려는데 나무 하나로 지탱하기 어렵고 머리 위 하늘이 무너지려는데 한 손으로 들기 어려움과 같습니다. 사세가 미칠 수 없고 공은 반드시 이루어질 수 없으니 헛되이 생민(生民)의 참혹한 화를 끼칠 것입니다. 이를 장차 어찌합니까.325)

당대 현실의 전반적인 부패와 부조리에 의해 의병 봉기 역시 성공을 기약할 수 없다는 위기의식과 절망감이 드러나 있다. 이러한 당대 상황에 대한 작가의 의식은 서문을 쓴 홍석회가 지적한바 굴원의 충군 애국하는 뜻을 따른 것이다.

324) 148~149면, 王室之難 國民之禍 年年年添 日日日增 而至于本年度 陰六月十二日 則東來老狄 與我國亂臣賊子 惟于皇帝 禪於太子 上皇之存亡 臣民莫知 於是革罷軍丁 盡奪兵甲 國無所恃 民無所措 其意可測 其事可度 此將奈何.
325) 151~152면, 且權臣拔扈 而擅執國命 凡黜陟官僚 惟利是視 不能任賢使能 故其任方伯守令者 擧是瘠民而肥己 居民不能安堵 是故 國民各自爲心 或率家去國 往西間往北間者 不知幾千戶 或背君赴賊 干祿而求生者 不知幾百人 然則 民維邦本 本亂而末治者 否矣 今日之義旅 譬如大廈將傾 一木難支 上天忽崩 隻手難擎 勢無可及 功必不成 而空遺生民之慘禍矣 此將奈何.

요컨대, <만하몽유록>은 전대의 몽유 양식의 영향을 받으면서 제한된 시대정신의 반영이라는 측면과 함께 당대 현실에 대한 작가의 위기의식과 절망감이 표출된 작품이다. 이는 이 시기에 들어 전통적인 문학 양식으로서의 몽유록이 새로운 시대 조류에 임하여 심각한 주제 의식을 담아 낼 수 있는 틀로서 기능할 수 있었다는 점을 확인시켜 주는 예가 된다.

다음으로 유원표의 <몽견제갈량>을 검토해 보기로 한다.326) 서문을 쓴 신채호가 이 격동의 시기에 하필이면 꿈에 제갈량을 만났느냐고 질문하자, 작가는 '나의 꿈은 20세기 동양의 혁명일 따름'327)이라고 답하고 있다. 작가의 이 말대로 이 작품은 19세기 후반에서 20세기 초에 걸친 동양의 정치적 사회적 격동의 현실을 주시하면서 동양 삼국의 혁명에 대한 자신의 견해를 피력해 놓고 있다. 이를 위하여 작가는 동양에서 희대의 영웅으로 받드는 제갈량을 등장시켜 그와의 문답 형식으로 서술해 나간다. 제갈량을 등장시킴으로써 동양 봉건 시대의 역사적 사실과 작가 당대의 현실과를 연계시켜 논의할 수 있는 바탕을 마련한 것이고, 이로써 작가 자신이 지닌 동양의 과거 역사에 대한 지식과 당대의 현실적 상황에 대한 통찰을 종횡으로 엮을 수 있게 된다.

작품 서두는 병오년(丙午年, 1906)에 밀아자(蜜啞者)가 사직하고 농장에 돌아왔으나 동양 사세(東洋事勢)와 자국 정형(自國情形)을 생각하면 낙담 몰책하여 송양산 아래 도서정에서 여름을 보내는데, 어느 날 덕국사(德國史)를 꺼내 수태인(須泰仁), 비사맥전(俾斯麥傳)을 읽다가 낮잠이 들어 표표히

---

326) 이 작품과 작가에 대한 본격적인 고찰로서 윤명구의 연구를 들 수 있다. 그에 의하면, 작가 유원표는 개성 또는 황해도에서 태어나 구한말의 군인으로 1900~906년까지 육군참위와 부위로 근무하다가 이 작품을 쓸 때쯤에는 낙향해 있었다고 한다(앞의 책, 176~179면 참조).

327) <몽견제갈량>, 『한국개화기문학총서, 역사 전기 소설』 9, 아세아문화사, 1979, 6면, 余之夢 乃二十世紀 東洋之革命耳.

어디론가 가게 되는 것으로 시작된다. 이러한 몽유자의 현실에 대한 관심과 걱정, 그리고 역사책을 읽다가 입몽하게 되는 상황이 모두 몽유록의 일반적인 서술 방식을 계승하고 있다. 이에 밀아자가 이른 곳은 지나(支那) 호북성 형주부 양양현 와룡강이었고 여기서 제갈량을 만나게 된다. 밀아자가 자기소개를 하니 제갈량은 이미 그의 이름을 들어 알고 있다고 하였다. 소개를 마친 후 밀아자가 제갈량의 <출사표>를 거론하여 '議者謂爲非計'라는 어구를 들어 그에 대한 의심스런 생각을 토로한다. 제갈량 이후 지금에 와서는 제갈량의 지식과 국량을 모두 칭찬하지만 당대인들은 그를 시기하고 죽이려 든 자 많았던 것은 상리(常理)라고 전제한 후, 의론하는 자가 잘못된 계획이라고 말했다는 것이 또한 용납되어도 이상할 것이 없는 이유를 10조목으로 나누어 상세히 설명하고 있다.

그 대략적인 내용은, 형주와 익주를 취할 때 계략을 쓰고 나서 반환하겠다는 약속을 지키지 않은 일, 유비를 먼저 왕위에 올린 후 천자에게 보고한 일, 여몽에게 형양을 빼앗긴 일, 성도에 나라를 세운 후 법률을 엄격히 정비치 못한 일, 화용도에서 조조를 풀어 준 관우는 용서하고 가정에서 패한 마직은 벌준 일, 평화롭던 익주 백성들을 조발한 일, 위연의 말을 듣지 않아 장안을 취하지 못했고, 위교와 가정에서 패하여 민력을 소모시킨 일, 일곱 차례 병력을 동원하여 여섯 번 기산을 나온 일, 홀로 모든 정사를 도맡아 하여 관리들의 사기를 떨어뜨린 일, 임종 시에 삼군 절도를 양의에게 위임하여 위연의 악감을 산 일 등이다. 여기서 보듯이 작가는 삼국 시대의 전사(戰史)에 대해서 매우 자세한 지식을 지니고서 제갈량에 대한 인물평을 하고 있는데 이 역시 전대의 몽유록을 계승한 것이다. 그렇지만 인물평에 대한 기본 관점은 전대의 몽유록처럼 대의명분론에 입각해 있는 것이 아니라 근대 시민정신에 입각하여 민중들의 사역(使役)에 대한 동정, 법률의 엄격 공정한 적용 등을 제시하고 있는 점이

다르다.

그런데 이 작품의 주안점은 제갈량의 인물평에 있는 것이 아니라, 과거 중국과 조선 역사를 반추하여 그 잘잘못을 따져서 이를 작가 당대의 정치 사회적 문제를 논하는 것과 연계시키는 데에 있다. 제갈량의 말로 다음과 같이 기술된 것이 이 작품의 핵심적인 논점이다.

> 假使 僕도 生於今日ᄒ고 當此時局ᄒ야 主務를 擔任ᄒ량이면 革舊刱新
> ᄒ야 黜虛崇實ᄒ고 移風易俗ᄒ야 富國强民ᄒᆯ 方略을 注心注力ᄒ야 因時制
> 宜에 所損益을 講究必行ᄒᆯ지니[328]

혁구창신, 출허숭실, 이풍역속, 부국강민의 시대적 소명에 대한 작가의 인식이 작품 전체의 중심 주제를 형성하고 있는 것이다. 이에 밀아자는 먼저, 제갈량이 자기 시대에 헌법정치를 행해서 상하의원을 설비하고, 헌정규제를 확장하여 언권(言權)을 자유하게 하며, 관리를 조직하여 실무를 맡기고, 익주에 실업사회를 지도하여 농상공병의 국민의무를 자담케 하여 국계민업(國計民業)을 확장케 하였어야 했다고 충고한다. 이에 대해 제갈량이 시대가 다른데 어찌 그럴 수 있었겠느냐고 반문하자, 밀아자는 정색을 하면서 서구에서는 과거에 이루어진 기술 발명이 현재에 이르러 이용후생하게 되었던 것과 마찬가지로, 제갈량의 여러 행적에서 드러나는 발명가적 업적이 후대에 계승되었어야 하는데 그렇지 못했을 뿐이라고 반박한다.

밀아자와 제갈량의 문답은 과거 동양의 문학에 대한 비판으로 나아간다. 여기서 작가의 문학에 관한 견해가 뚜렷이 드러나는바, 이 작품이 창출된 시기의 문학론의 일단을 보여 주는 좋은 예가 될 수 있기에 그 핵

---

328) 38면.

심 내용을 아래에 인용한다.

有物이면 必有事ㅣ오 有事ㅣ면 必有文者는 自然之勢ㅣ오 不易之典이라.
故로 無論何國ㅎ고 有物有事有文이라야 方可謂國家롤 成立이라홀시 物與
事는 國家롤 培養ㅎ는 原素也ㅣ오 文은 事物에 隨從ㅎ야 服役ㅎ는 付屬品
에 不過혼 자ㅣ라. 是以로 物勝於事ㅎ고 事勝於文이면 國必興旺ㅎ고 文勝
於事ㅎ고 事勝於物이면 國乃衰亡者는 天地間定理也ㅣ라.329)

물(物)과 사(事)와 문(文)의 관계를 통하여 문학은 사물에 복역하는 부속
품이라고 주장하고 있다. 이는 뒤이어 논란되는 공허(空虛)한 문기(文氣),
부허(浮虛)한 논의(論議), 화미(華靡)한 사장(詞章)에 대한 신랄한 비판의 기본
바탕이 되는 작가의 문학론으로서, 애국계몽기에 나타난 공리적인 문학
관330)을 보다 명확히 한 것으로 생각된다. 이러한 문학관에 입각하여 실
질이 없는 부문공설(浮文空說)의 폐해를 여지없이 비판하는데, 가령, 당 현
종(唐玄宗)이 이백(李白)의 시를 친히 구하였을 때 이백이 취중에 기껏 써낸
것이 청평사인 것을 보고 이것은 비단 이백만의 취함이 아니라 동양 전
체의 취함으로 질타하고 있다.

이에 대해 제갈량은 문(文)이란 것이 사물의 바깥에 있어서 영향만 받
는 것인데, 그것이 비록 풍교를 부패시키고 인도를 아둔하게 한다고 한
들 국체와 민족에게 큰 손해를 줄 능력이 없다고 전제하고서, 청나라가
실물실사(實物實事)와 실공실업(實工實業)의 흐름을 타게 되면 20세기 후반
기에 가서는 세계열강에 들 것이라고 다소 낙관적인 견해를 피력한다.
이에 밀아자가 제갈량의 말이 순상공담(脣上空談)이라면서 청나라가 자기

---

329) 50면.
330) 애국계몽기의 문학관에 대해서는 송현호, 『한국근대소설론 연구』, 국학자료원, 1990
참조.

영토를 영국 등 열강에게 빼앗겼고 청나라의 모든 물산이 외국에서 주문하여 온 것임을 상기시키면서, 그런데도 뭔가 하려 들지 않고 알려 들지 않는 못된 성질을 버리지 않는데 어찌 20세기 후반에 열강에 들 것이라고 하느냐면서 반박한다. 이에 두 사람 사이에는 서로 노여워하는 기색이 나타나면서 긴장이 고조된다. 자기 말이 왜 공담인지 설명해 보라는 제갈량의 말에 밀아자는 부문공설에 대한 세 가지 비판거리를 제시한다. 그것은 각 나라에서 공물을 진상하면 그에 대해 터무니없이 비싼 반사품(頒賜品)으로 답례하는 일, 성인의 전수한 도덕과 이용후생의 본뜻을 실용치 않은 일, 논어·맹자·중용·대학의 사서주의(四書主義)만을 신봉하여 실무에 힘쓰지 않은 일 등이며, 여기에 덧붙여 풍수 비결의 술수와 무당 신당의 미신에 빠져 있는 일까지 지적한다.

밀아자의 이러한 지적에 수긍한 제갈량은 그럼에도 불구하고 청나라가 머지않아 열강에 끼게 될 것을 주장하면서, 그 증거로 19세기 말 이래의 중국 정치사 속에서, ① 당변이불변자(當變而不變者), ② 당변이변자(當變而變者), ③ 변이불선변자(變而不善變者), ④ 변이선변자(變而善變者)의 네 가지 경우의 실례를 들어 논하고 있다. ①의 경우로 홍수전(洪秀全) 등의 민란 때 헌법국 자유민이 될 사상을 지녀야 했음에도 명나라를 회복한다는 명분만 세워 증국번(曾國藩) 등에게 패배하고 만 일, ②의 경우로 영국이 천진을 공격할 때 속수무책으로 당했던 수치를 계기로 외교적 군사적 교육적으로 설비를 확충한 일, ③의 경우로 청일전쟁에서 일본에 패하여 다년간 축적한 군비를 소모시킨 일, ④의 경우로 무술정변에 이어 의화단 사건이 일어나 여덟 나라 연합군이 침공하여 청제가 서안으로 파천하였다가 각국의 동의 아래 북경으로 돌아온 수치를 겪으면서 심성과 물의가 변하여 러일전쟁 당시 중국이 엄정 중립을 지킨 일을 들고 있다. 말하자면 제갈량은 청나라가 격변기를 거치면서 진보의 흐름을 탔다고 본 것이다.

　밀아자는 청나라의 변화가 괄목상대하게 되었다는 점을 인정하면서 제갈량이 러일전쟁의 문제를 꺼낸 것에 보태어 이에 대한 문제 세 가지를 제출한다. 그것은 중국에서 만주의 가치를 무시한 일, 러시아의 만주에 대한 강점, 일본이 러시아를 깨고 만주를 경영하게 되고 또 을미년 청일약장에 조선의 독립을 명확히 한 일 등이다. 이에 제갈량은 필리핀, 베트남, 요동반도 등 동양의 약소국들이 서구열강에 침탈당한 사례를 들면서 조선이 어떠한 실력과 능력이 있어서 4천 년 자주국을 보전할지 걱정스럽다고 한다. 밀아자가 이에 오열하면서 금일 동아시아에 대성인 대영웅이 나오지 않음을 한탄하는데, 제갈량이 현금 일본에 영웅들이 나와 활약하고 있음을 들어 위로하려 한다. 이에 대해 밀아자가 분연히 일본의 의심스런 행태를 자세히 지적하면서 반박하고 나선다. 여기서 작가의 당대 정치적 상황에 대한 기본 인식이 드러난다.

今日 東洋에셔 國家를 改革ᄒᆞ야 文明에 進就ᄒᆞ며 事物를 擴張ᄒᆞ야 富強을 計圖ᄒᆞᄂᆞᆫ 千事萬事가 究其實則 皆是客点에 不過ᄒᆞᆫ 者也ㅣ오 西勢東漸ᄒᆞ야 强食弱肉ᄒᆞᄂᆞᆫ 一款이 的是 主点이 된다 ᄒᆞᆯ지라. 然則 東洋人種이 一致團結ᄒᆞ야 西勢東漸의 强食弱肉ᄒᆞᄂᆞᆫ 禍患을 防禦홈이 第一 主点에 綱이 됨은 雖尺童이라도 瞭知ᄒᆞᆯ 터인데 以若 日本之當世英雄으로 何若是懵然ᄒᆞ야 主客의 辨別과 綱目의 次序를 茫然不知ᄒᆞᄂᆞᆫ지[331]

　서세동점과 약육강식이 당시의 주된 시세이므로 동양이 일치단결하여 이를 막아내는 일이 가장 중요한 일이라는 것이다. 이를 위하여 일본이 동양의 선진국으로서 동양을 대표하여 서양에 맞서야 하는데 현금의 일본의 행태는 자국의 이익만을 도모하고 있어서 극히 수상쩍다는 것이다.

331) 99면.

이러한 기본 인식 아래에서 밀아자는 근세 일본이 수행했던 명치유신을
내부경쟁으로, 청일전쟁을 외교경쟁으로, 러일전쟁을 인종경쟁으로 보고
특히 러일전쟁에서 일본이 승리한 것은 황인종의 대표로서 백인종을 깨
뜨린 쾌거로 평가하고 있다. 그러나 러일전쟁 후 뜻밖에 조선에 대하여
신조약을 맺음으로써 인심을 경동케 하고 국권을 삭취(削取)한 것이 저 일
본의 영웅이라는 자의 소행이니, 제갈량의 칭찬이 타당한가 반문한다. 일
본이 조선에 대하여 취한 일련의 조처들에 대한 작가의 의심과 분노는
다음 인용문에 집약되어 있다.

> 公法所在와 衆目所睹에 未必容易는 ᄒ려니와 任他自存者는 乃是日本之
> 厚義ㅣ로다. 雖然이나 近日에 其行動이 殊常ᄒ고 擧措가 乖當ᄒ야 韓國上
> 下社會에 疑訝가 不無케 ᄒ고 全國民族의게 人心을 大失ᄒ얏스니, 以其多
> 年修好ᄒ든 誠心으로 何不始終如一ᄒ고 中途改轍ᄒ야 前功이 烏有룰 作ᄒ
> 니 其不慨惜哉아. 朝鮮이 雖曰未開也ㅣ나 四千年 禮義舊邦인則 國帑民庫에
> 金錢은 雖無ᄒ나 老肝少腸의 公憤은 自在홀 터이오 火舟大砲의 利器는 雖
> 無ᄒ나 忠君愛國의 本性은 自在인즉 昆季갓튼 日本과 無端히 不共戴天之
> 讐룰 作홀지니, 此는 卽非朝鮮之本心이 不仁而至此也ㅣ오 日本政略이 若不
> 公平이면 必至此境矣리니[332]

이 작품이 나온 해가 1908년임을 감안할 때, 밀아자의 이러한 의심과
걱정과 분노는 자못 당대에 처한 지식인의 고뇌를 대변하는 것이라 생각
된다. 그런데 이러한 일본에 대한 의심 한편으로는 일본이 황백경쟁에서
황인종의 선두에 서서 동양 전체를 온전히 보호해 주길 바라는 의도도
포함되어 있는데, 이상과 같은 논의를 마무리 지으면서 밀아자는 일본인
삼본등길(三本藤吉)의 '대동합방론(大東合邦論)'에 전적으로 찬성하고 있다.
이 점은 작가의 당대 정치적 현실에 대한 인식이 서세동점의 측면에 너

---

332) 119면.

무 치우친 나머지 제국주의 일본의 야욕에 대해서는 관용적인 자세를 취했다는 비판을 면하지 못할 것이다.

이상과 같이 동아시아의 정치적 격변기의 여러 사건들과 그에 임하는 각국의 이익 관계를 논한 후, 약소국으로서 청나라와 조선이 지금 할 수 있는 일이 무엇인지에 대하여 토론이 벌어진다. 이에 밀아자는 ① 관제변경(官制變更), ② 법률이정(法律釐正), ③ 문학개량(文學改良), ④ 풍속질정(風俗質定) 등 네 가지 개혁 방안을 제시한다.

①에 대하여 작가는 먼저 군(君)·신(臣)·민(民)의 관계를 정립하여 군은 '至尊至貴ㅎ야 萬民의 奉養을 受享ㅎ고 統治의 特權이 自有호 者', 민은 '天地間萬億의 不動物을 管理ㅎ야 國家를 成立호 者'로, 신은 '君民間에 介在ㅎ야 百務룰 分掌而處理ㅎ는 者'이므로 '政府는 百姓의 公僕'이라고 규정하고 있다.333) 이 한 관계를 바탕으로 금일 조선과 청나라는 선진국의 제도를 본받아 관제를 개혁해야 한다고 주장하고, 이어서 중국 진한 이래 수천 년간의 인물을 通計하여 가합한 인재를 지금의 내외관직에 배열해 보기를 요청한다. 이에 제갈량이 내각 대신 사마광, 궁내부 대신 곽광, 법부대신 신도가, 학부대신 한유, 농상부대신 방현령 이하 외직 수원으로 모수에 이르기까지 인물을 배치하여 관제를 정비한다. 이러한 제갈량의 인물 선정은 중국 역대 인물에 대한 전통적인 평가에 입각해 있는 것으로서 곧 밀아자의 비판을 받게 된다. 밀아자는 중국이나 조선에서의 용인지법은 '이기수인(以器隨人)'일 뿐, '이인수기(以人守器)'하지 않은 폐단을 지적하면서 중국 역대의 인물에 대해서 다시 재론하여 제갈량과는 다른 인물 선발을 하게 된다. 그리하여 내각 대신에 김인서, 궁내부 대신 병길, 법부대신 송렴, 학부대신 이극, 농상부대신 사마천 이하 외임

333) 127면.

수원으로 풍관에 이르기까지를 재배정하는 것이다. 이에 대해 제갈량이 자기는 과연 관습에 의거하여 옛적 벼슬하던 사람 중에 어질고 선하다고 칭찬받는 자로써 서차를 매겼는데, 밀아자는 문벌이나 전직은 고려치 않고 당직 요무에만 적합한 인재를 선발하였기에 실효를 얻게 될 것이라고 수긍한다.

이상과 같은 관제 개혁의 내용은 이 작품이 전대 몽유록의 전통을 잇고 있다는 사실을 다시 한 번 명확히 드러내는 것이다. 몽유록의 상당수 작품들이 우리나라나 중국 역대의 인물들을 평가하여서 가상의 조각(組閣)을 시도하고 있는데, 이러한 몽유록의 서술 방식을 그대로 이어받고 있는 것이다. 그러나 이 작품은 제갈량과 밀아자의 조각 내용을 대비함으로써 인물 평가에 대한 기준의 변화 곧, 인습적 평가 기준에 의해서가 아니라 당직 요무에 적합한 인재의 선발이라고 하는 새로운 평가 기준을 제시한 것이 전대의 몽유록과 구별되는 점이다. 말하자면, 이 작품은 전대 몽유록의 전통을 계승하면서 작가 의식의 측면에서 애국계몽기의 공리주의적 사조를 반영하여 몽유록을 당대 현실에 맞도록 변모시킨 작품인 것이다. 다만, 이러한 조각 내용에서 일반적으로 잘 알려져 있지 않은 인물들을 요직에 배치한 것은 중국 역대 인물에 대한 작가의 지식을 과시하려는 의도가 작용하고 있다는 문제점이 지적될 수 있다.

②의 문제에 있어서 밀아자는 하늘에 죄를 얻으면 한 사람만이 그 재앙을 입지만, 법률의 장정(章程)에 죄를 얻으면 한 나라가 그 재앙을 입게 되어 법률은 하늘과 더불어 서로 맞설 만큼 중요하다고 역설한다. 여기에 덧붙여 제갈량은 지금의 시대는 재물과 이익을 추구하는 때로서 경쟁(競爭)과 숭실(崇實)을 미덕으로 삼아야 한다고 하고, 이러한 가운데에서 재물과 이익을 위해 겁취와 약탈을 일삼게 되는 폐단을 막기 위해서 염치와 함께 법률이 필수적으로 요구된다고 하였다.

③과 ④에 대해서 밀아자가 특히 강조하고 있는 것은 삼강오륜의 개량이다. 그는 전래의 삼강오륜에 3강과 2륜을 더 보태어 육강칠륜(六綱七倫)을 제시한다. 곧, '국위군강(國爲君綱)·민위국강(民爲國綱)·물위민강(物爲民綱)'과 '將卒로 爲一倫ᄒ고 師生으로 爲一倫'하는 것을 보태고 있다.[334] 이 대목에서 작품의 주제가 총괄적으로 요약될 수 있는데, 전통적인 삼강오륜을 포용하면서 당대의 현실에서 가장 긴요한 이념으로서의 국가 개념과 국민 주권 의식, 그리고 실용주의 정신이 압축 제시됨으로써이다. 이러한 주제 의식의 기반에는 '實物實事의 有形有跡ᄒᆞᆫ 文學'을 건설하자[335]는 문학관이 뚜렷이 자리 잡고 있다.

이로써 밀아자와 제갈량과의 길고도 심각한 토론이 마무리되면서, '天已夜半ᄒ고 月橫山頭ᄒ니 玆以告別ᄒᄂ이다. 先生이 不勝戀戀ᄒᄋ 握手聯步ᄒ고 出洞敍別ᄒᆞᆯ시 一聲長歎에 忽然飜身ᄒ니 枕上一夢이러라.'[336]는 기술로 작품이 끝나고 있다.

요컨대, 유원표의 <몽견제갈량>은 전대의 몽유록의 서술 방식을 충실히 따르는 한편, 작가 당대의 사회 정치적 제 문제를 깊이 있게 논의하면서 당대의 공리적이고 실용적인 이념을 반영함으로써, 몽유록 양식이 다시 한 번 시대 현실에 대한 날카로운 비판 의식을 담아내어 당대의 의미 있는 문학 양식으로 부상하게 되는 실마리를 마련한 작품으로 평가할 수 있다.

박은식의 <몽배금태조>는 조선이 일제의 식민지로 전락한 다음 해인 1911년에 나온 작품이다. 교열자 윤세복이 쓴 서문에서 '現二十世紀의 大活劇大慘劇ᄒᆞᆫ 帝國主義를 對ᄒᄋ 人權平等의 理想을 吐'[337]한 것이라고

---

334) 162면.
335) 165면.
336) 166면.

 제1부 몽유 양식의 소설사적 전개 양상

지적하고 있는 것처럼, 이 작품의 중심 내용은 19세기 말 20세기 초의 강권주의·제국주의의 침략에 처한 조국의 현실을 직시하고 인권 평등과 자유사상에 입각하여 그것에 대응할 수 있는 방법을 제시해 놓은 것이다.

이 작품의 서두는 작가의 역사의식에 바탕을 둔 도저한 민족주의적 관점에서 출발하고 있다. 무치생(無恥生)이 조국을 떠나 압록강을 건너서 만주 대륙에 이르러 동포들이 이곳에 이주하여 문명의 풍조가 파급됨을 다행스럽게 여긴다. 이 만주 땅은 단군 이래 우리 조상들의 고토로서 역사상 위대한 영웅들이 이곳에서 나왔고, 지리적인 관계로 인해 그 민족성에 있어서 인내성, 활동력, 숭무 정신, 근면성 등의 장점과 배외성(排外性)과 공리의 부족 등의 단점을 지니고 있다. 또한, 조선족과 만주족이 모두 단군 황조의 자손인데, 서로 교통치 못한 지가 천여 년이 지나 이제 와서 월경(越境) 도강(渡江)하여 우리 동포가 만주 땅에 촌락을 형성하며 교류하는 것이 장래에 좋은 결과를 낳을지도 모른다는 희망을 피력한다. 이러한 진술에 이어서 무치생의 입몽 동기가 다음과 같이 기술되어 있다.

> 於是에 歷史와 地理와 民族의 觀念으로 轉輾思惟ᄒ되 如何혼 方法으로 我祖先時代의 榮譽를 回復홀가. 如何혼 方法으로 兹絶勝江山에 無數혼 英雄兒를 喚出홀가. 如何혼 方法으로 其民族性質에 對ᄒ야 長處를 利用ᄒ고 短處를 改良ᄒ야 文明程度에 引進홀가.[338]

민족주의에 입각한 이러한 작가의 고민을 계기로 하여, 10월 3일 단군의 강세(降世) 기념일에 기념식을 행하고 나서 대종교(大倧敎)의 교리를 생각하다가, '栩栩然히 莊生의 蝴蝶을 化ᄒ야 風을 御ᄒ고 雲을 乘ᄒ야 白頭山 最高頂에 陟ᄒ야 大澤畔에 至ᄒ'[339]는 것으로써 입몽하게 된다. 그리

---

337) <몽배금태조>, 『박은식전서』중, 단국대 동양학연구소, 1975, 189면.
338) 200~201면.

하여 휘황한 한 전각에 이르러 보니 '開天弘聖帝殿'이라고 편액이 달려 있어서 대금국 태조황제가 거하는 곳임을 안다. 이미 앞서도 주장된 것처럼 조선족과 만주족은 동일 민족이기에 여기서 금태조를 만나는 것은 곧 우리 민족의 조상 가운데 세계를 제패한 대영웅을 만난다는 의미를 갖는다.

금태조가 무치생이 탄식한 연고를 물으니, 충국애족(忠國愛族)하는 자는 참화를 입고 매국화족(賣國禍族)하는 자는 오히려 복록을 향수하는 모순을 지적한다. 이에 대해 금태조는 전자는 천리(天理)를 따르는 것이고 후자는 인욕(人慾)을 좇는 것이요, 또 전자는 영구한 영혼의 쾌락이고 후자는 일시적인 육체의 쾌락일 뿐이라면서, 충국애족하는 인인 지사(仁人志士)는 일신의 오욕을 받아 국민에게 영화를 주며 일신의 고초를 취하여 국민에게 복락을 베푸는 자라고 한다. 그리고는 '現在 朝鮮民族의 沈淪훈 境遇와 苦痛훈 情況을 見홈이 深切히 惻隱훈 바 有ᄒ나 天은 自奮自强者를 愛ᄒ시고 自暴自棄者를 厭ᄒ시ᄂ니', '爾가 能히 朝鮮民族을 代ᄒ야 其情을 悉陳ᄒ면 朕이 其過去罪惡을 對ᄒ야 針砭을 與ᄒ고 自奮自强의 方針을 指示코져'340) 한다면서 토론을 시작한다. 말하자면 이 작품에서 펼쳐지는 무치생과 금태조의 토론은 일제 식민지로 전락한 조선 민족의 자분 자강할 수 있는 방법을 모색하는 의도에서 나온 것이다.

토론의 서두는 무치생이 당대의 시대 현실에 대한 심각한 우려를 피력함으로써 시작된다. 곧, 하늘은 지극히 공평한데 당대 현실은 국가경쟁·종교경쟁·정치경쟁·민족경쟁 속에 전쟁이 더욱 빈발하여 '弱肉强食을 公例라 謂ᄒ며 優勝劣敗를 天演으로 認ᄒ야 國을 滅ᄒ며 種을 滅ᄒᄂ 不道不法으로써 政治家의 良策을 삼'341)는 시대임을 개탄한다. 이에 금태조

---

339) 201면.
340) 211~212면.

는 적자생존이 천리임을 전제로 '萬一 此時代에 在ㅎ야 舊時代의 程度를
變치 못ㅎ고 適宜혼 方法을 求치 아니ㅎᄂᆫ 者는 天地進化의 例를 拒逆ㅎ
야 淘汰의 禍를 自求ㅎᄂᆫ 者니 天이 此에 奈何ㅎ리오.'342)라면 시대 조류
에 따라 진보하지 않는 민족은 도태를 면치 못하리라 언명한다. 나아가
조선 민족이 일본에 합방되었으면서도 국제 재판을 걸 수 있는 역량이
없음을 질책하면서 자분자강의 방책을 찾을 것을 권하고 있다.

약육강식과 우승열패의 시대 현실을 극복하기 위해서 자분 자강의 방
법을 찾아보려는 이 토론의 의도가 서두에 제시된 다음, 무치생은 조선
의 과거 인습에 대한 질문을 던짐으로써 금태조로 하여금 그것에 대한
신랄한 비판의 대답을 이끌어 낸다. 먼저 무치생은 조선이 군자국이요
소중화라 칭하면서 유교를 숭상하였던 예를 들어, 필경 소중화의 정신으
로 오랑캐를 쫓아내고 옛 제도를 회복할 날이 있지 않겠느냐고 질문한다.
이에 대해서 금태조가 자기는 무인이기에 문학을 연구하지 못했으니 무
치생의 배운 바를 이르라 하니 무치생은 어렸을 때 읽은 사략과 통감을
암송한다. 금태조는 이에 자국의 역사는 전혀 모르면서 타국의 역사만
아는 것은 곧 노예정신, 노예학문, 노예사상이라고 질타한다. 또 무치생
이 『소학』, 『대학』의 장구를 암송하자, 금태조는 장구를 암송만하고 그
실공 실효(實功實效)가 없으니 조선의 유생들은 모두 고담무실자(高談無實者)
요 기세도명자(欺世盜名者)라고 매도하면서 이러한 자들이 결국 매국의 원
훈이 되고 합병 찬성(贊成)의 선구가 되었다고 한다. 그러면서 금태조 자
신이 송나라를 정복할 때, 송인들이 부문허식과 고언대담으로 소일하다
가 패망했던 사정과 송나라가 정복된 다음 송인들이 자신의 신하나 조카
뻘로 자칭한 것으로써 중화사상의 허위성을 드러내었음을 인증한다. 이

341) 214면.
342) 216~217면.

러한 허위적 이념을 조선인들이 그대로 떠받들어 숭화유실(崇華遺實)의 폐
해를 입게 되었음을 지적하면서 조선의 사대주의 역시 노예근성이라면서
극렬히 비난하고 있다. 또한 무치생이 이백과 소식의 시부를 암송하자,
이는 인민의 생명을 弔送하는 해로가(薤露歌)(만가)라면서 음주나 바둑으로
소일하는 부탄자(浮誕者)의 행위를 버리고 근로에 힘쓰라고 권한다. 그리
하여 조선 민족이 과거의 태일(怠逸)과 문약(文弱)과 허위(虛僞)의 병근을 발
본하고, 근로(勤勞)와 무강(武强)과 진실(眞實)한 신국민을 양성해야 한다고
역설한다.

이러한 과거 조선의 이데올로기에 대한 비판에 이어서 이번에는 조선
조에 행해졌던 여러 가지 사회·정치적 억압상에 대해서 비판을 가한다.
먼저 국가의 독립을 유지하는 기반으로서의 병역 문제를 거론하여, 조선
의 사환족·유생족·향반족·이서족 및 귀족의 낭속(廊屬)과 노예가 모두
병역의 의무를 지지 않았고, 더욱이 황구(黃口)나 백골(白骨), 가족이나 이
웃에게까지 군포를 징수했던 조선의 군납 제도에 대해서 조선후기 실학
자의 그것과 동일한 맥락의 비판을 가하고 있다. 또한, 허다한 충훈 후예
니 선현 사손이니 효열 가문이니 하여 납세의 의무를 지지 않고, 관리들
은 인민의 생명과 재산을 약탈하는 데만 전력하여 인민의 생활상의 곤궁
과 피폐가 심각해졌다고 비난한다.

과거 조선의 여러 가지 인습에 대한 비판 위에서 당대 현실을 극복할
방법으로 교육의 문제가 본격적으로 거론되고 있다. 무치생은 신학문의
발명과 신교육의 발달을 통해 문명부강을 이룩한 세계 각국의 경우에서
깨닫지 못하고 그저 과거의 것을 고수하려는 자들에 대해 경계한다. 이
에 금태조는 당대를 개혁시대라 하면서 '改革時代에는 下等社會가 上等社
會로 進步ᄒ야 平等社會를 造成ᄒᄂ니 此는 天地進化의 公例'343)라고 전
제한 다음, 조선조에서 상등사회의 기득권을 지녔던 유생들은 고루한 생

각에만 젖어서 신사상과 신지식을 수용할 수가 없는 반면, 하등사회의 인민들은 구문화에 전염된 정도가 옅어 쉽게 신문화의 발달을 이룰 수 있다고 한다. 말하자면 위로부터가 아니라 아래로부터의 개혁과 진보의 입장을 분명히 하고 있는 것이다.

이에 상등 사회의 반역사적 행태에 대한 비판이 다시 제기된다. 매국 노들은 차치하고서도, 당대의 상등 사회에 널리 퍼져 있는 은둔주의·보신주의에 대해서 백이·숙제, 기자(箕子)의 동출(東出), 공자(孔子)의 이구(九夷)에 욕거(欲居)함 등이 모두 보신 은둔을 위한 것이 아니라 구세주의(救世主義)에 의한 것이라는 새로운 해석을 제시하면서, 인민에게 이롭지 못하면 곧 해가 되는 것이기에 그들의 행태는 용납될 수 없다고 비판한다. 그리하여 국가와 민족에 대한 공덕심(公德心)과 공익심(公益心)을 배양할 것을 역설하고 있다. 이에 대하여 무치생이 조선조 때는 사류나 인민 모두 정치의 압제와 학문의 무단에 의해 굴종만 강요받아서 감히 공덕과 공익을 위해 헌신할 수 없었던 사정을 고하니, 금태조는 그러한 국민이 어떻게 타국의 학대와 노예 상태를 면할 수 있겠느냐고 반문하면서 정치 혁명과 학술 혁명을 일으킬 수 있는 과감성과 자신력을 가진 영웅을 교육시키라고 말한다.

그렇다면 어떠한 방법으로써 청년 제군에게 역대 영웅 위인의 사업을 이룩할 수 있는 과감성과 자신력을 심어줄 것인가. 이에 대해 금태조는 마음의 중요성을 강조한다. 마음은 '虛靈不昧 淸明無瑕 眞實無僞 獨立不倚 正直不阿 剛毅不屈 公平正大 廣博周遍 是非鑑別 感應神捷'344)의 성질을 지닌, 나의 주인옹이자 감찰관인데 이 마음의 명령하는 바에 따라 모든 난관을 무릅쓰고 행한다면 이것이 곧 과감성이요 자신력이라 한다. 더욱

343) 249면.
344) 266~267면.

이 이러한 마음을 수련할 학교로서 우환 곤란이 제일인데 지금 조선이 그러한 상황에 놓여 있음은 하늘이 개설해 준 것이라면서 격려한다. 이에 무치생이 수년래에 흥기하였던 진보의 기운이 외래적 압력에 의해 좌절된 현 상태가 어찌 다행이냐고 물으니, 금태조는 '物의 動力은 壓力으로 因ᄒ야 生ᄒᄂ니 朝鮮人은 壓力을 被홈이 極度에 達치 아니ᄒ면 動力이 生치 못홀지니라.'[345)라고 말한다. 조선은 본래 자소자노(自小自奴), 곧 스스로 비하시키고 스스로 노예로 자처한 자로서, 진취적 기상이 없이 사대주의와 쇄국 정책을 고집하였기에 고식과 안일의 풍조가 만연하였으니 극심한 압력이 아니면 동력을 일으키기가 어렵다는 것이다. 이러한 동력을 일으키기 위해 구국주의(救國主義)로써 동포를 대하고 평등주의로써 세계에 호소할 열혈남아를 대망하게 된다.

이에 무치생이 그러한 민족 영웅의 대표 격으로서 금태조 자신의 위업을 상기시키자, 금태조는 자신의 시대와 현 시대는 여러 가지로 차이가 많지만 그 정신적 역사만큼은 청년들에게 모범이 될 것이라고 하면서, 조그마한 부락에서 일어나 중국을 취할 수 있었던 정신으로서 모험적 정신을 강조한다. 이에 대해 무치생이 서양 여러 나라의 위인들을 열거하여 이들이 모두 모험 정신에 투철했던 인물들임을 재차 강조한다. 그리고는 금태조의 시대가 가족 시대인 데 반해, 지금은 민족 시대이기에 민족 단결이 무엇보다도 필요한 때인데, 국내나 해외에서 단체를 조직하면서로 시기 배척하는 조선인들의 행태에 대해 개탄한다. 이에 금태조는 고구려에서 고려 말에 이르기까지는 그러한 성질이 별로 없다가 조선에 들어서 당쟁 등으로 인해 굳어진 비루한 인습이라고 하면서, 이러한 인습을 깨뜨리고 병근을 없애기 위하여 해상보통학교와 대륙보통학교를 세

---

345) 270면.

워서 각각 콜롬부스와 야율초재(耶律楚材)를 교사로 초빙하여 청년들을 교육시키겠노라고 한다.

앞에서 제시된 우환 곤란의 천설 학교가 시대의 관계로 청년의 자격을 만드는 것이라면, 여기서 제시된 해상과 대륙의 보통학교는 지리의 방면으로 국민의 성질을 개량하는 곳이 된다. 이에 무치생이 정신 교육을 위한 각급 학교가 있는지를 묻자, 금태조가 특지를 내려 무치생으로 하여금 백두산을 중심으로 한 만주와 한반도 지역에 널리 퍼져 있는 여러 학교들을 시찰케 한다. 이들 학교는 소학교 중학교 대학교에 이르기까지 조선 역사상 역대 위인들이 각기 적합한 위치에서 교장 교감 교사로 재직하고 있는 곳이다. 대동중학교는 교장에 기자, 교감에 안유, 그 외 체조교사 연개소문, 국어교사 설총, 역사교사 거칠부 이문진 안정복 등의 교사진으로 짜여 있다. 또한, 각 전문 대학교가 있어서 광개토왕이 교장으로 있는 육군 대학교, 신라 태종대왕의 해군 대학교를 위시하여 발해 선왕이 교장으로 있는 정치 대학교, 법흥왕의 법률 대학교, 백제 다루왕의 농업 전문학교, 개루왕의 공업 전문학교, 성왕의 의학 전문학교, 철학 전문과에는 정몽주·이황·이이의 중국 철학과와 순도·원효·대각국사의 인도 철학과가 있고, 세종대왕의 문학 전문과, 단군의 신교, 동명성왕의 선교 및 유교, 불교의 종교학과 등을 시찰하는 것이다. 이렇게 역대 인물을 충원하여 이상적인 각급 학교를 구성해 놓은 것은 앞에서 살펴본 <몽견제갈량>의 가상 조각과 유사한 성격을 지니는 것으로서 몽유록의 특성을 그대로 드러내고 있는 대목이기도 하다.

이러한 각급 학교를 시찰하고 돌아온 무치생에게 금태조가 소감을 묻자, 조선 역사상 군사와 공사(工事) 교육이 발달함에 비해 상업 교육이 미비한 것에 대해 유감을 표하고 나서, 이러한 교육 제도가 있었음에도 조선조에 들어서 이들 각 전문과를 거의 폐지하여 결국 일제의 식민지로 전락한 치욕과 고통을 극복할 방법을 다시 묻는다. 이에 대해 금태조는 '天設學校에셔 一般 靑年의 果敢性과 自信力과 冒險心을 鍛鍊ᄒ고 朕의 經營ᄒᄂ 바 海上普通學校와 大陸普通學校中에셔 一般 人民의 團合心과 活動心을 啓發ᄒ고 四千餘年 歷史學校中에셔 知恥心과 知痛心을 激發ᄒ야 各科敎育이 一致發達ᄒᄂ 日이면'346) 식민지에서 벗어나 조선 국기를 하늘 높이 휘날릴 수 있을 것이라 한다. 이 말로써 이제까지의 논의가 요약되는데, 결국 현실 극복의 방법이 교육으로 수렴되고 있다. 그리고 교육을 통한 현실 극복의 이념이 제국주의에 대항하는 평등주의임을 무치생의 다음 말로써 명확히 하면서 금태조와 무치생 간의 진지한 토론이 끝맺게 된다.

> 所謂 二十世紀에 滅國滅種으로 公例를 삼ᄂ 帝國主義를 征服ᄒ고 世界 人權의 平等主義를 實行ᄒᄂ디 우리 大東民族이 先倡者가 되고 主盟者가 되야 太平의 幸福을 世界에 均施ᄒ얏스면 無量ᄒ 恩澤이오 無上ᄒ 光榮이로소이다347)

그러고는 무치생이 다시 한 번 매국적당과 애국지사의 사후 결정처를 확인한 후, 여기서 나눈 토론을 일반 동포들에게 선포하려 한다면서 금태조에게 작별을 고하니 금태조가 '太白陰陽一統'이라는 여섯 글자를 써 준다. 이에 사은하고 문밖에 나서니 '金鷄가 三唱ᄒ고 海天에 日升이라.'라고 하여 각몽한다.

이상에서 보듯이, <몽배금태조>는 몽유자 무치생이 우리 민족의 대영웅으로 관념된 금태조를 꿈속에서 만나 식민지로 전락한 당대 조선의 비참한 현실을 극복하는 방법에 대해 토론을 벌이면서, 조선 전래의 과거

---

346) 307면.
347) 308면.

인습을 통렬히 비판하고 민족주의와 평등주의에 입각한 신학문 신교육의 창도를 힘써 주장한 작품이다. 이 작품도, 소위 '역사 학교'의 구성에서 그 단적인 모습이 나타나듯이, 앞의 작품과 함께 몽유록의 특성을 충실히 이어받고 있다.

이상의 두 작품이 국한문혼용체로 쓰인 작품인 데 비해서, <디구성미리몽>과 <꿈하늘>은 순한글로 쓰였다. 대한매일신보에 연재되었던 <디구성미리몽>348)은 언론계에 종사하는 인물에 의해 창작된 듯한데,349) 그 줄거리는 우세자(憂世者)가 꿈에 들어가 수미산에 이르러 원장법사를 만나 그와 함께 당시의 시대적 상황에 대해서 근심어린 대화를 나누다가 그의 인도로 옥경에 올라가 여러 광경을 관람한다는 것이다. 이 작품은 주인공이 옥경에 이르러 여러 곳을 유람하고 한 도인을 만나는 대목에서 종결되어 있어서 각몽 장면이 나타나 있지 않다. 이는 이 작품이 아마도 미완인 채로 연재가 중단되었을 것이라는 점을 시사해 준다.

이 작품은 몽유자가 방랑하는 모양이나 주변 풍경의 묘사, 옥경에 들어가게 되는 과정과 옥경에 대한 묘사 등에 있어서 전래의 몽유전기소설적 혹은 몽유록적 수사법에 크게 의존하고 있다. 따라서 이 작품에서 몽유 양식의 발전적 모습을 발견하기는 힘들다. 그러나 그 내용의 측면에서는 원장법사와 우세자의 대화를 통하여 영국의 식민지로 전락한 인도와 현금의 조선을 비교하면서 우국의 심정으로 당대의 시대 상황을 걱정하고, 국민을 계도하려는 의지를 보여 준다는 점에서 이 시기 다른 몽유

---

348) 이 작품에 대해서는 송민호, 『한국개화기소설의 사적 전개』, 일지사, 1975에서 논의된 바 있다. 이 책에서는 이 작품을 구소설적 요소와 신소설적 요소로 구분하여 분석하고 있다(위의 논문, 126~131면).
349) <디구성미리몽>, 『대한매일신보』, 1909. 7. 17일자, 나는 대한대국에 우세즈ㅣ라 칭ᄒᆞᄂᆞᆫ광긱이니 우리민족의 부패홈과 국셰의 빈약홈을 근심ᄒᆞ야 월보와 잡지를 발간ᄒᆞ야 세샹사ᄅᆞᆷ을 기도ᄒᆞ기로 일을 숨더니.

록 작품에서 나타나는 교술적, 계몽적 성격이 잘 드러나 있다.

원장법사는 우세자에게 자신이 염라부에 가서 애급·인도·파란·월남 등 당시 제국주의에 희생되어 식민지로 전락한 나라의 백성들이 염라부에서 고통을 받고 있는 정상을 말해 준다. 이를 듣고 우세자는 매우 비감해하는데, 그것은 조선도 역시 그 지경에 빠지게 될 것을 염려했기 때문이다. 그리하여 '우리신셩ᄒ신 단군의ᄌ손의 디옥이 목전에 잇도다.'[350]라는 위기의식을 토로하게 된다. 이에 두 사람은 인도와 조선의 사정을 비교하여 망국에 이르는 길을 막을 방도를 강구하는데, 그 요지는 다음의 인용문 속에 나타나 있다.

> 비긔로 말ᄒ지라도 도션비결이니 졍감록이니 토뎡비긔이니ᄒᄂ 여러 가지말이 ᄒ나도 실디ᄂ업고 어리셕은사룸 밋츨만ᄒ책이 몃권이오. 또 셜마보다 심ᄒ말이잇스니 혹은 아니된다 혹은 홀수업다ᄒᄋ 셰샹에홀 일은 ᄒ나도업시 견디다가 지금 뎌러ᄒ 어려온디경을당ᄒᄋ 진개 아니된다 진개 홀수업다ᄒᄋ 교육을ᄒ여도 아니된다 양병을ᄒ여도 홀수업다 화륜션압헤ᄂ 아니되겟다 대포머리에ᄂ 홀수업다 내지몃빅년이라도 아니되겟다 몃쳔년이라도 홀수업다ᄒ니 그빅셩의 졍도로 엇지된다ᄂ일과 홀수잇다ᄂ말이 잇스리오.[351]

당시 조선 사회에 만연된 미신 풍조와 자포자기식의 의식에 대하여 비판을 가하고 있는 것이다. 여기서 이 작품이 지닌 당대적 의의가 인정된다.

그러나 앞서 언급한 서술 방식상의 구태의연한 모습과 함께, 작품 후반부에서 옥경에 올라간 두 사람이 어떠한 자각도 보여 주지 못하고 그저 태고 적 이상향을 관람한다는 의식만 나타나는 점에 있어서 작품의 한계 또한 뚜렷하다.

---

350) 『대한매일신보』, 1909. 7. 21일자.
351) 『대한매일신보』, 1909. 7. 29일자.

 제1부 몽유 양식의 소설사적 전개 양상

신채호의 <꿈하늘>은, 앞서도 지적했듯이, 아무 단서 없이 몽유록에 귀속시키기에는 난점이 있다. 이에 이 작품의 양식적 성격을 문제 삼을 필요가 있는데, 이 경우 우선적으로 고려되어야 할 것은 작품의 서문에 피력된 작가의 창작 의식이다.

> 셋째는 자유 못하는 몸이니 붓이나 자유하자고 마음대로 놀아 이 글 속에서는 미인보다 향내 좋은 꽃과도 이야기하며, 평시에 사모하던 옛 성현과 영웅들도 만나 보며, 오른팔이 왼팔도 되어 보며, 한놈이 여덟놈 도 되어, 너무 사실에 가깝지 않은 시적이고 신화적인 이야기도 있지만, 그 가운데 들어 말한 역사상의 일은 낱낱이 <古記>나, <三國史記>나, <三國遺事>나 <高麗史>나 <廣史>나 <繹史>같은 속에서 참조하여 쓴 말이니 독자 여러분이시여, 섞지 말고 갈라 보소서.352)

작가는 독자에게 이 작품에 나타나는 '시적이고 신화적인 이야기'와 '역사상의 일'을 구분하여 수용하라고 주문하고 있다. 다시 말해 이 작품 은 허구와 사실이 교직되어 있다는 인식을 보여 주고 있는 것이다. 허구 의 측면에서 이 작품은 다분히 환상적인 분위기를 배경으로 서사적 줄거 리를 이루고 있고, 사실의 측면에서 이 작품은 몽유록의 일반적 특징인 강한 교술성을 드러낸다.

서문에서 진술된 이와 같은 두 가지 측면이 이 작품의 성격을 이해하 는 기본 틀이 될 수 있다. 제목 자체가 암시하듯 이 작품은 분명 몽유록 의 전통을 이어받고 있는 작품이다.353) 첫째, 을지문덕, 강감찬 등의 역 사적 인물이 등장할 뿐 아니라 이 작품에 설정된 이상국으로서의 님나라

---

352) <꿈하늘>, 『신채호소설선』, 동광출판사, 1990, 10면.
353) 한글 제목으로 '꿈하늘'은 '꿈속의 하늘'이라는 의미가 강하나, 한문 제목으로 '夢天' 은 '하늘을 꿈꾸다.'는 의미로 해석된다. 곧, 한글 제목보다는 한문제목이 몽유록적 의미를 보다 분명히 하고 있다.

가 모두 역사적 인물들로 구성되어 있다는 점, 둘째, 한놈의 질문에 대한 강감찬의 답변에서 드러나듯이 대화를 통한 토론의 양상을 띠고 있는 대목이 포함되며, 그 토론의 내용이 당대 현실에 대한 이념적 비판이라는 교술성을 드러낸다는 점, 셋째, 사건의 전개 과정에서 등장인물들의 시가 삽입됨으로써 몽유전기소설이나 몽유록에서 애용되었던 수법을 사용하였다는 점 등이 이 작품을 몽유록으로 파악할 수 있는 근거가 된다.

다른 한편으로 이 작품은 작가의 의도적인 허구 의식의 개입을 통하여 서사적 줄거리가 이루어졌다는 점에서 종래의 몽유록과는 상당히 이질적인 성격도 아울러 지니고 있다. 이 작품의 서사성의 근간은 탐색담에 있는 것으로 생각된다. 한놈이라는 주인공이 무궁화 꽃송이에서 내려와 님나라에까지 이르게 되는 과정에서 벌어지는 여러 가지 사건들이 이 작품의 서사적 중심축이 되고 있는데, 이는 다름 아닌 주인공의 탐색의 여정인 것이다. 이 탐색담은 우리 서사 문학사에 있어서 서사 무가 <바리데기>나 <차사(差使)본풀이>, 설화인 <지하국 대적 퇴치 설화>나 <구복여행담(求福旅行談)> 등에서 이미 서사성의 기본 구조로 널리 차용되었는바 이 작품에서도 이러한 우리의 서사적 전통에 그 맥을 잇고 있다. 한놈이 다른 여섯 한놈과 싸움터로 나아갈 때, 어떤 할미가 나타나 길을 가리켜 주는 대목은 서사무가에서 파랑새가 주인공을 인도하는 예를 연상시킨다. 또 한놈이 '도령굿놀음곳'에 들어가려는데 문지기가 막아서서 들어올 자격을 심사하는 대목 역시 <남염부주지> 등의 몽유전기소설과 우리 설화 가운데 흔히 나타나는 모티프이다. 이러한 탐색담의 모티프를 수용하여 창작된 이 작품은, 따라서 그 서사적 성격이 다분히 우리의 전통적인 이야기 서술 방식에 입각해 있는 것이다.

이러한 탐색담으로서의 서사적 골격은 환상적 분위기에 휩싸여 있다. 여기서의 환상성도 전래적인 모티프의 수용이라는 특성이 찾아진다. 한놈의 자아와의 내적 투쟁을 형상화한 대목이나, 풍신수길이 미인으로 변했다가 다시 개로 변하는 대목에서의 변신 모티프가 그 대표적인 예에 해당한다. 또한 무궁화 꽃, 샘물, 칼 등의 물체가 말을 하는 것은 일종의 우화적 수법을 도입한 경우에 해당한다. 변신 모티프와 우화적 수법 등은 우리 고전 소설에서 자주 이용되던 서술 방법이다. 따라서 이 작품이 지닌, 환상적 분위기에 싸여진 서사적 탐색담이라는 허구적 특성은 그 많은 부분이 우리 서사 문학의 전통 속에서 섭취한 것이다.

이렇게 창작 의식 면에서 사실과 허구의 교직임을 드러내고 있다는 점, 서술 방식의 측면에서 몽유록, 서사무가, 설화, 고전 소설 등의 영향을 받고 있다는 점에서 이 작품의 소설사적 위치가 전통적인 흐름의 연장선상에 있다는 것을 알 수 있다. 그런데 이 작품만이 지닌 독특한 성격이 또한 찾아지는바, 그것은 상징화의 경향이다. 무궁화 꽃송이는 민족정신의 상징이요, 을지문덕과 강감찬은 민족 영웅의 전형이요, 님나라는 민족자존의 형상물이다. 한놈이 자신과의 내적 투쟁을 이기고 싸움터와 지옥을 거쳐 님나라에 이르는 과정은 그 전체가 한 민족주의자의 자아 각성과 투쟁의 역정이 상징화된 것이다. 여섯 한놈이 싸움터로 가는 도정에서 각각 포기하는 것도 당대 현실에서 취했던 군상들의 상징화된 모습이다. 이 작품의 끝 부분에서 뽀얀 하늘을 쓴다는 행위 역시 중세적 이념의 파기를 상징적으로 그려낸 것이다.354)

<꿈하늘>의 작가 신채호는 여러 차례 당대 소설들의 향락적 감상적 경향에 대해서 질타한 바 있다.355) 그러한 그가 소설 장르의 개혁을 의

---

354) 작품에서 3500년 경부터 푸른색을 잃어 가기 시작했다고 진술된 것은 1135년의 묘청의 난, 1145년의 『삼국사기』 편찬의 사실로 미루어 우리나라가 민족의 자주성을 잃고 중화사상의 노예로 전락한 시기를 말한 것으로 파악된다(송재소, 「단재소설에 있어서 민족과 민중의 인식」, 『한국근대문학사론』, 한길사, 1982, 315면).
355) 송현호, 앞의 책 참조.

도하여서 몸소 창작한 것이 이 작품이라고 한다면, 앞서 고찰한 바와 같이, 우리나라 서사 문학의 전통을 잇고 있다는 점과 함께 작가 의식의 치열함 및 그것의 상징화 등이 그러한 작가의 의도를 드러내는 징표라고 볼 수 있다.

이 작품에 드러나는 작가 의식의 치열함은 철저히 민족주의에 입각한 투쟁 의식으로 나타난다.356) 작품 서두에서 한 천관(天官)이 '인간에게는 싸움뿐이니라. 싸움에 이기면 살고 지면 죽나니 신의 명령이 이러하다.'357) 라는 언명에서부터 투쟁의 천명성(天命性)을 역설하면서 인간의 모든 역사와 나아가 영계(靈界)까지도 이러한 투쟁의 세계임을 말하고 있다. 그리하여 주인공 한놈이 무궁화 꽃송이에 앉아 처음 보게 되는 장면도 환상적으로 그려진 살수싸움의 정형(情形)이다. 이 싸움을 묘사하고 있는 다음의 예문은 그것의 치열한 모습을 잘 드러내 준다.

> 싸우는 사람들이 손에는 아무 연장도 가지지 않고 오직 입을 딱딱 벌리면 목구멍에서 불도 나오며 물도 나오며 칼도 나오며 화살도 나와, 칼이 칼과 싸우며, 활이 활과 싸우며 불과 불이 서로 치다가 나중에는 사람을 맞히니, 그 맞은 사람은 목이 떨어지면 팔로 싸우며, 팔이 떨어지면 또 다리로 싸우다가 끝끝내 살이 다 떨어지고 뼈가 하나도 없이 부서져야 그만두는 싸움이라.358)

그러나 이 싸움은 내가 나와 싸우는 것이어서는 안 된다. 그것은 자살인 것이요, 내가 남하고 싸우는 것만이 싸움이다. '내란 범위는 시대에 따라 줄고 느나니, 가족주의 시대에는 가족이 내요, 국가주의의 시대에는 국가가'359) 나다. 여기서 작가가 말한 싸움이란 것이 민족 국가 대 민족

---

356) 송재소 역시 앞의 논문에서 이 점에 주목하여 작품 주제를 분석하고 있다.
357) 11면.
358) 12면.

국가의 싸움으로 규정된다.

> 내가 나니 저도 나고
> 저가 나니 나의 대적(大敵)이다.
> 내가 살면 대적이 죽고,
> 대적이 살면 내가 죽나니
> 그러기에 내 올 때에 칼 들고 왔다.
> 대적아 대적아
> 네 칼이 세던가 내칼이 센가 싸워를 보자.360)

님과 도깨비의 싸움터로 출정할 때 한놈이 부르는 <칼부름>이라는 위 노래는 대적(大敵)으로 규정된 남과의 투쟁 의지가 강렬하게 표출되어 있다.361) 여기서의 대적은 논리상 나 이외의 모든 민족 국가에 해당할 수 있지만, 작품에서는 일본으로 못 박고 있다. 한놈이 역경을 뚫고 싸움터에 이르러 만난 적장이 다름 아닌 임진왜란의 원흉 풍신수길이었던 것이다.

이와 같이, 작품을 관류하는 작가 의식은 철저히 민족주의에 입각한 투쟁 의식이다. 그런데 이러한 투쟁 의식은 고대사에 대한 작가의 역사관에서 끊임없이 고무되고 있으며, 그 대상은 비단 일본뿐만 아니라 김부식 이후 조선조의 중심 이념이었던 사대주의, 그리고 작가 당대의 현실에까지 이른다. 앞에서 작가의 말을 거론하였거니와, 작가가 역사적 사실을 들어서 말하고자 하는 내용 역시 이러한 투쟁 의식의 고취에 있다.

---

359) 18면.

360) 21면.

361) 이러한 투쟁 의지는 대단히 치열하여 테러리즘에 육박하고 있기도 하다. '을지문덕도 암살당을 조직하였더라.'라는 메모, 님나라에 배석한 우리나라 역대 인물 가운데 '강자를 제재함에는 암살을 유일한 신성(神聖)으로 깨달은 밀우(密友), 유유(紐由), 황창(黃昌), 안중근'을 말하고 있는 데에서 이러한 점이 나타난다.

그리하여 우리나라 고대의 이른바 '종교적 무사혼(武士魂)' 또는 '종교적 상무 정신(尚武精神)'을 두드러지게 강조하고 있으며, 사대주의에 반기를 들고 민족의 국수(國粹)를 지키려 하였던 묘청, 정여립 등을 높이 평가하고 있다.

당대 현실에 대한 비판은 순옥 사자인 강감찬의 말로써 제시된다. 매국노, 탐학한 관리, 친일 지식인들, 정탐꾼, 보신주의자, 분파주의자, 사대주의자 등등에 대해서 신랄하게 비판하고 있다. 더욱이 독립의 방법으로서 외교적인 노력을 기울이자는 주장, 그리고 교육과 실업을 진흥시키자는 주장에 대해서도 가차 없는 비판이 가해진다.

> (ㅁ) 동양의 아무 나라가 잘되어야 우리의 독립을 찾으리라 하며, 서양의 아무 나라가 우리 일을 보아 주어야 무엇을 하여 볼 수 있다 하여, 외교에 의뢰하여 국민의 사상을 약하게 하는 놈들은 그 몸을 주물러 댕댕이를 만들어 큰 나무에 감아 두나니, 이는 댕댕이지옥이니라. (ㅂ) 의병도 아니요, 암살도 아니요, 오직 할 일은 교육이나 실업 같은 것으로 차차 백성을 깨우치자 하여, 점점 더운 피를 차게 하고 산 넋을 죽게 하나니, 이놈들의 갈 곳은 어둥지옥이니라.362)

익히 알듯이, 독립 운동의 세 가지 방향은 외교론, 준비론, 그리고 투쟁론 등으로 대별되는바, 작가는 철저히 투쟁론에 입각하여 나머지 방법론에 대해 비판 배격하고 있는 것이다.

이러한 작가 의식은 이미 작가 자신의 역사 연구 과정에서 피력된 것이기에, 소설로서의 가치는 그러한 작가 의식이 한놈이라는 주인공의 자아 각성과 투쟁의 과정 속에서 서사적인 형상화를 거쳐 드러나고 있다는 점에서 찾아야 하겠다. 꽃송이와 을지문덕의 교도와 격려를 받아 투쟁의

---

362) 35면.

길에 나서게 되는 것, 여섯 한놈과 함께 님과 도깨비의 싸움터에 이르는
역경의 과정, 한 마음에 두 사랑을 두었다는 이유로 지옥에 떨어져 강감
찬의 교훈으로 자아 각성을 이루고 님나라에 이르게 되는 것, 님나라에
서 비를 들고 중세 이데올로기를 쓸어버리는 행동을 취하는 것 등 이 작
품의 중심된 서사적 전개 속에서 앞서 언급한 작가의 강렬한 투쟁 의식
이 드러나게 된다. 이 점에서 이 작품은 이 시기 다른 어떤 몽유록 작품
과도 구분되는 뚜렷한 작품적 성과를 이룩하고 있다고 볼 수 있다.

또한, 이 작품은 몽유 양식사의 흐름 속에서 양식 상 중세적 특성을
벗어나 본격적으로 근대적 성격을 드러내고 있기도 하다. 그것은 작품의
구조가 이제까지의 몽유 양식이 지닌 탄탄한 순환 구조를 깨고 있다는
점 때문이다. 몽유록적인 특성에 바탕을 둔 작품이긴 하지만, 입몽과 각
몽의 장면이 탈락되어 있어서 현실―꿈―현실의 순환 구조에 의한 몽유
록과는 구분되는 것이다. 그러기에 꿈속 세계는 꿈 바깥의 현실 세계와
의 계기적 순환적 관계를 맺고 있지 않다. 다만 교술성의 측면에서 당대
현실이나 작가의 이념이 투영되어 경험 세계와의 관계가 상정되지만, 이
는 순환 구조로서의 몽유 양식에 개재한 꿈과 현실의 관련 양상과는 상
관이 없다. 그럼으로 인해 작품의 꿈속 세계는 서사적 자아인 한놈의 자
기 부정과 자기 확대의 여정을 형상화하는 데에 원형(圓形)이 아니라 직선
(直線)의 전개 양상을 보여 준다. 이는 몽유 양식사에서 <옥루몽>에서 나
타난 각몽의 탈락 현상과 함께 중요한 구조적 변개에 해당한다. 물론, 이
작품은 미완으로 끝났으므로 각몽의 탈락은 오히려 당연한 것처럼 생각
될 수 있으나 님나라에 도달한 한놈이 다시 님나라에서 도령굿놀음곳으
로 순례하는 시점에서 끝나 있다는 것은 순례의 지속적인 전개를 추론하
기에 충분하다. 또한, 작품 서두에서 입몽의 장면이 서술되지 않음으로
해서 이 작품이 완결되었을 경우 과연 각몽 장면이 필요했을지도 의문이

다. 이런 점들을 고려했을 때, <꿈하늘>은 몽유 양식의 근대적 변이의 양상을 잘 보여 주고 있다고 하겠다.

　이상과 같이, <몽견제갈량>, <몽배금태조>, <디구셩미리몽>, <꿈하늘> 등 애국계몽기의 몽유록은 모두 전대 몽유록의 현실 비판적 성격을 이어받아 애국계몽기 당대의 사회적·정치적·이념적 제 문제에 대한 비판 의식이 토론의 형식을 빌려 토로된 작품들이다. 이러한 양상은 몽유록 자체가 지닌 교술적 성격이 격변하는 시대에 처하여 새롭게 시대 현실을 반영하여 나타난 결과이다. 또한 이는 하위 양식들의 역사적 부침의 과정에서 17세기에 몽유 양식의 주도적인 위치를 차지하였던 몽유록이, 18 19세기에 와서 몽유장편소설이 부각됨으로써 침강했다가 애국계몽기에 이르러 시대적 배경 속에서 다시 한 번 몽유 양식의 주류로 부상했던 것이라고 할 수 있다.

2) 동물 우화의 몽유록적 성격

　애국계몽기의 몽유 양식 가운데는 위에서 검토한 몽유록 외에도 몽유의 형식과 결부된 동물 우화의 작품들이 또한 존재한다. 안국선(安國善)의 <금수회의록(禽獸會議錄)>(1908), 김필수의 <경세종(警世鐘)>(1908), 이 계보에 속하면서 일제강점기의 중반에 나온 송완식(宋完植)의 <만국대회록(蠻國大會錄)>(1926) 등이 그러한 작품들이다.[363] 이 작품들을 동물 우화나

---

363) 전광용은 작품해제에서 이들 세 작품이 내용이나 수법 면에서 상호 영향관계에 있다고 언급해 놓고 있다(『한국신소설전집』, 을유문화사, 1968, 537면). 그리고 <만국대회록>의 경우, 시대적으로 후대에 나온 작품임으로 해서 '신소설로서의 시대적 의의'는 상실하고 있다고 볼는지 모르나 그 내용과 성격은 신소설의 뼈와 살을 구비한 작

토론체 소설로 파악하는 것이 일반적인 견해이다. 그러나 우선 동물 우화로 파악할 경우, 등장인물이 동물들로 설정되어 있다는 현상적 면만을 고려한 이해일 뿐 아니라 우화가 일반적으로 지니는 단편적인 사건의 기술이라는 점에 비추어 교술적인 토론으로 일관된 작품의 성격이 제대로 드러나지 못하게 된다. 또한, 이를 토론체 소설이라고 파악할 경우, <소경과 안즘방이 문답>이나 <차부오해> 등 이 시기의 토론체 소설과 동류로 묶이게 됨으로써 이 작품들만이 지닌 독자적 성격이 무시될 염려가 있다. 따라서 이들 작품을 동물 우화나 토론체 소설 그 어느 것으로 파악하든지 간에 일면적인 성격만이 부각될 따름이다. 이에 비해 이들을 몽유 양식사의 흐름 속에서 파악한다면, 서사 문학사의 오랜 전통을 이어받으면서 당대적 의의를 획득하고 있는 양상을 잘 포착할 수 있다고 본다. 이에 이들을 애국계몽기에 나온 몽유 양식의 한 유형으로 이해하고자 한다.

<금수회의록>[364]은 몽유자인 '내'가 꿈속에서 동물들의 인간 성토의 집회에 참석했다는 내용을 지닌 몽유 양식의 한 작품이다. 이 작품은 그 서술 방식상 전대의 몽유록이나 가전체와의 연관성을 드러내고 있다.[365] 먼저, 작품 서두에 제시된 몽유자의 성격과 입몽 장면의 서술에서 그러

품이라 하겠다.'(같은 곳)라고 하여 이 작품을 신소설의 하나로 함께 처리할 수 있는 근거를 제시하였다.

364) 이 작품에 대한 주요 연구 업적으로서 윤명구, 「안국선 연구」, 『현대문학연구』 8, 1973 ; 권영민, 「안국선의 생애와 작품세계」, 『관악어문연구』 2, 1977을 들 수 있다. 또한, 우화 소설로서 이 작품이 지닌 전통과의 관련성에 대해서는 인권환, 「금수회의록의 재래적 원천에 대하여」, 『고대어문연구』 18・19, 1977 ; 박태상, 「안국선의 금수회의록 연구」, 『연세』 16, 1982이 있는데, 이 글에서는 몽유 양식의 역사적 전개의 맥락 속에서 이 작품을 고찰하고자 한다.

365) 이재선(1975), 앞의 책, 122면에서 '이 작품은 환상과 꿈을 통한 우화로 이루어져 있다. 즉 서문에서의 나는 꿈을 통하여 환상적인 동물의 세계에 들어간다. 이 점은 과거의 몽자류 소설에서 꿈의 형식을 통해서 선계에 들어가는 것과 유사하다.'라고 하여 이 작품이 지닌 몽유록적 성격과 우화적 특성을 요약하고 있다.

한 성격이 나타난다.

> 슬프다 착훈 사름과 악훈 사름이 격구루되고 충신과 역적이 밧고엿
> 도다 이갓치 텬리에 어긔여지고 덕의가 업서셔 더럽고 어둡고 어리석고
> 악독ᄒ야 금슈만도 못훈 이셰상을 쟝찻 엇지ᄒ면 됴흘고 나도 쏘훈 인
> 간에 훈 사름이라 우리 인류사회가 이갓치 악 ᄒ게 됨을 근심ᄒ야 미양
> 셩현의 글을 읽어 셩현의 ᄆᆞ음을 본밧으려 ᄒ더니 맛참 셔창에 곤히든
> 잠이 춘풍에 니릭힌바 되ᄆᆡ 유흥을 금치못ᄒ야 죽장마혜로 록수를 짜르
> 고 쳥산을 차져셔 훈 곳에 다다르니366)

천리가 어그러지고 덕의가 없어진 이 세상을 근심하여 항상 성현의 글
을 읽으며 심신을 닦다가 입몽하게 되는 '나'의 모습에서 몽유록에서 몽
유자의 성격이나 입몽 동기와 동일한 의식을 찾아볼 수 있다. 그리고 개
회사와 폐회사를 갖춘 토론회의 형태로 이루어져 있어서 토론을 통한 당
대 현실의 비판이라는 몽유록의 창작 의식과 연관된다.

이러한 몽유의 형식 속에 동물담이 수용된 측면에 대해서도 몽유 양식
사의 흐름 속에서 살펴볼 필요가 있다. 고려 말에 등장한 가전체 작품은
어떤 사물이나 동물을 의인화하여 그것을 전기(傳記)의 형식으로 기술한
양식으로서, 의인화된 사물이나 동물의 전기를 구성하기 위해서는 그것
과 관련되는 중국 역대의 고사를 차용하게 된다. <정시자전>과 같이 이
러한 서술 방식에 몽유의 형식을 결합시킨 작품도 나타났던 것이다. 또
한, 15세기 몽유전기소설 가운데 <용궁부연록>의 어느 대목에서는 수중
생물이, <서재야회록>에서는 문방사우가 의인화되어 서술되었다. 말하
자면, 몽유 양식의 흐름 속에서 의인화 수법은 이른 시기부터 몽유의 형
식과 결합되어 작품화되었다.

366) <금수회의록>, 『한국개화기문학총서, 신소설·번안(역)소설』 2, 아세아문화사, 1979,
450면.

<금수회의록>에서 그려진 동물담은 이와 같은 몽유 양식의 전통을 잇고 있다고 보인다. 각 동물들의 토론에 부친 소제목으로서 전래되는 고사의 구절을 내세운 점에서부터 드러나듯이, 몽유의 형식과 결부된 동물의 의인화나 동물들에 관련된 동서양의 고사를 차용하여 각각의 동물을 형상화한 수법 등이 전대의 가전체나 전기 소설의 서술 방식과 연관되는 것이다. 가령, 까마귀가 연설하면서 자신의 내력을 말하는 다음의 대목에서 가전체의 수법이 차용되고 있다.

고소셩 한산사에서 달은 너머가고 셔리친 밤에 쇠북을쥬둥이로 쪼아 소리를 내셔 대망의게 죽을거슬 살녀쥰 은혜를 갑헛고 한나라 효무졔가 아홉살되엿슬 째에 그 부모는 왕망의 란리에 죽고 효무졔 혼즈 다라눌 시 날은져무러 길을 일헛거늘 우리들이 가셔 인도ᄒ엿고 연태즈 단이 진나라에 볼모잡혀 잇슬째에 우리가 머리를 희게ᄒ야 그 나라로 도라가게 ᄒ엿고 진문공이 긔즈추를 차지려고 면샹산에 불을 노ᄒ매 우리가 연긔를 에워싸고 타지못ᄒ게 ᄒ엿더니 그 후에 진나라사람이 그 산의 은연더라 ᄒᄂ 집을짓고 우리의 은덕을 긔렴ᄒ엿스며 당나라 리의부는 글을짓되 상림에 나무를 심어 우리를준다 ᄒ엿고 쏘 물병에 돌을 던지니 이소푸가 샹을 주고 탁즈의 포도쥬를 다먹어도 후랑크린이 사랑ᄒ도 다.367)

까마귀(혹은 까치)와 관련된 중국의 고사뿐 아니라, 이솝 우화까지 인용하면서 동물의 내력이 서술되고 있는데 이는 가전체의 수법과 동일한 서술 방식이다. 따라서 작품에 수용된 동물담은 일반적인 동물 우화로서 파악되기보다는 몽유 형식과 가전체의 결합 형태로서 오랜 전통을 잇고 있는 것으로 이해해야 하리라 본다.

작품의 주요 내용은 동물들의 인간 성토에 있으므로 그 내용을 분석하

---

367) 459~460면.

는 일이 작품 이해의 관건이 된다. 작품의 토론 내용도 이 시기에 나온 다른 몽유 양식과 마찬가지로 당대 현실에 대한 비판이 중심을 이루고 있다. 그리하여 매국노, 외세 의존적인 지식인, 게으르고 음탕한 풍속, 관리들의 횡포 등에 대한 비판이 가해지고 있다. 그런데 이러한 비판의 양상 속에서 주목되는 것은 비판의 주된 표적이 당대의 정치 사회적 현실에 놓이기보다는 당대인들의 윤리적(倫理的)·인성적(人性的) 타락상에 놓인다는 점이다. 개회 취지에서 제시된 세 가지의 논제, 즉 '뎨일 사롭된 쟈의 칙임을 의론ㅎ야 분명히홀일, 뎨이 샤롭의 힝위를 들어서 올코 그름을 의론홀일, 뎨삼 지금 셰샹 사람중에 인류즈격이 잇눈쟈와 업눈쟈를 됴사홀일'368)에서 이미 나타나듯이, 이 토론은 인간으로서 갖추어야 할 자격의 가부를 논하는 데 초점이 두어져 있다. 그리하여 까마귀는 패륜이나 미신 숭배의 풍속을, 여우와 벌은 인간의 간사함과 다툼을, 원앙은 인간의 음탕함에 대해 질책한다.

당대의 사회·정치적 문제에 대해서 비판할 만한 주제를 가지고 등단한 호랑이의 경우, 다음에서 보듯이 당대 현실의 제반 모순을 사회 정치적 안목에서 비판하기보다는 다분히 박애주의·평화주의의 입장에서 비판하고 있다.

사롬들은 학문을 이용ㅎ야 화학이니 물리학이니 비화셔 사롬의 도리에 유익호 올흔일에 쓰눈거슨 별노업고 각식병긔를 발명ㅎ야 군함이니 디포니 총이니 탄환이니 화약이니 칼이니 활이니 ㅎ는 등물을 만드러셔 지물을 무한이 내바리고 사롬을 무수히 쥭여서 나라를 만들째에 만반경륜은 다 남을 해ㅎ려눈 무옵쑨이라.369)

---

368) 455~456면.
369) 488면.

앞서 이 시기의 몽유록에 나타난 토론의 양상을 살펴보았을 때, 제국주의에 대항하는 민족주의적 입장에서 부국강병의 방법을 모색하는 내용이 중심을 이루고 있었던 것에 비하여, 이 작품에서 제시된 이와 같은 비판은 인류애나 박애주의의 입장에서 행해진 것이라는 점에서 분명 그 성격을 달리하고 있다. 이러한 입장에 서 있기 때문에, 결국 '호랑의 나라이 엇지 진나라 흐나뿐이리오 오날놀 오대쥬를 둘너보면 사룸사논 곳곳마다 어나느라이 욕심업논 나라이 잇으며 어느 나라이 포흑 흐지아니흔 나라이 잇으며'370)라면서 이 세상 모든 나라를 호랑이 같은 나라로 매도한다. 여기서 이 작품의 세계관이 당대를 민족주의 대 제국주의의 대항관계로 이해하고 있는 몽유록의 그것과 뚜렷이 구분됨을 확인할 수 있다.

이와 같이, 작품의 토론 내용은 인간의 인성적 · 윤리적 측면에 비판의 초점을 맞추고 있는데, 이러한 비판의 근저에는 기독교 사상이 자리 잡고 있다는 점을 지적해야겠다.371) 이는 개회 취지에서 '대뎌 우리들이 거쥬흐야 사논 이 셰샹은 당쵸부터 잇던 거시 아니라 지극히 거룩흐시고 지극히 션(전)능흐신 하나님 끠셔 조화로 만드신 거시라.'372)라고 하여 기독교적 세계관을 피력하였거니와 동물들의 말을 통해 여러 차례 기독교적 관점을 드러내고 있다. 기독교 사상에 바탕을 두고 주로 인간의 윤리적 타락상에 대해 비판을 하였던 것이다.

---

370) 489면.

371) 이 작품에 나타나는 기독교 사상에 대해서는 권영민, 앞의 논문과 조신권, 「개화기소설과 기독교」, 『한국문학과 기독교』, 연대출판부, 1983에서 논해진 바 있다. 전자의 논의에서는 기독교 사상에 근거한 비판 의식이 지닌 한계가 지적된 반면, 후자에서는 '안국선이 결국 추구한 것은 프로테스탄티즘의 기초가 되는 은총에 의한 구원이었다.'(위의 논문, 199면)라고 결론지음으로써 작품 전체를 기독교 교리로 해석하고자 하였다. 필자는 이 작품이 기독교 사상에 입각해 있다는 점과 함께 전통적 윤리 의식에 대한 강조의 측면이 있다는 전자의 지적을 받아들인다.

372) 452면.

> 사롬들아 부치를 놋코 칼을 던지고 잠간 내 말을 드르라. 너희들이 당연히 쫏칠거슨 너의 마옴을 슈고롭게ᄒᆞ는 마귀니라. 사롬들아 사롬들아 너희들은 너의 마옴속에 잇는 물욕을 쫏차바리라. 너의 머리속에 잇는 썩은 싱각을 니여 쫏치라. 너의 죠뎡에 잇는 간신들을 쫏차바리라. 너의 셰상에 잇는 소인들을 내여쫏치라. 참외가 다 무어시며 먹이 다 무어시냐. 사롬들아 사롬들아 우리수십 억만마리가 일졔히 손을뷔비고 비느니 우리를 뮈워ᄒᆞ지말고 하나님이 뮈워ᄒᆞ시는 너의를 해치는 여러 마귀를 쫏치라.[373]

파리가 인간에게 목청 높여 호소하는 위의 인용문에서 작품의 사상적 기반이 어디에 있는지 잘 드러나 있다. 당대에 기독교 사상이 지니고 있었던 진보적 성격이 재래의 구습과 당대 현실에 대해 얼마나 강력한 비판의 도구로 작용하였는지를 여실히 보여 준다.

<경세종>은 <금수회의록>이 출간된 지 8개월이 지나 나온 작품으로 기독교 사상이 작품 전체를 지배하고 있다. 이 작품에서의 몽유자는 '마옴이 교만ᄒᆞ고 셩픔이 패려ᄒᆞ야 혼치도 못 되는 조긔거슨 수쳔자 되는줄 알고 수쳔자되는 늠의거슨 혼치도 못 되는줄 아는쟈'[374]인 호화 자제와 '바람잡으러 돈니는'[375] 풍수들이다. 이렇게 설정된 몽유자들은 전통적인 몽유 양식에서 나타나는 뇌락불기한 성격의 몽유자와는 성격이 다를 뿐 아니라 몽유자 자신이 비판의 대상이 된다는 점이 이색적이다. 이들은 전통적인 무위도식자 아니면 풍수지리와 같은 미신의 신봉자로서 기독교인들의 비판의 표적이 되고 있는 것이다.

이들이 어느 화창한 봄날 뒷동산에 올라 서로 수작하는 중에, '풍편에 무슨 소리가 들니는디 륙칠월 셕양판에 소낙이 드러 오는것도 ᄀᆞᆺ고 륙희

---

373) 486면.
374) <경세종>, 앞의 책, 509면.
375) 511면.

군이 구비호 나라에서 마병들이 물을 투고 교련쟝으로 달녀가는 발 주최 소리도 곳고 동지 섯둘 젹셜중에 더벙머리 초동들이 양디짝에서 왕대 갈키로 나무 긁는 소리도 곳’376)은 소리를 듣고 그 편을 보니 금수와 곤충들이 모여들어 원유회를 여는 것이었다. 비록 문면에서 명확히 입몽의 장면으로 제시되지는 않았지만 이러한 기술 내용은 전대의 몽유 양식에서 두루 나타나는 입몽 대목의 표현법이므로 이 작품 역시 몽유 양식에 속한다고 볼 수 있다. 이 모임의 회장역을 맡은 양이 그 취지를 설명하는 가운데 이 모임의 성격이 분명히 드러난다. 양회장은 ‘부쳐니 밀역이니ᄒ는 등물의게 수만량 지산을 드려서 불공이니 치셩이니 ᄒ는 불신자들과 엿시동안에는 허탄혼 니야기와 낫잠이나 자고 담비나 먹는중에서 셰월을 다 보내다가 닐혜되는 날에는 마지못ᄒ야 회당에 가기는 갈지라도 쑤벅쑤벅 조지아니ᄒ면 집에 도라와셔는 늣부즈런이 나셔 은근이 일ᄒ노라고 쥬일을 온전히 직히지 아니ᄒ’377)는 믿음 없는 신자들에 대해 비판하는 것이다.

그리하여 사슴은 음풍영월하는 은사들이나 노름꾼 건달패들을, 제비는 염치없이 제 법대로만 사는 자들을, 박쥐는 간사한 자들을, 공작은 사치한 자들을, 나비와 캥거루는 음탕한 자들을 각기 비판 성토하고 있다. 이 모든 비판의 기준은 결국 기독교 사상에 있는데 올빼미의 다음 말에서 종교의 감화력에 대한 작가의 신념을 읽을 수 있다.

종교의 교육력이라 ᄒ는거슨 연약혼 ᄆ음을 건강케 비양ᄒ고 부패혼 성질을 새롭게 소셩ᄒ고 우졸혼 ᄉ상을 활발케 운동ᄒ는 거신고로 빅인 죵들이 종교의 힘으로 교육ᄒ야 뎌럿틋 강셩혼거시올세다마는 문명의 열미되는 각죵긔계와 물건은 취ᄒ야 가지나 문명의 근본된 그 종교는

<hr>

376) 512면.
377) 517면, 519면.

알아볼 싱각도 업눈고로 눈이 잇서도 맛당히 볼거슬 보지못ㅎ게 되엿스
니 일향 뎌 모양으로 지내면 빅인죵의 노예되기눈 우리가 눈 쌈작홀동
안 될거신줄 확실히 아ᄂ이다.378)

제국주의의 침략에 대한 불안을 문명의 근본인 종교의 힘을 빌려서 이
겨 내려는 의지를 보여 주고 있다.

철저히 기독교적 관점에서 창작된 이 작품은 논거를 주로 기독교 경전
에서 따옴으로 인해 <금수회의록>에서 동물과 관련된 중국 고사를 인용
하는 측면과 구분된다. 그러므로 <금수회의록>은 가전체와 같은 몽유
양식의 전통을 잇고 있는 데 비해 이 작품은 고사의 차용 대신 기독교
경전에 있는 경구를 가져와 토론의 근거로 제시하는 방식을 사용한다.
이 점이 작품의 서술 방식 상의 특징이라 하겠다.

동물 우화를 수용한 몽유 양식은 애국계몽기의 두 작품 이후에 일제강
점기의 <만국대회록>에까지 이어지고 있다. 소설사적으로 이 작품이 나
온 1920년대 중반은 이미 이광수에 의해서 근대소설이 개척된 이래 김동
인·염상섭·현진건 등에 의해 사실주의에 입각한 단편 소설들이 왕성
하게 창작되어 우리나라 근대 소설의 기틀이 다져진 시기이다. 따라서
이러한 문단의 조류와는 무관하게 전대의 신소설적 성격을 잇고 있는 이
작품은 소설사적인 의의를 확보하기는 어렵다. 다만, 애국계몽기의 몽유
양식을 다루고 있는 본 절에서 동물 우화와 결합된 몽유 양식이 일제강
점기에까지 이어졌다는 점에서 검토의 대상이 될 수 있다.

작품의 서두는 몽유자인 '내'가 병에 걸려 신음하던 중, 금수만도 못한
사람들의 행태를 탄식하다가 '병곤(病困)을 못견디어 잠간 눈을 붙이니,
유유일몽(悠悠一夢)이 표표후후(飄飄)하여 죽장망혜(竹杖芒鞋)로 녹수(綠水)를

---

378) 538면.

따라 청산을 찾아 한 곳에 다다르'[379]는 것으로써 입몽하고 있다. 그곳은 '만국대회장(蠻國大會場)'이 열리는 곳으로 뭇짐승과 벌레들이 모여 인류사회를 성토하는 것이었다. 이와 같이, 입몽의 과정이나 토론의 양상이 애국계몽기의 몽유 양식과 동일한 성격을 띠고 있는데, 특히 <금수회의록>에서 영향을 받고 있는 측면이 포착된다. 이 작품에서 까마귀의 연설 내용은 미신 숭배와 불효에 대한 비판인데 앞뒤 단락의 순서만 뒤바뀌었을 뿐 인용하는 고사나 표현에 있어서 <금수회의록>을 답습하고 있다. 이 외에도 벌의 구밀복검(口蜜腹劍), 원앙의 음탕한 인간 비판, 여우의 호가호위(狐假虎威), 호랑이의 포악한 인간 비판 등의 내용이 <금수회의록>의 소재를 이어받고 있다.

작품의 토론 역시 당대 세태와 인간들에 대한 비판을 주요 내용으로 하고 있다. 주색(酒色)에 빠진 인간, 불효, 잔인무도, 침략주의, 음탕, 미신 숭배, 사치, 허위적 애타주의, 상업화한 종교, 간특함, 황금만능, 과학 문명 등에 대해서 두루 비판을 가하고 있는 것이다. 그런데 이 작품은 <금수회의록>이나 <경세종>에서 나타나는 윤리적 인성적 측면에 대한 비판과 함께 사회 정치적 측면에 대한 비판도 아울러 보이고 있다. 대표적인 예가 솔개의 토론 주제인 침략주의에 대한 비판이다.

> 여러분, 우리 사회에는 약한 종족이 살아 있지만도, 인류사회에는 약소민족의 나라 이름 있는 것을 못 보았습니다. …… 오늘날 세계에서 눈알을 떼굴떼굴 굴리며, 어느 나라가 힘 안 들고 잘 삼켜질까 하는 침략주의가 세 가지 있습니다. 하나는 군국주의자의 침략이요 …… 또 하나는 아편주의자의 침략이올시다. …… 또 하나는 자본주의자의 침략이올시다.[380]

---

379) <만국대회록>, 『한국신소설전집』, 을유문화사, 1968, 279면.
380) 291면.

이러한 침략주의에 대한 비판은 모기, 여우, 호랑이의 말을 빌려서 당대가 '위장적 평화'의 시대로서, 구주 대전쟁(1차 세계대전)이 끝나고 윌슨에 의해 민족자결주의가 주창되고 국제연맹이 창설된 뒤에도 오히려 세계 각국이 군비확충에 진력하고 있는 국제 현실을 비판하는 데까지 이어진다. 더욱이, 모기의 말 속에는 '근일에 문화란 문자가 썩 많이 유행하는데, 걸핏하면 문화정치, 문화적 사업 합디다만도, 소리뿐이지 하나도 실행하는 것은 못 보았소.'381)라면 당시 일제의 기만적인 문화정치에 대한 비판도 행하고 있다. 이와 함께, 벌의 말로써 노동은 '우주의 생명'이요, '문화의 원동력'이라 주장하는 대목에서 작가의 당대 현실에 대한 건전한 비판 의식을 살필 수 있다.

이러한 긍정적인 측면과 더불어 작품이 지닌 보수적 의식의 한계를 지적해야 하겠다. 자라의 말로써 러시아 혁명 때 혁명군이 왕과 그 가족을 처형한 일을 비난하면서, '사람이란 영물은 그 조정이 벼슬 살고 그 땅에 농사지어가며 부모처자 살려내니 임금께 충성하고 나라를 사랑함이 본분이 될 터인데'382)라 하여 봉건적 충군 의식을 드러내고 있다. 또한 남녀평등의 주제에 대해서도 '사나이는 하늘이요, 계집은 땅이올시다. 이와 같이 남자는 높고 여자는 낮은 것은 하늘이 정하신 바올시다.'383)라면서 전통적인 남녀 차별 의식을 고수하고 있다. 이러한 의식에서 경제적, 인격적, 정조적(貞操的), 생리적으로 남녀평등이 이루어질 수 없다고 못 박는다. 이처럼 이 작품에서는 봉건적 의식의 잔재가 여전히 남아 있는데, 이는 앞서 살핀 건전한 비판 의식에 반하여 이 작품의 부정적 측면을 드러내는 것이다.

381) 297면.
382) 310면.
383) 312~313면.

나아가 작가는 일제에 대한 긍정적 태도를 보이기도 한다. 여우의 말로 당대의 세계는 무장적 평화의 시대라 하면서 제1차 대전을 예로 들고 있다. 전쟁 당시 독일이 모스크바로 진격하자 연합군은 해삼위에 상륙하였는데, 그때 벌어진 일을 다음과 같이 언급하고 있다.

> 그런데 그때 '대판빠쿠'라는 신문을 본즉, 일본군사는 함빡 상륙을 하였고, 미국 군사와 영국 군사에게는 발뒤꿈치에다가 쇠뭉치를 매단 형상을 그려 놓았습디다. 그러면 일본군사만 상륙시키고, 양첨지들은 목침 베었다는 의미가 아닙니까? 이 얼마나 간특한 행위오니까!384)

제국주의 전쟁인 1차 대전을 이해하는 방식이, 마치 <몽견제갈량>에서 황백 대결의 관점에서 일본의 역할을 강조하였던 것처럼, 미국·영국에 대해서 반감을 가지고 있는 반면 일제에 대해서는 긍정적인 태도를 보이고 있다. 이는 작가가 당대 현실을 피상적으로 관찰한 결과이자 작품의 보수적 경향과 더불어 체제 수용적인 성격을 보여 준다.

이상에서 애국계몽기에 나타난 동물 우화와 결합된 형태의 몽유 양식에 대하여 살펴보았다. 이 작품들의 공통점을 지적하자면, 토론에 있어서 당대인들의 윤리적 인성적 측면에 대한 비판이 주요 내용을 이룬다는 점이다. 이는 박애주의와 평화주의를 내용으로 하는 기독교적 세계관을 바탕으로 한 것으로서, 같은 시기에 나온 몽유록 작품들에서 나타나는 민족주의에 입각한 정치 사회적 현실에 대한 비판과는 뚜렷이 구분되는 양상이다.

384) 307면.

3) 잡문 형태의 몽유 양식과 근대 단편 소설적 면모

위에서 검토한 두 유형과 함께 애국계몽기에 나타난 또 하나의 몽유 양식을 살펴 볼 차례다. 이 시기에 경향 각지에서 나온 학회지나 잡지의 문예란 혹은 잡문란에 실린 글들 가운데는 몽유 양식에 속하는 작품들이 산견된다. 이 글에서 찾아본 것만 하더라도 <무하향만필(無何鄕漫筆)>(최석하, 『태극학보』 4, 1906. 11.), <춘몽(春夢)>(백악춘사, 『태극학보』 8, 1907. 3.), <만오(晚悟)>(심상직, 『장학월보』 1권 2호, 1908. 2.), <혈의 영(血의 影)>(육정수, 『장학월보』 1권 2호, 1908. 2.),385) <배을지장군기(拜乙支將軍記)>(대치자, 『서북학회월보』 3권 16호, 1908. 3.), <나산영몽(拏山靈夢)>(우연자, 『대한학회월보』 2, 1908. 3.), <무하향(無何鄕)>(이규철, 『태극학보』 20, 1908. 5.), <장원방령(莊園訪靈)>(포우생, 『태극학보』 21, 1908. 5.), <춘몽(春夢)>(윤감, 『대한흥학보』 4, 1909. 6.), <해당화하몽천옹(海棠花下夢天翁)>(봉산자, 『천도교회월보』 1권 2호, 1910. 9.), <몽천해(夢天解)>(이교성, 『천도교회월보』 2권 8호, 1912. 1.) 등 11편에 달한다. 이들은 대체로 입·각몽의 형식을 갖추고 있고 꿈속 세계가 문답이나 대화를 통한 토론의 양상을 띠며 그 내용이 당대 현실에 대한 비판 혹은 지향해야 할 이념의 제시라는 점에서 앞서 살펴본 이 시기 몽유록의 성격을 공유하고 있다. 그렇지만 이 작품들은 순한문·국한문혼용·순한글 등 다양한 표기 형태에 의해 기술되었고, 당대의 장르 개념상 '단편 소설'이나 '소설'로 명명된 작품이 있는가 하면, 잡저(雜俎)나 잡

---

385) 주종연, 『한국소설의 형성』, 집문당, 1987에서 『장학월보』 제1호에서 제5호에 걸쳐 입상한 단편 소설들의 목록을 제시하고 그 전반적인 특징을 살폈다(위의 논문, 141~143면). 그 제목만 본다면 이 두 작품 외에도 <침상유각(枕上有覺)>(3호), <몽의 형(夢의 刑)>(4호), <몽각(夢覺)>(5호) 등의 작품이 몽유 양식에 속하리라 추정되는데, 필자는 한국연구원에 소장되어 있는 『장학월보』 제1, 2호만을 구득해 볼 수 있었기 때문에 다른 작품은 미처 살피지 못했다.

찬란(雜纂欄)에 수록되기도 해서 몽유 양식의 어느 한 하위 양식으로 분류하기가 곤란하다.

이 시기는 몽유록이 시대정신을 심각하게 반영함으로써 몽유 양식 중에서 가장 두드러진 사적 의의를 확보하였다. 다른 한편으로 몽유록의 특성을 공유한 잡문 형태의 작품들이 창작됨으로써 몽유록이 수필화되는 경향을 띠는바 위에 제시한 작품 대부분이 그러하다. 그렇지만 백악춘사의 <춘몽>, 봉선자의 <해당화하몽천옹>, 심상직의 <만오>, 육정수의 <혈의 영> 등은 모두 순한글로 쓰였고 다소의 소설적 기교가 구사되었다. 이는 몽유 양식 중에서 초기 형태의 근대 단편 소설적 면모를 띠게 된 작품 군이 나타난 것으로 볼 수 있다. 따라서 이 시기에 이르면 전대의 몽유록, 몽기류 등 몽유 양식이 잡문화, 수필화되는 한편, 근대 단편 소설적 면모를 지니는 방향으로 나아갔다고 하겠다. 이러한 관점에서 위에 제시한 작품을 크게 두 부류로 나누어 살필 수 있다.

먼저, 몽유록의 잡문화·수필화의 경향에 포함되는 작품을 살펴보기로 한다. 최석하의 <무하향만필>에서 몽유자는, 천지간에 나서 대사업을 성취하지 못하면 초목과 같이 썩어질 뿐이라면서 만고영웅을 심방차로 '虛心囊을 께어 차고 五大洲를 轍環'하면서 입몽한다. 그리하여 꿈속에서 한고조·한광무·나폴레옹·워싱톤 등 동서양의 네 영웅을 만나 각각 대우(大愚)·성심(誠心)·무불능(無不能)·열심(熱心) 등의 경구을 얻고서 한반도에 돌아와 '醒覺ㅎ쟈 南柯一夢'으로 각몽한다. 대치자의 <몽배을지장군기>는 '여(余)'가 경의선 열차로 평양에 이르러 고구려의 패업(覇業)을 상상하다가 '是夕之夢에' 을지문덕을 만나 교훈을 듣고 꿈에서 깨어나는 내용이다. 여기서 을지문덕은 양광의 백만 대군을 깨부순 것이 자기 개인의 힘에 의해서가 아니라 고구려 민족의 경한(勁悍)함에 의한 것이라 하고, 지금 대한 민족의 나열(懦劣)함을 비판하고 나서, '一般社會에 敎育을

勉勵ㅎ야 勁悍勇敢의 性質과 同心同德의 團體를 養成ㅎ면 靑年子弟中에 無數훈 乙支文德이 輩出ㅎ야 國權을 復ㅎ고 國威를 揚'할 것이라고 충고하고 있다. 이 두 작품은 당대의 시대정신인 영웅대망론의 관점에서 독립을 이루기 위한 방책으로서 개인적 각성이나 사회적 교육을 역설하고 있는데, 이는 앞서 본 몽유록의 작가 의식과 동일한 성격을 지닌다.

또한, <나산영몽>에서는 우연자가 한라산을 등반하여 산 위에서 꿈을 꾸었는데, 신선이 청의 동자와 백의 소년을 이끌고 와서 백의 소년이 가지고 있던 '계림운명부(鷄林運命符)'를 거두어 청의 동자에게 주려 하자 그 소년이 애걸하여 50년을 기한으로 그것을 보유하게 된다는 내용이다. 국빈민약(國貧民弱)한 한반도가 주위의 열강들에게 침탈당하는 시세를 동정해 달라는 소년의 말에 대해, 후천적 악습을 양성하여 멸망을 자취(自取)하였다면서 질책하는 신선의 말에서 당대 현실에 대한 작가의 근심과 비판 의식이 드러난다. 이규철의 <무하향>은 유학생인 몽유자가 상야(上野) 공원을 다녀와서 꿈에 고국에 돌아가, 어느 고루한 두 노인이 유업(儒業)을 버리고 신학문에 경도된 예전의 동료를 비난하는 대화를 듣고서 깨어나 이를 딱하게 여긴다는 이야기이다. 포우생의 <장원방령>은 몽유자가 꿈에 태백산에 이르러 태백산의 산쥬(山主)라는 노인을 만나서 한국이 위기에 처한 상황을 고하니, 노인이 이를 극복하는 방책으로 교육 제도의 개선과 외교적 노력을 제시하는 내용이다. 순한문으로 된 윤감의 <춘몽>은 꿈에서 연장자가 학생계의 이기심과 명예욕을 질책하니, 학생이 그것은 사회의 탁한 조류 때문이라고 하는 대화를 듣고 깨어난다는 이야기이다. 이교성의 <몽천해>는 꿈에 상제를 만나 '我心卽天이오 天亦我心'이라는 요지의 천도교와 관련된 교리 문답을 하는 내용이다.

이러한 작품들은 모두 꿈속 대화를 통해 고루한 구습을 청산하고 위기에 처한 국가의 운명을 다시 일으킬 방책을 모색하는 내용들이 제시된다.

 제1부 몽유 양식의 소설사적 전개 양상

따라서 작가 의식이나 작품 구성의 측면에서는 앞에서 살핀 이 시기의 몽유록과 큰 차이가 없는 것이지만, 토론의 내용이 단편적이고 작품 분량이 짧으며 학회지의 잡조란에 실려 있다는 점 등에서 몽유록의 잡문화 내지 수필화의 경향을 보여 주는 작품들이라고 하겠다.

한편, 이 시기에는 몽유 양식의 틀을 계승하면서 근대 단편 소설적 면모를 보여 주고 있는 작품들이 창작되었다. 백악춘사386)의 <춘몽>에서는 봄이 돌아와 '身體도疲勞ᄒ고, 心神이不平ᄒ니, 어디, 逍遙나ᄒ여볼ㄱ! 短節을 끌며, 定處업시쩌나가니'라는 기술로써 입몽하고 있다. 이러한 모호한 입몽 장면은 서술 방식상 여타의 작품들과 그리 다르지 않다. 그런데 이 작품의 꿈속 세계는 다른 작품들처럼 토론이 위주가 되어 있는 것이 아니고 오로지 몽유자의 개인적 감상을 토로하는 것으로 일관한다. 꿈속에서 몽유자는 산정에 올라 대양을 바라보며 '아 아 人生! 싱각ᄒ면, 有限이無限을思慕ᄒ야, 中間에渡航치못홀一大洋의橫斷을發見홀時에, 아아 人生! 人은何處로從來ᄒ야, 何處로從去ᄒᄂ고.'라면서 탄식한다. 그러다가 주위가 어두워지며 악마의 분투하는 소리만 들리자 '아아寂寞ᄒ구나! 나ー, 어디로向홀고?'라며 방황할 즈음에 홀연 등 뒤에서 소리가 나며, 순차적으로 '快樂ᄒ라', '勇氣를발ᄒ라', '活動ᄒ라', '信仰ᄒ라'라는 주문이 들린다. 여기서 이러한 소리의 존재는 다른 작품에서 보이는 영웅이나 이인의 목소리가 아닌 점에 주의할 필요가 있다. 이 소리는 몽유자가 뒤를 돌아다보면 묘연한 것으로서 전기적인 성격의 목소리가 아니라 몽유자의 내면에서 울리는 소리로 이해되어야 한다. 이 점에서 그것은 토론의 논제로서 제시되지 않고 몽유자 자신의 방황과 모색의 경구로 파악되는 것이다.

386) 주종연, 앞의 책, 168~169면에서 백악춘사를 『태극학보』의 편집 겸 발행인이었던 장응진(張膺震)의 필명으로 추정한 바 있다.

이와 함께, 이 시기에 나온 여느 몽유 양식의 작품과 구별되는 뚜렷한 특징은 개성적 문체에 있다. 대부분의 작품들이 전통적인 몽유록의 유형적 표현을 즐겨 사용하고 있는 데 비하여, 이 작품은 영탄법과 음성 상징어를 많이 구사하면서 작가의 개성적 문체가 드러나고 있다. 산정에 올라 밀려오는 파도를 그리면서 '압물결이쿵, 뒷물결이쿵, 그다음물결쏘쿵, 그뎌암물결, 쏘그뎌암물결……'이라고 한다든지, 등 뒤의 소리를 듣고 반응하는 가운데 '아아勇氣! 용기는, 닉平生의主張ᄒᆞᆫ바이나, 源泉이有ᄒᆞᆫ勇氣가……?'와 같이 영탄이나 의성어를 사용하여 작품의 역동적 분위기를 조장하고, 몽유자가 고민하는 모습을 그리고 있다. 이러한 양상은 이 작품의 각몽 장면에서도 드러나는바, '短節이, 빅긋ᄒᆞ자, 左足이헛뎐. 으악, 一聲에, 千길萬길되는, 斷岸深谷으로墜落ᄒᆞ야. 핑핑핑……, 쌈격놀나씨여 보니 夜天은고요—ᄒᆞᆫ데'에서 보듯이 의성어에 의한 표현이 다른 작품들에 표현된 유형적인 각몽 장면과는 대비되는 것이다. 이러한 양상은 이 작품이 작가의 개성적 문체에 의해 전통적인 몽유 양식의 유형적 표현 방식에서 이탈해 있는 것이라 하겠다. 개성적 문체의 의의를 중시할 때, 이는 이 작품의 근대적 단편 소설적 성격을 드러내 주는 한 징표로 이해할 수 있다.

이와 같이, 개인적 고뇌에 바탕을 둔 개성적 문체의 구사라는 근대적 성격을 띠고 있긴 하지만, 꿈속 세계에서 몽유자 이외에 다른 인물을 설정하지 않았고, 개인적 고뇌나 감상의 토로만으로 일관되었다는 면에서 이 작품은 신변잡기로서의 수필적 성격도 지니고 있다. 따라서 몽유록을 중심으로 한 몽유 양식이 애국계몽기에 이르러 잡문화·수필화하는 경향을 어느 정도 반영하면서, 그것이 근대적 단편 소설로 이행하는 과정 속에 산출된 작품이라고 하겠다.

봉산자 이종린의 <해당화하몽천옹>은 천도교를 전파하기 위한 목적

의식에서 창작되었다. 어느 과객이 극락촌에 이르러 목욕재계하고 지성 껏 기도하다가 잠이 들었는데, 꿈에 상제를 만나 포덕천하(布德天下) 광제 창생(廣濟蒼生)의 천도교를 성심껏 믿어서 성품을 닦으라는 교시를 듣고 깨어나서, 목동에게 물어 교인의 집을 찾아간다는 내용이다. 여기서 보듯이, 이 작품은 몽유자가 꿈속에서 이인의 교시를 받는다는 다른 몽유 양식과는 발상 면에서 공통된다. 따라서 작품의 형식이나 창작 의식의 측면에서 다른 몽유 양식과 그리 구분되는 면을 발견할 수 없다. 그러나 대부분 국한문혼용체로 쓰여 있는 다른 작품에 비해 순국문으로 쓰여 있다는 점과 잡문이라는 의식하에 쓰인 다른 작품에 비해 제목 앞에 '단편 소설'이라고 부기하여 장르 개념을 밝혀 놓았다는 점에서 이 시기의 다른 작품들과 구분되는 면을 보인다.

한편, 표현의 측면에서 이 작품은 위의 <춘몽>과 같이 전통적인 몽유 양식의 유형적 표현에서 벗어나는 양상을 띠고 있다. 그것은 이 작품이 한글로 쓰인 데에서 연유하는 듯한데, 가령, 과객이 목욕재계할 때, '세상 천ᄒ 슉시슉비를 말ᄒ던 셔싸닥 불의의 물건을 씹던 이쌔듸 듯기실은 소리ㅣ 듯던귀ㅣ를 훌부시여 씨셔닉고'와 같은 표현은 몽유 양식이 전통적으로 사용했던 한문 투의 표현 방식이 아니라 조선 후기의 판소리계 소설, 그중 특히 <수궁가>에 나오는 토끼 화상의 묘사법과 유사한 표현이다. 판소리계 소설이 지닌 서민적 표현 방식이나 천도교 자체의 민중 종교적 성격을 고려한다면, 작품에 나타나는 이러한 표현 방식이 지닌 서민적 문체로서의 성격을 짐작할 수 있다. 이는 전통적으로 상층의 문자인 한문에 의존하여 창작된 몽유 양식이 한글로 대체되면서 전대의 서민적인 소설 문체를 차용하면서 변화를 꾀하는 양상으로 이해된다. 이는 위의 <춘몽>이 지닌 작가의 개성적 문체의 유입과 함께 애국계몽기 몽유 양식이 근대적 문학 양식으로 변모되어 가는 한 양상을 보여 주는 것이라 하겠다.

『장학월보』 제2호에 소설 현상 공모 1, 2등을 한 것으로 실려 있는 두 작품이 모두 몽유 양식에 속하는 점이 주목된다. 심상직의 <만오>는 몽유의 형식을 빈 일종의 우언(寓言)이다. 몽유자 만오생(晩悟生)은 용모 준수하고 의기 호협하며, 글 읽기와 칼 치기를 잘하였다. 그 이웃에 사는 벽파선생에게 배우는데, 욕심을 적게 가지라는 선생의 교훈을 새겨듣지 않는다. 그는 항상 물에 임하여 고기가 노는 것을 보면서 자신도 저 고기처럼 맑고 넓은 강에서 욕심껏 마시고 놀게 되기를 바란다. 하루는 물가에서 고기를 보고 있다가 엎어져 물에 빠지게 되었는데, 이 때 홀연 자기의 몸이 큰 고기가 되어 있었다. 이 부분이 유사 입몽에 해당하는 대목이다. 입몽과 동시에 변신을 하게 되는 설정으로서 몽유와 변신 모티프가 결합된 형태이다.

이에 그는 자신의 소망을 이루어 좋아하였는데, 이웃 사람이 물가에서 고기를 낚는 것을 물속에서 보게 된다. 처음에는 비웃으면서 미끼를 피하여 달아났으나 호기심에 이끌려 다시 돌아온다. 몇 차례 이렇게 하다가 미끼의 향취에 욕심이 나서 먼저 주위의 흩어진 미끼를 다 먹은 후 다시 낚시에 꿴 미끼마저 먹다가 결국 잡혀 올라오게 된다. 이웃 사람이 집으로 가져와서 도마에 놓고 칼로 치는 순간 그 소리에 놀라 깨어난다. 이에 만오생은 욕심이 많으면 반드시 망한다는 교훈을 깨닫고 벽파의 문하에 나아가 학문에 힘썼다는 것이다.

욕심이 많으면 망한다는 교훈을 주제로 한 이 작품은 몽유와 변신 모티프를 결합시킨 우언의 성격을 띠고 있다. 따라서 전통적인 우언의 영향 아래 창작된 것만은 분명하지만 그중에 근대적인 단편 소설로서의 면모도 아울러 지니고 있다. 이는 물고기로 변한 만오생이 낚시에 걸리는 과정에 대한 묘사에서 찾아볼 수 있는데 욕심을 채워 가는 인간 심리의

한 단면을 흥미롭게 포착하고 있는 것이다. 인간 심리에 대한 흥미로운 묘사는, 비록 교훈적인 주제를 부각시키려는 의도에 바탕을 둔 것이긴 하지만, 근대적인 단편 소설로서의 면모를 보여 주는 한 특징이라고 할 수 있다.

육정수387)의 <혈의 영> 역시 몽유 양식에 속하는 작품이다. 달빛 밝은 밤에 경운이라는 사람이 책상에 의지하여 잡지를 보다가 별안간 일어나 창문을 연다. 유사 입몽에 해당하는 대목인데 서술 방식이 이채롭다. 배경이 먼저 제시되고 인물의 행위가 그려진 다음, '……창문을 여는 사람은 세상이 알면 알고 모르면 모를 만혼 경운이라.'라고 하여 인물의 이름을 맨 마지막에 제시하고 있다. 이는 전통적인 도입 액자의 서술 방식에서 벗어난 것이긴 하지만, 국어 구사력의 미숙성을 보여 준다고도 할 수 있다.

경운이 입몽하여 보게 된 광경은 기차에서 내리는 남녀 손님들이 태극기를 흔들면서 독립·자유·교육·실업 만세를 외치는 것이었다. 그들의 손에 들린 깃대에는 앞의 네 가지 구호가 적혀 있었다. 이들은 사각 모자에 역시 네 가지 구호를 써 붙이고 '대한혼'이라고 쓴 깃대를 높이 들어 국민의 직분을 다하는 자에게는 그냥 주고, 그것을 방기하는 자는 때려서 깨우치는 것이라고 한다. 경운 역시 그들과 더불어 대한혼 만세를 부

---

387) 최원식, 「제국주의와 토착자본」, 『전환기의 동아시아 문학』, 창작과 비평사, 1985에서 육정수의 약력과 함께 그의 대표작 <송뢰금>에 대한 분석이 이루어졌다. 또한 윤명구, 「육정수 연구」, 『인문과학연구소 논문집』 14, 인하대, 1988에서 그의 약력에 대한 좀더 자세한 논의가 있었다. 필자는 여기에 보태어 그의 가계(家系)와 관련하여 육정수가 육용정(陸用鼎)의 손자임을 지적해 두고자 한다(육용정에 대해서는 신재홍, 「의전 육용정의 허구론」, 『구인환선생 화갑기념논문집』, 한샘, 1989 참조). 육용정의 문집인 『의전문고(宜田文稿)』 가운데는 손자 정수에게 주는 글이 포함되어 있어서 이를 확인할 수 있다. 필자는 아직 『의전문고』 전체를 살펴보지 못했는데, 이 문집을 좀 더 자세히 살핀다면 혹 손자 정수에 대한 약력을 더 보충할 수 있지 않을까 생각된다.

르다가 그 소리에 놀라 깨어 보니,[388) 매화가 피어 있고 등불 아래에『장학월보』가 놓였으며, 닭소리와 두 시를 알리는 종소리가 교차되고 있었다는 것이다.

이 작품은 이 시기 몽유록이 지닌 교술성을 지니고 있어서, 꿈속 체험을 통해 독립, 자유, 교육, 실업, 대한혼으로 명명되는 민족의식을 고취한다. 다른 한편으로 내부 액자에서 기차가 '쒸쒸쒸' 경적을 울리며 정거장에 들어와서 '쇄쇄쇄' 김이 빠지는 소리를 내며 멈추는 것에 대한 기술, 기차에서 내리는 젊은 남녀 승객을 설정한 것 등은 작가가 의도한 교훈을 당대의 개연적인 상황을 배경으로 제시한 것이라는 점에서 근대 단편 소설적 면모를 보여 준다.

이상에서 본 바와 같이, 이 시기의 몽유 양식 작품들 중에는 전통적인 몽유의 틀을 빌려서 작가의 교술적인 의도를 드러낸 잡문들과 함께 묘사의 면이나 개성적인 면이 부각되어 근대적인 단편 소설로서의 면모를 지니는 작품들도 나타난다. 이를 통하여 몽유 양식이 근대적인 성격의 문학 양식으로 변모하고 있었다는 사실을 확인할 수 있다.

이상에서 애국계몽기에 나타난 몽유 양식의 세 가지 경향에 대해서 살펴보았다. 이 시기는 격동하는 시대의 흐름에 따라 전대의 몽유장편소설이 양식사의 주도적인 위치에서 물러나고 몽유록이 다시 전면에 부상하여 시대정신을 반영한 작품들이 산출되었던 시기이다. 그리하여 당대 현실에 대한 사회·정치적 혹은 윤리·인성적 비판을 가하면서 애국계몽의 시대적 이념을 표출하였다. 이 시기의 몽유 양식은 몽유록, 동물 우화

---

388) 각몽 장면이 '한진(幼眞－幻眞의 잘못)은 한단(한郫)으로 도라가고'라고 표현하였는데, 여기서의 환진은 육용정의 몽기류 연작 가운데 등장하는 꿈의 의인화된 인물인 몽환진(蒙幻眞)을 차용한 것이다(신재홍, 위의 논문 참조). 여기서 몽유 양식에 대한 조부의 관심이 손자에게 이어지고 있음을 알 수 있다.

와의 결합 형태, 잡문화·수필화된 형태, 근대 단편 소설적 형태 등 몇 가지 유형으로 대별되기는 하지만 시대정신의 반영이라는 면에서 다분히 교술적 성격이 강화된 것이 특징으로 지적할 수 있다. 또한, 양식사적 면에서 이 시기의 몽유 양식은 전통적으로 유형화된 패턴이 점차 해체되어 가면서 개성적·서민적 문체의 유입, 심리 묘사, 개연적 상황의 설정 등을 통해 근대적 성격의 작품들로 변모되어 갔다고 할 수 있다. 그리하여 이 시기의 몽유 양식은 다음 시기에 올 본격적인 근대 문학을 위한 모색의 과정에 있었다고 할 것이다.

7. 결 론

이상에서 몽유 양식의 소설사적 전개 양상에 대하여 고찰해 보았다. 이제 본론의 논의를 요약하여 결론으로 삼고자 한다.

먼저, 이 글에서 주된 논의 대상이 되는 몽유 양식의 개념과 범위를 규정하여 논의의 기본 시각을 마련하였다. 서술의 최소 단위 혹은 주제적 재료의 최소 단위로서 모티프(motif) 개념을 원용하고, 그것이 순차적 서술 구조와 병렬적 의미 구조로서 작품의 근간을 이루면서, 입몽, 각몽, 꿈속 체험이 하나의 유형화된 서술 방식으로 서술된 작품 군을 몽유 양식이라고 하였다. 요컨대, 몽유 양식은 '몽유 모티프가 작품의 구조로 수용된 하나의 패턴화된 서술 유형'을 뜻한다. 그런데 모티프의 성격, 작품 구조에서 몽유 양식과 유사성이 인정되는 다른 양식이 존재한다. 곧, 명혼(冥婚), 이계 여행(異界旅行), 재생(再生) 및 환생(還生), 적강(謫降) 등의 모티프로 이루어진 것은 작품의 배경과 분위기, 서술 방식, 환상적 체험으로서의 동질성 등에서 몽유 모티프를 근간으로 하는 작품과 유사성이 있는 것다. 그리하여 이 글에서는 이들 인접 모티프로 이루어진 작품 중에서, 언표적(言表的) 국면과 액자 내부가 지닌 환상적 체험의 특성 면에서 몽유 모티프와 교섭하는 작품들을 '유사 몽유 양식'으로 명명하여 논의에 포함시켰다.

몽유 양식의 각 하위 양식들이 지닌 변별적 특성을 드러내기 위한 이론적 모색도 이루어졌다. 먼저, 몽유 양식의 양식적 지표가 되는 꿈의 성격을 '환상성'으로, 그것에 대립하는 개념으로서 '현실성'을 상정하고, 여기에 경험 세계와 대립·갈등하는 자아의 성격 구조에 입각하여 '욕망'과 '이념'의 두 개념을 도입하였다. 이와 함께 몽유 양식이 '현실-꿈-현실'의 몽유 구조(夢遊構造)로 이루어진 문학 양식이라는 점에서, 순차적 서술 구조로서의 몽유 구조가 작품에 실현될 때 나타나는 현실의 성격, 꿈의 성격, 현실과 꿈의 상호 관계를 고려하였다. 이러한 개념들을 중심으로 실제로 작품을 분석한 결과, 몽유 양식에 속하는 세 가지 주요 하위 양식들인 몽유전기소설(夢遊傳奇小說), 몽유록(夢遊錄), 몽유장편소설(夢遊長篇小說)이 지닌 변별적 특성을 추출할 수 있었다.

몽유전기소설은 현실에서 경험 세계나 이념과의 갈등 속에서 좌절된 욕망이 꿈속에서 일회적·완결적으로 성취되지만, 결국 현실로 돌아와서 욕망을 감추고 세상에서 사라지는 양상을 보여 준다. 몽유록은 현실에서 이미 경험 세계의 횡포에 의해 이념이 무력화된 상태에서 꿈에 들어 여전히 이념을 견지하고 있는 인물들을 만나 소회(所懷)를 듣고 현실로 돌아오는 양상을 보여 준다. 몽유장편소설은 현실에서 이미 충족된 욕망이 어떠한 경험을 통하여 이념적 갈등을 겪고 꿈에 들어가 욕망과 이념의 완전한 통합과 실현을 이룬 후, 현실로 돌아와 전 생애에 걸친 욕망과 이념의 온전한 실현에 대해 최종적인 해결책을 마련하는 양상을 보여 준다. 요컨대, 몽유전기 소설은 환상을 통한 욕망의 성취를, 몽유록은 환상을 통한 이념의 관철을, 몽유장편소설은 환상을 통한 욕망과 이념의 통합을 양식적 특성으로 하고 있다.

하위 양식들의 변별적 특성은 양식의 구별을 위해서 유효한 지표가 될 뿐만 아니라 통시적 관점에서 몽유 양식의 소설사적 전개를 파악하는 데에 도움을 줄 수 있다. 환상성과 현실성의 성격 변화, 경험 세계에 대립·갈등하는 욕망과 이념이 담고 있는 내용의 변모 양상, 그 상호 관계의 변화 등에 주목하여 고찰한다면, 역사적 전개에 따른 몽유 양식 내부의 변화를 설명할 수 있을 것으로 보았다. 이에 몽유 양식의 시대 구분을 시도하여 1) 13~16세기 중엽의 몽유전기 소설 시대, 2) 16세기 말~17세기 말엽의 몽유록 시대, 3) 17세기 말~19세기 말엽의 몽유장편소설 시대, 4) 애국계몽기의 몽유록 시대 등으로 구분해 보았다. 이를 바탕으로 구체적인 작품 분석을 통해 몽유 양식의 소설사적 전개 양상에 대한 논의를 펼칠 수 있었다.

『삼국유사(三國遺事)』가 나오고 『수이전(殊異傳)』을 개작한 김척명의 존재가 확인되는 13세기에 이미 몽유전기소설이 나왔다. 『삼국유사』에 수록된 <조신전(調信傳)>은 이제까지 설화로 보려는 경향이 압도적이었는데, 몇몇 논자들의 깊이 있는 논의에 힘입어 전기 소설의 하나로 취급할 수 있게 되었다. 또한, 『수이전』 소재 <최치원> 역시 명혼 모티프를 근간으로 하는 유사 몽유 양식의 한 작품으로 볼 수 있다. 두 작품은 후대에 나오는 ≪금오신화(金鰲新話)≫나 ≪기재기이(企齋記異)≫의 작품들이 몽유 소설과 명혼 소설로 구성되어 있다는 점과 대응하는 것이기도 하다. <조신전>과 <최치원>은 모두 경험 세계에서 좌절된 욕망을 꿈속에서 성취한다는 점에서 몽유전기소설의 일반적인 특성을 공유하고 있다. 그렇지만 욕망을 좌절시킨 경험 세계의 원인을 아주 애매한 상태로 방치하였거나 주인공의 환상적 체험이 현실로 돌아온 그에게 갖는 의미가 서사적으로 더 이상 탐색되지 못한다는 점에서 이들은 몽유전기소설의 초기 형태로 보아야 하겠다.

이후, 15세기에 김시습의 ≪금오신화≫가 나옴으로써 몽유전기소설은 완성된 형태를 취하게 되었다. ≪금오신화≫에 실린 다섯 편은 모두 욕망의 성취를 양식적 특성으로 하는 몽유전기소설 혹은 유사 몽유전기소설로 이해할 수 있다. 이 작품들에 그려진 욕망의 성격은 대체로 남녀 간의 정욕(情慾), 흥취와 감상성(感傷性), 유람과 하거지지(遐擧之志), 좌절에 대한 보상 심리, 문재(文才)의 과시 등으로 나타난다. 이러한 욕망들이 액자 외부의 현실에 처한 주인공의 의식의 바탕을 이루고 있다가 어떠한 계기로 환상적 체험을 하게 됨으로써 그들이 애초에 지녔던 욕망이 환상적 체험 속에서 성취된다. 여기서 환상성은 이들 몽유전기소설을 이해하는 데 매우 중요한 의미를 지니고 있다.

몽유전기소설의 환상성은 우선 환상적 시공(時空)의 설정으로 나타나는데, 이 시공은 오직 주인공만의 것이기에 외부의 어느 누구도 간섭할 수 없다. 시공간적 고립성은 환상적 체험의 일회성·완결성·강렬성과 관련되어 허구적 진실성을 확보하게 된다. 또한, 환상적 체험이 전개되는 중에 욕망의 또 다른 주체로서 여주인공이 자신의 정체를 교묘히 숨기려 하고, 이에 대해 주인공이 의아심을 품게 되며, 환상적 체험의 시간 내내 이러한 심리적 머뭇거림의 상태가 지속됨으로써 독자로 하여금 심리적 긴장감을 유발한다. 이것이 환상성이 지닌 미학적 효과라고 할 수 있다. 심리적 머뭇거림의 양상은 주인공의 진실하고 간절한 욕망을 성취하고자 애쓰는 양상과 결합함으로써 미학적 긴장감은 더욱 고조된다. 여기서 몽유전기소설에서 환상성이 지니는 주제와의 밀접한 관련성을 찾아볼 수 있다.

환상적 체험이 주인공에게 지닌 의미는 결말 액자에서 잘 나타난다. 환상 체험을 하기 전에 이미 경험 세계의 횡포로 인해 좌절되었던 주인공은 결말 액자의 현실로 돌아와서 모든 세속적 욕망을 끊고 이 세상에서 사라진다. 욕망의 성취를 간절히 원했고 그것을 꿈속에서 성취했지만, 그것은 일회적이고 자체로 완결된 것이었기에 현실로 돌아온 주인공은 결국 비극적 종말을 맞게 되는 것이다. 몽유전기소설의 이러한 비극성은 욕망의 근원적 불완전성에 기인하는 것으로 생각된다.

≪금오신화≫를 이어서 <대관재몽유록(大觀齋夢遊錄)>과 ≪기재기이≫가 나왔다. <대관재몽유록>은 이제까지 몽유록의 효시에 해당하는 작품으로 여겨졌으나 주인공이 문재(文才)를 과시하는 꿈속 체험의 성격상 욕망의 성취라는 몽유전기소설의 특성에 부합한다. 이 작품은 당나라 전기소설(傳奇小說)인 <침중기>의 영향 아래 나온 것으로서, ≪기재기이≫ 소재 <안빙몽유록(安憑夢遊錄)>이 <남가태수전>의 영향을 받은 것과 동궤이다. 따라서 두 작품은 기본적으로 몽유전기소설에 귀속시켜야 할 것이다. 그렇지만 <대관재몽유록>에는 역사적 인물이 등장하고 문장에 대한 작가의 평가가 기술되어 있고, <안빙몽유록>에는 좌정 단락이 자세히 기술되고 토론과 시연 중심으로 꿈속 세계가 그려져 있는 등을 고려하면 몽유록적 성격도 지니고 있다. 따라서 두 작품은 몽유전기소설과 몽유록의 중간적·복합적 성격을 지니고 있다고 본다.

≪기재기이≫ 소재 나머지 세 작품은 각기 독특한 성격을 보인다. <서재야회록(書齋夜會錄)>은 몽유자의 좌절된 욕망과 퇴락한 정상을 의인화된 지필묵연(紙筆墨硯)의 대화를 통해 그려 내었다. 따라서 작품의 분위기는 감상적이고 허무 의식에 싸여 있다. 이 작품은 고려 말의 가전체 작품 <정시자전>에 보였던 몽유와 가전체의 결합이라는 서술 방식을 잇고 있고, <용궁부연록>에서도 나타난 사물의 의인화 수법을 작품 전체로 확대한 점이 특징이다. <최생우진기(崔生遇眞記)>는 몽유전기소설의 서술 방식을 여러 면에서 실험해 본 점이 흥미롭다. 증공이라는 해학적 인물이 등장함으로써 몽유전기소설의 비극성을 희극성으로 전환하였고, '현

실－환상－현실'의 순환적 서술이 '현실－현실－환상'으로 변모했으며, 환상적 체험을 서술하는 시점이 사건 전개에 따라 1인칭과 3인칭으로 교체하는 등의 특징적인 면모를 보인다. 이는 이 시기에 이미 몽유전기소설의 양식적 틀에서 벗어나려는 시도가 나타났음을 말해 준다. <하생기우전(何生奇遇傳)>은 <만복사저포기>, <이생규장전>과 동질적인 성격을 지니고 있다. 애정 갈등이 중심이 되어 사건이 전개된다는 점 외에도 명혼 모티프의 차용, 욕망 성취를 위한 여주인공의 결연한 의지 표명 등에서 그렇다. 특히 부모의 반대로 결연이 파기될 위험에 처했을 때 여주인공이 보이는 행동과 대사는 몽유전기소설의 중심 주제를 이루는 핵심 단락이다. 다만 앞의 작품들과는 달리 행복한 결말로 끝나고 있음으로 해서 몽유전기소설의 비극적 결말 구조에서 이탈하고 있는 점이 특이하다.

이렇듯 ≪금오신화≫에서 완성된 몽유전기소설은 그 후 고정된 틀에서 다소 벗어나는 작품들이 나타났던 것이다. 곧, 몽유전기소설과 몽유록의 중간적·복합적 성격을 지닌 작품의 등장, 서술 방식을 실험하고자 하는 시도, 비극성에서 희극성으로 다시 행복한 결말로 변모되는 양상 등이 보였다.

16세기 중엽까지의 몽유전기소설 시대를 이어서 16세기 말엽에서 약 1세기 동안은 '교술적 서사'인 몽유록이 주도적인 위치로 부상하게 된다. 이렇게 된 데에는 양식 내적 변모 과정과 함께 계유정란, 임병양란과 같은 당대의 정치·사회적 사건의 충격이 작용하였다.

1568년에 나온 <원생몽유록(元生夢遊錄)>은 이러한 소설사적 전기를 마련한 중요한 작품이다. 이 작품은 힘의 논리에 따른 경험 세계의 횡포 앞에 무력해진 유교적 대의명분(大義名分)을 여전히 확신하는 몽유자와 꿈속의 인물들이 모여 이념 문제에 대해서 토론을 벌이는 내용이다. 따라서 이 작품에 와서야 비로소 욕망의 성취를 근간으로 하는 몽유전기소설에서 벗어나 이념의 관철을 시도하는 몽유록의 양식적 특성이 확립되기에 이른다. 또한, 서술 구조의 면에서 '좌정(坐定)－토론(討論)－시연(詩宴)'의 순차 단락에 따라 정연히 기술됨으로써 뒤에 나오는 몽유록의 전범이 되었다. 작품의 주제는 결국 '천도(天道)'와 '시세(時勢)' 사이의 해결 가망이 없는 모순 관계를 드러낸 것이다. <원생몽유록>을 이어서 <금생이문록(琴生異聞錄)>은 선산(善山) 지역과 관련된 역사적 인물을 등장시켜 유교 이념을 관철하려는 양식적 성격을 거듭 확립한 작품이다. 꿈속에 등장하는 정몽주, 이맹전, 하위지, 김종직 같은 인물은 모두 경험 세계에서 이념의 좌절을 겪었는데, 그래도 여전히 유교 이념의 담지자(擔持者)로서 몽유자 금생에게 그 이념을 확신시켜 주고 있다.

양식적 성격을 확립한 몽유록은 임진왜란과 병자호란을 거치면서 그것이 지닌 이념적 성격으로 인해 모순에 찬 경험 세계에 대한 문학적 대응으로서 시대적 의의를 획득한다. 윤계선의 <달천몽유록(獺川夢遊錄)>은 앞 세대에 확립된 '좌정－토론－시연'의 서술 구조를 충실히 따르면서, 임진왜란에 대해 이념적으로 대응하려 했던 작품이다. 달천 전투에서의 신립의 패배를 몽유자 자신의 시와 제귀(諸鬼)의 말을 통하여 비판하는 한편, 임란의 외중에서 나라를 위해 충성을 바치다가 순절한 27명의 인물을 추모하는 작가의 의도가 나타나 있다. 이와 동일한 소재를 작품화한 황중윤의 <달천몽유록>은 몽유자가 용궁에 들어가서 달천후(獺川候)가 되어 있는 신립을 만나 자기변호의 말을 듣는 것으로 함으로써 몽유전기소설의 성격도 지닌 몽유록 작품이다. 이러한 몽유전기소설과 몽유록의 결합은 오히려 작품의 주제 의식을 약화시키는 결과를 낳음으로써, 신립의 자기변호에서 드러나듯이 논리가 빈약한 논변으로 흐르고 말았다.

정유재란을 소재로 한 것으로 장경세의 <몽김장군기(夢金將軍記)>가 있다. 정유재란의 남원성 함락을 소재로 전쟁 후 포상(褒賞)에서 누락된 김경노 장군을 꿈에 만나 그의 호소를 듣는다는 내용은 윤계선의 <달천몽유록>에서 영향을 받아 창작되었다. 김경노의 충성심을 강조하여 이념적 성격을 드러내는 한편, 전후 보상의 문제를 거론했다는 점에서 황중윤의 <달천몽유록>, 그 뒤의 <강도몽유록>과 연관된다. 정유재란을 소재로 한 또 다른 작품으로 신탁의 <용문몽유록(龍門夢遊錄)>이 있다. 이 작품은 안의와 거창 경계에 있는 황석산성이 함락된 사건을 배경으로 당시 성을 버리고 도망간 백사림에 대해 성토하고 있다. 작품 후반부는 전반부와 무관하게 그 지역의 성씨와 형승(形勝), 전설 등에 대해 서술되어 있어 작품의 통일성이 깨어져 있다. <피생명몽록(皮生冥夢錄)>은 전후 시신(屍身)의 처리 문제를 다룬 작품이다. 피생이 유교적 현세주의의 입장에서 삼생지연(三生之緣)을 바탕으로 정욕에 의한 남녀 간의 만남을 주장하는 김검손을 배척한다는 점에서 몽유전기소설과 몽유록의 양식적 차이가 한 작품 속에 잘 드러나 있다.

<강도몽유록(江都夢遊錄)> 병자호란 당시 강화도 함락을 배경으로 당시 절개를 지키고자 자결했던 14명의 여인들이 나와 억울함을 하소연하고, 남편, 아들, 시아버지 등 남자의 무능과 부패상을 통렬히 비판한 작품이다. 그런데 현실 비판의 면이 강한 듯하지만 사실은 여성의 정절 관념을 드러내어 오히려 유교 이념에 충실하고자 했던 작가 의식을 보여 준다. 따라서 현실성보다는 이념성이 강조되어 몽유록의 특성을 계승하고 있다.

이와 같이 몽유록은 임병양란을 겪으며 양식적 성격으로 말미암아 경험 세계의 횡포를 고발하고 유교 이념을 확고히 하려는 의식하에 많은 작품이 일시에 창작되었다. 그러나 교술적 서사로서 몽유록은 이념성이 앞선 나머지 진지한 서사적 탐색의 결과로서 획득되는 현실주의의 모습은 보여 주지 못했다고 하겠다.

몽유록적 구성을 하면서 몽유록의 위와 같은 양식적 한계를 극복한 몽유전기소설이 <운영전(雲英傳)>이다. 이 작품은 <주생전>이나 <최척전>과 같이 이 시기의 전기 소설이 성취한 현실주의의 양상을 몽유 양식 작품으로서 보여 주고 있다. 제1액자 속 주인공 유영의 형상을 통해 전대의 몽유전기소설에 나타나는 좌절된 욕망과 허무 의식이 배경으로 작용하면서, 제2액자에서 시점의 적절한 교체를 통해 운영과 김진사의 이야기를 서술함으로써 진지한 서사적 전개를 펼쳐 보인다. 그리하여 인간의 욕망이 지닌 진실성이 적극 옹호되는 한편, 안평대군으로써 상징되는 욕망을 좌절시키는 경험 세계의 억압 양상이 그려졌으며, 유폐된 공간에 고립된 개인으로 있지 않고 동료 궁녀와의 인간적 공감대를 형성하는 하나의 전형으로서 운영을 그려 내었다. 이러한 현실주의적 성취는 몽유 양식사에서 지니는 <운영전>의 중요한 가치라고 하겠다.

17세기 말에 이르면 <구운몽(九雲夢)>이 출현하여 몽유 양식 내의 주도적 양식으로 몽유장편소설이 등장한다. 이 작품이 몽유 양식사에서 중요한 것은 전대의 몽유전기소설과 몽유록의 양식적 특성을 아우르면서 욕망과 이념의 통합이라는 몽유장편소설의 특성을 확립했다는 점에 있다. 작품에 그려진 여러 삽화들은 주인공들이 자신의 욕망을 상대방과의 결연을 통해 성취한다는 점에서 몽유전기소설적 특성을 지니고 있다. 그런데 주인공들이 욕망을 성취하는 과정에서 부귀공명(富貴功名)과 입신양명(立身揚名)의 유교 이념을 부각시킴으로써 욕망과 이념의 통합 과정이 그려져 있다. 이러한 통합을 매개하는 서술 방법으로서 유머에 바탕을 둔 속임수에 유의할 필요가 있다. 사대부가(士大夫家)의 점잖은 웃음으로서 유머는 작품의 미학적 기저로 작용하고 서사 전개에서 욕망과 이념의 통합을 이루어 내는 데 중요한 역할을 하고 있다. 서사 전개의 최종점에서는 욕망과 이념이 온전하게 통합된 이상적인 상태에 이르게 되는데, 이를 인상적으로 보여 주는 대목이 양부(楊府)의 구축 및 그 가옥 구조이다.

이렇게 욕망과 이념의 통합을 완수한 다음, 도입 액자에서 이미 전제된 반본환원(返本還元)의 계기가 마련된다. 그리하여 모든 욕망을 이루고 부귀영화를 누린 양소유와 여덟 부인은 인간 보편의 허무 의식에 이끌리게 되고 마침내 각몽의 상태로 돌아와 극락왕생한다. 이는 욕망의 부정을 통한 불교 이념의 실현으로서, 이 또한 몽유장편소설이 보여 주는 총체적 세계 인식의 발현인 셈이다.

몽유장편소설의 양식적 특성을 계승하여 당대 현실을 서사 문맥 속에 반영한 작품이 <옥련몽(玉蓮夢)>이다. 이 작품은 <구운몽>에서 보였던 욕망과 이념의 통합을 서사 전개의 기본 축으로 하고 있다. 그러나 욕망의 성격과 욕망과 이념의 통합 양상은 상당히 변모된 양상을 보이고 있다. 먼저, 욕망의 성격 면에서 순전히 정욕에 의한 남녀의 결합이 아니라 욕망 속의 윤리 덕목으로서 지기(知己)와 결연한다는 의식이 개입하여 남녀 관계를 좀 더 이념적인 결연 관계로 설정하고 있다. 또한, 황여옥, 석형, 곽우진, 오랑캐 등 적대자와의 대립·갈등이 심화되어 주인공이 이념을 실현하는 과정에 많은 위기와 고난을 겪음으로써 욕망과 이념의 통합 과정이 아주 어렵게 전개된다. 통합의 상징이었던 양부의 형상도 <구운몽>과는 달리 양창곡의 세 첩이 거주할 가옥 선정에 세심한 배려를 하여 전원(田園)에 돌아와 사대부가 취하는 삶의 세 가지 양태를 그려 내었다. <옥련몽>에 나타나는 이러한 변모는 당대의 갈등하는 역사적 현실이 반영된 결과로 보인다. 19세기에 와서 욕망과 이념의 온전한 통합이란 비록 허구에서라도 쉽게 성취될 것이 아니었던 것이다.

<옥련몽>을 개작한 <옥루몽(玉樓夢)>은 전자가 지닌 의의를 담지하면서도 이 작품대로의 특성과 가치를 지닌다. 그것은 당대 현실에 대한 작가의 비판 의식이 심화되었다는 점으로 요약할 수 있다. 작품에 반영된 현실 비판 의식은 외척의 횡포에 대한 우회적 비판, 청당(淸黨)·탁당(濁黨)

의 대립을 통한 당대 정치 현실의 비판, 기강 확립과 문란한 과거제의 개혁 방안 제시 등으로 나타난다. 이에 <옥루몽>은 <옥련몽>에서 미진했던 이념 실현의 양상을 갈등 구조의 심화를 통해 더욱 분명히 제시하고자 했다고 하겠다.

<구운기(九雲記)>는 <구운몽>의 줄거리를 답습하면서 갈등 양상을 부가하여 개작한 작품이다. 액자 내부와 외부의 계기적 관계가 치밀하지 못하고 군담의 흥미도 대단치 않으나 갈등의 심화 과정에서 드러나는 현실 반영의 면, 사대부 취향의 해학성을 서민적 성격의 것으로 변화시켰다는 점에서 일정한 의의가 인정된다. 특히, 작품 후반부에서 소화(笑話)를 이어가면서 즐기는 유흥과 놀이는 이 작품이 <구운몽>과는 달리 서민적 작가 의식을 바탕으로 하여 개작된 것임을 말해 준다. <옥선몽(玉仙夢)>은 몽유록과 몽유장편소설의 복합적 성격을 지닌 작품으로 볼 수 있다. 그런데 이야기를 전개하는 데에는 별로 주의하지 않고, 작가의 지식을 바탕으로 한문학의 여러 문체(文體)를 망라하면서 문학적 재능을 과시하려는 경향을 띠어 다분히 교술적 내용을 담고 있다. 이는 작품이 지닌 특성이자 소설로서는 결함이라 하겠다.

이러한 몽유장편소설의 전개와 함께 이 시기는 전대의 몽유록이 교술적 서사에서 점차 본격적인 서사로 이행하는 양상을 보여 준다. <금화사몽유록(金華寺夢遊錄)>은 중국 역대의 제왕과 신하들이 모여 인물평을 하는 내용으로 몽유록이 지닌 교술성이 바탕이 된 작품이다. 그러나 좌정 단락이 확대되고 전쟁담이 삽입됨으로써 어느 정도 서사적 구성을 갖추게 되었다. <사수몽유록(泗水夢遊錄)>은 허구적 공간에서 유교 이념을 구현하려는 작가 의식에 의해 창작되었는데, 이 역시 전대의 몽유록이 지닌 교술성을 이어받았다. 그러나 이단 배격의 내용을 전쟁담을 통해 그려 냄으로써 서사성을 강화하고 있다. 두 작품은 전통적인 대의명분론이

나 유교적 합리주의의 관점에서 역대 인물을 평가하고 이단을 배격하고 있다. 이에 비해 <제마무전(諸馬武傳)>은 국문 소설로서의 면모를 갖추고 있고 인물평의 기준이 상당히 바뀌어 있다. 앞의 두 작품에서 유방은 왕도의 구현자로, 항우는 패도를 행한 자로 규정된 반면, 이 작품에서는 전자는 인륜을 저버린 자요, 후자는 불우한 영웅으로서 흠모의 대상이 된다. 인물 평가의 이러한 역전은 이 작품이 허구적인 작가 의식하에 창작되었기에 이루어진 변화로서 의의가 자못 크다고 하겠다.

몽유록의 서사화 경향도 있지만 김수민의 <내성지(柰城誌)>와 같이 몽유록의 유형화된 서술 구조를 따른 작품도 나타난다. 이 작품은 단종과 관련된 모든 사건과 후일담의 주인공들을 꿈속 세계에 모아 놓고, 또 중국 건문황제의 일과 대비하여 구성하였다는 점이 특징이다. '좌정1―시연1―좌정2―토론1―토론2―시연2'의 확장된 서술 구조를 지닌 점에서도 전대의 몽유록과 구분되는 특징을 보인다. <원생몽유록>이 천도와 시세 사이의 모순 속에 방황하는 양상이었던 데 반해 이 작품은 일기(一氣)의 회복을 통한 이(理)의 구현이 가능하다는 신념을 드러내고 있다. 이는 유교 이념에 철저하려 했던 작가 의식이 반영된 것이다. 한편, 19세기 초반에 나온 김면운의 <금산몽유록(錦山夢遊錄)>은 몽기류 작품들에서 나타나는 토론의 성격을 지니고 있어 이 시기 소설사적 동향과는 다소 거리가 먼 작품이다.

애국계몽기에 들어와 몽유록은 다시 한 번 양식 내의 주도적 위치를 차지하게 된다. 전환기에 처하여 현실의 제반 문제에 대한 이념적 방향 모색의 과정에서 몽유록이 재발견되었던 것이다. 유원표의 <몽견제갈량(夢見諸葛亮)>은 동양의 영웅 제갈량과 몽유자의 문답을 통해 19세기 말에서 20세기에 걸쳐 전개되었던 동양 삼국의 정치적 격변을 분석하고 중국과 우리나라가 나가야 할 방향을 모색하였다. 전래의 인습을 맹렬히 비판하고 새로운 시민 국가의 건설을 지향하는 한편 조선에 대한 일본의 도발을 경계하고 있다. 다만, 황백 대결(黃白對決)로써 당대 정치 현실을 이해한 점으로 인해 대동합방론(大東合邦論)에 동의하는 작가 의식이 비판될 여지는 있다. 박은식의 <몽배금태조(夢拜金太祖)>는 도저한 민족주의를 바탕으로 하여 당시 일제의 식민지로 전락한 조선을 독립시킬 방법에 대해 진지한 토론을 전개하였다. 결론적으로 교육을 통해 청년들을 민족의 영웅으로 육성하자는 주장으로 귀결되지만, 실학의 전통을 이어 조선의 전래 구습에 대해 맹렬히 비판하고 당대 매국노들에 대해 질타하는 등 작가 의식의 치열함을 보여 준다.

순한글로 신문에 연재된 몽유록으로 <디구셩미리몽>이 있다. 이 작품 역시 당대 현실에 대한 작가의 비판과 우려가 나타나지만 구태의연한 서술 방식에서 벗어나지는 못했다. 신채호의 <꿈하늘>은 몽유록적 성격을 지니면서도 본격적인 근대 소설로서의 면모를 보여 주는 작품이다. 탐색담, 변신담과 같은 서사 문학의 전통에 의지하여 서사성을 확보했고 작가의 치열한 역사의식과 투쟁 정신을 바탕으로 서사적 탐색이 시도되었다는 점에서 몽유록이 근대 소설로 나아갈 방향을 제시해 준 작품이라 하겠다.

이 시기에는 동물 우화가 몽유 양식과 결합되어 유사 몽유 양식으로 형상화된 작품들이 나타난다. <금수회의록(禽獸會議錄)>은 가전체 수법과 몽유록이 결합된 동물 우화로서 당대 현실의 부조리한 면을 주로 윤리적·인성적 측면에서 비판하는데 그 바탕에는 기독교 사상이 놓여 있다. 이러한 경향은 이와 비슷한 수법으로 창작된 <경세종(警世鐘)>에서 더욱 두드러져 기독교 교리에 입각하여 당대의 윤리적 타락상을 고발·풍자하고 있다. 앞서 살핀 몽유록이 당대 현실을 민족주의 대 제국주의의 대결 구도로 파악하여 철저히 민족주의적 관점에서 현실을 비판했던 데에 비해, 동물 우화는 당대의 사회적·윤리적 타락상을 기독교적 박애주의, 평화주의에 입각하여 비판했다는 점에서 뚜렷이 대비된다. 이러한 동물 우화는 일제강점기에 나온 <만국대회록(蠻國大會錄)>까지 이어지고 있으나, 이때는 이미 근대 소설이 정착한 단계로서 소설사적 의의는 상실하였다고 하겠다. 다만, 노동의 가치에 대한 옹호, 당대 현실에 대한 비판의 측면에서 어느 정도 의의가 인정되지만 이 경우에도 봉건적 의식과 일제에 대한 긍정적 태도가 보임으로써 한계는 분명하다고 하겠다.

이 시기에는 잡지, 신문에 실린 잡문 중에서 몽유 양식에 속하는 작품들이 많이 나온다. 이 작품들은 대개 몽유록, 몽기류의 서술 방식을 원용하였지만 꿈속의 토론 내용은 당대 현실에 대한 비판과 시대적 각성을 촉구하는 것들이다. 이 작품들은 대부분 잡문 형태의 글로서 몽유 양식이 수필화되는 경향을 보여 준다고 하겠다. 그러나 그중에는 백악춘사의 <춘몽(春夢)>, 육정수의 <혈(血)의 영(影)>과 같이 근대적 단편 소설의 면모를 보여 주는 작품도 포함되어 있다. 이런 점에서 몽유 양식이 근대적 단편 소설로 이행하는 한 양상을 찾아볼 수 있다.

이상에서 이 글의 내용을 요약해 보았다. 그런데 이러한 논의는 몽유 양식 내부의 변모에 분석의 초점을 맞추었기 때문에 기본적으로 제한된 의의만을 갖고 있다. 몽유 양식의 사적인 전개 양상과 관련된 역사적 배경에 대한 논의가 매우 빈약하다는 점과 함께 이 글에서 논한 몽유 양식사를 소설사의 전체적인 흐름과 관련지어 논하지 못한 점에서 그러한 한계가 드러난다. 특히, 후자와 관련하여 전기 소설 시대에서 본격적인 장편 소설 시대(달리 보아 국문 소설 시대)로 넘어가는 16세기 말~17세기를 하나의 독자적인 모색의 시대로 설정한 이 글의 관점이 이 시기에 산출된 다른 양식에 속하는 작품들에 대한 고찰을 통해 보완되어 이 시기가 지니는 사적 위치를 좀 더 분명히 밝혀야 하는 과제가 남게 되었다. 한 편, 이 글에서 작품 분석을 위해 개념화한 환상성과 현실성, 욕망과 이념, 경험 세계 등은 몽유 양식에만 적용될 것이라기보다 고전 소설, 나아가 소설 일반의 갈등 구조를 이해하는 데에도 도움이 될 듯싶다. 이 개념들을 가지고 다른 양식에 속하는 소설 작품들을 분석하여 소설사의 장르들을 체계화해 볼 가능성도 없지 않을 것이다. 이 역시 과제로 남겨 둔다.

제2부 몽유 소설의 작품 세계와 작가 의식

1. ≪금오신화≫와 ≪기재기이≫의 전기적 성격

1) 서론

고전 소설의 작품 세계에는 꿈, 귀물, 도술, 재생 등 환상적(幻想的) 요소들이 상당한 정도로 개입되어 비현실적인 분위기를 자아내고 있음은 주지의 사실이다. 이러한 특성으로 인해 고전 소설이 창작, 향유되었던 당대에 이미 황당무계하다는 비판이 끊임없이 제기되었으며, 현재까지도 소설사를 조망하는 시각의 하나로 고전 소설에 나타나는 환상적 요소들이 점차 감소되는 추세를 소설사의 발전적 변모 양상으로 인식하고 있기도 하다. 다시 말해, 환상성의 쇠퇴가 곧 현실성(reality)의 증대라고 보는 시각이 일반화되어 있는 것이다.

이러한 시각은 역으로 소급되어 환상적 성격이 농후한 ≪금오신화(金鰲新話)≫, <원생몽유록(元生夢遊錄)>, <구운몽(九雲夢)> 등에 대한 해석을 가급적이면 합리적, 현실적 입장에서 시도하려는 경향을 띠게 되는데, 그러한 작품 해석의 경향은 대체로 두 가지 관점으로 나눠 볼 수 있다.

우선 ≪금오신화≫에 대해 작가 김시습의 사상을 일원론적 주기론으로 파악하여 그러한 철학 체계가 작품 속에서는 현실주의적(現實主義的) 세계관으로 표출된 것으로 보거나,[1] 작가의 '신세모순(身世矛盾)'이라는 내면적 갈등에 기초하여 자아와 세계의 상호 우위에 입각한 대결이라는 소설 장르의 특성이 구현된 작품으로 해석하기도 하였다.[2] 이러한 관점은 작가의 전기적(傳奇的) 사실이나 사상 체계를 근거로 하여 ≪금오신화≫ 속에 설정된 핵심적 갈등 양상에 주목하고 있다는 점에서 상통한다. 그러기에 작가의 사상과 작품의 내용 사이의 연관성을 찾으려는 데에 관심을 집중한 반면, 그럼에도 불구하고 여전히 ≪금오신화≫의 작품 성격을 규정짓는 데 중요한 측면으로 남아 있는 그 환상적 요소는 단지 작가 의식의 한계, 혹은 소설적 성격의 미비점으로 간주되었다.

다음으로, <원생몽유록>을 중심 연구 대상으로 하고 기타 꿈이 주요 소재로 채택된 일련의 서사 문학들을 살펴, 작품에 나타난 몽유 모티프를 원시인들의 사유 방식의 하나인 '영(靈)의 육체 이탈(肉體離脫)' 관념으로 해석하였거나,[3] 또는 <구운몽>의 그 도저한 환몽 구조를 융(C. G. Jung)의 집단무의식 이론을 원용하여 하나의 원형적 패턴으로 이해하려고도 하였다.[4] 이러한 관점은 꿈이라는 환상적 요소를 인류 보편의 원시적 관념, 혹은 인간 내면에 내재된 아키타이프로 이해하려고 한 점에서 상통한다. 그렇지만 이러한 보편성의 관점에서 작품을 해석할 경우, 몽유록이나 <구운몽>이 산출된 당대의 특수성이 간과될 소지가 있게 된다.

이상의 두 관점은 어느 것이나 고전 소설의 환상성을 현대의 입장에서 합리적, 현실적으로 해석하려는 경향을 띠고 있다. 필자는 이러한 관점이

<hr>

1) 임형택, 「김시습의 사상체계와 금오신화」, 『국문학연구』 13, 서울대 대학원, 1971.
2) 조동일, 「소설의 성립과 초기소설의 유형적 특징」, 『한국소설의 이론』, 지식산업사, 1977.
3) 황패강 「한국고대서사문학의 Archetype」, 『한국서사문학연구』, 단대출판부, 1973.
4) 김병국, 「구운몽 연구」, 『국문학연구』 6, 서울대 대학원, 1968.

재고되어야 하리라 생각한다. 상식적인 이해 수준에서, 조선조 사회의 공식적 이데올로기로서 유교가 극력 배척했던 소설 장르는 은밀하게나마 당대 향유층의 허구적 상상력을 충족 혹은 자극시켰던 사실을 상기해 볼수 있다. 그러한 당대의 허구적 상상력에 대한 자극 내지 충족의 동인(動因)으로서 고전 소설의 환상성을 주목하는 것이며, 이런 관점에서의 재검토가 필요하다고 보는 것이다.

이에 이 글은 고전 소설사에서 환상성이 문제시되는 이른바 전기 소설(傳奇小說)을 연구 대상으로 택하여, 우선적으로 그 양식이 창작, 향유되었던 당대적 문맥을 이해해 보고자 한다. 그러기 위해서 전기 소설을 하나의 역사적 장르로 파악할 필요가 있다. 역사적 장르로서 전기 소설을 문제삼을 때, 문학적 관습의 수용 및 창출에 대한 검토가 요구될 것이다. 그와 함께 고전 소설의 환상성을 여타의 사상적 배경이나 원형으로 환치시켜 이해하기보다는 그 자체를 하나의 미학적(美學的) 범주로 이해할 필요가 있다. 두 가지 측면을 검토함으로써 여기서 추출된 어떤 특성들을 전기 소설의 소설사적 자리매김을 위한 하나의 잣대로서 고려해 볼 수 있을 것이다.

이러한 맥락에서, ≪금오신화≫의 사상적 성격에 대한 연구사를 정리하는 자리에서 말한 박혜숙의 다음과 같은 언급을 논의의 출발점으로 삼을 수 있다.

> 그러나 김시습이 자신의 이념을 여귀(女鬼)와의 사랑이라든가 꿈속의
> 세계와 같은 비현실적 세계, 환상의 세계를 통해 표현하고 있음은 현실
> 에서의 불만이나 현실적인 갈등을 주관적인 낭만을 통해 해소·초월하
> 려는 것이라는 사실 역시 분명하다. 현실에서 달성할 수 없는 욕망이나
> 이상을 추구하기 위해 환상적 세계를 요구하는 이 낭만성을 거칠게 현
> 실주의적 세계관의 한계로만 처리하기보다는 중세적 지성의 정신구조

의 한 특질로 보다 섬세하게 파악해 주는 게 필요하지 않을까 한다.5)

논의의 대상은 ≪금오신화≫와 ≪기재기이(企齋記異)≫6)로 한정했다. 이 둘은 한문소설집이라는 공통점이 있고, 연대상 각각 15세기 후반과 16세기 중반에 나왔기에 한 시대의 문학 풍토를 짐작하기에는 적격의 자료라고 생각된다. 두 작품집을 함께 고찰하면서 전기 소설의 역사적 추이를 드러내고자 했던 논의가 있었는데,7) 이 글에서는 두 작품집을 공통적 성격에 주목하여 논의를 전개하고자 한다. 그 공통적 성격이란 다름 아닌 환상성, 전기 소설과 관련지어서 전기성(傳奇性)인 것이다.

2) 문학적 관습의 문제

(1) '닫힌 시공'과 액자 구성

≪금오신화≫의 다섯 작품을 명혼(冥婚) 소설, 몽유(夢遊) 소설, 명혼과 몽유의 혼합형 등 세 유형으로 나누어 살핀 것은 소설 발생 문제와 관련지어 각각 명혼 설화에서 명혼 소설로, 몽유 설화에서 몽유 소설로 이행하였음을 드러내고자 하는 의도에서였다고 생각된다.8) 여기에 ≪기재기이≫ 소재 작품을 보탠다면 명혼 소설에 <하생기우전(何生奇遇傳)>이, 몽유 소설에 <안빙몽유록(安憑夢遊錄)>이 추가될 수 있을 것이다. 그런데 ≪금오신화≫와 ≪기재기이≫에 나타나는 공통적 작품 성격을 문제 삼

---

5) 박혜숙, 「금오신화의 사상적 성격」, 『한국문학사의 쟁점』, 집문당, 1986, 350면.
6) 소재영, 「신광한의 기재기이」, 『숭실어문』 3, 1986.
7) 김종철, 「서사문학에서 본 초기소설의 성립 문제」, 『다곡이수봉선생회갑기념 고소설연구논총』, 1988.
8) 조동일, 앞의 책, 224~238면.

는 이 글의 입장에서는 그와 같은 구분보다는 그 둘을 포괄하는 전기 소설의 성격에 주목하게 된다.

<남염부주지(南炎浮洲志)>와 <용궁부연록(龍宮赴宴錄)>을 몽유 소설로 명명한 일차적 준거는 두 작품에 입몽(入夢)과 각몽(覺夢) 장면이 분명히 드러나 있기 때문인데, 두 작품과 거의 동일한 결구를 이루고 있는 ≪기재기이≫ 속의 <최생우진기(崔生遇眞記)>에서는 입·각몽에 해당하는 장면이 다른 방식으로 기술되고 있다.

최생이 증공(證空)의 만류에도 불구하고 용추동을 탐방하고자 암벽에 올라갔다가 아래로 추락하여 용추동으로 들어가게 되는 과정과, 그곳에서 용왕 및 세 신선을 만난 후 돌아오는 장면의 기술은 각각 다음과 같다.

최생이 처음 아래로 떨어지매 황연히 취한 듯 꿈꾸는 듯하여 다만 두 귓가에 바람소리가 흐르는 것만 깨달았는데 밑바닥에 떨어지니 망연히 의식이 없었다. 오랜 후 바야흐로 깨어나서 하늘을 쳐다보니 마치 구덩이 속에 빠진 것 같았다. 팔다리를 움직이니 크게 아픔을 느끼진 못했으나 다만 다리 하나가 땅을 뚫고 공중에 늘어뜨려진 것 같았다. 그러나 땅을 딛고 일어나려 하니 땅이 아니라 나무였다……한쪽 가에 자못 절벽이 가까웠는데 엉금거리면서 절벽을 향해 가서……잠시 후 절벽 아래의 총총하고 성긴 사이를 보니 구름기운이 뭉실뭉실 나와 구멍이 있을 듯하였다. 덩굴을 잡고 들여다보니 과연 한 구멍이 보였는데 그윽하고 깊으며 오랫동안 낙엽이 쌓여 막혀 있었다.[9]

생이 문을 나서니 현학 한 쌍이 맞이하여 빙빙 돌며 춤을 추었다. 옆에 있던 사람이 생에게 이르기를, "이것을 당길 만하니 눈을 감으면 금세 돌아가리라."하였다. 생이 그 말대로 하자 얼마 지나지 않아서 학이

---

9) 「기재기이」, 『숭실어문』 3, 1986, 49~50면. 生之始墜下也 怳然若醉若夢 但覺兩耳風鳴冉冉 而下到底 茫然無省 良久方蘇 仰視天宇 如在埳井之中 動搖四體 則無甚覺痛 但一脚穿地 若垂空 然據地欲起 則非地乃樹也……一邊稍近岩崖 惴惴拮据向崖而行……俄見壁底叢薄間 雲氣翁鬱而出 疑有孔穴 攬蔓而窺 果見一竇 窈而深 歲久爲積葉所壅. ≪기재기이≫는 본 자료에서 인용할 것이며, 앞으로는 면수만 밝힌다.

땅에 이른 것 같았다. 눈을 떠보니 곧 절간 뜰이었다.10)

이러한 과정을 겪으면서 최생이 탐방하고 돌아온 용추동은 용왕 및 세 신선이 초대된 이계(異界)로서 하나의 성이 구축되어 있는 곳이다. 이는 <남염부주지>의 염부주나, <용궁부연록>의 용궁과도 유사한 성격의 공간인데, 이러한 공간을 <남염부주지>나 <용궁부연록>에서처럼 주인공이 꿈을 통해 다녀오기도 하지만 <최생우진기>에서처럼 현실에서의 체험으로 기술되기도 하는 것이다. 따라서 엄밀한 의미의 몽유 모티프로써 이들 작품의 공통 유형을 설정하기는 곤란하다. 그보다는 이들 작품을 유형화시킬 수 있는 공통된 특성으로 '이계 여행'이라는 테마를 상정하는 것이 더욱 효과적이다.

이와 함께 이계라는 공간은 현실계와 다른 차원에 놓이며 그 자체로서 완결된 세계를 구축하고 있음도 지적되어야 한다. 그곳은 박생이나 한생과 같은 기재(奇才)이거나 최생과 같이 척당(倜儻)·우활(迂闊)한 사람이 갈 수 있는 것이지, <최생우진기>의 보조 인물인 증공과 같은 평범한 인물이 갈 수는 없다. 곧, 소설의 주인공에게만 허여된 공간인 것이다. 이러한 이계의 성격은 명혼소설로 명명되는 작품들의 시공이 지닌 성격과 상통한다.

<만복사저포기>에서 양생과 여인이 함께 지냈던 개녕동 및 그곳에서의 3일, <이생규장전>에서 이생과 죽은 최씨가 부부 생활을 지속했던 개녕동 및 수년(數年), <하생기우전>에서 하생과 여인이 만났던 국남문(國南門) 밖 외진 곳 및 그 하룻밤. 이는 모두 남녀 주인공 두 사람의 시공일 뿐 제3자가 개입할 수 없는 시공이다. 그러기에 양생이 여인과 함께 동

---

10) 66면. 生旣出門 則玄鶴一雙 迎舞蹁躚 傍有人謂生曰 可控此 閉目須臾則歸矣 生如其言 未
逾時鶴若集于地 開視則乃寺之庭也.

네를 지날 때 동네 사람들이 여인을 볼 수 없었고, <취유부벽정기>의
홍생은 기씨녀를 만나고 나서 친구들에게는 낚시 갔다가 돌아왔다고 속
였고, 이생은 죽은 아내를 만나 후 두문불출하고 지냈던 것이다.

필자는 전기 소설의 이러한 시간적·공간적 성격을 총괄하여 '닫힌 시
공'이라 부르고자 한다. 이 닫힌 시공은 전기 소설을 규정짓는 매우 중요
한 개념이 되리라 보며, 이것이 전기 소설의 전기성을 구성하는 하나의
문학적 관습에 해당한다고 생각한다. 그리고 이 닫힌 시공을 마련하는
결구의 측면에서 보았을 때, 전기 소설의 대부분이 액자 구성을 취하고
있음도 주목된다. ≪금오신화≫와 ≪기재기이≫에 수록된 9편의 전기
소설은 모두 액자 구성을 취하고 있는데, 이 점 역시 전기 소설의 문학적
관습의 측면에서 이해될 필요가 있다. 이를 위에서 말한 바의 닫힌 시공
을 위한 구성의 기법으로 보는 것이 타당하리라 생각한다.

전기 소설의 시공이 주인공들만의 닫힌 시공이기에 작중의 제3자나
독자에게는 그들의 체험이 기이한 것이라고 받아들이게 되며, 다른 한편
으로 그 체험의 절실함을 느낄 수 있게 한다. 이를 특히 조선조 사대부들
의 창작 및 향유 의식과 연관 짓는다면, 전기 소설의 닫힌 시공은 그 자
체로서 완결된 허구적 시공인 동시에 당대 현실에서는 맛볼 수 없었던
'상상력의 열린 세계'이기도 하였으리라.

(2) 의인화 수법

사물을 의인화하여 이야기를 엮어가는 수법은 설총의 <화왕계(花王
戒)> 이래로 우리 서사 문학의 한 전통을 이루어 왔다. 특히 고려 후기
가전체(假傳體)에 이르러 이러한 수법은 한문학의 정통 문체 중 하나인 전
(傳) 양식과 결합되어 서사 문학사상 매우 독특한 양식을 창출해 내기도
하였던 것이다. 이러한 의인화의 수법은 어느 시대를 막론하고 일종의

우언(寓言)으로 수용, 향유되면서 한 흐름을 형성해 왔던바, 조선 전기 전기 소설에서도 이 수법이 구사되고 있음을 확인할 수 있다.

≪기재기이≫ 속에 수록된 <안빙몽유록>과 <서재야회록(書齋夜會錄)>은 액자 구성의 측면과 함께 의인화의 수법이 작품의 특성을 이루고 있다. <안빙몽유록>은 꿈속에서 꽃의 나라에 들어간 주인공 안빙이 꽃과 관련된 고사의 주인공들로 의인화된 인물들과 시연을 베풀고 놀다가 잠에서 깨어나는 내용이다. <안빙몽유록>에서 의인화된 대상을 상호 관련지어 보면, 모란(牧丹)은 왕, 도리(桃李)는 시녀, 죽(竹)은 조래선생(徂徠先生), 매화(梅花)는 수양처사(首陽處士), 국화는 동리은일(東籬隱逸), 연(蓮)은 부용성주(芙蓉城主) 주씨(周氏), 작약은 반희(班姬), 안류(安榴)는 이부인(李夫人) 등으로 각각 의인화되어 있다.11) 이 작품에 쓰인 의인화 방식은 어느 꽃에 관련된 중국의 역사적 인물, 혹은 어느 꽃에 대한 시문(詩文)을 남긴 문필가를 대상으로 하여 설정한 것이다. 따라서 이 작품은 작가의 역사적, 문학적 교양에 힘입어 희작화(戲作化)된 것임을 알 수 있다.

<서재야회록>은 한 서생이 어느 날 밤 자기 서재에서 자신이 쓰던 문방사우(文房四友)가 의인화되어 나타나 함께 대화를 나누고 시를 주고받았다는 내용이다, 이 작품 역시 벼루를 치의자(緇衣者)로, 붓을 탈모자(脫帽者)로, 종이를 백의자(白衣者)로, 먹을 흑의자(黑衣者)로 각각 의인화하여 놓았다. <안빙몽유록>과는 그 방식상 사물의 외모를 강조하여 의인화하였다는 점에서 차이가 나지만, 작가 주변에서 가장 친근하게 접하는 사물을 의인화함으로써 희작적 성격이 반영되는 면에서는 상통한다.

이러한 수법은 ≪기재기이≫뿐 아니라 ≪금오신화≫ 중 <용궁부연록>에서도 나타난다. 한생이 용궁에 초대되어 가서 상량문을 지어주고

---

11) 소재영, 앞의 논문, 235면.

푸짐한 잔치 대접을 받는 가운데 게, 거북 등이 나와서 춤을 춘다. 다음에 인용하는 것은 게의 경우이다.

> 이에 한 사람이 자칭 곽개사(郭介士)라 하고는 발을 들고 모로 걸어 앞으로 나와 말하였다. "저는 바위틈에 숨은 선비요 모랫구멍에 사는 한가한 사람입니다. 팔월에 바람이 맑으면 동햇가에 가서 뱃속에서 벼 까끄라기를 쏟아내고, 하늘에 구름이 흩어질 때는 남정성(南井星)의 곁에서 광채를 머금기도 합니다. 속은 누르고 겉은 둥글며 갑주로 몸을 싸고 예리한 병기를 가졌습니다.……조나라 왕윤은 물속에서 만나더라도 저를 미워했으나 송나라 전곤은 지방에 나가 있으면서까지 저를 생각했으며, 죽어서는 필이부의 손에 들어갔으나 초상은 당나라 한진공의 화필에 의탁되었습니다.……"12)

곽개사라 자칭한 게 자신의 말을 통해 일인칭으로 진술된 위의 내용은 다분히 가전체의 표현 방식과 유사한 성격을 지닌다. 이는 앞서 살핀 <안빙몽유록>이나 <서재야회록>처럼 작품 전반에 걸친 수법은 아니라 할지라도 의인화 수법의 수용이라는 면에서 주의할 만한 현상이다.

이상과 같이 전기 소설의 창작 방법 중 하나로서 의인화의 수법이 수용된 것을 확인할 수 있으며, 이것이 또한 전기 소설의 한 문학적 관습이 되었던 것이라 파악된다.

(3) 공식적 어투

전기 소설의 두드러진 특징 가운데 하나는 이물이나 배경이 모두 우리나라로 설정되어 있다는 점이다. 이를 소설 발생의 주체적 성향으로 파악할 수도 있겠으나, 그와는 달리 당대 문학적 관습의 하나로 이해할 필

---

12) 이재호 역, 『금오신화』, 을유문고81, 1982, 135~136면. 앞으로 ≪금오신화≫는 이 책의 번역문을 인용할 것이며, 면수만 밝힌다.

요가 있다. 특히 작품의 배경을 소개하는 서두 부분을 살펴보면 전기 소설의 공간 설정이 다분히 상투적이라는 인상을 받게 된다.

먼저, <취유부벽정기>의 작품 배경이 되는 부벽루를 소개하는 부분을 보자.

> 평양은 옛 조선의 서울이었다. 주나라 무왕이 은나라를 정복하고 난 후에 기자를 찾아가서 정치하는 방법을 물으니 그는 천하를 다스리는 아홉 가지 큰 법을 일러 주었다. 이에 무왕은 기자를 조선왕에 봉하고 신하로 삼지 않았다. 이곳의 명승지는 금수산, 봉황대, 능라도, 기린굴, 조천석, 추남터 등이 있는데 이것이 모두 고적이며 영명사의 부벽정도 그 고적 중의 하나이다. 영명사는 곧 고구려 동명왕의 구제궁터이다. 이 절은 평양성 밖 동북쪽 20리쯤 되는 곳에 있는데 긴 강을 굽어보고 평평한 들판을 멀리 바라보며 아득하기가 끝이 없으니 참으로 경치가 좋은 곳이다.[13]

이 대목만 떼어 놓고 보면, 마치 『세종실록지리지(世宗實錄地理志)』나 『동국여지승람(東國輿地勝覽)』 가운데 어느 지방을 기술한 부분을 읽는 듯한 인상을 받을 정도로 이들 지리서(地理書)들에 쓰인 공식적 어투가 느껴진다. 흔히 지리서의 서술 방식이 그렇듯이 어느 고장을 기술할 때 그 고장의 연혁, 사적, 절승 등이 중점적으로 언급되는 것인데, 위의 인용문은 그러한 요소들이 그대로 드러나 있기 때문이다. 물론 작가가 소설을 창작하면서 그 배경으로 설정한 것이니만큼 소설 내의 허구적 문맥과 긴밀히 연관되어 있는 것은 필연적이지만, 그 기술 방식이 다분히 공식적 어투에 힘입은 표현인 것 또한 사실이다.

<용궁부연록>의 경우도 <취유부벽정기>와 유사한 양상을 보여 준다.

---

13) 84면.

송도에 천마산이 있는데 그 산은 높이 공중에 솟아 험준하므로 천마산이라 한다. 그 산속에 용추가 하나 있는데 이름을 박연이라 한다. 그 못은 둘레는 얼마 되지 않으나 깊이가 몇 십 자가 되는지 알 수 없으며, 못물이 넘쳐서 폭포를 이루고 있는데 폭포의 깊이는 몇 십 길이나 될 것 같다. 경치가 맑고 아름다웠으므로 구경 오는 스님이나 손들은 반드시 이곳을 관람했다. 예부터 여기에 용신이 살고 있다는 이상한 전설이 전기에 실려 전해오므로 나라에서는 해마다 명절이면 큰 소를 잡아서 제사를 지내게 했다.[14]

송도 천마산과 박연폭포에 대한 기술이다. 절승이라는 점이 강조되었고, 그곳에 얽힌 전설 및 연례행사가 간략히 언급되었다. 이러한 기술 방식 역시 공식적 어투의 차용으로 보아 무리가 없을 것이다.

이러한 양상은 ≪금오신화≫뿐 아니라 ≪기재기이≫에서도 나타난다.

진주부 서쪽에 산이 있으니 두타라 한다. 산의 형세가 북으로 금강산을 끌어당기고 남으로 태백산을 눌렀다. 그 광대한 궁릉과 중활한 천구가 고개의 동서에 경계가 되었다. 산의 높이가 얼마나 되는지 알 수 없고, 그 사이에 동굴이 있고 동굴엔 연못이 있는데 얼마나 깊은지 알 수 없다. 못 위에 현학의 둥우리가 있는데 그 유래가 몇 년이나 되었는지 알 수 없다. 어떤 이는 학소동이라 부르고 어떤 이는 용추동이라 부른다. 세상 사람들이 진경이라 지목하는데 그 근원을 찾아본 자 없었다.[15]

<최생우진기>의 작품 배경인 두타산 용추동에 대한 설명인데, 앞서 본 <취유부벽정기>나 <용궁부연록>의 배경 설명과 유사한 기술 태도이다.

---

14) 123면.

15) 43~44면. 眞珠府之西有山 曰頭陁 山之勢北控金剛 南挹太白 其磅礴穹隆 中豁天衢者 界爲嶺東西 山之高不知其幾仞也 其間有洞 洞有湫焉 不知其深幾丈也 湫之上有玄鶴巢焉 不知其來幾年也 或名鶴巢洞 或名龍湫洞 世指以爲眞境 莫有尋其源者.

이러한 배경 설명에서의 공식적 어투는 전기 소설의 창작 과정과 일정한 관련을 맺고 있다고 생각된다. 즉, 작가가 우리나라 곳곳을 유람하면서 얻은 견문이 소설의 배경 설정에 반영되는 과정에서 지리서 등을 통해 익숙해진 어투를 소설 문맥 속에 편입시킨 것으로 보이는 것이다. 따라서 이러한 배경 설정 자체는 전기 소설의 한 표면적 특징으로 나타나면서, 당대 넓은 의미의 문학적 기술의 한 양식을 도입하여 전기 소설의 문학적 관습의 하나를 이루어낸 것으로 이해할 수 있겠다.

이상에서 전기 소설의 문학적 관습으로서 세 가지 점을 지적해 보았다. 그러나 전기 소설 가운데 애정문제가 작품의 중심 갈등으로 전개되는 이른바 명혼소설에 있어서 그 중요한 원천으로 작용하는 인귀 교환(人鬼交歡)의 모티프가 또 하나의 중요한 문학적 관습에 해당된다. 이에 대한 논의는 이미 이혜순에 의해 면밀히 고찰되었기에 그리로 미루어 둔다.16)

3) 의식의 층위

앞장에서 살펴본 문학적 관습의 문제는 전기 소설이라는 구조물의 외피에 대한 것이라 말할 수 있다. 이 역시 전기 소설을 하나의 역사적 장르로 보고 그 당대적 문맥에서 이해하기 위한 기초 작업이었으나, 이것만으로 전기 소설을 폭넓게 규정짓는 이른바 전기성에 대한 어떤 심도 있는 해명이 이루어진 것은 아니다. 이에 전기성 자체에 대해 다른 방식의 접근이 필요하다고 판단된다. 그 방식이란 주인공들의 의식과 작가·독자의 의식을 아우르면서 작품 속에서 추출될 수 있는 '의식'의 층위를

---

16) 이혜순, 「금오신화에 나타난 인귀교환소설의 유형적 고찰」, 『이숭녕선생고희기념 국어국문학논총』, 탑출판사, 1977 참조.

문제 삼음으로써 가능하리라 생각한다. 여기서 의식의 층위를 문제 삼으려는 것은 전기 소설에 내재한 사상성의 문제를 작품 대 사상의 직선적 관련 하에서 해석해 내려는 기존의 시도에 대한 반성으로서 작품 : 의식 : 사상의 구도에 의해, 즉 의식을 작품과 사상을 연결하는 하나의 매개 항으로 다룰 필요를 느꼈기 때문이다.

전기 소설 특히 ≪금오신화≫의 미학적 기저가, 서구 환상문학을 논하는 자리에서 토도로프(T. Todorov)가 제시한 '머뭇거림(hesitation)'의 개념과 동궤에 놓일 수 있음을 지적한 연구가 이미 있었다.17) 그렇지만 김성룡은 토도로프의 정의를 우리 문학에 적용시키는 문제에 관심을 두었기 때문에 그것을 전기 소설이 지닌 특성과 관련지어 의식의 측면에서 다루어 보려는 관점에서 재논의될 필요가 있다고 본다.

여기서 토도로프가 제시한 환상문학에 대한 세 가지 조건을 다시 살펴볼 수 있다. 그에 의하면 첫째, 텍스트는 독자에게 등장인물들의 세계를 일상적으로 살아가는 사람들의 세계로 간주하게 해야 하며, 거기에 그려진 사건들을 자연적 설명과 초자연적 설명 사이에서 머뭇거리게 해야 할 것. 둘째, 이 머뭇거림은 아마도 한 등장인물에게 위임되고, 머뭇거림이 기술됨과 동시에 그것은 그 작품의 주제들 중 하나가 된다는 것. 셋째, 독자는 텍스트에 대하여 어떤 태도를 취해야 하지만, 그는 '시적(詩的)' 해석뿐 아니라 우화적 해석도 거부할 것이라는 것 등 세 가지 조건을 환상문학은 충족시켜야 한다고 하였다.18)

---

17) 김성룡, 「한국고전 소설의 환상성에 관한 연구」, 『국문학연구』 70, 서울대 대학원, 1985.

18) T, Todorov, *The Fantastic,* trans. R. Howard, Cornell Univ. Press, 1975, p.33. The fantastic requires the fulfillment of three conditions. First, the text must oblige the reader to consider the world of the characters as a world of living persons and to hesitate between a natural and a supernatural explanation of the events described. Second, this hesitation may also be experienced by a character ; thus the reader's role is

이 중에서 핵심적인 것은 첫째 조건 중 텍스트에 그려진 사건에 대해 인물 및 독자가 자연적 설명과 초자연적 설명 사이에서 머뭇거린다는 점인데, 이 머뭇거림은 우리의 전기 소설을 이해하는 데에 있어서도 중요한 의의를 갖는다고 생각된다.

가령 <만복사저포기>에서 양생이 여인을 만났을 때, "아가씨는 어떤 분이십니까. 어째서 여기에 홀로 오셨습니까."[19]라고 묻는 말 속에는 대상에 대한 의혹이 담겨 있다. 양생의 이 물음에 대해 여인은, "저도 사람입니다. 무슨 의심나는 일이 있으십니까. 당신께서는 다만 아름다운 배필을 얻으시면 되지 않으십니까? 꼭 성명을 물으셔야 합니까? 그렇게 당황해 하실 필요는 없는 것 같습니다."[20]라고 대답한다. 대상으로서의 여인은 주체로서의 양생이 지닌 의혹을 간파하고 있으며, 그와 동시에 그 의혹을 덮으려는 의도가 담긴 답변을 하고 있는 것이다. 이와 같이 주체의 의혹과 대상의 감춤 사이에 양생의 머뭇거림이 존재한다. 그리고 양생의 이러한 의식은 서술자에 의해서도 계속 언급되고 있다.

> 서생은 비록 의심이 나고 괴이하게 여겼으나, 여인의 말씨와 웃음소리가 맑고 고우며 얼굴과 몸가짐이 얌전했으므로 틀림없이 귀한 집 처녀가 담을 넘어 온 것이려니 생각하고는 더 의심하지 않았다.[21]

> 서생에겐 그것들이 인간 세상의 것이 아니리란 생각이 들었으나 여인의 은근한 정에 끌려 다시는 그런 생각을 하지 않았다.[22]

so to speak entrusted to a character, and at the same time the hesitation is represented, it becomes one of the themes of the work—in the case of naive reading, the actual reader identifies himself with the character. Third, the reader must adopt a certain attitude with regard to the text ; he will reject allegorical as well as "poetic" interpretations.

19) 35면.
20) 같은 곳.
21) 36면.

이렇듯 서술자의 시각에 의해서도 매번 확인되는 양생의 의혹은 <만복사저포기>의 처음에서 끝에 이르기까지 지속적으로 나타나는 의식이다. 이것은 괴이한 사건에 대해 그것을 체험하는 인물이 취하는 방식, 곧 그 사건을 자연적·경험적으로 해석할 것인가, 초자연적·초경험적으로 해석할 것인가 하는 사이의 머뭇거림인 것이다.

몽유록, <구운몽>, 영웅 소설, 그리고 ≪금오신화≫를 다루면서 김성룡은 이들 작품 가운데 ≪금오신화≫ 중 <만복사저포기>, <이생규장전>, <취유부벽정기>의 세 작품만을 토도로프가 말한 환상 장르에 부합되는 것으로 파악하면서 다음과 같이 말하고 있다.

> 위의 세 이야기는 꿈이나 이계(異界)로의 진입이 보이지 않고 서술되어 있다는 점에서 서술세계가 결렬되지 않고 현실적 서술세계로만 이야기가 진행되고 있다는 특징이 있다. 그리고 비현실적 인물 역시 서술세계 내에서 비현실적인 서술세계가 확보된 후 등장하는 것이 아니라 현실적 서술세계 내에서 그 의미를 갖고 등장한다. 그런데 이야기의 주인공들은 모두 비현실적인 사건을 실제로 일어났다고 믿는다.[23]

앞의 세 작품을 위와 같이 설명한 것은 나머지 두 작품 곧, <남염부주지>나 <용궁부연록>은 꿈이나 이계로의 진입에 의한 서술세계의 결렬로 인해서 환상 장르에 부합되지 못한다고 본 관점이다. 그러나 이미 앞 장에서 살핀 바와 같이 <최생우진기>의 경우, 입·각몽 없이 현실적 문맥 속에서 이계 경험을 하게 되는 예도 있을뿐더러 이계를 설정하였기에 서술세계가 현실계와 비현실계로 결렬되었다고 보는 관점은 재고되어야 한다. <용궁부연록>에서 한생은 꿈속에서 선물로 받았던 야광주와 빙초

---

22) 41면.
23) 김성룡, 앞의 논문, 54~55면.

를 각몽 후 남몰래 소중히 간직하고 있음으로써 초현실계에서의 경험을 현실계 속에서도 지속시키고 있다.

보다 중요한 문제는 초기 전기 소설의 대부분이, 주인공이 기이한 경험을 하게 되는 순간부터 그 경험을 종결짓는 마무리까지, 지속적으로 머뭇거림의 의식이 바탕에 흐르고 있다는 점이다. 기이한 사건에 부딪힌 주인공은 정도의 차는 있을망정 모두가 놀람 혹은 두려움의 반응을 하게 되는바, 이는 머뭇거림의 단초이다. 그리고 작품 말미의 '부지소종(不知所終)'이라는 거의 공식화된 결말은 닫힌 시공에서의 일회적 사건에 집착하는 주인공의 의지와 함께, 머뭇거림의 지속적 상태로서의 비결정성, 곧 모호함의 표현으로 볼 수 있는 것이다. 전기 소설의 결말 구조는 토도로프가 '책은 끝났으나, 모호함은 존속된다(The book closed, the ambiguity persists)'24)라고 간명히 제시한 환상 장르의 결말 구조에 대응하는 것이다.

이러한 관점에서 전기 소설의 미학적 기저로서 머뭇거림을 설정하는 것이 온당하다고 보며, 전기 소설의 문학성을 논하기 위해서는 이 점에 대한 숙고가 필요불가결하다는 점을 강조해 둔다.

머뭇거림이 독자를 포함한 작품내적 주인공의 의식이라면, 그 다음으로 문제될 것은 주체에 대한 대상 즉, 전기 소설의 여주인공들이 갖는 의식의 문제이다. 이것은 전기 소설의 전반적 주제 의식과 연관되는 것으로 매우 중요시해야 할 것으로 보인다.

<만복사저포기>에서 여인의 의식이 가장 집약적으로 드러나는 것은 다음 부분이다.

제 행동이 법도를 넘은 것은 저도 잘 알고 있습니다. 저도 어릴 때 시경과 서경을 읽었으므로 예의에 대해서는 대강 알고 있습니다.『시경』

---

24) T. Todorov, op. cit., p.43.

의 「건상(褰裳)」 장과 「상서(相鼠)」 장에서 이른 내용이 다 부끄러운 것임을 모르는 것은 아닙니다. 그러하오나 다북쑥 우거진 속에 오랫동안 묻혀 있어 들판에 버림받은 몸이 되고 보니 사랑의 정서가 한번 일어나자 끝내 걷잡을 수 없었습니다.[25]

이러한 여인의 진술 속에서 세 가지 중요한 의식의 층위를 분간해 낼 수 있다. 첫째, 자신의 행동이 '범율(犯律)'한 것이라 하고 또 '예의(禮儀)'를 안다고 한 점, 둘째, 『시경(詩經)』의 「건상」과 「상서」의 내용을 문제 삼은 점, 셋째, 결국 그렇지만 '풍정(風情)'에 못 이겨서 그렇게 행동했다는 점이다.

먼저 세 번째 의식부터 살펴보겠다. 이렇게 풍정에 못 이긴 행동은 <만복사저포기>, <이생규장전>, <하생기우전>에서의 애정 갈등을 유발시키고 이를 지속적으로 끌고나가는 여인의 주된 정조(情調)를 형성하고 있다. <만복사저포기>에서 계속 예를 들자면, 이 작품의 앞부분에 기술된, 여인이 부처에게 올린 글의 내용에서부터 그러한 정조가 나타난다.

저는 달 밝은 가을밤과 꽃 피는 봄철을 상심으로 헛되이 지내고 뜬 구름과 흐르는 물을 더불어 쓸쓸히 날을 보냈습니다. 그윽한 골짜기에 외로이 살면서 한 평생의 박명을 한탄했고 꽃다운 밤을 혼자 보내면서 제 홀로 살아감을 슬퍼했습니다. 그런데 날이 가고 달이 바뀌니 이제 혼백마저 사라져 없어졌고 기나긴 여름날과 겨울밤에는 간담이 찢어지고 창자마저 끊어질 듯합니다.[26]

홀로 쓸쓸히 살아가면서 느끼는 인간적 갈망이 매우 솔직하면서도 문식(文飾)이 가해져서 표현되어 있는데, 이러한 여인의 의식이란 곧 애정에

---

25) 53면.
26) 34면.

대한 갈구에 다름 아니다. 이러한 의식에 의해 여인은 양생과의 결연에 있어서 매우 적극적인 자세를 취하게 되고 시종 양생을 이끌게 된다. 또한 양생 역시 그러한 여인의 의식 상태를 동정, 수긍하면서 여인과 결합된다. 이 작품 끝부분에서 여인을 위한 양생의 축원문 속에 그의 여인에 대한 동정 및 지지의 입장을 읽어낼 수 있다.

> 황량한 다복 속에 몸을 의탁한 채 홀로 살면서 피는 꽃 밝은 달에 마음만 슬퍼했소. 봄날엔 애끓는 두견새의 울음을 슬퍼했고, 서리 내리는 가을엔 비단 부채의 무용함을 탄식했소.[27]

이렇게 두 남녀의 공감 속에 이루어진 결연은, 그러나 그 자체로서는 육례(六禮)를 갖춘 정식 혼인이 아니며 따라서 예의에 어긋난 행동이다. 이 점이 여인의 의식 속에 하나의 부끄러움으로 남게 되는 것이다.

이 부끄러움의 의식과 관련지어 위에서 나눠 본 세 가지 의식의 층위 가운데 첫 번째 의식이 검토될 수 있다. 여인의 의식 속에 부끄러움을 유발시키는 것은 공식화된 이념으로서의 예의 관념이다. 이 점은 개녕동에서 여인의 친지라고 소개된 네 명의 여인네 가운데 김씨의 진술을 통해서 뚜렷이 부각된다.

> 김씨는 그 몸자세를 바로 잡고 엄전한 태도로 붓에 먹을 찍더니 앞에 읊은 시가 너무 음탕하다고 책망하면서 말했다. "오늘의 모임에서는 여러 말 할 것 없이 다만 이 자리의 광경만 읊어야 할 텐데, 어째서 마음의 회포를 털어놓아 우리들의 절조를 잃어야 할 것이며 우리들의 소식을 인간 세상에 전해야 하겠습니까."[28]

---

27) 55면.
28) 45면.

‘마음의 회포를 털어놓아 절조를 잃는다[陳懷以失其節].’는 말 속에 세 번째 의식과 갈등하고 있는 첫 번째 의식이 잘 표현되어 있다. 이 첫 번째 의식은 절조라고 지칭되는 바의 정절 관념과 깊이 연관되어 나타난다.

<이생규장전>에서 최씨가 보여 준 정절에의 강한 집념이 또한 그러한 의식의 극단적 형태가 될 것이다. 홍건적이 핍박하매 최씨는 “이 호랑이 창귀 같은 놈아! 나를 죽여 씹어 먹어라. 내 차라리 이리의 밥이 될지언정 어찌 개돼지의 배필이 되어 내 정조를 더럽히겠느냐.”29)라고 힐난한다. 이렇게 홍건적에 대해서는 죽기를 마다 않고 자신의 정절을 지키고자 했던 최씨는, 그녀의 배필인 이생과 결연하는 과정에서는 부모와 상의도 없이 정을 통했던 것이기도 하다. 이러한 양상을 통해서 인간적 감정의 솔직한 토로가 가능했던 세 번째 의식과, 그에 대한 견제의 역할을 하는 첫 번째 의식 사이의 긴장 관계가 전기 소설 여주인공들의 의식의 중요한 한 국면을 이루고 있음을 파악할 수 있다.

이러한 두 의식간의 긴장 관계를 하나의 조화된 상태로 이끌어 가는, 전기 소설의 가장 핵심적 의식이 위에서 추출한 두 번째 것이다. 『시경』을 끌어들여 자신의 행동과 견주는 여인의 의식 속에 전기 소설의 핵심적 의미가 존재한다고 보는 것이다.

<만복사저포기>에서 계속 인용해 보겠다. 여인과 함께 양생이 개녕동으로 가는데, 마을을 지나 깊은 숲을 헤치면서 이슬이 흠뻑 젖어 길을 분간할 수 없을 정도의 험로를 경유한다. 이에 양생이 여인에게 “거처하는 곳이 어찌 이렇습니까?”하고 물으니, 여인은 “홀로 사는 여인의 거처는 본디 이렇습니다.”라고 대답한다. 이 대화 내용은 앞에서 살펴본 양생의 의혹과 여인의 감춤이 교차되는 대목이기도 하다. 이런 대화에 이어서

---

29) 78면.

여인과 양생은 각기 『시경』의 시를 한 수씩 읊는다.

> 여인이 또한 그에게 농담을 걸었다.
>> 축축이 내린 길가의 이슬
>> 이슬 이슥한 밤 어찌 가지 않으랴만
>> 이슬이 많아서 가지를 못했지요.
> 서생이 또한 그에 화답했다.
>> 어슬렁어슬렁 수여우는
>> 다리 위를 거니네.
>> 노(魯)나라로 뻗어간 길도 훤하여
>> 제(齊)의 아씨 넋 잃고 달려가네.
> 두 사람은 읊고 한바탕 웃었다.30)

『시경』의 시를 읊으면서 서로의 의혹과 불신이 공감의 차원 속에 용해되어 버리는 양상을 보여 주고 있다. 여인이 읊은 「소남(召南) 행로(行露)」장과 양생이 읊은 「위풍(衛風) 유호(有狐)」장은 모두 남녀 간의 애정을 주제로 하고 있는 작품들로서, 다른 것들과는 달리 남녀 간의 애정이 솔직대담하게 표현되어 있다. 이러한 작품들이 소설적 문맥 속에서 매우 적절하게 인용되어 있는 것이다. 여기서 『시경』의 존재가 전기 소설에서 차지하는 의미가 심각히 음미되어야 하리라 본다.

『시경』의 세계를 사무사(思無邪)로 파악한 공자의 언설 이래 그 경전으로서의 의의는 유학자들에게 절대적인 것이었다. 그런데 주지하다시피, 『시경』의 시편들 가운데는 <만복사저포기>에서 인용된 것과 같은 류의 솔직한 인간적 감정을 읊은 작품들도 다수 존재한다. 기본적으로 시경은 중국 고대의 민요였기에 그러한 성격의 시들도 채록된 것은 당연하다. 이러한 『시경』의 작품들이 전기 소설의 문맥에 수용되면서 그 시세계가

---

30) 40면.

주인공들의 의식을 매개해 주고 있는 것으로 본다. 다시 말해, 애정 갈등의 주제에 있어서 이념적·윤리적 차원의 의식과 인간적·감정적 차원의 의식 사이의 긴장 관계를 적절히 조화시키는 기능을 『시경』의 작품 세계가 담당하고 있다고 생각되는 것이다.

<만복사저포기>에서와 마찬가지로 <이생규장전>에서도 최씨가 자기 부모에게 자신의 뜻을 간곡히 전하는 대목에서 그러한 의식이 드러난다.

> 가만히 생각하옵건대 남녀가 서로 사랑을 느낌은 인간의 정리로서 가장 중대한 일입니다. 그러므로 혼기를 늦추어서는 안 된다는 것은 『시경』의 「주남(周南)」 편에서도 나타나고, 여자가 정조를 지키지 못하면 흉하다는 것은 『역경(易經)』에 경계되어 있습니다. 저는 냇버들 같은 연약한 자질로서 용색이 시드는 것을 생각하지 않고서 절개를 지키지 못하여 옆 사람의 비웃음을 받게 되었습니다.[31]

이 진술 속에는 『시경』의 「주남」과 함께 『역경』의 「함(咸)」 괘에 나온 '함비지흉(咸腓之凶)'도 같이 언급되고 있다. 최씨의 진술 가운데 나타나는 『시경』 및 『역경』의 존재는 최씨의 의식 속에서 거의 유사한 기능을 수행하고 있는데, 특히 『역경』의 경우 ≪기재기이≫의 <하생기우전>에서 매우 중요한 역할을 한다.

하생이 누차 과거에 떨어져 실의에 빠졌을 때 복사(卜師)를 찾아간다. 그에게 내려진 운수는 『주역』의 명이괘(明夷卦)인 '명입지중(明入地中)'과 가인괘(家人卦)인 '이견유인(利見幽人)'이다. 『역경』에서 뽑아진 하생의 이러한 운수는 그대로 국남문 밖에서 여인과 만나 결연을 맺는 것으로 효험이 나타나는바, <하생기우전>의 작품 구조의 근간은 복사의 점괘에 의해 마련된 것이라고도 파악될 소지가 있는 것이다. 이와 함께 <하생기우

---

31) 74면.

전>의 후반부에서 혼사를 파기하려는 부모에게 자신의 뜻을 결연한 태도로 주장하는 여인의 말 속에는 『시경』이나 『서경』에서 인용한 문구가 다수 구사되어 있기도 하다.

이렇게 『시경』, 『서경』, 『역경』의 어떤 부분이 전기 소설 주인공들의 의식을 매개해 준다는 사실은 매우 중요한 의의를 지닌다. 『시경』, 『서경』, 『역경』 등의 저작은 유학이 완결된 철학 체계를 갖추게 되는 성리학 이전의 원시 유학(原始儒學)의 대표적 경전들인데, 이들 저작 속에는 성리학적 이데올로기에 의해 배척, 금기시되는 신이한 사적이나 인간 정서가 솔직히 토로된 작품 등이 다수 수록되어 있다. 지금까지 ≪금오신화≫를 이기 철학(理氣哲學)의 관점으로 파악하고자 했던 연구 경향에 대한 하나의 반성으로서 전기 소설에 내포된 원시 유학적 사유 체계가 본격적으로 논해져야 할 당위성이 여기에 개재해 있다고 보는 것이다. 이에 하나의 문제 제기로서 전기 소설을 창작, 향유했던 조선조 사대부들의 의식이 원시 유학의 경전에 빙자하여 한편으로는 전기성이나 인간 정서의 노출을 그것 자체로 즐기면서, 다른 한편으로는 그러한 취향에 대한 방어막으로서 경전의 권위에 의탁했던 것이라고 볼 수 있는 가능성을 상정하는 것이다.

이상의 논의를 전체적으로 요약해 보자면, 전기 소설에 나타나는 주인공 및 향유층의 의식은 그 미학적 기저로서 '머뭇거림'을 중심축으로 하여, 인간적·감정적 차원의 의식과 이념적·윤리적 차원의 의식 사이의 긴장 관계가 지속되면서 그 두 차원의 의식을 매개해 주는 원시 유학적 세계관이 개입되는 양상으로 전개된다고 하겠다. 그리고 바로 이러한 특성이 조선 초 15·16세기에 창출되었던 전기 소설의 미학적 성과이자 의의라 생각한다.

4) 소설사적 의미망

우리 소설사에 있어서 소설 발생의 문제는 면밀히 재검토되어야 할 긴요한 과제의 하나로 남아 있다. <조신전>, <최치원> 등의 작품이 그 성격상 ≪금오신화≫와 크게 변별되는 것이 아닌 까닭에 우리 소설의 발생을 나말 여초까지 끌어올릴 수도 있다는 문제 제기32)에 대하여 학계의 명확한 해답이 아직 제시되지 못한 형편이다. 최근에 『수이전』의 마지막 개작자인 김척명을 기준으로 13세기부터 ≪금오신화≫와 ≪기재기이≫가 산출된 15·16세기까지를 전기 소설 시대(傳奇小說時代)로서 초기 소설 시대로 규정하자는 제안이 나와 있지만,33) 이 기간 사이의 공백을 메워 줄 전기 소설이 발견되지 않는 한, 시대의 상한선과 하한선에만 각기 해당되는 작품들로써 시대가 구분되는 난점이 개재한다. 그럼에도 불구하고 김종철의 제안은 소설사의 시대 구분에 하나의 유효한 지표를 마련해 주었다는 점에서 긍정적으로 받아들일 수 있다. 이 글에서 다룬 초기 한문소설집에 긴밀히 관련되어 있는 소설 발생의 문제에 대해서 필자로서는 아직 별다른 대안을 제시하지 못할 형편이기에 여기서는 다만 15~16세기 ≪금오신화≫와 ≪기재기이≫에서 발흥, 전개된 전기 소설이 그 이후 어떤 변모를 겪었는가에 초점을 맞추어 지금까지 논의해 왔던 전기 소설의 특성의 변모 양상에 대해 살펴보고자 한다.

≪기재기이≫의 다음 세대에 속하는 작품으로 먼저 권필의 <주생전(周生傳)>(1593)과 조위한의 <최척전(崔陟傳)>(1621)이 거론되어야 할 것이다. 이들 작품은 애정 갈등이라는 전기 소설의 주제와 결부된 몇몇 모티프의 수용에 있어서 ≪금오신화≫나 ≪기재기이≫의 작품들과 연계되는

---

32) 임형택, 「나말여초의 전기문학」, 『한국한문학연구』 5, 한국한문학연구회, 1980·1981.
33) 김종철, 앞의 논문, 206면.

양상을 보여 준다. 가령, 과거에 여러 번 낙방한 선비로서의 주생이나 글 공부하고 있는 서생으로서의 최척이라는 인물 설정, 남녀 주인공의 자의 적(自意的) 만남, 집안의 반대, 여주인공의 결연에 대한 강한 집념, 그리고 전쟁에 의한 이별 등이 <이생규장전>이나 <하생기우전>과 접맥되어 있는 것이다. 더욱이 <주생전>의 경우, 앞에서 분석한 인간적·감정적 의식과 이념적·윤리적 의식 사이의 긴장 관계는 오히려 더욱 치열해진 양상도 보이고 있다. 그러기에 이들 작품은 전기 소설의 핵심적 테마인 애정 갈등의 측면에서 동질적인 성향을 띠고 있다고 볼 수 있다.

그렇지만 다른 한편으로 ≪금오신화≫나 ≪기재기이≫의 작품 성격과 는 다른 중요한 변모 양상을 드러내는데, 이 점이 전기 소설의 행방을 가 늠하는 척도가 된다.

먼저, 이계의 설정이나 여귀의 등장이 거세됨으로써 '머뭇거림'으로 포괄할 수 있는 주인공 및 독자의 의식이 약화되어 있다. <최척전>에서 주변 인물들이 기이하게 여기면서 경탄하는 요인은 초자연계와 자연계 사이의 머뭇거림에 있는 것이 아니라 주인공들의 기구한 인생 역정 및 천우신조의 우연한 재결합에 있는 것이다. 말하자면 전기성이 우연성으 로 전이된 형국이다.34)

또한, 초기 전기 소설들에서 하나의 특징적 문학적 관습이었던 '닫힌 시공'에의 집착이 거의 해소된다. 작품 배경이 시종 현실계로 설정되면서 사건이 거듭 이어지고 그에 따라 새로운 갈등이 지속적으로 전개되는 것 이다. 그리고 닫힌 시공을 마련해 주기 위한 장치로서의 액자 구성은,

---

34) 동일한 차원의 개념은 아니지만, 전기성에서 우연성으로의 전이라는 측면은 우리 고전 소설사에 있어서 환상성의 전개 양상을 이해하는 한 관점이 될 수 있다고 본다, 특히 이른바 영웅 소설류에서의 환상성은 이 글에서 논한 '머뭇거림'이나 의식의 긴장 관계 등의 개념 틀로써는 파악하기 곤란한 특성을 보여 주는바, 이는 우연성과 연관시켜 이 해해야 할 것이다,

 제2부 몽유 소설의 작품 세계와 작가 의식

<주생전>에서와 같이 작가가 주생을 직접 만나 그의 파란만장한 이야기를 듣게 되었다는 식의 결말 부분을 제시함으로써 현실성의 확보를 위한 장치로 변화되었다.

결국, 초기 전기 소설의 전기적 성격이 이들 작품에 오게 되면 애정 갈등의 테마만 존속하고, 그 애정 갈등을 위한 환상적 분위기, 그로부터 독자들이 받는 인상 등이 약화되면서 현실성에 기초한 애정 갈등, 더 나아가 <최척전>에서와 같이 가족의 이산과 재결합이라는 보다 확장된 현실적 문맥을 이루게 된다. 그러기에 <이생규장전>에서의 홍건적의 난, <만복사저포기>에서의 왜구의 난 등이, '어떤 다른 전쟁으로 대체되었어도 무방했으리라고 볼'35) 정도로 관념화된 현실이었던 데 반해, <주생전>과 <최척전>에서의 임진왜란이라는 전쟁은 주인공들의 운명에 치명적인 영향을 끼치는 강렬한 실체로서 기능하고 있다.

다음으로, 시대상 다소 뒤처지지만 김만중의 <구운몽>(1687)을 주목할 수 있다. <구운몽>의 '환산장성취소성록(幻山庄成就小星綠)' 장은 양소유와 가춘운의 결연 과정이 그려진 대목인데, 여기서 초기 전기 소설의 전형적 에피소드인 인귀 교환의 이야기를 차용하고 있음을 보게 된다.

정경패와의 혼례를 앞두고 정사도 댁에 기거하고 있던 양소유는 정십삼의 권유로 야유(野遊)를 하게 된다. 두 사람은 성남(城南)의 어느 경치 좋은 산속에 들어가 유흥을 즐기던 차에 하인이 고하매 정십삼이 먼저 돌아간다. 홀로 남은 양소유는 춘흥에 겨워 이리저리 거닐다가 날이 저물어 한 인가를 찾아간다. 여기서 한 미인을 만나 가연을 맺게 된다, 그곳에서 하룻밤을 지낸 후 집에 돌아온 양소유에게 매일 밤 그 여인이 찾아와 정을 맺는다. 이런 가운데 정십삼이 무심한 듯 그때 놀던 곳에 장여랑

---

35) 조동일, 앞의 책, 227면.

의 무덤이 있었음을 알려 주니 양소유가 그 여인이 바로 장여랑의 혼백임을 짐작하지만 여전히 연연해한다. 그러다가 진인(眞人)이 몰래 넣어 준 부적으로 인해 여인이 이별을 고하고 떠나자 양소유는 병이 들어 눕게 된다. 그제야 이 모든 일이 정경패가 이전에 양소유에게 속임을 당한 일을 설치(雪恥)하기 위한 계교였음이 드러난다.

이러한 내용으로 보아 <구운몽>의 이 대목은 전기 소설의 인귀 교환 테마를 수용한 것임이 분명하다. 그렇지만 여기서도 초기 전기 소설과는 중요한 차이가 나타나는데 곧, 양소유와 가춘운 사이에서 벌어진 사건이 일종의 속임수 놀이였다는 점에서 그렇다.

> "장여랑이 어디 있나뇨" 홀연 병풍 뒤으로 한 여자 표연히 나오며 웃음을 머금고 부인 뒤에 서거늘 생이 보니 완연히 장여랑이라. 눈을 높이 뜨고 사도와 정생을 보며 오래거야 이르되, "사람이냐 귀신이냐. 어이 귀신이 백주에 뵈나뇨." 사도와 부인이 웃음을 참지 못하고 정생 불각절도하여 일어나지 못하더라.[36]

이와 같이 만인의 웃음을 유발시키는 속임수 놀이로서의 전기 소설적 테마는 이전의 심각한 주제 의식, 그 비극성의 측면이 전혀 반대로 역전되어 있는 것이다. 물론 <구운몽> 작품 전체를 놓고 보았을 때 환몽 구조라든가 연화봉·남전산·용궁 등의 공간적 성격 등에 있어서 전기성이 지배적 특성임은 사실이다. 그렇지만 <구운몽>의 작품 전반을 지배하는 전기성은 당대 통속적 영웅 소설류에 나타나는 그것과 함께 이 글에서 초기 전기 소설을 검토한 것과는 다른 방향에서 접근되어야 할 문제라고 생각한다.[37] 아무튼 <구운몽>에 차용된 전기 소설적 테마의 희

---

36) 이승욱·정병욱 교주, 『구운몽』, 교문사, 1984, 147면.
37) 이 점과 관련하여 김성룡은 앞의 논문에서 환상적 이야기를 순환 구조(몽유록, <구운

극적 변용은 그 테마가 장편 소설 속에 요소화되면서 서사 문맥상 이전과는 다른 기능을 하게 되었음을 뜻하는 주목할 만한 변화의 하나인 것만은 틀림없는 사실이다.

이상의 논의는 소설사 전반에 걸친 심도 있는 것이기엔 많은 소략한 점들이 있으나, 그나마 이로부터 하나의 실마리를 끌어낼 수 있다면 그것은 다음과 같이 정리된다. 우리 고전 소설사에 있어서 전기성은 그것이 하나의 진지한 의식의 긴장 관계를 유지하면서 미학적 효과를 거둘 수 있었던 조선전기 15·16세기를 분수령으로 하여 그 이후 그러한 성격의 전기성이 감소하면서 현실적 문맥이 강화되거나. 혹은 상투화, 요소화되면서 단순히 서술 기법이나 오락성을 위한 장치로 축소되는 방향으로 전개되었다고 할 수 있다.

5) 결론

이 글은 《금오신화》와 《기재기이》를 중심 텍스트로 하여 조선 전기에 창작, 향유되었던 전기 소설을 가능한 한 당대적 문맥 속에서 이해하고자 하는 기본 관점에 입각해서 논의를 전개하였다. 일단 전기 소설의 가장 특징적 성격을 전기성이라 통칭하고, 그것을 구성하고 있는 몇 가지 특성에 대해 살펴보았다. 고찰의 결과를 요약해 보면 다음과 같다.

첫째, 역사적 장르로서의 전기 소설은 이미 당대에 널리 수용된 문학적 관습에 의거한 창작물임을 지적할 수 있다. 이와 관련하여 중국 소설

몽>), 종속 구조(영웅 소설류), 개방 구조(《금오신화》)로 각기 정식화하였다. 문제는 이렇게 정식화된 작품 구조를 어떤 방법으로 그 세계관적 연관성을 찾아 소설사적 맥락을 짚어 내느냐 하는 점에 있을 것이다.

이나 <최치원> 등의 영향 관계로 파악된 인귀 교환의 모티프는 이미 자세한 연구 성과가 있었는데, 여기에 '닫힌 시공' 및 액자 구성, 의인화 수법, 공식적 어투의 차용 등을 보태어 전기 소설 속에 수용된 당대의 문학적 관습의 요소들을 분석해 보았다. 특히 '닫힌 시공'이라는 작품 배경의 특성은 전기 소설의 향유층 의식과 연관 지어 허구적 체험의 절실함과 문학적 상상력의 충족을 맛보게 하는 전기 소설의 중요한 관습적 요소이다.

둘째, 전기 소설의 미학적 기저로서 토도로프가 제시한 '머뭇거림'의 개념을 상정하였다. 주로 작품 속의 남주인공에 의해 경험되는 '머뭇거림'의 의식 상태는 당나라 전기 소설 향유층의 미학적 쾌감을 유발시켰으리라 추정되는데, 이는 15~16세기 전기 소설이 달성한 문학적 성과의 하나로 평가할 수 있으리라 본다.

셋째, '머뭇거림'이 주로 작품 속의 남주인공이 지니는 의식 상태라면, 작품 속의 여주인공은 이와는 다른 보다 복잡한 의식의 층위를 보여 준다. 인간적·감정적 차원의 의식과 이념적·윤리적 차원의 의식 간의 긴장 상태가 노출되면서, 이러한 긴장 관계를 매개, 조화시켜 주는 원시 유학적 세계관이 개입하는 것이다, 이는 전기 소설을 창작하고 또 향유했던 당대 계층의 수용 태도를 짐작할 수 있는 한 시사점을 제공해 줄 뿐 아니라, 이제까지 전기 소설을 성리학적 사유 체계와 연관 지어 파악하고자 했던 연구 경향에 대한 반성을 요구하는 문제이기도 하다.

넷째, 15·16세기에 달성된 전기 소설의 문학적 성과는, 그 이후에 전개된 동일 양식의 변모 양상이나, 장편 소설에 하나의 에피소드로 차용된 양상 등을 통해 볼 때, 전기성이 약화되는 대신 현실적 문맥이 강화되거나 혹은 요소화, 상투화되는 방향으로 나아간다.

이상과 같이 정리될 수 있는 이 글의 논의는 여러 가지 한계를 지니고 있다. 우선, 연구 방법론에 있어서 하나의 유기적이고 통일된 방법론에

의한 논의라기보다는 이 글 나름대로 전기성의 이해에 필요하다고 판단
한 몇몇 방법론을 작위적으로 조합한 것이었음을 지적할 수 있다. 또한,
가장 심각한 이 글의 한계로서, 이 글에서 제기한 전기 소설과 원시 유학
적 세계관의 관련성 문제에 대해 말 그대로 문제 제기에만 그쳤을 뿐 좀
더 깊이 있는 논의가 되지 못했다는 점이다. 이에 대한 본격적인 논의가
요구된다.

1) 서론

몽유록(夢遊錄)에 관해서는 김태준의 책 이래 여러 고전 소설사에서 간단하게 언급되진 하였으나[1] 본격적인 연구는 장덕순에 의해 시작되었다.[2] 그는 몽유록을 하나의 양식으로 설정하려는 의도에서 그때까지 발견된 몽유록 작품들을 대상으로 당대(唐代) 전기 소설(傳奇小說)과의 관련성, 몽유록의 내용적 특질, 작가 문제, 몽자류 소설(夢字類小說)과의 이질적 측면 등에 대해 개략적인 논의를 펼쳤다. 이 논의는 몽유록 연구의 방향을 제시해 주었다는 점에서 매우 의의 있는 업적이었다. 그 후 <원생몽유록(元生夢遊錄)>의 작가 문제는 이가원, 황패강에 의해 재차 논의되었는데[3] 현재 학계 동향은 황태강의 임제설로 기울고 있다. 또한, 전기 소설

---

1) 김태준, 『조선소설사』, 학예사, 1939 ; 박성의, 『한국고대소설사』, 일산사, 1948 ; 주왕산, 『조선고대소설사』, 정음사, 1950 ; 신기형, 『한국소설발달사』, 창문사, 1960 ; 정주동, 『고대소설론』, 형설출판사, 1969.
2) 장덕순, 「몽유록 소고」, 『동방학지』4, 연세대 동방학연구소, 1959(『국문학통론』, 신구문화사, 1963에 재수록).

이나 몽자류 소설과의 비교 연구는 차용주에서 구체화되어 몽유록과 몽자류 소설이 서로 구분되는 유형적 특성이 추출되었다.4)

그러나 몽유록을 새로운 문제의식에 입각해서 논의하게 된 것은 서대석에 의해서이다.5) 그는 몽유록을 막연하게 서사 문학으로 취급하던 종래의 연구 태도를 반성하고 몽유록의 장르적 성격을 교술(敎述), 더 정확히는 허구적 교술 내지 서사적 교술 장르로 규정하였다. 이후 몽유록의 장르 규정 문제는 교술로 인정하는 쪽과 서사로 보려는 쪽이 서로 맞서 있어 아직 결론은 얻지 못한 상태이다.6) 또한, 정학성은 몽유록을 사회·역사적 시각으로 연구하여 이들 작품을 15~16세기 관료 정치의 모순과 이에 대한 사대부들의 좌절을 표출한 것으로 규정하였다.7)

이상의 연구 업적과 함께 이명선 이래 몽유록의 새로운 자료를 발굴하려는 시도도 꾸준히 있어 왔다.8) 그리하여 <사수몽유록(泗水夢遊錄)>의 이본인 <문성궁몽유록(文成宮夢遊錄)>이 발견되었고 <대관재몽유록(大觀齋夢遊錄)>이 소개되었으며 근래에 <금생이문록(琴生異聞錄)>이 추가로 발견되었다. 또한, <대관재몽유록>의 속편이라고 하여 <몽사자연지(夢謝自然志)>도 소개되었다.

이상의 몽유록 연구사를 살펴보면 대체로 실증적 연구, 주제적 연구, 유형적 연구 등 세 가지 연구 방법이 주종을 이루고 있다. 실증적 연구로

---

3) 이가원, 몽유록 작자 소고, 『국어국문학』 23, 1961 ; 황패강, 「원생몽유록과 임제문학」, 『한국서사문학연구』, 단대출판부, 1972.
4) 차용주, 「몽유록과 몽자류소설의 동이에 대한 고찰」, 『논문집』 3, 청주여사대, 1974.
5) 서대석, 「몽유록의 장르적 성격과 문학사적 의의」, 『한국학논집』 3, 계명대, 1975.
6) 김정자, 「몽유록 연구」, 이대 석사논문, 1977 ; 정학성, 「몽유록의 역사의식과 유형적 특질」, 『관악어문연구』 2, 서울대, 1977.
7) 정학성, 위의 논문.
8) 이명선, 「사수몽유록」, 『인문평론』 9, 1940 ; 김기동, 「문성궁몽유록」, 『시문학』 94, 1979 ; 장덕순, 앞의 논문 ; 홍재휴, 「금생이문록」, 『국어교육연구』 2, 경북대사대, 1971 ; 이원주, 「대관재의 몽기·몽사자연지 고」, 『한국학논집』 5, 계명대, 1978.

는 <원생몽유록>을 중심으로 한 작가 고증 및 이본 대시, 새로운 자료의 발굴, 작품 내용과 관련된 역사적 사건이나 인물에 대한 문헌 자료 검토 등이 주된 연구 과제였다. 주제적 연구는 몽유록의 내용적 측면에 대한 고찰로서 현실에 대한 불만, 이상향의 추구, 허무주의 등이 지적되었고, 이러한 내용을 시대 상황과 결부하여 논의하기도 하였다.

몽유록의 연구 방법에서 가장 중요한 비중을 차지하고 있는 것이 유형적 연구이다. 주로 몽유록을 몽자류 소설과 대비한다거나 몽유록 작품들만을 대상으로 유형 분류가 이루어졌다. 이러한 유형 분류는 그 자체로만 의의를 지니는 것이 아니라 장르 귀속 문제나 사회사적 의미 파악으로 이어진다.

그런데 몽유록 연구사에서 우선 문제로 지적될 수 있는 것은 몽유록의 유형적 특질에 대한 해명이 주로 몽자류 소설과의 관련 아래 이루어졌다는 점이다. 몽유록을 몽자류 소설과 대비하여 각각의 차이점을 드러내는 것도 필요하지만 몽유록을 몽자류 소설이 아닌 다른 장르종과 구분할 근거도 마련하여야 한다. 이 글은 몽유록의 변별적 특성을 찾아내려는 데 일차적 목적이 있다. 그러한 특성의 추출은 몽유록의 서술 구조를 분석함으로써 가능하리라 본다. 몽유록의 서술 구조가 일정한 유형성을 지니고 있음이 확인된다면 이를 통해 몽유록의 형성 과정과 구조적 변천까지도 추정할 수 있을 것이다.

다음으로, 몽유록에 대한 주제적 연구에서 몽유록이 지닌 시연(詩宴)의 측면에 대해서는 크게 주목하지 않았다는 것이다.9) 몽유록의 주제로서 현실 비판이나 이상향 추구 등이 언급되었으나 이런 요소만으로는 몽유

---

9) 몽유록의 시연을 '내적 화해'로 파악한 예(정학성, 앞의 논문, 291면, 294면)가 있으나 이 논자가 분류한 이념제시형에 속하는 작품들에서의 시연적 성격은 문제되지 못했다. 이 글은 몽유록 전체를 시연에 초점을 두고 살피고자 한다.

록의 실상을 온전히 파악했다고 볼 수 없다. 몽유록은 무엇보다도 시연의 성격이 가장 특징적이며 따라서 이 부분을 부각하여 몽유록을 재음미할 필요가 있기 때문이다. 이에 이 글은 몽유록의 작품 해석과 관련하여 시연의 의미를 강조하고 이러한 해석을 통해 몽유록 창작층의 의식을 해명해 보고자 한다.

2) 몽유록의 유형적 특성

몽유를 중심 모티프로 하는 이야기는 대체로 다음과 같은 기본 줄거리를 갖추고 있다.

> 어떤 사람이 잠이 들었는데 어느 이상한 곳에 이르러 이상한 경험을 하고 잠에서 깨어났다.

이러한 기본 줄거리는 몽유 양식에 속하는 모든 작품에 공통된 것이다. 그렇다면 이는 몽유록을 다른 장르종과 구별할 수 있는 근거가 될 수 없다. 문제는 입몽(入夢)과 각몽(覺夢)으로 둘러싸인 몽중 세계(夢中世界)에 있다.

몽유록의 몽중 세계가 다른 것들과 뚜렷이 구분되는 특징은 곧, '모임'으로 이루어졌다는 점이다. <원생몽유록>에서 몽유자(夢遊者)인 원자허는 꿈속에서 한 남자의 인도로 어느 정사(亭榭)에 다다르게 되는데 그곳에는 왕으로 보이는 사람을 위시하여 다섯 명의 신하가 모여 있었다. 이렇게 몽유자가 입몽하여 들어간 곳이 여러 인물이 모여 있는 장소라는 것은 모든 몽유록 작품에서 공통적으로 나타난다. 이러한 특성은 <강도몽유록(江都夢遊錄)>의 다음 대목에서 뚜렷한 표현을 얻고 있다.

그 노랫소리, 웃음소리, 통곡 소리는 부인네의 음성으로 그녀들은 모두 한곳에 모여 있었다. 선사가 괴이하게 여겨 가까이 가서 엿보니 죽 늘어서 있는 이들이 모두 여자였다. 어떤 이는 나이가 들어 머리가 희끗희끗했고 어떤 이는 젊어서 머리숱이 많고 짙어서 그 늙고 젊음은 얼굴을 보아 알 수 있었다. 선후를 가리지 않고 어지러이 앉아 있었는데 그 급박한 모양과 슬픈 기색은 이보다 더함이 없었다.[10]

'모두 한곳에 모여 있었다.[咸聚一處]'는 몽유록의 특성을 단적으로 드러내는 표현이다. 이때 몽유자는 모임에 동참할 수도 있고 단순히 방관만 하면서 모임이 전개되는 과정을 지켜볼 수도 있다.[11] 특히, 모임에 참석한 인물들이 역사상 실존했던 인물들이라는 것은 강조되어야 할 특성이다. 나아가 몽유록의 어떤 작품들은 단순히 역사적 인물을 모아 놓는 데 그치지 않고 가상의 왕국을 설정하기도 한다. <대관재몽유록>에서는 우리나라의 역대 이름 있는 문사들을 모아 최치원을 천자로 한 문장 왕국을 설정한다. <사수몽유록>에서는 소국(素國)이라 하여 공자를 정점으로 한 유교 왕국을 건설해 놓았다. 이들 작품에 설정된 가상의 왕국은 작가의 의도적인 창작에 의한 것이다. 여기서 시공을 초월한 역사적 인물을 한자리에 모아 놓는다는 모임의 성격이 더욱 분명히 드러나 있다.

이와 같이 몽유록은 모임을 가장 중요한 특성으로 하고 이를 통해 작가 의식을 표출한다. 그리고 대부분의 몽유록에서 이 모임은 연회(宴會)의 성격을 띠는데 주로 시연이 중심이 된다. 이러한 몽유록의 특성은 다른 몽유 양식에서는 찾기 어려운 것으로서 몽유록만의 특성이라고 하겠다.

---

10) <강도몽유록>, 101면, 其歌也其笑也其哭也 總是婦女 咸聚一處 禪師大異之 近而窺之 則列而成行 無非女子 而或紅顔已凋 白髮垂鬢 或靑雲未老 綠雲冷鬢 其老也其少也 從表可解 而莫念先後 亂坐高會 其蒼黃之態 悲愴之氣 不有矣.
11) 서대석, 앞의 논문, 2~7면은 이 점에 착안하여 몽유록을 방관자형, 참여자형, 주인공형으로 분류한 바 있다.

나아가 모임이 전개되는 과정이 일정한 유형성을 띤 서술 구조를 갖추었다는 점이 더욱 주목된다. 몽유록의 서술 구조를 추출하기 위해 <원생몽유록>을 분석해 보겠다.

> (1) 원자허에 대한 인물평.
> (2) 중추절 밤에 탁자에 의지하여 잠이 들다.
> (3) 한 강안에 이르러 불평한 시 한 수를 읊다.
> (4) 홀연, 한 남자가 나타나매 그를 좇아 어느 정사에 이르다.
> (5) 왕과 다섯 신하에게 예한 후 자리를 정해 앉다.
> (6) 고금흥망을 논하며 복건자(幅巾者)가 사군(四君)을 비난하자 왕이 옹호하다.
> (7) 왕이 금포를 풀어 술을 사오게 하다.
> (8) 왕을 위시하여 몽유자인 자허까지 돌아가면서 시를 읊다.
> (9) 한 기남자가 좌중에 뛰어들어 신하들을 꾸짖은 후 시를 읊다.
> (10) 벼락 치는 소리에 잠에서 깨다.

위의 순차 단락에서 (2)와 (10)은 입·각몽으로 몽유 양식의 공통된 서술 단락이다. (1)은 '어떤 사람이'에 해당하는 부분으로 몽유자의 인물 설정에 해당한다. 그리고 몽유자의 성격은 (3)에서 몽유자 자신이 읊는 시의 내용에 의해 다시 한 번 부연된다. 문제는 (4)~(9)의 몽중 세계가 어떻게 서술되어 있는가 하는 점이다.

(4)는 꿈속에 들어간 몽유자를 한 남자가 어느 누각으로 인도하는 대목이다. (5)는 모임에 참석하여 각각 자리를 정해 앉는 내용인데 이 좌정(坐定)의 부분은 위계질서가 잡혀 있어서 자리를 정하는 과정이 자세히 서술된다. (6)은 모임의 참석자들이 고금의 흥망을 논하는 중에 복건자와 왕 사이에 오간 대화로 되어 있다. 그 내용은 요순탕무(堯舜湯武)에 대한 비판과 변호로서 곧, 대화를 통한 토론(討論)의 부분이라 할 수 있다.

(7)은 (6)에서 벌어진 토론이 왕에 의해 진정되면서 조촐한 술자리가

마련되는 부분이다. 이렇게 술자리가 마련되면서 모임은 연회의 성격을 띠게 된다. 이어 (8)에서 모임에 참석한 사람 각자가 돌아가며 시를 지어 회포를 품으로써 연회 중에서도 시연(詩宴)의 양상으로 전개된다. 이 시연은 몽유자 원자허가 맨 나중에 읊는 시로써 일단 정리된다. 그런 다음 (9)에서 새 인물의 출현에 의해 돌발 사건이 일어나지만 이것은 더 이상 진전되지 않고 (8)의 시연에 흡수되어 버린다.

이상의 단락 분석을 통해 <원생몽유록>의 몽중 세계가 다음과 같은 서술 구조로 이루어져 있음을 알 수 있다.

① 입몽-② 인도 및 좌정-③ 토론-④ 토론의 진정 혹은 잔치의 배설-⑤ 시연-⑥ 시연의 정리-⑦ 각몽

이러한 <원생몽유록>의 서술 구조는 이 작품만의 특성인 것은 아니다. 위의 서술 구조에서 핵심적인 부분은 토론과 시연인데 이 두 요소는 몽유록 일반이 지닌 모임의 성격을 특징짓는 두 축이기도 하다. 물론, 작품에 따라서 토론이 강조되기도 하고 시연이 확대되기도 한다. <강도몽유록> 같은 경우는 아예 시연이 빠져 있다. 또한 어떤 작품에서는 시연이라기보다 일반적인 연회로 전개되기도 한다. 그렇지만 어느 경우라도 면밀히 관찰해 보면 몽유록의 몽중 세계가 지닌 모임의 성격이 토론과 시연의 상호 결합으로 이루어진 것임을 확인할 수 있다.

이에 <원생몽유록>에서 추출한 서술 구조를 중심으로 다른 몽유록 작품들을 분석하여 그 일반화 가능성을 보이기로 한다. 작품 하나하나에 대한 설명은 뒷장에서 이루어질 것이므로 여기서는 도표로 제시하여 번거로움을 피하기로 하겠다.

[표] 서술 구조를 중심으로 한 작품 분석

작품 ＼ 서술 구조	이전	①	②	③	④	⑤	⑥	⑦	이후
〈원생몽유록〉		○	○	○	○	○	○	○	
〈금생이문록〉		○	○	○	○	○	○	○	
〈달천몽유록〉		○	○	○	○	○	○	○	
〈피생명몽록〉		○		○	○			○	
〈강도몽유록〉		○	△	○				○	
〈몽결초한송〉		○	○	○	○			○	
〈사수몽유록〉		○	○	○	△	○	○	○	
〈금화사몽유록〉		○	○	○	△	○	○	○	
〈대관재몽유록〉		○		○				○	
〈안빙몽유록〉		○	○	△		○		○	

위의 도표에서 알 수 있듯이, 몽유록의 서술 구조에 완전히 부합하는 작품은 〈원생몽유록〉, 〈금생이문록〉, 〈달천몽유록(獺川夢遊錄)〉 등 세 편이다. 시연 단락이 약화되어 있거나 생략된 작품으로 〈피생명몽록(皮生冥夢錄)〉, 〈강도몽유록〉, 〈몽결초한송(夢決楚漢訟)〉 등 세 편이 있다. 또한, 〈사수몽유록〉과 〈금화사몽유록(金華寺夢遊錄)〉은 모임의 참석자들이 돌아가며 시를 읊는 장면이 서술되기는 하나 토론에 비해 비중이 작아졌다. 이에 이들 작품은 토론이 강화된 유형으로 분류할 수 있다. 이와 달리, 〈대관재몽유록〉의 경우 몽중 세계에서 몽유자 자신이 주인공이 되어 역대 문사들을 평하고 있는 것은 다른 작품에 보이는 토론의 방식과 차이가 있다. 〈안빙몽유록(安憑夢遊錄)〉의 경우도 토론과 시연이 순차적인 배열을 이루고 있지 않고 시연이 중심이 되고 토론은 그것에 부수된 양상이다. 이 두 작품은 몽유록의 일반적 서술 구조와는 다른 유형으로 이해된다.

이상의 논의를 종합하면 몽유록은 토론과 시연을 중심으로 몽중 세계가 전개되고 작품에 따라서 시연이 약화 혹은 생략되기도 한다. 이러한 서술 구조를 중심으로 몽유록을 유형별로 분류해 보면 다음과 같다.

- 토론과 시연의 순차적 서술 구조를 갖춘 작품군 : <원생몽유록>, <금생이문록>, <달천몽유록>
- 토론 단락이 강조되어 시연이 약화되거나 탈락한 작품군 : <피생명몽록>, <강도몽유록>, <몽결초한송>, <사수몽유록>, <금화사몽유록>
- 토론과 시연이 중심 내용이나 서술 방식이 예외적인 작품군 : <대관재몽유록>, <안빙몽유록>

3) 형성 과정과 유형적 변천

(1) 서술 구조의 측면에서 본 몽유록의 형성 과정

앞 장에서 고찰한 몽유록 서술 구조의 유형성은 몽유록의 형성 과정에 대한 탐색에 유효한 지표가 될 수 있다. 이에 몽유록과 인접된 몽유 양식으로서 몽유전기소설 및 몽기류를 서술 구조의 측면에서 비교하여 논하기로 하겠다.

① 몽유록과 몽유전기소설

당나라 전기 소설 중에서 <침중기(枕中記)>를 비롯하여 <남가태수전(南柯太守傳)>, <앵도청의(櫻桃靑衣)> 등은 몽유를 중심 모티프로 하여 창작된 작품들이다. 이들은 몽중 세계의 서술 구조가 유형적 공통성을 지니고 있는바 대표작으로 심기제의 <침중기>를 분석해 본다.[12]

---

12) 자료는 정범진 역, 『당대전기소설선』, 범학도서, 1979에서 취했다.

(1) 도사 여옹(呂翁)이 한단을 지나던 중 여관에서 쉬다.

(2) 마침 사냥을 나가던 노생(盧生)을 만나 담소하다.

(3) 노생이 신세 한탄을 하다가 여옹이 준 베개를 베다.

(4) 꿈속에서 최씨와 결혼하고 관로에 올라 벼슬이 점차 높아가다.

(5) 토번과 촉룡의 침입을 격퇴하다.

(6) 어사대부로 승진했으나 모략을 당해 자사(刺史)로 밀려나다.

(7) 다시 등용되어 재상으로서 어진 정치를 베풀다.

(8) 역모(逆謀)의 누명을 쓰고 귀양 가다.

(9) 복직되어 연국공(燕國公)에 봉해지다.

(10) 다섯 아들도 모두 입신하여 가문이 번창하다.

(11) 병이 들어 천자에게 소문(疏文)을 올리고 죽다.

(12) 잠에서 깨어나니 모든 것이 이전과 똑같았다.

(13) 이치를 깨우친 후 여옹에게 감사 인사를 하고 떠나다.

단락 (2)는 노생이 입몽하게 되는 계기를 마련해 주는 동시에 노생의 인물됨을 제시하는 부분이다. 그런 다음 (3)에서 노생의 입몽이 있게 된다. (12)는 각몽 장면이고 (13)은 각몽 후 몽유자의 처신에 대한 서술이다. 몽유자 노생이 꿈에서 깨어나 보니 황량(黃粱)이 아직 익지 않았더라는 것이나 노생이 인생무상을 절감하고 종적을 감추는 것이나 모두 작품의 주제와 연관된다. 이러한 주제 의식은 몽유록과 구별되는 것이다. 몽유록의 중심 내용은 토론과 시연이고 이를 통해 표현하려는 주제는 <침중기>에서 보이는 허무 의식과는 거리가 멀다. 몽유록에서도 각몽 이후 꿈의 허망함에 대해 탄식하는 대목이 더러 나타나나 몽유록의 주제에 영향을 줄 만큼 중요하지 않다. 오히려 상투적이라는 느낌이 강하여 부차적인 의미밖에 없다.

그런데 <침중기> 유형의 전기 소설과 몽유록이 구별되는 보다 중요한 점은 액자 내부에서 찾을 수 있다. 단락 (4)~(11)의 몽중 세계는 몽유자 노생의 일대기가 펼쳐지고 있다. 부침이 교차하는 파란만장한 일대기가 몽중 세계에서 전개되는 것이다. 다만, 출생과 성장 과정이 생략되었는바 이는 노생이 입몽할 당시의 나이와 지위가 그대로 몽중 세계로 이어지기 때문이다. 이러한 노생의 일대기를 '불완전한 일대기'라고 할 수 있다면 몽중 세계가 몽유자의 불완전한 일대기로 구성된 점은 <남가태수전>, <앵도청의>와 공통된다. 그러나 이 두 작품은 <침중기>에서처럼 죽음까지 서술되어 있지 않고 몽유자의 일생 중 부귀가 극에 달했을 때 각몽하는 점에서 조금 차이가 있다.

이 세 작품의 몽중 세계에서 펼쳐지는 불완전한 일대기에서 주목되는 점은 혼인(婚姻)과 전쟁(戰爭)이 일대기의 핵심적인 두 요소로 설정되었다는 것이다. 위에서 분석한 <침중기>의 순차 단락 중 (4)는 혼인, (5)는 전쟁이 서술된 단락이다. 입몽한 직후 노생은 당대 명문거족인 최씨 집안의 여자와 결혼한다. 이 결혼이 지닌 의미는 몽유자가 입신하게 되는 계기를 마련한 데에 있다. 이 점은 <남가태수전>에서 순우분(淳于棼)이 괴안국 공주와 결혼함으로써 부귀를 얻는다는 것과 유사하다. <앵도청의>에서 노자(盧子)가 입몽 직후 고모의 주선으로 정씨와 혼인하게 된다. 이와 같이 혼인은 몽유자의 일대기에서 매우 중요한 요소인 동시에 필수적인 과정이다.

전쟁 또한 몽유자의 일대기에서 중요한 요소로 작용한다. <침중기>에서 노생이 관직에 올라 급상승하는 계기가 되는 것이 전쟁이다. 반면, <남가태수전>에서는 남가 태수로서 부귀를 누리던 순우분이 몰락하는 계기가 된다. 두 작품에서 전쟁이 몽유자의 일생에서 차지하는 의미는 상반되지만 그것이 일대기의 핵심적인 과정인 것만은 분명하다. 다만, <앵도청의>에서는 전쟁 장면이 나타나 있지 않은데 이는 몽유자의 지위 상승이 매우 간략하고 기계적으로 서술됨으로써 나타난 생략이라고 생각된다. 이렇게 볼 때, 몽유자의 불완전한 일대기에서 혼인은 거의 필수적이고 전쟁은 다소 부수적이나 몽유자의 삶이 뒤바뀌는 계가가 된다는 점에서 중요하다고 할 수 있다.

요컨대, 몽유전기소설 중 <침중기> 유형은 몽중 세계가 몽유자의 불완전한 일대기로 구성되어 있고 이는 허무 의식의 주제와 밀접하게 관련되어 있다. 따라서 몽유록과는 단지 꿈을 액자로 한 액자 형식 즉, 작품의 구성 방식에서 유사하다는 점 이외에는 별다른 유사성을 찾기 어렵다. 그렇지만 몽유록 작품 중에서 이들 작품과 관계를 맺고 있는 것들이 있다. 앞에서 몽유록의 일반적 서술 방식에서 다소 예외적인 유형으로 분류했던 <대관재몽유록>과 <안빙몽유록>이 <침중기> 유형에 좀 더 근접한 성격을 보이고 있는데 이 점은 다음 절에서 다시 논의될 것이다.

한편, 당나라 전기 소설의 영향 아래 창작된 구우의 ≪전등신화(剪燈新話)≫와 이것의 영향을 받은 김시습의 ≪금오신화(金鰲新話)≫ 속에는 몽유전기소설로 분류될 수 있는 작품들이 들어 있다. ≪전등신화≫ 중에서 <수궁경회록(水宮慶會錄)>, <영호생명몽록(令狐生冥夢錄)>, <영주야묘기(永州野廟記)>, <용당영회록(龍堂靈會錄)> 등 네 편, ≪금오신화≫ 중 <취유부벽정기(醉遊浮碧亭記)>, <남염부주지(南炎浮州志)>, <용궁부연록(龍宮赴宴錄)> 등 세 편이 그것이다. 이들 작품의 몽중 세계는 몽유록과 마찬가지로 토론과 시연이 중심 내용으로 이루어져 있어서 위에서 살핀 <침중기> 유형과는 다른 유형적 공통성을 지닌다.

<영호생명몽록>은 강직산 선비인 영호선(令狐譔)이 지옥에 들어가 세상과 명부(冥府)의 처사를 논박하고 지옥을 두루 구경하며 현실의 비리를 풍자하는 내용이다. <영주야묘기>는 낡은 사당에 붙어 지나가는 길손을 희롱하는 백사(白蛇)를 필응상(畢應祥)이란 서생이 하늘에 고발하여 치죄하는 이야기이다. <남염부주지>의 몽중 세계도 박생이 지옥에 들어가 염마왕과 귀신에 대해 논하고 불공의 폐해를 비판하며 조선의 역대 변천

과정을 논하는 내용이다. 이들 작품은 몽중 세계가 토론이나 송사(訟事)의 내용이라는 점에서 몽유록과 유사하다. 그러나 몽유록처럼 등장인물이 실존 인물이 아니고 모두 허구적 인물인 점에서 근본적인 차이를 지닌다.

<수궁경회록>과 <용궁부연록>은 서로 유사한 내용인데 한 선비가 용궁에 들어가 상량문을 짓고 그 자리에 모인 여러 용왕들과 함께 돌아가며 시를 짓는 것이다. 이와 같이 두 작품의 몽중 세계에서 시연이 중심이 된다는 점이 몽유록과 공통된다. 그러나 이들 작품에 보이는 시연은 이계의 인물들에 의한 것이므로 몽유록처럼 역사적 인물들의 모임과는 구분된다. 따라서 이 두 작품에 나오는 시의 내용도 현실적 의미를 지니기보다 다분히 신비스런 분위기를 자아내는 내용이다.

이상의 작품들은 역사적 인물의 모임이라는 몽유록의 특성과는 차이를 보이지만 토론이나 시연이 몽중 세계의 주요 내용이 되어 있는 점에서 몽유록에 일정한 영향을 주었다고 생각된다. 그러나 이러한 영향은 작가 의식의 측면에서 영향을 주었다고 보기는 어렵다. 몽유록의 특성인 모임의 성격은 몽유록 창작층이 과거 역사를 돌이켜 보고 재구하려는 의도에서 나온 것인 반면 이들 <남염부부지> 유형은 허구적 작품 창작을 일차적 목적으로 하기 때문이다.

그런데 <용당영회록>과 <취유부벽정기>는 위의 작품들과 달리 실존 인물이 직접 등장한다거나 허구화되긴 했지만 역사적 사실과 관련된 인물이 등장한다는 점에서 몽유록에 아주 가깝다.

<취유부벽정기>에서 홍생이 만난 미인은 기씨(箕氏)의 마지막 왕의 딸로 되어 있다. 이는 작품 서두에서 고구려의 도읍인 평양을 서술하며 기자(箕子)를 언급하였고 또 홍생이 지은 시에도 기자묘(箕子廟)가 나오는 것으로 보아 작가의 의도가 반영된 것이라고 하겠다. 작품 전체에 흐르는 분위기가 과거 역사를 돌이켜 보며 감회에 젖는 것도 작가의 이러한 의

도를 짐작하게 한다.[13] 다른 한편으로 이 작품은 허구적 인물인 홍생에 초점을 맞추어 미인을 만난 후 연정을 품게 되고 마침내 병이 들어 상제의 부르심으로 세상을 뜬다는 내용이 서술된다. 이런 점은 이 작품이 몽유록과 달리 서사적인 전개에 중점을 둔 전기 소설임을 말해 준다.

그런데 <용당영회록>은 ≪전등신화≫에 실려 있기에 전기 소설로 분류되긴 했지만 모임의 성격이나 몽중 세계의 서술 구조면에서 몽유록에 부합하는 작품이다. 이 작품의 순차 단락은 다음과 같다.[14]

(1) 오강(吳江)의 용왕당에 대한 설명.
(2) 자술(子述)이 승천하는 백룡(白龍)을 보고 시를 읊다.
(3) 잠이 들었더니 사자(使者)가 와서 그를 용궁으로 안내하다.
(4) 용왕이 그를 맞이하고 범여, 장한, 육구몽, 오자서 등이 찾아와 합석하다.
(5) 오군이 범 상국을 꾸짖고 자신의 입장을 토로하다.
(6) 각각 자리를 정해 앉다.
(7) 돌아가며 시를 짓다.
(8) 좌석을 파한 후 배를 타고 돌아오다.
(9) 중류에 이르러 묘당에 절하고 떠나다.

이 작품의 몽중 세계는 (3)에서 인도의 과정이 서술되고 (4)에서 모임이 이루어진 후 (5)에서 토론이 펼쳐진다. 단락 (5)의 토론은 역사적 사실과 인물에 대한 오자서의 평가이다. (6)은 좌정에 해당하고 (7)은 곧 시연이다. 이 시연은 몽유자인 자술이 맨 나중에 그 자리를 정리하는 시를 읊는 것을 마무리되는데 이는 몽유록과 동일한 서술 방식이다. (8)이 각몽 단락에 해당한다. 이렇게 볼 때, 이 작품은 우리의 몽유록과 매우 유사한

---

13) 이상택, 「취유부벽정기의 도가적 문화의식」, 『한국고전소설의 탐구』, 중앙출판, 1981에서 이 점을 동이족의 도가 의식으로 파악하였다.
14) 자료는 이경선 역, 『전등신화』, 을유문화사, 1976에서 취했다.

것으로서 단지 용궁이 배경이고 용왕이 등장하며 주인공이 설정되어 있
다는 점에서 다소 차이가 날 뿐이다. 따라서 <용당영회록>은 몽유록의
서술 구조에 부합하는 구조로 이루어져 있다는 점에서 <남염부주지> 유
형의 작품에 비해 훨씬 몽유록과 가까운 관계에 있다고 하겠다.

② 몽유록과 몽기류

이규보의 <몽험기(夢驗記)>, 남효온의 <수향기(睡鄕記)>, 허균의 <주흘
옹몽기(酒吃翁夢記)>와 <몽기(夢記)>, 심의 <몽사자연지> 등은 제목에서
보듯이 꿈에 관한 기록이다. 이 작품들은 문집의 기(記)나 잡기(雜記) 혹은
잡저(雜著)란에 수록되어 있다. 여기서는 이들 작품을 통칭하여 '몽기류(夢
記類)'라고 부르겠다.

몽기류는 작자가 실제로 꿈을 꾼 후 그 꿈에 대해 서술한 것으로 몽유
록과는 작가 의식의 면에서 차이가 있다. 즉, 몽기류는 허구에 대한 인식
이 결여되어 있는 것이다. 이 점은 이규보의 <몽험기> 서두를 통해 알
수 있다.

> 꿈을 말함이 괴탄한 것 같으나 주나라 관리도 육몽(六夢)으로 점을
> 쳤으며 또한 오경(五經)이나 자(子)·사(史)에도 꿈을 말한 대목이 많으
> 니, 꿈이 진실로 효험이 있다면 꿈을 말하는 것이 어찌 해가 되리오.[15]

꿈 이야기가 괴탄한 것이라는 말은 지괴(志怪)나 전기(傳奇)가 괴탄하다
는 말과 비슷한 의미이다. 이 점에서 보면 이규보는 꿈 이야기가 지닌 허
구적 측면을 인식했다고 할 수 있다.[16] 그러나 이규보의 주된 논지는 '몽

---

15) 『동국이상국집(東國李相國集)』 25, 說夢似怪誕 然周官有六夢之占 又五經子史多皆言夢
　　夢苟有驗 說之何害歟.
16) 김현룡, 「고려몽유문학 고찰」, 『학술지』 25, 건국대, 1981, 11면에서 이 점을 강조하고

구유험(夢苟有驗)'에 있다. 꿈 자체를 이야기하는 것이 아니라 자신이 꾼 꿈이 실제 어떤 효험을 보였는지가 중요하다. 그래서 이 작품의 전반부에서 몽유 이야기가 서술되고 후반부에서 현실에서 이루어진 꿈의 징험에 대해 서술해 놓았다.

이러한 작가 의식은 허균에 있어서도 크게 다르지 않다. 입·각몽 장면의 묘사나 몽중 세계의 서술 내용이 몽유록에 뒤지지 않을 정도로 허구화된 <몽기>에서도 '어허, 내 꿈이 참인가 거짓인가. 모두 촛불을 불어 그 일을 멀리 하니 훗날의 효험을 기다리겠노라.'[17]라고 끝맺고 있다. 물론, 이 작품은 작가 허균의 허구에 대한 인식이 자신을 변호하는 작품 내용에서 중요한 역할을 하고 있긴 하다. 그러나 꿈이 지닌 현실에서의 징험을 염두에 두고 있다는 점에서 이규보의 의식과 별 차이가 없는 것이다.

이렇게 볼 때, 몽유록은 몽기류와는 작가 의식의 면에서 본질적인 차이를 지닌다. 몽기류는 한문학의 한 문체인 잡기류(雜記類)로 분류되는바 그 문체는 글자 그대로 잡다한 내용의 글을 한 범주로 묶은 것으로서 오늘날의 수필에 해당하는 장르이다. 몽기류는 잡문 또는 희필적인 성격을 지니고 있어 허구적인 이야기를 창작한다는 의도에서 쓰인 것이 아니다.

그런데 이러한 작가 의식의 차이점은 몽유록에 대한 몽기류의 일정한 영향이라는 측면에서 재음미될 필요가 있다. <원생몽유록>이 원호(元昊)의 문집인『관란유고(觀瀾遺稿)』「잡저」에 실려 있다거나 <대관재몽유록>의 원 제목이 <몽기>로 되어 있다는 사실은 몽유록이 잡기류와 일정한 관계 속에 있으며 몽기류를 창작했던 사대부층의 희필적인 창작 의식의 연장선에 놓일 수 있음을 시사한다.[18] 즉, 몽유록은 몽기류의 희필적인

<몽험기>를 몽유록의 전 단계로 보았다.
17)『성소부부고(惺所覆瓿藁)』19, 噫 其眞耶亦妄耶 函呼燭疏其事 以待他日之驗云.

성격을 어느 정도 지니면서 허구화된 문학 양식으로 발전했던 것으로 생각된다. 이러한 맥락에서 허균이 지은 두 편의 몽기는 주목되어야 한다. 이 두 작품은 연대상 몽유록이 한창 유행하던 16, 17세기에 창작된 것으로 동시대에 서로 다른 두 유형을 비교하여 그 유사성을 드러낼 수 있다.

〈주흘옹몽기〉는 작가가 친구인 주흘옹 유숙(柳潚)과의 교유에 얽힌 꿈 이야기이다. 주흘옹과는 20년 전 과장(科場)에서 처음 만났는데 서로 아주 친했다. 이따금 만나게 되면 매우 기뻐하면서 서로 간격을 두지 않았다. 최근에 서한에서 함께 지내면서 시담(時談)과 삼교(三敎)에 대해 이야기를 나눴는데 그는 불교를 음탕하다고 했다. 금년에 그는 토산으로 성묘 갔다가 단주의 민가에서 자다가 한 꿈을 얻었다. 그는 검은 옷 입은 사자에게 이끌려 큰 전각 아래 꿇리게 되었다. 잠시 후 전상에서 관을 쓴 사람이 주흘옹을 심문하였다. 옆에 섰던 관리가 나서서 "옹이 불교를 비방한 적이 없음은 그의 친구 허모가 압니다."라고 변호하자 옹도 동의하였다. 이어 동랑의 문에서 한 사람이 나오는데 곧 나였다. 전상에서 옹의 결백을 내게 묻자 나는 옹을 두둔했다. 이에 모두 석방되고 문을 나서자 잠에서 깨어났다. 각몽 후 꿈 이야기를 내게 해 주었다. 끝에 작가 자신의 꿈에 대한 논평이 덧붙여 있다.

이러한 이야기의 이 작품은 우선 서술 시점이 1인칭이며 몽중 세계에서도 사건을 관망하는 서술자로서 작가 자신과 사건에 휘말린 등장인물로서의 내가 분리되어 있다. 꿈 이야기를 작가의 체험을 서술한 것으로 여기는 몽기류의 일반적인 작가 의식을 여실히 보여 준다. 그러나 몽중 세계가 대화와 인물 묘사를 중심으로 전개되고 송사를 다루고 있다는 점

18) 〈대관재몽유록〉의 희필적인 성격을 작가의 희극적 관점에서 나온 것으로 보아 독자의 요구에 영합하는 통속적 취향으로 규정하기도 하였다(정학성, 앞의 논문, 284면). 그런데 희필은 독자를 의식하지 않고 작가의 개인적인 체험을 서술한 것으로도 볼 여지가 있다.

에서 몽기류에서 좀 더 발전한 모습을 보인다.

<몽기>는 대화와 묘사, 송사로 이루어진 몽중 세계를 좀 더 자세하고 수식적으로 표현한 작품이다. 서두에 기유세(己酉歲)라고 나오므로 1609년 경에 창작된 작품임을 알 수 있다. 중국 천자가 우리 임금(광해군)을 책봉하고 사신을 보내니 내가 도감관(都監官)으로서 영접하여 강상에서 십여 일을 머물렀다. 사월의 길한 밤에 꿈을 얻었는데 키가 훤칠한 두 사람이 옥제의 명으로 나를 이끌고 어디론가 데려갔다. 감았던 눈을 떠 보니 주옥으로 꾸민 큰 대궐이 있는데 '영소보전(靈霄寶殿)'이라 쓰여 있었다. 여러 선관, 선녀가 나열한 가운데 흰 비단옷을 입은 사람[소련자(素練者)]이 나와 "자부(紫府)의 선관이었던 자네가 세상의 곤궁함으로써 일찍이 상계에 노닐었음을 잊었더냐."라고 하며 말을 건넸다. 그리고 내게 도가서(道家書) 세 권을 준 후 나를 한 별원으로 데려가 그곳이 전에 내가 거했던 곳임을 일러 준다. 이어 내가 인간에 적강하게 된 이유를 설명하고 자신의 말을 못 믿겠으면 증명해 보이겠다고 하며 동서남북중의 각 방위를 쳐서 귀두를 부른다. 그리고 나와 인연을 맺고자 했던 위성군(魏成君)이란 선녀도 내 앞에 나타난다. 이렇게 확인시켜 준 소련자는 상계에 복귀할 것을 약속하고 내보낸다. 동문을 나오다가 종소리에 잠에서 깨어났다.

이러한 내용의 <몽기>는 사건을 자세하게 서술한 것이 특징이다.

4월의 길한 밤, 잠이 깊이 들지 않을 즈음에 키가 훤칠한 두 사람이 왔다. 그들은 머리에 금으로 아로새긴 자줏빛 네모난 관을 쓰고 몸에는 꽃을 수놓은 비단 옷을 입고 있었다. 둥근 옥사대(玉獅帶)와 끝 털이 파란 인끈을 매었고 명주실로 만든 신코 장식의 신을 신었으며 손에는 금번(金幡)을 쥐고 있었다. 내게 와 이르기를, "옥제께서 그대에게 봉래산의 식양(息壤)을 주셨으니 천문에 나아가 조명을 받으시오."라고 했다. 드디어 나를 장곡거에 태우고 눈을 감게 했는데 귓가로 들리는 바람 소리가 매우 빨랐다.19)

이것은 입몽 장면인데 비록 '불녕(不佞)'이라 하여 작가 자신이 몽유자가 되긴 했으나 사자의 인물 묘사나 이계로 인도되는 상황이 몽유록이나 전기 소설에 비해 뒤지지 않을 만큼 묘사가 치밀하다. 보통 몽기류에서 입몽은 '몽유(夢有), 몽견(夢見), 몽지(夢至)' 등과 같이 간략하게 표현된 점과 비교하면 상당히 진전된 것이다. 더욱이 줄거리를 요약하면서 제시했듯이 소련자가 나와 내게 건네는 말은 일반 고전 소설에서 주인공이 산중에 들어가 도사를 만났을 때 그 도사가 주인공에게 건네는 첫마디와 비슷한 내용이다. <홍길동전>을 지은 작가이고 보면 <몽기>에 보이는 묘사와 대화는 작가의 허구 의식과 표현 방식상의 세련됨을 보여 주고도 남음이 있다.

이렇게 허균이 창작한 두 편의 몽기는 비록 1인칭 서술의 한계를 벗어나지 못했으나[20] 사건 서술, 인물 묘사, 몽중 세계의 성격에 있어서 일반적인 몽기류에 비해 몽유록이나 전기 소설에 상당히 접근해 있음을 알 수 있다. 더불어 몽기류에서 몽유록으로 발전할 수 있는 소지가 충분히 마련되었음도 확인할 수 있다.

이러한 관점에서 심의의 <몽사자연지>의 중요성이 강조될 필요가 있다. 이 작품은 분량이 적고 작가의 경험을 서술하는 1인칭 시점을 사용하고 있는 점에서 몽기류에 속하지만 몽중 세계의 서술 구조면에서 몽유록의 전형적인 서술 구조와 상통한다.

---

19) 『성소부부고』 19, 四月之吉夜 就枕未熟 有二人頎而長 頂戴嵌金紫方冠 身被綉花錦襖 縮圓玉獅帶 而毛青綬 履以絲絇 手持金幡來 來導曰 帝命錫汝蓬萊山之息壤 其就天門膺詔 遂不佞於長轂車令閉目 耳邊聞風響甚駃.

20) 기본적으로 작가의 체험을 기록한 몽기류는 당연히 1인칭으로 서술된다. 다만, 허균의 <몽기>에서 1인칭은 다분히 허구적 자아지만 작가의 체험이란 측면을 배제하기는 어렵다. 몽유록에서 1인칭으로 서술된 <대관재몽유록>은 1인칭을 '신(臣)'으로 표현하고 있는데 '신'은 '여(余)'나 '불녕'과 같은 1인칭이기는 하나 왕국의 한 신하라는 뜻도 지닌 허구화된 1인칭이다.

(1) 내가 병으로 앓다가 낮잠이 들다.

(2) 청동(靑童)을 앞세우고 사자연(謝自然)이란 선녀가 내 방으로 찾아
오다.

(3) 선녀가 당대(唐代) 인물의 현우(賢愚)를 말해 달라고 하여 나는 이
하(李賀)를 칭찬하고 선녀를 매도한 시를 들어 한유(韓愈)를 비난
하다.

(4) 선녀가 나의 인물평을 칭찬하고 내게 신선주를 권하다.

(5) 내가 술잔을 받다가 선녀의 손가락을 스치다.

(6) 선녀는 나의 망념을 경계하고 나서 후일을 약속하다.

(7) 선녀의 요청으로 시를 읊다.

(8) 선녀는 승천하고 나는 잠에서 깨어나다.

위의 단락에서 뚜렷한 점은 단락 (3)의 인물평(人物評)과 (7)의 음시(吟詩)
이다. 그런데 이하, 한유에 대한 평가는 매우 단편적이며 음시에서 선녀
와 돌아가며 수창하지 않고 나 혼자 부른다. 이렇게 몽유록의 인물평(또는
토론)이나 시연에 비해 단순화되어 있긴 하지만 그 골격은 유지하고 있다.
한편, 단락 (4)~(7)은 조촐한 술자리가 베풀어진 것으로서 희극적이면서
도 재치 있는 염정의 묘사가 흥미롭다. 이 점은 작가의 독창성을 드러내
는 것이라 하겠다.[21]

이렇듯 <몽사자연지>는 '입몽-인도 및 좌정-토론-잔치의 배설-
음시-각몽'의 전개를 보여 주는바 묘사와 사건 서술이 보충된다면 몽유
록의 서술 구조로 발전할 수 있는 기본 틀을 갖추고 있다. 이런 까닭에
이 작품은 다른 몽기류 작품보다 몽유록과의 친연성이 뚜렷하다.

한편, 잡기류 혹은 서발류(序跋類)로 분류되는 문체의 하나로 '서(序)'가
있는데 이 중에 몽유시(夢遊詩)의 창작 동기를 서술하고 있는 작품들이 발

---

21) 이원주, 앞의 논문, 15면에서 이 부분을 들어 <몽사자연지>가 <대관재몽유록>보다
훨씬 짜임새 있고 덜 과장되고 이야기의 흐름이 자연스럽고 묘사가 치밀하다고 평가
했다.

견된다. 『어우집(於于集)』의 <행산기몽서(杏山記夢序)>나 『난설헌집(蘭雪軒集)』의 <몽유광상산시서(夢遊廣桑山詩序)>가 그런 작품이다. 그리고 문집의 서 항목으로 분류되어 있지는 않으나 『동국이상국집』에 수록된 시의 창작 동기가 설화집 『백운소설(白雲小說)』 제11화에 보인다. 이것도 서의 하나로 취급할 수 있다. 여기에 『백운소설』 제18화, 『추강냉화(秋江冷話)』 제1화는 다 꿈속에서 얻은 시에 얽힌 이야기로서 창작 의도는 다소 다르나 몽유 시화(夢遊詩話)로서 함께 언급할 수 있다.

몽유시의 서와 몽유 시화가 주목되는 이유는 몽유록의 서술 구조에 시연이 차지하는 비중이 크기 때문이다. 몽유록에서 토론이 진정된 후 모임의 참석자들이 돌아가며 시를 읊는 장면은 잡기류에 속하는 이 작품들과 일정한 관계를 맺고 있다. 이규보의 『백운소설』에 실린 몽유 시화를 검토하면 이 점이 확실해지리라 본다.

나는 꿈에 깊은 산속에 들어가 선녀대라고 불리는 곳에 이르렀다. 미인 6, 7인이 나를 맞이하여 앉히고 시를 청했다. 내가 시를 짓고 이어서 한 선녀가 시를 지었는데, 그녀의 시에서 압운이 틀렸음을 지적했더니 모두 박장대소하고 파몽하였다. 이 작품의 몽중 세계는 몽유자인 나와 6, 7명의 선녀가 시회(詩會)를 연 내용이다. 이 점에서 몽유록이 지닌 시연의 성격과 유사하다. 다만, 몽유록과 달리 시의 압운에 대해 관심을 쏟고 있는 점에서 그 창작 의도가 다름을 알 수 있다. 몽유 시화는 꿈속에서 얻은 시 자체를 중시하는 것이다.

이와 달리 서는 몽유록에 더욱 근접해 있다. 허난설헌의 <몽유광산산시서>가 특히 그러한데 『난설헌집』 「시부」에 <몽유광상산시>가 실려 있다.

    푸른 바다가 요해(瑤海)에 넘놀고

푸른 난새 채색 난새에 기대네.
연꽃송이 스물일곱 떨기
달밤 찬 서리에 떨어졌네.[22]

이 시의 창작 동기를 기술한 것이 「잡저」에 있는 <몽유광상산시서> 이다. 을유년(1585) 봄에 복을 입어 시댁에서 기거하고 있었는데 꿈에 바다 위의 산에 올라 보니 산은 모두 구슬로 되어 있고 구슬 샘물이 흘러 내렸다. 스무 살쯤 된 두 여자가 오더니 나를 이끌고 산 정상에 올랐다. 바다가 훤히 트여 있었고 해가 막 솟아올랐다. 봉우리에는 큰 연못이 있는데 연꽃은 시들어 있었다. 두 여자의 부탁으로 한 수 시를 지었더니 그들은 내 시를 선어(仙語)라고 칭찬하였다. 이윽고 붉은 구름이 봉우리에 떨어지는 소리에 놀라 잠에서 깨어났다. 두 선녀의 부탁으로 지은 시가 위에 보인 <몽유광상산시>이다.

이 글은 몽유 시화처럼 몽중 세계가 시회나 시 자체에 대한 관심만으로 전개되지는 않는다. 몽유자인 내가 선계의 하나인 광상산을 두루 구경하는 이야기가 나오는 것이다. 이러한 내용이므로 시가 생략되어도 서 자체로 하나의 독립된 작품을 이루게 될 것이다.

여기서 몽유록에 보이는 시연 혹은 음시 단락과 몽기류와의 상관성을 생각해 볼 수 있다. 『백운소설』에 실린 이규보의 몽유 시화와 허난설헌 의 <몽유광상산시서>는 서로 다른 방식으로 몽유 모티프와 시의 결합 양상을 보여 주고 있다. 전자는 시화인 만큼 몽유 모티프는 시에 부수된 다. 후자는 몽유를 중심 모티프로 한 허구적인 이야기 속에 시가 결합된 다. 몽유 시화에서 시의 중심 위치가 약화되면서 서사적 이야기가 덧붙

---

22) 문경현 편역, 『허난설헌전집』, 보연각, 1972, 370~371면, 碧海侵瑤海 靑鸞倚彩鸞 芙蓉 三九朶 紅墮月霜寒.

여진다면 몽유록에 가까운 양식이 되리 수 있다. 또한, 서에서 꿈 이야기에 몽유록의 특징이 모임의 성격이 부가된다면 몽유록에 근접하게 될 것이다. 이와 반대로 몽유록에서 시연이 강조된 것은 몽유 시화와 비슷한 작가 의식을 보이는 것이라 할 수 있고 <피생명몽록>처럼 서사적 이야기가 전개되는 중에 시가 삽입되는 경우는 서와 연관된다. 이렇게 본다면 몽유록의 서술 구조에서 시연 단락은 몽기류 중에서도 몽유 시화와 서에 관련된다고 하겠다.

③ 몽유록 서술 구조의 형성 과정

앞에서 필자는 몽유록의 서술 구조를 추출하고 그것을 몽유전기소설과 몽기류와 비교하여 상호 공통점과 차이점을 살펴보았다. 이상의 논의를 토대로 몽유록의 형성 과정을 추정해 보기로 한다. 이 문제에 대한 기존의 논의는 대체로 두 방향에서 접근하고 있다. 곧, 근원 설화를 탐색하는 경향과 시대적 소산으로 보는 경향이다.

장덕순은 몽유록의 내용적 기원을 중국의 설화집인 『수신기(搜神記)』에서 찾고 있으며 <침중기> 등 전기 소설과의 내용적 유사성도 지적하였다. 이렇게 몽유록의 기원을 중국의 몽유 설화나 전기 소설에서 찾으면서도 내용상의 유사성은 영향의 수수의 결과라기보다 꿈이라는 공통성에서 오는 우연한 일치임을 강조하였다.[23] 이 같은 근원 설화의 탐색은 차용주에 의해 구체화되어 <양림옥침몽(楊林玉枕夢)> 등의 몽유 설화를 들어 분석하고 있다. 그러나 그도 지적했듯이[24] 몽자류의 근원 설화와 몽유록의 그것이 동일할 수 없다는 점이 난점이다. 즉, 입·각몽만 갖추면 몽유록의 근원 설화로 간주할 여지가 있는데 이는 몽유록의 몽중 세계가

---

23) 장덕순, 앞의 논문, 285~286면.
24) 차용주, 앞의 논문, 21면.

지닌 특성과는 전혀 별개의 문제로서 몽유 양식 일반에 해당하는 근원 설화일 뿐이다. 따라서 몽유록의 근원 설화를 찾는 일은 몽유 양식 일반의 그것을 찾는 것과 구분되기 어렵기 때문에 몽유록의 직접적인 원천으로 간주할 만한 근원 설화를 제시할 수 없게 된다.

한편, 몽유록을 특정 시대의 특정 상황에 결부하여 그 발생을 살피려는 경향이 있다. 서대석은 몽유록의 발생에 대해 직접 언급하고 있지는 않지만 몽유록을 교술 장르로 보면서 사실과의 관계를 중요시하는 태도를 보여 준다.[25] 정학성은 좀 더 분명히 몽유록을 시대적 소산으로 본다. 몽유록이라는 특이한 유형의 작품들이 특정 시대에 왜 창작되고 유행하였는가 하는 문제를 제기하고, 몽유록은 역사적 모순이 심화되던 조선 중기, 양반 관료 사회라는 특정 사회·역사적 배경과 이에 대응하는 사대부들의 고유한 문화 의식, 문예 전통의 소산이라고 하였다. 여기서 사대부들의 문예 전통으로 우언(寓言)을 들고 있다.[26] 이러한 주장은 몽유록의 내용적 특성에 주목한 것으로 타당성이 인정되지만 문학 자체의 양식사적 변모, 발전의 측면도 아울러 고려해야 하리라 본다. 몽유록에 담긴 내용이 역사적 사건과 직접 관련되어 있긴 하지만 역사적 사건을 어떤 형식을 통해 형상화하였는가 하는 점을 무시해서 안 되기 때문이다.

이상의 두 방향을 종합하여 정리한 것이 김정자의 논문이다. 그는 몽유록의 출현 동인을 세 각도에서 정리하고 있다. 몽유록의 환몽 구조는 당나라 전기 소설과 ≪금오신화≫에서 배태되었고 몽유록이 지닌 교술성은 몽유록의 전 단계에 유행했던 가전체의 교술성을 이어받은 것이며 시대적으로 몽유록은 난세(亂世)의 산물로 보았다.[27] 이 글은 이상의 논의

---

25) 서대석, 앞의 논문, 15~27면.
26) 정학성, 앞의 논문, 278~296면.
27) 김정자, 앞의 논문, 74~89면.

를 수렴하는 한편 몽유록의 몽중 세계에서 추출한 서술 구조의 유형성 및 다른 장르종과의 관계를 통해 몽유록의 형성 과정을 추정하기로 한다.

몽유록은 전기 소설이나 몽기류와 일정한 관계를 맺고 있다. 몽유전기 소설과의 비교를 통해 드러난 바와 같이 몽유록은 <침중기> 유형과는 거리가 멀다. 몽유록을 전기 소설과 관련지으려면 이 글에서 설정한 <남염부주지> 유형을 상정해야 한다. <남염부주지>와 <영호생명몽록>에 보이는 토론, 송사의 양상은 몽유록에 영향을 주었으리라 보며 <용궁부연록>과 <수궁경회록>의 시연도 몽유록의 서술 구조를 이루는 데 한 원천이 되었으리라 생각된다. 그러나 무엇보다도 작가 의식이나 서술 구조에서 몽유록의 직접적인 원천이 된 것은 <취유부벽정기>와 <용당영회록>이다. 역사적 인물이 등장하여 자신의 내력을 밝히거나 역사적 사실을 놓고 토론을 벌이는 내용, 토론이 있은 후 시회를 여는 것은 몽유록의 서술 구조와 직접 연관될 수 있다. 이에 몽유록의 원천으로 ≪금오신화≫와 ≪전등신화≫를 꼽을 수 있다.

한편, 몽유록은 사대부가 쓴 수필이라고 할 수 있다. 사대부의 한문학적 소양, 사서(史書)를 통한 역사 지식 등이 몽유록 산출의 배경이 된 점을 무시할 수 없다. 이 점에서 몽유록은 한문학 문체의 하나인 잡기류와도 관련되리라 보며 몽기류와의 비교도 타당하리라 생각한다. 몽기류는 작가의 허구적인 창작 의식보다는 작가 자신의 꿈 체험을 글로 옮긴다는 정도의 의미로 창작된 까닭에 작가 의식의 측면에서 몽유록과는 일단 구분된다. 그러나 허균의 <주흘옹몽기>와 <몽기>는 허구화된 면이 강할 뿐더러 몽중 세계도 각각 토론과 송사의 내용으로 되어 있다. 또한, 이규보의 몽유 시화와 허난설헌의 <몽유광상산시서>에서는 몽유 모티프와 시의 결합 양상을 보여 준다. 이러한 몽기류 작품들의 몽중 세계는 몽유록으로 발전할 가능성을 지니고 있다. 더욱이 심의의 <몽사자연지>는 서술과 묘사가 간략하긴 하지만 몽유록 서술 구조의 골격을 갖추고 있다는 점에서 몽기류에서 몽유록으로의 발전 가능성을 입증해 준다. 물론, 몽기류는 어느 한 시대의 산물이 아니다. 한문학의 문체로 개인 문집의 기(記), 지(志), 서(序), 잡저(雜著) 항목에 수록되어 조선 말기까지 지속적으로 창작되었다. 그런데 바로 이 점이 몽유록 형성의 한 요인이 될 수 있었다고 본다. 몽유록은 어디까지나 사대부의 문학이었으며 사대부적 취향의 소산이기 때문이다.

요컨대, 몽유록은 전기 소설인 ≪금오신화≫에서 직접적인 영향을 받아 서술 구조가 이루어진 것이지만 사대부의 한문학적 교양을 배경으로 몽기류의 지속적인 창작이 일정한 영향을 끼쳐 이루어진 장르라고 하겠다. 이렇게 몽유전기소설과 몽기류의 영향 아래 형성되어 독특한 서술 구조를 갖춘 몽유록은 작가 의식이 역사적 사건 및 인물의 평가에 있었기 때문에 모임의 성격이 한층 강화되었다고 생각된다.

(2) 몽유록의 유형적 변천

몽유전기소설과 몽기류의 영향으로 형성된 몽유록은, 앞 장의 분류처럼 서술 구조의 면에서 세 유형으로 나누어진다. 세 유형은 몽유록의 역사적 전개 양상을 이해하는 데 매우 유효하다. 아래에서 몽유록의 세 유형을 그 사적 전개와 연관하여 살펴보고자 한다.

① 당나라 전기 소설의 영향 안에 있는 유형

앞 장에서 분류한 것 중에 <대관재몽유록>과 <안빙몽유록>은 몽유록의 공통된 서술 구조에서 이탈한, 다소 예외적인 작품군을 이룬다. 그런데 다른 작품들은 몽유전기소설 중 <남염부주지> 유형과 관련되는 데 비해 이 둘은 <침중기> 유형과 관련되어 있다. 바로 이 점이 이들을 예외적으로 만든 요인이 되었다고 본다.

<대관재몽유록>은 대관재 심의가 1529년에 지었다. 이 작품의 원천으로 『태평광기(太平廣記)』의 <숭악가녀설화(嵩岳嫁女說話)>를 들어 디테일의 유사점을 찾은 연구가 있다.[28] 그러나 세부 묘사의 유사성보다 몽중 세계의 사건 전개 과정상의 영향 관계에 대한 논의가 필요하다. 이런 점에서 보면 <대관재몽유록>은 확실히 <침중기> 유형과 관련된다.

(1) 입몽하다.
(2) 박은을 통해 최치원 천자의 왕국을 소개받다.
(3) 금자광록대부라는 벼슬을 제수받다.
(4) 박은이 충고하다.
(5) 장옥란과 혼인하다.
(6) 규벽부에서 진화, 정지상과 함께 집무하다.
(7) 몽유자와 천자가 시론을 펼치다.
(8) 김시습의 난을 평정하다.
(9) 안동백에 봉해지고 부귀가 극에 달하다.
(10) 최치원 천자가 당나라 천자 두공부의 초청으로 옥루에 오르다.
(11) 탄핵을 받고 아내를 남겨둔 채 각몽하다.

이 작품이 다른 몽유록과 구별되는 특징은 몽유자가 몽중 세계에서 주인공으로 활동한다는 점이다.[29] 또한, 출생과 죽음이 배제된 일대기적 전개를 보인다는 점도 지적되었다.[30] 이러한 두 가지 특징은 이 작품을 <침중기> 유형과 비교할 만한 근거를 마련해 준다.

위에 제시한 순차 단락 중 (5)는 몽유자가 장옥란과 혼인하는 부분이다. (8)은 김시습의 반란을 평정하는 대목이고 그 대가로 (9)에서 안동백

28) 김현룡, 『한중소설설화 비교연구』, 일지사, 1976, 236~245면.
29) 서대석, 앞의 논문, 6~7면.
30) 윤해옥, 「대관재기몽에 나타난 우언의 문학적 형상」, 『연세어문학』 13, 1980, 100면.

의 지위에 오르게 된다. 이러한 전개는 <침중기> 유형과 유사한 양상이다. <침중기>, <남가태수전>에서 혼인과 전쟁은 몽유자의 일대기에서 거의 필수적인 요소인데 <대관재몽유록> 역시 장옥란과의 혼인과 김시습의 난을 평정하는 전쟁이 사건 전개에서 주요 단락을 이룬다. 더욱이 전공으로 신분이 상승하고 일가가 부귀영화를 누리게 되는 것은 <침중기>와 유사한 내용이다. 이와 함께 각몽 이후 인생에 대한 허무감을 표출하는 것도 <침중기> 유형의 주제와 상통한다.

이렇듯 몽중 세계가 당나라 전기 소설의 영향을 받은 <대관재몽유록>이 작가 의식의 면에서는 차이가 난다. 곧, 작가 심의는 이 작품을 통해 우리나라의 역대 문사들에 대한 평가를 시도하고 있는 것이다. 위 단락 중 (6)은 줄거리상으로 결혼 후 관청에 나가 집무하는 부분이지만 작가 의식의 면에서 본다면 자신을 포함한 역대 문사들에 대한 평가의 성격을 띠고 있다.

> 관청 앞에 당도하니 지인(知印) 한 사람이 있었는데 말을 할 때 머리와 발을 흔들어대며 경박한 거동이 무쌍했다. 누군지 물으니 사문 변계량이라고 하였다. 또 서리 한 사람은 키가 장대 같고 옛사람의 모습을 하여 마치 불가에서 말하는 존자의 모습 같았는데 그가 유호인이었다. 내가 말하길, "변 사문의 '암향부지유교춘(暗香浮地柳橋春)'이나 유 사문의 '발모추공소엽엽(髮毛秋共蕭葉葉)'이란 시구는 도리어 천박한 류가 아니겠소."라고 하자, 진(陳)·정(鄭) 두 학사가 말하기를, "이런 시구에는 한기(寒氣)의 모습은 있으나 의외로 맛이 없으니 그런 수치를 받는 것이 마땅합니다." 하였다.31)

---

31) <대관재몽유록>, 120~121면, 當廳前 知印一人 言發搖頭動足 輕躁無雙 問之乃斯文卞季良也 胥吏一人 長身古貌 如佛家所謂尊者像 問之乃兪好仁也 臣曰 卞斯文有暗香浮地柳橋春 兪斯文有髮毛秋共蕭葉葉 有此等句 反爲賤流耶 陳鄭兩學士曰 此等句有寒氣相 意外而無味 宜受其恥.

인용문은 심의가 집무처인 규벽부로 가는 도중에 변계량과 유호인을 보고서 진화와 정지상에게 그들에 대한 평가에 동의를 구하는 장면이다. 변·유 두 인물에 대한 묘사도 작가의 선입견 혹은 평가와 결부되어 있다. 이러한 작가 의식은 작품 전반에 걸쳐 드러나는데 이것은 몽유록 일반이 지닌 모임의 성격에서 연유한다. 역사적 인물들을 한자리에 모아 왕국을 이루어 놓은 창작 의도 자체가 이미 인물평에 기초를 둔 것이다.

이런 점에서 <대관재몽유록>은 <침중기> 등 당나라 전기 소설의 영향을 받아 몽중 세계에서 전개되는 이야기의 기본 구성을 갖추었으나 작가 의식에서는 모임의 성격을 띤 몽유록과 동질적이라 하겠다.

<안빙몽유록>은 위와 같은 면에서 <대관재몽유록>과 유사하다. 특히, 이 작품은 전기 소설 중에서 <남가태수전>과 밀접하게 연관되어 있다. 안빙은 과거에 여러 번 낙방하여 자기 집 뒤뜰에 명화 이초(名花異草)를 가꾸며 한가롭게 지내고 있었다. 스스로 말하기를, "세상에 전하는 괴안국 이야기는 매우 허황하고 괴이한 것이다."32)라고 하였다. 이러한 서술에서 드러나듯이 입몽의 계기가 괴안지설을 허황하다고 말하는 데 있다. 괴안지설이란 곧 <남가태수전>의 이야기를 이르는 것이다.

<안빙몽유록>과 <남가태수전>의 관련성은 여기서 그치지 않는다. <남가태수전>에서 순우분은 꿈에 괴안국으로 가 그 나라의 공주와 결혼하고 남가 태수가 되어 부귀를 누리다가 단라국의 침입을 받는다. 그런데 각몽 후 자신이 꿈꾼 세계가 자기 집 마당에 있는 괴목 밑에 서식하는 개미의 세계였음을 하나하나 확인하는 내용이 이어진다.33) 이렇게 몽중 세계를 현실에서 확인하는 것이 <남가태수전>의 특징인데 <안빙몽

32) <안빙몽유록>, 3면, 世傳槐安之說 甚誕吁亦怪哉.
33) 이러한 후반부의 내용으로 인해 <남가태수전>은 <침중기>, <앵도청의>와 달리 『태평광기』의 몽유 항목이 아닌 곤충 항목에 수록되어 있다.

유록>에서도 이와 같은 확인 과정이 서술되어 있다. 안빙이 각몽을 한 후 자신이 겪은 몽중 세계가 자기 집 뒤뜰에 가꾸어 놓은 꽃밭의 세계였음을 확인하는 내용이 후반부를 이루는 것이다.

이와 같이 <안빙몽유록>은 <남가태수전>의 영향을 받고 있음이 확실하다. 그렇지만 몽중 세계는 <남가태수전>과 달리 일대기로 구성되어 있지 않고 시연의 성격을 지닌 모임으로 이루어진 점에서 구분된다. 안빙이 꿈속에 이른 나라는 요(堯)의 아들 단주(丹朱)의 후예가 지배하는 곳이다. 여기서 이부인과 반희를 비롯하여 조래선생, 수양처사, 동리은일, 옥희, 주씨 등의 중국 역대 인물이 모여 한바탕 시연을 연다. 이는 몽유록 일반의 시연이 지니는 성격과 유사하다. 그런데 이 시연은 참석자 모두 돌아가며 시를 읊고 나면 왕이 한 사람씩 그 행적에 대해 평하는 방식으로 전개된다. 이러한 방식은 몽유록의 서술 구조를 갖추기 이전의 것이라 생각되는 한편 당나라 전기 소설의 영향에서 벗어나지 못한 것이라고 생각된다.

이상에서 살펴본 <대관재몽유록>과 <안빙몽유록>은 당나라 전기 소설의 영향 아래 창작되었기 때문에 몽유록의 일반적인 서술 구조와는 구분되는 특성을 지닌다. 그러나 작가 의식과 연관된 모임의 성격을 드러내고 있는 점에서 전기 소설과 차이가 있다. 이러한 작품들로 인해 전기 소설의 영향에서 몽유록이 형성되었다는 이 글의 추정이 설득력을 갖는다고 본다.

② 전형적인 서술 구조를 갖춘 유형

앞 장에서 분석한 <원생몽유록>을 위시하여 <금생이문록>, <달천몽유록> 등 세 편은 동일한 서술 구조를 지닌 몽유록의 전형이라고 할 만하다. 먼저 <금생이문록>을 살펴보기로 하자.

(1) 봉산도사에게 가야금을 배워 호를 금생(琴生)이라고 하다.

(2) 항상 원유지지(遠游之志)가 있어 청구(靑丘)의 명승고적을 역람하다.

(3) 영남에 이루러 시를 짓고 나서 책을 베고 눕다.

(4) 어느 유한한 곳에 이르러 한 서생의 인도로 '청풍입나지문(淸風立儒之門)'이라고 쓴 대문 안으로 들어가다.

(5) 네 선생이 금생의 원유함에 대해 비판하다.

(6) 정 시중과 네 장로, 두 처사가 합석하다.

(7) 정 상공이 도에 대해 논하다.

(8) 각각 위계를 따져 자리를 잡고 앉다.

(9) 참석자들이 돌아가며 시를 읊다.

(10) 금생이 마지막으로 정몽주, 네 선생, 네 장로를 기리는 시를 읊다.

(11) 모두 흩어지고 닭이 울어 잠에서 깨어나다.

(12) 잠자던 근처에 네 선생의 위차가 모셔진 사묘가 있었다.

이상의 순차 단락을 <원생몽유록>과 비교해 보면 동일한 구조임을 알 수 있다. 단락 (1), (2)는 몽유자 금생에 대한 인물 설정이다. (3)의 입몽이 있은 후 (4)는 인도되는 장면이다. 한 서생에 의해 인도되어 간 곳에 네 선생 곧, 길재, 김종직, 정붕, 박영이 모여 있었다. 금생과 네 선생의 대화가 있은 후 정 시중 곧, 정몽주가 찾아오고 이어 네 장로와 두 처사가 참석한다. 이 과정이 (6)과 (8)에 서술되어 있다. 그리고 (5)와 (7)이 토론 단란, (9)사 시연 단락이고 (10)이 시연을 정리하는 단락이다. 이렇듯 <금생이문록>은 <원생몽유록>과 마찬가지로 '입몽─인도 및 좌정─토론─시연─시연의 정리─각몽'의 순차적 서술 구조를 지니고 있다.

<달천몽유록>도 이와 같은 서술 구조로 이루어져 있다.

(1) 파담자(坡潭子)가 호서 지방을 암행하다가 지난 전쟁(임진왜란)을 회상하며 시를 읊다.

(2) 한가한 중에 베개에 기대어 잠이 들다.

(3) 큰 나비의 인도로 한곳에 이루러 질풍노호에 놀라 숲 속으로 몸

을 숨기다.

(4) 여러 귀신이 한바탕 통곡을 하면서 노래를 부르다.

(5) 파담자가 숨에서 나오자 뭇 귀신이 그의 시를 칭찬하다.

(6) 한 병졸이 신공(申公)을 비난하다.

(7) 신공이 스스로를 변호하고 자신의 처지를 한탄하다.

(8) 일 대군이 와서 각각 자리를 잡고 앉다.

(9) 잔치를 벌이고 각자 돌아가며 시를 읊다.

(10) 장군의 요청에 파담자가 마지막으로 시를 짓다.

(11) 잡귀들이 원균을 희롱하는 것을 보고 껄껄 웃다가 잠을 깨다.

(12) 몽중 인물의 관작과 성명을 기록하다.

(13) 그들을 추모하는 제문을 짓다.

위의 순차 단락에서 (1)의 몽유자 인물 설정은 입몽 후 모임에 참석하게 되는 계기가 되어 (5)와 연결된다. (3)에서 나비의 인도를 받아 역사적 인물의 혼령이 모인 자리에 참석한다. (6)과 (7)은 신립이 전쟁 중에 했던 처사에 대해 비판하고 이에 대해 신립 자신이 변명하는 토론의 단락이다. (8)에서 좌정하여 (9)의 시연이 벌어지고 (10)에서 시연이 정리된 후 (11)에서 각몽한다. <원생몽유록>과 비교해 볼 때, 단락 (8)의 좌정 부분이 토론과 시연의 사이에 있고 (11)과 같이 시연이 정리된 후 약간의 사건이 발생하는 점 등에서 변화가 보인다. 그러나 토론과 시연을 주축으로 순차적 서술 구조를 갖춘 점에서 <원생몽유록>, <금생이문록>과 같다고 할 수 있다.

세 작품은 연대상 비슷한 시기에 나왔다. <원생몽유록>의 창작 연대를 1568년 또는 1577년으로 본다면 1591년 최현(崔晛)이 지은 <금생이문록>, 1600년 윤계선(尹繼善)의 <달천몽유록>과 함께 세 작품 모두 16세기 말에 나왔다. 이렇게 동일한 서술 구조를 지닌 작품들이 동시대에 몰려 있다는 것은 이때가 몽유록의 전성기로서 정형화된 구조를 완성했던 시기였음을 말해 준다. 또한, 이 시기는 ≪금오신화≫가 나온 15세기 중반에서 <구운몽>이 창작된 17세기 말의 중간 시기로 전기 소설의 몽유 모티프가 몽유록을 거쳐 몽자류 소설로 나아갔다고 하겠다. 따라서 16세기 말은 몽유 양식이 전기 소설을 거쳐 본격적인 장편 소설로 발전하는 과정에서 몽유록의 전형적인 서술 구조가 완성된 시기라는 점에 소설사적 위치를 확보하게 된다. 이런 점에서 <원생몽유록>, <금생이문록>, <달천몽유록> 등 몽유록의 전형적인 작품들이 지닌 소설사적 의의는 높이 평가되어야 할 것이다.

③ 서술 구조의 균형이 깨어진 유형

몽유록의 전형적인 서술 주고는 토론과 시연이 순차적으로 전개되는 것인데 토론보다는 시연이 좀 더 부각된다. 그런데 <강도몽유록>, <피생명몽록>, <몽결초한송>, <금화사몽유록>, <사수몽유록> 등 다섯 편은 토론 단락이 훨씬 강화되어 <강도몽유록>같이 시연이 아예 탈락되기도 한다. 이런 현상은 몽유록 서술 구조의 후대적 변모로 이해된다. 몽유록의 전형적 서술 구조가 완성된 시기를 16세기 말로 볼 때 이 다섯 편은 그 후에 나왔으리라 생각되기 때문이다.

<강도몽유록>은 적어도 병자호란 이후 곧, 1636년 이후에 나온 작품이다. <피생명몽록>은 문면에 '往在壬辰……十年于玆矣'라고 나와 있으므로 임진왜란이 끝난 후 10여 년이 지난 시기로 추정된다. <금화사몽유록>은 등장인물이 명나라 초까지의 인물만 나온 점을 들어 창작 연대를 조선 초기라고 해 놓기도 하였다.34) 그 밖에 <사수몽유록>과 <몽결초한송>은 한글본만 남아 있는 점으로 보아 훨씬 후대의 작품으로 생각된다.

---

34) 차용주, 「금산사몽유록 고」, 『논문집』 2, 청주여사대, 1973, 56면.

<강도몽유록>은 강도 함락이라는 역사적 사건에 연루된 열네 부인의 비난과 한탄으로 몽중 세계가 서술되어 있다. 한 사람씩 돌아가며 자신들이 겪은 전쟁의 참상과 억울한 죽음을 하소연하고 무능한 남자들에 대해 비난한다. <피생명몽록>은 오장(誤葬)의 문제를 놓고 이헌과 김검손의 혼령이 피생의 꿈에 나타나 서로 다투는 내용이다. 송사의 성격을 띤 이 토론은 피생에 의해 중재되고 이어서 오장을 한 장본인인 이극신에 대한 인물평이 개진된다. 이 작품은 토론 중심으로 전개되긴 하지만 작품 후반부에 가서 이헌이 자기 아들 극신에 대해 논평한 후 자신의 심정을 시로써 술회하는 대목이 삽입되어 있다. 음시(吟詩)의 형태로나마 시연 단락을 지니고 있는 것이다. <몽결초한송>도 송사의 성격을 띤 토론이 전개되는 작품이다. 몽유자 제마무(諸馬武)는 현실의 비리를 참지 못해 하늘을 원망하는 글을 지었는데 옥제가 불러 잠시 염왕으로 임면하여 그의 능력을 시험한다. 제마무는 염부의 해묵은 송사인 초한 시대의 일을 맡게 되는데 당시 수많은 인물들이 자신의 억울함을 토로한다. 제마무는 그들의 하소연을 일일이 들은 후 그 공과를 논하여 삼국 시대의 인물로 환생시키는 것을 송사를 해결한다. 이러한 내용은 송사와 인물평이 혼합된 토론의 양상이라고 하겠다.

이 세 작품은 토론 중심의 몽유록으로서 시연이 약화 혹은 탈락된 것이다. 그런데 이러한 토론의 양상은 <남염부주지>, <영호생명몽록> 등 몽유전기소설 중 토론을 중심으로 전개되는 작품과는 그 성격이 다르다. 몽유전기소설에서는 귀신의 존재 여부, 음양의 이치 등 철학적 논의와 현실 비리를 풍자하는 내용이 토론의 중심을 이룬다. 이에 비해 이 세 작품의 토론은 주로 역사적 사건에 연루된 역사적 인물에 대한 평가에 치중하고 있다. 따라서 같은 토론의 성격을 지니고 있지만 몽유록은 작가 의식의 면에서 몽유전기소설과 상당히 다른 면모를 보인다. 이는 몽유록

  제2부 몽유 소설의 작품 세계와 작가 의식

의 지닌 모임의 성격에서 나오는 특성으로 생각된다. <금화사몽유록>, <사수몽유록>도 이러한 특성을 유지하고 있다.

그런데 <금화사몽유록>과 <사수몽유록>은 또 다른 측면에서 주목될 필요가 있다. 두 작품은 몽유록의 서술 구조에서 토론 단락이 어떻게 중심적인 위치에 놓이게 되는지 알 수 있게 해 준다. 먼저 <금화사몽유록>의 순차 단락을 제시해 보겠다.

(1) 성허(成虛)의 인물됨을 말하다.
(2) 유산(遊山)하다가 산속 깊이 들어가 금화사에 이르러 잠이 들다.
(3) 한고조, 당태종, 송태조, 명태조가 각각 군신을 거느리고 와서 연회를 베풀다.
(4) 네 명의 창업지주(創業之主)가 각각 자신의 신하를 평하다.
(5) 한광무, 소열왕, 당숙종, 송고종 등 네 명의 중흥지주(中興之主)를 불러 동루(東樓)에 거하게 하다.
(6) 진시황, 진무제, 초패왕 등 네 명의 패왕자(覇王者)가 오자 그들을 서루(西樓)에 거하게 하다.
(7) 원소, 이밀은 내쫓고 한무제, 당헌종, 진원제, 송신종은 동루에, 진왕, 위왕은 서루에 오르게 하다.
(8) 제갈량이 제국(諸國) 군신의 반열 고사를 정하다.
(9) 동서 양루의 손님들을 법당으로 모아 놓고 제왕의 장쾌한 일에 대해 서로 말하다.
(10) 명태조가 역대 제왕의 기상과 시비(是非)를 논하다.
(11) 제신(諸臣)이 차례로 춤추고 노래 부르다.
(12) 동방삭이 군신의 상당직을 정하다.
(13) 한유가 연회의 일을 시로써 기록하다.
(14) 원태조가 침입하니 진시황과 한무제가 격퇴하다.
(15) 연석을 베풀고 놀다가 모두 흩어지고 잠에서 깨어나다.

이상의 순차 단락에서 몽중 세계는 (3)의 연회로 시작하여 (11)의 시연까지 이어진다. 단락 (8), (10), (12)가 비중이 큰데 중국 역대 인물에 대한 평가가 토론의 중심 내용이 된다. 여기서 주목되는 점은 좌정 단락이 크게 확대되어 있다는 것이다. 단락 (3), (5), (6), (7)은 각각 창업주, 중흥주, 패왕자 등이 모임에 참석하여 법당, 동루, 서루에 자리를 잡는 내용인데 이 단락들이 장황하게 서술되어 있다. 그리고 전쟁을 서술한 단락 (14)의 내용도 좌정의 연장이라고 할 수 있다. 이렇게 좌정의 과정 속에 인물평이 혼합되어 토론이 전개되는 양상이다. 말하자면, 좌정의 확대라는 방식으로 토론의 측면이 강화될 수 있음을 보여 준다.

<사수몽유록>은 <금화사몽유록>과 달리 토론이 전쟁이라는 서사적 장치를 통해 표현된다. 등장인물 사이의 대화와 문답을 통해 토론이 전개되는 다른 작품에 비해 전쟁을 통해 토론을 형상화하고 있다는 점에서 이 작품은 허구성이 짙게 느껴진다. 이미 <대관재몽유록>에서 김시습의 반란으로 서술된 바 있고, <금화사몽유록>에서도 원태조의 침입으로 표현된 전례가 있지만 이 작품에서는 작품의 주요 대목들이 모두 이러한 방식으로 전개되고 있다.

사수(泗水)에 위치한 소국(素國)은 유교 국가로서 공자를 왕으로 하여 역대 유자들이 두루 관직을 맡고 있다. 이 나라를 양·묵, 노자, 석가 등이 차례로 군대를 이끌고 침입하니 맹자, 장재, 한유가 나가 이들을 물리친다. 그러나 침입자들도 만만치 않아서 석가와 노자의 군대가 연합하여 다시 공격해 오니 맹자가 여러 장수를 거느리고 그들을 맞아 싸운다. 이전까지의 싸움은 장수와 장수끼리 칼과 창을 사용한 것이었으나 이번에는 논담(論談)으로 대결한다. 이렇게 논담이 전쟁에 도입되는 방식으로 토론이 전개되는 것이다. 결국 전쟁에 승리하고 잔치를 베풀면서 역대 제왕의 공과를 논하고 자공이 나서서 여러 인물을 평하는 것은 <금화사몽유록>과 비슷하다.

이렇듯 두 작품은 토론을 서사적인 이야기 속에 융해시켜 표현하였다는 점에서 몽유록이 본격적인 서사물로 발전할 수 있는 가능성을 보여준다.

이상에서 몽유록을 유형별로 고찰해 보았다. 단정적으로 말하기는 어렵지만 각 유형은 위에서 고찰한 순서대로 역사적인 변천을 겪었으리라 생각된다. 이러한 변천을 거쳐 개화기까지 면면히 이어지면서 몽유록은 토론의 성격을 점점 강화해 갔던 것으로 보인다.

4) 몽유록의 이념적 지향

(1) 토론의 양상

몽유록의 주제 의식은 서술 구조상 토론 단락에 집약되어 있다. 이에 각 작품에 나타나는 토론의 양상을 살펴봄으로써 몽유록 전반의 이념적 지향을 드러낼 수 있으리라 본다.

① 이념과 현실 사이의 모순

<원생몽유록>에서 토론 부분은 그리 길게 서술되어 있지 않다. 주로 복건자와 왕 사이에 오간 대화를 통해 토론이 이루어지지만 그 자리에 모인 여덟 사람 모두 토론의 참가자가 되는 셈이다. 모임에 참석한 사람들이 고금흥망에 대해 논란을 벌이는 중에 복건자와 왕의 대화가 나온다.

> 복건을 쓴 이가 탄식하며 말했다. "옛날 요순탕무(堯舜湯武)는 만고의 죄인인 줄 압니다. 그들로 인해 후세에 여우처럼 아양을 부려 임금 자리를 빼앗은 자가 선위(禪位)를 빙자하고, 신하로서 임금을 내치고서도 정의를 외쳤으니, 천년을 내려오며 그 남은 물결을 헤칠 길이 없습니다. 아아, 이 네 임금이야말로 도적의 시초가 될 것입니다."[35]

복건자는 신하로서 왕을 폐하고 스스로 왕위에 올랐던 요순탕무에 대해 후세의 역신들이 그들을 빙자하여 자기를 합리화하는 까닭에 만고의 죄인이라고 하였다. 이러한 주장은 유자들에게 성인으로 추앙되는 사군(四君)을 비난했다는 점에서 중세 이념에 대한 심각한 도전이 아닐 수 없다. 이에 대해 왕이 사군을 변호하고 나선다.

> "아니오. 경은 이게 무슨 말이오. 네 임금의 덕을 지니고 네 임금의 시대를 만났다면 옳거니와 네 임금의 덕이 없을뿐더러 네 임금이 처한 그러한 시대가 아니라면 안 될 것이니, 저 네 임금이 무슨 허물이 있겠소. 단지 그들을 빙자하는 놈들이 도적이 아니겠소."36)

네 임금의 덕이 있고 네 임금의 때를 만나서 이신벌군(以臣伐君)함은 옳으나 그 덕과 때가 없음에도 그렇게 하는 것은 옳지 않은 것이므로 네 임금을 탓할 것이 아니라 그들을 빙자하는 무리를 탓해야 한다는 것이다. 이러한 왕의 변호로서 사군의 권위는 보존된 듯이 보인다. 사군의 권위에 도전했던 복건자가 왕의 말을 듣고 순순히 물러서기 때문이다. 그러나 불가한 일이 실제로 일어났고 그 불가함이 가함으로 둔갑했다는 역사적 사실이 문제이다. 곧, 신하였던 수양대군이 왕위에 있던 단종을 몰아낸 계유정난(癸酉靖難)이 실제로 일어났던 것이다. 이 점이 바로 유교적 이념에 모순된 현실이다. 이러한 이념과 현실의 모순을 절감하고 있는 것은 비단 작중 인물인 왕이나 복건자뿐만이 아니다. 말미에 붙은 해월거사(海月居士)의 후기에서도 이러한 인식이 잘 드러나 있다.

---

35) <원생몽유록>, 이가원 교주, 『이조한문소설선』 교문사, 6면, 幅巾者 噓唏而歎曰 堯舜湯武 萬古之罪人也 後世之狐媚取禪者藉焉 以臣伐君者名焉 千載滔滔 卒莫之救 咄咄四君 爲賊嚆矢矣.

36) 같은 곳, 惡 是何言也 有四君之德 而處四君之時 則可 無四君之德 而非四君之時 則不可 彼四君者 豈有罪哉 顧藉而名之者 賊也.

대저 옛날부터 임금이 어둡고 신하가 혼잔하여 마침내 나라를 엎은
자가 많았다. 이제 그 임금을 보건대 반드시 현명한 왕이며 그 여섯 신
하도 또한 모두 충의의 선비인데 어찌 이런 신하와 이런 임금으로써 패
망의 화를 입음이 이렇게 참혹살 수 있는가. 아아, 이것은 대세가 만든
것일까? 그렇다면 이는 불가불 그 시세에 맡길 수밖에 없을 것이며 또
한 이를 하늘에 돌리지 않을 수 없겠다. 이것을 하늘에 돌린다면 저 착
한 이에게 복을 주고 악한 놈에게 재앙을 주는 것이 하늘의 공도(公道)
가 아니리오. 만일 이를 하늘에 돌리지 못한다면 곧 어둡고도 막연하여
이 이치를 상세히 알 수 없어 유유한 이 누리에 한갓 지사의 회포만 돋
울 뿐이구나.[37]

현명지주, 충의지사면서 참혹하게 화를 당한 것이 시(時)와 세(勢) 때문
이라면 그것은 천(天)에서 유래한 것이다. 그런데 복선화음이 천도임에 틀
림없다면 어찌 이런 참혹한 일이 있어난 것일까? 이것은 바로 천도(天道)
와 시세(時勢)의 모순이다. 이 모순을 어떻게 해명할 것인지는 다만 명연
막연할 따름이다.

이렇듯 작품의 주요 갈등이 이념과 현실의 괴리를 드러낸 것은 몽유록
향유층의 의식 또한 이 점에 집중해 있음을 뜻한다. 몽유자의 공통된 성
격과 아울러 고려할 때, 몽유록 향유층이 지닌 불만과 비판이 이념과 현
실의 모순에서 연유함을 알 수 있다.

이러한 의식은 <금생이문록>에서도 나타난다. 이 작품에서 토론은 주
로 유교의 정도(正道)를 강조하는 방향으로 전개된다. 금생(琴生)이 네 선생
의 모임에 나아가자 그들은 어찌 이곳에 이르렀는지 묻는다. 자로의 비
협함을 한탄하고 굴원의 원유함을 마음에 품고 두루 돌아다니다가 이르

---

37) 13면, 大抵自古昔以來 主暗臣昏 卒至顚覆者 多矣 今觀其主 想必賢明之主也 其六人者 亦
   皆忠義之士也 安有如此等臣輔 如此等明主 而敗亡之禍 若是其慘酷者乎 嗚呼 勢使然耶 然
   則不可不歸之於時與勢 而亦不可不歸之於天也 歸之於天 則福善禍淫 非天道耶 夫不可歸
   之於天 則冥然漠然 此理難詳 宇宙悠悠 徒增志士之恨耳.

렸다고 대답하자, 네 선생은 다음과 같이 응답한다.

> 굴원이 멀리 간 거조는 참소를 받아 스스로 상한 것이요 장생이 소요
> 한 것은 세상을 분하게 여겨 우언(寓言)을 말한 것이다. 모두 절실한 말
> 이 아니고 중용의 도리에 들 수 없다. 성현의 도리는 일용(日用)의 떳떳
> 한 윤리에서 벗어나지 않는 것이다. 그대가 어찌 가까운 것을 버리고
> 먼 것을 좇으며 근본을 버리고 끄트머리를 좇는가.38)

굴원이나 장자를 따르는 것은 중용지도에서 벗어난 것이다. 유교의 도
는 일용이륜(日用彝倫) 중에 있는데 어찌 멀리서 구할 것이냐고 한다. 이에
이어 '도는 하나 뿐[道一而已]'이라고 하여 세상의 도는 하나 곧, 유교뿐임
을 말하고 있다. 이러한 유교적 정도에 대한 논의는 모임에 늦게 참석한
정몽주에 의해 더욱 강조된다.

정 상공은 인간이 귀한 이유는 학문과 사업 때문인데 학문은 장구(章句)
를 이르는 것이 아니고 사업은 공리(功利)를 칭하는 것이 아니라고 한다.

> 기른 바를 궁구하여 정심(正心)과 수신(修身)의 실효가 있은 다음 베
> 푸는 바를 이르게 하면 임금을 바루고 도를 행하는 의리에 부끄럼이 없
> 을 것이다. 만일 때를 만나지 못해 도가 시행되지 못한다면, 몸을 언덕
> 골짜기에 있게 하여 고인의 뜻을 구하거나 몸을 철월(鐵鉞)에 부쳐 명교
> 의 중함을 지탱할 것이다. 만일 이 같은 자가 비록 배우지 못했다고 말
> 할지라도 기른 바가 바르다면 가히 볼 만한 것이다.39)

소양에 힘써 정심 수신할 것을 강조하고 있다. 나아가 '어짊을 밟고

---

38) <금생이문록>, 137면, 屈子之遠擧 離讒而自傷也 莊生之逍遙 憤世而寓言也 皆非切實之
    語 而不可與入中庸之道也 聖賢之道 不外乎日用彝倫之中 子何舍近而趨遠 遺本而逐末乎.
39) 138면, 窮之所養 有正心修身之實 然後達之所施 無愧於格君行道之義 如或遇非其時 道不
    見施 則或棲身丘壑 以求古人之志 或委身鐵鉞 以扶名敎之重 若是者 雖曰未學 而所養之
    正 卽可見矣.

의로움을 잡았으나 혹 가고 혹 죽거나 명철하여 빛을 감추고 발자취를 이어 앞길을 닦는[蹈仁秉義 而或去或死 明哲韜光 而接武前修]' 이들이 현인이라 고 말한다. 이는 때를 만나지 못한 현인을 이르는 것으로, 정몽주의 말 속에는 은연중 역사와 도(道) 사이의 괴리를 내포하고 있다.

그런데 이 작품에서 모순을 심각하게 의심하여 문제를 제기하는 사람 은 몽유자 자신이다. 스스로 시를 읊은 후 다음과 같이 말한다.

> 군자가 몸을 닦고 행동을 삼가는 것은 장차 그것으로써 경륜을 펴기 위함입니다. 예부터 올바름을 지켜 도리를 행한 자가 적긴 하지만 정성 을 다하고 충성을 바치고서도 도리어 음화(淫禍)를 샀고, 참소하고 아첨 하던 자는 쉽게 쓰이어 살아서 존경과 영화를 누리고 죽어서도 남은 은 택이 있으니, 이 어찌 정직한 자가 용납되기 어려움이 하늘과 사람 사 이에 차이가 없습니까. 장차 하늘이 좋아하고 싫어함이 또한 사람과 다 름이 없습니까?[40]

예부터 올바름을 지켜 도를 행한 이는 힘을 다해 충성을 바쳐도 음화 를 입고, 군자를 참소하고 임금에게 아첨하는 자는 살아서 융숭한 복을 누리고 죽어서도 남은 은택이 있는 것이 곧 현실이다. 더욱이 하늘의 호 오(好惡)가 인간과 다를 바 없다는 데 문제의 심각성이 있다. 이는 천도가 막연할 뿐이라는 <원생몽유록>의 작가 의식과 비슷하다.

이념과 현실 사이의 모순을 인식하여 고민하는 모습은 비단 이 두 편 에만 한정된 것이 아니다. <사수몽유록>의 몽유자는 성현이 때를 만나 지 못함을 한탄하였고, <몽결초한송>의 제마무는 현실의 비리를 견디다 못해 하늘을 원망하는 글까지 지었다.

그런데 몽유록은 천(天)과 인(人)의 모순을 인식하면서도 천 즉, 이념에

---

40) 144면, 君子修身謹行 將以經綸也 自古守正行道者蓋寡 而竭誠盡忠 反賈淫禍 讒憸而諛者 易售 而生享尊榮 死而餘澤 是何正直之難容 無間於天人耶 將天之好惡 亦無異於人乎.

대한 믿음은 끝까지 고수하고 있다. 모순을 인식하면 할수록 오히려 이념에 대한 강한 신뢰를 드러낸다. 예를 들어 <사수몽유록>의 경우 몽중세계에 설정된 왕국은 몽유자의 이념에 대한 불신을 깨끗이 씻어 줄 만큼 강력한 이념의 보루가 된다. 이는 현실의 모순을 꿈속에 설정한 이념의 왕국을 통해 불식해 보려는 의도라 하겠다.

몽유록 작가층을 사림층으로 파악할 때[41] 이런 양상은 오히려 당연한 귀결이기도 하다. 몽유록 작가들은 자신이 경험한 현실의 모순을 어떤 방식으로든지 해소해야 했고 결국 자신이 신봉하는 유교적 이념으로 방패막이를 삼을 수밖에 없었다. 몽유록에 보이는 갈등 양상은 이념과 현실 사이의 치열한 대립, 갈등을 지속적으로 보여 주지 못하고 이념이 현실의 모순을 압도하는 것으로 마무리될 뿐이다.

② 인물평 및 과거 역사의 반추

몽유록의 토론 단락에서는 앞에서 고찰한 이념적 논쟁과 더불어 역사적 실존 인물에 대한 평가가 중요한 의제로 다루어진다. 이러한 인물평의 양상은 시공의 차이를 무시하고 역사적 인물을 한곳에 모으고자 하는 의도, 곧 몽유록이 지닌 모임의 성격 자체에서 배태된 것이기도 하다.

이념적 토론과 인물평은 서로 구분되기보다 복합되어 나타난다. <원생몽유록>의 이념적 토론도 네 임금에 대한 인물평으로 볼 수 있다. 그러나 인물평의 성격이 좀 더 부각되는 것으로 <대관재몽유록>, <사수몽유록>, <금화사몽유록> 등을 들 수 있다. <대관재몽유록>에서 최치원을 천자로 한 문장 왕국을 설정하거나 <사수몽유록>에서 공자를 왕으로 한 유교 왕국을 만들거나 <금화사몽유록>에서 중국 역대 군신들을

---

41) 정학성, 앞의 논문, 289~290면.

한자리에 모아 가상으로 조각(組閣)을 해 보는 것 등은 기본적으로 인물평을 위한 작가 의식의 소산이다.[42]

<대관재몽유록>은 몽유자의 일대기적인 이야기 속에 융해되어 인물평이 펼쳐진다. 몽유자 자신에 대한 평은 규벽부에서 진화, 정지상과 동렬에서 근무하는 것으로 표현되며, 변계량과 유호인의 시를 비판함으로써 그들에 대한 평가를 내린다. 또한, 전쟁 이야기를 통해 김시습에 대한 평가를 드러내기도 한다. 다음은 몽유자가 이규보를 평하는 대목이다.

> 내가 항상 우상(右相) 이규보를 못마땅하게 여겨 천자를 뵙고 항의하는 소를 올렸다. '이모는 문장이 천박하고 물러서 뼈대가 없습니다. 비록 민첩하기가 귀신같지만 귀함이 부족합니다.'(나머지는 기록하지 않는다.) 천자께서 그 말을 옳다고 여겨 내게 다섯 수레의 책을 내리시고 특별히 벼슬을 높여 경연을 주관하게 하셨다.[43]

심의는 이규보의 문장이 부조함을 비판하고 천자가 그의 말을 옳다고 하여 상금과 벼슬을 높여 준다. 이러한 서술에서 '여불기(餘不記)'라는 표현은 서사 진행에 불필요한 것이다. 이는 창작 의도가 서사를 진행하는 것 외에 인물 평가라는 교술적 성격을 드러내는 데도 있음을 말해 준다. 그런데 <대관재몽유록>에서 인물평의 기준이 작가의 주관에 있다는 점을 지적해야 하겠다. 작가 자신을 과대평가한다든지 김시습을 매도하는 것 등은 모두 작가의 주관적인 평가일 따름이다. 여기서 이 작품이 지닌 희필적인 성격을 다시 한 번 확인하게 된다.

---

42) 따라서 작품에 설정된 왕국을 이상 국가의 건설로 해석하는 것은 재고를 요한다. 작품의 실상은 유토피아 지향의 작가 의식이 반영된 면보다는 개개의 역사적 인물에 대한 평가의 측면이 훨씬 강하게 나타나기 때문이다.

43) <대관재몽유록>, 臣常短右相李奎報 詣闕抗疏曰 李某文章浮躁 柔脆無骨 雖捷疾如神 不足貴也(餘不記) 天子可其奏 賜臣五車書 加特進領經筵.

<사수몽유록>과 <금화사몽유록>은 <대관재몽유록>에 비해 인물 평가의 기준이 좀 더 객관적이라고 할 수 있다. 이러한 객관성의 배경에는 유교적 대의명분론이 자리 잡고 있다. <사수몽유록>에서 소국이라는 유교 왕국을 설정한 이상 그 인물 평가의 기준은 유교에 둘 수밖에 없다. 양·묵·노·석의 침입을 물리친 후 역대 제왕에 대해 평가하는데 가령, 분서갱유를 단행한 진시황은 형벌을 받고 유방은 칭찬을 받는다. 유방에 대해 후한 평가를 내린 이유는 다음과 같다.

> 되(都)라, 너방(邦)아, 전국이 쟁병하므로붓터, 텬해대란하야, 다왕도랄 천히너기고, 패도랄숭상하야, 날을차자리업선디, 수백여년이러니, 이제 네와, 처음으로뵈니, 가장아람다온디라, 내일노써, 사백년긔업을, 뎐케 하노라.44)

패도를 버리고 왕도를 일으켜 세운 공로이다. 이러한 평가는 <금화사 몽유록>에서도 마찬가지여서 유방은 창업지주로서 법당에 올라 그 자리에 모인 역대 제왕과 신하 중 최고의 위치에서 잔치를 주관하는 반면, 초 패왕 항우는 패도를 행한 까닭에 진시황 등과 함께 서루에 거하게 된다.

그런데 유방과 항우의 평가에 관한 한, <몽결초한송>에서 이 두 작품과 반대되는 평가를 내리고 있어 흥미롭다. 이 작품에서 유방은 세상에 있을 때 삼강오륜을 그르치고 거짓된 행동으로 남의 이목을 속여 대인군자의 행위를 보이지 못했기 때문에 삼국 시대에 헌제로 태어나 핍박받도록 판결난다. 이에 반해 항우는 의기와 덕망이 있어 영웅의 풍모를 갖추었으나 하루아침에 유방에게 패하여 그 원통함이 하늘에 사무쳤으므로 삼국 시대 최고 영웅인 관우로 환생하게 된다. 앞의 두 작품에 비해 훨씬

---

44) 이명선, 「사수몽유록」, 『인문평론』 9, 1940, 205면.

평민적인 취향에 기준을 두고 내려진 평가로서 유교적 대의명분이 평민적 영웅주의로 대치되어 평가 기준이 달라졌음을 보여 준다.

이러한 비교를 통해서도 <사수몽유록>과 <금화사몽유록>의 인물평이 사대부 취향에 입각해 있음을 알 수 있다. 그렇지만 앞서 살핀 이념적 토론의 양상에 비해 같은 사대부 취향의 소산이긴 하나 인물평에서 심각한 갈등 의식은 보이지 않는다. 인물평을 중심으로 전개되는 토론은 사대부가 역사책을 통해 얻은 교양이 바탕이 되었겠지만 가벼운 파한의 수단으로 엮어진 듯한 점을 부인하기 어렵다. <대관재몽유록>에서 보이는 희필적인 성격을 감안하면 이러한 추정은 더욱 타당하리라 본다.

이런 맥락에서 인물평의 토론은 단순한 과거 역사에 대한 반추 이상의 작가 의식을 찾기 어렵지 않을까 한다. <사수몽유록>, <금화사몽유록>에서 인물 평가의 기준이 되었던 유교적 대의명분은 전혀 새로운 것이 아니며 오히려 사대부의 일상에 스며들어 있는 상식일 따름이다. 또한, 유교 국가 건설이나 역대 제왕과 신하를 모아 놓아 유교 이념을 강조하였다고 하기도 곤란하다. 따라서 인물평이 갖는 의미는 그렇게 의의가 크다고 하기 어렵고 오히려 작가 의식의 퇴영적인 면을 드러내었다고 하겠다. 그러나 한편으로 이런 퇴영성과 보수성은, 허구에 대한 조선 사회의 뿌리 깊은 부정적 인식에도 불구하고, 몽유록이 지닌 허구성이 크게 문제되지 않은 채 양성화된 문학 장르의 하나로 존재할 수 있게 한 원인이라고 생각된다.

③ 원정(冤情)의 호소

<피생명몽록>, <강도몽유록>, <달천몽유록> 등은 이념적 논쟁이나 인물평이 없는 것은 아니지만 그보다는 하소연의 모습이 뚜렷이 나타난다. <몽결초한송>도 기본 발상은 인물평에 놓이나 초한 시대 인물들이

제마무에게 억울함을 하소연하고 있다는 점에서 이 작품들과 유사한 양상을 보여 준다.

<피생명몽록>에서는 잘못된 수장(收葬)의 문제를 둘러싼 송사로 토론이 전개된다. 피생의 꿈에 이헌이 나타나 전쟁 중에 죽게 된 사연과 오랫동안 자식들이 자기 시신을 거두지 않은 것을 원통해한다. 그의 장자 극신이 뒤늦게 후골을 수장한답시고 시체를 찾아 장례를 치렀으나 수장한 시신은 정작 남의 것이었다. 이에 이헌은 피생에게 억울함을 하소연한다.

> 이미 십년이나 오래 지났으나 비록 부모 사랑하는 정성이 있더라도 이미 썩은 시체를 분별할 수 없는데 하물며 그런 정성도 없이 다만 남의 구설수를 막고자 한 녀석임에야. 부득이 역리(驛吏) 김검손의 시체를 수습하여 내 시체라 하고 염습하여 날짜를 잡아 수장하였다오. 자기 부친이 아닌 자를 하관(下棺)하여 하늘을 속이고, 자기 부친의 혼령이 아닌 것에 제사 지내 그 어미를 욕보였다오. 김검손은 자식이 없었으나 자식이 있게 되었고 나는 자식이 있었으나 자식이 없게 되어 외로운 이 내 몸은 의탁할 곳을 잃었으니, 살아서 부모의 끼친 육체를 온전히 보존하지 못했고 죽어서도 마침내 처자식의 돌봄이 없으니 말을 하여 이에 이르매 가슴이 막혀 더 이상 말이 나오지 않는구려.45)

이헌이 원통해하는 것은 제 자식이 어버이 사랑하는 마음 없이 남의 이목을 두려워하여 오장한 일과 그로 인해 부모의 유체를 보전하지 못하고 죽어서도 처자의 보살핌을 받지 못하게 된 것에 있다. 이렇듯 이 작품은 유교적 인륜 의식으로 인해 문제가 제기된다. 이헌 다음에 김검손이 나타난 삼생지연을 내세워 자신을 변호하지만 판결자인 피생은 김검손의

---

45) <피생명몽록>, 128~129면, 已經十年之久 雖有愛親之誠 雖辨已朽之骨 況無是誠而只欲防是口者乎 不得已收得驛吏金儉孫之屍 指爲吾骨 而依禮斂襲 擇日歸葬 窆非其父 以欺其天 祭非其鬼 以醜其母 彼則無子而有子 我則有子而無子 孤子而靡托 生而不能全父母之遺體 死而終不得妻子之顧見 興言及此 腸臆咽塞.

주장을 받아들이지 않는다. <몽결초한송>에서도 그렇지만 송사의 성격을 지닌 토론에서 피생, 제마무 등 판결자가 있어 그의 단안으로 모든 갈등은 해소되는 양상이다.

이에 비해 <강도몽유록>은 중재자가 없기 때문에 호소와 원망의 말이 더욱 처참하다. 병자호란의 와중에 희생된 부녀자들이 등장하여 하소연하고 있지만, 말할 대상을 두고 하소연하는 것이 아니라 자기들끼리 위로하면서 한풀이를 하고 있다. 열네 명의 여인이 호소하는 내용은 거의 비슷한데 그것을 정리해 보면 다음과 같다.

① 남자들의 무능, 비리에 대한 비판
② 정절을 지키려고 자결한 자신들의 행동에 대한 한탄 및 과시
③ 살아남은 가족에 대한 원망과 걱정

대개 이러한 내용을 하소연하면서 자신들의 원정을 토로한다. 그런데 작품에서 특히 강조되는 것은 ②이다. 남자들의 무능함을 비난하는 ①의 비중이 크긴 하나 정절의 덕목이 강조된 ②의 내용이 보다 중요한 의미를 지닌다. 주로 살아남은 남편이나 자식이 자신의 자결을 알아주지 않는 것에 대해 한탄하거나 고결한 행위로 인해 자신은 천상 세계에서 잘 지내고 있으나 이 세상의 가족이 고생하는 것을 걱정하는 내용이다. 이렇게 여성의 정절이 강조되는 것은 <강도몽유록>의 이념적 기반이 유교적 윤리 의식에 있음을 말해 준다.

<달천몽유록>은 다른 작품에 비해 좀 더 사실에 밀착되어 있다. 곧, 유교적 규범에 의해 야기되는 호소라기보다는 임진왜란을 겪으며 억울하게 죽은 병사들이 신립 장군이 취했던 행동을 비판하고 나선 것이다. 한 졸병이 나서서 참모들의 조언을 듣지 않고 죽령의 요새를 버리고 탄금대로 퇴진하여 군대를 몰살시킨 신립의 처사를 비판한다. 이에 대해 신립

은 과실을 인정하면서도 자기 또한 억울하게 죽었다면서 하소연한다.

> 전세는 이미 북산에 근거한 쪽이 이기게 되어 지형은 비록 평평하나
> 사람들이 다투어 동해에 빠져 죽으니 대사는 이미 끝났도다. 아아, 어찌
> 돌아가리오. 내 홀로 어찌 하리오. 드디어 칠 척의 몸을 만장의 강물에
> 던지니 놀란 파도는 출렁거리나 이 수치는 씻기 어렵고 맑고 급한 여울
> 은 슬프고도 원통하게 울부짖으며 다투어 나의 회포를 호소하도다.[46]

대사를 그르치고 홀로 살아남아 임금을 뵐 면목이 업기 때문에 투신자
살을 한 자기 신세를 한탄하고 부끄러움을 씻지 못하고 죽은 것을 원통
해한다. 신립의 이러한 호소는 병사의 비판에 대한 자기변호라는 면도
있지만 병사나 장군이나 모두 전쟁에서 패배한 것에 대한 원통함을 토로
하는 것으로 보는 편이 낫다. 이 작품은 토론보다도 등장인물의 회포를
푸는 면이 훨씬 강하게 나타나는 것이다.

호소 중심으로 전개되는 이 작품들은 모두 임병양란을 배경으로 하고
있고 그 전쟁이 일어났던 때에서 그리 멀지 않은 시기에 창작되었다. 그
만큼 전쟁이라는 한계 상황에 직면해 있었기 때문에 격정적인 호소의 형
식을 선택하였던 것이다. 따라서 이 작품들은 이념적 논쟁이나 인물 평
가 식의 토론으로 되어 있는 작품에 비해 역사적 사건에 훨씬 밀착되어
있다.[47]

그러나 <피생명몽록>에 보이는 부자간의 인륜 문제, <강도몽유록>
에 나타나는 정절 관념 등 유교 윤리에 대한 강한 집착은 몽유록의 공통

---

46) <달천몽유록>, 77면, 勢旣據北山者勝 地形雖便 人競蹈東海而死 大事已去 嗚呼曷歸 予
獨何爲 遂將七尺之軀 忍投萬丈之流 驚濤駭浪 洶湧澎湃 而難洗此羞 淸灘急湍 悲咽怨呼
而爭訴予懷.
47) <달천몽유록>이 『난중잡록(亂中雜錄)』에 실려 일종의 전쟁 기록물로 취급되었던 것도
이러한 작품 성격과 연관된다.

된 특질이기도 하다. 사실 몽유록의 어느 작품을 보아도 유교 이념에 기초하지 않은 작품은 없는데 이 점이 몽유록을 사대부의 문학으로 규정할 수 있는 논거가 된다.

(2) 갈등의 진정과 시연의 의미

① 갈등이 진정되는 양상

몽유록에서 토론은 갈등 표출의 방편으로 설정된 것이다. 갈등의 성격이 이념적이든 역사적이든 감정적이든 모두 토론의 형식을 빌려 표현된다. 그런데 토론의 모습으로 나타나는 갈등은 지속적, 발전적 양상을 보여 주지 못하고 단지 단편적으로 제시될 따름이다. 이렇게 갈등의 지속적 발전을 보이지 못하는 것은 몽유록 서술 구조의 순차적인 진행 중에서 토론 다음에 토론의 진정 곧, 갈등의 무마라는 요소가 이어지기 때문이다.

<대관재몽유록>, <강도몽유록>을 제외한 몽유록 작품들은 갈등 무마의 요소를 포함하고 있다. <대관재몽유록>은 심의의 주관에 입각한 인물평으로 전개되므로 작가의 허구 의식과 주관적 평가로 인해 인물평으로 인해 나타날 수 있는 관점의 차이가 무시되었다. 몽유자의 인물 평가에 대해 천자를 비롯한 등장인물 모두가 아무런 비판이나 반박 없이 동의하는 것이다. 갈등이 표출되지 않으므로 그것의 무마 혹은 진정 과정도 나타나 있지 않다. <강도몽유록>은 호소로 점철된 부녀자들의 토론 양상을 보여 주지만 갈등이 무마될 여지는 없다. 그만큼 역사적 사건의 외중에서 희생된 사정과 그로 인한 원정이 절박한 것이다. 그리하여 작품 말미에 등장인물 모두 한바탕 통곡을 함으로써 회포를 달랠 뿐이다.

이 두 작품을 제외하고는 몽유록에 갈등 무마의 과정이 나타난다. 이 점은 몽유록의 양식적 특성을 이해하는 데 중요한 단서가 될 수 있다.

송사로 이루어진 <피생명몽록>, <몽결초한송>에서 갈등을 진정시키는 중개자가 나온다. 송사이기 때문에 이들은 송사에 대한 판결을 맡게 된다. <피생명몽록>에서 이헌과 김검손이 각자 자기 논리를 가지고 다투자 피생이 나서서 판결을 내려 준다.

> 이모는 상인 집안의 거족이고 너는 상민에 불과한데 네가 감히 이렇게까지 당돌할까 보냐. 비록 네가 극신의 어미와 전생에서 부부였다고 하나 그녀는 이모와 현세에서 부부이다. 극신을 낳은 자도 이모요, 극신을 기른 자도 이모라. 극신이 네 시체를 합장함은 극신의 잘못일 뿐이다. 극신의 뺨에 난 털이 영악한 모양으로 너와 비슷하다고 해서 어찌 너를 아비로 인정하겠느냐. 너는 입을 다물라.48)

부자간의 천륜을 강조하는 이헌과 삼생지연(三生之緣)으로 이에 맞서는 김검손 사이의 다툼은 곧 유교와 불교의 논쟁이라고도 할 수 있다. 이에 대해 판결자의 입장에 선 피생이 금생의 인연을 중시하여 전생을 운운한 김검손을 질책한다. 피생은 유교의 입장에서 불교의 주장을 비판한 것으로서 이러한 태도는 <사수몽유록>에서 맹자가 석가를 물리치는 논거로 유교적 현세주의를 내세우는 것과 비슷하다.

이러한 유교적 입장에서의 판결에 대해 삼생지연을 강조하며 자신을 변호하던 김검손이 아무런 반박 없이 수긍하고 마는 태도가 주목된다.

> 그 사람이 머리를 수그리고 사과하기를, "엎드려 당신의 말씀을 듣고 보니 나 또한 내 행동이 지극히 외람된 것이었음을 알겠습니다."라고 하였다.49)

---

48) <피생명몽록>, 130면, 李某乃商門盛族 汝不過一常漢也 汝焉敢唐突至於此耶 雖與克信之母 爲前世之夫婦 而李某乃今世之夫婦也 生克信者李某也 長克信者李某也 克信之合葬汝骨 亦克信之誤過耳 克信于顋之鬚 獰惡之形 雖或似汝 而安肯以汝爲父乎 汝勿多言.
49) 같은 곳, 其人乃低頭 而謝曰 伏聞子之言 吾亦知其泛濫之極矣.

이렇게 피생의 말 한마디에 굴복하고 만다. 그러고는 이극신에 대한 불평을 털어놓는데 이에 대해서는 이헌도 동의한다. 이렇게 해서 이헌과 김검손의 갈등은 무마되어 버린다.

갈등이 쉽게 무마되는 양상은 판결자가 존재하는 이 두 작품에서만 나타나는 것이 아니다. <원생몽유록>에서 네 임금을 비판한 복건자는 왕이 그들을 변호하자 곧 왕의 말에 수긍한다.

> 복건을 쓴 이는 머리를 조아리고 절하며, "마음속에 불평이 쌓여 저도 모르는 사이에 지나치게 분개하였습니다." 하며 사과했다.[50]

<금생이문록>에서도 마찬가지 양상이 나타난다. 천(天)과 인(人)의 모순을 지적했던 금생에게 정몽주는 다음과 같이 말한다.

> "군자는 떳떳함을 말하지 무상함을 말하지 않으며 충신은 의로움을 좇지 이로움을 좇지 않는다. 삼강오상은 백성이 지켜야 할 법칙이어서 만고에 거스르는 법이 없으나 잘 다스려지는 것과 혼란한 것, 얻고 잃는 것은 운수가 변하는 것이기에 때에 따라 일정하지 않다. 마땅히 나의 지킬 바를 밝혀 그것을 북돋우고 다질 따름이다. 이것이 기(氣)의 운수와 무슨 상관이리오. 저 이해와 영욕에 눈이 멀어 지켜야 할 바를 잃어버린 자를 어찌 족히 입에 올려 말할 가치가 있으리오." 금생이 고개를 수그려 절했다.[51]

삼강오상이 인간의 규범이며 치란과 득상은 때에 따라 변하는 것이라 한결같지 않다. 마땅히 자신의 지켜야 할 도리를 밝혀 바탕을 다질 뿐이

---

50) <원생몽유록>, 이가원 교주, 앞의 책, 7면, 幅巾者拜手稽首 謝曰 中心不平 不自知言之過於憤也.

51) <금생이문록>, 144면, 君子語常不語變 忠臣徇義不徇利 三綱五常民之則也 萬古不易 治亂得喪 數之變也 隨時不一 當明吾之則 扶植之而已 其於氣數何哉 彼規規於利害榮辱 而喪其所守者 何足掛齒牙間 生拜稽首.

지 변하는 운수는 상관할 필요가 없다는 것이다. 확고한 신념에서 나온 정몽주의 말에 금생은 다만 머리를 조아릴 뿐이다.

<사수몽유록>, <금화사몽유록>에서 토론은 인물평으로 전개되는데 이와 관련되어 미약하게나마 갈등이 나타난다. <금화사몽유록>에서 한 황(漢皇)의 명으로 제갈량이 역대 인물을 평하여 반열의 고하를 정한다. 제갈량의 인물 평가가 끝나자 그 자리에 있던 한 신하가 항변을 한다.

> 선생, 선생, 저를 알지 못합니까. 제가 종회(鍾會)에게 항복함은 죽음이 두려워 생명을 얻으려고 한 것이 아니라 한나라 왕실을 다시 일으키고자 함이었습니다. 만일 복통만 나지 않았어도 서촉의 당이 사마의(司馬懿)의 손에 들어가지 않았을 것이요 후주(後主)의 가마가 호도의 먼지를 밟지 않았을 것입니다. 황천이 도와주지 않아 죽어서 원혼이 되었으니 오늘 선생께서 저의 충성을 헤아리지 않는다면 후일 어느 곳에 호소하겠습니까.52)

종회에게 거짓 항복하여 한실을 지키려 했던 강유(姜維)의 호소이다. 그러나 이는 제갈량에게 받아들여지지 못한다. 일이 경과되어 나가는 기미를 좇아 행동하지 않고 항복한 것은 잘못이며 차라리 절개를 지켜 의를 위해 자결함이 옳았다는 것이다. 이렇게 거부를 당하자 강유는 눈물을 뿌리며 퇴장한다.

<달천몽유록>에서도 갈등 무마의 장면이 나온다. 병사와 신립의 다툼을 지켜보던 한 인물이 나서서 그들을 위로하며 갈등을 진정시키는 것이다.

> 옆에 있던 키 큰 사람 하나가 눈썹을 치켜세우고 눈빛을 반짝이며 신공(申公)을 돌아보고 말했다. "그릇은 이미 깨어졌고 일은 이미 지나갔

---

52) <금화사몽유록>, 29면, 先生先生 不知弟子耶 吾降鍾會 非畏死貪生 乃欲興復漢室 若無腹痛 西蜀之地 不入司馬之手 後帝之興 不踏許都之塵 皇天不佑 死爲冤魂 今日先生不計忠誠 則他日何處暴白乎.

소. 성패에는 운수가 따르는 것이고 옳고 그름은 이미 정해졌으니 다시
무엇을 구차히 따지겠소. 오늘밤에 기약이 되어 여러분이 오셨고 마침
방외인도 와 저 숲속에 있으니 그를 윗자리에 맞이하여 우리의 즐김을
구경하도록 청함이 좋겠소.”53)

이미 지나간 일이다. 성패에는 운수가 따르고 시비는 이미 정해졌다.
지난 일을 가지고 왈가왈부할 필요가 없다는 것이다. <달천몽유록>의
이러한 갈등 무마 양상은 몽유록의 일반적인 의식을 보여 준 것으로 보
인다. ‘시비이정(是非已定)’이란 표현이 나타내는 바와 같이 몽유록 작가들
의 의식은 작품 안에서 시와 비의 다툼을 주제로 삼으려 한 것이 아니다.
이념적인 토론이거나 인물평을 중심으로 역사를 반추하거나 간에 시비는
이미 정해져 있다. 그 시비를 가리는 기준은 유교 이념 혹은 유교적 생활
윤리인 것이다.

따라서 갈등이 쉽게 무마되는 것은 당연한 양상이라고 할 수 있다. 작
품 안에 나타나는 갈등은 유교 이념에 비추어 보면 명백하게 해소의 길
이 보이기 때문이다. 몽유록에서 좀 더 심각한 갈등은 작품의 내부에 있
지 않다. 작품 외부의 역사적 사건이 가져다 준 충격이 중심 갈등을 이루
는 것이다. 몽유록의 등장인물들은 모두 역사라는 거대한 현실에 희생당
한 존재들이다. 그러므로 작품 안에 등장하는 인물들 상호 간의 갈등이
란 미미한 것일 수밖에 없다. 서대석은 몽유록이 지닌 이러한 특성에 대
해 다음과 같이 언급하였다.

몽유록에서의 갈등은 작품 외적인 역사적 현실과 몽중 인물의 의식
과의 대립으로 나타난다고 할 수 있다. 그런데 작품 외적인 사실이 생

---

53) <달천몽유록>, 77면, 傍有其頎一人 揚眉睜眼 顧謂申公曰 甌已破矣 事旣往矣 成敗有數
是非已定 更何足縷縷 今夜有約 諸君且至 適値方外人 來在這裏 迎之上座 請觀吾輩之樂
可乎.

략되어 있기에 갈등은 지속적인 전개가 거의 불가능하다.54)

역사적 현실과 몽중 인물 간의 의식의 갈등, 이것이 몽유록의 본질적 갈등이다. 이 점은 몽유록이 지닌 교술성을 드러내는 것이기도 하다. 여기서 몽유록 향유층이 이 양식을 우언(寓言)으로 받아들였다는 사실을 고려할 필요가 있다.

선생은 일찍이 꿈속에서 단종과 사육신 및 최연천을 모시고 강가에서 노닐며 돌아가며 시를 지었다. 깨어나 느낌이 있어 글로 기록하여 '몽유록'이라고 하였으니 대개 우언이 깊은 것이다.55)

이 글을 살펴보니 곧 우언이다.56)

스스로 '대관재'라고 호를 짓고 <대관부>, <소관부>를 지어 뜻을 보였다. 또한 기몽을 지어 우언을 말했다.57)

윤계선의 <달천몽유록>은 비록 우언에서 나왔으나 말이 난삽하고 귀신처럼 기괴하여 산 사람이 말할 바가 아니다. 몇 년 지나지 않아 요절하였으니 괴이하구나.58)

위에서 보듯이 몽유록 향유층은 몽유록을 한결같이 우언으로 받아들이고 있다. 그리고 우언이라는 말을 몽유록에 한해 간명하게 설명한 예가 <금생이문록> 말미에 붙은 이준(李埈)의 시에 보인다.

---

54) 서대석, 앞의 논문, 11면.
55) 『관란유고』, 先生嘗於夢中 陪端廟與六臣及崔烟村 遊於江上作詩賡和 覺而起感 文以記之 名曰 夢遊錄 盖寓言也深矣.
56) 『추강선생집』, 按此文 是寓言也.
57) 『기재잡기(奇齋雜記)』, 自號大觀齋 著大觀小觀賦以示意 又著記夢以寓言.
58) 『지봉유설(芝峰類說)』, 尹繼善達川夢遊錄 雖出於寓言 而語澁鬼怪 非生人所可道也 不數 年而夭 亦異矣.

현자의 생각 잊지 않고 / 꿈에 부쳐 이야기하여 / 그로써 기렸다네.59)

어진 이의 행적을 잊지 않고 꿈에 부쳐 서사하여 기리는 것, 이것이 우언의 의미이다. 물론, 이러한 뜻의 우언은 영남의 문사를 기리려는 의도에서 지은 <금생이문록>에 한정된 것일 수도 있다. 하지만 특히 몽유록의 우언적 성격을 적절하게 표현한 것은 '탁몽서사(托夢敍事)'라는 어구이다. 여기서 '사(事)'는 역사적 인물의 행적 또는 역사적 사건의 전말을 이른다. 이와 같이 몽유록을 우언으로 수용하고 우언의 의미를 '탁몽서사'로 해석하게 되면 몽유록의 지닌 교술적 성격이 한층 뚜렷해진다.60)

② 시연의 작품 내적 기능

몽유록의 변별적 특성인 모임 속에는 이미 연회의 성격이 내포되어 있는데 그 연회는 대개 시연으로 전개된다. 물론, <강도몽유록>, <몽결초한송>과 같이 모임이 토론으로만 전개된 작품도 있다. 그런데 이 두 작품은 다른 작품에 비해 독특한 성격을 지니고 있다. <강도몽유록>은 등장인물이 모두 여성이라는 특성이 있다. 그것도 전쟁에서 참혹한 피해를 입은 부녀자들이다. 이들에게 한시(漢詩)라는 고답적 발화 형식으로써 자신들의 원정을 토로할 상황이 못 된다. <몽결초한송>은 서민 취향의 작품인 점이 특이하다. 흥미의 초점은 제마무가 염라왕이 되어 송사를 해결하는 이야기에 있다. 따라서 구태여 등장인물의 회포를 시로써 제시할

---

59) 이준, <제최계승소찬금생전후(題崔季昇所撰琴生傳後)>, 懷賢不忘 托夢敍事 于以揄揚.
60) 여기의 우언과 서구의 allegory 사이에 약간의 의미 차이가 있으나 다음과 같은 언급은 우언과 교술성의 관계를 이해하는 데 참고가 된다. Extreme forms of intellectually controlled fiction, whether more or less specifically related to the real, we have called didactic. It is with the didactic forms, primarily allegory and satire, that an investigation of controlled meaning in narrative will have to concern itself(R.Scholes & R.Kellog, *The Nature of Narrative*, Oxford Uni. Press, 1966, p.106).

필요가 없고 오히려 그로 인해 이야기의 진행이 방해받을 수 있다. 이런 면에서 이 두 작품에서 시연이 탈락한 것이 몽유록의 장르적 성격을 모호하게 하는 증거는 되지 못한다.

<사수몽유록>에서 양·묵·노·석의 침입을 격퇴한 후 역대 제왕을 평가하고 도를 논한 데 이어서 자공의 인물평이 나온다. 이것이 끝난 다음에 배설되는 대연(大宴)으로써 모임이 마무리된다.

> 왕이스사로, 다삿줄거문고랄어라만디며, 노래지어갈오샤대, 하날명을 이에흠명하시니, 백셩이쇼명하고, 만방이협화하난도다. 셔적이다화하니, 백공이이에니라도다.61)

왕으로서 공자가 이와 같이 시를 읊자 맹자를 비롯한 백공(百公)이 시를 지어 이에 화답한다.

> 맹재……이에노래하야갈오대, 왕의덕이너비운하며, 빗치샤도의닙히도다. 덕을명하야, 민을합하니, 하날로브터명하야, 이에보하도다. 백공이셔라화답하야, 노래불러갈오대, 경화의구람이, 니러나미여, 샹셔의날이기럿도다. 우리님군이, 신명하미여, 먼리삼황의디나도다. 천츄만세에, 휴명이무강하도다.62)

이와 같이 <사수몽유록>에서는 유교에 의해 온 세상이 화합함을 찬양하는 시로써 마무리된다. 모든 갈등은 전쟁을 통해 해소되거나 유교적 대의명문에 의해 평가된 것이므로 더 이상의 갈등은 남아 있지 않다. 이 작품에 보이는 이러한 화합의 양상은 다른 작품의 시연과는 차이가 있다. 이는 이 작품이 갈등의 제시 및 해소 과정을 서사적 이야기로써 그려 냈

---

61) <사수몽유록>, 이명선, 앞의 논문, 210면.
62) 위의 논문, 210~211면.

다는 데에 기인한 특성으로 생각된다.

<금화사몽유록>은 인물평이 중심이 되긴 하지만 시연 단락에서는 <사수몽유록>이 보여 준 화합의 양상과는 다른 면이 부각된다. 역대 인물에 대한 평가가 끝난 후 한황의 제의로 군신들이 돌아가며 시를 짓는다. 그중 장량의 시는 다음과 같다.

> 황석공에게 학문을 배워 한고조를 받들어 진(秦)을 치고 항우를 엎어 다섯 살 때 원수를 갚았도다. 몸이 천자의 스승 되어 인신의 지위가 극하였다. 공을 이룬 후 몸을 빼어 영화를 사양하고 지위를 피해 둥근 달과 뜻 높은 학과 함께 적송자를 좇아 만고 운산에 노니노라.[63]

장량의 행적을 시를 통해 서술해 놓은 것임을 쉽게 알 수 있다. 작품 안에서는 장량이라는 작중 인물이 읊은 것으로 되어 있으나 실제로는 작가가 장량의 행적을 간략하게 서술하려고 한 것이다. 다른 인물의 시에서도 마찬가지 양상을 보이므로 <금화사몽유록>에 나오는 시들은 대부분 교술적인 성격을 지녔다고 하겠다.

이렇게 시연에서도 교술성이 나타나는 것은 몽유록의 작가 의식에 비추어 당연한 현상이라고 생각된다. 그러나 시 자체는 서정성을 본질로 하고 있다는 점이 무시되어서는 안 된다. 아무리 교술적 의도가 개입되어 있다 해도 시에는 그 시를 읊는 인물의 정서가 술회될 수밖에 없다.

<금화사몽유록>의 시들이 교술성을 띠긴 하지만 작가는 시를 읊는 인물의 행적에 비추어 시로써 기쁨을 드러내게도 하고 원정을 호소하게도 하였다. 특히, 비운의 삶을 살았던 인물의 시에서 그들의 정서가 표백된다. 다음은 한신의 시이다.

---

63) <금화사몽유록>, 34면, 受學黃公 來攀赤帝 滅秦倒項 五世之讐報矣 身爲帝師 人臣之位 極矣 攻城身退 辭榮避位 團團之月 昂昂之鶴 從遊赤松 萬古雲山.

홍문에서 한나라에 귀순하기로 마음먹고 장단에서 금인(金印)을 찼도다. 관중을 평정하고 삼진(三秦)을 격파하니 연나라와 조나라는 흩어져 달아나고 뭇 영웅이 목을 움츠렸도다. 한번 기치를 올려 장감(章邯)을 베니 죄 있는 적들이 위세를 두려워했도다. 항우를 해하에서 멸하여 국가의 일등 공신이 되었도다. 높이 나는 새가 없어지니 좋은 활이 감추고 교활한 토끼가 죽으니 사냥개가 삶아지듯이 아녀자의 손에 죽임을 당하니 천추의 한을 잊지 못하리로다.[64]

한실의 원훈으로서 공이 지대했던 한신이 여후의 계략으로 인해 죽임을 당한 내력을 간략히 서술한 시이다. 여기서 작가는 한신의 회포를 '천추난망지한(千秋難忘之恨)'이라고 표현하여 교술적 의도를 완화하고 있다.

<달천몽유록>의 시연 단락에서 작가의 이러한 양면적 의도가 좀 더 잘 드러난다. 장군의 명으로 시연이 베풀어진 자리에서 등장인물이 돌아가며 시를 읊는다.

고 임피가 나아가 이르기를, "우림의 고아로서 부친상을 당한 지극한 고통을 안고 호랑이 같은 아버지에 강아지 같은 아들이 될까 두려워하여, 매의 날개에 앵무새가 찢길 것도 잊고서 피눈물을 뿌리며 창을 베고 뼈를 깎아 복수할 것을 도모하였다. 목숨을 버리고 의를 취하려는 무리들이 싸락눈처럼 모여들어 관흥과 장포의 승리를 날을 꼽아 기다렸더니, 마침내 굶주린 아가리에 육신을 던졌으니 죽어서도 눈을 감을 수 없다." 하고 이어 시를 읊으니,

해마다 바람과 비는 몰아치고
모래 벌에 널린 뼈에 이끼가 끼었구나.
평생토록 원수 갚을 뜻에
한시라도 재가 될 수 없도다.[65]

64) 같은 곳, 思歸漢於鴻門 佩金印於將坮 定關中破三秦 燕趙望風 群雄縮頸 斬章邯於一旗 勍敵畏威 滅項王於垓下 爲國元勳 高鳥盡兮良弓藏 狡免死兮獵狗烹 殞身兒女子之手 千秋難忘之恨.

고종후(高從厚)가 나서서 자기의 신상에 대해 발언한 다음 시를 읊는다. 이 작품의 시연은 계속 이러한 방식으로 서술되어 나간다. 위 인용문에서 보듯이 등장인물이 자신의 내력을 말하는 부분 뒤에 그 인물이 시를 읊는 부분이 이어진다. 앞부분은 작가의 교술적 의도에 따라 등장인물의 입을 통해 그 인물의 행적을 서술한 것이고 뒷부분은 교술적 의도 대신 순수한 서정시로써 인물의 회포가 토로되었다.

<원생몽유록>, <금생이문록>에서는 등장인물의 회포가 토로된 서정시가 시연을 장식하고 있다. 물론 두 작품도 작가의 교술적 의식이 큰 비중을 차지하지만 시연에서 인물이 읊는 시에는 대개 비장한 심회가 표백되어 있다. 몽유록에서 시연의 기능을 이해하려면 <금화사몽유록>의 교술성 짙은 시는 별로 도움이 되지 않는다. 이러한 양상은 몽유록 자체의 교술성을 생각하면 쉽게 알 수 있기 때문이다. 문제는 <원생몽유록>, <금생이문록>, <달천몽유록>에 나타나는 서정시에 있다.

앞에서 말했듯이 몽유록의 본질적 갈등은 등장인물 상호 간이 아니라 등장인물의 의식과 역사적 사실 사이에 있다. 그런데 등장인물의 입장에서 보면 이 갈등은 극복되거나 해결될 여지가 없다. 옳든 그르든 역사는 이미 지나가 버렸고 이들은 그 속에서 희생당한 존재일 뿐이다. 역사를 되돌릴 수 없는 한, 이들이 할 수 있는 일은 다만 자신들의 좌절과 비회를 시로 읊으며 달랠 따름인 것이다.

> 강물은 울어 옐 제 쉴 줄을 모르누나.
> 기나긴 나의 시름 이 물에 비길까나.
> ……

---

65) <달천몽유록>, 78~79면, 高臨陂進曰 以羽林之孤兒 抱終天之極痛 恐犬子於虎父 忘隼翼
　　於鸚披 泣血枕戈 刻骨圖報 舍生取義之徒 如霰斯集 關興張苞之捷 指日而待 竟投肉於餓口
　　未遂願於瞑目 遂吟曰 年年風雨過 沙場骨已苔 平生報仇志 一寸未成灰.

<blockquote>
차가운 물결 밝은 달이 이내 수심 자아낼 제
슬픈 노래 한 가락에 천지가 아득하구나.[66]
</blockquote>

<원생몽유록>에서 왕이 지은 시는 이와 같이 비장한 것이다. 자신은 비가(悲歌) 한 곡을 지을 뿐 유유한 천지의 운행을 어찌할 길 없음을 토로하며 자신의 좌절감을 드러내고 있다. 왕의 시에서 풍기는 이러한 침울한 분위기는 시연 전체를 감싸고 있다.

이러한 시연의 양상을 '갈등의 내면화'라고 이해할 수 있다. 등장인물 사이의 갈등은 무마되었으나 보다 근본적인 갈등은 해소되지 못한 채 등장인물 각각의 내면 속으로 침잠하는 양상이다. 만약 이러한 내면화 과정이 없었다면 몽유록은 양식적 파탄을 면치 못했을 것이다. 몽유록의 작가 의식이 교술적 측면으로만 나아가 몽유록 자체가 하나의 논설문이나 기록물로 옮겨갈 수도 있었는데 이를 막아 주는 역할을 시연이 담당하고 있는 것이다. 이와 함께, 몽유록의 등장인물이 자신들의 좌절과 그로 인한 의식의 파탄을 시를 통해 지양하려는 몸부림이라고 생각할 수도 있다. 그리하여 등장인물의 의식은 균형을 찾게 되고 나아가 몽유록이란 장르 자체가 교술성에만 매몰되지 않고 하나의 완결된 문학 세계를 구축하게 된다. 이것은 진정한 화해일 수는 없으나 의식의 균형이라는 면에서 하나의 화해, 좌절된 상태로 화해를 이룬 것이라고 할 수 있다.

이와 같은 양상은 몽유록의 창작층이 지닌 의식이 몽유록의 양식적 특성으로 드러난 것이다. 그들은 중세 지식인 계층으로서 역사의 모순을 통감하고 있었다. 그러나 현실의 압도적인 위력 앞에 그들이 신봉하는 중세 이념은 무력했다. 이런 가운데 방황하게 된 그들은 어떤 형식으로

---

66) <원생몽유록>, 이가원 교주, 앞의 책, 9면, 江波咽咽兮流無窮 我懷長長兮與爾同……波光月色兮使我心愁 悲歌一曲兮天地悠悠.

든 의식의 균형을 찾아야 했는데 꿈이라는 그럴듯한 방어 기제를 마련하여 자신들의 좌절된 의식을 다소나마 추스르고자 한 것이다. 그러나 꿈 자체는 허망한 것이어서 그 한계는 명백했기에 시라는 서정 양식을 동원하여 몽중 세계의 대미를 장식함으로써 갈등을 내면화하면서 역사와의 화해를 도모했다고 할 수 있다. 이렇게 본다면 몽유록의 토론과 시연 단락은 각각 작가 의식의 파탄과 균형에 대응하는 것으로 이해된다.

5) 결론

  몽유록에 대해서는 여러 각도에서 깊이 있게 논의되었으나 예상 외로 몽유를 중심 모티프로 한 다른 장르종과의 대비나 몽유록만이 지닌 장르적 특성이 분명하게 밝혀지지는 못했던 것 같다. 이 글은 먼저 몽유록의 서술 구조를 분석하여 이 장르가 몽유 양식의 다른 장르종과 변별되는 특성을 드러내고자 하였다. 그리고 서술 구조를 기준으로 하여 몽유록의 유형을 나누어 보고 그것을 바탕으로 몽유록의 형성 과정 및 역사적 변천을 고찰해 보았다. 그리고 몽유록의 서술 구조 자체에 대한 해석을 통해 몽유록 작가층의 의식까지도 드러내고자 하였다.

  몽유록이 몽유 양식의 다른 장르종과 다른 특성은 그것이 지닌 '모임'의 성격에 있다. 여기서 모임이란 몽유록의 작가 의식과 결부되어 역사적 인물을 시공간적 거리를 무시한 채 한자리에 모아 놓는 것을 말한다. 이렇게 모임의 성격을 지닌 몽유록의 몽중 세계에서 참석자들은 토론을 벌이거나 연회를 배설한다. 그런데 몽유록의 몽중 세계는 공통된 서술 구조로 짜여 있는바 다음과 같은 순차적 단락을 이루고 있다.

입몽-인도 및 좌정-토론-토론의 진정 혹은 잔치의 배설-시연-
시연의 정리-각몽

이상과 같은 서술 구조는 <원생몽유록>에서 추출한 것이지만 몽유록
전 작품으로 확대해도 큰 무리는 없으리라 본다. 위의 서술 구조를 온전
하게 갖춘 작품이 몽유록의 전형이라고 생각된다. 물론 작품에 따라서
몽유록의 핵심이 되는 두 단락인 토론과 시연 중 어느 한 쪽이 강조되어
다른 쪽이 약화 내지 탈락된 경우가 있다. 여기서 몽유록 작품을 유형화
할 단서를 찾을 수 있다. 그리하여 몽유록의 서술 구조를 완전히 갖춘 유
형, 서술 구조의 균형이 깨어진 유형, 서술 방식에서 예외적인 유형 등으
로 나눌 수 있었다.

이러한 서술 구조를 중심으로 몽유 양식의 다른 장르종인 몽유전기소
설, 몽기류와 비교해 보았다. 그 결과 몽유록의 서술 구조는 ≪금오신화≫
와 ≪전등신화≫의 직접적인 영향을 받아 형성되었다고 추정된다. 그러
나 한문학의 잡기류에 속한 몽기류의 지속적인 창작도 몽유록의 형성에
영향을 끼쳤다고 보인다. 몽유록은 기본적으로 사대부의 한문학적 교양
의 소산이기 때문이다. 뿐만 아니라 심의의 <몽사자연지>, 허균의 <주
흘옹몽기>와 <몽기> 등은 몽유록에 근접하는 모습을 지니고 있고 이규
보의 몽유 시화, 허난설헌의 <몽유광상산시서> 등을 통해 몽유록의 시
연 단락 형성에 몽기류가 영향을 주었으리라 짐작해 볼 수 있다.

몽유록의 전형적인 작품은 <원생몽유록>, <금생이문록>, <달천몽유
록>으로서 모두 16세기 말경에 창작되었다. 이때는 몽유록이 서술 구조
를 완성한 시기로서 몽유록의 전성기라고 할 만하다. 그런데 전형적인
서술 구조를 이루기 전에 <대관재몽유록>, <안빙몽유록> 같은 당나라
전기 소설의 영향 아래 있던 작품이 먼저 나왔다. 그리고 <강도몽유록>,

<피생명몽록> 등 토론이 부각된 작품이 전형적인 몽유록 작품과 동시대 혹은 그 직후에 나오고 후대에 <금화사몽유록>, <몽결초한송> 등의 작품이 몽유록의 전통을 이어 창작되었다.

이상의 통시적 연구와 함께 서술 구조 자체에 대한 해석도 시도하였다. 그리하여 몽유록의 서술 구조에서 가장 핵심적인 두 단락인 토론과 시연이 어떤 기능을 하는지 살펴보았다.

몽유록의 토론 단락은 이념적인 성격의 토론, 인물평으로 전개되는 토론, 호소의 양상을 띤 토론 등 세 가지로 구분된다. 이념적인 토론은 역사적 현실과 유교 이념 사이의 모순에 대한 인식에서 나온 것으로서 몽유록 작가층의 의식 규명에 중요한 의미를 지닌다. 인물을 평가하여 과거 역사를 반추해 보려는 인물평의 토론은 역사책을 통해 얻은 지식을 활용한 사대부의 희필적인 성향이 담겨 있다. 등장인물이 억울한 사연을 호소하는 방식의 토론은 역사적 사건에서 멀지 않은 시대에 나온 작품들에서 매우 처참하고 격정적인 양상으로 그려져 있다.

이상과 같이 전개되는 토론은 몽유록의 서술 구조에서 등장인물 상호 간의 갈등이 표출되는 방식이다. 그러나 작품 안에서 벌어지는 갈등은 그 심각성에 비해 너무 쉽게 진정되어 버린다. 판결자 혹은 유교 이념의 수호자의 한마디에 등장인물 상호 간의 갈등은 쉽게 무마되는 것이지만 토론을 통해 제기되었던 갈등이 완전히 해소된 것은 아니다. 이러한 양상은 몽유록의 본질적 갈등이 작품 내부에 있지 않음을 말해 준다. 그것은 등장인물의 의식과 작품 외부의 역사적 사실 사이에 있었던 것이다. 이러한 점은 몽유록이 지닌 교술성의 주된 내용이기도 한데 이는 당대 향유층이 몽유록을 우언으로 수용했다는 사실에서 확인된다.

몽유록의 교술성은 시연에서도 나타난다. 몽유록 작가는 등장인물이 읊는 시 속에 그 인물의 행적을 서술하는 한편 시를 통해 그의 회포가 표백되도록 하였다. 등장인물이 읊는 서정시가 몽유록에서 시연의 기능을 잘 보여 준다. 시연 단락은 이전의 토론 단락에서 야기된 갈등을 등장인물 각자의 내면 속으로 침잠시키는 것 곧, 갈등의 내면화 과정이 응집된 것이다. 또한, 시연이 작품의 대미를 장식함으로써 몽유록이 논설문이나 기록물로 옮겨가지 않고 그 자체로 하나의 완결된 문학 세계를 구축하고 있다. 결국 몽유록에서 토론과 시연의 서술 구조는 몽유록 창작 계층이 지닌 의식의 파탄과 균형에 대응한다고 하겠다.

3. 명은 김수민의 〈내성지〉

1) 서론

　명은(明隱) 김수민(金壽民, 1734~1811)은 지금까지 국문학계에 전혀 알려지지 않았던 인물인데, 1986년 그의 문집인『명은집(明隱集)』이 후손에 의해 영인 간행됨으로써 비로소 알려졌다. 이 문집의 머리에 정구복(鄭求福)의 해제가 실려 있는데 이 글이『명은집』의 전반적인 성격에 대한 최초의 소개인 셈이다. 이 해제에서는 김수민의 생애에 대해서 일별하고, 그의 학문적 성향으로서 이기설(理氣說), 인물성(人物性) 동이론(同異論)에서 절충주의를 택했고, 의리학(義理學)에 깊은 연구를 하였는데 그 본보기가 〈내성지(奈城誌)〉이고, 100여 편의 도표(圖表)를 작성하여 유교적 도덕의 실천과 원리를 설명하였고, 지방민의 교화를 위해 향약(鄕約)을 절충하여 새로이 마련하고 그 실천에 노력하였고, 주역을 해석했고, 37편의 〈기동악부(箕東樂府)〉를 지었으며, 그의 당색(黨色)이 노론(老論)이었음을 보여 주고 있다는 등 일곱 항목에 걸쳐 정리하고 있다.[1) 간략하긴 하지만 이를 통하여『명은집』의 내용적 특징과 작가의 학문적 성향에 대해 전반적인 소개가 이루어진 것이다.

국문학 연구의 입장에서 우리의 관심 대상은 김수민이 창작한 1,300여 수의 한시(漢詩), <기동악부>, 그리고 <내성지> 등이다. 그의 한시와 악부시에 대해서는 또 다른 연구 논문이 작성되어야 하겠기에 이 글에서는 이를 유보해 두고 산문 작품으로서 <내성지>만을 논의의 대상으로 하겠다. 문집 해제를 쓴 정구복과 간행사를 쓴 김종원은 공히 김수민의 작품 중 작가적 특성을 가장 잘 보여 주고 있는 중요한 작품으로서 이 작품에 대해 언급하고 있다. 이들은 이 작품을 한문소설 내지 역사소설로 파악하면서 작가의 의리론(義理論)과 관련지었다.

이와 같이 <내성지>는 이미 문집 간행 시부터 주목을 받았는데, 조석헌에 의해 몽유록으로서 이 작품이 지니는 가치에 대해 한 차례 논의된 바 있다.2) 그렇지만 이 작품이 몽유록의 서술 구조상 특성과 어떻게 연관되고 그 사적인 의의가 무엇인지에 대한 구체적인 분석과 자리매김이 요구된다.

이에 먼저 <내성지>의 작가 김수민에 대해 그의 생애와 사상적 경향을 좀 더 자세히 살펴보았다. 작품을 분석함에 있어서는 그 내용과 구성 방식상의 특성을 고찰하여서 이를 몽유록 일반이 지니는 특성과 견주어 이해하고자 하였다. 또한 이 작품은 제재나 구성 그리고 주제 등에 있어서 <원생몽유록>과 비교 검토의 대상이 되기에 이를 위해 한 장을 할애하였다. 이러한 우리의 작업은 새로 소개되는 이 작품을 몽유록의 전개 과정에 있어서 어느 위치에 놓아야 할 것인가를 가늠해 보려는 목적으로 수렴될 것이다.

---

1) 『명은집』, 보경문화사, 1986, 5~6면.
2) 조석헌, 「몽유록소설 내성지에 관한 연구」, 건국대 교육대학원, 1989.

  제2부 몽유 소설의 작품 세계와 작가 의식

2) 작가 소개

　김수민의 생애를 알 수 있는 일차 자료는『명은집』말미에 실려 있는 이서구(李書九)의 비문과 김근순(金近淳)의 행장이다. 이 두 글은 김수민의 행적에 대해서 간명하게 요약 정리해 놓았다. 이를 바탕으로 하여 문집의 여기저기에서 산견되는 자료들을 보충하여 김수민의 생애와 사상에 대해서 간략히 소개하기로 하겠다.

　김수민은 갑인년(甲寅年, 1734)에 남원에서 출생하였다. 그의 본관은 扶安이다. 7대조 익복(益福)은 선조조(宣祖朝)에 등제하여 영광군수의 벼슬을 했다. 임진 정유왜란 때 의병활동을 하다가 순국하였다. 정조 때 이조참판이 추증되었다. 6대조 윤(沇)은 성균 진사로 병자호란 후 은거 종신했다. 역시 정조 때 동몽교관이 추증되었다. 5대조 지백(之白)은 김집(金集)의 고제(高弟)로 담허선생(澹虛先生)이라고 칭해졌다. 정조 때 사헌부집의가 추증되었다.[3] 이들에 대한 김수민의 숭모의 정은 지극했던 것 같은데 정조 때 이들 세 선조의 공적을 조정에 알려 관작을 추증 받게 한 사람이 그이다. 이들 다음으로 고조 석(晳), 증조 유기(裕基), 조 잠(箴) 등은 그렇게 드러난 행적이 없는 듯하다. 부친 연장(鍊章)이 일찍 죽고, 모친 진주 소씨는 절행(節行)이 있어 정조조에 정려문이 세워졌다. 본래 그는 계형(啓亨)과 흥덕 장씨 소생으로 연장의 집에 대를 잇는 아들로 들어간 것이다.[4]

　김수민은 과거도 보지 않고 평생 향촌에서 독서와 저술에만 전념하였기 때문에 드러난 행적이 별로 없다. 행장에는 그의 몇 가지 행적이 기록되어 있는데 대부분이 지방의 한 선비로서 조정(朝廷)이나 관부(官府)에 소(疏)를 올린 일이다. 가령, 정조 초원(初元) 병자(丙子)에 유규(柳逵) 등과 함

---

3) 이서구, 「비문(碑文)」, 『명은집』 22권, 잡저 참조.
4) 김근순, 「행장(行狀)」, 『명은집』 22권, 잡저 참조.

게 의리(義理)로써 성심껏 나라를 다스릴 것을 강조하는 소를 올렸고, 또 만동묘(萬東廟)에서 행례(行禮)할 때 위판(位板)을 써야 한다는 소를 올리는 등의 일이 그것이다. 그리고는 향촌 사회의 선비 혹은 향반(鄕班)으로서 그가 활동한 자취가 문집에 보이는데, 1786년에 마을 사람들의 부탁으로 주자·퇴계·율곡의 향약을 참고로 하여 향약을 새로 정비했던 일이 그 것이다. 그의 문집 8권에는 그가 정한 향약의 세부 조목들이 기록되어 있다.

이렇게 드러난 행적은 미미하지만 미호(渼湖) 김원행(金元行)에게 사사받고 여러 거유(巨儒)들과의 교유가 있었던 것으로 보아5) 어느 정도 중망은 얻었던 것 같다. 그러기에 성대중(成大中), 홍윤승(洪允升)의 문집 서문과 이서구의 비문, 김근순의 행장 등이 문집에 수록될 수 있었던 것이다. 이는 그가 정치적으로 노론(老論)의 노선을 철저히 신봉하고 있었다는 것이 당시 집권층으로 자리를 굳혔던 노론계 인사들과의 폭넓은 접촉을 가능하게 했던 것이 아니었나 싶다. 그가 노론에 속하기에, 당연한 말이지만, 그의 글 곳곳에 우암 송시열을 숭앙하는 뜻이 드러나 있고 허목과 윤증을 신랄하게 비난하는 글을 남기고 있다.

그는 타고난 기질이 분명 순수하고 굳게 치키는 마음이 바르고 곧아서 어릴 적에 놀이를 별로 하지 않고 이미 성인(成人)의 예의 법도가 있었고, 자라서는 강개(慷慨)히 큰 뜻을 두어 과거문(科擧文)을 달갑잖게 여겨 널리 배우고 힘써 행하며 옛사람의 지절(志節)과 행의(行義)를 온전히 사모했다 한다.6) 또한 시비(是非)와 사정(邪正)을 따지는 데 있어서는 의연히 지키는 바 있어 마을 인사들의 취향과 숭상하는 바가 단정치 못하면 반드시 엄

---

5) 이서구, 「비문」, 師事渼湖金公元行 所與交多通儒長德 故講論精詣 篤志自修 无求於世.
6) 김근순, 「행장」, 稟氣明粹 秉心方直 少小遊戲 已有成人儀度 及長慷慨有大志 不屑於科擧
   文 博學力行 全慕古人志節行義.

한 말로 따져서 내치니 비록 이 일로 미움을 받더라도 개의치 않았다고 한다.[7] 여기서 김수민 자신이 쓴 행장인 「명은재자장(明隱齋自狀)」을 인용하는 것이 그의 성격을 이해하는 데 도움이 될 것 같다.

> 명은자는 부풍(扶風)(부안) 사람이다. 집안 대대로 존주(尊周)하여 써 그 뜻을 지켜 인하여 자호(自號)하였다. 성질이 거칠고 우원(迂遠)하여 집안사람의 생업을 일삼지 않고 독서를 좋아하였는데『춘추』와 주자(朱子)의 글을 더욱 사랑하였다. 우옹(尤翁)(송시열)의 글에서 곧을 직(直) 자 하나를 집어내어서 백십 근의 짐으로 여겼다. 세상 동정과 잘 맞지 아니하여 얻어맞고 채였으나 일찍이 벼슬에 나아가지 않았다. 책 속에 있을 때는 엄 처사·제갈무후·도정절과 더불어 벗했고 소서(素書)에 곡진했다. 평소 앉을 때 북쪽을 향하지 않고 항상 서쪽을 면했는데 남이 그 까닭을 물으면 웃으며 대답지 않았다.[8]

인용문에서 보듯이 김수민은『춘추』를 즐겨 읽었고 대대로 중화(中華)를 받든 집안의 자손임을 자랑하고 있다. 그는 명나라가 망한 지 100여 년이 지난 시대에 살면서 평소 청나라가 지배하고 있는 중원을 향해 앉지 않았을 정도로 존주양이(尊周攘夷)의 사상에 투철하였다. 곧 그는 춘추대의(春秋大義)적 명분(名分)에 입각한 존주론자(尊周論者)라고 말할 수 있다. 그리고 이 모습이 그의 생애의 가장 의미 있는 사건을 만들어 내었다. 그의 나이 64세 때『존주록(尊周錄)』의 일로 상경한 것이 그것이다.

이 일에 대해서는 문집 도처에서 스스로 상기하고 있고 비문을 쓴 이서구도 그 글의 머리에 기록해 놓았다. 정조 21년 정사(丁巳, 1797)에 만력

---

7) 이서구, 「비문」, 至若是非邪正之辨 毅然有守 見鄕里人士趣尙不端 必嚴辭辨斥 雖以此見忤 而不恤也.

8) 『명은집』9권, 明隱齋自狀, 明隱子扶風人 家世尊周以守其志 因以自號焉 質性疎迂 不事家人生業 好讀書 尤眷眷於春秋朱書 尤翁之文拈出直之一字 以爲百十斤擔子 寡合於世勳 遭拳踢 不曾駕言 卷中時 與嚴處士諸葛武候陶靖節尙友 旁通素書 平居坐不向北而常面西 人問其故 笑而不答.

(萬曆) 이후 우리나라에서 명나라를 위해 의리를 지킨 시말을 기록한『존주록』이라는 책을 편집할 것을 명했는데, 이듬해인 병오(戊午, 1798)에 김수민이 조정에 글을 올려 그의 집안사람 일곱 명이 그 책에 수록될 수 있게 하였고, 또 앞서 말한 바와 같이 그 중 세 사람은 벼슬을 추증 받았다. 이 일에 감읍하여 쓴 시(詩)가 문집의 첫머리에 실렸는데 그 시의 서(序)에서 이렇게 되기까지의 과정을 다음과 같이 간략히 적고 있다.

> 내가 정사년 봄에 조상들의『존주록』일로 상경하여 이참판서구(李參判書九), 성위원대중(成渭原大中)을 만나 조상의 존양지의(尊攘之義)를 부연 설명하였다. 참판은 "상(上)으로부터 마침 춘추를 편찬하도록 명받았기에 입전(立傳)할 겨를이 없습니다." 하여 위원에게 서신을 보내 입전하는 뜻을 부탁하였다. 위원이 이에 그「언록(言錄)」가운데 도촌(陶邨)·담허(澹虛)·재간(在澗)·용암(春巖)·백파(白波) 오현(五賢)의 춘추지의(春秋之義)를 써서 합하여 일전(一傳)으로 하였다.……이듬해 늦봄에 상께서 선조 삼세 칠절(三世七節)을 포상함을 입어 만력(萬曆)·숭정(崇禎)의 은혜로운 고명(誥命)을 받들고 내려왔다.9)

이러한 과정을 거쳐 자신의 선조들을『존주록』에 수록되도록 하였는데 여기에는 김수민의 면모를 확연히 드러내 주는 에피소드가 첨가된다. 위 인용문 중 끝부분에서 숭정 연호를 받들고 돌아왔다는 일의 내력이 그것인데 이에 관해서는 이서구의 발문에 간략히 정리되어 있다.

> 상(上)께서 가상히 여기시어 벼슬을 차등을 두어 주게 하셨는데, 이전의 고명(誥命)을 선포하는 예로 당연히 청인(淸人)의 연호를 썼다. 공(公)

---

9)『명은집』1권, 尊周錄事實幷序, 余丁巳春 以先世尊周錄事上京 見李參判書九 成渭原大中 敷陳先祖尊攘之義 參判曰 自上方命編春秋 無暇立傳 遂致書於渭原 囑以立傳之意 渭原如 其言錄中 書陶邨澹虛在澗春巖白波五賢春秋之義 合爲一傳……翌季春 上言蒙褒先祖三世七 節 奉萬曆崇禎恩誥下來矣.

이 개탄하여 이르기를, "수민이 다행히 임금님의 은혜를 아주 후하게 입었으나 고명을 청인의 연호를 써서 내리시니 장차 우리 선조께 고할 수 없겠습니다. 수민은 의리로써 감히 받을 수 없습니다." 하였다. 유사(有司)가 억지로, "요즘의 제도라 어길 수 없다." 하였으나 공의 항거하는 말이 더욱 굳었다. 이 일이 상께 알려져 특별히 숭정 기원을 쓰도록 명하셨다.10)

이것은 김수민이 평생 신봉한 존주양이의 사상이 유감없이 발휘되어 나타난 극명한 예가 될 것이다. 그러기에 이 '존주록사(尊周錄事)'는 김수민에게는 가장 영광된 일로 경험되어 두고두고 기억되었다.

이후, 그의 말년에 가서 이 글의 대상인 <내성지>로 인해 야기된 사건이 있다. <내성지>는 그의 나이 24세 때인 정축년(丁丑年, 1757)에 지어졌는데 고희의 나이에 와서 새삼 문제가 되었던 것이다. 일의 발단은 그 내용 가운데 최항(崔恒)을 역신(逆臣)으로 기술한 대목이11) 같은 마을의 최씨 후손들로부터 지탄의 대상이 되었던 데서부터다. 이에 그는 문제된 부분을 삭제하였다. 그런데 최씨 집안에서는 그것에 만족치 않고 책을 불태워 버린 후 관가에 성현을 모독하였다고 고발한 모양이다. 일이 이렇게 되자 김수민은 자기변호의 글을 써서 마을 사람을 설득하고 관부(官府)에 항변해야 했다.12) 그러나 결국에는 7개월 동안 옥살이를 해야만 했

---

10) 이서구, 「비문」, 上嘉之命贈官有差 既宣誥例 當書淸人年號 公慨然曰 壽民幸蒙上恩至厚 然贈誥書淸人年號 將无以告我先祖 壽民義不敢受 有司强之曰 時制也不可違 公抗辭愈堅 事聞 命特書崇禎紀元.

11) 현재 문집에 실려 있는 <내성지> 속에는 최항에 대한 언급이 없다. 추측컨대 최씨 집안과의 마찰로 인해 삭제한 것이 문집에 수록된 듯하다. 한편, 「동각잡기(東閣雜記)」에는 최항이 김종서를 쳐 죽이고 단종에게 사후 보고하러 온 수양대군을 문을 열어 맞아들였다는 이야기를 기록해 놓고 있는데 아마 이 부분을 김수민이 인용하였던 것이리라 추측된다(『국역 대동야승』, 민족문화추진회, 1983, p.387 참조).

12) 『명은집』18권의 「답둔최패(答屯崔牌)」와 「본부정장(本府呈狀)」을 통해서 이 일의 경과와 김수민의 변론을 읽을 수 있다. 「시(詩)」 가운데 2권 <崇禎三癸亥陽月間……>으로 시작되는 긴 제목의 시, 3권 <술회(述懷)> 등도 이 일을 소재로 쓰인 작품들이다.

다.13) 그는 이 일을 김종직·김일손 등이 유자광의 모함을 받아 화를 입은 무오사화(戊午士禍)에 비기고 있을 정도로 자신의 정당함을 강조하고 작품 <내성지>의 집필 의도와 서술 내용이 춘추대의에 부합함을 역설하고 있다.

> 대개 내가 젊었을 때에 충의에 격감된 바 <내성지>를 지었는데『황명사기(皇明史記)』·『노릉지(魯陵誌)』·『동각기(東閣記)』·『육신전(六臣傳)』을 엮어서 합하여 일부(一部)로 하였다. 본문에 의지하여 포폄(褒貶)의 단서가 있는데 근엄 정직하고 정성스럽고 강개하여 이를 읽고서 눈물을 흘리지 않는 자는 진실로 이른바 사람의 마음이 없는 자이다. 그러므로 이 책은 천지에 세워도 패역치 않고 귀신에게 질정하여도 의심이 없으리니 백세 후에 성인(聖人)을 기다려서도 의혹이 없을 것이다.14)

여기서 보듯이 그는 자신이 지은 <내성지>의 내용에 대해서 그것이 춘추대의에 입각한 정론(正論)임을 확신하고 있으며 그에 대한 자부심이 또한 대단하다.

김수민은 신미(辛未, 1811) 5월에 세상을 떠났는데, 철종 을묘(乙卯, 1855)에 승정원 좌승지 겸 경연참찬관(承政院左承旨兼經筵參贊官)에 추증되었다. 그의 생애를 통틀어 위에서 지적한 일 외에 특별히 언급할 만한 것은 없는 듯하다. 그보다는 그가 20여 권에 달하는 문집을 남겼다는 사실에서 그가 향촌에서 생활하면서 독서와 저술에 전념하였던 선비의 한 사람임을 상기하는 편이 더 낫겠다. 이 점에 대해서는 작가 스스로 앞에서 이미

---

13) 『명은집』 17권에 김수민의 아들 복현(復鉉)이 쓴 「역차기서(易箚記序)」가 실려 있다. 이 글에 의하면 김수민은 최씨 문중의 일로 인해 7개월간 옥중에 있었는데 이때에 「주역차기(周易箚記)」를 지었다고 한다. 이 글은 『명은집』 17권에 수록되어 있다.

14) 『명은집』 18권, 「답둔최패」, 盖我少時 爲忠義所激感 著奈城誌 彙緝皇明史記及魯陵誌東閣記六臣傳 合爲一部 依本文有褒貶之端 而謹嚴正直 惻怛慨惋 讀此而不流涕者 眞所謂無人心者也 然則是書也 建諸天地而不悖 質諸鬼神而無疑 百世而俟聖人而不惑.

인용한 바 있는 「명은재자장」의 후반부에서 다음과 같이 자부하고 있다.

일찍이 이르기를, "사람이 세상에 나서 만물의 일원(一原)을 꿰뚫어 보지 못하면 그 가히 천형(踐形)이라 이르리오." 하였다. 드디어 천지(天地)·음양(陰陽)·인물(人物)·귀신(鬼神)·변역(變易)의 이치를 궁구하여 저술한 바가 있었다. 학문으로써 자처하지는 않았으나 드러냄에 태극 하락팔괘 및 성현 가언(嘉言)의 도표 100여 범주가 있고 득실과 영욕 같은 것에 이르러서는 일찍이 걸어놓지 않고서도 가슴 속에 효효연하게 자득(自得)하였다. 항상 스스로 이르기를, "주인공은 항상 존재하고 항상 깨어 있는 게 아닌가?" 답하기를, "존재하고 깨어 있다." 하고 이로써 스스로 마감했다.15)

그가 천지·음양·인물·귀신·변역의 이치를 연구하여 저술했다고 한 것은 『명은집』에 수록되어 있는 글들에서 확인된다. 『명은집』의 주요 저술로는 제6·7권 「경의조대(經義條對)」, 제8권의 「도설(圖說)」, 제16·17권의 「주역차기(周易箚記)」, 그리고 제21권의 「천리문해(天理問解)」 등인데 이 글들의 내용이 작가가 말한 그러한 것들이다. 또 득실과 영욕에 대한 글로는 제4·5권의 <기동악부>와 18권의 <내성지>를 들 수 있다. 이와 같이 김수민은 저술가로서의 면모를 띠고 있다.

이렇게 김수민의 생애를 일별했을 때, 그는 정치적으로는 노론에 속하면서 춘추대의의 명분론에 투철하고자 했던 향촌사회의 한 지식인이라고 정리할 수 있으리라 본다. 그렇기에 그는 존주양이의 이데올로기를 신봉했던 존주론자로 단정 지을 수 있다. 이렇게 단정 짓는 데는 김수민이 살았던 18세기말이 실학자로 대표되는 진보적 지식인들이 두드러진 활동을

---

15) 『명은집』 9권, 「명은재자장」, 嘗曰 人生於世 不能洞見 萬物之一原 其可謂踐形乎 遂究竟 于天地陰陽人物鬼神變易之理 有所著述 不以學自處 而表襮有太極河洛八卦 及聖賢嘉言之 圖 百有餘圈 至若得失榮辱 未嘗掛搭 在胸中囂囂然自得 常自語曰主人公常存常覺否 答曰 存覺 以此自終.

전개한 시기임을 고려하여 그러한 시대 조류의 반대편에 위치한 인물로서 김수민을 보고자 하는 의도가 담겨 있는 것이다. 그와 동시대인인 홍대용(洪大容)과 비교하면 그 사상적 거리를 실감할 수 있을 것이다. 그렇지만 김수민의 사상적 특징이 그 시대의 특수한 한 형태가 아니라 당대 진보적 지식인을 제외한 대다수의 보수적 성리학자들의 사상을 대변하는 것이라고 생각된다.

3) 몽유록으로서의 작품 성격

몽유록의 전반적인 특성을 규명해 보려한 연구들이 장덕순 이래로 꾸준히 있어 왔다.[16] 그러한 연구의 결과로서 몽유록의 갈래 규정 문제가 여전히 쟁점으로 남아 있기는 하지만[17] 몽유록 자체의 특성에 대한 이해는 어느 정도 동의된 듯하다. 일반적으로 입·각몽 장면이 기술되고, 입몽 이전과 각몽 이후를 액자 외부로, 몽중 세계를 액자 내부로 하는 액자 형식으로 이루어진 작품이면 몽유록으로 처리할 수 있는 요건은 갖추어진 셈이다. 다만 이렇게 단순화시킬 수 없는 것은, 가령 ≪금오신화≫나 <구운몽>과의 변별성에 대한 문제를 해명해야 하기 때문이다. 그러기에 몽중 세계의 서술 구조에 대한 분석을 통해서 그 유형성을 찾아보기도 했던 것이다.[18] 이에 <내성지>라는 작품을 몽유록으로 파악하기 위한

---

16) 장덕순, 『국문학 통론』, 동화문화사, 1963 ; 차용주, 「몽유록과 몽자류의 동이에 관한 고찰」, 『청주여사대 논문집』 23, 1972 ; 정학성, 「몽유록의 우의적 전통과 역사의식」, 『관악어문연구』 3, 1973 ; 서대석, 「몽유록의 장르적 특성과 성격」, 『한국학논집』 4, 계명대, 1978 ; 신재홍, 「몽유록의 유형적 고찰」, 『국문학연구』 75, 서울대, 1986 ; 유종국, 『몽유록 소설 연구』, 형설출판사, 1987 ; 이주영, 「몽유록의 장르적 특성」, 『국문학연구』 87, 서울대, 1988.
17) 정원표, 「몽유록의 장르 규정」, 『한국문학사의 쟁점』, 집문당, 1986.

일차적인 준거틀은 이러한 서술 구조의 유형적 특성에 있다.

<내성지>의 서두는 몽유자에 대한 기술로부터 시작된다. 명나라 영력(永曆) 연간에 무명자(無名子)라는 사람이 있었다. 평소 『춘추』를 읽기 좋아했고 또 명산대천을 유람하여 가슴을 넓혔다. 내성(奈城)(영월)의 산수가 좋다고 듣고는 노새를 타고 한 서동을 거느리고 그곳을 둘러보면서 가는 곳마다 비분강개한 시를 읊었다. 태화산(太華山), 도산(刀山), 금장강(錦漳江), 양산(梁山), 음곡천(陰谷泉), 발산(鉢山) 등을 혹 지나거나 혹 바라보면서 시를 읊었는데 발길이 관풍루(觀風樓)에 이르러 역시 한 수 시를 지었다. 그리고는 말을 누각 아래에 매어 두고 서동을 시켜 술을 사 오게 하였다. 이 대목이 이 작품의 입몽 장면에 해당하는데 원문을 인용해 보면 다음과 같다.

> 드디어 말을 누각 아래 매어두고 서동을 시켜 강촌에서 술을 사오게 하였다. 세 잔을 가득 마시고는 취하였는데 홀연 한밤중에 수레의 삐걱거리는 소리가 멀리서 점점 가까워졌다. 등촉이 환하고 사람과 사물이 한데 섞여 위의(儀威)가 심히 엄격하였다. 심신이 황홀하여 몸을 가리고 숨을 죽였다. 누각 아래에 이르러 사롱이 양쪽에서 모시고 앞으로 인도하는데 한 사람이 용곤의를 입고 익선관을 머리에 쓰고 누각 위에 앉고, 여섯 신하된 자가 혹 종재(宗宰)가 되기도 하고 혹 총관(摠管)이 되기도 하고 혹 은대(銀臺)·옥당(玉堂)으로서 좌우에 줄지어 시립하였다.[19]

---

18) 신재홍, 앞의 논문, 15~18면에서 <원생몽유록>의 분석을 통해 제시한 '입몽—인도 및 좌정—토론—토론의 진정 혹은 잔치의 배설—시연—시연의 정리—각몽'의 순차적 서술 구조가 몽유록 작품 전반에 적용될 수 있다고 보아 이를 몽유록의 유형적 서술 구조로 파악하였다.

19) 『명은집』 18권, <내성지>, 552면, 遂繫馬於樓下 使書僮沽酒於江村 滿酌三杯而醉 忽於夜半 車馬轔轔之聲 自遠漸近 燈燭熒煌 人物騈雜 儀威甚儼恪 心身怳惚 屛身而息 及至樓下 紗籠兩行 侍衛前導 一人穿龍袞衣 頂翼善冠 坐於樓上 有六臣者 或爲宗宰 或爲摠管 或以銀臺玉堂 列侍左右(이하 작품의 인용문은 영인본의 면수만 밝힘.).

이 대목은 몽유자가 꿈을 통해 이계로 들어가는 것이 아니라 이계의 인물들이 몽유자가 처해 있는 시공으로 다가오는 양상이다. 그리고 꿈을 꾼다는 명확한 기술 내용 없이 술을 마시고 취한 상태에서 홀연 거마(車馬) 소리를 듣는 것으로 입몽이 이루어지고 있다. 여기서 한 가지 암시받을 수 있는 점은 꿈을 꾸는 것과 술에 취하는 것과의 등질성에 관한 문제이다. 몽기류 가운데 남효온의 <수향기(睡鄕記)>와 성운의 <취향기(醉鄕記)>는 바로 이러한 등질성을 바탕으로 하여 함께 묶여질 수 있는 성격의 작품이다. 꿈과 술은 모두 인간이 환상적 체험을 하기 위한 매개로서 동일한 역할을 하는 것이다.

이리하여 관풍루에 등장한 인물은 단종(端宗)과 사육신(死六臣)이었다. 단종이 누각에 자리를 잡고 앉은 지 오래지 않아 건문(建文)황제와 그 신하들이 당도한다. 건문이 상좌에 오르고 왕이 그 옆에 앉은 후, 건문이 먼저 자신이 화를 당하여 연왕(燕王)에게 양위하고 유랑했던 일을 토로하고 이어서 단종이 수양(首陽)에게 양위하고 죽임을 당했던 일을 말한다. 그들이 겪었던 사건의 전말이 비슷하고 또 시기상으로 50여 년의 차이밖에 없음을 알고 함께 탄식한다.

이렇게 모인 자리에 소문을 듣고 찾아올 자 있을 것이라고 하여 동문에는 방효유(方孝孺)를, 서문에는 성삼문(成三問)을 시켜 각기 중국과 동국의 충신과 간신을 가려 연석에 참석하도록 하였다. 이 대목에서 주목되는 것은 이렇게 두 사람을 지목하자 유응부가 나와서 성삼문을 포함한 문사들을 '떠꺼머리 유자(竪儒)'에 지나지 않아 더불어 일을 도모치 못하겠다고 하면서 반대하는 대목이다. 작가 스스로 세주에서 『추강집(秋江集)』에서 인용하였다고 밝혀 놓고 있는데, 이는 이 작품을 지은 작가가 <원생몽유록>을 참조했다는 사실을 말하는 것으로서 <내성지>가 선행 몽유록 작품과 관련되어 있음을 드러낸다.

방효유와 성삼문은 명을 받들어 각각 동문과 서문을 지키고 있으면서 이곳에 이르는 중국과 동국의 인물들을 하나하나 품평하여 충신과 간신을 가려 들여보낸다. 그리하여 건문과 단종의 사건에 연루된 수많은 인물들이 문에 이르러 자신들의 과거 행적에 따라 혹 우대받기도 하고 혹 축출되기도 한다. 이 과정에서 각 인물들의 과거 행적에 대한 시비가 벌어져서 춘추대의의 명분론에 입각한 평가의 관점이 관철된다.

이 대목은 몽유록의 일반적인 서술 구조에 대비시켜 보면 '인도 및 좌정'과 '토론'의 두 가지 성격을 아우르고 있다. 어떤 모임에 참석하기 위해서 평가의 과정을 거쳐야 하는 것은 인도하여 좌정하기 위한 준비 단계로 볼 수 있으며, 이렇게 좌정의 과정이 확대되면서 각 인물의 행적이 드러나고 나아가 그 행적에 시비가 붙어 명분론에 입각하여 토론이 전개되는 것이다. 이와 유사한 서술 방식을 보여 주고 있는 몽유록 작품이 <금화사몽유록(金華寺夢遊錄)>이다. 이 작품에서는 한태조(漢太祖)를 위시한 네 명의 창업지주(創業之主)가 자기들의 신하를 거느리고 금화사(혹은 금산사) 법당에 모여 이 연회에 참석하러 오는 중국 역대 중흥지주(中興之主)와 패왕자(覇王者)를 품평하여 각각 동·서루에 거하게 한다. 이 과정에서 원소와 이밀이 내쫓긴다. 이러한 기술 방식은 <내성지>에서 중국과 동국의 인물들이 각각 동 서문에서 방효유와 성삼문의 품평을 거쳐 연회에 참석하는 양상과 유사한 것이다.[20]

---

20) 여기서 한 가지 특기할 사항은 <내성지>의 한 대목에서 <금화사몽유록>을 인용하고 있다는 점이다. 방효유의 제자인 요용(廖鏞)이 연회에 참석하러 오자 방효유가 그의 행동을 질책하면서 제갈량(諸葛亮)이 강유(姜維)를 물리쳤던 금산사의 연회를 상기시킨다. '강유는 한의 충신으로 공명이 병법을 전수하였다. 후에 유(維)가 아홉 번 중원을 정벌하여 거의 한실을 회복하였는데 하늘 운수가 이미 다하고 더운 운수가 이미 끝났으니 이는 강유의 죄는 아니다. 그러나 금산사의 연회에서 공명이 망국지신으로 질책하고 충신의 반열에 참여치 못하게 하였나니 이는 허탄한 얘기가 아니다. 내가 우리 고황제에게서 들어 안 것이다(姜維漢之忠臣 孔明以兵法授之 後維九征中原 幾復漢室 而天數已盡 炎運旣訖 此非姜維之罪也 然而金山寺之宴 孔明責以亡國之臣 使不得參於忠臣之列 此

여기서 특히 지적되어야 할 점은 등장인물의 수가 170여 명에 이른다는 것과 그들의 신분이 재상에서 일반 서민에 이르기까지 망라되어 있다는 것이다. 처음에 건문 시대의 훈구 재상인 제공 황자징, 단종시대 훈구 대신 황보인 김종서가 등장한다. 안평대군 금성대군이 등장하자 건문의 숙부인 곡왕 안왕이 따른다. 이렇게 대신과 대군들에서 시작하여 뒤로 가면 동국에서는 엄흥도 영월 군민이, 중국에서는 어부 나무꾼 품팔이꾼 불승 등 하층민들까지 등장한다.[21] 또한, 동국측 인물들은 어느 한 사건에 연루된 인물 모두가 한꺼번에 등장하는데 계유정난, 사육신 사건, 금성대군 사건 등에 연루된 인물이 10여 명에서 3~40명에 이르기까지 한꺼번에 등장하는 것이다. 이러한 특징은 이 작품이 몽유록으로서는 상당히 장편의 작품이라는 사실을 설명하는 데 한 논거가 될 수 있다. 뿐만 아니라 작가가 이 작품을 구성할 때 가능한 한 작품의 제재와 관련된 모든 에피소드들을 수집하고자 했던 측면도 아울러 드러난다. 등장인물의 방대함과 각 인물에 관련된 에피소드의 폭넓은 인용은 이 작품이 지니는 서술상의 특징인 것이다.

이렇게 하여 연회에 참석하게 된 인물들은 건문과 단종의 종친이 윗자리에 앉고 기타 인물들은 지위에 따라 앉게 되어 말 그대로 좌정한다. 그

非誕說也 余得聞知於吾高皇帝矣).'(560면) 이러한 방효유의 말 뒤에 작가는 세주로, '명태조가 아직 황제의 자리에 오르지 못했을 때 금산사에 노닐다가 꿈에 중흥지연에 참석하였는데 한태조가 首長이 되었다. 꿈을 깨고 나서 드디어 천하를 평정하였다(明太祖 微時 遊金山寺 夢參中興之宴 漢太祖爲首 夢覺後 遂定天下).'라고 부연하여 설명하고 있다. 이를 그대로 받아들인다면 명태조의 꿈 체험은 역사적 사실이고, <금화사몽유록>과는 무관한 이야기로 볼 수도 있으나 현재 전해지는 <금화사몽유록>의 내용이 이 설명에 전적으로 부합되고 또 위 인용문 속에서 이 이야기를 '탄설(誕說)'로 이해하는 측면도 보이기에 이 대목은 <금화사몽유록>을 작가가 읽고 그중 강유의 일을 인용하고 있는 것으로 보는 것이 옳을 듯하다.
21) 물론 여기서 말하는 하층민 속에는 관직에 있던 자가 난을 피하여 하층민으로 전락한 경우도 포함된다.

사이에 방효유와 성삼문에 의해 받아들여지지 않았던 인물인 제공 황자징, 이보흠 등이 건문이나 금성대군의 명으로 들어오게 된다. 이렇게 모인 인물의 수가 동국인이 120여 명, 중국인이 50여 명이었는데 방효유가 동국에 충신열사가 많음을 이로써 감탄한다. 이렇게 좌정한 후 건문과 단종이 먼저 선창을 하면서 일대 시연회(詩宴會)가 베풀어진다.

이 대목에서 각 인물들이 읊은 시들은 이 작품의 작가의 창작이 아니라 각 인물의 실제 작품들이다. 그 가운데 우리의 흥미를 끄는 것은 단가(短歌)라 지칭된 시조(時調) 세 수가 들어 있다는 점이다. 그 하나는 박팽년의 것, 또 하나는 금부도사 왕방연의 것, 나머지 하나는 몽유자인 무명자 자신의 것인데 아래에 차례로 인용한다.

> 금생여수(金生麗水)라 흔들 물마다 金이 나며
> 옥출곤강(玉出崑崗)이라 흔들 뫼마다 玉이 나랴.
> 아무리 여필종부(女必從夫) ㄴ들 님님마다 조출소냐.
>
> 천만리(千萬里) 머나먼 길희 고온 님 녀희옵고
> 내 ᄆᆞ음 둘 디 업서 냇ᄀᆞ의 안자 잇다.
> 뎌 물도 내 안 ᄀᆞ쏘다 울어 밤길 녜는고야.
>
> 슬푸다 건문황제(建文皇帝) 원억(冤抑)홀ᄉ 노산상왕(魯山上王)
> 방정학(方正學) 육신(六臣)들은 살신성인(殺身成仁) 므슴일고
> 아마도 만고강산(萬古綱常) 븟잡은가 ᄒᆞ노라.

박팽년과 왕방연의 시조는 익히 알려져 있는 작품인데 다른 판본과 표기상 약간의 차이가 있을 따름이다. 무명자의 시조는 곧 작가 김수민의 창작 시조다. 이 시조는 여기서 한 번 나오고 작품 말미에 가서 다시 한 번 나오는데 다만 '노상상왕(魯山上王)'이 '노산대왕(魯山大王)'으로 표기된 차이가 있다. 이 창작 시조는 <내성지>의 작품 주제를 단적으로 요약한

것이라 할 수 있다. 이러한 시연은 다른 몽유록 작품과 마찬가지로 몽유자가 마지막으로 시를 읊음으로써 끝이 난다. 시연에 뒤이어 유응부와 박쟁이 검무(劍舞)를 추고, 또 어떤 무지한 악공이 건문이 연왕에게 양위할 무렵 시중에 떠돌던 참요를 불러 참수당하자 연회의 분위기가 숙연해진다.

이때 서문 문지기가 세 인물이 찾아왔음을 아뢰는데 그들은 곧 남효온 김종직 김일손이다. 이들은 후대의 인물들로서 남효온은 단종 모친의 능인 소릉(昭陵)을 복위시키자고 소(疏)를 올렸다가 연산조에 무덤이 파헤쳐지는 화를 당했고 또 「사육신전(死六臣傳)」을 지었으며, 김종직은 뒷날 무오사화의 원인이 되는 「조의제문(弔義帝文)」을 썼고, 김일손은 그 글을 사초(史草)에 실어 그로 인해 사화의 와중에서 희생당했다. 이들은 단종의 후대에 단종의 일로 인해 억울한 화를 당한 인물들인 것이다. 이들을 이어 영월군수 박충원, 정선군수 오운, 왕손녀 이원, 연좌로 희생된 자 60여 인, 정분의 아들, 동학사 「초혼기」에 기록된 인물 등이 참석한다. 동문을 통해서는 하원길이 왔다가 쫓겨 가고 방효유의 동생 효우가 찾아온다.

이렇게 전개되는 이 부분은 앞서 기술된 좌정의 부분이 다시 이어지는 것으로 볼 수 있다. 새로운 인물들이 연회에 참석하는 양상이기 때문이다. 논의의 편의상 앞의 것을 좌정1, 뒤의 것을 좌정2라 명명한다. 그런데 이들 새로운 참석자들 가운데는, 이미 언급했듯이, 시간적으로 후대에 속한 인물들도 포함되어 있어서 시간을 초월하여 인물들이 등장하는 몽유록의 일반적 특성에도 부합된다.

제2의 좌정이 이루어진 다음에 각 인물이 자기가 당했던 일과 그에 대한 회포를 차례로 피력한다. 그렇게 함으로써 제1, 제2의 좌정 부분에서 미진했던 인물들의 행적과 당시의 상황이 여러 사례들을 통해 생생하게 전달되는 것이다. 그와 더불어 좌정에 이미 내포되어 있던 토론적 성격이 다시 부각된다. 가령 방효유의 경우, 궁중에 화재가 난 후 제복(祭服)을 입고 주야로 호곡하다가 입을 양쪽으로 찢는 형벌을 당했고 연왕이 조서를 초하도록 하였으나 끝내 이를 거절하여 친족까지 주살당하는 화를 입은 자신의 체험을 말한다. 이에 대해 건문이 칭찬하는 한편, 무명자가 나서서 방효유가 제도를 정비할 때 마땅히 병사(兵事)를 예비했어야 했는데 그렇게 하지 못한 것에 대해 비판한다. 이렇게 각 인물이 자신의 행적을 말하고 이에 대해 건문과 단종 및 그 밖의 사람들이 그 인물의 어떤 미진한 구석에 대해 비판하는 방식으로 전개되는 것이다. 이 부분은 다분히 역사 비평적 성격을 띠고 있어서 작가의 의도에서 드러난 것처럼 춘추대의에 입각한 역사인식을 드러낸다. 그렇지만 다른 한편으로 나무꾼, 품팔이꾼, 일반 백성 등의 이야기를 서술함으로써 여러 삽화들의 방대한 집적이 이루어진 것은 작가의 야사(野史)에 대한 관심을 엿보게 한다.

이 단락이 마무리되고서 또 하나의 토론 대목이 나온다. 앞의 토론이 주로 구체적인 사례를 통한 인물평 위주로 전개되는 데 비하여 이 부분의 토론은 역사 일반론에 대한 질의응답으로 전개된다. 이러한 차이를 중시하여 앞의 것을 토론1, 이 부분을 토론2로 명명하겠다. 이 토론2에서는 맹자의 설에 대한 건문과 단종 사이의 논란, 방효유의 『춘추(春秋)』에 대한 비판, 무명자의 사육신에 대한 물음, 오늘날 중원이 청에 의해 지배당하고 있는 사실에 대한 건문의 한탄과 종묘에서 제사를 받지 못하는 단종의 탄식, 철현의 의문에 대한 무명자의 답변 등이 이 부분을 장식한다. 이러한 내용은 이 작품의 주제를 뚜렷이 부각시켜 주는 것으로서 뒷장에서 거론될 것이다.

이를 이어 다시 한 번 시연이 베풀어진다. 이를 제2의 시연이라 한다면 이는 제1의 그것과 달리 작가가 자신의 창작시로써 각 인물에 배당했다는 점이 커다란 차이점이다. 다시 말해 이 작품의 서사적 줄거리에 알

맞게 각 인물들의 시를 서술하고 있다. 그와 함께 여기서의 시들은 그에 앞서 기술된 각 인물의 행적이 고려된 것이기에 행적의 정리라는 의미도 포함되어 있다.

> 거듭 고금을 느끼나니, 어느 곳에 단심(丹心)을 표하리오.
> 고국산천이 저물어, 강루(江樓)에 주루가 깊구나.
> 원한 많으니 더욱 오열하고, 근심 중에 새벽빛이 드네.
> 술이 다하여 혼이 떠나려 하니, 잔잔한 호수에 달이 반쯤 잠겼구나.[22]

이개(李塏)의 이 시에서 보듯이 자신의 회포를 표출하는 한편 곧 연회가 끝나고 혼이 흩어지려는 이 작품 전체의 대단원을 암시해 주고 있다.

이러한 시연이 마무리되고 나서 건문이 자신의 영혼은 돌아갈 곳이 없음을 한탄하니 단종이 태백산으로 함께 들어가자고 권한다. 이에 대해 태백이 자기네 산하가 아니라 하고는 떠난다. 이즈음에서 각몽이 이루어지는데 그 대목을 보이면 다음과 같다.

> 황제 이르기를, "내 장차 저 백운을 타고 제향(帝鄉)에 이르리라." 하고 드디어 표연히 공중에 올라 가버렸다. 좌우 군신도 또한 전후에 옹위하고 표연히 찬바람을 타고 가니 그 향하는 바를 알지 못했다. 왕 또한 육신 및 제신을 거느리고 동을지(冬乙旨)(능이 군 북쪽 5리 동을지 아래에 있다.)로 향하였는데 곡성(哭聲)이 구름 기운 사이에서 나왔다. 놀라 움직이다 깨어보니 그곳을 알 수 없었다. 이때에 냉포(冷浦)에 달이 지고 금수(錦水) 가에 별이 드물었고 오직 관풍루가 우뚝하여 노령(魯靈)의 풍광과 같았다. 아아, 괴이하도다.[23]

---

22) 581면, 重來感古今 何處表丹心 故國山川暮 江樓酒壘深 怨多鼓吹咽 愁轉曉光侵 酒盡魂欲
去 平湖月半沈.
23) 582면, 皇帝曰 予將乘彼白雲 至于帝鄉 遂飄然騰空而去 左右郡臣 亦前擁後衛 飄飄然御冷
風 而莫知其所嚮 王亦率六臣及諸臣 向冬乙旨(陵在郡北五里冬乙旨下) 而哭聲于於雲霄生
驚動而覺 不知其處于時 月落冷浦 星稀錦渚 惟一觀風樓 巋然若魯靈光 嗚呼異哉.

이러한 각몽의 기술 방식 역시 입몽 장면과 마찬가지로 몽유록 일반의 그것과 동일한 양상을 띠고 있다.

지금까지 살펴본 작품의 줄거리는 몽유록 일반의 서술 구조에 비추어 다음과 같이 정리될 수 있다.

입몽－좌정1－시연1－좌정2－토론1－토론2－시연2－각몽

여기서 좌정1과 좌정2는 인물들을 연회에 참석시키는 방식 및 동시대와 그 후대라는 시간적 차이로 인해 구분된다. 시연1과 시연2는 작품 속에서 각 인물이 읊는 시가 그 인물이 실제로 쓴 시인가 작가의 창작인가 하는 차이가 있다. 토론1과 토론2는 토론의 성격이 각 인물이 체험했던 개별적 사실에 대한 것인가 아니면 그러한 개별성을 초월하여 일반적 사실에 대한 것인가의 구분이 있다. 이렇게 각각의 계기들이 독자적인 성격을 가지고서 몽유록 일반의 서술 구조를 반복 확대 내지 중층화(重層化)시키고 있다는 점이 이 작품이 갖는 서술 구조상의 특징이라 할 수 있다.

4) 〈원생몽유록〉과의 비교 검토

앞장에서 언급했듯이 <내성지>의 내용 가운데 <원생몽유록>의 한 대목을 인용하고 있는 부분이 있다. 비록 이것이 단편적인 사례이기는 하지만 이 두 작품의 관련성을 직접적으로 드러내고 있는 단서임에는 틀림없다. 이보다 더욱 유의되어야 할 것은 두 작품 모두 단종과 관련된 사건을 소재로 하고 있다는 점이다. 따라서 <내성지>와 <원생몽유록>의 일차적인 비교 근거는 제재의 공통성이다. 이를 바탕으로 두 작품의 비교를 통하여 몽유록이라는 장르 내에서의 구조적 변모 양상을 포착할 수 있으며, 더 나아가 작품 주제 내지 작가 의식의 측면에서 시대적인 거리에 따른 의식 변화의 양상도 살펴볼 수 있다.

두 작품은 모두 단종폐위 및 사육신 사건을 소재로 하고 있다. <원생몽유록>은 몽유자인 원자허가 꿈에 남효온의 인도로 단종과 사육신을 만나는 내용이다. 따라서 이 작품에는 7, 8명의 극히 제한된 숫자의 인물이 등장한다. 그런데 앞장에서 지적했듯이, <내성지>는 계유정란(癸酉靖亂)에서부터 사육신의 단종 복위 사건, 금성대군 사건 등 단종의 폐위와 복위계획을 둘러싼 여러 사건들에 관련된 모든 인물이 등장한다. 더욱이 시대를 지나서 연산조에 일어난 무오사화(戊午士禍)에 연루된 인물들도 등장하는데 이는 김종직의 「조의제문(弔義帝文)」에서 발단된 사건이기에 단종과 연관되는 것이다. 이에 따라 각 인물과 관련된 에피소드가 폭넓게 인용되어 있다. 이처럼 <내성지>의 작가는 단종과 관련된 거의 모든 사건과 인물들을 소재로 하여 가히 단종 사건의 집대성이라고 할 정도로 작품을 구성해 놓았다.

두 작품 사이의 이러한 차이는 서사 세계의 확장이라는 측면에서 설명이 가능할 것 같다. 같은 소재를 다루더라도 시간적 배경이 후대로까지 확산되고 등장인물의 수가 대폭적으로 늘어나는 양상은 <내성지>가 창작된 18세기 중엽이라는 시대가 <원생몽유록>이 창작된 16세기보다 서사적 세계를 충분히 확장시킬 만한 내적 동인이 마련된 시대라고 할 수 있는 것이다. 야담(野譚)의 성행, 통속 영웅 소설의 양산(量産), 장편 소설의 제작 등 이 당시 소설사의 현상들을 고려할 때 <내성지>에서 보이는 서사 세계의 확장이라는 측면은 당연한 현상이기도 하다.

<원생몽유록>은 몽유록 일반이 지닌 '토론—시연'의 순차적 서술 구조의 전형적인 작품이다. 토론과 시연이 이 작품의 구조를 이루는 두 축

이라고 할 수 있지만 여기에 좌정의 단락을 추가할 수도 있다. 곧, '좌정
－토론－시연'으로 정리할 수도 있는 것이다. 이러한 <원생몽유록>의
서술 구조는 이미 앞장에서 제시했듯이 <내성지>의 '좌정1－시연1－좌
정2－토론1－토론2－시연2'의 서술 구조와 대비된다. 곧, <내성지>는
<원생몽유록>의 서술 구조를 각각의 단락마다 반복 확대시켜 놓고 있는
것이다. 또한 각 단락이 반복 확대되는 데에는 그 성격상의 차이가 뚜렷
하다는 점이 중요시되어야 하리라 본다. 가령, 작품 속에 삽입된 한시(漢
詩)가 등장인물의 실제 시를 인용한 것인가, 아니면 작가가 등장인물의
성격을 고려하는 한편 <내성지>의 서사적 전개에 맞추어 창작한 것인가
에 의해 시연1과 시연2가 구분되는 것은 그만큼 작가가 역사적 사실과
허구적 구성 사이에서 고심한 흔적을 보여 주는 것이다. 이렇게 하여 이
작품은 구조적인 견실함을 획득하고 있다고 생각된다.

　단종사건에 대한 작가의 의식 면에서 두 작품은 모두 기본적으로 동일
한 세계관 위에 서 있다. 유교적 대의명분에 입각하여 사육신을 만고 충
신으로 추앙하고 있는 것이다. 그런데 이러한 의식이 두 작품에 표현된
양상에 있어서 다소간 차이를 보여 주고 있다. 이 점이 잘 드러나는 대목
은, 신하가 임금을 친 사건 자체에 대해 이를 어떻게 받아들일 것인가 하
는 역사 일반의 문제를 성찰의 대상으로 삼아 그에 대한 해결책을 제시
하는 부분이다.

　<원생몽유록>에서 복건자(幅巾者)가 신하로서 임금을 친 요순탕무(堯舜
湯武)는 만고의 죄인이요, 도적의 시초라고 비난하자 왕은 "네 임금의 덕
을 지니고 네 임금의 시대를 만났다면 옳거니와, 네 임금의 덕이 없을 뿐
더러 네 임금의 그 시대가 아니라면 아니 될지니 저 네 임금이 무슨 허
물이 있겠오. 다만 그들을 빙자하는 놈들이 도적이 아니겠오."[24]라며 요
순탕무를 옹호한다. 이 요순탕무에 대한 문제는 <내성지>에서도 똑같이

문제되고 있다. 이 작품의 서술 구조에 있어서 토론2에 해당하는 부분 가운데 방효유가 다음과 같은 의문을 제시한다.

……요순이 선양(禪讓)함 같은 것에 이르러서는 삼배읍손(三盃揖遜)의 풍도가 있으니 신이 비난하지 않나이다. 탕무가 방벌(放伐)함을 돌아보면 어떠합니까? 맹자 이르기를, '요순은 성지(性之)요, 탕무는 반지(反之)'라 하니 그 은미한 뜻이 깊습니다. 그리고 주자가 주를 달아 이르기를, '성탕이 걸(桀)을 정벌함은 덕에 부끄럽고, 무왕이 주(紂)를 수죄함은 소략하다.' 했으니 탕무도 오히려 그렇거늘 하물며 후세에 찬탈 시해하고는 탕무로써 구실을 삼는 자이겠습니까? 어찌 탕무가 죄인이 아니리까?25)

우선 방효유의 이 질문에서는 복건자의 질문에서 요순탕무가 같이 비난받았는데 비해 요순은 유보되고 탕무만 비난받는 양상으로 나타난다. 요순의 선양(禪讓)과 탕무의 방벌(放伐)이 대비되는 것이다. 그리고 비난하는 준거로서 맹자와 주자의 해설을 끌어들인 것도 주의해 볼 만하다. 전반적으로 방효유의 이 질문은 복건자의 그것보다 더욱 논리화되어 있고 또 비난의 강도가 높다. 이 질문에 대한 건문의 답변은 다음과 같다.

『춘추』의 주고 빼앗는 권한을 어찌 쉽게 말하겠는가. 하물며 탕무의 일은 고기를 먹으매 [먹으면 죽는] 말의 간은 먹지 못하였는데 그 맛을 모른다고 할 수는 없다. 경은 또한 그만둘지니라.26)

---

24) 이가원 교주, 『이조한문소설선』, 교문사, 1984, 7면, 有四君之德 而處四君之時則可 無四君之德 而非四君之時則不可 彼四君者 豈有罪哉 顧藉而名之者 賊也.

25) p.579, 至若堯舜之禪讓 有三盃揖遜之風 臣無間然矣 湯武之放伐 顧何如哉 孟子曰 堯舜性之 湯武反之也 其微旨深矣 而朱子註之曰 成湯之伐桀慙德 武王之數紂疎略 湯武猶然 況後世之簒弑而以湯武爲口實者 豈非湯武之罪人也.

26) 579면, 春秋與奪之權 豈亦易言哉 況湯武之事 食肉不食馬肝 未爲不知其味也 卿且休矣.

건문의 이 답변은 작가가 만들어낸 말이 아니라 『한서(漢書)』에 나오는 구절을 인용한 것이다. 그 뜻은 '학자는 탕무가 수명(受命)한 것이 어리석음이 되지 않는다고 말하지 말아야 한다.'는 것이다.27) 학자라면 탕무가 신하의 입장에서 임금을 친 행위에 대해 옳다고 인정할 수는 없다는 것이다. <원생몽유록>에서 왕은 요순탕무의 권위를 절대 긍정하였던 데 비해 건문의 이 말은 탕무의 행위에 대해 은근히 비판하는 태도를 보여준다고 할 수 있다.

다음으로 <원생몽유록>의 작품 말미에 붙어 있는 해월거사(海月居士)의 후기는 이 작품의 주제를 이해하는 데 기본 자료가 되는데 이를 <내성지>의 한 대목과 비교할 수 있다. 해월거사는 <원생몽유록>을 읽고서 작품에 등장하는 왕과 신하는 모두 현명한 왕, 충의의 선비인데 패망의 화를 당한 게 참혹하다고 하면서, 이런 일이 시세(時勢)에 의한 것이라면 이는 복선화음하는 천도(天道)에 모순된다고 하였다.28) 바로 이러한 천도와 시세 사이의 모순 속에서 다만 명연막연(冥然漠然)할 뿐인 상태에 있는 것이 <원생몽유록>의 주제인 것이다.29) <내성지>에는 이와 똑같은 문제가 철현(鐵鉉)이라는 인물에 의해서 제기된다.

> 『역(易)』에 이르기를, '대인(大人)은 천지와 더불어 그 덕이 합하고, 일
> 월과 그 밝음이 합하고, 사시(四時)와 그 차례가 합하고, 귀신과 그 길흉
> 이 합한다.' 하니 우리 폐하는 덕이 천지와 합하고 밝음이 일월과 합하
> 고 차례가 사시에 합하였고, 대왕도 또한 그러한데 하늘이 어기고 귀신

---

27) 『중문대사전(中文大辭典)』 10, 중화학술원 인행, 287면, (漢書轅固傳) 上曰, 食肉毋食馬肝 未爲不知味也 言學者毋言湯武受命不爲愚.

28) 이가원 교주, 앞의 책, 13면, 今觀其主 想必賢明之主也 其六人者 亦皆忠義之士也 安有如此等臣輔 如此等明主 而敗亡之禍 若是其慘酷者乎 嗚呼 勢使然也 然則不可不歸之於時與世 而亦不可不歸之於天 歸之於天 福善禍淫 非天道也 夫不可歸之於天 則冥然漠然 此理難詳.

29) 신재홍, 앞의 논문, 79면.

이 해치니 혹 이른바 천도가 옳은가 그른가.30)

앞에서 보인 해월거사의 천도에 대한 의혹과 동일한 발상이다. 그런데 <원생몽유록>에서는 그 의혹을 의혹인 채로 남겨둘 뿐 다른 대안을 찾지 못하고 있는 반면 <내성지>에서는 철현의 위의 질문에 대해 무명자의 다음과 같은 답변이 준비되어 있다.

> 그렇지 않다. 이기(理氣)는 천지의 부모요 천(天)은 또한 기(氣) 안의 사물이니 기의 운수가 관여하면 천(天)이 은밀히 도우려 해도 어쩔 수 없다. 비록 그러하나 천(天)이 기(氣)를 정하여 일(一)로 돌이키면 이(理)가 이에 회복된다. 그러므로 폐하 및 대왕이 처음을 캐고 끝을 돌이켜 지위를 회복하였으니 이는 선천(先天)이고서 천(天)이 어기지 않고 후천(後天)이고서 천시(天時)를 받든다는 것이 아닌가. 겸하여 인성(人性)은 본래 선하니 슬프고 우울한 기운은 마침내 충담 화평한 기상만 같지 못하다.31)

건문과 단종의 일에 대해서 천(天)·기(氣)·이(理)의 세 가지 개념으로써 설명하고 있는 무명자의 이 답변은 <원생몽유록>과는 구분되는 관점을 드러내고 있다. 천(天)도 기중지물사(氣中之物事)이므로 기수(氣數)가 관여하면 어쩔 수 없는 것이다. 그러나 천(天)이 기(氣)를 정해서 일(一)로 돌이키면 이(理)도 회복된다는 신념을 표출하고 있다. 그리고 이에 따라 성선(性善)과 충담 화평(沖淡和平)의 기상(氣象)에 대한 믿음이 확보되는 것이다. 여기에서 우리는 <원생몽유록>에서와는 달리 보다 확고한 성리학적 이

---

30) 580면, 易曰 大人 與天地合其德 日月合其明 四時合其序 鬼神合其吉凶 我陛下 德合天地 明幷日月 序合四時 大王亦然 而天違之鬼神凶之 倘所謂 天道是耶非耶.

31) 580면, 不然 理氣天地之父母 天亦氣中物事 氣數關頭 天欲冥佑 無如之何 雖然 天定氣反乎一 而理乃復焉 故陛下曁大王 原始反終而復位 則此非先天而天不違 後天而奉天時者乎 兼人性本善 悲愁紆鬱之氣 終不如沖淡和平之象.

데올로기의 표출을 확인하게 된다. 이는 작가 김수민이 지닌 춘추대의 혹은 존주양이의 신념을 지닌 존주론자로서의 면모가 그대로 반영된 것이기도 하다.

이렇게 볼 때, 작가 의식의 측면에서 16세기 후기에 창작된 <원생몽유록>에 비해 18세기 중엽에 창작된 <내성지>가 전반적으로 보다 성리학적 명분론에 투철하고자 하는 의도를 강하게 드러낸다.

5) 결론

이상에서 명은 김수민의 생애와 그의 몽유록 작품 <내성지>에 대해서 살펴보았다. 이제 본론의 내용을 요약하면서 이 글을 마무리하고자 한다.

명은 김수민은 18세기 말에서 19세기 초에 걸쳐 살다간 인물로서 그의 생애에 크게 드러나는 일은 찾기 어렵다. 다만 노년기에 얻은 영광인 '존주록사'와 말년에 당한 수치인 7개월간의 옥살이가 기억될 만하다. 범박하게 말하여 그는 향촌사회에서 독서와 저술을 업으로 삼은 한 지식인이라고 하겠다. 그렇지만 그의 사상적 성향은 누구 못지않게 분명한 바 있는데, 존주양이(尊周攘夷)의 이데올로기를 평생 지켰다는 점이 특기할 사실이다. 이는 그가 당대의 진보적 사상과는 동떨어져 있었다는 것을 말하는 것이기도 하다. 그의 이러한 사상이 작품 <내성지>에 고스란히 반영되어 있다는 것은 두말할 나위 없다.

이러한 면모의 작가 김수민이 지은 작품이 <내성지>이다. 몽유자인 무명자(無名子)가 내성(영월)지방을 유람하다가 꿈에 우리나라의 단종(端宗)과 중국 명나라의 건문(建文)이 자신의 신하들을 이끌고 와서 성주 충신(聖

主忠臣)의 연회를 베푸는 데에 참석하였다가 깨어난다는 줄거리를 갖고 있다. 이 작품은 작품 서두의 몽유자의 소개에서부터 입·각몽 장면, 몽중 세계의 서술 구조, 그리고 작품의 전반적인 성격에 있어서 몽유록의 특성을 잘 드러내 준다. 곧, 토론―시연의 순차적 서술 구조에 부합되는 것이다. 그러나 이 작품은 그러한 서술 구조를 근간으로 하면서도 다른 한편으로는 이를 반복 확대하고 있는 양상을 보여 준다. 이를 간단히 제시하면 다음과 같다.

입몽―좌정1―시연1―좌정2―토론1―토론2―시연2―각몽

이러한 서술 구조를 갖추고 있는 <내성지>는 대략 180~190여 년 앞서 창작된 <원생몽유록>과 여러 측면에서 비교될 수 있다. 두 작품 모두 단종 폐위 사건을 제재로 취했는데 <내성지>에서는 그 사건과 연관된 모든 후속 사건 및 인물들이 폭넓게 등장하고 있다. 이와 같은 서사 세계의 확장 양상은 다양한 서사물들의 활발하게 창작 향수되었던 18세기라는 시대적 상황을 배경으로 가능하였다고 본다. 또한 서술 구조의 확대라는 측면도 이와 연관될 수 있는데 <원생몽유록>의 서술 구조를 반복 확대함으로써 <내성지>는 <원생몽유록>과는 달리 보다 풍부한 내용을 담을 수 있었고 아울러 구조적 견실함도 유지되었다. 한편 주제 면에 있어서 <내성지>는 <원생몽유록>에서 나타나는 천도(天道)와 시세(時勢) 사이의 모순에서 야기된 심각한 이념적 방황에 비해, 기일(氣一)의 상태로 돌아가 이(理)가 회복될 수 있다는 것을 굳게 믿는 양상을 보여 준다. 만물의 근원으로서의 理에 대한 신념이 뚜렷이 나타나는 것이다. 이에 따라 <내성지>에 기술된 모든 인물평과 역사 일반론에 있어서 춘추대의적 명분론이 관철되는 것이다.

이상과 같은 이 글의 논의는 <내성지>만을 대상으로 하였기 때문에 작가가 남긴 저술 전반에 대한 검토 없이 섣불리 작가나 작품에 대해 단정하였다는 비판을 받을 만하다. 이 점에 대해서는 이 글의 주된 목적이 <내성지>라는 몽유록의 새 작품을 소개한다는 데에 있었을 뿐이라는 점을 고려해 주었으면 좋겠다. 또한 장편인 이 작품을 단편인 <원생몽유록>과 비교함으로써 너무 평범한 결론을 이끌어 낸 것은 아닌가 하는 의구심도 든다. 차후에 이 작품을 비교적 장편에 속하는 다른 몽유록 작품과 함께 논의할 기회가 있으리라 생각한다.

4. 〈구운몽〉의 서술 원리와 이념성

1) 서론

(1) 문제 제기

〈구운몽〉에 관한 많은 양의 연구물 가운데 그 중심된 연구 경향은 주제론으로 집약될 수 있다. 이 작품의 중심 주제로서 정규복이 제시한 공(空) 사상설에[1] 대해 조동일과 김일렬이 공통적으로, 〈구운몽〉에 구현된 사상은 공 사상의 구극을 형상화한 것은 아니고 불교 사상 일반이 지닌 일체의 상(相)에 대한 부정의 차원에 머문 것이라는 반론을 제시함으로써 하나의 쟁점으로 부각되었다.[2] 조동일과 김일렬의 비판에 대해서 정규복이 다시 반론을 제시했는데, 그 요지는 다음과 같다.

〈구운몽〉의 종미에 삽입된, 육관대사가 성진의 대각 후에도 본문의

---

1) 정규복,『구운몽연구』, 고대출판부, 1974, 214~247면.
2) 조동일,「구운몽과 금강경, 무엇이 문제인가?」,『김만중연구』, 새문사, 1983 ; 김일렬,「구운몽의 구조와 사상」,『조선조 소설의 구조와 의미』, 형설출판사, 1984.

‘夢與人也 分而二之也’와 ‘身與夢 謂非一物’에서와 같이 현세와 꿈의 이분법적 분별에 사로잡힌 데 대하여 육관대사가 4구(四句) 게(偈)로 장주의 호접몽을 들어 현세와 꿈의 이분법을 깨뜨려 대오케 한 것으로써 공관(空觀)은 김 교수와 조 교수가 지적한대로 미숙의 공관이 아니라 『금강경』과 같이 완숙된 것으로 파악하였다.[3]

그러나 이렇게 진행되어 온 <구운몽>의 불교 사상적 고찰은 김병국의 다음과 같은 의미심장한 총괄적인 비판에 대해 이제 새로이 답해야 할 시점에 와 있다.

그리하여 <구운몽>에 형상화된 사상의 깊이를 드러내려는 의도에서 시작된 배경 사상 논의는 역설적으로 <구운몽>이 범박한 수준의 불교 사상을 형상화한 정도의 작품이라는 폄하적인 해석으로 귀착하고 말았다. 배경 사상 연구가 보여 준 이러한 현상은 문학 작품을 작품 밖의 단일한 사상 체계의 구현체로 생각하고 그것을 추출해 내려 한 출발 당시의 시각에서부터 예정되어 있던 것이라 생각된다. 이는 문학 작품의 분석을 범박한 의미의 주제 추출 행위와 동일시하려는 안이한 시각에서 비롯된 현상이다. 문학 연구에서 이러한 범박한 의미의 주제 추출은 형상을 통해 이루어지는 문학 고유의 직접 전달 방식을 문학 외적인 일상에서 사용되는 간접 전달 방식으로 환치시키려는 행위로서, 문학 고유의 작품성을 살해하는 결과를 초래할 위험을 항상 안고 있는 것이다.[4]

위와 같은 지적이 현 시점에 있어서 <구운몽> 연구의 방향을 올바르게 제시한 것으로 판단한다. 사실 이제까지의 <구운몽> 연구는 그 많은 업적 가운데에서 소설 작품으로서 <구운몽>이 가지는 ‘문학 고유의 작품성’에 대한 본격적인 접근은 거의 없었다. 다시 말해 ‘형상을 통해 이

---

3) 정규복, 「구운몽의 공관 시비」, 『수여성기열박사환갑기념논총』, 1989, 249~250면.
4) 김병국, 「구운몽」, 『한국고전 소설작품론』, 집문당, 1990.

루어지는' <구운몽> '고유의 직접 전달 방식'에 대한 관심이 소홀했던 것이다. 이렇게 된 원인이 이 작품의 액자 외부 곧 성진의 세계가 주는 강렬한 메시지에 연구자가 너무 집착하였기 때문이 아닌가 한다. <구운몽>에서 성진의 세계가 지닌 무게를 다소 덜어놓고 그 반대급부로서 양소유의 세계를 찬찬히 들여다보게 되면, 이제까지의 연구들이 지나치게 성진의 세계 쪽에 관심을 집중시켜 왔음으로 해서 <구운몽> 연구에서 문제화되었어야 했을 것들이 문제되지 못했음을 알게 된다.

　조동일이 지적했듯이5) <구운몽>은 철학적 저작물이 아니라 소설이다. 소설 즉 허구적 서사물로서 그것은 시간의 연속선상에서 전개되는 계기적 사건들로 이루어진 하나의 구조물임을 염두에 둘 때, 작품 전체의 줄거리를 단지 그 최종적인 도달점인 순간적 깨달음을 드러내기 위해서만 기술된 것인 양 취급할 수는 없다고 본다.6) 이러한 관점에서 이 글에서는 <구운몽>의 서사적 특성에 주목하고자 한다. 서사물은 기본적으로 이야기를 갖추고 있으므로, <구운몽>에서 이야기가 어떤 방식으로 전개되고 있는지를 우선적으로 검토해 보려는 것이다.

　그렇다고 양소유의 세계를 너무 중시한 나머지 <구운몽>을 이른바 이상 소설로7) 처리하고 마는 태도를 그대로 받아들일 수도 없다. 이런 태도는 일부다처제하의 사대부가 지닌 이상, 곧 부귀공명의 성취라는 주제만을 제시할 뿐, 그러한 이상의 당대 현실적 기반을 탐색하려 들지 않았다. 필자의 생각으로는 어떠한 이상이든지 그것은 현실적 기반을 갖고 있으며, 특히 당대의 이데올로기에 의해 분식되는 것이라고 본다. 이를 앞서 언급한 서사적 특성과 연관시켜 보면, 이야기의 전개 방식은 그 주

---

5) 조동일, 앞의 논문, Ⅲ-15면.
6) 주지하다시피 서사물이란 시간성을 근간으로 하는 것이기에 시간성의 초월을 지향하는 공 사상적 각성은 본질적으로 서사물의 지향성과는 상호 모순된다고까지 말할 수 있다.
7) 김기동, 『한국 고전 소설 연구』, 교학연구사, 1983, 457면.

체의 의식적 혹은 무의식적 서술 태도에 구속받는 것이어서 작가의 이데
올로기적 지향성을 이로부터 분석해 낼 수 있으리라 생각한다. 물론 여
기에는 작가의 저작물 전반에 대한 면밀한 검토와 당대의 사상적, 이데
올로기적 상황에 대한 이해가 필수적으로 요청될 것이다.

따라서 이 글의 관심은 <구운몽>에서 이야기가 어떠한 방식으로 전
개되는가 하는 문제와 그와 같은 전개 방식을 창출한 작가의 서술 태도
에 놓일 것이다. 이러한 관점은 기존의 <구운몽> 연구에서 간과되어 왔
다고 판단되는 양소유의 세계에 주목함으로써 <구운몽>의 서사적 특성
을 탐색하기 위한 것이며, 더 나아가 <구운몽>에 담긴 당대 이데올로기
의 반영 양상을 드러내기 위한 것이기도 하다. 그리고 이와 같은 고찰의
결과가 유의미한 것임을 확인할 수 있다면 이 글의 연구 시각을 확장하
여 <구운몽> 연구에 있어서 작품의 중요한 특징으로 지적되어 왔던 몽
유 구조에 대해 작품의 진술 방식과 관련하여 해석해 보고자 한다. 이는
이 글에서 양소유의 세계를 중점적으로 분석함으로써 얼핏 도외시하는
듯이 보일 성진의 세계를 그 액자 구성의 측면에서 전자와 상호 연계되
는 양상을 파악하기 위한 것이다.

이상과 같은 문제의식은 기본적으로 소설사적인 관점에서부터 출발한
것이기에 논의의 전개 과정에 있어서 <구운몽>이 창작되기 이전 및 동
시대의 소설들과 비교하는 방식을 취하겠다.

(2) 자료의 문제

<구운몽>의 이본에 대한 연구는 정규복의 업적으로 일단락된 듯하
다.8) 다만 그 원작의 문제에 있어서는 정규복이 제기한 한문 원작설에

---

8) 정규복, 앞의 책 ; 정규복, 『구운몽 원전의 연구』, 일지사, 1977.

대해 설성경의 반론이 나왔으며,9) 비록 실증적 작업에 의한 것은 아니지만, 다시 임형택의 반론이 제기되었다.10) 여기서는 현재까지 밝혀진 바의 최고본인 한문 '노존본'과 한글 '서울대본'을 대비하여 원작에 대한 의문점을 먼저 살펴보기로 한다.

첫째, 노존본에 생략된, 정경패 난양공주의 희작시(喜鵲詩)에 대한 태후의 논평이 서울대본에 나타난다는 점이다. 이 부분은 설성경에 의해서도 주목되었는데,11) 좀 더 보충이 필요하다. 정규복의 견해처럼 원본 계열인 노존본에는 없었던 대목인데 서울대본의 그 대목이 후대에 부연되었을 것으로 본다면,12) 정경패, 난양공주의 시를 이어서 같은 소재(희작)와 같은 주제(혼인)에 의한 진채봉, 가춘운의 시가 기술되고 그에 대한 난양의 논평이 따르는 뒷부분의 서술 방식에 비추어 유독 그 앞부분에서 태후의 논평이 빠진 이유를 설명하기가 곤란하다. 또한 <구운몽>의 전반적인 서술 태도상 진채봉, 가춘운보다 정경패, 난양공주에 대한 서술의 비중이 큰데, 전자의 시에 대해서는 논평을 붙이고 후자의 시에 대해서는 그것을 생략했다고 보기에는 무리가 있다. 따라서 정경패, 난양공주의 시에 대한 태후의 논평 다음에 진채봉, 가춘운의 시에 대한 난양의 논평이 이어지는 것이 문맥상 자연스러울 뿐 아니라 전반적인 서술 태도에도 부합한다. 이에 태후의 논평은 원본에 있었는데 원본을 베끼는 가운데 그 대목을 빠뜨린 것이 노존본으로 정착되었다고 보인다. 그리고 서울대본은 적어도 노존본에 앞선 이본, 혹은 원본 자체에서 파생된 이본으로 보인다.

둘째, 노존본에서 낙유원 잔치의 마지막 대목, 즉 백능파의 연주에 이

---

9) 설성경, 「구운몽의 구조적 연구(Ⅳ)-표기문자론-」, 원우론집2, 연대, 1974. 12.
10) 임형택, 「17세기 규방소설의 성립과 창선감의록」, 『동방학지』 57, 연세대 국학연구원, 1988, 128~134면.
11) 설성경, 앞의 논문, 17~19면.
12) 정규복(1974), 앞의 책, 179면.

은 만연옥의 백연곡(白蓮曲) 연주 부분이 서울대본에 비해 문맥이 잘 연결되지 않다는 점이다. 백능파가 월왕의 청에 따라 한 곡을 연주하자 월왕이 크게 칭찬하며, "속인도 이 곡을 배울 수 있겠소?"라고 물으니 능파가 "어찌 배울 수 없겠습니까."라고 대답한다. 이를 이어서 노존본에서는 만연옥이 월왕에게 고한 후 백연곡을 타니 양승상과 홍(적경홍), 월(계섬월)이 칭찬한다. 월왕과 백능파의 대화가 끝난 상태가 아닌데 불쑥 만연옥이 끼어들고 또 연옥의 연주에 대해 백능파가 아닌 양소유, 적경홍, 계섬월이 칭찬하는 것으로 기술되어 있다. 반면 서울대본에서는 월왕과 능파의 대화에 이어 만연옥이, "백낭자의 상령곡(湘靈曲)을 전하여 보리이다." 하고는 연주를 하니 능파가 연옥의 총명함을 칭찬한 후, 양승상과 홍, 월이 이어 칭찬한다. 노존본에서 만연옥의 끼어듦이 그 앞과 잘 연결되지 않는 반면, 서울대본에서는 월왕과 능파의 대화 내용에 맞추어 연옥이 상령곡을 연주하고 이를 능파가 칭찬하여 자신의 곡을 배울 수 있다고 한 대답을 확인하는 것이다. 그런 후에 비로소 양소유, 적경홍, 계섬월의 칭찬이 이어진다. 이 대목도 <노존본>이 원본을 옮기면서 부주의로 빠뜨린 것으로 보인다.

이상의 두 대목을 제외하고는 서울대본이 대체로 노존본의 축약본임을 인정한다. 여기서 이 글에서는 다음과 같은 추정을 해 본다. 즉, 노존본은 원본을 옮기면서 원래 원본에 있었던 두 부분, 정경패·난양공주의 희작시에 대한 태후의 논평, 백능파의 만연옥에 대한 칭찬 부분이 빠지게 되었다. 그리고 서울대본은 그 두 부분이 보존된, 적어도 노존본보다 앞서는 이본 혹은 원본 자체를 모본으로 하여 파생된 것으로 본다. 여기서 노존본에 앞서는 이본 혹은 원본이 한문본이냐 한글본이냐 하는 문제는 여전히 문제로 남게 된다. 왜냐하면, 노존본은 고본이긴 하나 원본 자체는 아니라고 생각되기 때문이다.

   제2부 몽유 소설의 작품 세계와 작가 의식

　이런 입장에서 <구운몽>의 원작 문제는 아직은 미해결로 남겨 두어
야 하리라 본다.13) 그렇지만 작품 연구에 있어서는 현재까지 최선본으로
알려진, 정규복에 의해 재구된 한문 노존본을 기본 텍스트로 해야 하리
라 보며, 위에서 언급한 견해를 따라 서울대본에 남겨진 두 대목을 보충
해서 파악하고자 한다.

2) 서사적 특성으로서의 속임수

　<구운몽>의 작품 구조가 이른바 환몽 구조 혹은 몽환 구조를 이루고
있다는 것은 주지의 사실이다. 이러한 구조는 우리의 서사 문학사에 있
어서 이미 신라대에 <조신전>으로 형상화 되었고 이규보의 몽기류 작품
이나 석식영암의 <정시자전>, <검설> 등 고려조를 거쳐 조선 초기의
한문 소설 ≪금오신화≫나 ≪기재기이≫ 및 몽유록에 이르기까지 면면
히 이어져 왔다. 이를 문학적 관습의 하나로서 인정한다면 <구운몽>의
그것이 이러한 전통을 바탕으로 하여 창작된 것이고 또 이러한 구조가
작품 전개에 중요한 계기가 된 것임을 쉽게 짐작할 수 있다. 그런데 문제
는 <구운몽>의 서사적 특성을 탐색하는 데 있어서 환몽 구조 자체의 변
별성을 찾는 일은14) 크게 도움이 되지 못한다는 데 있다. 문학적 관습으
로서의 환몽 구조는 전기 소설(傳奇小說)이나 몽유록이나 <구운몽>에 각

---

13) '계해본'에 누락된 양소유의 대각 장면이 '을사본'에 고스란히 보존되어 발견되었던 것
　　처럼, 노존본에 누락되었으리라고 여겨지는 위의 두 부분이 보존된 선행본이 발견될
　　가능성은 남아 있다. 심정적으로 필자는 <구운몽>의 원작이 한문본이라 생각한다.
14) 환몽 구조로 이루어진 서사물의 각 장르 간의 변별적 특징을 탐구한 대표적 업적으로,
　　차용주, 「몽유록과 몽자류 소설의 동이에 관한 고찰」, 『청주여사대 논문집』 3, 1974 ;
　　성현경, 「조선조 몽자류소설 연구」, 『국어국문학총서』 5, 정음사, 1979.

각 변별적인 형태로 나타난다기보다는 오히려 액자 구성이라는 공통성에 입각하여 형상화된 것으로 생각된다.[15] 따라서 환몽 구조를 <구운몽>의 서사 진행의 특징적인 국면으로 이해하기는 곤란하다고 여겨진다. 그렇다면 이에 대해서는 다른 관점에서 논의의 실마리를 찾아야 할 것이다.

이 작품에서 사건들이 복잡하고 풍부하게 전개되고 있는 양소유의 세계를 검토해 볼 필요가 있다고 본다. 지금까지의 연구 경향은 양소유의 세계는 성진의 세계와 대비되어 진리의 현현을 위한 중간 과정, 준비 단계 정도로 보았을 뿐이었다. 그러므로 양소유가 지상에서 여덟 여인을 만나는 전 과정은 이미 작품 서두에 제시된 윤회의 업보, 곧 천정인연(天定因緣)의 확인 절차로 파악된 것이다. 그러나 양소유의 인생 역정과 그에 대한 작가의 서술 태도를 살펴보았을 때, 그 속에는 심각한 문제의식이 내포되어 있다고 판단된다. 이 글에서는 이를 '속임수'라는 개념으로 탐색해 보고자 한다. 어쩌면 허구적 창작물인 소설 본래의 성격이 그럴듯한 속임수일지도 모르지만, 이 글에서 본 바로는 <구운몽>의 서사적 추동력은 속임수라는 개념 속에 함축되어 이 작품 특유의 서사적 성격을 드러내고 있다고 판단되었다. 이 속임수는 두 가지 양상 속에 포착되는데 하나는 사건 전개에 개입된 속임수이고 다른 하나는 전기성(傳奇性)을 변질시키는 수법으로서의 속임수이다.

(1) 사건 전개에 개입된 속임수

성진의 후신인 양소유가 현세에서 체험하는 핵심적인 사건들은 모두 여인과의 결연과 관련된다. 그러기에 <구운몽>의 서사성에 대한 연구는 양소유와 여덟 여인의 결연 과정에 대한 탐구로부터 시작해야 할 것이다.

---

15) 물론 양식사적으로 보아 <구운몽>이 전대의 몽유 구조를 새로운 차원으로 구성하고 있음은 충분히 인정된다. 그러나 이 점으로 인해 그 공통점이 무시될 수는 없다.

이에 주목되는 점은 양소유가 여덟 여인과 만나게 되는 사건들 중에서 변장 혹은 그것과 유사한 성격의 변신 모티프가 개입되지 않은 것이 거의 없다는 사실이다.

<구운몽>의 남녀 결연에 있어서 가장 비중 있게 그려진 것은 양소유와 정경패, 양소유와 난양공주 이소화의 결연이다. 이 두 가지 결연은 소유가 정실부인을 맞아들이는 과정이기에 다른 여인들과의 결연에 비해 중요하게 의식된 것이다. 먼저 경패와의 결연 과정부터 살펴보자.

모친 유씨 부인의 서신을 갖고 상경한 소유는 두 연사를 찾아가 혼인을 의논한다. 이에 두 연사는 정사도 댁 외동딸 경패를 추천하는데 이 여인은 이미 낙양에서 계섬월이 소유에게 추천한 인물이다. 양경(兩京) 사이에서 이렇게 소문이 자자한 정 소저를 직접 만나보지 않고는 혼인할 수 없다고 조르는 소유에게 두 연사는 한 꾀를 낸다. 곧 소유가 여장을 하고 여악사인 양 행세하여 정부(鄭府)에 들어가게 하는 것이다. 여기서 보듯 두 사람의 결연에 결정적인 계기가 되는 것은 소유의 남화위녀(男化爲女)이다. 이는 일종의 속임수이다. 이를 통해 소유는 경패를 직접 만나볼 수 있었고 결국 혼인에까지 이르는 것이다. 그런데 소유가 경패를 속인 행위는 그 자체로 끝나는 것이 아니다. 자기가 속았다는 것을 안 경패는 그것에 대한 설치(雪恥)를 위해 다시 속임수를 쓰는데 곧 가춘운의 위선위귀(爲仙爲鬼)가 그것이다. 이 과정에서 소유는 춘운에 대한 연모의 정으로 인해 상사병이 날 지경에 이르는데 이는 경패의 속임수에 소유가 넘어간 형국이다. 결국 경패는 시원스럽게 설치를 한 셈이며 아울러 소유와 춘운의 결연도 이루어진다.

한편, 소유와 난양공주 이소화의 결연은 경패의 경우에 비해 다소 심각한 장애를 거쳐 이루어진다. 퉁소를 통한 신이한 징조로써 인연이 암시된 두 사람의 결연은 태후의 늑혼(勒婚)이라는 형식에 의한 것이기에 심각한 갈등이 야기된다. 이미 정혼한 처지에 있는 소유에게 태후의 늑혼 압력은 실로 부당한 것이었기에 극력 거부하다가 옥에 갇히기까지 한다. 이 난관을 극복하는 데에는 난양의 기지가 결정적인 역할을 한다. 난양 이 공주의 신분을 감추고 일개 여염집 규수로 가장하여 경패를 만남으로 써 갈등 해소의 전기가 마련되는 것이다. 그런데 이것 역시 앞의 예와 마 찬가지로 속임수의 또 다른 양상인 것이다. 또한 이 역시 한 번의 속임수 로 끝나는 게 아니라 또 다른 속임수로 나아간다는 점에서도 앞의 예와 유사하다. 곧 소유가 토번을 치고 개선하자 정사도 부처를 비롯한 주위 의 모든 인물들이 소유에게 경패가 죽었다고 속이는 사건으로 나아가는 것이다. 이는 태후가 소유의 고집으로 인해 심려하였던 지난 일에 대해 보복하려 했기에 야기된 사건이다. 그런데 이 사건은 여기서 그치지 않 고 그 낌새를 알아챈 소유가 다시 양광(佯狂)하는 것으로 대응함으로써 또 다른 속임수로 이어지고 있다. 이렇게 세 번에 걸친 속임수에 의해 소유 와 난양, 그리고 경패 사이에 온전한 결연이 이루어진다.

여기서 양소유, 정경패, 난양공주, 태후 등 주요 인물의 행동 양식이 계략, 곧 속임수에 입각해서 전개된다는 이 작품의 특징적인 국면을 추 출해 낼 수 있다. 이러한 양상은 비단 이들 주요 인물에 한정된 것이 아 니다. 정경홍은 소년 선비의 복장을 하고 개선하는 양원수를 좇아왔고,[16) 심요연은 번국 자객으로서 남복을 하고 양원수의 장중에 들어왔다. 이 경우는 모두 여화위남(女化爲男)의 모티프에 의해 남녀 결연이 이루어지는 양상이다. 이들 외에 진채봉, 계섬월, 동정용녀 백능파 세 여인과의 결연 에서는 속임수의 양상이 바로 찾아지진 않는다. 그렇다고 이들의 결연에 속임수의 요소가 전혀 개입하지 않았다고 판단하기는 곤란하다. 채봉의

16) 적경홍의 이 행위는 장회 제목으로 채택되어 가춘운의 '위선위귀'에 짝을 이루어 '사 음사양(乍陰乍陽)'이라 하였다.

경우 전기 소설의 주인공들처럼 자신의 의사로써 소유를 만났지만 두 사람이 온전히 맺어지기 위해서는 채봉이 궁녀로 전락 내지 변신하여 난양 공주의 시녀가 됨으로써 가능했다. 섬월 역시 스스로 소유의 재능과 인품에 이끌려 결연이 이루어지나, 그녀 또한 소유 몰래 자기 대신 경홍을 잠자리에 들이는 속임수를 쓰기도 한 인물이다. 용녀로서의 백능파는 자기 몸의 비늘을 벗고서야(곧 변신한 후에야) 인간 세계에 나와 낙유원 잔치에 참여할 수 있었다.

<구운몽>은 그 환몽 구조의 측면에서나 작품 속에서 중요한 비중을 차지하는 전기 소설적 요소들을 고려해 볼 때 전대의 문학적 관습에 다분히 힘입고 있다. 그런데 가령 《금오신화》를 보더라도 작품 어디에도 위에서 지적한 속임수의 요소는 찾아지지 않는다. <만복사저포기>나 <이생규장전>의 여주인공들은 사실 죽은 귀신들이기에 남주인공들에게 자신의 본색을 감추려 들긴 하지만 그것은 살아 있는 남주인공과의 사랑을 위해서는 필연적인 행동이어서 이러한 감춤의 행동이 이들 작품에서 심각한 갈등 요인이 되지 않는다. 작품의 중심 갈등은 죽은 여인과 산 남성 사이의 것으로 이미 규정되어 있기 때문에 감춤 자체가 사건 전개의 동인이 되지 못한다. 이에 반해 <구운몽>에 나타나는 속임수의 양상은 남녀 결연의 계기 혹은 갈등 해소의 전제로서 사건 전개의 추동력으로 작용하고 있다.

한편 <구운몽>과 동시대작인 <창선감의록>에는 윤여옥이 여장하여 주인공 화진을 구출한다거나 진채경이 남장하여 도주한다거나 하는 사건이 나타난다. 그런데 이는 위에서 분석한 <구운몽>에서의 양상에 비해 두 가지 점에서 차이를 보이고 있다. 하나는 작품 전편에 걸쳐 지배적인 모티프로 작용하는 것이 아니라 작품 속의 한두 가지 에피소드에만 개입되어 있다는 점이고, 다른 하나는 작품 속의 주동 인물이 위기에 봉착했

을 때 그 위기를 모면 내지 극복하는 계기로서 제시되는 것이지 남녀 결
연 혹은 갈등 해소의 계기로서 제시되는 것은 아니라는 점이다. 이러한
차이점은 <구운몽>이 산출되었던 동시대에 유행하기 시작했으리라 추
정되는 통속적 영웅 소설이나, 그보다 조금 늦은 시대의 가문 소설 등에
서 보이는 여화위남의 모티프와 <구운몽>의 그것 사이의 관계에도 그대
로 적용될 것이다. 더욱이 뒷장에서 논의되는 바와 같이 <구운몽>의 위
와 같은 서사 전개의 방법 속에 담긴 미학적 특성을 고려한다면 여타 고
전 소설에서 나타나는 여화위남의 모티프와는 구분되는 것임을 강조할
수 있다.17)

　『서포만필』의 단편적 언급을 통해서이지만, 작가 김만중은 소설의 감
화적 가치를 십분 인정하고 있으며,18) 김춘택의 말을 그대로 믿는다면
그는 한글 소설을 여러 편 지은 사람이다.19) 한마디로 그는 소설 작가인
것이다. 이러한 그가 소설을 창작함에 있어서 자기 특유의 문학적 트릭
을 구사했을 가능성은 인정되어야 한다. 이렇게 작가 김만중이 구사했을
법한 문학적 트릭의 하나를 위에서 분석한 속임수로 비정한다. 사건 전
개의 추동력으로서 또 작가 특유의 문학적 트릭으로서 <구운몽>에 나타

---

17) 이러한 주장은 작가 김만중이 속임수의 서술 방법을 창안했다고 말하려는 것이 아니
　　다. 필자는 작가가 고전 소설의 독자이자 창조적 작가였으리라는 점을 전제하고 그때
　　까지 이루어진 소설적 관습을 창조적으로 수용하여 작품 창작에 임했으리라 보는 것이
　　다. 그렇지만 <구운몽>에서 추출한 속임수의 양상을 여타 고전 소설에서의 그것과 비
　　교 연구하여 영향의 수수 관계를 추정해 볼 필요는 있다. 이 글에서는 이를 유보해 둔다.
18) 홍인표 역주, 『서포만필(西浦漫筆)』하, 155화, '『동파지림(東坡志林)』에 이르기를, "골
　　목집에서 아이들이 천박하고 용렬하여 그 집이 골치가 아프면, 돈을 주어 모여서 옛날
　　이야기를 듣게 한다. 삼국(三國)의 일을 이야기할 때 유현덕(劉玄德)이 패한다는 말을
　　들으면 아이들은 찡그리며 눈물을 흘리기도 하고, 조조(曹操)가 패한다고 하면 기뻐서
　　즐겁다고 소리치기도 한다." 하였다. 이것이 나씨(羅氏)의 <삼국지연의>의 시원(始源)
　　일 것이다. 이제 진수(陳壽)의 『사전(史傳)』이나 온공(溫公)의 『통감(通鑑)』을 가지고 여
　　러 사람을 모아 놓고 이야기를 하여도 반드시 눈물을 흘리는 사람은 없을 것이다. 이
　　것이 통속 소설을 짓는 까닭이다.'
19) 김춘택, 『북헌집(北軒集)』16, 西浦頗多以俗諺爲小說.

나는 속임수는 이 작품의 서사적 특성으로 인정할 수 있는 것이다.

여러 논자들에 의해 지적된 사실이지만 <구운몽>에서는 자아와 세계의 대결이 심각하지 않다. 다시 말해 주인공의 의지는 큰 장애에 부딪치지 않고 대부분 수월하게 관철된다. 굳이 작품 속에 나타나는 장애들을 지적한다면 진채봉과의 결연을 방해한 구사량의 난, 하남의 세 절도사의 난, 토번의 난, 그리고 태후의 늑혼 등이다. 그런데 이들 사건은 모두 쉽게 평정되든가 아니면 과정상 다소 심각한 지경까지 가긴 하나 그 결과는 매우 조화롭게 마무리된다. 또한, 이 작품의 주된 줄거리를 이루는 남녀 결연은 이미 작품 서두의 진술 속에 예정된 것이기에 순조롭게 성취된다. 이러한 작품 전반의 특징을 고려했을 때 작가의 입장에서 사건을 일으키고 그것을 다시 마무리 짓는 문학적 트릭을 마련하지 않을 수 없을 것임을 추정해 볼 수 있다. 여기에서 속임수라는 <구운몽>의 특징적인 서사적 성격이 마련된다. 속임수는 숨김과 드러남의 원인·결과가 통합된 것이다. 그리고 남녀 결연 혹은 갈등의 해소라는 결과는 이미 마련되어 있었다. 문제는 어떻게 그 결과에까지 이르는가에 있다. <구운몽>에서의 속임수는 이 문제를 해결해 주는 방법이었다. 다시 말해 예정된 조화의 세계로 나아가기까지의 서사적 방법론이 이 속임수였던 셈이다.

그렇지만 한편으로 그것은 소설 본래의 자아와 세계의 대결이라는 장르적 성격에 비추어 보았을 때[20] 대결의 심각성을 의도적으로 회피하고 있다고 하겠다. 속임수는 비록 그것이 서사 전개의 추동력으로 작용한다고 할지라도 여전히 속임수 일반이 지니는 유희적 성격에서 벗어나지 못할 것이기 때문이다. 또한, 이는 김만중이 지닌 작가 의식의 한 단면과도 연관될 수 있는 문제이다. 흔히 그의 국문 옹호론이나 통속 소설론을 들

---

20) 조동일, 『한국소설의 이론』, 지식산업사, 1977 참조.

어 작가 의식의 탁월함을 운위하고 있는 것이 현 학계의 공통된 태도이지만, 비록 김만중이 소설적 재능과 역량이 있었다는 점을 충분히 인정하더라도 그는 엄연히 벌열 사대부 계층에 속한 한 지식인 작가였고 그가 아무리 탁월한 국문 의식을 가졌다고 하더라도 소설에 대한 그의 생각이 전적으로 옹호론의 측면만 지닐 것으로 보진 않는다. 위와 같은 분석이 <구운몽>의 작품 내적 사실의 한 국면을 옳게 짚어 낸 것이라면, 작가 김만중은 소설이 보여 줄 수 있는 자아와 세계의 심각한 대결에 대해 일종의 거리감을 지녔다는 점을 드러내 주는 것으로 보인다. 여기서 이미 예정된 질서를 상정해 놓은 상태에서 작가가 작품 속에서 사건을 전개시켜 나가는 문학적 트릭으로서 속임수를 택할 수 있었다고 본다.

(2) 전기성(傳奇性)의 변질과 속임수

일전에 ≪금오신화≫와 ≪기재기이≫의 전기적 성격을 논하면서 주인공의 의식이 자신이 체험한 사건에 대해 자연적 설명과 초자연적 설명 사이에서 머뭇거리는 상태를 그 미학적 기반으로 설정한 바 있다. 이는 의식 간의 긴장을 유발하여 작품 세계의 진지한 서사적 탐색에 몰두할 수 있게 한, 15, 16세기 전기 소설의 중요한 특징으로 여겨졌다.[21] 그리고 그러한 전기성이 <구운몽>에 오면 희극적으로 변용된다고 언급해 두었다.[22] 이는 단편적인 언급에 그친 것이기에 여기서는 이에 대해 앞 절에서의 논의와 연관시키면서 좀 더 본격적으로 살펴보고자 한다.

<구운몽>에서 전기성이 변질되는 양상은 양소유의 세계로 넘어가기 전 이미 성진의 세계에서부터 그 조짐을 보이고 있다. 성진이 용궁에 가서 회사(回謝)할 때에 용왕은 그를 대접하면서 술을 권한다. 이에 성진이,

---

21) 신재홍, 「초기 한문소설집의 전기성에 관한 반성적 고찰」, 『관악어문연구』 14, 1989.
22) 위의 논문, 148~149면.

술은 불가에서 크게 경계한 것이라고 사양하니 용왕은 다음과 같이 말하면서 재차 권한다.

석씨의 오계(五戒) 중의 금주를 내 어찌 모르리오. 과인의 술은 인간의 광약과는 크게 달라서 다만 사람의 기운을 억제할 뿐 일찍이 사람의 마음을 상하게 한 적이 없나니 상인(上人)이 유독 과인의 애써 권하는 뜻을 생각지 않느뇨?23)

분명 용왕은 자기가 권하는 술이 기운을 억제할 뿐이라 했으나 서사 진행상 그의 이 말은 거짓이었음이 드러난다. 성진은 연화봉으로 돌아오던 중 얼굴이 화끈거려 시냇물에 세수하다가 기이한 향내에 정신이 진탕(震蕩)해지는 것이다. 여기서 작가의 의도는 술에 대한 일상적인 인식에 기초하여 성진과 팔선녀를 만나게 하려는 데 있을 뿐 이계 인물인 용왕의 말에 권위를 두려는 것이 아니다. 곧 술이라면 그게 지상의 것이든 이계의 것이든 간에 사람의 마음을 태탕케 한다는 생각이다. 따라서 용궁 및 용왕의 신이성은 거의 문제되지 않는다.24)

다음으로 가춘운의 위선위귀 대목을 주목할 수 있다. 양 한림이 정부에 있으면서 무료하던 차에 정십삼의 권유로 성남의 경치 좋은 곳에 유완한다. 그는 선분(仙分)을 운운하는 십삼의 말에 자못 호탕한 마음이 들

---

23) 169면. 釋氏五戒中禁酒 予豈不知 寡人之酒 與人間狂藥大異 只能制人之氣 未嘗蕩人之心 上人獨不念 寡人勤懇之意耶. 서론에서 언급한 바와 같이 이 글에서는 한문 노존본을 주 텍스트로 한다. 정규복에 의해 재구된 노존본 텍스트가 정규복(1977), 앞의 책에 수록되어 있으므로 앞으로 원문의 인용은 이 책의 쪽수만을 표시한다.
24) 용궁의 신이성이 문제되지 않는 서술 태도는 백능파의 경우에서도 확인된다. 양원수를 초빙하여 자신의 전력을 토로하는 능파의 말에 의하면, 그녀는 천상 선녀로서 용궁에 적강하였음을 장 진인을 통해 알게 되었고 동정 용왕이 남해 용왕의 관하에 있어서 남해 태자의 늑혼 위기에 처하였다가 하늘의 도움으로 도피한 백룡담의 물이 차고 흐려져 태자가 범접치 못하게 되었다고 한다. 능파의 이러한 인생 역정은 곧 고전 소설 일반에 나타나는 여성 수난의 전형적인 예의 하나다. 작가는 능파를 용녀라는 신이성에 주의하기보다는 일반적인 여성 수난의 모티프들로써 그려 내었다.

어 홀로 산속 깊이 들어가다가 시냇물에 떠오는 나뭇잎에 쓰인 시구를 발견한다. 기이히 여긴 한림이 더 나아가 결국 선녀 같은 한 여인(춘운)을 만나게 된다. 그 후 그 여인은 밤마다 한림의 처소로 찾아온다. 그러던 중 정십삼이 지나가는 말인 양 지난번 유완했던 자리 부근에 장여랑의 무덤이 있고 거기에 한림의 손수건이 떨어져 있었다고 알려 준다. 한림은 그의 말을 듣고 밤마다 찾아오는 여인이 곧 장여랑의 혼백임을 알게 되나 그녀에 대한 연모의 마음은 더욱 간절하다. 그러던 어느 날 밤 문밖에서 여인의 흐느끼는 소리가 들리면서 한림에게 부적이 붙어 있기에 더 이상 모시지 못하고 영별하겠다고 하고는 사라진다. 이에 한림이 자기 머리에 부적이 붙은 것을 비로소 알고 정십삼의 짓이라고 여겨 분함을 참지 못한다. 그러다가 한림이 그 여인 생각에 상사병이 들어 자리에 눕는다.

이와 같이 이 대목은 그대로 전기 소설의 전형적인 플롯을 따라 전개되고 있다. 적어도 양소유가 이 사건에 처하는 태도는 전기 소설의 주인공들의 그것과 다를 바 없다. 그러나 앞서 언급한대로 이 사건에는 속임수가 개입되어 있다. 이 사건에 관여한 인물들은 모두 정경패의 계략에 따라 움직였던 것이다. 따라서 소유가 만난 여인은 선녀 혹은 장여랑의 혼백이 아니라 경패의 시녀 가춘운일 따름이다. 이 대목에 구사된 아름다운 사랑의 모티프나 문구의 수식 등을 통해 볼 때 작가가 전기 소설의 특성을 충분히 습득하고 있었으리라는 것은 의심의 여지가 없다. 그러한 작가가 자신의 창작물에서는 전기 소설의 미학적 특성을 교묘히 변화시켜 그 심각성을 속임수 및 그 결과로서의 웃음으로 희석시키고 있는 것이다. 그리하여 사건의 전모가 소유에게 알려졌을 때 그 자리에 있던 정사도와 그 부인, 정십삼 등이 한바탕 포복절도하는 양상을 띤다. 여기서 15, 16세기에 이루어졌던 미학적 성과로서의 전기성이 17세기 말의 〈구운몽>에 와서 전기성 자체가 속임수의 한 수단이 되고 그로 인해 웃음이 유발되는 양상으로 변질되고 있음을 포착할 수 있다.

이러한 양상은 토번을 치고 개선하는 도중에서 꾼 양원수의 꿈이 어떠한 서사적 역할을 하는지에 대해 살펴봄으로써 재차 확인할 수 있다. 양원수가 토번을 치고 경사(京師)로 개선하는 도중 진주에 이르니, 때는 중추였다. 시골의 노모가 자신을 걱정할 것과 아직 자신의 혼인 문제가 난관에 부딪혀 있음을 생각하매 심회 처량하던 차에 잠이 든다. 꿈에 천문(天門)에 오르니 정소저가 그를 맞이하여 다음과 같이 말한다.

> 지금 나는 이미 인간과 이별하여 천상에서 노니나니 지난 때를 생각하매 하늘과 땅의 거리 같습니다. 군자는 비록 첩의 부모를 뵈올 것이나 첩의 소식은 듣기 어려울 것입니다.[25]

이어 그녀는 곁에 있던 두 선녀를 가리키며 다음과 같이 말한다.

> 이 분은 직녀 선군(織女仙君)이고 저 분은 대향 옥녀(戴香玉女)라. 군자와 더불어 전세의 인연이 있나니 원컨대 군자는 첩의 신세를 생각지 마시고 이 양인과 함께 먼저 좋은 약속을 맺으신다면 첩 또한 의탁할 곳이 있으리라.[26]

양원수의 꿈에서 말한 정소저의 위의 두 마디 말은 이후의 서사 진행과 밀접히 연관된 복선의 구실을 한다. 정소저의 말 가운데 앞부분은 양소유가 개선하여 경사로 돌아와 정부에 이르매 그 집 사람들이 경패가 이미 고인이 되었다고 알려 주는 부분의 복선이다. 그런데 정부 사람들

---

25) 246면. 今則我已別人間 來遊天上 緬懷疇囊 如隔兩塵 君子雖見妾之父母 難聞妾之音耗矣.
26) 같은 곳. 此則織女仙君 彼則戴香玉女 與君子有前世之緣 願君子毋念妾身 與此兩人先結好約 則妾亦有所托矣.

의 그 말은 기실 태후의 계략에 따른 거짓말이다. 태후가 소유를 한번 속이겠다는 의도에서 경패가 죽은 것으로 했던 것이다. 양원수가 진주에서 꾼 꿈은 온통 신이한 수식으로 묘사되어 있는데 이를 뒤의 속임수에 의한 사건 전개의 복선으로까지 활용하는 작가의 서술 태도는 가히 교묘하다고 하지 않을 수 없다. 이는 다시 말해 꿈이 지닌 신이성을 희화화(戲畵化)하고 있는 양상인 것이다. 이러한 양상은 태후의 속임수에 대해 소유가 양광(佯狂)으로 대응할 때 매일 밤 자기 꿈에 죽은 경패가 나타나 괴롭힌다고 하면서 주변 사람을 속이는 장면과 동일한 것이기도 하다. 한편, 정소저의 말 뒷부분은 과연 그대로 징험된다. 난양공주 이소화와 여중서 진채봉과의 결연이 예기된 것이다.

이렇게 볼 때 양원수의 진주에서의 꿈은 작가가 서사 문맥상 꿈이 지닌 전통적인 신이성을 한편으로는 그대로 수용하면서도 다른 한편으로는 자신의 독자적인 서사 진행의 방법 속에 변질시키고 있다고 할 수 있다. 곧 전통적인 의미에서 전기성을 이루는 주요 소재였던 꿈이 <구운몽>에 와서는 부분적으로 변질되고 있다는 것이다. 그와 같은 변질의 원인이 이 작품에 있어서 서사 진행의 중심축인 속임수에 말미암는다고 본다. 사건 전개에 개입된 속임수가 작가 김만중이 의도적으로 구사한 문학적 트릭이라고 본다면 이것이 작품 내에서 수행한 역할로 인해 전대에 이루어졌던 문학적 관습의 한 국면을 변질시키는 데까지 나아간 것으로 보는 것이다. 그렇다면 속임수가 지닌 의의는 단순히 한 작가의 문학적 트릭의 차원에 머무는 게 아니라 소설사의 한 차원을 개척했다는, 좀 더 적극적인 의의도 아울러 갖게 된다.

3) 유머의 미학과 그 지향성

(1) 사대부가(士大夫家)의 웃음

위에서 <구운몽>의 서사적 특성으로서 속임수라는 문학적 트릭을 찾아보았다. 이미 논의 과정에서 제시되었지만, 속임수는 단순히 문학적 트릭으로서만 의미를 갖는 것이 아니다. 여기에는 작가의 서술 태도가 반영되었다고 판단되는바, 속임수라는 문학적 트릭에 담긴 미학적, 이데올로기적 기반의 단서를 문제 삼을 여지가 마련된다. 이에 이 글은 속임수 고유의 유희적 속성에 주목한다.

<구운몽>의 작품 분위기는 '유머'로 개념화할 수 있는데 이는 앞장에서 분석한 속임수의 수법과 밀접히 연관되어 나타난다. 정경패가 여장한 양소유와 반나절 동안 상대하다가 마지막으로 연주된 사마상여의 <봉구황곡(鳳求凰曲)>을 듣고는 곧 상대가 남자임을 깨닫고 자기 방으로 돌아온다. 시비 춘운이 연고를 물으니 그 일을 얘기하며 부끄러움과 수치심을 토로한다. 이어서 춘운과 경패는 다음과 같은 대화를 나눈다.

> 춘운이 이르기를, "그 여관(女冠)이 과연 남자일진대 그 용모의 수려함이 이와 같고 그 기상의 호상(豪爽)함이 이와 같으며 그 음률에 정통함이 또한 이와 같으니, 가히 그 수품(手稟)이 높음을 알 것이니 어찌 상여만 못할 줄을 알겠나이까." 소저 이르되, "저가 비록 상여라도 나는 결단코 탁문군이 되지 않으련다." 춘운이 이르기를, "소저는 남들이 웃을 얘기는 마옵소서. 문군은 과부요 소저는 처녀라. 문군은 뜻이 있어 좇았으나 소저는 무심히 들었나니 소저는 어찌 자신을 문군에 비하시나이까." 양인이 즐거이 담소하면서 종일토록 자락(自樂)하더라.27)

---

27) 193면. 春雲曰 其女冠果是男子 則其容顏之秀美如此 其氣像之豪爽如此 其精通音律又如此 可知其手稟之高矣 安知非眞相如乎 小姐曰 彼雖相如 我則決不作卓文君也 春雲曰 小姐無 爲可笑之說 文君寡婦也 小姐處女也 文君有意而從之 小姐無心而聽之 小姐何以自比於文

이 대화의 내용에는 두 사람 사이에 오가는 기지와 유머가 담겨 있다. 사마상여와 탁문군의 고사를 인용하여 은근히 소유와 경패를 비기면서 그들의 결연을 은근히 인정하는 양상이며, 그와 함께 소유에게 속임을 당한 경패의 심정이 자신의 말처럼 그렇게까지 수치스럽게 받아들여진 것은 아님을 암시하고 있기도 하다. 그러기에 경패와 춘운은 즐거이 담소하면서 종일토록 자락할 수 있는 것이다. 당대의 관습상 파격적인 소유의 남화위녀에 대해 경패나 춘운이 보여 준 너그러운 태도는 경패의 부친인 정사도에게서도 나타난다. 양한림과 혼담이 오가는 마당에 경패가 그와는 혐의의 일이 있다고 하면서 혼담을 거절하는데, 그 연유를 들은 정사도는 다음과 같은 태도를 보인다.

> 사도(司徒)가 다시 소저에게 물어 양생이 봉구황곡을 탄 전말을 알고는 크게 웃으며 이르기를, "양장원은 진실로 풍류재자(風流才子)로다. 옛날 왕유 학사는 악공의 의복을 입고 태평공주의 집에서 비파를 타서 장원을 차지하였는바 지금에 유전되어 미담이 되었나니, 양랑이 숙녀를 구하기 위해 환착여복(換着女服)함은 실로 재주 많은 사람이 일시 유희(遊戲)한 일이니 어찌 혐의를 두리오."28)

이렇게 양소유의 환착 여복한 행위는 풍류 재자의 유희로 오히려 칭찬까지 받게 된다. 속임수를 유발시킨 인물에 대해 속임을 당한 상대자나 여타의 주변 인물들이 하나같이 그 기지와 풍류를 칭찬하면서 '일시 유희한 일'로 너그럽게 수용하는 태도를 보이는 것이다. 여기서 사건을 유발시키고 그 결과 남녀 결연이 이루어지는 사건 전개의 과정에 개입된

君乎 兩人嬉嬉談笑 終日自樂.
28) 195면. 司徒更問於小姐 知楊生彈求凰曲之顚末 大笑曰 楊壯元眞風流才子也 昔王維學士 着樂工衣服 彈琵琶於太平公主之第 仍占壯元 至今爲流傳之美談 楊郎爲求淑女 換着女服 實多才之人 一時遊戲之事 何嫌之有.

속임수는 그 동기와 결과 모두 유머에 입각해 있음을 알 수 있다. 위의 두 예문은 소유가 여장하고 경패를 속인 일에 대한 것이지만, 거꾸로 경패가 소유를 속인 일의 결과는 이보다 더한 웃음으로 마무리된다.

> 사도가 이에 부채로 병풍을 치며 이르기를, "장여랑은 어디 있는고." 하니 한 여자가 홀연 병풍 뒤로부터 나와 웃음과 교태를 머금고 부인의 뒤에 서니 한림이 한번 눈을 들어 보고는 이미 그 장여랑임을 알았다. 어리둥절하여 일의 전말을 알지 못해 사도와 정생(정십삼)을 바로 쳐다보며 묻기를, "이는 사람이냐 귀신이냐, 귀신이 어찌 대낮에 나올 수 있는가." 하니 사도와 부인이 입을 열어 웃으며 정생은 배를 껴안고 크게 웃으며 엎어져 일어날 줄 모르더라. 좌우 시비들도 허리를 꺾더라.29)

이 대목은 <구운몽> 전체에서 가장 희학적(戲謔的)인 장면의 하나인데, 당사자인 소유와 춘운뿐 아니라 정사도 부처와 정십삼, 심지어는 좌우의 시비들조차도 포복절도하는 양상을 보여 주고 있다. 이러한 예가 아니더라도 작품 속에는 유머러스한 장면이나 인물들 간의 점잖은 농담이 도처에 나타나고 있다.

소유와 경패의 속이기와 되속이기뿐만 아니라 태후가 도모하고 영양, 난양 및 그 밖의 모든 인물이 간여한 속임수에서도 유머의 분위기가 바탕에 놓여 있다. 이 사건의 과정에서는 특히 난양의 역할이 두드러지는데 그녀는 영양이 경패임을 의심하는 소유를 의뭉스럽고 태연자약한 거짓말로 속인다.

그런데 이 사건보다 더욱 생동감 있게 그려진 대목은 태후가 월왕의 청으로 양 승상에게 벌주를 내린 일과 그것에 후속되어 양부(陽府)의 모든

---

29) 205면. 司徒乃以塵尾打屛風曰 張女娘安在 一女子忽自屛後而出 含笑含嬌 立於夫人之後 翰林一擧目 已知其張女娘也 怳怳惚惚 莫知端倪 直視司徒及鄭生而問曰 此 人耶鬼耶 鬼何以能出於白晝也 司徒及夫人 啓齒而笑 鄭生捧腹大醱 顚訃不能起 左右侍婢等 已折腰矣.

인물이 벌주를 마시는 부분이다. 낙유원 잔치를 마친 다음날 소유와 월왕이 입궐하여 태후를 뵌 자리에서 월왕은 소유가 부마의 자리에 있으면서 희첩을 많이 거느린 것을 트집 잡아 벌을 내리도록 청한다. 이에 소유가 글을 올려 희첩을 두게 된 것은 부마 간택 이전의 일이며 또 양 공주의 허락을 맡고 이루어진 일이라며 변명한다. 이러한 소유의 변명에도 아랑곳 않고 월왕은 그에게 벌을 내리기를 재촉하매 태후는 벌주로 대신한다. 월왕이 다시 나서서 그러면 백옥 소배(白玉小盃)로는 안 되고 한 말들이 금굴치(金屈卮)로 마시게 한다. 이리하여 소유는 대취하여 집으로 돌아온다.

대부인 유씨가 그 정상을 보고 연고를 묻자 소유는 자기가 벌주를 마신 것은 월왕의 탓이나 옆에서 이를 거든 난양에게 책임이 있다고 하여 그녀에게 벌주를 내리라고 권한다. 이에 대부인이 사탕 즙(沙糖汁)을 마시게 하려 하였으나 소유가 눈치 채고 기어코 벌주를 마시게 한다. 이어 난양뿐 아니라 이를 묵과한 영양에게도 벌주를 내려야 한다고 해서 영양이 벌주를 마신다. 또 이 일은 낙유원 잔치에서 홍, 월, 연, 파 네 사람이 월왕부를 이긴 까닭이라 해서 네 사람이 벌주를 마신다. 이에 홍, 월이 춘운만 은총을 받아 낙유원 잔치를 피했으니 그녀에게도 벌주를 내려야 한다고 하여 춘운이 벌주를 마신다. 좌중이 취한 상태에서 채봉만이 깨어 있다고 하여 채봉도 벌주를 마신다. 결국 여덟 부인이 모두 벌주를 마시게 되었는데 마지막에 대부인이 공주에게 벌주를 주어 취하게 한 아들을 둔 죄를 이르며 손수 벌주를 마신다. 그것을 본 소유가 모친에게 근심을 끼쳤다 하여 큰 주발로 다시 벌주를 마신다.

벌주를 내리거나 이를 마시는 모든 인물들이 하나같이 웃음으로써 응대하고 있는 이 장면은 <구운몽>의 서사 진행이 이제 대단원에 이른 시점에 놓여 있다. 다시 말해, 이 장면으로써 <구운몽>의 작품 세계는 하나의 거대한 웃음의 세계로서 그 온전한 모습을 드러내고 있는 것이다.

이제 이 거대한 유머의 세계를 구현해 놓은 작가의 이데올로기적 관점을 찾을 시점에 와 있다. <구운몽>은 성진과 육관대사의 세계로써 구현된 불교적 세계관이 그 기저에 깔려 있음을 부인하기 어렵다. 그런데 성진의 세계와 양소유의 세계를 비교했을 때, 양자 사이의 미학적 기저에 차이가 있음을 알게 된다. 그것이 바로 유머인바, 성진의 세계에서는 이 유머가 찾아지지 않는다. 유머는 양소유의 세계를 성진의 그것과 갈라놓는 중요한 미학적 특성인 것이다. 성진은 구도자로서 진리와 피안을 지향하는 반면, 양소유는 지상에서의 조화로운 질서를 지향한다. 성진은 숭고하나 양소유는 의젓하다. 이러한 차이 속에 어떠한 이데올로기가 반영되었다고 본다. 물론 그 이데올로기는 불교적 세계관에 대립하는 바의 유교적 세계관이라고 범박하게 말할 수 있다. 그러나 유교적 세계관이라 했을 때 그 내용으로서 입신양명이나 부귀공명 등만 지적해 버리고 만다면 이는 작품의 심각한 문제의식을 놓치는 꼴이 되기 쉽다.

이에 작품을 통해 드러나는 작가의 유교적 세계관을 서술 태도의 측면에서 파악해 보고자 한다. 양소유는 여덟 여인과 인연을 맺는다. 이 여덟 여인은 형산에 있을 때는 그저 여덟 선녀였을 뿐 그들 사이에 어떤 주종의 신분 관계가 있었던 것은 아니었는데, 지상 세계에서 소유와 결연하면서는 처와 첩이라는 관계를 맺게 된다. 처첩의 신분 문제는 작가에 의해 명백하고도 일관되게 기술된다. 소유의 첫 번째 만남의 대상이 되는 진채봉은 <양류사(楊柳詞)>를 주고받으면서 매파를 통해 소유가 정혼했는지의 여부를 우선적으로 물어 본다. 그날 서로 대면해서는 어떤 일이 있어도 정절을 지키겠다고 다짐하면서 처가 아닌 첩의 위치에서라도 소유를 받들겠다고 한다. 그리고 이러한 다짐은 후에 다시 만났을 때 채봉의 입을 통해 확인된다. 결국 그녀는 소유의 첩으로 만족한다.

이에 반해 정경패나 이소화와의 만남은 애초부터 본처로 맞아들일 것이 전제되어 있다. 계섬월이 소유에게 경패를 추천할 때 이미 그러했고 소화와의 만남은 하늘의 신이한 징조로써 합리화되었다. 작가의 서술 태도에서 이 점은 분명하게 확인된다. 경패와 소화에 대해서는 태몽이 서술되어 있다. 또한 소유가 남전산 도인에게서 받은 거문고와 퉁소는 각기 경패와 소화와의 결연에 매개물로 기능한다. 태몽이나 신이한 물건은 모두 천상적인 세계를 표상하는 상징들로서 그들의 결연이 천상적인 질서 속에서 이루어지는 것임을 강조하려는 작가 의도가 반영된 것이다. 반면, 나머지 여섯 미인에 대한 기술 태도는 이와 확연히 구별된다.

진채봉은 부친이 반도들과 내통했다는 죄목으로 죽임을 당한 후 황실의 궁녀로 전락한다. 계섬월은 부친이 소주(韶州)의 역승(驛丞)으로 있다가 병사한 후 계모가 그녀를 창가에 팔아넘겨서 기생이 되었다. 적경홍은 조실부모하고 고모 집에 의탁해 있다가 그녀를 첩으로 삼으려는 무리들을 뿌리치고 스스로 창가에 몸을 붙인 인물이다. 가춘운은 부친을 따라 상경하였다가 부친이 병사하자 정사도 댁에 의탁하게 되었다. 심요연은 역시 조실부모하고 한 여자를 따라 검술을 배우고 토번국의 자객이 되었다. 동정 용왕의 막내딸인 백능파는 남해 태자의 핍박으로 인해 백룡담에 피신해 있었다. 이와 같이 양소유의 첩이 된 여섯 여인에 대한 기술 내용은 공통적으로 부친의 사망과 혼사에 얽힌 고난이 기술되어 있다.

이와 같은 작가의 서술 태도에 대해 박명희는 여성 중심적 시각이 배제된 남성 중심적 시각에 의한 것으로 파악하고, 가부장제하에서 처의 지위는 법적으로 보호받는 한편 첩은 처보다 열등하게 그려지게 된 것으로 보았다.30) 더 나아가 양소유는 1인이 모든 이상적 요소를 구비하고

---

30) 박명희, 「고소설의 여성중심적 시각 연구」, 이대 박사논문, 1990, 69~76면.

있는 완벽한 존재임에 비하여 여덟 여성은 각각의 요소를 분유(分有)함으로써 개체의 열등함을 암시하고 있다고 하면서31) <구운몽>에 나타난 남성 중심적 시각을 적출해 내었다. 필자는 그의 분석에 동의한다. 그렇지만 남성 중심적 시각이라고 했을 때 어쩔 수 없이 야기되는 여성 대 남성의 이분법적 분석 방법, 그리고 남성 내부에 존재하는 계급적 차별성에 대한 무시라는 방법론상의 문제에 대해서는 좀 더 정치한 방향 모색이 필요하리라 본다. 일단 이상의 서술 태도를 당대 이데올로기의 반영으로 보고 그 이데올로기가 가부장제하에서 남성 중심적 시각으로 정립된 것으로 이해하고자 한다.

그렇다면 위와 같은 서술 태도의 근저에 깔려 있는 이데올로기는 무엇일까? 『서포만필』에서 김만중은 유교를 불교나 도교와 구분 지으면서, '그러나 이씨(二氏)로부터 우리 유가를 살펴본다면 명분을 좋아한다고 하지 아니하겠는가?'라고 하였다.32) 이 언급을 중요시하여 이 글의 관심과 결부시킨다면 작품에 나타난 위와 같은 차별적 서술 태도는 당대 이데올로기로서의 명분론(名分論)이 견지된 것이라고 할 수 있다.33) 가정 내에서의 위계질서, 분(分)에 입각한 인간관계에 대한 작가의 확고한 의식이 문면에 나타난 것으로 보는 것이다.34)

---

31) 위의 논문, 93면.

32) 홍인표 역주, 앞의 책, 45화.

33) 유교 가운데 특히 성리학적 명분론에 관한 이해는 守本順一郎 지음, 김수길 옮김, 『동양 정치사상사 연구』, 동녘, 1985에서 도움을 받을 수 있다. 이 책에서 저자는 주자학적 사유가 불교의 공관(空觀)으로부터 시각 전환이 이루어진 것으로 파악하면서 주자학적 사유의 기본범주인 이(理)의 핵심적인 내용으로 '분(分)'을 추출하여 다음과 같이 정리하고 있다. '첫째, 이(理)는 우주적 자연의 근원적인 원리이면서 무엇보다도 도리성(道理性)을 본질로 한다는 점, 둘째, 이 도리성이 보다 구체적 내용적으로는 군신 사이의 상하관계를 확정할 윤리=명분을 기축으로 하여 일체의 현실적인 인간관계를 상하의 윤리적 규제로서 요청한다는 점, 셋째, 군신 사이의 윤리=명분을 기축으로 하는 상하의 윤리가 또한 우주적 자연적 질서의 원리인 이상, 도리어 이것이 우주적 질서에 의해 보증된다는 점.'(65면)

이렇게 보아 온다면, 앞서 분석한 유머의 미학은 명분론에 입각하여 구축된 질서로부터 유발되는 웃음이면서 동시에 그와 같은 질서의 세계를 지향하는 웃음이라고 할 수 있다. 그러기에 당연한 말이지만 그것은 조선 후기 판소리계 소설에서 나타나는 유머와는 질적으로 구분된다. 비교하자면 후자가 풍자성, 서민성, 체제 변혁성 등을 특징으로 한다면 전자는 유희성, 양반성, 체제 옹호성 등을 특징으로 한다. 이러한 성격의 유머는 <구운몽> 이전의 소설들에서는 나타나지 않던 것이다. 그리고 <구운몽> 이후에 등장하는 이른바 가문 소설에 많이 나타나는 화원 놀이의 모티프에서도 찾아지기 어려운 것이다.35) 이와 유사한 성격의 유머를 미학적 기저로 삼는 서사 장르로서 조선 전기의 소화집(笑話集)을 지적할 수 있을지도 모르겠다. 그러나 소화집에 그려진 사건들은 대부분 실화에 바탕을 둔 단편적인 이야기라는 면에서, 철저히 허구 의식의 산물이며 본격적인 장편 서사물인 <구운몽>의 그것과는 차원이 다르다. 여기서 다시 한 번 이 작품의 미학적 특성이 '점잖은 웃음'이라고 규정할 수 있는 벌열 사대부 취향의 유머에 놓임을 강조하게 된다. <구운몽>의 문학적 트릭으로서의 속임수가 유머의 미학으로 인해 가능하였다는 점도 아울러 지적해 둔다. 자아와 세계의 대결을 의식적으로 회피한 작가가 선택한 속임수라는 문학적 트릭은 그 전제로서 유머를 설정해 놓고 있었

---

34) 이와 관련하여 <사씨남정기>의 서술 태도를 견주어 볼 수 있다. 이 작품에서는 사씨를 지고한 선인으로 교씨를 지극한 악인으로 그리고 있는데, 교씨의 극악성은 교씨가 사씨를 모해하여 축출함으로써 그녀의 목적이 성취되었는데도 정부와 간통하고 남편을 궁지에 몰아넣는 상황까지 간다. 이는 명분론에 입각한 작가의 서술 태도가 <구운몽>에서처럼 인물의 설정 및 소개에 그치지 않고, 사씨와 교씨라는 인물 설정에 윤리적 가치 곧 선명한 선악의 대립 구도를 그 명분론적 시각에 부여한 것이라고 하겠다.

35) <구운몽>의 모방작인 <구운기(九雲記)>에서는 여덟 부인의 화원 놀이가 부연되어 기술된다. 그렇지만 그 장면은 <구운몽>에서 나타나는 유머의 성격이 충분히 형상화되어 있지 못할 뿐더러 오히려 가문 소설류의 영향이 짙게 배어 있어서 한 가문의 화목을 의도적으로 강조하려는 작위성까지 엿보인다.

던 것이다.

(2) 조화로운 세계의 형상

서사 전개의 추동력으로서 속임수를 선택하였고 그것을 가능케 했으리라 짐작되는 유머의 미학을 작품의 기저로 삼았을 때, 작가가 <구운몽>이라는 허구적 창작물을 통해 드러내고자 했던 현실적 지향성은 어떠한 것이었을까? 이 물음은 서사 전개의 대단원에 이르러서 양소유가 성취한 부귀공명의 형상으로만 답해질 성질의 것이 아니다. 이는 하나의 거대한 유머의 작품 세계를 통해 최종적으로 도달한 작품 대단원의 모습을 살핌으로써 작품 속에 구체적인 형상으로 제시된 작가의 지향성을 묻는 문제인 것이다.

<구운몽>에서는 구사량의 난, 하북 세 절도사의 난, 토번의 난, 그리고 남해 태자의 공격 등 서너 번의 전쟁이 설정되어 있다. 그러나 앞서도 언급했듯이 이것들은 아주 쉽게 평정되고 곧 태평성대가 구가된다. 그와 더불어 태후의 늑혼으로 야기된, 양소유 개인에게 닥쳤던 혼사의 갈등도 무난히 극복된다. 국가와 가정이 모두 태평하게 된 것이다. 이러한 태평의 기상은 양소유가 지상에서 지나온 서사적 시간의 마지막에 놓임으로써 대단원으로서의 의미를 드러낸다.

태평성대의 기상은 먼저 가정의 구축으로 형상화된다. 양소유가 여덟 여인과 차례로 결연한 후 도달한 궁극의 자리는 그 자신을 중심으로 한 가정 그것이다. 구축된 양부(楊府)의 형상은 이렇다.

> 정당은 경복당(慶福堂)이라 하여 대부인이 거하고, 경복당 앞쪽에 연희당(燕喜堂)이라 하여 좌부인 영양공주가 처하고, 경복당 서쪽에 봉소궁(鳳簫宮)이라 하여 우부인 난양공주가 처했다. 연희당 앞쪽의 응향각(凝香閣), 청화루(清和樓)는 승상이 처하여 때때로 여기서 잔치를 베풀고,

그 앞의 태사당(太史堂), 예현당(禮賢堂)은 승상이 손님을 접대하고 공사를 처리하는 곳이다. 봉소궁 남쪽의 심홍원(尋興院)은 곧 숙인 진채봉의 집이요, 연희당 동쪽의 영춘각(迎春閣)은 곧 유인 가춘운의 방이다. 청화루 동쪽과 서쪽에 각기 소루가 있는데 푸른 창 붉은 난간에 수풀이 우거져 햇빛을 가렸고 둘레에 행각을 지어 청화루, 응향각에 접했으니, 동쪽은 상화루(賞花樓), 서쪽은 망월루(望月樓)라 하여 계섬월, 적경홍 양희첩이 각각 그 한 누각을 점했다. 승상이 심요연, 백능파 양인은 천성이 산수를 사랑한다 하여 화원 속에 한 연못이 있어 청랑하기가 강호 같으매 연못 가운데 채각이 있어 영아루(映蛾樓)라 이름 하였으니 능파로 거하게 하고, 연못 남쪽에 가산이 있어 뾰족한 봉우리는 옥을 깎은 듯하고 중첩된 절벽은 철을 쌓은 듯하며 노송은 음밀하고 마른 대나무 그림자가 띄엄띄엄한 가운데 한 정자가 있어 영설헌(氷雪軒)이라 이름 하였으니 요연으로 거하게 하였다.[36]

대부인을 비롯하여 소유의 여덟 부인은 각기 양부의 한 공간을 점유하고 있다. 그런데 위의 예문을 찬찬히 살펴보면 여덟 부인의 처소가 여기까지 이르는 가운데 기술된 인물 간의 친분 관계, 그리고 황실, 벌열, 일반 양가, 기생 등의 신분 관계가 엄격히 고려되어 배치되었음을 알 수 있다. 특히, 양부에 배치된 각 건물의 위치 가운데 대부인―영양공주―양소유의 처소는 남북으로 일직선상에 놓여 있다. 이 축이 곧 양부의 뼈대이며, 작가 당대 사대부 가정의 이데올로기적 모델이라 할 것이다. 이는 가정의 신분 관계와 위계질서의 가시화된 모습인 것이다. 이로부터 가정의 조화가 가능한 동시에 완결된 한 세계의 구축이 이루어진다는 이념의

---

36) 259면. 正堂曰 慶福堂 大夫人居之 慶福之前曰 燕喜堂 左夫人英陽公主處之 慶福之西曰 鳳簫宮 右夫人蘭陽公主處之 燕喜之前 凝香閣 淸和樓 丞相處之 時時設宴於此 其前太史堂 禮賢堂 丞相接賓客 聽公事之處也 鳳簫宮以南 尋興院 卽淑人秦彩鳳之室也 燕喜堂以東 迎春閣 卽孺人賈春雲之房也 淸和樓東西 皆有小樓 綠窓朱欄 蔽虧掩暎 周回作行閣 以接於淸和樓凝香閣 東曰 賞花樓 西曰 望月樓 桂狄兩姬 各占其一樓 p.273 丞相以烟波兩人 性愛山水 花園中有一畝芳塘 淸若江湖 池中有彩閣 名曰 映蛾樓 使凌波居之 池之南有假山 尖峰戰玉 重壁積鐵 老松陰密 瘦竹影疎中有一亭 名曰 氷雪軒 使梟烟居之.

형상화이다. 위에서 논의한바, 작가가 지녔던 유교적 명분론이 이에 이르기까지 관철되고 있음을 확인할 수 있다.

한편, 국가적 태평 기상의 형상은 낙유원 잔치로써 나타난다. 위왕(양소유)과 월왕 가문 사이의 풍류 과시라는 성격을 띠고서 열린 이 잔치에 대해 작가는 태평 기상의 발현으로 묘사하고 있다. 작가의 그러한 태도는 두 가문의 위세를 구경 나온 노인들의 말로써 나타난다.

> 백 살 먹은 노인이 눈물을 흘리면서 말하기를, "내가 옛날에 머리를 묶지 않았던 시절에 현종 황제가 화청궁에 행차할 때 그 위의가 이와 같더니, 예기치 않게 곧 죽으려는 때에 다시 태평의 경상을 보는구나." 하였다.[37]

이와 같이 낙유원 잔치는 당 현종 때의 태평 시절에 비교될 만큼 그 태평의 기상을 과시하는 의미를 갖는다. <구운몽>의 사건 전개상, 태평세월을 구가하는 것은 소유가 토번을 정벌한 다음에 오는 결과이다. 그러나 작가의 서술 태도를 유심히 살펴보면 작품의 말미에 설정된 이러한 태평의 기상은 이미 훨씬 이전에 암시되어 있었던 것이기도 함을 알 수 있다. 곧 소유가 여장을 하고 경패를 만나 음률을 연주하는 대목에서 태평 시대를 구가하려는 의지가 암시되어 있는 것이다.

경패를 만난 자리에서 소유는 차례대로 아홉 곡을 연주한다. <예상우의곡(霓裳雨衣曲)>, <옥수후정화(玉樹後庭花)>, <호가십팔박(胡笳十八拍)>, <출새곡(出塞曲)>, <광릉산(廣陵散)>, <수선조(水仙操)>, <의란조(倚蘭操)>, <남훈곡(南薰曲)>, 그리고 <봉구황곡(鳳求凰曲)> 등이 그것이다. 소유가 연주하는 곡 하나하나에 대해 경패는 차례차례 논평을 가하는데, 가령 첫째

---

37) 268면. 百歲老翁 垂淚而言曰 我昔髮未總時 見玄宗皇帝 幸華淸宮 其威儀如此矣 不圖垂死
之日 復見太平景像也.

곡에 대해서 "아름답도다. 이 곡은 완연히 천보 시절 태평의 기상이구나. 이 곡은 사람이 반드시 그 오묘함을 풀이하여 곡진히 하기에는 도인의 수단 같은 자는 있지 아니하였다. 이는 이른바, '어양의 북소리가 땅을 흔들면서 다가와 예상우의곡을 놀래어 깨뜨리는구나.'라는 것이 아닌가. 어지러워지는 단서가 된 음란한 음악[階亂之淫樂]은 족히 듣지 못하겠도다."38)라고 하면서 다른 곡을 청한다. 이어서 경패는 차례대로, '나라를 망친 번잡한 음악[亡國之繁音]', '절조를 잃은 여인[失節之人]의 음악', '정음이 아닌 변방의 소리[邊方之聲]' 등 첫째 곡부터 넷째 곡까지를 비평한 후, 그 뒤를 이어 연주된 혜강, 백아, 공선보, 순임금 등 다섯째~여덟째 곡조를 칭찬한다. 특히 여덟째 곡에 이르러서 그녀는 "이는 필경 대순의 남훈곡이라. 이른바 '남풍의 훈기여, 가히 우리 백성의 노여움을 풀어 주는구나.'라는 것이 그 시 아닌가. 지극히 선하고 지극히 아름다움이 이에 지남이 없도다. 비록 다른 곡이 있다 하여도 듣기를 원치 않노라."39)라고 하면서 논평을 마치려 든다. 이 대목에서 유교적 예악 사상의 발현을 확인할 수 있다. 대순의 남훈곡으로 드러나는 태평 시대에의 관념적 지향성을 작가는 음률에 대한 여주인공의 논평으로 구체화해 놓은 것이다. 여기서 암시된 것이 서사적인 전개를 거쳐 작품 말미에 가서 낙유원 잔치로 형상화된 것이다.

예악 사상이 유교적 질서의 현현태(顯現態)로서의 예악에 대한 이념이라고 본다면 이것 역시 <구운몽>에 반영된 이데올로기의 한 국면으로 파악된다. 그렇지만 예악 사상은 작품 전반에 걸쳐 나타나는 유교적 명분론을 바탕으로 하고 있다. 경패의 음률에 대한 논평의 기준이 음악 자

---

38) 190면. 美哉 此曲宛然天寶太平之氣像也 此曲人必解之而曲臻其妙 未有如道人之手段者也 此非所謂 漁陽鼙鼓動地來 驚罷霓裳羽衣曲者乎 階亂之淫樂 不足聽也.

39) 191면. 是必大舜南薰曲也 所謂 南風之薰兮 可以解吾民之慍者 非其詩乎 盡善盡美無過於此者 雖有他曲 不願聞也.

체에서 만들어진 것이라기보다 다분히 명분론에 입각해 있음이 드러나는 점에서 이를 확인할 수 있다. 즉, 그녀가 부정적인 평가를 내린 앞의 네 곡은 정음(正音)이 아니라는 이유로 폄하되는 반면, 뒤의 네 곡은 곡을 지은 인물들의 덕(德)으로 인해 긍정, 찬양된다. 이에 <구운몽>에서 추구된 현실적 지향성이 유교적 질서에 입각한 조화로운 세계의 구축에 놓인다는 것을 재차 확인할 수 있다.

이와 같이 <구운몽>의 현실적 지향성은 가정과 국가의 두 차원에 공통된 질서의 정립에 있음을 알 수 있다. 이것은 철저히 유교적 명분론에 입각한 것으로서 주인공 양소유에 의해 이루어진 서사적 탐색의 최종적인 귀결점인 셈이다.

4) 액자 구성의 문학적 논리

이제까지 주로 양소유의 세계를 중점적으로 분석하여 <구운몽>이 지닌 서사적 특성과 미학적, 이데올로기적 기반을 탐색해 보았다. 이 논의에 힘입어 이제 앞에서 유보해 두었던 성진의 세계를 분석해 보기로 한다.

성진의 세계는 소사미 성진이 계율을 어겨 스승인 육관대사로부터 징벌을 받고 그 징벌의 과정을 경과한 후 깨달음의 경지에 이르게 되었다는 이야기를 담고 있다. 이는 곧, '범계(犯戒) – 징벌(懲罰) – 득도(得道)'의 세 단계 이야기로 요약될 수 있다. 물론 이러한 이야기의 전개 양상은 서사적 맥락에 놓이는 것이지만 세 단계를 구성하는 작가의 진술 방식은 첫 번째 단계인 범계와 두 번째, 세 번째 단계인 징벌, 득도 사이에 차이가 발견된다. 즉, 전자는 하나의 사건 곧 성진이 스승의 심부름으로 용궁에 다녀오다가 석교 상에서 팔선녀를 만났다는 사건이 진술된 반면 후자는 육관대사와 성진 사이의 대화로 짜여 있다. 성진의 세계를 포괄적으로 보자면 대화의 진술 방식이 압도적이라는 점에서, 이를 하나의 철학적 담론의 세계라고 파악할 수 있다.

그런데 성진의 세계를 범계—징벌—득도의 세 단계로 파악했을 때 작품 전체의 이야기 전개양상과 관련하여 액자 외부 및 액자 내부는 다시 다음과 같이 연관된다. 곧, 작품 전체의 진술 방식상 '(가) 하나의 사건—(나) 철학적 담론—(다) 여러 가지의 계기적 사건들—(라) 철학적 담론'의 구성을 이루고 있다. 물론 여기서 (다)는 앞 장에서 분석했던 양소유의 세계를 의미한다. 앞서 분석한 바에 따르면, (다)는 속임수의 서술 방법과 그 미학적 기반으로서의 유머에 입각해 있는데 이러한 분석의 연장으로서 (가)를 검토할 필요가 있다.

성진이 용궁에 갔다 오다가 용왕이 권해서 마신 술로 인해 얼굴이 화끈거려 냇가에서 낯을 씻는다. 물에 배인 향내를 좇아 석교에 이르러 팔선녀를 만나게 된다. 성진이 팔선녀에게 길을 빌리고자 하니 팔선녀가 옛 달마존자의 예를 들며 도술로 건너가라고 한다. 이에 성진은 길을 빌리는 값을 달라는 것이라면서 도화가지를 꺾어 명주로 만들어 팔선녀에게 준다. 성진과 팔선녀의 이와 같은 대화 속에서 은근한 유혹과 그에 대한 응대, 곧 남녀 간의 점잖은 수작을 읽을 수 있다. 성진이 굳이 길을 빌릴 이유도, 또 팔선녀의 응대에 대해 굳이 도화로 명주를 만들어 길 빌리는 값으로 줄 이유도 없다. 그는 팔선녀가 인정했듯이 달마 정도의 도술이 있고 또 그것을 실제 시험하였기에 팔선녀를 처음 만난 자리에서 길을 빌릴 필요가 없는 것이다. 말하자면, 이것은 남녀 간의 수작을 위한 우회적인 어법이었던 셈이다.

이러한 우회적인 어법이 전적으로 속임수라 볼 수 없는 면은 있지만 넓게 보아 그 범주에 속하는 것이라고 생각한다. 또한, 성진과 팔선녀의 만남은 화창한 봄날이라는 시간적 배경과 술에 취한 성진의 태탕한 기분에 말미암는 바인데 이러한 분위기는 양소유의 세계에서 찾아지는 화락한 분위기와 상통한다. 이렇게 본다면 성진과 팔선녀의 만남에 대한 작가의 서술 태도는 양소유의 세계에 대한 그것과 동질적인 성격을 지니는 것이라고 할 수 있다. 성진의 세계에서 이루어진 한 번의 만남이 지니는 내포가 크게 확장되어 양소유의 세계로 전개되는 것이다.

(가)의 사건은 육관대사에 의해 계율을 범한 것으로 규정되어 성진과 팔선녀에게 징벌이 내려지는 계기가 된다. 여기서 작가는 육관대사와 성진의 대화를 통해 (가)의 사건이 범계로 규정되는 이유가 진술되도록 한다. 이것이 철학적 담론 (나)의 단계이다. 육관대사에 의하면 성진과 팔선녀의 만남은 불교의 삼계, 곧 심·신·행계(身心行戒)를 모두 깨뜨린 것이기에 징벌을 받아야 된다는 것이다. 이에 대해 성진은 팔선녀와는 우연히 만났을 뿐이며 선방에 돌아와 잠시 방황했으나 곧바로 마음을 바로잡았다면서 항변한다. 그러나 성진의 항변은 받아들여지지 않고 한번 인간 세상에 내려가 윤회의 업보를 겪어야 하리라고 판결난다. 이에 성진이 어디로 내치시려 하느냐고 묻자 육관대사는 네가 가고자 하는 대로 가리라고 답한다.

이러한 철학적 담론의 세계는 엄숙하고 냉정하며 성진의 입장에서는 매우 비장한 것이기도 하다. 어려서 출가하여 십여 년을 수도한 성진의 전 생애가 물거품이 되는 것이기에 성진이라는 자기 존재의 완전한 파기의 의미를 갖는다. 또한, 이는 성진이 자기가 속해 있던 세계로부터의 추방이기도 하다. 이러한 의미의 비장함이 작품 속에서 "구아 구아(救我救我)"라고 하는 환생 직전의 절규로써 극명하게 표현되었다. 필자는 이를 양소유의 세계가 지닌 유머에 대응하는 의미에서 성진의 세계가 지닌 비장함이라 파악한다.

이렇게 철학적 담론의 세계로서 비장미(悲壯美)를 근간으로 하는 성진의 세계는 이제 양소유의 세계로 넘어간다. 사건 (가)에 내포된 의미의 실현과 철학적 담론 (나)가 지니는 징벌의 구체적인 내용이 전개된다. 이미 앞장에서 이 (다)의 세계에 대해 분석한 바 있지만, 이제는 이를 성진의 세계와의 관련 속에서 파악해 볼 차례이다. 그 관련 양상은 두 가지 점에서 생각해 볼 수 있는데, 하나는 액자 외부의 관점이 액자 내부에 개입하는 현상이요, 다른 하나는 주인공의 초월 의지가 어떻게 형상화되어 있는가 하는 문제이다.

작가의 액자 외부적 관점은 누차에 걸쳐 액자 내부에 개입하고 있다. 개입 양상은 크게 두 가지로 나누어진다. 하나는 도사, 이인에 의해 예언되는 경우이고, 다른 하나는 작가가 직접 개입하는 경우이다. 전자의 경우로는 양소유가 남전산 도인에게서 자신의 전정(前程)에 대해 듣게 된다거나, 심요연이 자기의 여스승으로부터 천정배필을 알게 된다거나, 백능파가 장진인(張眞人)으로부터 전세에 선녀였다는 것과 역시 천정배필을 알게 된다는 것 등이다. 이것은 고전 소설 일반에 두루 나타나는 서술 태도이기에 작가의 독창성을 말할 수는 없다. 그러나 이 가운데 특히 작가의 독창성이 십분 발휘된 부분으로서, 양원수가 용궁을 나와 형산 연화봉에서 육관대사를 만나는 대목이 있다. 연화봉을 찾은 양원수를 맞아 육관대사는 다음과 같이 말한다.

> 산야의 사람이 귀머거리와 같아서 대원수가 옴을 알지 못하였으니 상공은 노여워 마소서. 금번은 원수가 영래(永來)할 날이 아니니 모름지기 전에 올라 예불하고 가소서.[40]

---

40) 230면. 山野之人有同聾讀 不知大元帥之來 未能迎候於山門 請相公怒之 今番非元帥永來之 日 須上殿禮佛而去.

　이 대목으로 인해 여기까지의 서사 전개를 따라오던 독자는 작품 서두 성진의 세계를 새롭게 환기하게 된다. 여타의 고전 소설에서 주인공이 도인을 만나거나 꿈을 꾸어 자신이 본래 천상계의 인물이었음을 알게 되는 대목과 비교했을 때 그 질적인 차이를 알 수 있다. 곧, <구운몽>의 경우 독자는 이미 작품 서두의 사건에 대해 생생한 인상을 갖고 있기에 다분히 상투적이고 단편적인 다른 소설에서의 그와 유사한 대목에서 느끼지 못한 허구적 진실성을 맛보는 것이다.

　후자의 경우는 작가의 서술 태도와 관련하여 주목해 보아야 한다. 이 경우로는 먼저 양소유가 자라면서 보여 주는 탁월한 재능에 대한 서술 대목이 있다. 소유의 부친이 선거(仙去)한 이후 모자가 서로 의지하면서 세월을 보내는데 소유가 점차 자라 재명이 자자하여 신동으로 조정에 천거될 정도이다. 그의 수려한 용모와 뛰어난 재능을 기술하고 나서 작가는 다음과 같이 말하고 있다.

> 　대개 전세(前世)에 수행(修行)하던 사람으로서 마음구멍이 형철하고 가슴은 바다같이 넓고 닿는 것마다 두루 통해하고 대나무같이 강인하니 범류 속사(凡流俗士)에 비할 바 아니더라.41)

　서사 단계상 이 대목이 서술된 지점은 의미가 깊다. 액자 외부에서 액자 내부로 이행한 지 얼마 되지 않은 지점인 이 대목을 읽는 독자는 작품 서두에 그려진 성진의 세계에 대한 인상이 여전히 지속되고 있는 상태에서 양소유의 비범한 재능이 성진의 수행에 의거한 것이라는 작가의 진술에 서사적 필연성을 느끼게 되는 것이다. 이 대목과 정확히 대칭되는 자리에 여덟 부인이 대동적인 결합을 이루어 불전에 발원하기 직전

----

41) 174면. 盖以前世修行之人 心竇洞澈 胸海恢廓 觸處融解 如竹迎刀 非凡流俗士之比也.

그들의 화목함을 강조하는 서술 대목이 놓인다.

> 이후로 두 부인과 여섯 낭자가 상득(相得)의 즐거움이 물고기가 시냇
> 물에서 헤엄치고 새가 구름 속을 나는 것 같고 서로 따르고 의지함이
> 형제지간 같으니 승상의 은정도 피차 균일하더라. 이는 비록 제인의 성
> 덕(盛德)이 능히 일가의 화목을 이룬 것이지만, 대개 애당초 아홉 사람
> 이 남악에 있을 때 그 발원함이 이와 같았던 까닭이더라.42)

이 대목은 액자 내부의 모든 서사 진행이 마무리된 단계에서 아홉 사
람이 반본환원(反本還元)하기 바로 전에 기술된 것이다. 작가는 주도면밀하
게도 여기서 다시 한 번 작품 서두의 성진의 세계를 환기시킴으로써 이
후 주인공들이 그 세계로 환원될 것임을 암시하고 있는데, 이 부분은 앞
의 대목과 서로 대응 관계에 있다. 왜냐하면 앞의 것이 액자 외부에서 내
부로 옮겨진 얼마 후의 시점에서 기술된 것이라면, 뒤의 것은 액자 내부
에서 외부로 나아가기 얼마 전의 시점에서 기술된 것이기 때문이다.

이와 같이 작가는 양소유의 세계인 액자 내부에 단속적으로 액자 외부
의 관점을 개입시킴으로써 독자로 하여금 작품 서두에 그려진 성진의 세
계를 환기하도록 하고 있다. 이러한 양상은 <구운몽> 이전의 전기적 서
사물에서는 나타나지 않던 것이다. 가령, ≪금오신화≫에서 산 남자와
죽은 여인과의 사랑이 전개되는 어디에도 작가가 직접 개입하여 액자 외
부의 관점을 노출시키지 않는다. <만복사저포기>에서의 사랑 이야기는
부처에 대한 두 남녀의 발원에서 야기되어 두 남녀가 놓인 '닫힌 시공'43)
을 배경으로 자족적인 상태로 전개된다. <남염부주지>에서도 박생이 입

---

42) 274면. 此後兩夫人六娘子 相得之樂 如魚川泳而鳥雲飛 相隨相依 如지如壎 丞相恩情 彼此
　　均一 此雖諸人盛德 能致一家之和 而盖當初九人 在南岳時 其發願如此故也.
43) 이 용어의 개념에 대해서도 신재홍, 앞의 논문 참조.

몽한 후의 서건 전개는 그가 입몽 이전에 속했던 현실계의 개입 없이 이루어진다. 이러한 양상은 몽유록 양식에서도 그대로 지속되어 몽유자가 빠져든 몽중 세계는 그 자체로서 자족적이고 완결된 상황으로 그려진다. 이러한 사정을 고려했을 때 <구운몽>에서 나타나는 액자 외부의 개입 현상은 작가의 독창성을 드러내는 것이라고 판단된다. 물론 이러한 양상은 통속 영웅 소설에 보이는 천상계의 개입과 비교될 수 있겠으나, 이미 앞에서 언급했듯이 양자 사이에는 중요한 차이가 있다. 후자가 꿈이나 도사의 말을 통해 암시하는 방식이 일반적인 데 비해 전자는 이미 작품 서두에 액자 외부에서 일어났던 이야기를 독자에게 실감나게 제시했기에 그것의 개입은 현저히 생생한 인상으로 전달된다. 후자가 단편적, 우연적, 비현실적이라 한다면 전자는 계기적, 필연적, 현실적이라 하겠다.

이렇게 작가는 독창적으로 작품의 액자 외부적 관점을 그때그때 교묘하고 의도적으로 액자 내부에 개입시키고 있음으로 해서 액자 내·외부가 상호 긴밀한 관계를 맺으면서 이야기가 전개되고 있다. 이러한 양상은 주인공의 초월 의지를 형상화해 나가는 작가의 서술 태도에서 보다 치밀하게 나타난다.

이재의 언급을 빌자면 <구운몽>은 '석가 우언(釋迦寓言)'과 '초소 유의(楚騷遺意)'를 담고 있는 작품이다.44) 필자가 보기에는 전자가 작품 전반의

---

44) 李縡, 「三官記」耳, 稗說有九雲夢者 卽西浦所作 大旨以功名富貴歸之於一場春夢 要以慰釋大夫人憂思 蓋以釋迦寓言而中多楚騷遺意云. 이 자료를 인용한 대부분의 논자들이 원문 중의 '초소 유의(楚騷遺意)'를 주목하지 않았는데, 최근 김병국이 이를 작가의 창작 심리를 지적한 말로서 주목했다. '이재는 여기서 <구운몽>이 대체로 "석가모니의 우언 형식으로 되어 있지만 그 가운데엔 초사의 『이소』가 남긴 뜻이 많이 들어있다."고 하여 <구운몽>이 불교적 형식을 취하여 작가의 내적 창작 심리를 표현한 것으로 설명함으로써 <구운몽>에서 취하고 있는 불교적 형식이 불교적 교리 또는 사상을 전달하기 위한 것이 아니라, 창작 의도를 불교적 형식 및 사유 체계를 빌어 형상화한 것임을 정확하게 지적하고 있다.'(「구운몽」, 『한국고전 소설작품론』, 1990.) 이 글은 '초소 유의'를 작가의 창작 심리 혹은 창작 의도로 파악한 김병국의 지적을 작품 내용상 양

주제 및 형식을 함축한 말이고 후자는 양소유의 초월 의지를 지적한 말이라고 이해된다. 양소유의 초월 의지가 처음 나타나는 대목은 남전산에 들어가 도인을 만났을 때이다. 그는 먼저 부친의 안부를 묻고 도인의 권유로 거문고와 퉁소를 배운 후 도인에게 선가(仙家)에 투탁할 뜻을 다음과 같이 고한다.

> 소생이 선생을 배알함은 반드시 가친이 지도한 것일 것입니다. 선생은 곧 가친의 벗이니 소생이 선생을 공경하여 받듦이 어찌 가친에게와 다르겠습니까? 원컨대 선생의 장구(杖屨)에 시종하여 제자의 열에 드는 것이 소자의 소원입니다.[45]

한마디로 도인을 자기 부친같이 따르겠다는 것이다. 이에 대해 도인은 소유의 인간 부귀는 피할 수 없고 또 소유의 귀의처는 자기네 무리가 아니라고 대답한다. 여기서 주목되는 것은 소유가 선가에 귀의하려는 이유가 지극히 평범하고 정의(情誼)로 인한 것이라는 점이다. 다시 말해, 소유가 사상의 전환에 대한 내면적인 고민을 하지 않고 즉흥적으로 반응하였다는 것이다. 이는 위의 도인의 대답을 들은 다음 진채봉과의 인연에 대해 묻는 소유의 태도에서 다시 확인된다. 초월에의 동경은 즉흥적으로 생겼다가 곧 스러지고 곧바로 현실세계에서의 자신의 앞날에 관심을 두는 태도이다.

다음으로, 소유가 정십삼과 함께 성남의 유벽한 곳에서 유완하는 대목

소유의 초월 의지로써 형상화된 것으로 이해하고 논의를 전개한다. 주지하듯이 굴원의 『이소』는 현실 정치에서의 좌절을 물외에 의탁하여 초월하려는 뜻을 담고 있는 작품이므로 이는 불교적 초월의식과는 다른 유교적인 성격을 띠고 있는 것으로 파악된다. 이를 <구운몽>의 작품 내용에 다소 도식적으로 대응시켜 본다면 성진보다는 양소유의 세계에 보다 가까운 개념 틀이 될 것이다.

45) 178면. 小生之得拜先生　必是家親之指導　先生卽家親故人　小生之敬事先生　何異於家親乎　願侍先生杖屨　以備弟子之列　小子願也.

을 들 수 있다. 둘이 시냇물에 임하여 술잔을 기울이는 가운데 소유가 "이 사이에 반드시 무릉도원이 있으리다." 하니 십삼은 그에 맞장구를 치며 자기는 선분(仙分)이 엷으나 오늘 소유와 함께 신선의 자취를 찾겠노라고 대답한다. 이 대목은 소유의 풍류와 관련된 초월 의지가 드러나는 것이지만 역시 풍류 이상의 의미를 찾긴 어렵다.

　위의 두 경우와는 달리 좀 더 진지한 자세로서 초월 의지가 피력되는 대목은 양원수가 동정 용궁을 나와 잠시 형산에 올라 육관대사를 만나는 장면이다. 양원수는 형산에 이르러 죽장을 짚고 산 깊숙이 탐방하다가 그 진경을 보고 다음과 같이 탄식한다.

　　전쟁하는 사이에 고초가 쌓여 정신이 피폐해지고 수고로우니 이 몸
　의 진세 인연이 얼마나 태중한가. 언제나 공을 이룬 후 물러나 초연히
　물외(物外)의 인간이 되리오.46)

　이러한 양원수의 탄식은 서사 전개상 자연스러운 것인바, 그의 지금 상황이 태후의 늑혼 문제가 아직 결판나지 않았고 반사곡에서 남해 태자와 결전한 직후이기에 그의 정신적 피로는 충분한 이유가 마련되었기 때문이다. 그렇지만 여기서도 양소유의 초월 의지는 물외지인(物外之人)에 있는 것이고 아직 불교에 귀의하려는 생각을 드러내고 있지 않다. 말하자면, 사대부로서 공을 이룬 후 물러나겠다는 의식에 머물러 있는 것이다. 이후 그는 소원대로 공을 이루고 혼인도 성취하고 부귀영화를 마음껏 누린다. 그리고 나서 상소를 올려 물러날 것을 청하는데 상소문의 내용은 위의 물외에의 동경을 이으면서도 자신의 삶에 대한 좀 더 포괄적인 인식에 기초하고 있다.

46) 230면. 積苦兵間 弊情勞神 此身塵緣 何太重耶 安得功成身退 超然作物外之人也.

인신(人臣)으로 나서 바라는 것은 불과 장상이요 공후라. 벼슬이 장상 공후에 이르면 남은 소원이 없나이다. 부모의 자식으로 축원한 것은 불과 공명이요 부귀라. 몸이 공명부귀를 다하면 남은 소망이 없나이다. 그런즉 장상공후의 영화와 공명부귀의 즐거움을 어찌 인심이 염모하는 바며 시속이 쟁탈하는 바 아니겠습니까? 사람이 모두 염모하는 바이나 성만(盛滿)함의 경계를 알지 못하고, 중인이 모두 다투는 바나 멸정(滅頂)의 화를 면치 못하나니 이것이 광수(廣受)가 용퇴지계(勇退之計)를 결심한 까닭이요 전두(田竇)가 경복지재(傾覆之災)를 당한 까닭입니다. 장상공후가 비록 영화로우나 어찌 족함을 알아 사직을 청함만 같겠습니까. 공명부귀가 비록 즐거우나 어찌 몸을 온전히 하고 집안을 보전함만 같겠습니까.47)

'지족걸해(知足乞骸) 전신보가(全身保家)', 이 말 속에 소유가 은퇴하고자 하는 이유가 요약되어 있다. 다시 말해, 명철보신(明哲保身)의 유교적 처세술을 몸소 실행하겠다는 의지로 이해된다.

이상과 같이 양소유의 초월 의지는 처음에는 즉흥적, 풍류적 차원에서 출발하여 물외에 대한 동경의 차원으로 나아가고 모든 공명부귀를 이룬 후 명철보신이라는 유교적 처세의 마지막 차원으로 점차 상승해 갔음을 알 수 있다. 여기에 이르러서야 비로소 불교적 초월의 단계로 나아가는 계기가 마련된다. 이 대목은 액자 내부와 외부를 연결하는 가장 핵심적인 의미를 담고 있다.

소유의 상소문을 천자가 결국 받아들이면서 그에게 취미궁을 사급한다. 양소유는 취미궁에 은거한 지 누년, 중추기망에 고대에 올라 처량히

---

47) 276면. 人臣之落地而願者 不過曰將相也 曰公侯也 官至將相公侯 則無餘願矣 父母之爲子而祝者 不過曰功名也 曰富貴也 身致功名富貴 則無餘望矣 然則將相公侯之榮 功名富貴之樂 豈非人心之所艶慕 時俗之所爭奪者乎 人所同艶 而不知履盛之戒 衆所共爭 而未免滅頂之禍 此廣受所以決勇退之計也 田竇所以遭傾覆之災也 將相公侯雖可榮 而孰如知足乞骸之榮也 功名富貴雖可樂 而孰如全身保家之樂哉.

통소를 분다. 두 부인이 연유를 묻자 그는 멀리 내려다보이는 풍경 속에서 진시황의 아방궁, 한무제의 무릉, 당현종의 화청궁 등을 지목하여 그 허망함을 탄식한다. 이어서 그것을 자신의 처지에 비기어 말한다. 그리고는 유불선 삼교를 비교하여 논하면서 그중 불교가 최고라 하고는, 자신이 치사(致仕)한 후 매일 밤마다 포단에서 참선하는 꿈을 꾸니 필히 불교와 인연이 있으리라고 한다. 이 글은 이 대목의 진술 방식에 주목한다.

소유가 통소를 부는 것은 인간 보편의 허무 의식이 서정적 맥락 속에서 진술된 것이다. 이는 양소유의 세계가 유머에서 비장(悲壯)의 세계로 나아감을 암시해 준다. 지상에서 이룬 모든 공명부귀로부터 허무를 감지하면서 비장한 분위기가 이 대목을 지배한다. 이어 진시황, 한무제, 당현종 등을 거론하여 당대 사대부의 독서 체험에 입각한 인간 보편의 허무 의식을 표출하면서 이를 여태까지 진행되어 온 서사 전개로서의 양소유 개인의 체험에 견준다. 다시 말해, 양소유라는 한 개인의 삶을 인간 보편의 존재론적 의미에 결부시키는 것이다. 이 다음에 이어져 유불선 삼교를 간략히 논한 내용은 『서포만필』에서 보여 준 김만중의 삼교에 대한 논리적 탐구의 자세를 반영한 것인데, 이는 앞에서 성진의 세계를 철학적 담론의 세계라고 규정했을 때의 그 세계 속에 진술된 방식과 관련된다. 이를 각몽 후 다시 철학적 담론의 세계로 나아갈 전조로 이해한다. 또한, 삼교 중 불교를 최고라고 한 것은 이 진술 다음의 것과 관련되어야 하리라 본다. 곧, 작품의 전제로서 마련된 성진의 세계가 양소유가 밤마다 참선하는 꿈을 꾼다는 진술 속에서 최종적인 형태로 나타나는데, 이를 위한 작가의 논리가 그에 앞서 진술된 것일 따름이다. 그리고 꿈을 통해 액자 외부적 관점이 드러남으로써 이제까지 분석해 온 성진과 양소유의 세계가 맺고 있는 관계 양상이 그 최종적인 형태를 드러내게 된다.

이 대목은 이와 같이 인간 보편의 의식과 서사적 개인의 체험이 통합되고, 비장함과 철학적 담론의 액자 외부와 여태까지 진행되어 온 양소유의 인생 역정인 액자 내부가 접점에 이르고, 주인공의 초월 의지가 단계적으로 진전한 그 최종점에서 작가의 액자 외부적 관점이 꿈을 통해 극명하게 드러나면서 작품의 대단원으로 나아가는 것이다.

앞의 진술 속에 놓여 있던 아홉 사람에게 홀연히 육관대사가 나타나 그들을 각몽하게 한다. 이 대목에서 육관대사가 석장으로 바위를 치자 주위가 아득하고 궁궐과 여덟 부인이 간곳없게 되는 상황에 놓이는데, 이에 성진은 당황하면서 다음과 같이 외친다.

사부는 정도로써 소유를 가르치지 않으시고 이에 환술(幻術)로써 서로 희롱하시나이까.48)

"환술로써 희롱하지 말라."는 소유의 절규 속에서 작가가 여기까지 구사해 왔던 속임수의 마지막 드러남을 감지할 수 있다. 이는 육관대사에 대한 소유의 절규일 뿐 아니라 소유 자신의 인생 역정 속에 개재해 있던 속임수가 마지막으로 드러난 것이기도 하다.

각몽의 순간이 지나고 다시 성진의 모습으로 돌아온 주인공에게 육관대사는 아직 꿈과 현실의 구분에 집착하는 태도를 깨뜨려 그로 하여금 득도에 이르게 한다. 곧, 철학적 담론 (라)의 세계인 것이다. 이 대목을 공 사상의 구현으로 보거나 시간성 이중 부정의 논리로 파악하는 것은49) 작품의 사상적 배경을 논하기 위한 것이지만, 이를 다만 철학적 담론의 세계라고만 규정해 두겠다. 이는 작품 서두의 징벌 과정에 대응하는 깨달음의 과정으로서 철학적 담론 (나)가 지양된 세계인 것이다. 이를 통해

---

48) 280면. 師傅不以正道 指敎少游 乃以幻術相戲耶.
49) 정규복(1977), 앞의 책 ; 설성경, 「<구운몽>의 구조적 연구(Ⅰ)-시간론」(『인문과학』, 연세대, 1972.) 참조.

성진은 양소유의 유머의 세계와 입·각몽 때에 자신이 느꼈던 비장한 세계를 함께 초극하면서 비로소 숭고한 세계로 들어서는 것이다.

마지막으로 언급해 두고 싶은 것은 <구운몽>에서 성진의 세계가 작품의 궁극적인 의미를 갖는다고 하여 양소유의 세계에 구현된 속임수와 유머의 세계가 완전히 부정된 것인가 하는 문제이다. 이 글에서는 그렇지 않다고 본다. 아마 양소유의 세계가 질서에 입각한 조화의 완벽함을 구현해내지 못했다면 각몽 이후 성진의 득도는 불가능했으리라. 이는 하나의 극점에서 또 하나의 극점으로의 이행일 뿐 그 사이의 우열 관계는 문제되지 않는다고 보는 것이다. 극과 극은 서로 상통하는 것이 아닐까.

5) 결론

이제까지 이루어진 <구운몽> 연구의 경향이 소설로서 이 작품이 지니고 있는 문학적 특성에 대해 관심을 소홀히 하였다고 판단하여, 이에 대해 보다 깊이 있는 논의가 이루어져야 하리라는 문제의식에서부터 논의의 단서를 잡아 보았다. 그리하여 <구운몽>이 갖고 있는 서사적 특성을 드러내기 위해 작품 내에서의 이야기 전개 방식과 그것을 통해 드러나는 작가의 서술 태도를 중심으로 논의를 진행시켰다. 그러한 분석의 결과 <구운몽>의 서술 원리로서 '속임수'를 추출하였고, 그것의 미학적 이데올로기적 기저로서 '유머'를 설정하였다.

속임수는 <구운몽>의 서사 진행의 중심축이자 추동력으로 작용하고 있다고 판단된다. 양소유와 여덟 여인 사이의 남녀 결연이 작품의 핵심이 되는 사건인데, 각각의 경우 사건 전개 과정상 다양한 양상을 띠고 있음에도 불구하고 어느 경우나 속임수라는 문학적 트릭에 의해 동기가 부여되고 또 마무리된다. 이를 본격적인 소설 작가로서 김만중이 의도적으로 구사한 문학적 트릭이라고 할 수 있다면 이를 통해 작가 의식의 한 단면을 유추해 낼 수 있다. 속임수는 원래 유희적 속성을 띠게 마련인바, 이는 소설 장르의 특성인 자아와 세계의 대결에 있어 그 심각성을 회피하려는 경향을 보여 주는 것이다. 이를 벌열 사대부 계층의 작가가 소설 장르에 대해 취한 은밀한 거리감으로 보아도 좋을 것이다.

한편, 이 속임수는 <구운몽>이 나오기 전에 이루어졌던 전기 소설의 특성을 부분적으로 변질시키는 역할도 수행하였다. 천상계나 꿈 또는 남녀 결연의 전기적 특성이 속임수에 입각한 <구운몽>의 서사 진행 과정에서 부분적으로 희화화(戲畵化)되고 있다. 이러한 양상은 이 작품이 전기 소설의 사적 맥락에서 중요한 위치에 있음을 말해 주는 것이다. 15, 16세기에 창작된 전기 소설의 성과를 받아들이면서 전기성(傳奇性)에 대한 변질을 시도함으로써, 비록 큰 테두리에서는 그것에서 벗어날 수 없었지만 부분적으로는 작가의 개성이 반영된 방법으로 사건을 진행시키는 방향으로 나아가는 단초가 마련된 것이다.

그런데 서사 진행의 추동력으로서 속임수는 유머라는 작품 분위기에 바탕을 두고 구사된다. 속이는 주체나 속임을 당하는 대상이나 하나같이 속이거나 속임을 당하는 행위에 대해 너그러운 태도를 취하고 여유 있는 웃음으로써 응대한다. 점잖은 농담이 오가고 화락한 분위기가 연출된다. 이것이 <구운몽>에 구현된 가장 특징적인 미학이라고 생각된다. 그러한 미학적 기반 위에서 유교적 명분론(名分論)에 입각한 지상에서의 이상 세계가 그려진다. 그것은 곧 양부(楊府)의 구축과 태평 기상이라는 형상으로 구현되는데, 이는 가정과 국가의 차원에서 철저히 신분 관계가 유지된 상황하의 조화로운 현실 세계인 것이다.

이상과 같은 <구운몽>의 작품 세계는 전통적인 몽유 구조로 짜여 있어서 액자 외부와 액자 내부의 세계로 구분된다. 액자 외부인 성진의 세계는 '범계(犯戒)－징벌(懲罰)－득도(得道)'의 과정으로 진행되는데, 이를 양소유의 세계와 관련시키면서 작가의 진술 방식에 주의하여 보면 '(가) 하나의 사건－(나) 철학적 담론－(다) 여러 가지의 계기적 사건들－(라) 철학적 담론'으로 구성되어 있다. 성진과 팔선녀의 만남인 (가)와 양소유의 세계인 (다)는 성격상 동일한 서술 태도에 의해 기술된 것으로서 (가)에 내포된 의미가 확장되어 (다)에서 전개된다. (나)는 육관대사가 성진을 징벌하여 윤회의 사슬에 빠지게 하는 내용으로서 두 사람 사이의 대화에 의해 진술된다. 액자 외부와 관련하여 (다)는 작가의 액자 외부적 관점이 지속적으로 개입하는 양상을 보이면서 주인공의 초월 의지가 단계적으로 진전하여 유교적 명철보신의 처세와 불교에의 귀의가 그 접점을 찾게 된다. 이것은 각몽 바로 직전에 보이는 진술 속에서 집약적으로 드러나는데 개체와 보편의 통합, 유머와 비장미의 교체, 철학적 담론의 세계로 진입하기 위한 조짐 등이 진술 속에 함축되어 있다는 점에서 그렇다. 이러한 과정을 거쳐 (라)의 단계로 나아가는 것이다. 여기서 성진은 양소유로서의 유머의 세계와 입·각몽 때의 비장함을 함께 넘어서서 비로소 숭고한 세계에 들어선다.

이상의 논의를 종합하여 <구운몽>이 지니는 몇 가지 중요한 문학적 성과를 제시해 보면 다음과 같다.

첫째, 본격적인 고전 소설 작품에서 작가의 개성적인 문학적 트릭을 발견하기 힘든 현 상황에서 이 작품은 작가 김만중의 특징적인 서술 방법을 드러내고 있다는 점.

둘째, 그와 같은 문학적 트릭이 단지 그것 자체로서만 의미를 지니는 것이 아니라 작가와 그 당대의 미학적, 이데올로기적 기저를 반영하는 역할도 하였다는 점.

셋째, 소설사적으로 전대(前代)의 전기성을 작가 특유의 서술 방법을 통하여 부분적으로 변질시킴으로써 그때까지 이루어진 문학적 관습의 한 국면을 지양하고 있다는 점.

넷째, 작품의 전반적인 분위기를 이루고 있는 유머의 미학은 결국 명분론에 입각한 조화로운 세계에 대한 지향성을 내포하고 있다는 점.

다섯째, 작품 전체의 진술 방식상 액자 외부와 내부의 긴밀한 관련 아래 작품의 궁극적인 지향점이 소설적 진실성을 획득하고 있다는 점.

이상과 같은 작품 분석 및 평가의 결과가 얼마나 설득력 있게 제시되었는지에 대해서는 여러 가지 면에서 부끄러운 것이 사실이다. 너무 문제의식을 앞세우다가 기존에 이루어진 훌륭한 연구들에서 얻어진 성과를 의도적으로 도외시한 것은 아닌지 우려된다. 특히, 이 글에서 분석한 내용이 작품이 산출된 17세기의 역사적 상황하에서 어떠한 의미를 지니고 있는지를 살피지 못한 한계는 엄연하다. 이는 이 글의 연구 시각 자체에 이미 전제되어 있었던 것이기도 하리라 생각한다. 이 글의 이러한 결점과 한계에 대해서는 여러 연구자의 좀 더 정치(精緻)한 연구 성과가 나옴으로써 지양될 것이라 믿는다.

5. 〈옥련몽〉과 〈옥루몽〉의 비교 검토

1) 서론

　〈옥련몽〉과 〈옥루몽〉의 관계에 대해서는 선학들에 의해 여러 차례 논의가 있어 왔다.[1] 그러한 논의에 힘입어 남영로에 의해 〈옥련몽〉이 먼저 지어졌고 작가 자신이 〈옥련몽〉을 〈옥루몽〉으로 개작했다는 것이 거의 정설로 굳어졌다. 다만 이 두 작품의 원본이 국문이냐 한문이냐 하는 문제는 여전히 쟁점으로 남아 있는 상태다. 이렇게 정설이 확립되는 과정에서 〈옥련몽〉과 〈옥루몽〉의 상호 관계에 대한 연구가 몇 차례 있었으므로 이 두 작품을 비교 검토하는 일은 선학의 연구를 답습하여 진부한 논의가 되기 쉽다. 그럼에도 불구하고 이 글에서 이 문제를 다

---

[1] 이제까지 나온 〈옥련몽〉 혹은 〈옥루몽〉에 관한 주요 연구 성과는 다음과 같다. 구자균, 「옥루몽을 통해서 본 소설사의 문제점」, 『민족문화연구』 1, 고대, 1964 ; 성현경, 「옥련몽 연구」, 『국문학연구』 9, 서울대, 1968 ; 장효현, 「옥루몽의 문헌학적 연구」, 고대석사논문, 1981 ; 김종철, 「옥루몽의 대중성과 진지성」, 『한국학보』 61, 1990 ; 차용주, 「옥루몽연구」, 형설출판사, 1982 ; 서대석, 『군담소설의 구조와 배경』, 이대출판부, 1985. 이 가운데 〈옥련몽〉과 〈옥루몽〉의 관계에 대해 논의한 것으로는 성현경, 장효현, 차용주의 연구가 있다.

시 다루고자 하는 것은, 이제까지의 연구에서는 두 작품의 비교 목적이
이본의 선후 관계 및 개작 여부를 따지기 위한 것에 치중되어 있어서 정
작 개작의 양상 자체에 대한 검토에는 주의하지 않았다고 여겨졌기 때문
이다.

<옥련몽>이 <옥루몽>으로 개작되는 양상에 대한 검토는, 두 작품
사이의 관계를 단순히 이본의 관계로 놓을 것인가, 아니면 각각의 작품
이 지니는 독자적 가치를 인정하여 별개의 의미 있는 작품으로 파악할
것인가의 문제를 해결하는 데 도움이 될 것이다.[2] 또한 개작 양상을 통
해서 드러나는 작가의 의식적인 개작 태도에서 <옥련몽>을 창작하고 또
<옥루몽>으로 개작까지 한 작가이자 개작자인 남영로의 작가 의식의 일
면을 추론해 낼 수 있다. 그리고 이를 당대 소설 독자층과 연관시켜 살펴
본다면 우리 고전 소설이 19세기 후반에 와서 어떻게 방향 모색을 하고
있었던가 하는 점을 설명하기 위한 한 단서를 찾을 가능성도 있으리라
기대한다.

전반적으로 <옥루몽>은 새로운 줄거리를 구성하여 <옥련몽>에 있던
기존의 줄거리 속에 삽입시키거나 혹은 대체시키는 방향으로 개작이 이
루어졌다. 이 글에서는 기존의 줄거리가 새로 삽입된 줄거리에 의해 어
떻게 굴절되고 있으며, 새로운 줄거리는 어떠한 갈등 양상을 드러내는가
하는 점에 주의하여 이를 사건 구성, 인물 형상, 주제 의식의 세 측면에
서 살펴보겠다. 논의 대상 작품은 일반적으로 각 작품의 대표적 판본이

---

2) 두 작품 간의 관계를 디테일상의 차이까지 세밀하게 고찰한 장효현은 결론적으로, '한
   작품의 유포 과정에서 발생하는 제 이본의 독특한 특성으로 인한 해석의 문제가 빈번히
   거론된 바 있지만, <옥루몽>·<옥련몽>의 경우, 사소한 변이 과정의 누적에 의한 차
   이와는 그 성격이 다르며 양편을 별개의 작품으로 취급해야 할 만큼 차이는 심하다'(앞
   의 논문, 102면, 104면)고 하였다. 이 글은 이 견해를 보다 확고히 하려는 데도 연구 목
   적의 일단이 있음을 밝혀 둔다.

라고 여겨지는 박학서원본 <옥련몽>과 한문현토본 <옥루몽>으로 하였
다. 동일 표기상의 대비라는 점에서 국문인 신문관본 <옥루몽>을 택해
도 좋았겠지만 신문관본의 내용과 한문현토본의 그것 사이에 큰 차이가
없다는 점, 그리고 어구나 표현법을 이해하는 데 후자가 더 수월하다는
실제적인 이유에서 한문현토본을 택하였다.

2) 사건의 확대 삽입과 갈등의 극대화

앞선 연구에서 이미 지적되었듯이 작품 서두에서 <옥련몽>의 26회
전반부, <옥루몽>의 19회 전반부까지와 전자 43회, 후자 51회 이후 작
품 끝까지의 내용이 대체로 일치한다.[3] 그러니까 <옥련몽>의 26회 후
반부~42회, <옥루몽>의 19회 후반부~50회까지가 스토리 전개상 큰
차이가 생긴 부분이다. 사건 구성의 측면에서 <옥련몽>의 줄거리와
<옥루몽>에서 개작된 줄거리를 사건별로 대비, 나열하여 디테일상의 가
감을 드러낸 연구는 이미 있었으므로, 이 글에서는 사건을 세분화하기보
다 여러 사건들이 모여서 이루어진 하나의 큰 의미 단락별로 묶어서 <옥
련몽>이 <옥루몽>으로 개작되면서 나타나는 사건 구성상의 변모 양상
을 살펴보기로 한다.

먼저 <옥련몽>의 주요 단락을 제시하면 다음과 같다.

(1) 강남홍의 수난과 은신
(2) 윤 소저와의 혼인
(3) 벽성선과의 만남

---

3) 성현경, 앞의 논문, 23면.

　(4) 남만과 홍도국 평정(일지연과의 만남)과 벽성선의 수난
　(5) 황 소저의 개과, 일지연과의 혼인
　(6) 석형의 발호와 선랑의 풍간
　(7) 초왕과의 만남, 상림원 놀이
　(8) 곽 도위의 작난, 홍난성의 활약
　(9) 취성동 은거
　(10) 2세들의 활동

　<옥련몽>은 사건들이 전체적으로 무리가 없고 전후가 긴밀히 연관되면서 전개되기에 한편의 완벽한 구조를 이루고 있다. 대부분의 고전 소설이 그렇듯이 이 작품도 혼인과 전쟁의 두 모티프에 의해 사건이 결구되어 있다. (1)~(5)는 남주인공 양창곡이 다섯 부인을 만나서 혼인하는 과정을 중심으로 남만 평정의 장대한 전쟁 이야기가 벽성선의 모해 사건과 번갈아 가며 전개된다. 그러다가 (5)에 와서 양창곡과 다섯 부인의 만남에서 야기된 모든 갈등이 해결되는 것이다. (6)과 (8)은 각각 정치적 분쟁이 양창곡의 두 총첩에 의해 해결되는 이야기이다. (9)는 이 작품의 1세대들의 삶이 집약 종합되는 대단원의 의미를 띠고 있다. (10)은 2세들의 이야기이지만 1세대의 삶이 각각의 2세들에게 분산되어 형상화되는 양상으로 보아도 좋겠다.

　이렇게 파악했을 때, <옥련몽>은 (1)~(5)가 양부(楊府) 구축(構築)의 과정으로, (6)~(8)이 양부 구축 이후 벌어지는 정치적 갈등으로, (9)와 (10)이 각각 1세들의 삶의 집약과 2세들의 삶의 전개로 나뉘면서 커다란 네 개의 서사 단락으로 짜여 있음을 알 수 있다. 다만 (4)는 외적의 침입과 정벌이라는 정치적 사건과 그 과정에서 피어나는 양창곡과 강남홍의 로맨스, 양창곡과 일지연의 만남, 그리고 황 소저와 벽성선 사이의 가정불화가 서로 섞이면서 전개되기에 꼭 (1)~(5)의 의미 단락에 단일한 성격

으로 편입된다고 할 수는 없다.

<옥련몽>에 대비하여 <옥루몽>의 주요 단락을 제시하면 다음과 같다.

    (1) 강남홍의 수난과 은신
    (2) 윤 소저와의 혼인
    (3) 벽성선과의 만남
    (4) 남만과 홍도국 평정(일지연과의 만남)과 벽성선의 수난
    (6)-1 노균·동홍의 발호
    (6)-2 선랑의 풍간과 활약
    (6)-3 북흉노 침입과 노균 모반, 천자 친정(親征)
    (5) 황 소저의 개과, 일지연과의 혼인
    (7) 진왕과의 상림원 놀이
    (9) 취성동 은거
    (10) 2세들의 활동

<옥루몽>에서 두드러지게 개작된 단락은 (6)으로서, <옥련몽>에서는 석형의 발호와 벽성선의 풍간으로 하나의 이야기가 종결되는 데 반해, <옥루몽>에서는 노균과 동홍의 발호로 사건을 확대하고 나아가 북흉노의 침입과 토벌이라는 전쟁 이야기가 펼쳐진다. 그리고 (6)이 (4)에 이어짐으로 해서 (5)가 뒤로 물러나게 되는데 이는 <옥련몽>에서 (1)~(5)가 양부의 구축을 위한 가정적 갈등이 야기, 해소되는 커다란 한 덩어리의 서사 단락이었던 것이 분산되는 형국이다. 또한 (4) 가운데 벽성선이 황 소저로부터 모해를 받아 수난을 당하는 이야기가 (6)을 거쳐 (5)로 이어지면서 확대 개작되어 있다. 한편, <옥루몽>에서는 <옥련몽>의 (8) 곽 도위의 작란 단락이 완전히 삭제되면서 그중 극히 일부분이 (6)에 편입되고 있는 점도 주목된다. 이에 크게 보아 <옥루몽>은 <옥련몽>의 (4)단락을 부분적으로, (6)단락을 전면적으로 확대하고 (8)단락을 탈락시켜 개작한 작품인 것이다.

그러면 <옥련몽>의 사건 구성이 <옥루몽>의 그것으로 개작 변모된 양상을 통해서 어떠한 작품 내적 의미를 찾아볼 수 있을까?

첫째로, 가족 내의 갈등이 중심이 된 사건 구성에서 정치적, 사회적 갈등을 소재로 한 사건 구성으로 개작되었다는 점을 지적할 수 있다. 앞서 지적했듯이 <옥련몽>의 (1)~(5)는 양창곡과 다섯 부인과의 결연 과정을 통해 양부라는 한 가족이 구축되는 줄거리이다. 따라서 그 이후의 (6) 석형의 발호나 (8) 곽 도위의 작란은 구축된 양부에 위기가 닥친 것이고 그 위기를 양부의 권속 모두의 노력에 의해서 극복하는 과정으로 파악된다.

석형의 음률에 침혹된 천자를 직간하다가 유배된 양창곡에게서 양부로 서신이 왔는데 그 속에는 육길이 벽성선을 유인하는 서신이 포함되어 있었다. 이 가짜 서신을 놓고 벽성선을 보낼 것인가 말 것인가의 문제로 양부의 모든 권속들이 모여 의논하는 대목은 가족의 위기에 가족 구성원 모두가 함께 대처하는 모습을 보여 준다. 또 곽 도위의 모함에 의해 양창곡이 모반의 혐의로 옥에 갇히자 홍난성(강남홍)이 신문고를 쳐 의혹을 해소코자 하고 일지연은 헌신적으로 옥중 수발을 들고 벽성선은 남악신묘에 기도하다가 육길을 잡게 된다. 곽 도위의 모함으로 인한 양부의 위기가 극복되자 태야(양창곡의 부 양현)는 다음과 같이 삼랑의 행동을 치하한다.

우리 부지 금일 다시 샹디홈은 막비성은이라 말홀 비 업거니와 만일 연낭의 보호홈이 안인즉 간인의 독슈를 버셔나기 어렵고 션낭의 지성이 안인즉 뉵길의 보슈를 이갓치 쾌활이 못홀 거시오 난셩에 쟝약이 안인 즉 죄명을 신셜홀 곳이 업술지라. 오가의 불망홈은 삼랑에 준 비라.[4]

곧, 양부 가족의 위기 극복에 삼랑 모두 일조를 했던 것으로 받아들이

---

4) <옥련몽>, 『구활자본 고소설전집』 10, 인천대학 민족문화연구소 편, 1983, 542면. 앞으로 <옥련몽>의 인용은 이 책에서 하되 쪽수만을 밝힌다.

고 있는 것이다. 이에 비해 <옥루몽>에서는 벽성선의 수난이 계속되고 황 소저가 아직 개과천선하지 못했으며 일지연이 양부에 귀속되지 않은 상태인 (4)에서, (6)의 노균과 동홍에 의해 야기되는 갈등의 이야기로 넘어간다. 따라서 이 갈등의 해소 과정에 참여하는 인물들은 양부라는 가족의 일원이라기보다 각자 다른 처지에서 오직 충성의 일념으로 활동하는 것이다. 따라서 황태후를 적진 속에서 구출해 낸 일지연을 양현이 황태후에게 소개하면서, '南蠻祝融王之女 一枝蓮이오니 昔日 昌曲이 出征南方之時에 生擒此女ᄒ와 愛其才而率來ᄒ니이다.'[5]라고 말할 수밖에 없는 것이다.

한편, <옥루몽>의 단락 (6)에서 확대된 이야기는 <옥련몽>의 석형이나 곽 도위로 인해 야기된 문제를 뚜렷이 정치적 사회적 문제로 부각시켜 개작한 것이다. 양창곡과 노균·동홍의 지속적이고도 치열한 대립은 개작자가 많은 관심을 기울여 결구해 놓은 이야기로서 개작의 의도가 잘 드러나는 부분이다. 따라서 이 단락의 개작 양상을 살펴보는 일은 개작 의식을 추론해 내는 데 있어서 가장 핵심적인 사항이 될 것이다.

둘째로, 사건의 확대에 의해 갈등 양상이 극대화되어 전개된다는 점이다. 단락 (4)의 벽성선이 모해를 받는 일련의 사건 가운데, <옥련몽>에서는 벽성선을 죽이려 한 자객이 벽성선의 지조에 감동되어 자신을 사주한 위 부인과 황 소저를 꾸짖고 황 소저의 시비 춘월을 저자거리에서 죽여 버리고 자신도 자살하는 데 반해, <옥루몽>에서는 춘월의 귀와 코를 베고는 사라진다. 그러기에 <옥루몽>에서는 춘월이 더욱 앙심을 품고 우격을 사주하여 벽성선을 겁탈하도록 시키면서 사건은 더욱 확대된다. 또한 (6)에서 석형이 음률로써 천자를 미혹케 하고 조정을 탁란하다가 벽

---

5) <옥루몽>, 『활자본 고전 소설전집』 6, 동국대 한국학연구소, 1976, 332면. 앞으로 <옥루몽>의 인용은 이 책에서 하되 쪽수만을 밝힌다.

성선의 풍간으로 원찬을 당하는 줄거리가 <옥루몽>에서는 석형 대신 노균과 동홍을 등장시켜 음률로써 기강을 무너뜨리고 더 나아가 천자로 하여금 신선 추구에 빠지게 하고 급기야는 북흉노의 침입을 당해 나라 전체가 위급한 지경에 이르는 것으로 사건을 확대하고 있다. 석형의 발호가 일시적이고 개인적인 차원에서 벌어진 데 반해, 노균과 동홍의 경우는 조정이 청당과 탁당으로 갈려 당파 싸움의 양상으로 전개되면서 그 결과에 있어서도 석형은 원찬되지만 노균은 외적에 빌붙어 결국 주살되는 지경에 이르는 것이다.

이러한 갈등의 극대화 양상은 사건을 전개해 나가는 서술 방식에서도 극명하게 드러난다. 여기서는 그 대표적인 예를 전쟁 이야기 속에서 찾아보겠다. 단락 (4)의 남만과 홍도국 평정 과정에 있어서 두 작품의 줄거리에는 별로 차이가 없다. 그러나 사건 전개의 양상에 있어서는 중요한 차이가 발견된다. 오록동을 취한 양원수가 사로잡혀 온 만졸들에게 일부러 명진이 해이해진 모습을 보여 주면서 명졸로 하여금 만졸들을 학대하게 하여 그 만졸들이 명진을 탈출하여 대록동에 들어가 나탁에게 그러한 사실을 알린다. 나탁이 반신반의하자 그의 부하 장수인 철목탑이 정찰하고 오겠다고 나선다.

> 철목탑이 왈 긔틀을 보아 동홀지니 소장이 가마니 오록동의 가 명진 동정을 보고 오리이다.……뫼흘 타 동즁을 굽어보니 긔치 창검이 진전의 꽂쳐시나 등촉이 명멸ᄒ고 경점소리 희소하야 삼군이 잠든 듯ᄒ지라.……나탁이 ᄇ야흐로 소왈 닉 드르니 쓰홈을 닉의고 장쉬 교만ᄒ며 군ᄉ 계으른즉 픽ᄒ다 ᄒ니……6)

> 鐵木塔이 曰 小將이 當往五鹿洞ᄒ야 暗察明陣而來ᄒ리이다.……暗登山

---

6) <옥련몽>, 195면.

上而俯視軍中ᄒ니 旗幟槍劍이 行伍整齊ᄒ야 無所錯亂ᄒ고 燈燭이 輝煌ᄒ
며 更鼓之聲이 分明ᄒ야 三軍이 不眠이어늘……蠻將 兒拔都ㅣ曰 小將이
更詳探而來ᄒ리라.……至五鹿洞ᄒ야 窺視明陣ᄒ니 果無防備ᄒ고 燈燭이
稀少ᄒ야 士卒이 如睡어늘……나탁이 心中大疑ᄒ야 見兩將之言이 各自不
同ᄒ고 拔劍而抽身曰 寡人이 親往觀之後定計矣리라ᄒ고 率數個蠻卒而向五
鹿洞ᄒ야 五六里라가 忽然 心中大驚曰 吾入明元帥之術中이로다.……7)

철목탑의 단 한 번의 암찰에 나탁이 수긍하는 <옥련몽>에 비해, 철목
탑과 아발도의 각기 다른 보고에 접하여 나탁이 직접 정찰하게 되는 과
정 속에 양원수의 치밀한 계략과 나탁의 신중함이 팽팽한 긴장을 이루면
서 사건이 전개되는 <옥루몽>이 작품의 홍미에 있어서 단연 앞선다. 이
와 유사한 예로 나탁이 동중을 비운 사이에 손삼랑이 철목탑과 아발도
두 장수를 속이고 태을동을 차지하는 대목을 들 수 있다. 홍혼탈(강남홍)
이 명진에 투항한 다음 손야차(손삼랑)가 태을동에 들어가 홍이 거짓 항복
하였다고 속이고는 동중 안에서 문을 열어 내응하여 태을동을 치는 <옥
련몽>의 이야기가 <옥루몽>에서는 손야차가 홍혼탈과 불화하는 모습을
명진에 사로잡힌 만졸들에게 보여 주고 나서 손야차가 울분에 차서 홀로
낙향하는데 이 사실을 안 철목탑이 직접 성 밖에 나가서 손야차를 굳이
만류하여 동중으로 맞아들이는 식으로 전개하고 있다. 이 역시 앞의 예
와 함께 만장을 철저히 속게 하는 계략의 치밀성이 강조된 장면이다. 여
기서 속고 속이는 당사자 간에 일말의 미진한 구석도 남기지 않음으로써
갈등의 극대화를 꾀하고 있는 개작 의도가 드러나는 것이다.

셋째로, 개작 과정에서 탈락된 부분이나 단락이 지니는 의미가 주의되
어야 한다는 점이다. 이에는 두 가지의 중요한 탈락 양상이 포착된다. 먼
저 <옥련몽>에서 어느 정도 그 역할의 비중이 크게 그려졌던 윤부(尹府)

7) <옥루몽>, 132~133면.

와 황부(黃府), 곧 양창곡의 처가에 대한 배려가 <옥루몽>에 와서 극도로 축소되었다는 점을 지적할 수 있다. <옥루몽>에서 손삼랑으로 하여금 강에 투신하는 강남홍을 구출하도록 시키는 윤 부인의 모습이 <옥련몽>에서와 같이 그려져 있으나 이는 개작의 손길이 닿지 않았던 부분이다. <옥련몽>에서는 이 예뿐만 아니라 작품 도처에서 양창곡의 제1 정실로서 윤 부인의 역할이 지속적으로 나타난다. 가령, 남만을 토벌하러 출정할 때 양창곡이 윤 부인에게 벽성선을 부탁하는 대목은 두 작품에 공히 서술되어 있다. 그러나 이후의 이야기 전개에서 <옥련몽>에서 보여 주는 윤 부인의 역할은 <옥루몽>에 와서 매우 축소된다.

황 소저의 모해를 입고 별실에 갇혀 식음을 전폐하고 죽기만을 고대하는 벽성선을 윤 소저가 위로하여 기력을 회복시키는 다음의 장면은 <옥련몽>에서 나타나는 윤 부인의 역할의 한 예이다.

> 윤소제 측연무어ᄒ더니 야심후 연옥을 다리고 한 그릇 미음을 가져 친히 후원 힝각의 일으니 션낭이 놀나 일어 마즈며 눈믈이 종횡ᄒ야 왈 "첩은 세상의 ᄇ린 몸이어눌 소졔 이갓ᄒ 누지에 일으시니 이는 첩에 블민ᄒ온 죄를 더ᄒ심이로소이다." 소졔 정식 왈 "닉 션낭을 식견있는 녀즈로 알앗더니 근일 동졍을 드르미 평일 밋던 비 안이로다. …… 바람이 잔즉 물결이 고요ᄒ고 씌끌을 씨슨즉 거울이 맑아지느니 엇지 부셜의 요동ᄒ야 ᄉ셩을 가뷔여이 ᄒ리오." …… 인ᄒ야 미음을 친히 들어 강권ᄒ니 션낭이 눈물이 영영ᄒ야 바득 마시며 ᄉ례 왈 "싱ᄋ자는 부모오 이아즈는 소졔라. 첩 죵금이왕으로 비록 쳔ᄂ만죄 잇시나 소졔 우희 게시니 엇지 다시 죽기를 싱각ᄒ리잇고." ᄒ더라.8)

윤 부인이 벽성선이 갇힌 행각에 친히 미음을 가지고 가서 위로와 충고의 말을 하여 선랑으로 하여금 고난을 이겨낼 용기를 심어 주는 대목

---

8) <옥련몽>, 278~279면.

　제2부 몽유 소설의 작품 세계와 작가 의식

이다. <옥루몽>에서는 이러한 윤 부인의 면모가 탈락되어 있는데 굳이 이 대목에 비교될 만한 대목을 찾자면, 선랑이 모해를 피해 산화암에 은둔하여 식음을 전폐하고 죽으려 할 때 시비 소청이 그녀를 위로하는 부분이다. 그러나 선랑에게 의미 있는 충고를 할 역할을 맡은 인물로서 시비인 소청보다 윤 부인이 훨씬 자연스럽고 또 설득력이 있다.

한편, 강남홍을 핍박하던 황여옥이 개과천선한 이후 그의 누이인 황 소저의 실덕을 깨우치는 과정이 <옥루몽>에서는 생략되어 있다. 황 소저의 모해 사실이 탄로 나자 <옥련몽>에서는 황 소저를 친정으로 내쫓는다. 친정에 쫓겨 와서도 간악한 마음으로 복수할 것을 꾀하는 황 소저를 친정 오라비인 황여옥이 간곡히 타이르는 이야기가 이어진다. 이에 비해 <옥루몽>에서는 황 소저와 위 부인을 추자도로 유배시킨다. 그곳에서 황 소저는 몽유 체험을 통해 개과천선하게 되는데 이 부분은 <옥련몽>과 같다. 결국 <옥루몽>에서는 황 소저의 친정댁 식구들의 교화 노력을 탈락시켜 사건을 재구성해 놓은 것이다.

이와 같이 양창곡의 처가, 즉 부인들의 친정의 역할이 축소 내지 탈락된 점은 독자층의 문제와 관련지어 시사하는 바가 크다. 곧, <옥련몽>에서 양창곡의 처가를 부각시킨 점과 <옥루몽>에서 이를 탈락시킨 점은 두 작품이 각기 다른 독자층을 대상으로 창작과 개작이 이루어졌을 가능성을 암시해 준다.

다음으로, (8) 곽 도위의 작란 단락이 탈락된 점이 주목된다. <옥련몽>에서 이 단락은 석형으로 인해 야기된 사건이 종결되고 연왕 양창곡과 천자의 친동생인 초왕이 황태후 수연을 맞아 상림원에서 처첩들을 이끌고 한바탕 성대한 놀이를 한 다음에 이어지고 있다. 연왕과 초왕의 성대한 잔치를 지켜본 부마도위 곽우진이 자기도 그러한 연회를 열고 싶어서 연왕에게 청하였다가 거절당하자 앙심을 품고는 연왕과 초왕이 합세하여 모반을 획책하고 있다고 무고하는 데서 사건이 발단된다. 그리하여 연왕은 반역죄로 옥에 갇히고 천자는 곽 도위를 시켜 군사를 조발하여 초왕을 치게 한다. 이 사건은 양부의 세 첩의 활약으로 모두 화해하는 것으로 결말이 나지만 하마터면 골육상쟁의 권력 싸움으로 나아갈 뻔한, 왕권에 대한 심각한 도전을 야기한 사건이다. 이러한 단락이 <옥루몽>에서는 전부 탈락되면서 <옥련몽>의 초왕과 곽 도위를 합쳐 놓은 인물인 진왕은 북흉노의 침입으로 나라가 위기에 빠졌을 때 자국 군사를 거느리고 출정하여 황태후를 호위하고 천자의 친정을 권하는 충성된 신하의 모습을 견지하는 인물로 형상화되고 있다.

필자가 보기에 이러한 개작 양상 속에는 중요한 작가 의식이 개재해 있다고 판단되는데, 부마도위라는 지위를 갖고 있는 인물의 행태가 <옥련몽>에서는 부정적으로 그려졌던 것이 <옥루몽>에 와서는 긍정적으로 변모되었다는 점에 주의를 요한다.[9]

이상의 세 가지 측면은 <옥련몽>이 <옥루몽>으로 개작되는 양상을 통해 드러나는 문제점을 파악하기 위한 중요한 의미망을 형성한다. 이를 염두에 두면서 다음 장에서는 인물 형상의 측면에서 개작 양상을 살펴보기로 하겠다.

3) 인물의 인간미 축소와 영웅성 부각

<옥루몽>은 <옥련몽>의 줄거리 속에 새로운 사건과 인물을 확대 삽

---

9) 이와 관련하여 <옥련몽>의 초왕이 황제의 친동생이었다가 <옥루몽>에서는 부마도위로 바뀌는 점이 <옥루몽>이 지니는 유흥적인 분위기와 관련될 것이라는 견해(김종철, 앞의 논문, 31면)가 제기된 바 있는데, 뒷장에서 보게 되겠지만 이 글에서는 이를 시휘(時諱)의 측면에서 이해하고자 한다.

입하였기에 자연히 <옥련몽>의 등장인물의 성격이 분화되어 각기 다른 인물로 형상화된다거나 혹은 그 반대로 인물들의 성격이 통합되어 한 인물로 그려진다거나 하는 변화가 나타난다. 가령, <옥련몽>의 석형과 육길에 해당하는 인물이 <옥루몽>에서는 노균, 동홍, 청운도사 등으로 분화되고, 또 전자의 곽 도위와 초왕의 성격이 후자의 진왕으로 통합되어 나타난다. 그렇지만 두 작품에서 중심적으로 그려진 인물이 양창곡과 다섯 부인들, 그중 특히 세 첩이라는 점에서는 공통된다. 인물 형상의 측면에서 개작 양상을 좀 더 분명히 드러내기 위해 이 글에서는 <옥련몽>에서 이미 형상화된 인물의 성격10)이 <옥루몽>에 와서 어떻게 변화되어 나타나는가에 초점을 맞추어 분석해 보기로 한다.

양창곡의 성격은 두 작품에서 공히 풍류남아, 충신열사, 영웅호걸의 전형적인 모습으로 나타난다. 그러나 아주 사소한 부분이기는 하지만 다음의 예에서 보듯이 다소의 개작이 행해졌다.

> 그 훈 소년이 쏘 미미 우스며 왈 "쏘 그중의 더옥 묘리 잇는 곡절이 잇시나 ᄋ희게는 부당훈 일이라 말ᄒ여 쓸더 업도다." (ᄋ희라도 홍의 짝) 그 훈 소년이 소왈 "그러치 안이ᄒ다. 비록 장유 다르나 동시 남ᄋ로 이러훈 일을 알아 두면 무방ᄒ도다."11)

> 其中 一個少年이 又曰 其中에 且有奇妙曲折ᄒ니 秀才之年이 雖不成冠이ᄂ 終是男子라 知有如此之事 則無妨矣리라.12)

창곡이 부거길에 도적에게 행자를 모두 잃고 객점에 머물고 있을 때

---

10) <옥련몽>의 등장인물의 성격에 대해서는 성현경, 앞의 논문 pp.148~172에 자세하게 분석되어 있다. 각 인물의 성격에 대한 분석은 이 논고로 미루고 이 글에서는 성격의 변모된 양상에 초점을 두어 고찰해 보겠다.
11) <옥련몽>, 31면.
12) <옥루몽>, 25면.

어떤 소년 둘이 들어와 압강정 연회의 일을 알려 주는 장면이다. 예문에서 보듯이 두 소년이 창곡을 어린 아이로 여기는 (괄호 안의 언급에서도 알 수 있듯이, 독자까지도 창곡을 어린 아이로 받아들이고 있다.) 태도가 나타난 어구를 <옥루몽>에서는 '수재지년이 수불성관이나'와 같이 애매한 표현으로 대체하고 있다. 이는 개작자의 의도적인 누락으로 생각되는데, 뒤에 압강정 연회에 참석하게 된 창곡이 좌정하는 대목의 서술에 있어 <옥련몽>에서는 '창곡은 ᄋ희라 말석에 참예ᄒ엿더라.'라고 기술된 반면 <옥루몽>에서는 이를 생략하고 있음에서도 확인할 수 있다. 이는 어린 아이 같다는 표현이 창곡의 영웅적 성격에 비추어 걸맞지 않는 것이라고 판단한 개작자의 의도가 반영된 것으로 보인다.

　<옥련몽>에서의 양창곡은 전장에서의 영웅적 모습과 함께 가정에서의 그의 역할에 부합되는 면모도 아울러 그려지고 있다. 가령, 운남에 유배된 연왕 양창곡이 무사히 유배지에 도착했다는 서신을 연왕부에 보냈는데, 그 속에는 태야와 태미(그의 부모)의 걱정을 덜어 드리려는 의도에서 나온 온화한 내용의 것과 두 부인에게 부모를 잘 공양하라는 내용의 것, 그리고 홍랑 선랑에게 부인들을 잘 보필하라는 것 등이 들어 있다. 비록 이 가운데 선랑에게 온 서신이 육길의 가짜 서신이긴 하지만, 한 가정의 가장으로서 보여 주는 세심한 집안 걱정이 짤막한 서신의 내용에 잘 담겨 있다. <옥루몽>에서는 이 대목이 다른 이야기로 대체되었기 때문에 빠져 버리게 된다.

　강남홍의 성격도 <옥루몽>에 와서 얼마간 변화된 모습으로 나타난다. 그 가장 현저한 예가 진중에서 강남홍이 임신을 하게 된 대목이 삭제된 경우이다.

　시야 밤든 후 손야치 급히 와 보ᄒ되 홍ᄉ마 디단 구토ᄒ고 한젼ᄒ다

ᄒ거늘……원슈 황망히 홍ᄉ마의 막차에 일으니 홍ᄉ미 샹샹의 니러안
ᄌ 비록 십분 위즁치 아니ᄒ나 식음을 젼폐ᄒ고 안식이 초최ᄒ야 쩌쩌
치워ᄒ며 구역ᄒ거늘 원슈 좌우를 믈니고 죵용 문왈 "낭이 의약의 싱소
치 아니니 스스로 싱각건디 무슨 소슈 듯ᄒ뇨?" 홍이 머리를 슉이고 슈
습ᄒ야 왈 "일시 미양이라 과렴치 말으소셔." 원슈 그 쉬믈 말ᄒ야 왈
"슈일 조리ᄒ고 군무의 참여치 말ᄂ." ᄒ고 오니라.13)

　　是日 夜半에 孫夜叉ㅣ 急告元帥曰 紅司馬ㅣ 方寒戰而苦痛이니이다. 元帥
大驚ᄒ야 親至幕次而視之ᄒ니 紅司馬ㅣ 燭下倚枕ᄒ야 綠雲雙鬢에 星冠은
已歌ᄒ고 柳弱細腰에 戰袍ᄂ 似重ᄒ야 濃態病顔에 精神이 昏昏ᄒ야 呻吟
之聲이 隱隱在喉中이어늘 元帥ㅣ 坐側撫身ᄒ니 紅娘이 驚起而坐曰 何若是
區區出入乎잇가 元帥不答而診脈ᄒ고 笑曰 此ᄂ 風寒所祟ㅣ라 雖深慮나 十
分操心ᄒ라 ᄒ고……望須數日調攝ᄒ야 勿參軍務ᄒ라 ᄒ고 仍卽爲回還ᄒ
니라.14)

전장에서 강남홍이 홀연 병이 나서 출전하지 못할 지경에 이르는데 이
는 그녀가 진중에서 임신을 하게 되었기 때문이다. <옥련몽>에서는 위
인용문 이후 전장에서 피어나는 강남홍과 양창곡간의 은근한 사랑의 이
야기 속에 몇 차례 더 홍의 임신이 암시되다가 황계(黃溪)를 건너지 못하
여 상심 득병하여 죽을 지경에 이른 양창곡이 유언으로 하는 말 속에
"복즁아를 천만보즁ᄒ야 양시 일홈을 긋치지 안인즉 이거시 평일지긔를
져ᄇ리지 안임이라."라고 명확히 강남홍의 임신을 확인하고 있다. 그런데
위 예문에서 보듯이 <옥루몽>에서는 이 대목을 단순히 '풍한소수'로만
언급하고 지나친다. 그리고 양창곡의 유언에서도 복중아 운운한 부분이
빠져 있다. 전장에서의 홍의 임신을 의도적으로 무시하여 개작함으로 인
해 <옥루몽>은 작품 후반에 가서 전후 맥락도 없이 급작스레 홍이 장성

13) <옥련몽>, 235~236면.
14) <옥루몽>, 168면.

을 낳는 이야기가 돌출하는 것이다. 개작자의 시각에서는 전쟁의 영웅인 강남홍이 전장에서 임신을 하게 된다는 설정이 영웅으로서의 그녀 성격에 부합하지 못하는 것으로 여겨졌던 것 같다. 그렇지만 이를 탈락시킴으로 해서 전쟁 가운데 피어나는 사랑의 이야기가 다소 모호한 성격을 띠게 되었다.

물론 <옥루몽>에서도 홍랑의 임신에 대한 부분만 누락시켰지 전장에서 피어나는 창곡과 홍랑의 인간미 넘치는 사랑 이야기는 <옥련몽>에서와 같은 양상으로 나타난다. 특히 자고대에서의 사소한 말다툼으로부터 빚어지는 두 사람 사이의 사랑싸움은 남녀 간의 정감어린 애정의 흐름을 독자에게 잘 전달해 주는 뛰어난 대목이다. 이러한 이야기의 맥락 속에 두 사람의 사랑이 전쟁 속에서 가장 열정적이고 감동적으로 그려진 것은 양 도독이 소보살의 계략에 빠져 적군에게 포위당했을 때 홍 원수가 그를 구출하는 대목이다. 양 도독이 적군에 포위되었다는 말을 듣고 홍 원수는 병중임에도 불구하고 적진 한 가운데로 뛰어들어 좌충우돌하며 양 도독을 찾는다. 홍 원수의 위용을 대적할 수 없게 되자 소보살은 죽은 만병의 머리를 베어 깃대에 달고 양 도독이 이미 죽었으니 속히 항복하라고 한다. 이 대목에서 보여 주는 홍 원수의 비장한 모습은 가히 이 소설의 압권이라 할 만하다. 그런데 바로 이에 대한 서술자의 논평에서 <옥련몽>과 <옥루몽>의 작가 의식의 차이를 엿볼 수 있다.

> 너의 도독의 머리 임의 여긔 잇시니 바라보라 ᄒᆞᄂᆞᆫ 소리 진상의 진동ᄒᆞ거늘 홍이 비록 눈이 밝으나 월하의 놉히 달닌 머리를 엇지 분명이 보리오. 슬푸다 양 도독의 긔셰지풍과 홍낭의 총명지식으로 평싱견정을 밋ᄂᆞᆫ 빅 거울갓거늘 엇지 속으리오마ᄂᆞᆫ 사름이 창황ᄒᆞᆫ즉 마음이 동ᄒᆞ고 마음이 동ᄒᆞᆫ즉 쏘ᄒᆞᆫ 경겁ᄒᆞ기 쉬울 뿐 아니라 이러ᄒᆞᆫ 터을 당ᄒᆞ야 만일 창황 경동치 안인즉 쏘ᄒᆞᆫ 비인졍이오 심여목셕이라.15)

都督之首ㅣ 已在於此ㅎ니 汝ᄂ 詳視ㅎ라 紅娘이 雖眼明이ᄂ 月下에 豈

可分辨이리오 但以楊都督盖世之風과 紅娘聰明之鑑으로 平生所恃者ㅣ 其明

如鏡ㅎ니 豈被奸計所欺리오마ᄂ 人當蒼黃則心動ㅎ고 心動則亦有八公山草

木之疑어던 況紅娘의 向都督至極之誠에 其當如何哉리오16)

위 두 예문은 꼭 같은 어구로 표현되어 있지만 끝 부분에 가서 <옥련
몽>의 서술자는 '이러한 터를 당하여 만일 창황 경동치 않으면 또한 인
정이 아니라 목석'이라고 하여 홍랑의 창황 경동하는 심적 상태를 인정
(人情)의 측면에서 바라보고 있는 반면, <옥루몽>에서는 '홍랑의 도독을
향한 지극한 정성'을 강조하여 홍의 행동을 부덕(婦德)이라는 측면에서 논
평하고 있다. 이는 결코 사소한 어구상의 차이가 아니라 <옥련몽>의 작
품 성격과 <옥루몽>의 개작 의식을 대변하는 언술로 이해되어야 한다.

강남홍을 더욱 영웅적이고 열녀답게 그리려는 개작 의도는, 창곡이 천
자가 풍악에만 빠져 정사를 돌보지 않음을 직간하다가 유배되었을 때,
<옥련몽>에서는 일지연이 따라가는 데 반해 <옥루몽>에서는 강남홍이
따라가게 되는 설정에서도 잘 드러난다. <옥련몽>에서는 스토리 전개가
아주 자연스러워서 강남홍이 장성을 낳은 지 얼마 안 되는 시점에서 벌
어진 일이기에 갓난아이의 어머니로서 홍은 따라갈 수 없는 상황이 되어
일지연이 창곡을 수행한다. 그런데 <옥루몽>에서는 강남홍의 임신과 출
산에 대한 앞선 설명이 없었기에 강남홍이 창곡을 수행하는 것이 가능하
게 된다. 물론 이 부분의 개작은 <옥루몽>의 사건 전개상 합리적이기는
하다. 연왕이 유배된 시점은 아직 벽성선이 수난을 당하고 있고 일지연
과의 혼인의 계기가 되는 상춘원 연회가 이 뒷부분에 설정되었기에 연왕
을 수행할 인물은 강남홍밖에 없는 셈이다. 그렇지만 <옥련몽>에서 연

---

15) <옥련몽>, 326면.
16) <옥루몽>, 243면.

왕을 수행한 일지연이 유배 도중이나 유배 생활에서 취했던 행동이 강남홍의 것으로 대체되면서 각 인물에 대한 서술의 비중 면에서 편중된 양상을 띠게 된 점은 개작의 오류라고 지적하지 않을 수 없다. 이러한 개작을 통해 강남홍의 활약이 더욱 두드러지게 된 것은 당연한 결과이다.

그러면 <옥련몽>에서의 일지연의 모습은 어떻게 형상화되어 있는지 살펴보기로 하자. 연왕 일행은 유배 도중 석형이 보낸 무리들에 의해 세 번에 걸쳐 위기에 빠지게 되는데 이를 일지연의 예지와 용기로 극복한다. 그러면서 연랑은 '낮이면 긔거음식을 몸소 밧들고 밤이면 침셕의복을 친히 마음을 알아' 주선하는 헌신적인 여인의 형상으로 그려진다. 그러다 보니 '연낭에 화용이 초최ᄒ고 옥슈 번치ᄒ야 의복과 모발에 연무 흔적이 ᄀ득'한 모습을 띠게 된다. 이렇게 그려진 일지연의 성격은 훗날 취성동 은거 시 삼랑이 각자 마음에 드는 후원을 고를 때에 연랑이 전원적이고 농사일에 적합한 관풍정을 택하는 것과 긴밀히 연관되는 것이다.

이와 함께 유배 생활을 하면서 연랑이, 군자는 수신에 힘써 외물에 구애받지 않아야 된다고 연왕을 충고하는 대목도 그 성격의 일면을 형상화한 것이다.

> 군지 불우ᄒ즉 독션기신ᄒ샤 후셰의 도덕을 유젼ᄒ고 득군ᄒᆡᆼ도ᄒ즉 겸션텬하ᄒ야 요슌군민ᄒᆞᆯ지라. 엇지 ᄒᆞᆫ번 득지ᄒ즉 양양ᄌ득ᄒ며 ᄒᆞᆫ번 불우ᄒ즉 울울불낙ᄒ리오.17)

이러한 성격으로 인해 유배지에서 잉태를 한 연랑에게 연왕이 "니 도학군ᄌ를 어들지라."고 할 정도다. 그리고 연왕의 말대로 뒷날 연랑에게서 난 인성은 도학군자의 삶을 살아가는 것이다.

---

17) <옥련몽>, 481면.

<옥련몽>에서 그려진 위와 같은 일지연의 성격이 <옥루몽>에서 강남홍에게로 전이되긴 하나, 세 차례 위기를 맞아 취하는 행동만이 고스란히 전이되었을 뿐이다. 헌신적 여성의 성격은 부분적으로 강남홍에게 속하게 되지만 뒷날의 후원 선택과 유기적인 연관이 없게 되고, 도덕군자의 성격은 아예 탈락되었다. 이리하여 <옥루몽>에서 강남홍의 영웅성을 한껏 부각하고자 했던 개작 태도는 <옥련몽>에서 적절하게 그려진 일지연의 성격을 애매하게 만드는 결과를 낳게 되었다.

벽성선의 성격도 <옥련몽>에서의 그것이 <옥루몽>에 와서 다소 달라지고 있다. 두 작품에서 공히 벽성선은 황 소저의 모해로 인해 여러 번의 위기를 모면하면서 험난한 여정을 지나게 된다. 그런데 <옥련몽>에서는 음모의 주역인 춘월이 몇 번의 시도 끝에 자기가 고용한 자객의 손에 죽음으로써 선랑의 수난은 종결되고 그 이후로는 연왕부의 일원으로서 홍랑과 함께 가정의 화목을 이루는 데 있어서 중요한 몫을 담당한다. 그러면서 선랑의 성격은 홍랑에 비견될 만큼 도량이 크고 활달한 모습으로 그려진다.

반면, <옥루몽>에서는 춘월의 계교가 더 여러 번 시도되어 그만큼 선랑의 수난이 강조된다. 이를 통해 선랑의 지조가 더욱 부각되는 것이다. 또한 <옥련몽>에서는 선랑이 천자를 풍간하여 회오케 한 데서 사건이 일단락되는데, <옥루몽>에서는 북흉노의 침입이 이어지면서 황태후와 황후가 오랑캐 군사에게 사로잡히게 될 위기 상황에서 선랑이 옷을 바꿔 입고 대신 잡히게 된다. 이는 선랑이 천자에 대한 풍간에다가 양전(兩殿)의 구출이라는 두 번의 대공을 세우게 함으로써 지조뿐 아니라 충열의 성격을 부과시키고 있는 것이다. 이러한 개작 양상은 강남홍을 더욱 열녀답고 영웅답게 그리려 한 의도와 상통하는 것이기도 하다. 그러나 그렇게 함으로써 다른 한편으로는 <옥련몽>에서 보여 주었던 선랑의 활달하고 풍류적인 모습이 약화되어 독자들에게는 슬픈 운명의 여인, 만고 충렬의 여인상으로 비춰지게 되었다.

이상에서 두 작품 속에 그려진 양창곡, 강남홍, 일지연, 벽성선의 성격이 어느 정도 변모된 모습을 보이는지 살펴보았다. 요컨대, <옥련몽>에서 인정의 측면을 바탕으로 하여 각 인물이 인간적 풍모를 보여 주던 것이 <옥루몽>에 와서는 영웅성과 윤리성이 강조된 성격으로 변했다는 것, 그리고 전자에서 인물간의 서술 비중이 대체로 균형 있고 또 개성적으로 그려진 것이 후자에 와서는 한 인물에 편중되어 균형을 잃고 있다는 것이다.

그런데 <옥련몽>에서 보이는 인정에 대한 관심은 앞장에서 세 번째로 제기한 문제와 연관될 수 있는 것이어서 좀 더 자세히 살필 필요가 있다. 앞에서 예를 들었듯이, <옥루몽>에서는 <옥련몽>에서 어느 정도 비중 있게 서술된 양창곡의 처가의 역할이 거의 탈락되었다. 윤 소저가 가정의 중심이 되어 삼랑의 안위를 걱정해 주고 충고도 하여 가정의 화목을 지키는 것이나, 못된 성품의 황 소저가 친정 식구의 꾸지람을 듣는다는 이야기는 여성 독자의 입장에서 하나의 현실적인 경험으로 받아들여질 수 있을 것이다. 이러한 관점에서 작품 속에 보이는 여성 취향의 이야기들을 고려해 볼 수 있는데, 위의 경우 외에도 <옥련몽>에 나타나는 이러한 성격의 이야기가 <옥루몽>에서 탈락된 예는 많이 찾아진다.

가령, 상춘원 잔치에서 홍랑과 선랑이 서로 경쟁하면서 음식을 장만하는 대목이 있다. 홍랑은 연자병을, 선랑은 은설회를 만드는 것이 장기인데, <옥련몽>에서는 음식에 들어갈 재료와 도구를 준비하여 두 사람이 각기 있는 솜씨를 다 부려 정성스레 만들고 그들이 만든 음식을 가족들이 맛보고 품평하는 데까지 흥미롭고 자세하게 기술되어 있는 반면, <옥루몽>에서는 음식을 만드는 과정은 무시되고 그 방법에 대해서만 간략히 언급될 따름이다.

또, <옥련몽>에서는 창곡의 여러 부인들이 임신하고 출산하는 내용이 사건의 진행에 따라 흥미롭게 서술되어 있다. 홍랑은 전쟁의 와중에서, 연랑은 유배 생활 가운데 잉태를 한다거나 혹은 선랑이 매실을 남몰래 따다가 들켜서 임신한 사실이 탄로 난다거나 하는 이야기가 관심 있게 서술되어 있는 것이다. 이는 또한 각 부인의 개성과도 어울리게 그려져서, 가령 황 소저의 경우는 친정에서 풋 실과를 보내옴으로써 그녀가 임신했음이 드러나는 것으로 서술된다. 이외에도 양창곡과 일지연이 혼인을 한 첫날밤에 대한 묘사라든지 홍난성이 초국에 가서 자기 아들인 장성과 초국 공주인 초옥과의 혼인을 언약한다든지 하는 것도 여성 취향의 이야기라고 할 수 있다.

이러한 <옥련몽>의 이야기가 <옥루몽>에서는 거의 탈락되어 나타난다. 남만 평정의 전쟁 과정에서 홍랑의 임신 사실이 언급되지 않으며, 운남 유배의 이야기에서도 임신한 내용은 없다. 그러다가 작품 후반에 가서 연왕부가 모두 취성동으로 옮겨 간 직후 다섯 부인의 임신과 출산이 아무런 맥락도 없이 간단간단하게 언급되고 만다. 이러한 성의 없는 개작 태도로 인해 2세들의 형제 순위가 뒤바뀌는 오류를 범하기도 했던 것이다.18)

이처럼 <옥련몽>이 지닌 여성 취향의 작품 분위기가 <옥루몽>에 와서는 상당한 정도로 약화되어 있다는 점은 부인할 수 없는 사실이다. 이를 두 작품이 대상으로 한 독자층의 이질성으로 이해하고자 한다. 다시 말하면 애초에 여성 독자를 의식하여 창작된 <옥련몽>을 작가가 다시 남성 독자를 대상으로 개작한 작품이 <옥루몽>이라는 것이다. 이렇게

18) 성현경, 앞의 논문, 71면 ; 장효현, 앞의 논문, 75~76면.

추정하는 또 다른 논거는 바로 뒷장에서 논의하게 될 개작의 의도 속에 주로 당대의 사대부 남성 독자를 의식한 측면이 간취된다는 점이다.

4) 명분론과 현실 비판 의식

<옥련몽>이 <옥루몽>으로 개작되는 가운데 개입한 작가 의식의 면모를 살펴보고자 할 때, 우선 문제되는 것이 성리학적 명분론, 그 가운데 특히 모화사상 혹은 존주양이의 이데올로기가 강화되고 있는 측면이다. 물론 <옥련몽>에서도 도처에서 모화사상이 드러난다. 가령, 탈탈국 백운동에 은거해 있던 강남홍이 중화 문물을 다시 접하기를 고대한다거나 축융동 일지연이 중국을 흠모하여 귀순한다거나 천자가 양창곡의 첫째 아들인 장성과 함께 북흉노를 정벌한 후 몽고, 토번, 여진의 왕들 앞에서 중국 문물을 과시하는 등의 이야기가 그것이다. 그렇지만 그 정도에 있어서 세부적인 서술에까지 그러한 이데올로기가 관철되고 있는 것이 <옥루몽>이다.

이 두 작품에서는 오랑캐와의 전쟁이 수차례 전개되기에 오랑캐 장수들에 대한 묘사도 여러 군데 나타난다. 다음의 예도 그 중 하나다.

> 원쉬 진전에서 바라보니 발회의 신장이 십 척이오 얼골이 검고 눈이 붉으며 범의 나룻이오 일희 등이라. 숀의 장팔수모룰 들고 위풍이 늠늠ᄒ거늘 도독이 대경왈 "닉 옛적 연인 장익덕을 들엇더니 이 엇지 그 후신이 안이리오."[19]

> 元帥ㅣ 與都督으로 望見陣前ᄒ니 拔解ㅣ 身長이 十尺이오 面如鍋底ᄒ고

---

19) <옥련몽>, 143면.

虎眼熊腰로 凶獰之狀이 不似人形이오 兩手에 各持鐵槌ㅎ고 大聲出陣ㅎ니
都督이 顧謂元帥曰 是豈人類리오 若非鬼神則 必是獸屬이로다.[20]

홍도국왕 탈해의 동생 발해의 외모에 대한 묘사인데, <옥련몽>에서는
발해를 장익덕에 비교하고 있는 반면 <옥루몽>에서는 귀신이나 짐승으
로 그리고 있다. 이렇게 존주양이의 이데올로기가 인물 묘사에서조차 나
타나는데, 이러한 의식이 전쟁 이야기의 서술에 있어서 오랑캐는 명장의
계략에 철저히 속고 또 철저히 패배당하는 양상으로 나타나는 것이기도
하다. <옥련몽>에서는 명나라 장수 소유경이 홍혼탈(강남홍)의 전략에 의
심을 품기도 하고, 호승지심(好勝之心)이 일어 전공을 세우려다가 일시 패
하기도 한다. 또 뇌천풍, 동초, 마달 등이 적의 입장에서 출진한 홍혼탈
이나 일지연, 나탁이나 탈해를 대적치 못하여 도망치는 대목이 여러 번
나온다. 그런데 이러한 명장들의 모습이 <옥루몽>에서는 탈락되거나 약
화되어 있다. 말하자면 명장의 위용이 한껏 과시된 반면, 오랑캐는 추악
한 용모에 형편없이 패하는 것이다.
　이러한 개작 의식은 일지연이 홍랑을 따라 중국으로 들어가게 되는 과
정에서 다시 한 번 극명히 나타난다.

　　츙늉이 몸을 일어 도독게 고왈……"이졔 만일 홍도국울 직희라 ㅎ신
　즉 과인이 맛당히 녀ᄋ를 볼모ㅎ고 셰셰ᄌ손이 조공을 폐지치 안일가
　ㅎ나이다." 도독이 허락왈…… 츙늉이 다시 홍 원수께 고왈 "녀ᄋ 일지
　연이 원수의 은덕을 감동ㅎ야 일싱을 의탁코져 ㅎ니 원수는 수습ㅎ소
　셔." 원쉬 소왈 "영ᄋ의 아름다옴이 이갓스오니 쟝부된 지 뉘 아니 가셔
　됨을 원치 아니리오마는 혼탈이 임의 유쳐유쳡ㅎ얏스니 (쥬뎌넘다) 대
　왕이 엇지코져 ㅎ시나뇨?" 츙늉이 대소왈 "볼모 줍힌 오랑키 쏠이 엇지
　틱셔롤 말ㅎ리오. 제 평싱고락이 임의 원수께 달녀스니 알아 ㅎ소셔."[21]

---

20) <옥루몽>, 224면.

都督이 平定紅桃國ᄒ고 請祝融而謂曰 大王이 爲天朝ᄒ야 遠來盡忠ᄒ니
其功이 不少ㅣ라 吾當奏達天陛ᄒ야 褒奬其功이어니와 今紅桃國을 無可鎭
壓者ᄒ니 大王은 攝行紅桃王之政ᄒ되 敎訓百姓ᄒ야 更無反覆ᄒ소셔 祝融
이 曰 寡人이 雖蠻貊之種이ᄂ 愛子之情則一也ㅣ니 女兒一枝蓮이 天性이 怪
異ᄒ야 願見中國ᄒ야 一念耿耿이러니 欽仰元帥之風采ᄒ야 天涯萬里에 棄
父離親ᄒ고 願從元帥ᄒ니 難抑其志라 望元帥ᄂ 收而敎之ᄒ소셔22)

축융이 홍도국을 섭정하게 된 배경으로 일찍이 나탁과의 싸움 때 명진
에 투항하였고 또 홍도국을 칠 때 명군을 원조하여 일지연이 소보살의
머리를 벤 공훈이 작용하였다. 그렇지만 양 도독이 순순히 홍도국을 축
융에게 섭정케 한 것에는, 위 <옥련몽>의 예문에서 보듯, 그의 딸 일지
연을 볼모로 잡는다는 실제적인 조건이 요구되는 것이다. 이렇게 자연스
럽고 합리적인 <옥련몽>의 서술 내용이 <옥루몽>에 오게 되면 일지연
이 중국 문물을 사모하여 자발적으로 홍랑을 따라가는 것으로 서술되어
있다. 그만큼 모화 의식을 강화하여 볼모와 같은 실제적 조건은 무시한
채 개작이 행해지고 있는 것이다.

이러한 개작 태도와 관련하여 2장에서 지적했던 <옥련몽>의 단락 (8)
이 탈락된 문제를 다시 생각해 볼 수 있다. 중국이나 우리나라의 역사상
왕실 형제간의 권력 다툼은 종종 있어왔던 것이고 이를 소설의 소재로
취하는 것이 별 무리가 없는 것인데도 <옥루몽>에서는 이를 소재로 한
<옥련몽>의 단락을 의도적으로 삭제해 버린 것이다. 이 역시 명분론의
개입에 의한 개작으로 볼 수 있다. 곧, 천자와 그의 친동생 초왕과의 대
립은 내란의 성격을 띠는 것으로서 비록 그것이 충분한 개연성을 가진
허구의 소재라 하더라도 존주양이의 이데올로기에 철저하려 한 개작 태

---

21) <옥련몽>, 350면.
22) <옥루몽>, 253면.

도에 비추어 타기시되었을 것으로 본다.

요컨대, <옥련몽>의 여성 취향적 이야기를 탈락시켜 여성 독자층의 기대를 소홀히 한 <옥루몽>의 개작자는 당대의 상투적인 지배 이데올로기인 명분론을 한껏 드러내면서 사대부 남성 독자층의 기대에 부응하려 했던 것이다.

그런데 <옥련몽> 단락 (8)의 탈락 문제는 또 다른 해석도 가능하다. 곧, 작가가 처해 있던 당대의 정치 현실과 관련지어 볼 때, 황태후를 등에 업고 농간을 부리는 부마도위 곽우진의 행태23)가 독자들에게 당대 외척 중심의 세도 정치 권력을 비판하는 측면을 담은 것으로 수용될 것을 꺼려했을 가능성이다. 곽우진이 부마도위로서 황태후와 황제를 농락하고 조정을 요동케 하는 이야기는 아무래도 19세기 당대의 세도 정치를 연상시킬 수밖에 없을 것이다. 이 점을 작가는 꺼려 했던 것이라고 본다. 그리하여 <옥련몽>의 곽우진이 지닌 부마도위라는 지위가 <옥루몽>의 진왕에게 부여되고 부마인 진왕이 천자가 위기에 빠졌을 때 적극적으로 원조해 주는 인물로 그려진 것이다.

이 점과 관련하여 <옥련몽>에서는 별로 부각되지 않았던 황 소저의 모친 위 부인이 <옥루몽>에서는 벽성선을 모해하는 중심인물로 그려진 점을 주의해 볼 만하다. 여기서 위 부인은 황태후의 중표형제인 마씨의 딸로 설정되어 있는데, 말하자면 황 승상·위 부인·황여옥·황 소저 등으로 구성된 황부는 외척인 셈이다. 그 구성원 가운데 황여옥은 양창곡

---

23) 부마는 왕의 매부이기에 엄밀히 말해 외척이 아닌, 왕실의 일원이다. 그렇지만, <옥련몽>에서 천자의 누이인 정숙공주가 일찍 죽어 홀로된 곽 도위를 황태후가 불쌍히 여겨 총애하였고, 또 곽 도위의 욕망은 황태후를 통해 천자에게 전달되는 양상으로 전개되어 황태후는 곽 도위의 후원자로서 역할을 한다. 비록 곽 도위를 후원한 것이 황태후의 인후한 성격을 드러내는 것이긴 하지만, 황태후―곽 도위의 선이 외척의 형상으로 수용되었을 가능성은 충분히 있다.

과 강남홍의 결연을 방해하고, 황 소저와 위 부인은 벽성선을 모해하는 역할을 담당한다. 특히, 위 부인은 벽성선을 모해하면서 자신을 불쌍히 여기는 황태후의 힘을 빌리고 있는 점은 <옥련몽>에서의 곽우진의 행태를 본뜬 것이다. 이는 외척의 횡포로 인한 정치적인 갈등 양상이 외척의 힘을 빌려 가정 내의 문제를 해결하려는 양상으로 변모된 것이다. 달리 말해서 외척의 횡포가 정치 문제에서 가정 문제로 축소되어 그려진 것이다. 따라서 <옥루몽>에서 곽 도위의 지위를 진왕이 갖는 것이나 외척인 황부가 가정적 갈등의 야기자로 축소된 것으로 보아서 작가가 시휘(時諱)를 염두에 두어 개작에 임했을 것이라는 이 글의 추측은 어느 정도 타당성을 얻으리라 본다.

그렇지만 이로 인해 작가의 현실 비판 의식이 은폐된다거나 굴절된 것은 아니다. 시휘를 의식한 것 자체가 작가의 현실 비판적 태도를 반영한 것이지만, 뒤에서 보듯이, <옥루몽>에서 오히려 더욱 더 진지하고 날카롭게 현실에 대한 비판의 언술이 강화되고 있다. 따라서 이러한 개작 양상은 작가가 개작을 통해 현실 비판의 강도를 높이기 위한 하나의 방어책으로서 외척의 형상을 가급적 직접적으로 드러내려 하지 않았던 것으로 보아야 할 것이다.

이제 <옥루몽>의 개작 양상 속에서 드러나는 작가의 현실 비판 의식을 살펴볼 시점에 와 있다. 이에 먼저 양창곡이 과거에 응시하여 제출한 대책문이 주목된다. 시험의 질문 요지는 치국지도(治國之道)의 선후 완급(先後緩急)이 어떠해야 하는가라는 것이었다. 이에 대해서 <옥련몽>의 대책문에서는, '일술일싱은 텬지의 샹도라. 인군의 톄텬힝도홈이 호싱지덕을 본바들 뿐 아니라 싱술지권을 일치마라 뇌확강단홈이 잇신후 교화ㅣ 유시이셩언ᄒ고 긔강풍속이 유시이입언ᄒᄂ니'라고 전제하고서 다음과 같이 당대 현실을 비판한다.

만긔의 과단ㅎ심이 업고 구즁의 공믁ㅎ심을 힘쓰스 호싱지덕이 만민
에 칭송홈이 잇시나 싱살지권이 빅뇨의게 경동홈을 보지 못ㅎ야 우흐로
긔강이 히퍼ㅎ고 아리로 법령이 히이ㅎ야 군즈는 우유관망홈을 일삼고
소인은 요ㅎㆍㅣㅇ진취홈을 쬐ㅎ니 금일 조정의 언로 막히고 첨유셩풍ㅎ
야 취몽즁 세월을 소견ㅎ니24)

천자가 호생지덕(好生之德)을 베푸는 데에만 관심을 두고 생살지권(生殺
之權)을 발휘하여 기강과 법령을 확립하지 못하였기에 조정의 언로가 막
히고 아첨하는 풍조가 만연하였다는 것이다. 곧, 왕권의 강화를 일차적인
과제로 제시한 것이다.

이러한 비판의 기조는 <옥루몽>에서도 그대로 이어지고 있지만 좀
더 체계화, 구체화되고 있는 양상을 띤다. 천지의 일생일살(一生一殺)의 원
리에서 호생지덕(好生之德)과 숙살지위(肅殺之威)를 추출하는 진술 내용은
위의 <옥련몽> 인용 부분과 같은데, 여기에다가 임금을 마음에, 신하를
손발에 비유하면서 '憂其安逸ㅎ고 思其振刷'할 것을 권유하고 '今日朝廷
之急務는 先立紀綱'라는 대전제를 설정하여 논점을 보다 명확히 드러낸
다. 이어 역사의 전거를 들어 왕패겸용(王覇幷用)이라는 해결책을 제시하는
데 이는 <옥련몽>에서 제기한 바 있는 호생지덕과 생살지권의 병용을
역사적 관점에서 파악한 개념이다.

王覇幷用은 後世不易之法이어늘 近日 迂怪之論이 藉口於黜覇行王ㅎ고
聞其言論則 近於堯舜之治요 論其實效則 不及唐宋之治ㅎ니 其蒼古者는 大談
干城ㅎ고 其有智者는 誇朝三暮四ㅎ야 以廟堂言之則……25)

위 예문에서 보듯 양창곡이 제시한 왕패겸용의 해결책은 말로만 요순

---

24) <옥련몽>, 99면.
25) <옥루몽>, 69면.

지치를 떠들고 그 실효에 있어서는 당송만도 못한 현실을 바로잡기 위해서 제시된 것이다. 이 예문을 이어 당대의 부패한 현실을 조목별로 심도 있게 비판하고 있는 대목은 <옥루몽> 개작에 따른 작가 의식의 심화된 면모를 보여 주는 대표적인 예이다.26)

여기서 주목되는 것은 대책문에 제시한 왕패겸용의 해결책이 양창곡이 과거를 볼 때 훈구 대신으로 있던 노균에 의해 왕도가 아닌 패도를 말했다 해서 질타당했고 여기에 사적인 원한이 보태어져서 결국 청당·탁당의 대립으로 나아가는 사건 전개의 측면이다. 이후 노균은 동홍과 함께 천자에게 당대를 요순지치의 시대라고 아첨하면서 풍악과 신선 추구에 빠져들게 하여 나라를 위기 상황으로 몰아간다. 곧 양창곡의 대책문에서 제기된 무사 안일, 기강 해이, 풍속 퇴패(頹敗)의 문제가 서사 진행을 따라 노균 일당에 의해 형상화되고 있다는 것이다. 따라서 <옥련몽>에서의 대책문과는 달리 <옥루몽>에서의 그것은 서사 구조와 밀접히 연관된 진술 내용을 담고 있는 것이다. 더욱이 노균, 동홍의 사건은 <옥련몽>에는 없고 <옥루몽>에 와서 개작된 것이어서 이와 같은 개작 의도를 더욱 뚜렷이 드러내고 있다.

이에 <옥루몽>에서 가장 집중적으로 개작된 단락을 검토해 볼 수 있다. <옥련몽>에서 석형은 곽 도위의 궁노 석골통의 아들로 설정되어 있다. 따라서 석형이 조정을 탁란케 하는 행위는 일개 환관의 횡포로 인식되는 것이다.27) 또한, 석형이 연왕과 대립하게 된 발단은 연왕부의 진미

---

26) 이 대목에 대해서는 김종철, 앞 논문 p.32에서 인용, 평가하였기에 여기서는 중복을 피하기 위해서 인용하지 않는다. 또한 차용주, 앞의 책, 141면에서 대책문 가운데 기강확립을 역설하는 부분을 인용해 놓고 있다.

27) <옥련몽>, 427면의 서술자 논평에서 '츠호라 송나라 정이쳔 말숨이 임금이 환관 궁쳡을 소히ᄒ고 현ᄉ대부를 친히흠은 다롬이 안이라 그 마음을 미발지젼의 죠졔ᄒ야 바른 사롬을 디ᄒ며 바른 말숨을 들은즉 ᄌ연 마음이 발ᄂ지뭇 위흠이라 ᄒ시니'라고 하여 석형의 일을 환관의 횡포로 보고 있다.

(珍味)인 은설회와 연자병을 맛보고 싶다는 부탁을 연왕이 거절하자, '연왕은 가위 의인이덕이로다 그 경흠을 늬 맛당이 쩌의 삭이리라.'면서 앙심을 품는 데에 있다. 이에 반해서 <옥루몽>에서는 앞서 언급했듯이 양창곡이 등과할 당시에 이미 노균과의 대립이 시작되었고 양창곡이 남만과 홍도국을 평정하고 개선하여 문벌이 혁혁해지자 호시탐탐 그를 실세시킬 기회를 엿보다가 우연히 동홍이 발탁되자 그를 포섭하면서 세력을 급속히 확대한다.

<옥련몽>에서는 석형이 천자에게 아첨하여 의봉정을 짓고 이원제자를 모집하자 소유경과 윤 각로가 그 부당함을 간하다가 삭직된다. 석형과 연왕 세력 간의 첫 대결인 셈이다. 그런데 <옥루몽>에서는 이 대결에 앞서 동홍의 발탁에 대한 소유경의 상소가 새로이 첨가된다.

> 設科取士ᄂ 國家用人之法이라 必光明正大ᄒ야 自有成憲ᄒ오니 臣雖不見 董弘之爲人이나 陛下ㅣ 欲取人才컨딘 當集衆士ᄒ야 以較其才ᄒ야 上自朝廷으로 下至四海히 使聽者見者로 必無異論이어날 豈可半夜禁中에 秘密召之ᄒ사 鄭重恩寵과 莫大科甲을 賜之如兒戱니잇고 彼林下窮廬예 父母ㅣ 凍餒ᄒ며 妻子ㅣ 凄凉ᄒ고 對案讀書之窮儒ㅣ……若聞此言이면 掩券揮淚曰 古人이 欺我로다. 萬券書冊이 在於腹中이나 難免飢寒ᄒ며 古今成敗를 開刊心中이나 難謀資身之策ᄒ니 若無此逕則 十年黃券에 反助貧窮ᄒ고 如逢此時則 一曲笙篁이 能得富貴라야 必有虛其場屋ᄒ고 窺其捷逕者ᄒ리니 此豈養成士氣ᄒ야 奬拔人才之本意리잇고.28)

이 상소문은 천자가 동홍을 사사로이 발탁한 일을 두고 국가용인지법이 잘 되어 사회 기강이 해이해짐을 비판한 것이다. <옥련몽>에서 석형의 발탁에 대해서는 아무런 반론 없이 지나친 데 반해 <옥루몽>의 동홍의 경우는 사회적 문제로 부각시켜 맹렬히 비난하고 있다.

28) <옥루몽>, 273면.

소유경의 상소문은 천자의 언관에 대한 불만을 야기하지만 아직 연왕에 대한 신임이 두터운 터라 극단적인 대립으로 나아가진 않는다. 그러다가 노균의 누이와 동홍이 혼인하는 시기를 전후하여 조정에는 청당과 탁당의 두 정치세력이 형성되어 서로 대립하는 형국으로 전개된다.

> 朝廷百官이 奉承天意ᄒ야 會於盧府ᄒ야 參與宴席이나 惟燕王尹閣老蘇裕卿黃汝玉雷天風馬達董超十餘人이 不參ᄒ니 自此로 朝廷之論이 紛紜ᄒ야 淸介峻直者ᄂ 排斥盧均之鄙陋阿諂ᄒ고 屬於燕王ᄒ니 此稱淸黨이오 貪權樂勢ᄒ야 患得患失者ᄂ 忌燕王之正大嚴威ᄒ야 屬於盧均董弘ᄒ니 此謂濁黨이라.29)

이는 <옥련몽>에서 석형이라는 일개 환관의 횡포로 충신이 유배되고 조정의 기강이 문란해지는 양상에 비해 <옥루몽>에서는 권력 쟁취를 위한 정치적 대립의 양상으로 이야기가 전개된다는 큰 차이점을 보여 주는 것이다. 그리하여 <옥루몽>에서는 악론(樂論)에 대한 시비가 붙어 욕망에 이끌린 천자가 탁당의 편에 섬으로써 청당이 일시적으로 축출되고 탁당이 권력을 장악하게 된다.

그러나 청탁이라는 당명이나 서술자의 시각에서 이미 드러나듯이 이 두 정치 세력의 시비는 일찍이 결정지어졌으며 이에 따라 사건의 결말도 예견된다. 여기서 문제의 초점은 사건 진행 속에서 소인의 당인 탁당에 의해 천자가 어디까지 실정(失政)을 할 수 있는가, 그로 인한 국가의 위기는 어떻게 초래되는가를 보여 주는 데 있다.

청당의 영수인 연왕이 운남으로 귀양 간 후 노균은 동홍과 더불어 새로운 일을 도모한다. 황제 탄일에 의봉정에서 연회를 베풀 때 동홍은 <양류곡(楊柳曲)>·<양주곡(楊州曲)>·<옥수후정화(玉樹後庭花)>·<갈고

---

29) <옥루몽>, 276면.

최화곡(羯鼓催花曲)〉·〈북산조(北山調)〉 등을 차례로 연주한다. 끝 곡을 듣
고서 천자는 흥진비래(興盡悲來), 영극애생(榮極哀生)의 감회에 젖어 노균에
게 유락무애(有樂無哀), 유생무사(有生無死)를 구할 방도를 묻는다. 이로부터
궁전 안에 새로 태청궁이 지어지고 천하의 방사들이 모여드는데 이 무리
속에 백운도사의 경박한 동자 청운이 끼어든다. 청운은 노균과 결탁하여
천자에게 서왕모·안기생·적송자를 만나게 해 준다. 이로 인해 천자는
더욱 선술(仙術)을 믿게 되는데 노균은 여기서 한 걸음 더 나아가 천하의
기물 이단(奇物異端)을 상납케 하여 당대가 성군의 치세라 하며 봉선(封禪)
의 명분을 만든다. 그리하여 천자와 백관이 태산으로 가서 봉선하고 동
해상에 행궁을 짓고 거한다. 이에 황성이 빈 틈을 타서 북흉노가 침입해
오는 것이다.

　이렇게 전개되는 청당·탁당의 대립 양상은 분명 〈옥련몽〉에서는 문
제시되지 않았던 〈옥루몽〉만의 특징이다. 그런데 이 대립 양상을 어떻
게 해석해야 될지에 대해서는 서대석과 차용주의 견해로 갈려져 있다.30)
서대석은 청당·탁당의 대립을 윤리적 당위 : 인간적 욕구, 사류 : 벌열층
의 대립으로 보고 사류의 승리를 그림으로써 조선조 말기 벌열층의 도태
를 바라는 작가 의식이 드러난 것으로 보았다. 반면, 차용주는 청당의 인
적 구성을 분석하여 전자의 벌열층 : 사류의 대립으로 보는 견해를 부정
하고, '고소설에서 상투적으로 호용하는 충과 간, 선과 악, 군자와 소인과
의 알력과 쟁투에서 군자의 승리로 귀결 짓는 이상의 다른 의미를 부여
하기 어렵다.'고 하였다. 그런데 차용주의 이러한 결론은 그가 작품 속에
전개되는 대립의 양상을 세밀히 검토하여, 이는 이조의 당쟁과 상당한
차이가 있고 그 당론은 구양수의 「붕당론」을 철저하게 따르고 있다고 정

---

30) 서대석, 「옥루몽의 갈등 구조」, 앞의 책, 334~355면 ; 차용주, 「사상적 고찰」, 앞의 책,
　　148~156면.

당하게 평가한 노력을 스스로 평가 절하하는 것이어서 아쉽다.

필자는 <옥루몽>에 그려진 청당·탁당의 대립이 구양수의 「붕당론」을 철저히 따르고 있다는 견해를 중시한다. 붕당에 대한 견해는 중국의 경우 당대(唐代)까지만 해도 정치는 군주 한 사람의 것이라는 인식이 강하여 신하들 간의 붕당은 거의 죄악시되었다. 그런데 송대(宋代)에 들어와 정치 세력의 집단화를 인정하지 않을 수 없다는 전제 위에 붕당관이 바뀌는데 그 대표적 논설이 구양수의 「붕당론」이나 주자의 이른바 '인군위당설(引君爲黨說)'이다.31)

> 구양수는 우선 붕당을 공도(公道)의 실현을 추구하는 자들의 모임인 '군자의 당'과 사리(私利) 도모를 일삼는 '소인의 당' 두 가지로 나누어 전자를 '진붕(眞朋)', 후자를 '위붕(僞朋)'이라고 각각 규정하여 군주가 진붕의 승세를 유지시킨다면 정치는 저절로 바르게 이끌어질 수 있는 것이라고 하였다. 성리학의 대성자인 주자 역시 붕당의 기미를 염려하는 한 승상의 자문에 답하는 글에서 구양수와 견해를 기본적으로 같이 하면서 좀 더 적극적인 의견을 제시하였다. 즉 붕당이 있는 것을 염려할 것이 아니라 그 붕당이 '군자의 당'이라면 승상도 그 당에 들기를 주저치 말 뿐더러 나아가서 인군도 그 당이 되게 승상이 이끌어야 한다고 하였다.32)

위 인용문의 내용을 송대 신유학의 붕당에 대한 기본 입장이라고 한다면 <옥루몽>에 그려진 붕당 간의 대립 갈등은 이 관점의 확인이었다고 말할 수 있다. 이는 작가가 고소설의 상투적 대립 관계를 설정해 본 데 지나지 않는 것이 아니라 붕당이 기능조차 할 수 없었던 19세기 세도 정치에 대한 비판을 성리학의 기본적인 붕당관에 입각하여 전개시킨 것으

---

31) 이상, 이태진, 「당쟁을 어떻게 볼 것인가」, 『조선시대 정치사의 재조명』, 범조사, 1985, 14면에서 인용함.
32) 같은 곳.

로 보아야 할 것이다. <옥루몽>의 이원적 대립은 대립의 양상이 치열하면서도 논리 정연하고, 또 탁당의 득세로 점차 몰락해 가는 국가의 운명을 진지하게 형상화해 놓고 있는 점에서 통속 영웅 소설의 그것에 비해 훨씬 심화된 모습을 보이고 있기 때문이다.

끝으로, 앞에서 잠깐 보았던 과거 제도에 대한 비판과 개선책의 제시를 검토하고자 한다. <옥련몽>에서는 양창곡의 둘째 아들 경성이 예부시랑이 되었을 때 과거 제도를 거론하여 상소하는 대목이 한 번 나오나, <옥루몽>에서는 앞서 인용한 동홍 발탁에 대한 소유경의 상소, 연왕이 휴퇴를 허락받은 후 다시 천자에게 올리는 상소, 그리고 경성의 상소 등 세 차례에 걸쳐 과거 제도의 문제를 제기한다. 그렇지만 세 차례 상소의 내용이 <옥련몽>의 그것과 더불어 대동소이하여 개작을 통해 인식이 심화된 측면을 찾기는 어렵다. 다만 작가가 개작 과정에서 비슷한 내용을 여러 번 반복 강조하고 있다는 점에서 개작 시 이 문제에 큰 비중이 두어졌다는 점을 알 수 있다.

> 션비논 국가의 근본이오 과거는 션비의 진신지계경이라 치란흥망이 여긔 달녀거놀 금일 사습이 희이흐고 과법이 괴란흐야 그 츌쳑을 맞흔 자는 사졍을 도라보고 션비된 즈는 지조를 닥지 안이흐고 요힝을 싱각흐야 한번 과거를 지닌즉 인심이 뎡히 일비 불울흐니 그 쥬사(시)흐는 지 쏘흔 공겁흐야 문학을 뭇지 안이흐고 일홈이 무쟝흔 즈를 취흐야 일으되 공도라 흐니……33)

> 士者논 國之元氣라흐니 但先養士氣然後에 人才를 可得이오 得人才然後에 論治國經邦矣리니 今日 士習이 頹墮흐야 幾至於莫可收拾之境흐니 此豈非國家之大患이릿고……後世에 科法이 解弛흐야 爲士者ㅣ一經科擧則 元氣ㅣ一層沮喪흐고 再經則 心神이 百倍懈怠흐야 貧寒者논 掩券而謀生涯之

---

33) <옥련몽>, 642면.

方ᄒ며 豪華者ᄂᆞᆫ 嘲笑讀書ᄒ고 窺視捷徑ᄒ야 得則矜伐ᄒ고 失則落拓ᄒ야
鄙陋之見과 輕薄之風이 習於耳目ᄒ야 無一分羞恥之心ᄒ야 無異於小民謀利
之風ᄒ고 其中山林巖穴에 守古道有志操者ᄂᆞᆫ 閉門斂跡ᄒ야 憂世路紅塵之染
ᄒ니 陛下朝廷에 人才之絶이 豈不當然哉릿가.[34]

앞의 예문은 <옥련몽>의 양경성의 상소문에서 뽑은 것이고, 뒤의 것
은 <옥루몽>의 연왕의 휴퇴 상소문에서 뽑은 것이다. 선비는 국가의 근
본 혹은 원기인데 근일 사습과 과법이 해이하여 상시관은 사정(私情)에 의
해 선발하고 선비는 요행을 바라 한번 과거를 치룬 후 원기와 인심에 불
평만 쌓여서 궁유 학사들은 세상을 등지고 벼슬길에 나아가려 하지 않는
다는 것이다. 이는 조선 후기 사류(士類)의 경박한 풍조와 문란해진 과거
제도에 대한 당대 지식인층의 일반적인 비판 내용을 대변하는 것이다.[35]
다만 궁유 학사에 대한 절실한 묘사가 작가의 체험에서 우러나온 것이라
는 점이 유의될 만하다.

과거 제도에 대한 이러한 비판 의식을 바탕으로 하여 작가는 그 개선
책을 제시해 놓고 있다.

군현에 됴셔ᄒ샤 ᄒᆡ마다 션비를 퇵췌ᄒ야 ᄋᆡᆨ수를 뎡ᄒ야 례부에 올
려 례부에서 삼년 일ᄎᆞ식 몬져 최문으로 경륜을 방문ᄒ고 다시 시부로
써 문쟝을 시험ᄒ야 입격ᄒᄂᆞᆫ 즈ᄂᆞᆫ 텬지 친히 면시ᄒ샤 만일 응격지 못
ᄒᄂᆞᆫ 지 잇거던 그 쳔거ᄒᆫ 슈령과 쥬시ᄒᆫ 시관을 죄쥬샤 슌샤난잡ᄒᆫ 폐
를 업게 ᄒ소셔.[36]

---

34) <옥루몽>, 486면.

35) 남영로 당대 과거제의 문란상에 대해서는 한국역사연구회, 『조선정치사』하, 청년사,
   1990, 669~676면을 참조할 수 있다. 이 당시 조정에서까지 재산이 많고 학문을 멸시
   하는 자들이 급제하고 가난한 인재들은 모두 떨어진다는 주장이 흔히 제기되고 있었
   고, 한 번 과거를 겪을 때마다 인심을 잃는다는 표현은 일상적으로 쓰이는 문구가 되
   고 말았다고 한다(670면).

36) <옥련몽>, 643면.

爲今之計컨딘 莫如行貢擧法薦主法ㅎ야 鼓動士氣이오니 下詔諸郡ㅎ야
三年一次式 各選郡中多士ㅎ되 大郡은 十餘人이오 小郡은 五六人式 以文章
으로 試驗ㅎ고 經綸으로 取才ㅎ야 上于禮部ㅎ야 更比較而選優等ㅎ야 親試
榻前ㅎ되 先問經術ㅎ고 次試詩賦ㅎ야 陛下ㅣ 親選ㅎ시고 其中經綸詩賦之特
出者는 褒其所薦方伯守令而加其官ㅎ시고 用而試之ㅎ야 若有所誤어든 其薦
主를 論罪削職則……37)

위 예문의 내용을 요약하면, 조선 시대의 전통적인 초시·복시·전시
의 세 단계 시험 과정은 그대로 따르되, 군현의 지방관이 해마다 또는 3
년에 한 번씩 큰 군은 10여 명, 작은 군은 5, 6명을 예부에 추천하여 예
부에서 먼저 경술을, 다음 시부(문장)를 시험하여 우등자를 뽑고, 이들을
대상으로 친시를 보아 불합격자는 그를 추천한 지방관과 상시관까지 벌
주는 한편 합격자를 추천한 지방관은 상 주고, 또 합격자라도 벼슬에 나
가 잘못하면 추천자를 벌준다는 것이다. 말하자면, <옥루몽>의 작가는
조선시대 전통적인 과거제의 틀은 유지시키면서 추천제를 강화하는 방향
으로의 개선책을 제시한 것이다. 이러한 과거 제도의 개선책은 매우 간
략하고 원론적인 성격을 띠고 있어서 그 구체적인 운용 방법이나 보완점
이 제시되지 못한 한계를 지니고 있다. 그렇지만 유형원, 이익, 정약용으
로 이어지는 실학파의 과거제 개선안에 과거 응시자를 지방관이 추천토
록 하여 거주연좌법(擧主連坐法)을 적용하는 내용이 공통적으로 나타나는
점38)에 비추어 <옥루몽>의 작가가 지닌 현실 비판 의식이 어느 정도 당

37) <옥루몽>, 487면.
38) 유형원은 과거제를 폐지하고 그 대안으로 읍학(邑學)의 내사(內舍)에서 3년 이상 교육
   을 받은 자 중에서 현자와 능자를 호천(互薦), 수령과 교관이 결정하여 영학(營學)에 추
   천토록 하는 공거제(貢擧制)를 제시하였다(천관우, 「반계 유형원 연구」, 『근세조선사연
   구』, 일조각, 1979, 297~298면). 이익은 3년에 한 번 보는 식년제 및 소과·대과의 구
   분을 철폐하여 5년에 걸쳐 완성하는 오년대비지제(五年大比之制), 3년마다 경대부 이
   상과 주군(州郡)으로 하여금 1인씩 천거하는 향거리선(鄕擧里選) 및 거주연좌법(擧主連
   坐法), 그리고 과시를 보완하는 입장에서 향약의 장이 지역에 따라 1~3년에 1인씩 천

대의 진보적인 의식과 공유되는 부분도 있다고 생각한다.

이상의 검토를 통해서, 작가가 <옥련몽>을 <옥루몽>으로 개작하면서 당대 현실에 대한 비판 의식을 토대로 하여 작품의 갈등 양상을 보다 정치적, 사회적 의미를 부각시켜 그려 내었다는 점을 확인할 수 있었다고 본다. 개작 양상을 문제 삼지 않는 관점에 선다면, 여기에 두 작품에 공히 나오는 검술 진법 도술 등에 대한 오행 사상에 입각한 해설이라든가, 수차・조선(鼉船)(자라배) 등 과학 기구에 대한 상세한 설명 같은 대목을 추가하여 작가 의식의 면모를 좀 더 깊이 있게 논의할 수 있을 것이나 이 글에서는 유보해 두었다.

5) 결론

이상에서 동일 작가에 의해 <옥련몽>이 창작되고 또 <옥루몽>으로 개작되었다는 선학의 연구 성과를 바탕으로 하여 그 개작의 양상을 구체적으로 살펴보았다. 이제 본론의 내용을 요약하면서 <옥련몽>이 <옥루몽>으로 개작된 사실을 19세기 소설사의 조류와 연관시켜 그 의의를 드러내고자 한다.

먼저 지적되어야 할 것은 <옥련몽>의 가족 중심의 이야기가 <옥루몽>에서는 정치적, 사회적 문제가 부각된 이야기로 확대되었다는 점이

거, 등용하는 공거제(貢擧制) 등을 제시하였다(한우근,『이조후기의 사회와 사상』, 을유문화사, 5판 : 1987, 196~199면). 또 정약용은 양반의 관직 독점의 특권에 제한을 가하기 위하여, 읍별로 진사 초시를 볼 능력 있는 인재를 정원 내에서 천거하여 이들을 각각 읍거(邑擧), 주시(州試), 성시(省試), 회시(會試)를 보여 진사를 뽑아 이들로 하여금 문과(文科) 시험을 보게 하는 선사법(選士法)을 기본으로 하는 과거제 개혁안을 제시하였다(신용하,「다산 정약용의 사회신분제도 개혁사상」,『다산학의 탐구』, 민음사, 1990, 90~93면, 114~115면).

다. 이는 개작의 의도가 다분히 당대의 정치적, 사회적 문제에 대한 비판과 질정에 향해져 있다는 점을 잘 보여 주는 것이다. 그리하여 다른 어느 고전 소설에서도 찾아보기 힘든, 지속적이고도 치열한 갈등의 이야기를 통해서 당쟁이나 외척의 세도 정치를 비판하고 당대의 문란한 과거 제도의 개선을 누차 강조하고 있는 것이다. 이는 작가가 <옥련몽>의 창작으로 그치지 않고 <옥루몽>으로의 개작을 시도한 근본 동기가 어디에 있었던가를 명확히 보여 주는 예가 된다. 뿐만 아니라 19세기 사대부들에게 있어서 장편 소설이 지니는 의미가 어느 정도에 도달해 있었는지도 아울러 보여 주는 것이다.

한은규의 <쌍선기> 발문에서 보듯이, 이 당시 사대부들에게 있어서 소설은 '이념의 방수로'로서의 의미까지 획득하고 있었다.[39] 19세기가 근대로 접어드는 문턱에서 사회의 모든 부문에서 중세 사회의 모순이 노정되는 시기라는 것은 주지의 사실인데, 이에 따라 중세 체제를 유지해 왔던 성리학의 이념이 현실의 발전 법칙에 무력해지는 것을 목도하면서 실제와는 반대의 방향에서 소설이라는 허구 속에 그 이념을 방출한 것이라고 볼 수 있다. 어떤 한 이념이 현실을 해석해 내고 질서를 부여하여 현실적인 힘으로서 작용하다가 그 힘이 현실의 발전 법칙을 더 이상 견뎌내지 못하고 무력화, 반동화될 때, 그리고 그러한 상황 속에서 여전히 이념의 힘을 믿는 계층에게 있어서, 그 이념의 순수한 형식을 대안으로 제시한다면 이는 당대 현실에 대한 나름대로의 강력한 비판이 될 수 있다. 바로 이 점에서 <옥루몽>에서 집중적으로 문제된 당쟁이나 기강확립, 과거제 개선의 문제가 비록 성리학적 순수성의 입장에서 제기된 비판이라 할지라도 그 비판의 의의는 감소될 수 없는 것이다.

39) 김종철, 「19c 중반기 장편영웅 소설의 한 양상」, 『한국학보』 40, 1985, 가을, 93면.

다음으로 <옥련몽>이 지닌 가족 중심적·여성 취향의 삽화가 <옥루몽>에 와서 대거 탈락되고 있다는 점에 주의를 요한다. <옥련몽>은 나름대로 견고한 구조 아래 여성 독자층의 흥미를 끌만한 요인이 충분히 있었는데, 곧 인정(人情)의 측면을 중시한 서술 태도가 그 핵심적인 것으로 보인다. 이러한 <옥련몽>의 작품 성격을 <옥루몽>으로 개작하면서 남성 독자층의 기대에 부응하려는 의도에서 앞서 언급한 정치적, 사회적 성격의 사건들로 대체했던 것이다.

이와 관련하여 <옥루몽>과 동시대에 지어진 <육미당기>의 창작 의식을 고려해 볼 수 있다. <육미당기>의 작가 서유영은 작품 서두에서 자신이 이 작품을 짓게 된 동기를 언급해 놓았다. 즉, 그는 이웃집에서 패관언서를 빌려 보고는 그 소설들은 모두 가허착공(架虛鑿空)으로 지리번쇄(支離煩瑣)하여 취할 바 없다고 폄하한 다음, '그러나 인정물태(人情物態) 같은 것에 이르러서는 모사를 잘하여 무릇 비환득실의 순간과 현우선악의 분별이 가끔 사람으로 하여금 관감할 만한 대목이 있다. 이것이 시정의 부녀자(婦女子)가 탐독하여 싫증내지 않고 서로 베끼고 전해서 드디어 패관언서가 세상에 성행하게 된 이유이다.'40)라고 하였다. 곧, 국문 소설의 가치를 인정물태에 대한 곡진한 묘사에서 찾고 있으며, 아울러 이를 여성 독자층의 국문 소설 탐독의 주된 흥미소로 지적한 것이다. 이 점은 <옥련몽>의 서술 태도에서 나타나는 인정에 대한 배려를 떠올리게 한다. 아마도 남영로 역시 서유영의 이러한 국문 소설에 대한 가치 평가와 유사한 태도에서 <옥련몽>을 지었던 것이리라. 또한 여기서 만족하지 않고 다시 <옥루몽>으로 개작한 것도 서유영이 위의 언급에 이어서 '제가를 절충하고 지리 번쇄한 것을 버리고 간혹 신어(新語)로 보충하여'41)

---

40) <육미당기> 「小序」, ……然 至若人情物態 善於模寫 凡悲歡得失之際 賢愚善惡之分 往往有令人觀感處 此所以街巷婦孺之耽讀不厭 而轉相謄傳 遂秤官諺書之盛行於世者也.

　제2부 몽유 소설의 작품 세계와 작가 의식

한 편의 전기(傳奇) 곧, <육미당기>를 지었던 사정과 유사한 배경에서 나온 것이라고 생각된다. 여성 독자층을 주 대상으로 하는 국문 소설이 나름대로 소설사적 의의를 지니고 있었지만 남성 사대부 독자층에게는 무언가 이념적 무게가 부족한 듯한 인상을 받았을 것 같다. 그래서 이들 중 소설의 효용을 체득한 몇몇 작가들이 국문 소설에서 받은 불만스런 인상을 <옥루몽>이나 <육미당기>와 같은 장편 한문 소설을 창작하여 자신들의 이념적 '방수로'로 삼았던 것이다.42)

한편 <옥련몽>이 <옥루몽>으로 개작되면서 사건 전개가 더욱 치밀해지고 갈등이 극대화되며 인물의 성격이 보다 영웅화되는 양상을 보이고 있다는 점을 지적할 수 있다. 통속 영웅 소설에서 보듯 군담이나 영웅적 인물은 조선 후기 소설의 가장 중심된 흥미소로 기능하고 있었다. 이러한 상황에서 <옥루몽>의 작가는 그 어떤 영웅 소설과도 비교가 되지 않을 정도의 다양하고 풍부한 군담을 서술해 놓았을 뿐 아니라 갈등의 극대화를 꾀하여 독자의 흥미를 한껏 고조시키고 있는 것이다. 이러한 점이 <옥루몽>이 대중성을 획득하는 데 중요한 요인으로 작용했으리라는 데에 대해서는 이론의 여지가 없다.

위와 같은 몇 가지 개작의 양상은 <옥련몽>과 <옥루몽>을 단순한 이본 관계로만 이해할 수 없다는 점을 보여 준다. <옥련몽>은 가족 중심적인 이야기를 기본 줄거리로 하여 여성 취향의 삽화를 적절히 배치하면서 인정물태를 곡진히 그려 내어 여성 독자층의 기호에 부응한 작품인

---

41) 같은 곳, 折衷諸家 祛其支離煩鎖 間或補之以新語 合爲一篇傳奇.
42) <육미당기>의 경우, 불경계 설화에 이어지는 <적성의전>의 구조를 수용하여 창작된 소설인데 인성(人性)에 대한 종교적 평가 대신 인간 사회 속에서의 도덕과 이념에 대한 평가를 지향하여 당대 사회와 국가 질서의 파괴에 대한 위기의식을 구체화한 작품으로 분석되었다(이강옥, 「불경계 설화의 소설화 과정에 대한 고찰」, 『고전문학연구』 4, 1988).

데 비해, <옥루몽>은 정치적 사회적 성격의 사건을 대폭 확대시키면서 이념적 성향을 짙게 드러내어 사대부 남성 독자층의 기호에 부응하려 한 작품인 것이다. 두 작품 사이의 이와 같은 거리를 의식하여야만 각각의 작품이 지니는 독자적인 가치를 인정하게 되고, 나아가 가령, 둘 중 어느 하나가 원본으로 밝혀졌을 때, 나머지 하나가 단지 원본이 아니라는 이유로 무가치해질 수 없는 이유를 마련할 수 있을 것이다.

그렇지만 <옥루몽>은 미완(未完)의 개작품(改作品)이라는 점도 아울러 지적되어야 한다. 개작 과정에서 드러나는 여러 군데의 오류는 이 작품이 좀 더 정교한 개작을 위한 전초 작업이었다는 심증을 굳혀 준다. <옥련몽>을 지었던 동일인이기에 개작자 자신이 그러한 오류들을 모르고 있었다고는 생각할 수 없다. 어떤 이유에서인지 <옥루몽>은 어느 부분만을 집중적으로 개작하여 개작되지 않은 다른 부분과 어긋나는 내용을 갖게 되었다. 애석하게도 이는 <옥루몽>의 작품적 결함으로 지적하지 않을 수 없는 것이다.

이 글에서는 <옥련몽>과 <옥루몽>의 비교에 중점을 두었던 것이어서 중요하게 문제되어야 할 작품의 내용들에 대해서는 할애하였다. 개작의 양상을 문제 삼지 않는다면 두 작품에 공통적으로 그려진 사건들의 분석과 해석이 또한 큰 과제로 남아 있게 된다. 아직 이 두 작품에 대한 연구는 그 소설사적 의의에 비해서 아주 미흡한 편이다. 소설 연구자들의 많은 관심과 다양한 연구 방법의 도입으로 '옥루몽학'의 붐이 조성되길 바란다.

1) 서론

조선조 소설론에 대한 연구는 여러 논자에 의해 거듭 논의되어 이제는 어느 정도 그 실상을 파악할 수 있게 되었다.[1] 가령, 조선 전기에는 채수(蔡壽)의 <설공찬전(薛公瓚傳)>을 둘러싼 시비 속에 작품의 내용이 유교 이념에 배치되고 또 인심을 해친다는 이유로 배격된 반면 김수동(金壽童)에 의해 기양(技癢)(표현욕)의 측면에서 옹호되었고, 조선 후기에는 이덕무(李德懋)로 대표되는 소설 배격론이 지배적인 가운데 실제로 소설을 창작했던 <옥선몽(玉仙夢)>의 작가 탕옹(宕翁)이나 <쌍선기(雙仙記)>의 작가 한은규 등에 의해 입신양명의 대체적 상관물로서 소설이 선택, 옹호되기도 하였

1) 이가원, 「영정조 문단에서의 대소설적 태도」, 『연대80주년기념논문집』, 1965 ; 윤성근, 「유학자의 소설배격」, 『어문학』 25, 1971 ; 이수봉, 「반계 이양오의 문학 연구」, 『상산 이재수박사 환력기념논문집』, 1972 ; 성현경, 「19세기 조선인의 소설관」, 『관악어문연구』 3, 1978 ; 오춘택, 「조선전기의 소설의식」, 『어문논집』 23, 고대, 1982 ; 장효현, 「조선후기의 소설론」, 같은 책 ; 이문규, 「국문소설에 대한 유학자의 비평의식」, 『한국학보』 31, 1983, 여름 ; 박일용, 「조선후기 소설론의 전개」, 『국어국문학』 94, 1985 ; 김종철, 「조선후기와 애국계몽기의 소설관」, 『인문학보』 5, 강릉대, 1988.

던 것이다.

그런데 조선조 소설론의 양상은 소설 배격론이든 옹호론이든 간에 소설이 지니는 효용성 즉, 세교(世敎)의 관점에서 이루어진 것이 대부분이어서 설사 소설 옹호론이라 하더라도 '그 이야기가 황잡하고 그 일이 허탄하여 족히 기록하여 전할 것은 못 되지만 그 감계의 도에 있어서는 혹 일조할 수 없지도 않으므로 기록한다.'[2]라든지 '비록 가공구허의 설에서 나왔으나 또한 복선화음의 이치가 있다.'[3]라고 하는 소극적 태도를 보이고 있다. 다시 말해, 소설을 옹호하는 관점이 '감계지도(鑑戒之道)', '복선화음저리(福善禍淫底理)'로 표현된 효용성에 있었던 반면 소설이 지닌 또 하나의 중요한 성격인 허구성에 대해서는 그저 '황잡허탄(荒雜虛誕)', '가공구허(架空構虛)'라고 부정하였던 것이다. 이런 관점에서는 소설의 양면인 허구성과 효용성 사이의 관계를 문제 삼아 진지하게 탐색하려 들지 않을 터이다. 왜냐하면 작가가 창작 의식의 내면에서는 소설의 허구성을 충분히 인식했다 하더라도 자기가 창작한 소설의 가치를 옹호하고자 할 때 허구성보다는 효용성을 가지고 쉽게 말할 수 있기에 굳이 허구성과 효용성의 관계를 거론할 필요가 별로 없었을 것이기 때문이다. 따라서 조선조 소설론에서 허구의 문제는 전통적인 유교적 관점의 연장선에서 황잡허탄, 무계불경지설(無稽不經之說) 등으로 이미 평가 절하된 상태에 그대로 머물고 만 것이라고 생각된다.

이 글에서 소개하고자 하는 의전(宜田) 육용정(陸用鼎)은 1843년에 태어나 1910년경에 세상을 떠난 인물로서 대체로 19세기 말을 살다간 문인이다. 이제까지 학계에 거의 언급조차 되지 못했던 인물이지만 앞서 언

---

2) 목태림(睦台林), <종옥전(鍾玉傳)> 발(跋), 其說荒而雜 其事虛而誕 不足以傳之於記 而其在鑑戒之道 或不無一助 故爲之記.
3) 만와옹(晚窩翁), <일락정기(一樂亭記)> 서(序), 雖出於架空構虛之說 便亦有福善禍淫底理.

　제2부 몽유 소설의 작품 세계와 작가 의식

급한바 소설의 허구성과 효용성의 문제를 깊이 있게 탐색하여 작품화한 인물이라는 점에서 주목되어야 하리라 본다. 물론, 그의 작품에서 직접 소설을 언급한 대목은 없다. 그러나 그의 작품에서 문제 삼고 있는 것들은 문학의 가장 기본적인 문제들이고 그중에서 특히 허구의 문제가 중심이라고 판단되었기에 그가 제기한 문제들을 조선조 소설론 연구의 맥락 속에서 검토, 이해하는 것이 타당하리라 본다.

　따라서 이 글은 단순히 이제까지 알려져 있지 않았던 작가 한 사람을 소개한다는 취지를 넘어서 19세기 말 한 재야 문인에 의해 탐색된 문학론의 한 단면을 드러냄으로써 이제까지 연구된 조선조 소설론의 전개에서 잘 드러나지 않았던 허구의 문제에 대한 발전된 인식의 한 양상을 포착해 보고자 한다.

2) 육용정의 저술과 약력

　의전 육용정의 존재는 규장각에 소장되어 있는 그의 저술들인 『의전기술(宜田記述)』 3권, 『의전시고(宜田詩稿)』 2권, 『의전문고(宜田文稿)』 2권, 『의전속고(宜田續稿)』 1권 등에 의해 확인된다. 그가 태어난 연대를 알 수 있는 기록으로 『의전기술』의 「자서(自敍)」를 들 수 있다.

> 의전자(宜田子)는 본래 재주가 둔하고 식견이 낮아 그 학문은 자못 느지막하게 진척되었다. 42세에 이 책을 처음 저술하여 갑신(1884) 11월에 시작해서 무자(1888) 12월에 마쳤으니 그 기간이 거의 4년 남짓이다. 이 책은 모두 의전자가 평소 격물치지하여 얻은 바에 강개, 분발함이 있어서 지은 것이다.[4]

1884년에 42세였으니 그가 태어난 연도는 1843년임을 알 수 있다.5) 1843년 호서의 기산현(耆山縣)에서6) 태어난 그는 7세 되던 1849년에 부친 육병규(陸炳奎)가 세상을 뜨자7) 형 용필(用弼)과 함께 홀어머니 밑에서 자랐다. 일찍 세상을 뜬 부친은 문장 구법이 문사들과 같지 않았고 산수, 성력(星曆), 도략(韜略), 경제 등의 학문에 관심을 두었다고8) 한 것으로 보아 낙향한 사대부 가문의 후예로 몰락의 길만 걷지 않고 치부에 힘써 어느 정도 경제적 기반을 지방에 마련했던 것 같다. 그것에 힘입어 육용정은 고산(鼓山), 금운(錦芸), 백운(栢雲) 등의 스승에게 배워 유학자로서의 교양을 쌓았다. 이들 중에 고산 임헌회(任憲晦, 1811~1876)는 송치규(宋穉圭), 홍직필(洪直弼)의 문인으로 이기이원론(理氣二元論)을 배격하고 기의 우위성을 주장하는 일원론적 주기파에 속하는 인물이다.9) 고산에 대한 육용정의 존경과 추모의 정이 지극했던 점으로 미루어 그에게서 사상적으로 많은 영향을 받은 것 같다.

육용정의 학문적 경향이 가장 잘 드러난 저술은 『의전기술』인데 1891년 이 책의 서문을 쓴 면양누인(沔陽累人) 김윤식(金允植)은 다음과 같이 말하고 있다.10)

---

4) 『의전기술』, 「자서」, 宜田子本才鈍蔑識 其學頗爲晩就 年四十二歲 始著此書 而創自甲申十一月 卒于戊子十二月 其間恰爲四年餘矣 此盖宜田子之平日所格物致知而有得 慷慨發憤而有作.

5) 『규장각 한국본 도서해제』, 「집부(集部)」2에는 근거를 대지 않고 육용정의 생몰 연대를 1842~1888년으로 처리하였는데 이는 아마도 「자서」의 기록에 의한 것 같다. 그러나 무자에 졸했다는 것은 이 책의 저술 기한을 말한 것일 뿐 그가 몰한 연도가 아니기에 착오다. 또 태어난 연도도 1842년이 아니라 1843년이다.

6) 「계은일기(桂隱日記)」, 余本湖西之耆山縣人.

7) 「본선고백련부군행략(本先考白蓮府君行略)」, 不肖七歲 先府君歿焉.

8) 위의 글, 汝先君甚器重之大略 府君文字 其章句法 雖與文士家不同 而縱橫多逸氣筆尤勁健 又於算數星曆韜略經濟等學 無不汎濫 各有論說.

9) 『한국인명대사전』, 신구문화사, 1967, 790면.

10) 위의 책에 의하면, 운양 김윤식은 1887~1894년까지 면천(沔川)에 유배되었다고 하는데 이 시기에 육용정의 저술에 서문을 썼으리라 생각된다.

청산 육의전은 박문 유지(博聞有志)의 선비다. 그의 학문은 경술(經術)에 근거하여 무릇 백가(百家)를 열람하고 당세의 일에 더욱 뜻을 두었으니 지은바 『의전기술』 3권은 길고 짧은 글이 무릇 오십여 편인데 말한 바가 모두 천하의 일이다. …… 아아, 의전으로 하여금 띠를 차고 조정에 나가 그 아는 바를 실행토록 했다면 마땅히 높은 교목이 흔들리지 않듯이 공리(功利)가 사람들에게 미쳤을 것이니, 어찌 구구하게 문자로써 그 뜻을 보는 데 이르렀으랴.[11]

이로써 육용정이 벼슬하지 않은 재야 선비로서 학문적 경향이 유교적 소양에 바탕을 두면서도 다분히 '당세지무(當世之務)'에 기울어져 있음을 알 수 있다. 이러한 경향은 그의 부친이 보여 준 실제적, 현실적 관심과도 상통하며 나아가 주기론자인 스승 고산의 학문적 경향과도 연관될 수 있다고 본다.

육용정은 자식이 없어 조카인 종윤(鍾允)을 양자로 들여 대를 이었는데[12] 육종윤의 정치적 부침과 조선 말기 갑오농민전쟁, 갑오경장, 을미사변 등의 격변기에 처하여 육용정의 생애도 파란을 겪게 된다. 저간의 사정을 스스로 다음과 같이 말하고 있다.

나는 본래 호서 기산현 사람이다. 지난 갑오(1894)년 난으로 인해 이곳[계산동(桂山洞)]에 와 우거했다. 그간 맛본 고초가 어언 4~5년이 되었다. 애초 내가 시골에 있을 때는 치가(治家)와 교손(敎孫)으로 업을 삼고 겨를이 있으면 혹 독서하여 지식을 더함을 스스로 즐거움으로 여겼다. 뜻하지 않게 아들이 학교에 들어간 지 몇 년에 한 관직을 얻고 또 얼마 있다가 아들이 수지처(受知處)에서 천거를 받아 정삼품으로 정원

---

11) 『의전기술』「서」, 青山陸宜田 博聞有志之士也 其學根據經術 汎覽百家 尤有意於當世之務 所著宜田記述三卷 大小凡五十篇 所談皆天下事也……噫 使宜田束帶立於朝 得行其所知 當如泰喬之不見運動 而功利及人 何至區區以文字見志哉.
12) 「제망실공인능성구씨묘문(祭亡室恭人綾城具氏墓文)」, 安享其奉 血肉無之 旣而率養姪兒 鍾允爲嗣.

(政院)에 들어 대부 반열에 올랐다. 또 그 아비의 나아감을 도와 처음 하는 벼슬로 나를 재랑(齋郎)의 직에 뽑았다. 이때는 곧 갑오란이 일어나 팔방이 어지러우니 마침내 솔가하여 서울로 가 살았다. 이로부터 수년 동안 나라에 일이 많고 정부에 여러 번 변란이 일어나 아들이 불행하게 도 공손히 직책을 삼가지 않아 나라를 떠나는 탄식을 면치 못했다. …… 나 또한 면관될 것을 꺼려 낙향하고자 하다가 잠시 이렇게 방황하 는 것은 지방의 난리가 아직 평정되지 않았을뿐더러 오히려 임금께서 혹 탕서(蕩敍)해 주실까 바라서이다. 그래서 손자 모자를 서울 집에 머 물게 하며 늙은 아내는 내려 보내 시골집을 지키도록 하고 나는 여기 있어 구차히 날을 보내며 기다린다.13)

위에서 보듯이 육용정은 갑오년 이전까지는 고향인 기산에서 치가(治 家)와 교손(教孫), 그리고 독서로 세월을 보내다가 아들 종윤이 중앙 관직 에 나아가게 되자 그에 힘입어 왕릉의 묘지기 직책인 재랑(齋郎)을 받아 솔가하여 상경하였다. 1895년 3, 4월에 서오릉에서 재랑으로 근무하며 쓴 <서원재거기(西園齋居記)>, <동원재거기(東園齋居記)> 등이 남아 있어 그 무렵 생활의 단편을 엿볼 수 있다.

그러나 종윤이 정변으로 인해 망명하게 됨으로써14) 그 생활도 끝나게 되고 아들을 기다리며 서울 근교 삼각산 아래 계산동에 은거한다. 문집 에 수록된 글 중에 많은 것이 이 시기의 창작인 듯하다. 은둔 생활을 자 처하며 문사들과 교유하고 근처를 유람한 글들이다.15)

---

13) 「계은일기」, 余本湖西之耆山縣人 去甲午分因亂來寓此也 其間茹辛喫苦 於焉已四五年許矣 余在鄉時 以治家教孫爲業 暇則或讀書益知 爲自樂規矣 不意家兒升庠幾年 得除一官 又未 幾兒因受知處所薦 敍正三品入政院 爲絜大夫 又爲援進其父 擬余以一命 調齋郎之職 時卽 甲午亂作 八方搶攘 遂契家居京 自是數年來 國家多事 政府變亂數起 兒不幸以供職未謹 不 免有去國之歎焉……余亦因卽引嫌免官 將下鄉 而姑此彷徉者 不膏爲鄉亂快未平 猶有期望 於天意之或有蕩敍也 所以孫兒母子 留置京第 老妻下送 使幹鄉家 余則在此 苟遣而待之.
14) 육종윤이 무슨 일에 연루되어 망명했는지는 분명하지 않지만, 일본으로 망명한 것으로 보아 김홍집 내각의 몰락과 관련이 있는 듯하다.
15) 당시 문사들과의 교유에 관한 글로 <송현구인회서(松峴九人會序)>를 들 수 있다.

내 나이 오십여 세에 비로소 벼슬을 하여 한성에 와 살다가 수년 후 면관되었다. 귀향하고자 했으나 마침 난리로 인해 실행하지 못하고 드디어 성 안의 양덕방(陽德坊) 계산동에 거하였다. 계산동은 성의 북쪽 끝 삼각산 아래 있는 그윽한 곳으로 심히 궁벽하다. 내가 마음속으로 웃으며 말했다. '나는 본래 시골의 궁한 사람인데 궁한 사람이 만난바 비록 서울에서 살아도 벽지를 면치 못하니 그 사람과 사는 곳이 원래 서로 떨어지지 못한다고 이를지라.'16)

이렇듯 그의 서울 생활은 적적했으며 그런 중에 스스로 야인으로 치부하고 있다. 그러면서도 아들 걱정으로 나날을 보내었음은 그의 시문 도처에서 볼 수 있다. 이와 함께 손자 정수(定洙)에 대한 애착을 드러내기도 한데, 당시 육정수는 일본과 북경을 왕래하는 회사의 지사장으로 있었다.17)

그러다가 시골로 내려가 있던 아내가 세상을 뜨자 기산으로 귀향한 것 같다.

이에 사세부득이하여 경향에 나뉘어 살게 되어 부인은 시골로 내려가 고향 집에 있으면서 서울 집에 공급했는데 오백 리나 떨어져 있으면서 수레로 보내매 한 번도 때를 놓치지 않기를 12년이 한결같았다.18)

육용정의 집안이 경향에 분거했던 시기가 대체로 1895~6년경이라고 하면 그의 아내가 몰한 연대는 묘문에서 그 후 12년이라고 했으니까 1907~8년경이 된다. 이때 고향으로 돌아온 육용정의 이후 행적은 소상

---

16) 「계산유거기(桂山幽居記)」, 余年五十餘 始獲一命 來遊漢城 數年後免官 將歸鄉 時適因亂 未行 遂占居于城內陽德坊之桂山洞 洞在城之最北 三角山下幽隱處 甚爲窮僻焉 余自笑于 心曰 余本田野窮人 窮人所遇 雖京居 亦未免京中僻地焉 可謂其人其地 原不相離.

17) 「훈시손아정수(訓示孫兒定洙)」, 汝嘗以會社事 乘船往來南北海 且主管元之一支社.

18) 「제망실공인능성구씨묘문」, 乃勢不得已 分居京鄉 夫人則下鄉而在鄉第 供給京家 契活半 千里 轉餽一不失時 如是十二年.

하지 않으나 아내가 몰하고 나서 얼마 후 그도 세상을 떠난 것 같다.

> 내가 평상시에 저술한 약간의 문자가 있으니 혹 남에게 서문을 구할
> 는지 모르나 이것도 안 하는 것이 좋겠다. 그러나 내 지은바 『의전기술』
> 3책, 『시문고』 3책, 『속고』 1책 도합 7책인데 이것은 내가 죽은 후 3년
> 내에 집안 재력을 헤아려 등재하여 인출할 수 있다면 그것은 바랄 만하
> 다.19)

그의 저술은 모두 1912년에 활자본으로 간행되었는데 만일 그의 손자
가 위의 훈계를 그대로 따랐다면 그가 몰한 연도는 1909~10년경으로
추정할 수 있다.

이상 간략히 육용정의 생애를 살펴보았다. 그는 낙향한 사대부 가문에
서 태어나 비교적 탄탄한 경제적 기반을 가지고 있던 지주 계층에 속한
인물이다. 그 자신은 크게 현달하지도 학문적으로 대성하지도 못한 한미
한 선비로서 다만 당대 시류에 관심을 갖고 유교적 관점에서 시무에 대
한 의견을 개진할 정도였으나 그의 아들과 손자 대에는 정치·경제적으
로 적극적인 사회 진출을 시도하였다. 아들 종윤의 정치적 행적이나 어
느 회사 지사장인 손자 정수의 활동, 그리고 1912년 그의 저술이 활자화
된 점 등을 볼 때 지방에 축적된 경제적 기반 위에 자손들이 중앙에서
활동한 반면 육용정 자신은 그저 야인으로 자처했을 따름이다. 그는 19
세기 말 격변하는 사회·정치적 정세에 그리 둔감한 편은 아니었지만 그
렇다고 당대 개화파나 척사파의 어느 한쪽으로 편입시키기 어려운, 말하
자면 전통적인 유교적, 한문학적 소양에 기초한 유학자 겸 문인의 삶을

---

19) 「훈시손아정수」, 我於平日 有略干所著文字 則或有於人求得文集序文 亦未可知也 此亦勿
　　爲之可也 然我之所著 有宜田記述三冊 詩文稿三冊 續稿一冊 合七冊也 此則我死後 雖三
　　年內 量家力可以登梓印出 則期爲之可也.

살면서 소극적이나마 당대의 일에 계속 관심을 기울였던 인물이라고 하
겠다.

3) 전과 몽기류의 작품 내용 및 구성 방식

재야 문인으로서 육용정이 남긴 작품 가운데 문학적 혹은 문학사적으
로 논의될 만한 것으로 『의전문고』 권2에 수록된 5편의 전(傳)과 잡저에
수록된 몽기류(夢記類) 4편 및 그 연장선상에 있는 우의적 전 4편 등 모두
13편의 작품이 있다. 이제 이들을 하나하나 검토하여 그 작품 세계를 드
러내고 이 글에서 특히 주목하는 그의 허구론에 대해 살펴보고자 한다.

『의전문고』 권2에 실린 5편의 전은 <군인처모소사전(軍人妻某召史傳)>,
<송소합전(宋蘇合傳)>, <개자이석주전(丐者李錫周傳)>, <도자김동간전(刀者
金同干傳)>, <이성선전(李聖先傳)> 등이다.

<군인처모소사전>의 내용은 이러하다. 갑오년 동학란 당시 출전했던
한 군인이 나주 땅에서 죽었다는 소식을 듣고 그의 아내가 아들을 데리
고 서울에서 내려와 겨우 남편의 시신을 찾았다. 그런데 그 시체를 옮기
려다가 시체의 허리띠 속에 금은보석이 가득 차 있는 것을 보고 군인의
신분으로서 필시 비리로써 취한 물건이라며 탄식한 끝에 시신을 다시 그
자리에 묻고 떠났다는 것이다. 그 부인에 대해 열(烈)과 의(義)로써 칭찬한
작가의 논평이 덧붙어 있다.

<송소합전>은 고약을 팔러 영호남 간을 다니는 송군명(宋君明)이라는
사람을 입전하였다. 그는 재주가 비상하여 그가 만든 고약이라면 사람들
이 가격을 묻지 않고 사 갔다. 또한, 신의가 지극하여 어느 상인이 급한
일로 가게를 비우게 되었을 때 마침 지나가던 군명을 불러 가게를 보게

하였다. 나도 그를 보았는데 처음에는 별로 탐탁지 않게 생각했으나 그가 시골집의 내 아이 소식을 전해 주어 친해졌다. 군명은 술을 잘 마셔 김성일이라는 술 동무와 함께 서로 애인처럼 위해 주며 연신 술을 마셨다. 술을 마시며 하는 말이, "영욕에 빠진 자들을 구더기만큼도 여기지 않는다."고 했다. 이에 나는 그의 뇌락 불기함을 알고 주중협객(酒中俠客)이라고 하며 장하게 여겼다.

이러한 <송소합전>은 이 글의 관심과 관련하여 주목할 만한 대목이 있다.

> 잠시 후 성일이 문득 눈을 흐릿하게 뜨고 말했다. "어찌하여 집 뒤의 금적산(金積山)이 점점 작아져 술잔처럼 보이지?" 군명이 크게 웃으며 말했다. "이것도 경치다. 이것인즉 술 속 경치다. 술 속은 본래 저런 경상(景狀)이니 이로 미루어 확대하면 가히 천하를 작다고 할 수 있고 또 내 몸을 없애는 데 이를 수도 있다."[20]

술이 취한 상태에서 산이 술잔만 하게 보이는 것 또한 하나의 경치 곧, 주중경(酒中景)이라는 말에는 술을 매개로 한 점에서 차이가 있을 뿐, 꿈을 통한 환상 세계 혹은 상상력에 의한 허구 세계의 형상에 대한 인식이 담겨 있다. 나아가 주중경의 관점에서 유추하여 소천하(小天下), 무오신(無吾身)할 수 있다고 함으로써 자족적 소망 충족으로서의 허구 의식을 보여 준다. 이는 작가의 허구 의식을 대변하는 것으로 뒤에서 고찰할 허구론의 한 단서가 된다.

<개자이석주전>은 이석주가 거리의 부랑배를 불러들이거나 기생 몸치장을 해 주거나 불쌍한 거지아이에게 옷을 모두 벗어 주거나 하면서

---

20) <송소합전>, 有傾 聖日忽眼視昏昏曰 胡爲乎 屋後金積山 漸漸小如一杯 君明大笑曰 此亦景也 此旣酒中景也 酒中本自有這等景狀也 由是而推大之 可以小天下 而亦可至於無吾身也.

아버지 대에 많이 모아 놓은 재산을 탕진해 버렸다는 이야기이다. 그런데 그 역시 술을 좋아하여 사업 자금을 꾸러 온 사라에게 처음에는 거절했다가 그가 권하는 술을 마시고 취한 후 승낙할 정도였다. 그는 유령(劉伶)을 천고의 대성인으로 받들어 명절 때마다 제사를 지내기도 하였다. 급기야 거지가 되어 떠돌아다녔다.

영호남 사이에서 유차도(柳次道)라는 문사를 만나 세상에서 제일 가증한 자가 문인이라며 그에게 욕을 하고 한바탕 싸웠다. 다음날 차도가 그를 찾아와 문인들이 이루어 놓은 수많은 일들을 열거하며 꾸짖으니 석주가 술을 사 달라기에 서로 마시고 친구가 된 다음 헤어졌다. 이석주와 유차도가 다툰 문학의 문제는 작가의 몽기류, 우의적 전에서도 다루진 주제이다. 이것도 작가의 문학에 대한 문제의식의 일단이 표출된 것이다.

<도자김동간전>은 세 부분으로 나누어진다. 처음 부분은 고려 때의 백정 김동간에 대한 이야기이다. 김동간은 백정의 신분으로 돈을 많이 벌었는데 이웃에 사는 몰락 양반이 그에게 돈을 꾸어 달라고 하였다. 서울에서 내려온 어떤 양반에게 죄 없이 모진 고문을 당했던 이웃 사람 이첨지의 일을 상기하며 그래도 지금 이 양반은 자기를 '자네[君]'이라 칭했으니 어진 사람이라며 돈을 내주었다. 그런 다음 다시 생각하기를, '그 양반이 자네라고 한 것은 내가 아니라 바로 돈'이란 것을 알고 돈을 매양 '자네'라고 칭했다는 것이다.

중간 부분은 김동간 이야기를 듣고 양반이 소민(小民)을 학대하는 것에 대해 논평하는 내용이다. 여름철 판판히 놀던 씽씽매미[蟪蛄]가 겨울에 쇠똥구리에게 구걸했다는 속설을 빌려, 부탁을 거절한 쇠똥구리는 후환을 당하지 않겠지만 소민은 오히려 보복을 당한다고 하면서 논평을 가하고 있다.

끝 부분은 어느 객과 마을 사람들 사이의 대화를 통해 양반이 토색질하는 것에 대해 이야기하고 있다. 마을 사람의 말에 따르면 예전에는 지방 토호들이 향리의 물정(物情)이 풍요로울 때에만 횡포를 부렸으나 요즘 낙향한 서울 양반들은 수시로 작폐하여 백성이 생업을 폐할 지경에 이르렀다고 한다. 그러나 이 양반들은 모두 도백(道伯)과 인척 관계에 있어 어쩔 도리가 없다는 것이다. 양반의 양민 수탈에 대한 비판 의식은 연암의 <양반전>과도 통하는 것이다.

<이성선전>은 청렴한 선비이지만 남의 집 고용살이를 하며 사는 이성선에 대한 이야기이다. 인간사가 싫어 재취도 하지 않고, 질투벽이 심해 친하게 지내던 아이가 배신하자 제웅을 만들어 저주하기도 하였다. 그러나 가뭄이 들면 홀로 사비를 내어 기우제를 지내는 어진 사람이었다. 내가 그를 만나 보니 이인 술사(異人術士)의 형상이었다.

이상에서 살펴본 육용정의 전 작품은 우선 입전 대상이 군인의 아내, 약장수, 거지, 백정, 고용인 등 하층 인물들인 점이 특징이다. 전대의 박지원, 이옥, 김려 등이 다룬 소재라는 점에서 육용정의 전은 한문 단편의 소설사적 흐름을 이은 것이라 하겠다. 또한 <송소합전>, <개자이석주전> 등에서 보듯이 비범한 재주를 품고 약장수나 거지로 떠돌아다니는 일사(逸士)의 풍모를 지닌 인물을 그린 것은 허균의 전에까지 소급되는 한문 단편의 오랜 전통을 잇고 있는 것이다. 이렇게 보면 육용정의 전들은 박지원, 이옥, 김려에게서 소설사적 기술이 일단락되는 한문 단편의 흐름이 더 이어져 19세기 말에 등장한 한문 단편이라는 점에 의의가 있다고 본다.

이상의 전 5편과 함께 『의전문고』 권2 「잡저」에 8편의 몽기류와 전이 수록되어 있다. 몽기류 연작이라고도 할 수 있는 <기몽(記夢)>, <설몽(說夢)>, <견몽(遣夢)>, <몽자대(夢者對)> 등 4편, <의전자전(宜田子傳)>, <문비전(文斐傳)>, <몽환진전(蒙幻眞傳)>, <진장유전(眞長孺傳)> 등 우의적 성격의 전 4편이 실려 있는 것이다. 육용정의 허구론은 이들 작품에 집중적으로 기술되어 있다. 허구론의 내용에 대해서는 다음 장에서 자세히 검토할 것이고 여기서는 작품 내용을 간략히 소개하면서 서술 기법, 구성 방식 등에 대해 살펴보기로 한다.

<기몽>은 갑신(1884)년에 꾼 꿈을 기록하고 그것에 대한 작가의 해설을 덧붙인 것이다. 갑신 11월 밤에 군서(軍書)를 읽다가 꿈에 들어 어느 유벽한 곳에 이르러 한 미인을 만났다. 그녀의 인도로 가옥이 즐비한 어느 곳에 가니 한 장부가 나와 궁궐 별채로 이끌고 갔다. 밖에서 기다리고 있으면서 노인 몇 사람이 곤히 낮잠이 든 것을 보았는데 그 옆에 있던 작은 몸집의 사자가 갑자기 큰 괴물로 변해 달려들었다. 나는 놀라 도망가다가 구덩이에 빠졌다. 그 옆에 한 동자가 나를 꾸짖더니 수만 병졸이 시끄럽게 떠드는 바람에 잠에서 깨어났다.

여기에 작가의 논평을 덧붙였다. 꿈은 인상(因想) 즉, 생각에서 말미암는 것이라는 입장에서 위의 꿈은 자신이 만난 이국인(異國人)의 괴이한 인상과 미인을 만나기 바랐던 마음 곧, 간진(干進)(나라 밖에 나감)과 자매(自媒)(스스로 중매함)에서 연유한 것이라고 하였다.

<설몽>은 예전에 꾼 꿈 두 가지, 동한의 조정에서 벼슬하여 현달한 것과 천방의 나라(서역)에서 석가를 만나 묵계를 받은 것에 대해 평한 글이다. 두 꿈은 모두 평소 자신의 경험에서 나온 것이라고 한다. 꿈[夢]은 생각[想]에서 나오고 마음[心]은 곧 불[火]인데 그렇다면 불과 생각은 어디서 나오는지 자문해 본다. 그 유무, 생멸, 존망은 공광무궁(空曠無窮)의 경지에서 서로 말미암는 것이라고 한다.

<견몽>은 유자(儒者)인 진장유(眞長孺)가 꿈에 나타나 불이 마음을, 마음이 생각을, 생각이 꿈을 낳는다고 말한다. 그리고 <설몽>에서 말한 작가의 견해를 비판한다. 불이란 매우 두려운 것이고 꿈은 믿을 수 없는 것

인데도 의전자가 생멸 존망에 현혹되고 무용한 데에 생각을 쏟음은 잘못이라고 한다. 또 <설몽>을 통해 보면 의전자가 누차 말한 공맹학에 배치되어 불교에 빠져들었다고 한다.

잠에서 깨어난 의전자가 환진(幻眞)이라는 꿈의 신을 쫓아 보내는 사(辭)를 짓는다. 그렇지만 작품 말미에 붙인 보주(補註)에서, 그림 그리기를 좋아하여 스승의 매질로도 그 습성을 고칠 수 없었던 아이의 비유를 들어 작가 스스로 꿈과 문(文)에 경도된 것을 옹호하고 있다.

<몽자대>는 입·각몽 장면은 없으나 <견몽>의 속편으로서 문재도(文載道)라는 객이 나와 자기를 문(文)의 신(神)으로 소개하고 나서 의전자를 꾸짖는 내용이다. 재도는 환진과 함께 의전자가 동한에서 벼슬할 때, 서역까지 가는 길에 고생할 때 도와주었는데 의전자가 환진을 쫓아 보냈으니 다음에 쫓겨날 자는 재도 자기라 하였다. 의전자가 그 둘과의 정분이 두텁긴 하나 사람들의 구설수에 올라 부득이 그랬는데 다른 날에 마땅히 회포를 나눌 것이라고 위로한다.

위와 같이 육용정이 지은 4편의 몽기류는 연작 관계에 있으면서 하나의 주제를 계속해서 다루고 있는 특이한 작품이다. 이 작품들은 몽유(夢遊)와 우의(寓意)라는 전통적인 허구화의 기법이 사용되었다. 몽유로써 허구적 시공이 확보되는 한편, 유·몽·문을 우의한 진장유·환진·문재도라는 인물과 작가 자신인 의전자 간의 대화를 통해 논점을 부각하고 있다. 그것은 곧 허구와 문학에 관한 논쟁인 것이다.

몽기류 연작에 사용된 우의적 수법이나 허구과 문학의 문제를 다룬 주제는 다른 전(傳) 작품들에 의해 더욱 심화된다. 우의적인 성격의 전 4편이 몽기류 연작의 뒤를 이어 수록되어 있는 것이다.

<의전자전>은 작가 자신을 우의한 것이지만 작품 내용은 다분히 허구적이다. 의전자는 평소에 진장유, 문비, 몽환진과 교유했는데 진장유는

나머지 두 인물과 의전자가 친한 것을 매우 못마땅하게 여겨 절교하기를 권한다. 의전자는 이를 즐겨 받아들이지 않으나 풍간의 뜻이 있음을 이해하고 진장유를 존경한다.

한나라 영원(永元, 89~105) 중에 조정에서 의전자를 불렀는데 진장유가 만류했으나 듣지 않고 나아가 벼슬이 태중대부에 이르렀다. 세상 사람들이 불만스럽게 여기는 것을 시류라고 생각하고 만다. 일찍이 서역의 인도 왕자(석가세존)와 교유했으나 조정에서 구구한 억측이 돌아 동료가 없게 되었다. 오직 등척(鄧隲), 양진(楊震)과 사귀다가 늙어서 벼슬을 물러났다.

말미에는 보주가 붙어 있다. 네 인물이 서로 다른 시대 사람인데 어찌 함께 결구해 놓았느냐는 질문에 꿈에 상감(相感)하여 가설한 것이라고 대답한다.

<문비전>은 다른 작품에 비해 삽화의 묘사가 자세하고 내용이 다채롭다. 문비의 가문은 대대로 반반(斑斑)하였다고 허두를 꺼낸 다음 그의 비조인 설(契)부터 당·송·명나라의 이름난 문사에 이르기까지 내력을 간략히 기술하고 나서 그 지파가 동한에 와서 의전자와 교유했다고 한다. 문비, 몽환진과 함께 술을 마시다가 진장유를 불러 함께 놀기를 청했는데 그는 몇 번을 거절한 후에야 겨우 합석하였다. 이에 의전자가 세 사람의 장단점을 평하여 한바탕 웃는다.

술이 다할 즈음에 한 거지가 그 자리에 나타났는데 스스로 이탁주(탁주는 이석주의 별명)라고 소개한다. 술 시중하는 자를 시켜 그에게 술을 주었더니 한 잔 마시고 노래 부르고 또 한 잔 마시고 노래 부르고 하면서 연거푸 서너 잔을 들이켰다. 아예 술독을 안은 채로 술 마시고 노래 부르다가 대취하여 토했다. 그러한 모습을 문비가 꾸짖으니 탁주는 노하여 문비의 뺨을 세 번 때리고 문사들을 비난하였다. 의전자가 이탁주를 질책하고 나서 술자리를 파했다.

<몽환진전>은 꿈을 의인화하여 입전한 것이다. 환진의 선조는 원래 화서인(華胥人)으로 원나라 때 환산(桓山)에서 일어났다가 동쪽으로 와서 한단(邯鄲)에서 살았다. 이곳에서 환진을 낳았는데 그는 일찍이 석씨의 영이(靈異)를 많이 배웠고 의전자의 집에서 교유하기도 하였다.

의전자가 쫓아내자 환진은 산수 간을 떠돌다가 구라파, 아메리카, 아프리카, 인도 등지를 유람하였다. 문득 우주의 이치를 깨닫고 삭발하여 금강산에 들어가 설법하였다. 늙어서는 불국사, 대둔사 등지로 옮겨다니다가 어디로 갔는지 모르게 되었다. 그 후 호남의 부로(父老) 사이에 뇌우치는 날 저녁 대둔사 주위가 환해지면서 여러 종관(從官)들에게 둘러싸인 몽환진을 보았다는 이야기가 전한다.

<진장유전>은 유자 진장유를 입전한 것이다. 노나라 사람 진장유의 가계는 모두 청렴 근검하였다. 그런 가풍 속에 장유는 일찍이 아버지를 여의고 어머니 손에 자랐는데 동생이 농담을 잘해 가정은 항상 단란하였다. 어머니가 죽고 삼년상을 치르는데 장유가 너무 슬퍼하여 몸이 상할 지경이었으나 계부가 타일러 겨우 회복하였다. 집이 워낙 가난하긴 했지만 항상 겸비과묵(謙卑寡默)으로 자처했고 자회자도(自晦自韜)하여 남이 그의 재주를 알지 못하였다. 그의 뛰어남이 알려져 조정에서 높은 벼슬을 주어 불렀으나 나가지 않았다.

여기까지 기술된 다음, 약 두 줄에 걸쳐 북쪽 경계가 동요하고 서양의 통상 압력이 날로 심해져 중국이 다사다난하였다고 하고 나서 글이 끝나고 있다. 뒤에 더 이어질 내용이 탈락된 것 같아 미완성의 작품으로 보인다.

이상의 우의적 전 4편은 <의전자전> 보주에서 '是以夢相感 而假設者也'라고 밝히고 있듯이 작가의 허구 의식에 의해 창작된 것이다. 이 작품들 속에 입전된 인물은 모두 몽기류 연작의 작중 인물이고 세부 사건도 몽기류 연작과 밀접한 관계에 있다. 따라서 이들은 몽기류 연작에 이어지는 속편이라고 할 수 있다. 그렇지만 단지 속편에 그치지 않고 각각의 인물을 주인공으로 내세워 몽기류에서 취한 시점과는 다른 각도에서 거기서 다룬 문제를 심화하고 있다.

한편, <문비전> 후반부에 등장하는 이탁주가 문비를 때리는 대목은 <개자이석주전>에서 이석주와 문사 유차도의 다툼과 동일한 사건이다. <문비전>과 <개자이석주전>은 동일한 삽화를 수용하고 있는 것이다. 또한 <의전자전>에서 의전자가 환로로 나서는 것, <진장유전>에서 장유가 부친을 여의고 홀어머니 밑에서 자랐다는 것 등은 작가의 전기적 사실을 반영한 것이다.

이렇듯 육용정이 창작한 우의적 성격의 전 작품은 몽기류 연작 및 <개자이석주전>, 작가의 전기적 사실 등과 관련을 맺고 있다. 이에 작가가 허구와 문학의 문제에 지속적인 관심을 기울였다는 것, 그 문제를 독특하고 다양한 방식으로 형상화하였다는 점을 알 수 있다. 그렇다면 이 작품들에 제시된 육용정의 허구 및 문학에 대한 생각과 논리가 어떠한 것인지 살펴보아야 할 것이다.

4) 유(儒)·몽(夢)·문(文)의 관계 설정을 통한 허구론의 전개

육용정의 일련의 글은 모두 우의화(寓意化)한 네 인물을 서로 긴밀하게 연관시켜 일관된 이야기를 구성하고 있다. 그 줄거리를 간단히 요약해 보면 이렇다. 진장유·몽환진·문비 세 인물은 의전자와 허물없이 교유하는 친구들이다. 그러나 진장유는 몽환진·문비를 배척하여 함께 어울리기 싫어한다. 의전자는 진장유의 그런 태도에 소극적으로 반응하면서 몽환진·문비를 긍정하는 모습을 보인다. 문비는 몽환진과 자기가 의전자에게 매우 중요한 의미가 있다면서 자신들을 적극 옹호한다.

육용정이 일련의 작품을 통해 제시하려고 했던 논점은 크게 셋으로 구분될 수 있다. 첫째, 진장유의 몽환진·문비에 대한 비판, 둘째, 문비의 몽환진과 자신에 대한 옹호, 셋째, 세 인물과 관계된 의전자의 입장이다. 이 세 가지 관점의 내용을 분석해 봄으로써 육용정의 허구론과 문학론에 다가가기로 한다. 육용정의 작품이 우의적 성격을 지니고 있는 관계로, 그 내용을 구체적인 문학론으로 바꾸어 이해하기 위해 각 인물이 표상하는 바를 아래 도표와 같이 정리해 둔다.

인물 \ 관련 사항	우의 대상	문학론의 구성 요소	창작 행위
진장유	유(儒)	도덕관념	·
몽환진	몽(夢)	허구	상상력
문 비	문(文)	문학	표현
의전자	의전(宜田)(작가의 호)	작가	·

(1) 유(儒)의 몽(夢)·문(文)에 대한 배척의 논리

<진장유전>에서 진장유는 전형적인 유학자의 모습이다. 노나라 사람으로 그의 집안은 청빈했고 홀어머니를 극진히 섬기다가 상을 당해 이효상효(以孝傷孝)할 정도로 슬퍼했다. 평생 겸비와 과묵으로 자처했으며 항상 자회자도 하였기에 남이 그의 학문을 알지 못하다가 나중에 그의 학덕을 알고 존경하게 되었다. 한마디로 그는 '전주내행(專主內行) 불치외문(不治外文)'의 인물이었다.

이렇듯 유교적 도덕관념의 화신인 진장유는 의전자를 사귀면서 그가 몽환진, 문비와 친한 것을 보고 질책한다.

장유가 일찍이 그 두 사람의 단점을 의전씨에게 일러 주었다. "비와
환진은 모두 부과교사(浮夸巧詐)하고 허망무실(虛妄無實)하니 자네가 그
들과 교유하면 반드시 치욕을 당하고 몸을 망치리니 어찌하여 절교하지
않는가. 그들과 절교하지 않으면 내가 마땅히 자네와 절교하려네."21)

문비와 몽황진은 부과교사하고 허망무실하기 때문에 절교하라고 강하
게 권고하고 있다. 부과 교사, 허망 무실이라는 평가는 조선조 사대부가
허구에 대해 누누이 말했던 황잡허탄, 황당무계 등의 평가와 상통하는
말이다. 진장유는 일반적인 유학자의 입장에서 허구를 배척하고 있다.

<견몽>에서는 배척의 논리가 좀 더 분명히 나타난다. 잠자면서 꿈이
번다한 것은 마음이 안정되지 못했기 때문이요 입에 아름다운 말이 많은
것은 마음이 기교를 높이기 때문이다. 지인(至人)은 꿈이 없고 길인(吉人)은
말이 적은 법이다. 공자가 꿈을 불[火]로 보았는데 불로써 꿈을 타파하는
논리를 펼 수 있다. 불이란 대개 마찬가지여서 향을 사르면 향내가 나고
똥을 사르면 악취가 난다. 그처럼 꿈도 생각의 '희노투비구경(喜怒鬪悲懼
驚)'에 따라 다양하게 나타난다. 따라서 다음과 같이 말할 수 있다.

대개 꿈은 생각에서 생기고 생각은 마음에서 생기는데 마음이란 곧
불이다. 그러므로 지혜로운 자는 평정(平正)으로써 마음을 수양하는 데
힘쓴다. 꿈과 생각과 마음과 불은 원래 한가지인데 생각을 바르게 가지
면 꿈도 바르게 되고 마음이 평온하면 불도 평온하게 된다. 따라서 불
은 마땅히 마음속에서 뜻을 받들어 순종할 것이지 늘려서 서둘러 제압
하기 어렵게 해서는 안 된다.22)

---

21) <의전자전>, 長孺嘗短二子於宜田氏曰 斐與幻眞 皆浮夸巧詐 虛妄無實 子與二子交 僇辱
必至 而身陷敗焉 子何不絶之 子不絶二子 吾當絶子矣.
22) <견몽>, 盖夢生於想 想生於心 心卽火也 故智者務要平正 以養其心 夢想心火無貳 致想正
則夢得其正 心平則火得其平 然則火當於腔子內將順 不當使延縱縱難制矣.

불이란 두려운 것이고 꿈은 믿을 만하지 못하므로 생각을 바르게 가지고 마음을 평온하게 하면 불과 꿈을 다스릴 수 있다는 것이다. 또한, 불을 장순(將順)하게 하면 천리(天理)가 행해지나 그것을 늘려 제압하기 어렵게 하면 인욕(人慾)을 싫어하지 않게 된다고도 하였다.

이는 꿈 즉, 허구를 제압하는 것과 방기하는 것은 천리와 인욕 중 어느 쪽을 따라야 할지의 문제와 결부된 것이다. 천리의 관점에서 인욕을 배척하듯이 마음의 수양이라는 점에서 마음을 어지럽히는 허구를 배척하는 것이다. 나아가 허구에 경도되는 것은 유교를 버리고 이단에 빠지는 태도이므로 더욱 배척해야 하는 것이다.

> 자네가 어찌 생멸존망(生滅存亡)에 현혹되고 또 글로써 수식하여 무용한 곳에 생각을 쏟으니 정말 잘못되었네. 자네는 말할 때마다 성현을 칭하여 내가 가상히 여겼고 그 말이 또한 그러한 바가 많았는데 지금 자네의 <설몽>을 보니 그러함이 전혀 없으니 전에 말한 바가 그릇된 것인가? 처음에 수사(洙泗)(유교)에 젖었다가 끝에 가서 다시 불교에 빠져드니 이 어찌 자네가 평상시에 수득한 바이리오. 아름다움과 추함이 같은 그릇에 담겼으니 이 어찌 그럴 수 있단 말인가.23)

유학자로서 허구에 경도되는 것은 유교를 수득한 사람이 다시 불교에 빠져드는 것으로서 이는 곧 '훈유동기(薰蕕同器)'라는 모순된 태도임을 비판하고 있다.

이상에서 유교적 도덕관념에 입각하여 몽과 문 즉, 허구와 문학에 대한 비판과 배척의 논리를 살펴보았다. 정리하자면 유교적 도덕관념에 비추어 봤을 때 꿈은 마음을 어지럽히고 인욕에 빠지게 함으로써 천리를

---

23) <견몽>, 子何眩惑于生滅存亡 又得以文彫飾 竭思于無用之地 爲子誠謬矣 子每言稱聖賢 余所嘉賞 而其言亦有足多之矣 今於子說夢 而觀之則無 乃前所言已非矣乎 始焉有涉洙泗 末復浸染葱雪 是豈子平日所受 而薰蕕同器 其寧若是.

가리는 부과 교사, 허망 무실한 것이므로 배척되어야 한다는 것이다. 더욱이 꿈 곧, 허구에 경도되는 것은 불교와 같은 이단에 빠져드는 태도이므로 유학자가 경계해야 한다는 것이다.

그런데 진장유로 우의된 전형적인 유학자의 입장에서 허구와 문학에 대해 비판한 논리는 작가의 내면에서 갈등 요인으로 작용하긴 하지만 작가가 전적으로 동의하고 있는 것은 아니라는 점이 주목된다. 진장유의 관점에 동의하는 한편으로 몽환진과 문비를 내세워 그들이 지닌 의의를 탐색하고 있다는 것이 육용정의 허구론이 갖는 강점이다.

(2) 몽(夢)·문(文)의 자기 옹호와 그 우의적 형상

<문비전>에서 문비는 자(字)를 재도(載道)라고 하였다. 그의 비조는 설(契)이고 그의 집안은 당우(唐虞) 이래 벼슬을 하다가 진나라 때 구족이 거의 멸망할 뻔 했으나 한나라 때 다시 일어나 당·송·명대에 와서 이름난 이들이 이루 헤아릴 수 없이 많이 배출되었다. 이렇듯 문비라는 인물은 유학자가 전통적으로 이해한 문, 문장, 사장(詞章)을 표상하고 있다. 그는 또한 작중에서 이탁주에게 봉욕을 당하고 있어 <개자이석주전>의 유차도와 같은 인물로 설정되었다. 따라서 그는 문인, 문사, 문장가를 대표하는 인물이기도 하다.

한편, '의전자는 평소 꿈을 꾸었는데 매번 꿈을 기록하여 이야기로 삼았다.'[24]라든가 '나와 환진은 자네에게 있어서 의동일체(義同一體)'[25]라는 말로 보아 문비는 허구의 기록 혹은 허구의 문학적 형상화라는 의미도 지니고 있다. 문비와 몽환진이 의동일체, 즉 뜻이 같은 한 몸이라고 한 것은 작가가 허구와 문학을 불가분의 관계로 인식하였음을 알려 준다.

---

24) 위의 글, 宜田子 於平居有夢 每夢輒記之 以爲說.
25) <몽자대>, 我與幻眞 於子俱有義同一體.

작가는 아마도 상상력에 의한 허구의 세계는 문(文) 곧, 문학으로 표현되어야 한다고 생각하였을 것이다. 이렇듯 문비라는 인물은 문·문장·사장, 문인·문사·문장가, 그리고 허구의 기록이라는 세 가지 측면을 표상하고 있다고 보인다.

세 가지 표상 중에서 육용정이 피력한 허구론의 중심 내용을 이루는 것은 세 번째 것이다.26)

자네가 평상시에 매번 걱정 근심이 떠나지 않을 때면 곧 환진이 앞에서 이끌어 여러 번 이경별계(異境別界)를 유람하게 하였고 나는 문득 좇아서 그것을 기술하여 자네를 즐겁게 하였네. 발자취가 자못 명산가수(名山佳水)에 두루 미쳤으니 자네의 소요, 창서함이 이에서 충족되었네.27)

이 부분은 <몽자대>의 서두인데 의전자가 진장유의 충고로 몽환진을 내쫓는 내용의 <견몽>에 이어져 있는 이 작품에서 문비가 의전자의 행동을 질책하고 있다. 문비는 몽환진과 함께 의전자를 도와준 것을 당당하게 내세우고 있다. 허구 및 그것의 표현인 문학이 울적한 작가의 심정을 풀어 주기 위해 이경별계를 유람하게 하여 소요, 창서의 회포를 충족시켰다는 면을 강조한 것이다.

---

26) 이러한 이해에는 보충 설명이 요구된다. 육용정의 저술 중 『의전기술』권1에는 <논사장(論詞章)>이란 글이 있는데 그의 사장에 대한 견해가 피력되어 있다. 그러나 이 글에 나타난 견해는 대부분 문이재도관(文以載道觀)에 서서 사장이 수식에 치우침을 경계한 것으로 그리 새로운 견해는 아니다. 이와 달리 이석주(탁주)와 유차도·문비의 논쟁은 문사에 대한 협객의 비판이라는 점에서 주목할 만하다. 이석주가 문사를 비판하는 입장은 그들이 글로써 이름만 날리려 할 뿐 실행이 없다는 점, 마음과 입이 다르다는 점, 그러면서도 선왕, 성현을 빙자하여 허세를 부린다는 점이다. 이는 육용정이 지녔던 문사에 대한 비판 의식을 드러낸 것으로, 달리 보아 문학에 대한 회의에서 나온 것이라는 면에서 그의 문학론의 한 출발점이 될 수는 있을 것이다. 그러나 본격적인 허구론은 문비의 세 번째 형상을 문제 삼을 때 깊이 있는 분석이 가능하다.

27) <몽자대>, 子於平居 每憂愁不適 則幻眞寔先導之 多有異境別界 我輒隨而記述之以娛子 足跡殆徧於名山佳水 子之逍遙暢敍 於斯已足.

　문비의 말에서 나타난바 육용정은 현실의 불만을 허구로써 해소하고
자신의 소망을 허구로써 충족할 수 있다는 면 곧, 소망 충족으로서 허구
의 가치를 인식하고 있다. 이 점을 자기의 꿈 체험을 통해 더욱 구체화해
놓았다.

> 　내 일찍이 꿈에 동한(東漢)의 조정에서 벼슬을 하였다. 몸소 묘당의
> 대의(大議)에 참례하여 정성과 힘을 다해 왕실을 보좌하고 여러 업무에
> 조정, 참획하여 거의 이즙(理戢)(태평성대)에 이르기를 기대하였다. 내가
> 아주 기꺼이 그것을 이루었더니 지난날 품은 뜻이 대략 펼쳐졌다.……
> 내 일찍이 꿈에 천방(天方)의 나라(서역)에 노닐면서 친히 세존의 묵계를
> 받았다. 이르기를, '중쟁(衆爭)에 휩쓸리지 말고 모름지기 뭇사람이 버리
> 는 것을 취하라. 칠통의 연화가 마땅히 영구히 수시(垂示)하리라.' 하였
> 다. 내가 매우 기뻐하면서 그 말을 들었더니 지난날 응어리졌던 것이
> 단번에 풀렸다.[28]

　여기서도 '지의략신(志意略伸)', '개체돈석(介滯頓釋)'이라 하여 허구에 의
해 현실의 불만을 해소하고 소망을 충족하는 것을 말하고 있다. 그러면
서 동한의 조정에서 벼슬한 꿈과 천방의 나라를 노닌 꿈 등 작가가 실제
로 꾼 꿈 두 가지를 제시하였다. 두 가지의 꿈 체험을 통해 자가가 소망
했던 것이 그저 놀이 삼아 한 것이 아니라 유교 이념의 달성과 불교 교
리의 습득이라는 매우 진지한 것임을 알 수 있다. 이로써 육용정은 소망
충족의 면에서 허구를 긍정한 바탕 위에서 허구를 통한 유교 이념 혹은
불교 교리의 탐색도 가능하다는 점을 인정한 것이라고 할 수 있다. 이렇
듯 육용정의 허구에 대한 인식은 진지한 성찰의 과정에서 나온 것이기에

---

28) <설몽>, 余嘗夢仕于東漢之朝 身參廟堂大議 期欲殫誠竭力 挾輔王室 措畫庶務 幾至理戢
　　余甚樂成之 疇昔志意略伸焉……余嘗夢游于天方之國 親受世尊默誡 有曰 勿趨衆爭 須取
　　衆棄 漆筒蓮花 久當垂示 余甚喜聞之 疇昔介滯頓釋焉.

소중히 음미될 가치가 있다.

또 하나 지적할 점은 두 가지 꿈이 다분히 서사적 성격을 지니고 있다는 것이다. 니는 문비가 <몽자대>에서 그 두 꿈을 거듭 거론한 부분에서 확인된다.

> 자네가 일찍이 중원을 보아 처음 벼슬하매 지위가 숭품(崇品)에 올랐을 때 황상이 유충하여 조정에 행신의 정란(政亂)이 많았다. 자네가 환진으로 매개하여 훈귀 거실과 결합해 더불어 즙리의 태평성대를 이루었으니 이것은 모두 환진이 고심하여 이룬 것이고 그때의 일용 문안은 내가 일찍이 힘쓰지 않음이 없었다. 자네가 일찍이 서역으로 가다가 석란도를 지날 때 뇌우를 만나 배가 거의 뒤집히려고 하는데 환진이 나무아미를 수천 번이나 외어 겨우 면하였다. 자네는 화선, 화차, 기구 등속이 없어서 대양만리를 애로 없이 질러가기가 어려웠지만 환진이 그 모든 것을 인도인에게 빌려서 장만해 주었다. 이윽고 자네와 인도 왕자(석가세존)가 교환(交歡)하다가 이별에 임해서 잠계(箴誡)를 주어 보내기까지 했으니, 이것은 환진이 그 가운데 거하며 보합한 것이고 그때 나도 그 곁에 있어 참간하였다.[29]

동한의 조정에서 벼슬한 꿈을 말하며 '황상이 유충하여 조정에 행신의 정란이 많았다'거나 천방의 나라에 노닌 꿈이 '서역으로 가다가 석란도를 지날 때 뇌우를 만나'기도 하고 '화선, 화차, 기구 등속이 없어서' 힘들었다는 등의 진술은 두 꿈이 서사적인 이야기로 전개되었음을 보여 준다. 이는 육용정이 긍정한 허구가 좀 더 본격적인 의미를 지닌 것임을 뜻하는 것인바, 이야기를 갖춘 허구로서 작가 당대에 유행한 고전 소설의

---

29) <몽자대>, 子嘗觀中原 筮仕位至崇品時 皇上幼沖 朝廷 多佞倖政亂 子以幻眞爲介 交結勳貴巨室 相與戡理之致太平 此皆幻眞之苦心締構 而其時日用文案 余未嘗不有勞焉 子嘗適西域 過錫蘭島 値雷雨舟幾覆 幻眞呪南無阿彌幾千番 僅得免焉 子無火舶火車氣球等屬 大洋萬里 有難無挾徑 造幻眞皆貫得於印度人裝之 旣而子與印度王子有歡 臨離至有贈送箴誡 此亦幻眞居中補合 而其時余又在傍參看焉.

허구적 이야기 같은 것을 염두에 둔 생각임을 시시한다. 이 점에서 육용정의 허구론이 고전 소설론의 맥락에서 논의되어야 한다고 본다.

이제 육용정이 인식한 허구의 내용은 무엇이었는지 살펴보기로 하겠다. 이는 <몽환진전> 그려진 몽환진의 형상 속에 담겨 있다.

몽환진의 자는 자허(子虛)이고 부친은 현(玄)인데 본래 화서인(華胥人)이다. 원나라가 중원을 침범하여 소란하매 동쪽으로 와 한단에서 살다가 환진을 낳았다. 꿈과 관련된 고사의 배경인 화서, 한단 등지가 나오는 것으로 보아 여기까지는 당대인이 꿈에 대해 알고 있던 점을 기술한 것일 따름이다.

그러나 환진이 의전자 집에서 교유하다가 유자들의 배척을 받아 쫓겨났다는 대목부터 육용전의 창작이라고 할 수 있다. 의전자의 집에서 쫓겨난 환진은 방황하다가 산수 간에 노닐었다. 서양이 중원과 교통하게 되자 구라파, 아메리카, 아프리카, 아시아 등 세계 각지를 돌아다녔다. 이렇게 십여 년을 지내고 일조에 우주의 이치를 깨닫고 금강산으로 들어가 여러 설법을 남겼다. 그 후 불국사, 대둔사 등지를 떠돌다가 종적을 감췄는데 호남의 노인들이 어느 폭풍 부는 날 수십 종관의 수행을 받은 그를 보았다고 하였다.

이러한 이야기 속에 몽환진은 편력자, 은둔자, 구도자, 이인(異人) 등의 모습으로 그려져 있다. 이를 작가가 생각한 허구의 내용이라고 한다면, 그것은 편력(遍歷), 은둔(隱), 구도(求道), 이적(異蹟) 등의 주제로 구성되었다고 하겠다. 이러한 몇 가지 주제들이 허구의 형상화에 동원되었으므로 이것들이 곧 육용정이 생각했던 허구의 내용이 될 것이다. 이 내용들은 이야기를 지닌 서사적 허구를 구성하는 중심 요소들이기도 하기 때문에 육용정의 허구론은 문학의 본질적인 문제에 대한 탐색이었다고 할 수 있다.

(3) 유(儒)·몽(夢)·문(文)에 관한 작가의 입장

앞서 살폈듯이 유교적 도덕관념의 표상인 진장유는 의전자를 비판하는 데 비해 의전자는 허구와 문학의 표상인 몽환진과 문비를 옹호하고 있다. 의전자를 중심으로 진장유 대 몽환진·문비의 갈등 관계가 성립하고 의전자는 그 사이에서 중재역을 맡고 있는 형국이다. 이러한 작중 인물들 사이의 갈등 관계에 대해 작중 인물인 통시에 작가 자신인 의전자가 어떤 입장을 취하고 있는가 하는 점이 육용정의 허구론의 귀결점이라고 하겠다.

> "환진은 광사(曠士)고 재도(문비의 자)는 재사(才士)고 장유는 외우(畏友)이다. 나는 그들을 모아서 누리는 것이니 어찌 즐겁지 않은가."……"환진은 비록 광사지만 너무 허황하여 진실이 적은 듯하고, 재도는 비록 재사지만 너무 교묘하여 수식이 많은 듯하다. 모르겠다, 제군은 어떻게 생각할지." 장유에 대해 자못 어려워하여 이르기를, "노형은 비록 외우이긴 하나 끝내 고금을 참작하지 않으니 실로 이것이 하나의 결점이다."라고 하였다.30)

의전자는 몽환진, 문비, 진장유가 각각 광사, 재사, 외우로 평가한다. 이는 의전자가 세 인물에 대해 그와 같은 의미를 부여한 것이므로 작가 자신은 이 셋이 각자 지닌 가치를 인정한 것이라고 하겠다. 그러는 한편 작가는 이들이 지닌 단점도 지적하여 각각 '태허소실(太虛少實)', '태교다식(太巧多飾)', '미능참작고금(未能參酌古今)'이라고 비판하고 있다. 허구의 허망함, 문학의 수식 많음, 도덕관념의 고지식함을 지적한 것이다. 이러한 비판적 인식은 다음 예문에서 좀 더 뚜렷이 나타난다.

---

30) <문비전>, 幻眞曠士也 載道才士也 長孺畏友也 吾則聚而享之 豈不樂哉……幻眞雖是曠士 而有似太虛少實 載道雖是才士 而有似太巧多飾 不識 諸君以爲何如 於長孺稍有難之乃曰 老兄雖是畏友 終未能參酌古今 固是一欠事.

일찍이 노나라 사람 진장유와 화표 사람 문비와 한단 사람 몽환진이 서로 사이좋게 지냈다. 그러나 세 사람이 좋아하는 바가 각기 달랐다. 환진은 석씨를 배워 황탄하여 취할 바 없고, 비는 골계적이고 말이 많아 배우·광대의 농 짓거리와 같았다. 후에 비는 사람들이 자기를 좋아하지 않음을 알고 문아(文雅)로써 수식하였다. 장유는 규모가 지나치게 면밀하고 편협하고 막힘이 많아 포용하고 광납하는 뜻이 없었다. 세 사람은 서로 헐뜯었으나 의전자만이 홀로 기울어지는 바 없었다. 그러나 비와 환진은 꽤 가까웠다.31)

허구의 황탄함, 문학의 골계와 수식에 대한 지적은 '태허소실', '태허다식'과 비슷하다. 이는 유학자가 허구와 문학에 대해 지닌 전통적인 비판 의식과 동궤에 있다.

그런데 육용정의 새로운 점은 이러한 전통적인 허구관, 문학관과 동등한 차원에서 진장유로 표상되는 유교적 도덕관념을 비판하고 있다는 점이다. 진장유는 '모가 지나치게 면밀하고 편협하고 막힘이 많아 포용하고 광납하는 뜻이 없'다는 것이다. 이는 육용정이 유교적 도덕관념 전부를 비판하고 있는 것이라기보다 당대에 유행하던 문학 장르들에 대해 유교적 도덕관념으로 재단하는 시각이 매우 편협하고 고지식하다는 점을 지적한 것으로 본다.

이와 같이 육용정은 허구와 문학을 그 자체로 옹호하면서 유교적 도덕관념이 지닌 편협성을 비판하였다. 그는 도덕관념의 결함을 인식한 바탕 위에서 허구와 문학에 대해 옹호한 것이다. 이 점은 다음 예문에서 좀 더 분명히 나타난다.

---

31) <의전자전>, 嘗與魯人眞長孺 華表文棐 邯鄲蒙幻眞 相善焉 然其所善三人者之趣向 人各不同焉 幻眞學釋氏荒誕無可取 棐滑稽多辯 類倡優詼誹 後棐知人之不悅己 頗以文雅飾之 長孺其規模過爲縝密 且狷狹多窒碍 無包含廣納底意 三人者互相詆訾 而獨宜田子無所偏焉 然棐與幻眞 稍有近焉.

자네를 헐뜯는 사람이 한둘이 아니다. 이르기를, "들은 것을 기록한 학문이니 본보기로 삼을 수 없다." 하고, 또 "한번 문인이라고 불렸으면 그만이지 나머지는 볼 만한 것이 없다." 하고, 또 "문자는 오히려 완상물이라서 쉽게 뜻을 상하게 한다."고 한다. 그러나 내 뜻인즉 그런 비난이 자네에게 해당하지 않는다고 본다. 우리들 역시 자취를 접하지 않고서도 나아감이 있으므로 이런 말들은 내가 모두 단번에 물리치는 것이다.[32]

'기문지학(記聞之學)', '부족관(不足觀)', '완물(玩物)' 등의 비판에 대해 육용정은 허구와 문학의 가치를 옹호하였다. 또한 그러한 비판의 관점이 지닌 편협성과 고지식함도 인식하였던 것이다.

그러나 이러한 통찰은 더 이상 적극적인 방향으로 나아가지 못하고 끊임없이 유학자로서의 도덕관념이나 전통적인 허구관, 문학관에 의해 견제되고 있다. 이 점이 육용정의 허구론이 지닌 특징이지만 동시에 한계이기도 하다고 생각된다.

5) 결론

이 글은 전과 몽기류의 작가로서 의전 육용정을 발굴, 소개하고 이제까지의 소설론 연구에서 잘 포착되지 못한 부분인 허구의 문제에 대한 육용정의 논의를 살펴보았다. 19세기 말에서 20세기 초를 산 재야의 문인으로서, 당대 사회·정치적 변화에 대처하여 처방을 제시하고자 했던 유학자로서 의전 육용정은 소설사 및 소설론에서 언급될 만한 작품을 창

---

32) <몽자대>, 人之毁君者 亦有不一焉 其曰 記聞之學 不可以爲人師 曰 一呼爲文人 其餘不足觀 曰 文字亦猶玩物 易爲喪志 然吾意則以爲非君 吾黨亦無接跡而有進 故此則吾皆一倂堅却之.

작하였던 인물로 평가할 만하다.

그가 남긴 5편의 전은 내용상 한문 단편의 역사적 맥락을 잇고 있다. 박지원, 이옥, 김려 이후의 한문 단편이 어떠한 방향으로 나아갔는지를 알아보는 데 좋은 자료가 된다. 기왕의 소재와 주제에서 벗어난 것은 아니지만 한문 단편의 명맥이 19세기 말까지도 이어졌음을 확인할 수 있다.

이 글에서 주목했던 그의 허구론은 상당히 의미 있는 논의였다고 생각된다. 몽기류 연작 4편과 우의적 성격의 전 4편 등 일련의 작품에서 진지하고도 집요하게 허구와 문학, 도덕관념의 문제를 다루었다. 진장유, 몽환진, 문비, 의전자 등 우의된 네 인물 사이의 대화와 토론을 통해 그들 사이의 갈등 관계를 문제 삼고 각각의 인물을 입전하여 허구론을 전개해 나갔다.

이들을 통해 육용정은 유교적 도덕관념에 의한 지속적인 견제 속에서도 소망 충족으로서 허구를 긍정하였고 나아가 단순히 자기만족의 허구 의식이 아니라 유교 이념의 실현이나 불교 교리의 탐색이라는 주제까지 허구를 통해 모색될 수 있다는 점을 인식하였다. 더욱이 그의 허구론은 이야기를 갖춘 본격적인 의미의 허구에 대한 인식까지 포함하고 있다. 따라서 고전 소설의 이론적 맥락에서 그의 허구론이 다루어질 필요가 있다. 종합하자면, 유학자로서의 전통적 허구관, 문학관과 허구를 허구 자체로 인정하려는 진전된 의식이 상호 긴장 관계를 유지하면서 전개되었다는 점에 육용정의 허구론이 지닌 특징이 있다.

필자가 알기로 육용정에 대한 연구는 이 글이 처음이다. 그래서 그런지 육용정이 산 시대의 맥락이나 그 시대를 전후한 문학사적 맥락을 고려하지 못한 논의가 된 한계가 있다. 앞으로 의전 육용정에 대해 보다 많은 연구가 축적되어 문학사 혹은 소설사에서 그를 온당하게 자리 매김하게 되기를 바란다.

7. 몽기류 작품의 검토

1) 서론

이 글에서 몽기류(夢記類)라고 하여 하나의 양식으로 살펴보려는 작품들은 기실 꿈을 소재로 하였다는 점에서만 묶일 수 있는 것이라서 그 양식적 성격이 매우 유동적이다. 이러한 한계에서나마 몽기류를 규정해 본다면, '꿈을 중심 소재로 한 수필 형식의 산문'이라고 할 수 있다. 이들 작품은 대부분 기(記), 지(志), 서(序), 설(說) 등 한문학 문체에 속하면서 기(記) 혹은 잡저(雜著) 항목으로 분류되어 개인 문집에 수록되어 있다.

몽기류라고 하는 한문학의 한 양식이 문학사에서 문제가 될 수 있는 것은 몽유록(夢遊錄)과의 관계 때문이다. 몽유록이 우리 서사 문학의 발전 과정에서 중요한 역할을 했다는 데에 이의가 있을 수 없다. 그러나 몽유록 연구사를 훑어보면 지금까지 관습적으로 몽유록이라고 하여 묶은 일군의 작품들에만 논의가 한정되었을 뿐, 몽유록을 배태시킨 배경이 되는 다른 양식들에 대한 고찰은 미흡하였다. 사실 몽유록이라 했을 때 그 양식적 명칭은 작품 제목의 공통성에 의해 임의로 붙여졌다는 혐의가 짙다.

  물론, 몽유록 작품들을 분석하여 양식적 특성을 드러낸 결과, 작품 외적 세계의 개입이 농후하다든가[1] 몽중 세계가 토론과 시연의 순차적 서술 구조를 이루고 있다든가[2] 입몽 이전이 인물 소개·주인공의 자탄·분위기 조성의 세 모티프로 이루어져 있다는[3] 등의 이해를 얻었다. 그렇지만 이 역시 몽유록이라고 인정된 작품들에 한정하여 추출한 것이다.

  그러나 몽유록은 심의의 <대관재몽유록> 혹은 <몽기>라는 제목에서 보듯이 몽기류와는 뗄 수 없는 관계에 있음이 주목되어야 한다. 몽기류와 몽유록의 양식상 차이점은 이른바 삶의 자리[4] 혹은 작가 의식의 측면에서[5] 찾아볼 수 있고, 그리하여 몽기류와 몽유록을 확연히 구분하는 것은 몽유록의 양식적 특성을 부각하려는 의도에서이다. 그렇지만 두 양식 간의 상관성은 무시될 수 없을 뿐 아니라 몽유록을 몽기류의 연장선상에서 파악할 때 보다 온당한 평가를 내릴 수 있으리라 본다.

  이러한 의미에서 꿈을 소재로 한 개인 문집 소재 산문들의 전반적인 작품 성격을 살펴볼 수 있다. 몽유록과의 시간적 선후 관계는 다소 무관하지만 몽기류의 발전 과정상에[6] 몽유록이 놓일 수 있음을 확인하고자 하는 것이 이 글의 목적이다.

  몽유록은 <대관재몽유록>과 <안빙몽유록>의 예와 같이 전기 소설(傳奇小說)의 영향을 다분히 받고 있다. 그래서 몽유록을 전기 소설의 변형으로 보기도 하지만[7] 몽유록의 장르적 성격을 문제 삼는다면 몽유록에 나

---

1) 서대석, 「몽유록의 장르적 성격과 문학사적 의의」, 『한국학논집』 3, 계명대, 1975.
2) 신재홍, 「몽유록의 유형적 고찰」, 『국문학연구』 75, 서울대, 1986.
3) 유종국, 『몽유록소설연구』, 아세아문화사, 1987.
4) 위의 책, 137~138면.
5) 신재홍, 앞의 논문, 27~29면.
6) 여기서 '발전'이란 용어는 몽기류 양식의 허구화된 정도를 말하기 위해 쓰인 것이다. 따라서 시대적으로 몽기류가 몽유록보다 앞서 나왔고 그것이 몽유록으로 발전했다는 진화론적 의미로 쓴 것은 아니다.

타나는 서사성과 교술성의 양면을 함께 고려해야 한다. 이 글의 입장에
서는 몽유록의 사서성은 전기에서, 교술성은 아마도 몽기류의 창작 의식
에서 연유했으리라 본다. 후자의 측면을 드러내는 것 역시 이 글의 관심
거리이다.

2) 창작 태도 및 내용상 특징

지금까지 학계에 보고된 몽기류 작품 중에 시대적으로 가장 이른 것이
이규보의 <몽험기(夢驗記)>이고 조선조에 들어와서는 전 시기에 걸쳐 창
작되었으므로 여태껏 시대적으로 앞선 몇 작품을 지적하는 데 그쳤다.
이 글은 가능한 한 몽기류 작품에 해당하는 자료를 모두 뽑아서 그중 논
의할 가치가 있는 작품을 선별하여 검토하기로 하겠다.8)

몽기류 작품들은 창작 의식의 면에서 작자 자신의 실제 꿈 체험을 기
록한 것이기에 별다른 허구적 의식이 드러나지 않긴 하나 몇 가지 검토
할 만한 창작 태도를 찾아볼 수 있다. 이에 먼저 이규보의 <몽험기>와
<몽설(夢說)>에 나타난 창작 태도는 이후 이 양식의 지속적인 창작에 비
추어 강조할 만하다.

> 꿈을 말함이 괴탄한 것 같으나 주나라 관리도 육몽(六夢)으로 점을
> 쳤으며 또한 오경(五經)이나 자(子)·사(史)에도 꿈을 말한 대목이 많으
> 니, 꿈이 진실로 효험이 있다면 꿈을 말하는 것이 어찌 해가 되리오.9)

7) 정학성, 「전기소설의 문제」, 『한국문학연구입문』, 지식산업사, 1982, 256~257면 ; 유종
　국, 앞의 책, 159면.
8) 이 글의 말미에 이 글에서 다룰 자료 목록을 제시해 놓았다.
9) 『동국이상국집(東國李相國集)』 25, 說夢似怪誕 然周官有六夢之占 又五經子史多皆言夢 夢
　苟有驗 說之何害歟.

사대부로서 이규보는 공자의 '불어괴력난신(不語怪力亂神)'의 교훈을 염두에 두었을 것이나 꿈의 징험성이 보장되는 한, 꿈 이야기의 가치를 인정했던 것이다. 즉, 꿈이 징험을 보인다면 괴탄할 것이 없다는 태도이다. 이런 입장에서 그의 두 몽기류 작품은 자신이 꾼 꿈이 후에 징험을 보였다는 내용을 담고 있다.

이러한 태도는 유교적 합리주의의 입장에서 꿈의 괴탄성 곧, 꿈이 지닌 허구성이나 환상성을 가능한 한 축소하여 수용하려는 것으로 보인다. 이는 이후 몽기류를 창작했던 대다수 조선조 사대부들에게서도 공통적으로 발견되는 태도이기도 하다.

> 아, 이 또한 괴이하도다. 대저 괴이함을 말하는 것은 공자가 경계하였으나 이 일은 심히 분명하여 서로 징험했으니 따로 권말에 기록하여 유산(遊山)의 기이한 지(誌)로 삼는다.[10]

> 괴이함을 말하는 것은 성인이 경계한 바이나 이 일은 심히 분명하기에 간략히 여기에 기록하여 자손에게 보인다.[11]

이렇게 자신이 꾼 꿈이 너무나 '소소(昭昭)'하여 꿈과 현실이 '상험(相驗)'했다는 데에 몽기류 창작의 동기가 놓인다. 그렇다면 꿈의 징험성 자체에 대해 사대부 나름대로의 철학적 인식은 무엇일까. 이를 허균의 <몽해(夢解)>에서 찾아볼 수 있다.

> 상념이 맑으면 마음과 정신이 저절로 밝아지며 맑고 밝아지면 저절로 자연과 부합한다. 자연과 부합하면 일기(一氣)가 청허하고 현기(玄機)

---

10) 『동주선생일고(東洲先生逸稿)』 중, 嗚呼 是亦可怪矣 夫語怪孔子所戒 而此事甚昭昭相驗 故別記卷末 爲遊山之異誌云.
11) 『은봉전서(隱峯全書)』, 「잡저」, 語怪聖人所戒 此事甚昭昭 故略記于此 以示吾子孫云.

가 유동하여 다가오는 길흉화복이 마치 형체가 거울에 나타나는 것과
같아서 드러나지 않는 것이 없다.[12]

　꿈에 관한 혹자와의 문답에서 허균은 '꿈은 상념에서 생긴다.[夢生於想]'
는 혹자의 말에 수긍하는 한편, 심신의 맑음으로 징험을 본다는 요지의
답변을 하고 있다. 이렇게 일기(一氣)의 감응으로 꿈의 징험성을 인식했던
것은 허균뿐 아니라 조선조 사대부의 기본적인 꿈 관념이었다고 보인다.

　　저승과 이승 사이에 일기(一氣)가 감통하여 일에 따라 염려하였기에
　그러한가. 아, 애통하구나. 이와 같이 꿈을 기록하여 책상 밑에 놓아두
　고 시시로 열어 보아 사모하고 성찰하는 자료로 삼는다.[13]

　미래사에 대한 꿈의 징험을 언급한 허균의 말이나 여기서와 같이 꿈에
선친을 만났던 일에 대해 일기 감통의 측면에서 이해한 것이나 꿈에 대
한 관념은 근본적으로 상통한다. 즉, 꿈의 징험성은 미래에 대한 것일 뿐
아니라 과거의 복귀에도 해당하는 것이다. 이러한 기본 관념은 괴탄한
꿈에 대한 사대부 나름대로의 합리적 해석이다. 이러한 생각으로 인해
몽기류 작품들이 사대부의 개인 문집에 버젓이 수록될 수 있었을 뿐만
아니라 작자 자신의 생각을 토로하는 우언(寓言)의 방식으로 몽유 모티프
를 차용하기도 했던 것이다.
　이러한 창작 태도에 기초한 몽기류는 그 주된 내용이 과거 인물과의
교류에 있다. 작자가 평상시에 존경해 마지않았거나 몹시 그리워했던 인
물을 꿈에 만나 회포를 풀기도 하고 경계의 말을 얻기도 하는 내용이 많

---

12) 『성소부부고(惺所覆瓿藁)』 권12, 想與念澄 則心與神者朗　澄朗則自合於天　合於天則一氣
　　淸虛　玄機流動　其吉凶休咎之來　若形之現於鏡　無不照了.
13) 『희구재유고(喜懼齋遺稿)』 권하, 幽明之間　一氣感通　隨事矜念而然耶　嗚呼痛哉　記夢如右
　　置諸案上　時時繙閱以爲永慕省愆之資云.

다. 김상용(金尙容)의 <기몽설(記夢說)>에서는 백사 이항복의 첫 기일(朞日)에 작자의 꿈속에 백사를 만나 그가 『대학』과 『중용』이 서로 표리의 관계에 있다면서 한 구절 한 구절 대비하여 논하는 말을 듣다가 깨어나는 내용으로 되어 있다. 박인로의 <몽견주공기(夢見周公記)>의 내용은, 내가 일찍이 논어를 읽다가 '오불부몽견주공(吾不復夢見周公)'에 이르러 책을 덮고 탄식했는데 꿈에 어느 한곳에 이르러 주공을 만나 여러 가지 담화를 나누고 '성경충효(誠敬忠孝)' 네 글자를 받고는 깨어났다는 것이다. 조관빈의 <몽견도암이공설(夢見陶庵李公說)>에서는 작자가 연로하여 공부를 게을리하다가 꿈에 도암 이재(李縡)를 만나 그의 질책을 듣고 깨어나 공부에 힘썼다는 내용이다.

이렇게 몽기류의 흐름 가운데 하나가 과거의 역사적 인물과의 만남, 그리고 유교적 이념의 확립에 있다는 것은 몽유록과의 관계 설정에 있어서 매우 중요한 의미를 갖는다. 몽유록이 과거 역사적 인물들의 일대 회합(會合)으로 철저히 유교적 이념을 내세우는 것은 주지의 사실인데 그러한 양식적 성격은 몽기류의 그것과 다르지 않다. 따라서 적어도 작자의 창작 태도나 이념적 지향에 있어서 몽유록은 몽기류의 연장선상에 놓임을 확인할 수 있다.

한편, 몽기류의 창작 태도 및 내용적 경향 가운데 또 하나의 흐름을 짚어 볼 수 있는데 그것은 세속으로부터의 초탈 의식과 관련된 것이다. 이미 남효온의 <수향기(睡鄕記)>에서 제기된 이러한 경향은 심의(沈義)의 <몽사자연지(夢謝自然志)>, 성운(成運)의 <취향기(醉鄕記)>를 거쳐 허난설헌의 <몽유광상산시서(夢遊廣桑山詩序)>와 허균의 <몽기>로 이어지는 일련의 작품들이 나타난다. 이들 작품 중에 가장 절실한 작가 의식을 보여주고 있는 성운의 <취향기> 서두는 다음과 같다.

내 그윽이 슬퍼하기를, 말세에 태어나 몸이 진세(塵世)에 처하여 구속
받고 군색함이 마치 누에가 실로써 스스로를 감아 벗어나지 못하여 시
비·선악을 서로 승탈하는 자 같고, 또 어지러이 눈 속에 모아서 마음
을 요란케 하여 형체는 사물 속에 얽매여 놓여날 길 없고 마음은 바깥
일의 흔들림에 막혀 평안을 얻지 못하니 몸을 묶고 정신을 수고롭게 하
여 늙어 죽을 때까지 깨닫지 못하였음이다. 어허, 이것이 그 살 만한 곳
이란 말인가. 하늘 밖으로 초월하고 땅 끝까지 밟는 것이 어찌 넓고 한
적한 세계에 의탁하여 형체를 벗어나 근심이나 노여움을 잊어버리는 것
이 아니리오.14)

이와 같이 현실적인 구속으로부터 초월을 갈망하는 작가 의식은 몽유
를 소재로 해서 태고적 이상향인 취향으로 들어가는 내용의 작품을 만들
었다. 이러한 창작 태도는 앞에서 살펴본 꿈의 징험성을 강조하는 태도
와는 정반대의 입장에서 다분히 도교적인 색채를 띠고 있다. 나아가 꿈
이 지닌 환상성의 측면을 충분히 인식할 수 있는 바탕을 마련한 생각이
라고 보인다.

그러나 정작 몽기류 작품 중에서 이런 생각을 기반으로 창작된 작품은
앞에서 언급한 것들 외에 그저 단편적인 내용의 것이 한두 편 산견될 따
름이다. 이렇게 된 이유는 사대부들의 유교적 사고방식에 있겠으나 다른
한편으로는 다음 인용문에서 보는 것처럼 다분히 희필적인 창작 태도에
도 있으리라 생각된다.

대저 사람의 꿈이란 진실로 괴탄한 것이어서 깨어나서는 남에게 족
히 말할 바 없으니 하물며 글로써 기록함이랴. 그러나 이백의 <몽천모

---

14) 『대곡집(大谷集)』 권중, 余竊悲 生於季世 處躬於塵 拘攣窘束 如蠶之以絲自纏 莫能解脫
　　是非善惡之相勝相奪者 又紛然叢集於目中 以擾乎內 形拘於有形之中 而不能自放 心鬱於
　　外事之撼 而不得其平 繫身勞神 以至於老死而不悟 吁是其可居乎 超天之外 跨地之濱 豈
　　無寬閑世界可托 而逃形軀忘憂慍者.

시(夢天姥詩)>, 소동파의 <몽여산시(夢廬山詩)>가 있으니 모두 쓸쓸히 세속을 벗어난 선비가 간혹 명산이나 이경(異境)에 몽유한 것이다. 어찌 정에 감(感)해서 나온 것이 아니랴.……대저 인생 만사 이미 정해져 있음이 이와 같으니 그것으로 자위하고 또 일찍이 선분(仙分)이 있음을 친구들에게 자랑하노라.15)

내가 이에 그것에 차운하기를, '멀리 방장산을 찾아 떠들썩한 세속을 피했고 / 요화 난만한 봄 세 번 보았네. / 스스로 이 몸 돌아보니 선분이 엷어 / 자미궁 갔다 온 맑은 꿈이 현실 아님을 한하네.'라고 읊고 친구들에게 보여 주고는 웃었다.16)

선분(仙分)을 운운하면서 작자 스스로 세속을 벗어나려는 뜻을 드러내고 있긴 하나 그것이 진지하게 제시되기보다는 다분히 농담조의 어투가 되고 말았다. 이런 면에서 작자의 의식은 심화되지 못하고 그에 따른 몽기류 작품도 양산될 수 없었다고 본다. 그렇지만 '명산·이경에의 몽유'라는 위 인용문의 언급은 몽기류의 한 면을 뚜렷이 드러내 준 것으로서 이러한 창작 태도의 일단이 몽유록에 접맥될 수 있음은 재론의 여지가 없다.

3) 기술 방식의 문제

몽기류는 작자 자신이 실제 체험한 꿈을 기록한다는 데에 일차적인 창

---

15) 조지겸, 『우재집(迂齋集)』 권5, <기몽>, 夫人之夢固誕矣 其覺也不足向人言 況可書而記之耶 然李白有夢天姥詩 東坡有夢廬山詩 盖蕭灑出塵之士 或有名山異境之夢遊者 豈非情所感而發歟……夫人生萬事 自有前定者如此 故用以自慰 且以詫夙有仙分於知舊云.

16) 박광일, 『손재집(遜齋集)』 권7, <몽설증이생(夢說贈李生)>, 愚乃次其韻曰 遠尋方丈避囂塵 三見瑤花爛熳春 自顧此身仙分薄 紫微淸夢恨非眞 以示朋友而笑之矣.

작 의도가 있다. 따라서 사실의 전달이라는 측면에서 몽기류를 교술 장르의 하나로 처리하는 것은 당연하다. 그러나 '각몽 후 꿈에 본 것이 눈앞에 역력하였다.', '꿈에 나눈 대화가 많지만 다 기억할 수 없어서 기록할 수 있는 것만 기록한다.'라는 식의 후기들을 고려할 때, 작자가 꾼 꿈 체험을 글로 옮기면서 다소간 생략 혹은 부연이 있을 수 있다. 이러한 기술의 과정에서 어느 정도 윤색이 이루진다고 한다면, 이를 꿈의 허구적 재구성이라는 면에서 다시 살펴볼 필요가 있다. 이에 몽기류의 허구화 경향을 이 양식의 발전 방향이라고 보고, 그 양상을 기술 방식의 측면에서 살펴보고자 한다.

(1) 꿈 내용에 대한 작자의 목소리

이규보의 <몽험기>는 몽기류 양식의 기술 방식에 있어서 하나의 패턴을 보여 주고 있다. 곧, '꿈에 관한 작자의 견해 피력─꿈 체험의 기술─현실에서의 징험 및 꿈을 통한 인생철학 제시' 등의 단락 구성을 보여 주는 것이다. 이 중에서 꿈 체험을 둘러싸고 있는 꿈 관념 피력과 인생철학 제시의 단락은 그대로 작자의 목소리가 노출되어 있고, 또 창작 의도 자체가 꿈 체험의 내용을 부연, 확대하려는 데 있기보다는 꿈 관념과 인생철학의 교술적 전달에 있기 때문에 작품의 허구성은 거의 무시될 수밖에 없다.

<몽험기>에 제시된 위와 같은 기술 방식은 조지겸의 <기몽>, 김덕오(金德五)의 <기몽> 등에서도 그대로 나타난다. 그렇지만 보다 많은 수의 몽기류 작품들은 작품 서두에 꿈을 꾼 시간적·공간적 배경이나 어떤 실제 사건을 기술한 후에 꿈 체험 기술─인생철학 제시로 이어지는 기술 방식을 취하고 있다. 이럴 경우 특히 인생철학 제시의 내용이 작품 전체의 중심 주제를 전달하게 되는 것이 보통이다. 그런 만큼 작품의 교술적

성격이 부각될 수밖에 없다.

한편, 위의 예와는 조금 다른 방식으로 작자의 목소리가 노출되기도
한다. 남효온의 <수향기>는 비교적 독특한 기술 방식을 취하고 있는데
작품 전반부에서 몽유에 관련된 중국 고사의 배경과 인물을 각 방위에
나누어 기술한 후, 후반부에 와서 자신의 꿈 체험인 양 몽중 세계를 기술
해 놓았다. 그런데 후반부에 기술된 몽중 세계는 인물이나 사건이 완전
히 배제된 채 작자의 관념적인 목소리가 전반부에 이어 그대로 유지된다.

> 화서국에 가서 황제(黃帝)의 유풍을 듣고 괴안국에서는 순우분의 옛
> 일을 탐방하고 나부촌(羅浮村)에 가서는 술집을 두드려 평생의 응어리를
> 풀고 아침에 진목공이 듣던 균천(鈞天)의 음악을 들어 소요하는 기상을
> 넓혔다.17)

이러한 몽중 세계의 기술 태도는 작품 전반부의 작자의 관념적 목소리
와 동일할 뿐 아니라 주체만 나로 바뀌었을 뿐 전반부의 반복인 것이다.
<수향기>의 이러한 면모는 입·각몽 안의 몽중 세계가 충분히 확대된
성운의 <취향기>에서도 비슷한 양상을 보이고 있다. 이로써 몽기류 양
식을 창작했던 사대부의 의도가 꿈을 소재로 자신의 사상이나 이념을 피
력하려는 데에도 있음을 알 수 있다. 이러한 기술 방식은 앞에서 언급한
꿈 관념의 피력과 인생철학의 제시와는 다른 성격의 것이다. 왜냐하면
<수향기>나 <취향기>의 관념적인 목소리는 꿈 자체가 하나의 주제로
부각된 것으로서 앞의 것과 같이 꿈에 대한 관념의 제시 혹은 꿈을 통한
인생철학의 제시와는 구분되기 때문이다.

이상에서 살펴본바 몽기류에 드러나는 작자의 목소리, 즉 교술성의 측

---

17) 『추강집(秋江集)』3, 入華胥聞黃帝之遺風 歷槐安訪淳于之故事 道羅浮叩酒家 消平生之結
習 朝帝所聽鈞天 廣逍遙之氣象.

면은 몽기류의 허구화 경향에 방해가 되는 면이 있다. 그렇지만 교술성 자체는 몽기류의 기본 성격임을 인정해야 한다. 이와 함께 그런 경향이 완화되어 몽중 세계의 기술 내용이 확보된다면 좀 더 허구적인 창작물이 될 가능성이 있다는 점도 이해된다.

(2) 시점 및 입·각몽의 기술 방식

작자의 실제 꿈 체험을 기술한다는 의도에서 창작되었으므로 몽기류는 당연히 1인칭 시점을 사용하고 있다. 따라서 대부분의 작품들이 '여(余)', '여(予)'로 표현한바 작자가 곧 서술자인 시점인 것이다. 그런데 '여'와 같은 의미의 1인칭 시점을 보여 주긴 하나 '옹(翁)', '모(某)', '소자(小子)' 등 작품 내용에 따라 변형된 1인칭이 사용되기도 한다. 이것들은 '여'처럼 직접 작자가 드러나는 것에 비해 다소 작품 속에 융해된 작자의 입장을 표현해 준다고 할 수 있다.

박인로의 <몽견주공기>에서는 '옹'이라는 1인칭 대명사를 쓰고 있다. 꿈에서도 주공과 옹의 문답이라는 상황이 견지됨으로써 작자 자신을 직접 드러내고 있지 않다. 김덕오의 <기몽>에서는 서두에서 '여'라고 하여 작자가 직접 드러났지만 꿈속에서 공자를 비롯한 네 선생을 만나 그들의 문답이 몽유자 자신에게 미쳤을 때는 '소자'라고 말함으로써 몽중 사건에 동화된 몽유자의 지위를 드러내고 있다. 이러한 양상은 몽기류가 허구화될 가능성을 시사해 준다고 보인다. 이런 경향이 강한 작품일수록 작자가 곧 서술자인 1인칭 시점에서 벗어나려는 양상을 띠게 될 것이다.

시점의 문제와 함께 입·각몽의 상황 제시에서도 몽기류가 허구적으로 발전할 소지가 있다. 먼저, 입몽을 기술하는 데에 가장 간단한 표현이 '몽견(夢見)', '몽유(夢有)', '몽도(夢到)', '몽중(夢中)' 등이다. 즉, '꿈에 누구를 보았다.', '꿈에 누가 있었다.', '꿈에 어디에 이르렀다.' 등등, '꿈에 어떠어떠했다.'는 간략한 표현인 것이다. 그러나 이런 표현에 수식이 붙을 여지는 충분히 있다.

밤이 깊어서야 잠자리에 들었는데 몽롱한 중에……18)

문득 비바람이 부는 저녁, 장주의 나비가 되어 훨훨 날아……19)

어느 날 저녁 수마(睡魔)가 나를 인도하였는데 앞길이 혼돈스러워 나를 운거(雲車)에 태워 갔다.……20)

이상의 예에서 보듯이 입몽 과정을 '몽롱한 중에', '장주의 나비가 되어', '수마가 나를 인도하여' 등의 수식을 가하여 환상적인 분위기를 풍기고 있다. 이와 함께 입몽 이전의 상황에 대한 기술에서 대개는 구체적인 연월일(年月日)이 제시되지만, 입몽 이전의 어떤 경험이나 입몽의 계기가 기술되는 경우도 있다. 앞에서 언급한바 작자 자신의 꿈에 대한 견해를 피력하는 서두 외에도, 입몽 이전에 누구의 묘소를 참배하고 돌아오는 길에 꿈을 꾼다든지(이의병, <기몽>), 누군가를 흠모하거나 무엇인가를 희구 혹은 한탄하다가 꿈을 꾼다든지(이도익, <기몽>, 박인로, <몽견주공기>)하는 것도 있다. 특히, 병이 들어 고생하는 중에 꿈을 꾸었다는 작품도 많은데 이것들이 모두 입몽의 계기로서 작용하고 있다. 이런 면에서 입몽 이전의 상황 제시가 확대, 부연될 가능성이 많고 또 그것이 몽중 사건과 연결될 수도 있어서 사건의 허구적 전개가 가능하게 된다.

각몽의 경우, '깨어나니 한 꿈이었다.[覺來一夢]', '문득 깨어났다.[蘧然而覺]' 정도의 표현이 대부분으로 수식이 가해질 여지는 적다. 각몽 후의 기

---

18) 이의병(李義秉), 『목석유고(木石遺稿)』 3책, <기몽>, 夜深始就枕 於曚曨中…….
19) 김창희(金昌熙), 『석릉집(石菱集)』 권4, <기몽>, 忽於風雨之夕 化莊蝶而栩栩…….
20) 남효온, 『추강집』 3, <수향기>, 一夕 眠魔導余 以前路混沌 駕余之雲車…….

술 내용도 '깨어나니 온몸에 땀이 젖어 있었다.[乃覺遍體流汗]', '홀연 꿈에서 깨어나니 눈물이 눈에 가득하였다.[忽然夢覺 則涕淚滿眶]'와 같은 사실적 표현, 아니면 '깨어나 이상하게 여겼다.[覺而異之]', '깨고 보니 괴이하였다.[寤輒怪之]'와 같이 꿈의 징험성에 대해 암시하는 말로 되어 있다. 그리고 이 뒤를 이어 작자의 목소리가 전면에 나옴으로써 교술성이 한층 두드러지게 된다. 따라서 각몽 부분에서는 별다른 허구화의 단서를 찾기 어렵다.

(3) 몽중 세계의 확보

몽기류의 허구화 경향에서 중심이 되는 문제는 단편적인 꿈 체험의 기록에서 몽중 세계가 충분히 확보된 가운데 허구 의식이 반영되는 양상으로 나아가는 데 있다. 즉, 단순히 '꿈에 어디를 유람했다.', '꿈에 누구를 만났다.'는 단편적인 기술에서 차츰 몽중 세계의 사건이나 대화 내용이 자세히 기술되면서 그 사건이나 대화를 작자 나름으로 꾸밀 수 있게 되는 것이다.

몽중 세계를 확보함에 있어 우선 검토될 만한 것이 몽중 공간에 대한 기술 방식이다.

> 꿈에 큰 누각 위에 앉아 있었는데 그 아래는 모두 큰 바다였다. 물이 누각 위까지 이르러 침석을 적셨는데 나는 그중에 누워 있었다.[21]

> 꿈에 금강산에 올라 만 리의 푸른 물결을 내려다보았다. …… 그 산 위에 붉은 나무들이 빽빽하였고 그림자를 냇물에 던지고 있었다.[22]

---

21) 이규보, 『동국이상국집』 권21, <몽설>, 夢坐一大樓上 其下皆大海也 水到樓上 霑濕寢席 予臥其中.

22) 조지겸, 『우재집』 권5, <기몽>, 夢登金剛山 俯視萬里滄溟……其上有紅樹葱鬱 影落於溪潭之中.

　이 두 예는 몽중 공간의 설정이 '대해(大海)' 혹은 '금강산'으로 직접 서술되어 있으며 기술도 간단하다. 이런 정도의 표현에서 점차 몽중 공간에 이르는 도정에 대한 기술이나 몽중 공간에서 만나게 되는 인물들의 나열 등이 부가되면서 몽중 세계가 확대될 수 있다.

> 　형질이 쭉 펴지고 숨통과 정기가 꽉 막히면서 홀연히 날아오르니 아득하여 가는 바를 몰랐으나 나를 인도하여 나아가는 자가 있는 듯했다. 이리저리 돌고 돌아 북쪽을 향해 가다가 동쪽 한 고을을 가리켜 멈췄는데 그 고을 이름이 취향이었다. 그 땅은 경계의 끝이 없었고 산천·구릉·성곽의 형체도 없으며 궁실·읍거·취락의 자취도 없었다.23)

> 　이윽고 창에 기대어 잠이 들었는데 어느 한 곳에 이르니 궁전이 엄숙하고 그윽했으며 곤룡포에 비단옷을 입고 엄연히 단좌하였으니 곧 주공의 거처임을 알았다. 옹이 문을 두드려 뵙기를 청하자 주공이 마침 식사를 하다가 음식을 뱉으며 시동에게 나가 맞아들이도록 했다. 옹이 옷을 걷고 계단을 넘어 뜰아래에서 여덟 번 절했다.24)

　이처럼 몽중 공간에 이르는 도정이 자세히 그려지면서 몽유자가 다다른 곳에 대한 기술이나 거기서 만난 인물에 대한 기술이 부연된다. 여기서 더 나가면 허균의 <몽기>처럼 내림자(來臨者)의 방문이 허구적으로 그려질 수 있게 되어 가히 전기적(傳奇的)인 작품 분위기를 만들어 내게 된다.

　이와 함께, 몽중 세계에서 선친(先親)이나 어느 역사적 인물을 만나 대화하는 내용이 대부분인 몽기류 작품들에 있어서 몽중 세계의 등장인물

---

23) 성운, 『대곡집』 권중, <취향기>, 形質解舒 鼻息精氣凝沍 欻爲騰湧 混混茫茫 昧乎所之 若有導余以行者 回旋往復 將北而東 指一鄉而止息 鄉之名曰醉鄉 其地無封疆之限 無山川丘陵城郭之形 無宮室邑居聚落之處.

24) 박인로, 『노계집(蘆溪集)』 권1, <몽견주공기>, 而已倚牖假眠 俄到一處 宮殿嚴邃 袞衣繡裳 儼然端坐 乃知其周公所居也 翁叩閽請謁 周公方食吐哺 令侍者出迎 翁摳衣涉級 而八拜於庭下.

과 몽유자의 대화 구성 방식을 살펴볼 수 있다.

> 이공이 내게 경계하여 이르기를, "비록 병든 날이 길지만 오히려 억지로라도 독서를 폐하지 않고 만년의 실제적인 일에 공을 들일 것이라." 하니, 그 말이 매우 간절하였다. 이에 나는 "감히 주의하지 않겠습니까." 하였다.[25]

몽중 세계의 등장인물이 몽유자에게 훈계하는 이러한 방식의 대화가 몽기류의 대부분을 차지한다. 이것은 창작 의도 면에서 등장인물의 훈계 내용을 전달하려는 데 있는 것인데 이러한 예의 한 극단으로 남명학(南溟學)의 <군친몽교록(君親夢敎錄)>과 같이 제목에 그런 의도를 드러내거나 한말 의병장인 유인석처럼 <몽중득언(夢中得言)>, <기몽중어게벽(記夢中語揭壁)> 등 간단한 훈계의 말을 기록하기도 한다. 그러나 작품에 따라서는 다음과 같은 대화 방식도 보인다.

> 모(某)가 절하며 장계를 올려 이르기를, "소신이 천안(天顔)을 못 뵌 지 벌써 수년입니다. 전번에 입시할 기회가 있어 가만히 천안을 바라보니 자못 맑고 여위어 신하 된 정으로 사사로운 근심을 버릴 수 없었는데, 지금 옥용을 뵈니 혈색이 매우 좋아 전번의 배가 되었으니 이는 반드시 임금께서 절제하고 보양하신 까닭이리니 성수가 마땅히 백세를 지나리다."라고 하고 인하여 절하였다.[26]

> 공자께서 증점에게 물었다. "네 얼굴에 취색이 있으니 어쩐 일이냐." 대답하기를, "풍속에 상사일(上巳日)에는 길 밖에 긴 장대를 꽂아 마을

---

25) 조관빈, 『회헌집(悔軒集)』 권15, <몽견도암이공설>, 李公警余曰 雖病日三板猶可强讀不廢 足爲晩年實地之工 語頗惓惓 余乃曰 敢不加意.

26) 홍가신(洪可臣), 『만전집(晩全集)』 권2, <기몽>, 某拜伏啓曰 小臣離隔天顔 候已幾許年 曩日時得入侍 竊仰天顔 頗覺清臞 臣子之情 未免私憂 今日仰瞻玉容 豈末精彩倍昔 此必自上節宣保養所致 聖壽宜過萬歲 仍起拜俯伏.

의 불길한 기운을 몰아내는 까닭에 노소 할 것 없이 모두 모여 즐거이 술을 마시니 양춘(陽春)의 즐거운 일입니다. 제가 마침 거기에 끼어 흥취가 일어 취한 줄도 모르고 마셨습니다."라고 하였다.[27]

첫째 예는 등장인물의 일방적인 훈계와는 반대로 몽유자가 자신의 소회를 토로하는 방식이다. 둘째 예는 몽중 공간에 나타난 인물 상호 간에 하는 대화를 몽유자가 방관하는 입장에서 기술한 것이다. 특히, 둘째 예는 <강도몽유록> 등의 대화 방식으로 발전할 가능성이 있다는 점에서 주목할 만하다. 인용한 예문 다음에 다음과 같은 대화가 이어지는 점에서 더욱 그렇다.

[공자가] 소자(小子)(나)를 돌아보며 명하기를, "증점의 오늘 말은 진실로 천리를 스스로 얻은 것이니 도모하지 않을 수 없다. 너는 모름지기 그 후기를 기록하여 이 일을 널리 폄이 가하다." 하니, 소자가 우물쭈물하다가 감히 사양치 못해 엎드려 초안을 작성하였다.[28]

이렇게 몽중에서 나눈 대화 내용을 몽유자에게 기록하게 하여 세상에 널리 전하라고 말하는 것은 <사수몽유록> 등에서도 나타난다. 이것은 몽기류의 대화 구성 방식이 좀 더 허구화될 수 있다는 점을 보여 준다. 아울러 세 가지 대화 방식의 각각에 이념적 논쟁이나 등장인물의 하소연 같은 내용이 확대, 부연될 소지가 있다고 볼 수 있다.

---

27) 김덕오, 『치헌집(癡軒集)』 권4, <기몽>, 夫子問點曰 汝有醉色何也 對曰 里俗以上巳日 閭外表植長竿 以祓村巷不祥之氣 故髫白俱會 獻酌交歡 陽春樂事 適會小子意趣 不覺過酌 而至於醉.
28) 위의 책, 顧小子而命之曰 點也今日之言 誠是天理得處 不可無圖若說 汝須記其後 以廣此 事可乎 小子逡巡 不敢辭 俯伏起草.

4) 몽기류 양식의 발전 방향과 몽유록

앞의 두 장에서 몽기류를 창작한 사대부의 의식이 다분히 유교적 합리주의에 기초해 있고 그럼에도 불구하고 몇 가지 기술 방식에서 양식 내적으로 발전할 가능성을 찾을 수 있다고 보았다. 그런데 이와 같은 몽기류의 양식적 성격으로 볼 때 그 발전 방향의 귀결점은 아무래도 몽유록에 놓일 것 같다. 본 장에서는 이 점을 해명하기 위해 몽기류 작품들 중에서 몽유록에 가장 근접하였거나 아예 몽유록의 한 작품으로 취급해도 무방한 작품들을 골라서 구체적인 작품 분석에 임하도록 하겠다.

(1) 박인로의 〈몽견주공기(夢見周公記)〉

노계 박인로의 문집인 『노계집(蘆溪集)』 권1에 수록된 이 작품은 몽기류 양식 내의 발전 양상을 살펴보는 데 주목할 만한 점들을 보여 주고 있다.

옹(翁)은 책 읽기를 좋아하여 일찍이 논어를 읽다가 공자의 '오불부몽견주공(吾不復夢見周公)'에 이르러 홀연 책을 덮고 탄식하기를, "공자의 일관(一貫)이란 뜻은 알지 못하나 주공의 꿈은 성심으로 원하지 않겠는가." 라고 하고는 칠언절구 한 수를 지어 읊는다. 이윽고 꿈에 들어 한곳에 이르니 궁전이 엄숙하고 그윽했다. 엄연히 단좌한 이가 주공임을 알았는데 그가 시동을 보내 들어오게 하였다. 주공은 동국에 은태사의 유풍이 남아 있는가 묻고 삼재오상(三才五常)의 도를 논한 다음, 자신의 경력을 자세히 말했다. 또 공자의 '불부주공(不復周公)'이 무슨 뜻이냐고 물으니, 옹이 공자의 약력과 함께 주공을 앙모한 사실을 말했다. 주공은 공자도 그렇지만 옹 역시 뜻이 돈독하다고 하였다. 옹이 훈계를 받기를 청하자 '성경충효(誠敬忠孝)' 네 글자를 써 주었다. 이어 주공이 공부하기를 권하자 옹이 힘겹다고 대답하고서 후일 다시 주공을 뵙기를 기약하고 물러나 갑자기 잠을 깨었다.

이러한 내용의 이 작품은 우선 옹이라고 하는 몽유자의 설정이 비록 작자 자신을 지칭하는 1인칭 대명사이긴 하나 다소 허구화된 표현으로 보아 꼭 작자를 의식하지 않아도 좋을 것이다. 또 입몽 이전의 기술 방식이 몽유자의 자탄 및 음시(吟詩)로 되어 있고, 입몽 직후 몽중 공간에 이르러 그곳의 분위기를 사뭇 전기적(傳奇的)으로 그린 것 등이 몽유록의 양식적 특성에 상당히 근접해 있다.

몽중 세계의 옹과 주공의 문답이 짜임새 있게 구성되어 있긴 하지만 과거 인물과의 만남이라는 점에서 몽유록과 상통하는 반면, 몽유록이 시공을 초월하여 수많은 과거 인물들을 한자리에 모아 놓는다는 점에서 볼 때, 이 작품은 아직 몽유록이 되기에 미흡한 면을 가지고 있다. 더욱이 몽유자를 소개하는 서두가 매우 비창하여 몽유자의 비분강개한 성격이 잘 드러나는 몽유록에 비해 이 작품은 단지 '독서를 좋아했다.'고만 언급한 점도 구분되는 면이다. 이러한 한계는 지니지만, 이 작품은 다른 단편적인 몽기류 작품에 비해 허구화된 면이 잘 드러나 있고 입몽 이전에 대한 기술 방식과 몽중 세계의 토론적 성격 등에 의해 몽유록으로 발전할 가능성을 지니고 있는 작품으로 평가 할 수 있다.

(2) 장경세(張經世)의 〈몽김장군기(夢金將軍記)〉

이 작품은 장경세(1547~1615)의 문집인 『사촌집(沙村集)』 권3에 실려 있다. 작품 처음에 작가가 꿈 꾼 때를 만력(萬曆) 정미(丁未)라고 했으니 1607년에 꿈을 꾸고 곧바로 기록했다고 보아 이 해를 창작 연도로 잡아도 무방하리라 본다. 이때라면 몽유록의 양식적 특성은 거의 확립되어 있었고 기술 방식까지도 고정된 시기로서 가히 몽유록의 전성기라고 할 만하다.

이해 가을 한 야로(野老)가 산속 서재에 홀로 앉아 한유의 <장중승전후서(張中丞傳後叙)>를 읽고서 개연히 탄식하면서 그 글 속의 인물인 장순(張巡)과 허원(許遠)의 충절을 깊이 애도하고 또 원통해했다. 이윽고 나비와 수마(睡魔)에 이끌려 잠이 들었는데 꿈에 체격이 우람하고 풍신이 우활한 한 장부를 만났다. 그가 읍하면서 말하기를, "간밤 한유의 글을 읽고 탄식한 이가 당신인가?" 하기에 자세히 보니 김경로(金敬老) 장군이었다. 그는 자신의 억울한 사연을 길게 하소연한다.

유명(幽明)과 인귀(人鬼)의 나뉨이 있으나 충혼의 원통함이 너무 깊어 이 밤에 친구를 만나 의를 취하는 날로 삼는다고 한다. 자신은 원래 무반 집안의 사람이었는데 임진왜란의 참혹한 정경을 보고는 붓을 던지고 호방(虎榜)에 올라 두 고을을 관장하였다고 한다. 다행히 왜군이 쫓겨 가고 임금이 귀경하여 잠시 기뻐했으나 재차 침입하매 나라가 다시 위태로웠다. 마침 이복남 절도사를 만나 함께 호령(湖嶺)을 사수하기 위해 성에 들어갔으나 왜병이 포위해서 공격하매 양(楊) 장수는 달아나고 자신은 척들의 칼날에 난자당해 죽었다. 충절의 마음에 부끄러움은 없으나, 위로는 의뢰할 만한 세도가도 아래로는 이웃 친지 하나 없어 이름을 전할 길 없다는 것이다. 이러한 김경노의 억울한 사연을 듣다가 말이 다 마치지 않아 잠을 깨어 눈물을 뿌리면서 기록한다고 하였다.

이러한 내용의 이 작품은 몽유록이 지닌 양식적 특성을 모두 가지고 있다. 몽기류의 일반적인 몽유자로 표현된 '여(余)' 대신 한 야로(野老)를 설정한 점, 입몽 이전 몽유자의 비분강개한 탄식 내용 및 그 기술 방식, 몽중 세계에서 과거의 역사적 인물이 하소연하는 점 등 어느 하나 몽유록에서 벗어난 면을 찾기 어렵다. 특히, 몽중에서 김경노가 호소하는 사연은 <달천몽유록>, <강도몽유록> 등에서 몽중의 등장인물들이 호소하는 내용 즉, 임진왜란이나 병자호란의 와중에서 그들이 겪은 억울한 사연과 흡사하다. 더욱이, 김경노의 말 중에 "달천몽유는 누가 지었는가[獺川夢遊 誰所錄也]."라는 구절이 있는데 이를 통해 작자가 <달천몽유록>을 읽고 나서 그것에 촉발되어 작품을 짓게 된 사정을 분명히 알 수 있다.

따라서 이 작품은 작가 의식, 창작의 배경, 서술 방식 등에서 몽유록과 하등의 차이가 없는 것이다. 이에 이 작품을 몽기류 양식의 발전된 형태로서 몽유록의 한 작품으로 처리해야 마땅하다고 생각한다.

(3) 신최(申㝡)의 〈몽유(夢喩)〉

이 작품은 춘소자(春沼子) 신최(1619~1658)의 문집인 『춘소집(春沼集)』 권 5에 실려 있다. 작품 속에서 창작 연대를 추정해 볼 만한 아무런 단서도 찾을 수 없으나 작자의 생몰 연대를 참작하여 17세기 중엽에 창작되었으리라 본다. 이 작품 역시 <몽김장군기>와 같이 '여(余)'라는 인칭 대신 '타괴자(打乖者)'라는 가상 인물을 설정하였다. 입몽 이전과 각몽 이후의 서술 내용이 매우 간략한 반면 몽중 세계의 토론 내용은 장황할 정도로 길다.

타괴자는 믿음도 재산도 모두 잃은 채 고심하다가 잠이 든다. 가전옹후자(呵前擁後者), 대면수조자(戴冕垂組者), 피갈섭폐자(被褐躡弊者), 하의성관자(霞衣星冠者), 진납탁석자(振衲卓錫者), 심의복건자(深衣幅巾者) 등 여섯 인물이 나온다. 그들은 타괴자를 자신들의 모임에 끌어들이고 각자의 뜻을 말하자고 제안한다. 여기서부터 매우 긴 토론이 전개된다. 첫 번째 인물은 부귀가 인생 최고의 덕이라고 주장하고, 두 번째 인물은 사업 즉, 임금을 도와 정치를 잘하는 것이 최고라고 주장하며, 세 번째 인물은 그런 두 가지보다 문장을 닦고 지식을 습득하는 것을 내세운다. 나머지 인물들도 차례로 도교, 불교, 유교 사상의 대변자로 나서서 각자의 입장을 늘어놓는다. 이들이 하는 말의 내용은 무수한 숙어와 고사, 중국 역대 인물의 이름들로 장식되어 있다. 그중 한 인물이 타괴자에게 "당신은 왜 그냥 쳐다보기만 하느냐."고 말을 시키니, 타괴자는 여섯 사람의 주장을 하나하나 비판하고 비록 대도(大道)를 좇고자 하나 그 말만 들었고 그 인물은 보지 못했다고 한탄하고 잠에서 깨어난다.

이 작품은 꿈이라는 장치 속에 등장인물의 입을 빌려 작자의 가치관, 교양 등을 피력하고 있다. 부귀, 사업, 문장에 관한 생각이나 유·불·도에 대한 이해를 드러내고 있는 것으로서 다분히 교술적인 성격을 지니고 있다. 그런데 이러한 특성은 몽기류와 몽유록이 공통적으로 지닌 성격이기도 하다. 몽기류 중에서 <수향기>, <취향기> 등 작자의 관념적 목소리에 의해 몽중 세계가 기술된 작품이 있는데, 이런 점이 극대화되어 어떤 가치관이나 이념을 토로하기 위해 몽중 세계를 설정한 것이 이 작품이라 하겠다.

이런 교술성과 함께 이 작품에서는 미약하나마 몽유록의 또 다른 성격인 서사성을 찾을 수 있다. 몽유자, 등장인물 등의 허구적 설정, 몽유자가 모임에 참석하는 과정의 기술, 몽유자에게 말을 권하여 몽유자가 한 말로써 몽중 세계를 마무리하는 방식 등에서 몽유록과 상통하는 기술 방식이 나타난다. 이에 이 작품은 몽기류의 관념적, 교술적 성격이 극대화된 작품이긴 하지만 다른 한편으로 다소나마 서사성이 나타난다는 점에서 몽유록의 한 변종으로 간주할 수 있다고 생각한다.

(4) 이현석(李玄錫)의 〈기몽설(記夢說)〉

이 작품은 이현석(1647~1703)의 『유재집(遊齋集)』 권19에 수록되어 있다. 서두에 경진년(庚辰年)에 꾼 꿈으로 기록하였고 문집 편찬자가 썼을 것 같은 짧은 후기에 '이 꿈을 꾸고 4년 후에 공이 돌아가셨다.'고 했으므로 1799년이 창작 연대라고 볼 수 있다.

내[余]가 중풍이 들어 고생하고 있을 때 며칠 밤을 잠을 이루지 못하다가 어느 날 비로소 한 꿈을 얻었다. 꿈에 신승(申昇)이 내게 와 "동주(東洲)선생[성제원(成悌元)]이 보고 싶어 하니 같이 가자." 하기에 얼마를 가서 보니 작은 언덕에 한 관부(官府)가 있었다. 하늘까지 닿은 누각 위에 7, 8인이 있고 그 난간 밖 작은 거실에 5, 6인이 있었다. 거실에 있는 사람들의 머리 위에는 족자가 걸려 있었는데 거기에 쓴 성명을 통해 각가 목은 이색, 포은 정몽주 등임을 알 수 있었다.

동주선생이 내가 지은 『명사(明史)』를 가져오라고 하기에 집에 가서 가져다주었다. 동주선생이 "자네의 병이 위독하니 이제 묘비에 실을 문자를 생각해야 될 것이다." 하기에 내가 이전에 임금에게 소(疏)를 올렸을 때 비답으로 받은 '사류중인(士類中人) 불희당론(不喜黨論)'이라는 여덟 자를 말했더니 그 자리에 있던 상촌 신흠이 더 부연해서 문장을 만들어 주었다. 이윽고 선사(仙史)가 와 『명사』를 가져갔다. 내가 누각 위의 7, 8인 성명을 물었더니 동주선생이 각각 송태사렴, 왕양명 등이라고 일러 주었다. 이에 그들과 함께 역사를 서술하는 데에 괴탄한 이야기를 어떻게 처리할 것인가 하는 문제를 놓고 토론하였다.

날이 어둑해져 동주선생과 낙전공(樂全公)이 뜰에 나가 술자리를 마련했는데 내게 약주 한 잔을 권하면서 "이것은 상촌이 처방한 것인데 자네가 지금 앓고 있는 병에 효험이 있을 것이다." 하였다. 얼마 후 제공이 자리를 파하고 잠에서 깨니 몸이 매우 고통스러웠다.

이상의 내용에서 보듯이, 몽중 세계가 우리나라와 중국 학자들의 일대 모임이라는 성격을 가지고, 몽유자의 묘비명 내용이나 괴탄한 이야기의 역사 편입 문제에 대해 토론을 벌이는 점 등은 몽유록의 특성에 해당한다. 또 입몽 이전과 각몽 이후는 질병으로 인한 고통에 관해 기술하였는데 이러한 내용은 몽기류에서도 보이지만 <대관재몽유록>의 서술 내용과 흡사한 점이 있다. 이러한 여러 면을 고려할 때 이 작품 역시 몽유록의 하나로 처리하는 것이 좋다고 본다.

다만, 몽유록의 중심 내용이 대사회적, 대역사적 자각 의식의 표출인데 비해 이 작품은 몽유자가 중풍에 걸린 것 및 그와 관련된 묘비문, 약주 등 개인적 차원의 주제를 기술한 점이 다소 특이하다. 그러면서도 묘비문으로 언급된 '사류중인 불의당론' 즉, '사대부이면서도 중인이어서 당론을 즐겨하지 않는다.'라는 뜻은 당쟁에 대한 작자의 비판 의식을 드러내고 있다. 특히, 역사에 괴탄한 이야기를 편입할 것인가에 관한 토론은 몽유록의 관심 내용과 비슷하다. 그러나 이 작품이 지닌 개인적 성격은 무시될 수 없는바, 이런 특성은 아마도 몽유록 양식이 확립된 이후 그것을 받아들이는 한편 작자 자신의 개인 문제를 결합하였기 때문에 나오게 된 변화가 아닐까 한다.

5) 결론

이상의 검토를 통해 몽기류의 허구화 가능성이 인정될 수 있으며 몽기류의 양식적 발전 형태가 몽유록임을 확인하였다고 본다. 그와 함께 몽유록의 작품 목록에 추가할 만한 작품을 찾아 낸 것도 성과였다고 생각한다.

그렇지만 여기서 논의된 내용을 좀 더 큰 테두리에 포함시켜 논의를 확장할 여지가 있다. 가령, 문학사에서 몽유 양식의 설정이 가능하다면, 그 양식 내에서 각각 역사적 양식으로 존재했던 몽기류와 몽유록이 다시 논의될 수 있을 것이다. 몽기류에만 한정하더라도 꿈에 관한 우리 선조들의 관념을 좀 더 세밀히 검토하여 그 전반적인 면모를 드러낼 필요도 있다.

이러한 전반적인 문제의식의 일단으로서 여기서 몽기류와 몽유록의 관련 양상에 대해 논의해 보았던 것이다. 따라서 앞으로의 과제는 꿈의 문학사를 서술할 수 있는 방법론의 모색과 그 전개 양상에 관한 세밀한 검토가 뒤따라야 할 것이다.

▌ 자료 목록

* 아래 제시한 몽기류 작품 목록은 서울대 도서관 소장 문집과 규장각 소장 문집만을 대상으로 뽑아 본 것이다. 그중에는 매우 간단하여 언급할 여지도 없는 작품이 몇 편 있으나 몽기류의 전반적인 경향을 보이기 위해 모두 기재하였다.

작 자	작 품	출 전	창작 연대
이규보 (李奎報, 1168~1241)	몽험기(夢驗記)	동국이상국집 (東國李相國集) 권25	1234
〃	몽기(夢記)	〃 권21	〃
김수온 (金守溫, 1410~1481)	고몽문(告夢文)	식우집(拭疣集)	미상
남효온 (南孝溫, 1454~1492)	수향기(睡鄉記)	추강집(秋江集) 권3	1485
정수강 (丁壽崗, 1454~1527)	취향기(醉鄉記)	월헌집(月軒集) 권5	미상
이 목 (李 穆, 1471~1498)	속당명황유월궁기(續唐明 皇遊月宮記)	이평사집(李評事集) 권2	미상
심 의 (沈 義, 1475~?)	몽사자연지(夢謝自然志)	관란유고(觀瀾遺稿)	1530 이후
기 준 (奇 遵, 1492~1521)	기몽(記夢)	복재집(服齋集) 권4	미상
성 운 (成 運, 1497~1579)	취향기(醉鄉記)	대곡집(大谷集) 권중	〃
성제원 (成悌元, 1506~1557)	구룡연신몽기 (九龍淵神夢記)	동주일고(東洲逸稿) 권중	〃
허난설헌 (許蘭雪軒, 1563~1589)	몽유광상산시서 (夢遊廣桑山詩序)	허난설헌집(許蘭雪軒集) 잡저(雜著)	1585
유몽인 (柳夢寅, 1559~1623)	행산기몽시서 (杏山記夢詩序)	어우집(於于集) 권3	1596
홍가신 (洪可臣, 1541~1615)	기몽(記夢)	만전집(晩全集) 권2	1602

작 자	작 품	출 전	창작 연대
장경세 (張經世, 1547~1615)	몽김장군기(夢金將軍記)	사촌집(沙村集) 권3	1607
허 균 (許 筠, 1569~1618)	몽기(夢記)	성소부부고(惺所覆瓿稿) 권6	1609
〃	주흘옹몽기(酒吃翁夢記)	〃	1609(추정)
〃	몽해(夢解)	〃	미상
김상용 (金尙容, 1561~1637)	기몽설(記夢說)	선원유고(仙源遺稿) 보유(補遺)	1619
박인로 (朴仁老, 1561~1642)	몽견주공기(夢見周公記)	노계집(蘆溪集) 권1	미상
안방준 (安邦俊, 1573~1654)	기몽(記夢)	은봉전서(隱峯全書) 권10	1639
하홍도 (河弘度, 1593~1666)	기몽(記夢)	겸재집(謙齋集) 권10	미상
조지겸 (趙持謙, 1639~1685)	기몽(記夢)	우재집(迂齋集) 권5	1654
신 최 (申 最, 1619~1658)	몽유(夢喩)	춘소집(春沼集) 권5	미상
이시선 (李時善, 1625~1715)	몽해(夢解)	송월재집(松月齋集) 권4	〃
박광일 (朴光一, ?~1723)	몽설(夢說)	손재집(遜齋集) 권7	1689
〃	몽설증이생(夢說贈李生)	〃	미상
이현석 (李玄錫, 1647~1703)	기몽설(記夢說)	유재집(游齋集) 권19	1700
유세창 (柳世彰, 1659~1715)	감몽시서(感夢詩序)	송곡집(松谷集) 권3	미상
김영행 (金令行, 1673~1755)	기몽(記夢)	필운문고(弼雲文稿) 권9	1726
이도익 (李道翼, 1692~1762)	기몽(記夢)	희구재유고(喜懼齋遺稿) 권하	1738
안석경 (安錫儆, ?~1782)	몽중도연기(夢中到燕記)	삽교집(霅橋集) 권4	1746
김덕오 (金德五, 1680~1748)	기몽(記夢)	치헌집(癡軒集) 권4	1747
조관빈 (趙觀彬, 1691~1757)	몽견도암이공설 (夢見陶庵李公說)	회헌집(悔軒集) 권15	1753
신국빈 (申國賓, 1724~1799)	기몽(記夢)	태을암집(太乙菴集) 권5	1765

작 자	작 품	출 전	창작 연대
남명학 (南溟學, 1731~1798)	군친몽교록(君親夢敎錄)	오룡재록(五龍齋錄) 권4	1776-7
조필감 (趙弼鑑, ?~18C말/19C초)	기삼몽(記三夢)	첨의헌유고(瞻猗軒遺稿) 권3	1783, 87, 93
채제공 (蔡濟恭, 1720~1799)	몽기(夢記)	번암집(樊巖集) 권35	1784
이윤영 (李胤永, 1722~1794)	몽기(夢記)	단릉유고(丹陵遺稿) 권14	미상
김 용 (金 容, 18C 사람)	적사기몽(謫舍記夢)	태소집(太疎集) 권3	1793
이의병 (李義秉, 1751~?)	기몽(記夢)	목석유고(木石遺稿) 3책	1797
우재악 (禹載岳, 1734~1814)	기몽설(記夢說)	인촌집(仁村集) 권4	1812
육용정 (陸用鼎, 1843~1910년경)	기몽(記夢)	의전문고(宜田文稿) 권2	1884~88 (추정)
〃	설몽(說夢)	〃	〃
〃	견몽(遣夢)	〃	〃
〃	몽자대(夢者對)	〃	〃
김창희 (金昌熙, 1844~1890)	기몽(記夢)	석릉집(石菱集) 권4	미상
유인석 (柳麟錫, 1841~1915)	기몽(記夢)	의암집(毅菴集	〃

　제2부 몽유 소설의 작품 세계와 작가 의식

1) 서론

우리 문학 유산 가운데는 몽유(夢遊)를 중심 모티프로 한 작품들이 상당수 있다. 원래 문학의 본질에 속하는 허구성에 가장 근접한 특성을 꿈 자체가 지니고 있는 것이기에 몽유가 허구적인 문학 창작의 주요 모티프의 하나로 수용되는 것은 자연스런 경향일 것이다. 그리하여 몽유 모티프에 기초하여 서정 갈래로서 몽유 한시, 몽유 시조, 몽유 가사 등, 서사 갈래로서 몽유 설화, 몽유전기소설(夢遊傳奇小說), 몽유록(夢遊錄), 몽유장편소설 등, 교술 갈래로서 몽기류(夢記類) 등의 역사적 갈래가 성립될 수 있었다.

이들 몽유 문학에 대해서는 여러 측면에서 접근이 이루어졌는데, 특히 몽유 서사 문학의 경우에는 그에 속한 작품들의 비중에 걸맞게 상당히 깊이 있는 연구 성과가 축적되었다. 그 가운데는 몽유 문학의 성립 배경으로서 꿈에 대한 관념을 제시하고 그에 입각해서 작품 분석에 임한 연구물들도 많이 있다.[1] 그러나 그럴 경우 논의된 꿈 관념은 대개 프로이

트 류의 소망충족설이나 원형 비평적 꿈 이론 등에 의해 조명되기가 일 쑤였다. 이는 꿈에 대한 인간의 보편적인 의식에 입각한 것이긴 하지만 우리 몽유 문학의 독자성을 이해하기 위한 방법론적 성찰의 소산은 아니었다.[2] 또한 도교, 불교, 유교 경전에 나타나는 꿈에 관한 동양적 사유 방식을 천착하여 우리 몽유 문학 창작의 동인으로 고찰하기도 하였다.[3] 전자의 태도보다는 훨씬 우리 문학의 실상에 접근한 연구 방법인 것만은 분명하지만, 대개 중국측 문헌에 근거하여 논의한 다음 곧바로 우리 몽유 문학 작품 분석에 들어가는 방식이어서 그 매개항의 설정이 아쉽다.

이에 이 글에서는 꿈에 관한 생각이 몽유 문학 형성의 중요한 배경이 되며 꿈 관념에 따라 각각의 몽유 문학의 유형적 성격도 어느 정도 규정될 수 있다는 관점에서, 우리 선인들이 남긴 개인 문집에 나타나는 꿈과 관련된 기록들을 찾아서 그들이 실제로 꿈을 어떻게 사유하였던가를 정리해 보겠다. 그리고 그러한 꿈 관념 속에 내재한 문학론적 성격을 추출하여 꿈 관념이 몽유 문학과 맺는 구체적인 관련성을 찾아보고자 한다.

2) 꿈 관념의 소재론적 분류

중세의 문자 행위는 중세적 보편주의에 기대어서만 권위를 인정받는 것이 대체적인 추세였다. 따라서 어떠한 대상에 대한 인식 내용의 기술

---

1) 대표적인 연구 업적으로서 이능우, 「고전소설에 나타난 꿈성」, 『고소설연구』, 이우출판사, 1980 ; 황패강, 「아키타잎으로서의 꿈과 고대문학」, 『한국서사문학연구』, 단국대출판부, 1981을 들 수 있다.
2) 임재해, 「꿈 이야기의 유형과 꿈에 관한 인식」, 『문학과 비평』 2권 2호, 1988. 5.에서 몽유 설화에 나타난 우리 민중들의 꿈 관념이 분석된 바 있다.
3) 단편적인 언급을 제외하고 이러한 시각에서 본격적으로 꿈 관념을 연구한 논문으로 이월영, 「꿈 소재 서사문학의 사상적 유형연구」, 전북대 박사논문, 1990을 들 수 있다.

은 중세적 보편주의의 중심에 있는 중국측 기록이나 고사를 원용하면서 이루어지는 것이 상례이다. 꿈에 관한 기술 역시 이러한 관습을 따라서 이루어졌다. 따라서 우리 선인들이 즐겨 인용했던 꿈에 관한 고사나 상식을 추적함으로써 그들이 지녔던 꿈 관념의 실마리를 찾아낼 수 있다. 이를 소재론적 측면에서 몇 가지로 나누어 정리해 보고자 한다.

꿈과 관련된 고사 가운데 가장 널리 알려져 있는 것은 『장자(莊子)』「제물론(齊物論)」에 나오는 호접몽(蝴蝶夢) 이야기이다. 장주가 꿈에 나비가 되었다가 깨어난 후 자기가 나비를 꿈꾼 것인지 나비가 자기를 꿈꾸는 것인지 알 수 없다고 하는 내용의 이 이야기는 꿈을 소재로 한 거의 모든 작품에서 상투어구로 사용되었다. 그래서 입몽 시의 '허허연(栩栩然)', 각몽 시의 '거거연(蘧蘧然)'과 같은 표현이나 '장주몽', '호접몽' 등의 관용구가 으레 쓰였다. 그런데 이를 단순히 상투어구로 사용하는 외에 그 철학적 를 따져 보려는 노력도 이어져 왔는데, 그 양상을 살펴서 호접몽을 소재로 한 꿈 관념의 한 흐름을 짚어 볼 수 있다.[4]

먼저 신용개(申用漑, 1463~1519)의 시 <장주몽접도(莊周夢蝶圖)>

장주가 나비를 꿈꾸고
나비가 장주를 꿈꾸니,
장주와 나비 어느 하나로 정할 수 없어
진짜와 가짜를 어디서 구할까.
이로 말미암아 대화(大化)를 볼진대
화하고 화함이 원래 동류라.
신기함과 썩어 버림,
형체와 그림자가 뜨고 그침에 매였더라.[5]

---

4) 이월영, 앞의 논문에서 도가적 꿈 관념의 원천으로서 호접몽 이외에도 『열자(列子)』「주목왕(周穆王)」에 나오는 윤씨의 꿈, 정인(鄭人)의 꿈, 고망국(古莽國) 이야기와 「황제(黃帝)」의 화서지몽(華胥之夢) 등을 예로 들어 도가적 꿈 관념을 분석하고 있다.

호접몽 이야기에서 장주와 나비 중 어느 것을 진(眞)이라 하고 어느 것을 환(幻)이라 할 수 없다. 장주와 나비, 진과 환은 대화(大化)(우주 자연의 조화)라는 관점에서는 동질적인 것이기에 신기(神奇)와 취부(臭腐), 형(形)과 영(影) 등의 자연 현상들은 그 근원에서 작용하는 동질적인 어떤 것(가령, 원기(元氣)와 같은 것)이 부휴(浮休)하는 모습일 따름이다. 이러한 이해는 곧 현실이 꿈일 수 있고 꿈이 현실일 수 있다는 제물론적 사고에 의한 것이다. 여기서 자연의 조화라는 관점에서 현실과 꿈 사이의 변화를 이해하고 현실과 꿈이 동질적임을 인정하는 인식 태도를 찾아볼 수 있다.

다음으로 이행(李荇, 1478~1534)의 <장주호접변(莊周蝴蝶辨)>을 들 수 있다. 사물은 애초에 변별이 없기도 하고 있기도 한데, 그 변별 없음으로 보면 천하는 동일한 사물이요 그 변별 있음으로 보면 내 몸도 하나의 사물이 아니다. 천하가 동일한 사물일진대 장주가 나비에 대하여 또 나비가 장주에 대하여 변별이 없을 것이고, 내 몸도 하나의 사물이 아닐진대 나비가 나비에 대하여 또 장주가 장주에 대하여 각기 변별이 있을 것이다. 이렇게 이행은 마치 <적벽부>에서 소동파의 논리처럼 변별의 측면과 무변별의 측면으로 나누어 장주와 나비의 관계를 설명하고 있다. 이를 이어서 다음과 같이 진술한다.

> 장주가 꿈에 나비가 되었다면 나비는 애초에 나비가 아니었고 나비가 꿈에 장주가 되었다면 장주는 애초에 장주가 아니었으니, 어찌 나의 이른바 허허연하게 입몽하는 주체가 장주가 아니요 거거연하게 각몽하는 주체가 나비가 아닌 줄 알리오. 어찌 나의 이른바 거거연하게 각몽한 상태가 꿈이 아니요 허허연하게 입몽한 상태가 깸이 아닌 줄 알리오. 이를 일러 '조궤(弔詭)'라고 하는 것이다. 대성인 황제도 알아듣지 못한

---

5) 『이락정집(二樂亭集)』 2권, 莊周夢蝴蝶 蝴蝶夢莊周 周蝶無定一 眞幻將焉求 因之觀大化 化化元同流 神奇與臭腐 形影摠浮休.

바이니 만세 후에 대성인이 나오게 되더라도 그것을 풀지는 못할 것이다. 그렇다면 그 장주로 말미암아 장주라 하고 그 나비로 말미암아 나비라 하는 것만 같지 못하니, 이를 일러 '인시(因是)'라고 하는 것이다.6)

장주가 꿈에 나비가 되거나 나비가 꿈에 장주가 되었다고 한다면 장주와 나비가 서로 원인−결과의 상대적 관계에 있는 것이므로, 독립적·개별적 존재로서의 장주나 나비를 인정할 수 없게 된다. 따라서 나비와 장주는 애초에 나비 혹은 장주가 아니었다고 할 수 있다. 여기서 입몽과 각몽의 주체를 장주와 나비의 어느 하나로, 입몽과 각몽의 상태를 꿈과 깸의 어느 하나로 규정지을 수 없게 된다. 왜냐하면, 장주와 나비의 개별적 존재를 인정하지 않았으므로 꿈을 꾸거나 깨는 주체 혹은 그가 처한 상태에 대한 판단은 유보될 수밖에 없기 때문이다. 작자는 이러한 논리란 황당무계한 말 곧, '조궤(吊詭)'일 따름이라고 보는 것이다. 이에 조궤보다는 독립적·개별적 존재로서의 장주와 나비를 있는 그대로 인정하여 어떠한 혼란에도 빠져들지 않는 '인시(因是)'의 인식 방법을 택하는 것이 낫다고 하였다.

여기서 조궤와 인시의 대립적 관점을 찾아볼 수 있는데 이는 꿈에 대한 관념의 양 극단을 대변해 주는 개념으로 이해된다. 곧, 꿈이 지닌 허구적 진실성 혹은 환상적 현실성의 측면을 그대로 인정하는 조궤와, 꿈과 현실을 이원적으로 뚜렷이 구분하여 현실에 대비되는 허구나 환상으로서의 꿈만을 인정하려는 인시로 나누어지는 것이다. 이는 조선조 사대부들의 꿈에 대한 인식이 양분화되어 있었을 것이라는 점을 보여 준다.

---

6) 『용재집(容齋集)』 9권, 周之夢爲蝶 則蝶未始爲蝶 蝶之夢爲周 則周未始爲周 庸詎知吾所謂 栩栩然之非周歟 蘧蘧然之非蝶歟 庸詎知吾所謂 蘧蘧然之非夢歟 栩栩然之非覺歟 此之謂吊詭 大聖黃帝之所聽瑩 萬世之後 遇大聖人者出 亦莫之以解 然則莫若因其周而周之 因其蝶而蝶之 此之謂因是.

비록 유교적 합리주의의 입장에서 공식적으로는 인시의 관점을 옹호하고 있었을지라도 호접몽을 통해 인식되는 조궤의 허구적 진실성은 그것대로의 설득력을 지니고 있었기에 이를 가볍게 무시할 수는 없었을 것이다.

호접몽의 문제를 좀 더 분명한 논리로 설명하려 한 것이 김정국(金正國, 1485~1541)의 <장주호접변(莊周蝴蝶辨)>이다. 먼저 그는 기(氣), 생(生), 화(化) 등의 개념을 빌려 와 귀, 신, 꿈에 대해 설명하고 있다. 천지의 기를 받아 생생불이(生生不已)하는 것이 생(生)이요 천지의 변화를 좇아서 화화무궁(化化無窮)하는 것이 화(化)이다. 그래서 기가 모인 것이 생이유유(生而有有)가 되고 기가 흩어진 것이 화이무유(化而無有)가 된다. 유유(有有)한 것은 신(神)이 되고 무유(無有)한 것은 귀(鬼)가 되어, 신이 된 것은 형체가 있고 귀가 된 것은 형체가 없다. 혹 정신이 느끼는 바가 잠을 빌려 만들어져서 우연히 형색과 동작을 베푸는 것이 꿈이니 그것을 '생화(生化)'라고 이름은 옳지 않다.

이러한 진술에서 드러나듯이 김정국은 생과 화, 신과 귀의 구분을 뚜렷이 하고 있다. 기의 취산과 형체의 유무에 의한 위와 같은 논리로는 그 둘을 혼동하는 일은 있을 수 없다. 위에서 본 이행의 인시의 관점에 서 있는 것이다. 다만, 이 둘 사이의 혼란이 야기될 수 있는 꿈이 문제가 되긴 하나 이는 어디까지나 생(生)이자 신(神)으로서의 정신의 감응으로 보아야지 생이 화(化)하는 현상으로 볼 수는 없다. 이런 논리를 가지고 호접몽에 대해 다음과 같이 말한다.

장주가 나비를 꿈꾸었는데 그로 인하여 나비가 장주를 꿈꾸었다고 이른다. 낮에는 나비가 꿈꾸어 장주가 되고 밤에는 장주가 꿈꾸어 나비가 되니, 장주와 나비는 서로 그 근본이 되어 결국에는 '물화(物化)'로 귀착한다. 그렇다면, 그렇다면 생이 화이고 화 또한 생이요 생과 화는 하나의 사물이고 귀와 신은 다름이 없으며, 존재하는 것이 있음이 되지 않고 없어진 것이 없음이 되지 않으니, 윤회 호변(輪回互變)하여 마침내 끝이 없는 것인가. 아, 이것이 어찌 천리이리오. 장주가 제물을 논하고자 하여 시비를 망령되이 하고, 궤변을 좋아하여 세상을 속이고, 이단을 세워 가르침을 훼손하였으니 그 말이 대체로 이와 같아 차라리 변론하지 말 것이다.[7]

생은 생, 하는 화이고 귀와 신은 엄연히 다른 것인데 호접몽에서는 생과 화, 귀와 신을 하나로 보아 결국 '물화(物化)'가 끝없이 윤회호변한다고 주장하는 것으로서 이는 천리가 아니라는 것이다. 생화(生化)로서의 꿈을 인정할 수 없듯이 장주와 나비가 서로 변화에 물적 근거가 되는 물화로서의 호접몽 식 사유 방식은 부정된다. 여기서 유교적 합리주의의 한 전형적인 모습을 보게 되는데, 이는 앞서 이행이 조궤와 인시를 대립적으로 놓고 후자를 옹호한 입장과 동궤로서 조선조 사대부들의 꿈에 대한 공식적인 태도를 드러낸 것이라고 하겠다.

이와 같이 호접몽을 소재로 한 꿈 관념은 공식적으로는 유교적 합리주의적 관점에서 매도당했다고 할 수 있지만, 그것이 지닌 현실과 꿈의 동질적 인식, 그로부터 야기되는 꿈의 허구적 진실성 혹은 환상적 현실성의 측면에 대한 인식을 완전히 무시할 수는 없었던 것으로 생각된다. 이러한 호접몽 식 발상에 따라 몽유 문학 작품 속에 그려진 꿈속 체험이 다분히 현실적인 성격을 띠게 되고, 따라서 꿈을 통해 현실을 재구성하거나 비판하는 문학적 장치가 마련될 수 있었다고 보인다. 더욱이 장자의 언설이 대부분 우언(寓言)으로 인식되었던 점에서, 현실에 대한 비판을 꿈을 통해 우회적으로 표현할 수 있는 방식을 호접몽의 이야기 자체가

---

7) 『사재집(思齋集)』 3권, 莊周夢蝴蝶　因以謂蝴蝶夢莊周　晝爲胡蝶之夢而化莊周　夜爲莊周之夢而化蝴蝶　莊周蝴蝶互爲其根　卒歸之於物化　然則然則　生者化　化者又生　生化者一物　而鬼神者無異　存不爲有　亡不爲無　輪回互變　卒無有窮極耶　吁此豈天理也哉　周欲齊物論　妄是非好詭而欺世　立異以毀敎　其言大抵類是　寧無辨也.

지니고 있었던 것으로 보인다.

선인들이 꿈을 관념함에 있어서 또 하나의 유력한 소재는 『논어(論語)』「술이(述而)」에 나오는 '吾不復夢見周公'이라는 구절이다. 공자가 젊었을 때는 주공의 도를 행할 뜻을 두었기에 꿈에 주공을 보기도 하였으나, 늙어서는 뜻은 있되 몸이 쇠하여 도를 행하기 어려워 그 쇠함을 탄식한 말로 이해된다. 이 구절이 또한 꿈을 관념했던 우리 선인들에게 중요한 계기로 작용하였던 것이다.

이와 관련된 언급이 이른 시기의 문집에 나오는 것은 정몽주(鄭夢周, 1337~1392)의 경우이다. 그의 이름 자체가 이를 본뜬 것이기도 하지만 <몽(夢)>이라는 다음의 시에서 이 구절이 주요 소재로 쓰이고 있다.

이로부터 생각으로 말미암아
어찌 능히 느껴 통할소냐.
은왕이 부열을 얻고
공자가 주공을 보았으니,
이 이치를 사람이 묻는다면
마땅히 지극히 고용한 가운데 구하리로다.[8]

꿈속에서 사려(思慮)로 말미암아 감통(感通)할 수 있는 길이 있는데 은왕이나 공자의 예가 그러한 경우이다. 그 이치는 '지정(至靜)' 가운데 구해야 하리라는 것이다. 즉, 공자의 주공에 대한 지극한 생각이 감통할 수 있었던 것이라는 이해이다. 지정의 측면을 강조하는 것은 그 생각의 맑고 절실함을 전제로 해서 꿈을 통한 감통이 이루어질 수 있기 때문이다. 정몽주의 이러한 이해는 꿈에 대한 사대부의 가장 일반적인 견해로 생각된다.

---

8) 「포은집(圃隱集)」 1권, 世人多夢寐 夢罷旋成空 自是因思慮 何能有感通 殷家得傳說 孔子見周公 此理人如問 當求至靜中.

서거정(徐居正, 1420~1488)도 이것을 소재로 한 시를 남겼다. <주수(晝睡)>라는 시에서도 '요 몇 해 꿈이 없어 나의 쇠함이 심하이. / 주공의 토악(吐握)하는 수고를 묻지 못하네.'9)라고 하여 공자의 탄식을 그대로 본뜨고 있지만, 아래의 <몽견황익성공희래방(夢見黃翼成公喜來訪)> 역시 이를 소재로 한 작품이다.

> 황익성공의 수는 구십인데
> 평생의 복덕이 옛적에도 견줄 바 없네.
> 꿈속에 내방하니 무슨 뜻인지 아나니
> 의발을 마땅히 늙고 병든 내게 전하려는 것임을.
> 공자가 도를 행하려 두루 돌아다녔으나
> 젊어서 꿈에 주공을 보았음을 한하였다네.
> 내가 꿈에 주공 보기를 어찌 구하리오.
> 황공이 꿈에 들어옴 또한 아름다운 것을.10)

공자가 꿈에 주공을 본 것과 자신이 꿈에 황희를 본 것을 등치하였다. 덕 있는 이를 꿈속에 만나 본 것이 공자의 예와 유사한 경우로 인식하고 있다. 바로 이 점이 몽견주공의 소재를 그와 유사한 맥락의 다른 이야기로 재구성할 가능성을 열어 놓는 계기가 된다. 앞서 정몽주의 시에서 명확한 표현을 얻었듯이 덕 있는 이에 대한 절실한 생각이 꿈을 통해 감통할 수 있다는 인식이 사대부들로 하여금 몽유 문학을 창작하는 기본 관념의 하나로 작용했던 것이다. 그리하여 꿈속에서 자신이 흠모했던 역사상의 인물을 만나 담론을 나누거나, 돌아가신 부친이나 스승을 꿈에 만나 교훈을 듣게 된다는 등의 몽유록, 몽기류 작품이 이러한 꿈 관념에서

---

9) 『사가집(四佳集)』 「시집(詩集)」 31권, 年來無夢五衰甚 不問周公吐握勞.
10) 위의 책, 52권, 黃翼成公壽九旬 平生福德古無倫 夢中來訪知何意 衣鉢當傳老病身 宣尼行
    道轍環流 恨不衰年夢見周 我夢見周那可得 黃公入夢亦嘉休.

나온 것이라고 할 수 있다.[11)]

　위의 시들에서는 어구의 차용에 머물러 있는 데 비해 이를 작품의 구조로 수용한 예도 나타난다. 박광전(朴光前, 1526~1597)의 <몽주공부(夢周公賦)>와 박인로(朴仁老, 1561~1642)의 <몽견주공기(夢見周公記)>가 그것이다. 전자에서 꿈 관념을 살필 수 있는 대목만 뽑아 인용해 보면 다음과 같다.

> 낮에 마음에 둔 것을 밤에 꿈꿈은
> 진실로 정신이 유통함이라.
> 지극한 정성을 품어서야 보게 됨이니
> 아름답도다. 부자가 주공을 꿈꿈이여!
> ……
> 문득 어느 저녁에 서로 느끼니
> 진실로 정신이 교통하고 마음이 성실함이라.
> 정중히 일어나 공경하면서 기쁘게 쳐다보니
> 완연히 기다린 주공단의 모습이라.
> 이는 마음으로 말미암아 징험이 있음이니
> 마치 거울을 두고 영상이 나타나는 것 같도다.
> 참으로 생각한 바가 사악함이 없음이요
> 허허연 거거연하여 함부로 논함이 아니로다.[12)]

　꿈에 주공을 만남은 지극한 정성, 성실한 마음으로 인해 정신이 유통했기 때문이다. 이는 사악함이 없는 마음으로 인해 징험이 나타난 것이기에 장자가 함부로 호접몽을 논한 것과는 유가 다르다는 것이다. 이러

---

11) 이월영, 앞의 논문에서도 몽유록과 몽기류의 배경이 되었던 유교적 꿈 관념에 대해 논하고 있다.

12) 『죽천집(竹川集)』 1권, 晝所存夜之所夢　固精神之流通　懷至誠而有見　猗歟夫子之夢周……　忽相感於一夕　信神交而心孚　儼起敬而欣瞻　宛待旦之儀容　是因心而有徵　若鑑存而影生　諒所思之無邪　非栩蘧之敢論.

한 진술은 앞서 살핀 김정국의 호접몽에 대한 비판과 같은 태도이다. 이
와 함께 호접몽과 몽견주공의 인식상의 차별성을 뚜렷이 드러내고 있다
는 점이 주목된다. 조선조 사대부들은 호접몽 식의 제물론적 관점을 바
탕으로 한 현실과 꿈의 동질성에 대한 인식은 타기하면서도 꿈과 관련된
몽견주공의 소재는 지성(至誠)과 신심(信心)으로 인해 나타난 징험으로 합
리화하여 수용하였던 것이다.

후자는 작자 자신인 옹(翁)이 『논어』를 읽다가 '오불부몽견주공'에 이
르러 탄식하고는 꿈에 한 곳에 이르러 주공을 만나 삼재 오상(三才五常)의
도를 논하고 또 불부주공(不復周公)의 뜻풀이를 하고서 성경충효(誠敬忠孝)
네 글자를 받고 깨어났다는 몽기류 작품이다.13) 이러한 설정 역시 앞서
본 박광전의 인식과 유사한 바탕에서 나온 것이다. 특히, 꿈속에서 주공
으로부터 성경충효의 교훈을 받고 깨어나는 대목에서 작품 창작의 의도
가 어디에 있는지 잘 드러난다. 말하자면, 꿈이 환성성의 의미를 갖기보
다는 현실적이고 이데올로기적인 의미를 강하게 드러내고 있는 것이다.
이 역시 몽유 문학 가운데 교술적 성격을 다분히 지니고 있는 몽유록이
나 몽기류의 창작 동기를 짐작할 수 있게 한다.

이상에서 살펴본 호접몽과 몽견주공의 소재가 확실한 전거에서 나온
꿈 관념이라면 이와는 좀 달리 인생 자체를 꿈으로 돌리는 태도가 있을
수 있다. 이런 입장은 정도의 차이는 있겠지만 인간이면 누구나 느낄 법
한 허무의식의 표출인바, 유불선(儒佛仙) 어느 한 사랑에 굳이 환원하자면
불교적 세계관이라고 지목할 수 있다. 그 요약적 언술로서 『금강경(金剛
經)』「응화비진분(應化非眞分)」에 나오는 '一切有爲法 如夢幻泡影 如露如電'
을 꼽을 수 있다. 인생을 포함한 일체의 유위법은 꿈이요 허깨비요, 거품

---

13) 이 작품에 대해서는 신재홍, 「몽기류 작품의 검토」, 『의민이두현교수 정년기념논문집』,
    1989 참조.

이나 그림자며, 이슬이나 번개 같다는 것이다.

'인생은 꿈'이라는 명제에 입각해서 지어진 이른 시기의 작품으로 <조신전(調信傳)>을 들 수 있다. 이를 기술한 일연(一然, 1206~1289)은 작품의 말미에 다음과 같은 시를 지어 붙였다.

잠시 동안 쾌적하여 뜻은 이미 한적하나
자기도 모르게 시름 속을 좇아 젊은 얼굴 늙었구료.
다시 황량(黃粱)이 익기를 기다리지 말지니
바야흐로 수고로운 인생이 한 꿈 사이임을 깨달았네.
몸의 선악 다스리려면 먼저 뜻을 정성스레 할지니
홀아비는 미인을 꿈꾸고 도적은 곳집을 꿈꾼다네.
어찌하여 가을 오자 맑은 밤 꿈에서
때때로 눈 감으니 청량한 곳에 이르는가.14)

당나라 전기 소설인 <침중기>에서 유래한 황량몽의 고사를 인용하여 수고로운 인생이 한 꿈 사이라고 말하고 있다. 여기에 덧붙여 한바탕의 꿈인 인생을 성의(誠意)로서 치신(治身)할 것을 권하면서 꿈에서 자신이 도달하고자 하는 이상으로서 청량(淸涼)에 이른다고 했다. 앞부분이 인생은 곧 꿈이라는 관념을 표현했다면 뒷부분은 소망 충족으로서의 꿈을 제시한 것이다. 말하자면, 일연은 인간 보편의 허무 의식을 그 자체로서 인정하는 한편 그 극복의 방향을 치신·성의에 의한 소망 성취에 둔 것이다.

이러한 관념은 이규보(李奎報, 1168~1241)에게서도 나타난다. 그는 몽기류 작품인 <몽험기(夢驗記)>와 <몽설(夢說)>을 창작했으며 시 중에도 몽유를 소재로 한 작품이 몇 편 보이는데, 그중 <몽여미인희각이제지(夢與美人戲覺而題之)>란 시의 일부분을 들어 보겠다.

---

14) 『삼국유사』, 「낙산이대성 관음정취 조신」, 快適須臾意已閒 暗從愁裏老蒼顔 不須更待黃粱熟 方悟勞生一夢間 治身臧否先誠意 鰥夢蛾眉賊夢藏 何以秋來淸夜夢 時時合眼到淸凉.

일찍이 꿈과 깸이 같다고 여겼고
이 비슷한 것이 삶과 죽음이라고 했었는데,
내 이제 이미 욕망을 끊었거늘
꿈속에서는 어찌 안 그런가.
인하여 두려워 하노니
청정한 일심(一心)의 지경에 아첨함이 끼였을지
(편집자 주 : 두 글자 빠짐.) 지금만 같지 못하여
망령된 뜻을 스스로 의심할 뿐.
돌려 생각건대 이 중생들 세계는
일체가 모두 꿈속이거늘
마등가도 꿈인데
너를 머물러 둘 자 그 누군가.(원주 :『능엄경』을 보라.)
다만 마침내 해달을 얻음이(원주 : 마침내 해탈하면 모두 꿈속일 같
도다.)
한바탕의 잠을 깨는 것 같으리니,
하물며 꿈속 꿈으로
진짜와 가짜를 의심하다니
이 말을 진심이라 하지 말지니,
삶과 죽음은 혹 다를지도.15)

시인이 세상을 뜬 나이이기도 한 74세에 꿈속에서 미인을 만나 서로 희롱한 일을 소재로 한 시이다. 시인은 이 꿈을 청정한 일심의 지경에 망령된 뜻이 끼어서 나타난 것으로 생각하는 한편 이 세상 일체가 모두 꿈이라는 관념에서 꿈을 깨는 것이 곧 해탈일 것이라고 말한다. 더불어 이러한 의식의 기저에는 아난과 마등가의 이야기가 실려 있는『능엄경』의 교리가 자리 잡고 있음도 보여 주고 있다.

---

15)『동국이상국집(東國李相國集)』후집 9권, 嘗謂夢覺同 以此例生死 我今已斷慾 夢裏何未
　　爾 因恐此所熏 淸淨一心地 □□不如今 妄意自疑耳 飜思是器界 一切皆夢寐 摩登伽亦夢
　　留汝者誰是(見楞嚴) 但得境解脫(境解脫 則皆如夢事) 如窹一場睡 況以夢中夢 而疑眞與僞
　　毋謂此眞心 生死或有異.

정포(鄭誧, 1309~1345)의 <몽(夢)>이라는 시도 이러한 주제를 다루고 있다.

> 세상사는 봄꿈과 같고
> 부생(浮生)은 번갯불 같구려.
> 꿈속에서 괴로이 꿈을 말하여
> 한바탕 중당(中堂)을 웃겼다네.16)

다소 희필적인 성격의 이 시 속에도 인생은 꿈이라는 인식이 바탕에 놓여 있다. 그리고 몽중설몽(夢中說夢)이라는 관용적 표현을 통해 한바탕 꿈에 불과한 인생 속에서 여러 인생사를 말하는 것이 또한 꿈을 말하는 것에 지나지 않는다는 의미를 드러내었다.

일연, 이규보, 정포의 작품들에 나타나는 꿈 관념은 어느 한 시대에 국한 된 것이라기보다 통시대적인 의식으로 이해되어야 한다. 그리하여 김만중의 <구운몽>에 이르러 이러한 의식의 소설적 형상화가 가장 우수한 형태로 이루어진 것이기도 하다. <구운몽>에 대한 평설의 대부분이 '富貴功名 歸之於一場春夢'이라고 한 것도 이러한 꿈 관념의 연장에 놓인다. 물론, 그 부정의 대상이 <조신전>에서는 수고로운 인생인 반면 <구운몽>에서는 사대부의 입신양명과 부귀공명이라는 점에서 중요한 차이를 보이므로 이에 대한 논의가 따로 필요하긴 하지만 인생은 꿈이라는 인식에서는 공통된다.

꿈 관념의 또 다른 흐름은 초월의식과 관련된 것이다. 곧, 현실을 진세(塵世)로 보고 이를 초월하여 존재하는 세계를 꿈꾸는 경향이다. 그리하여 꿈에 들어간 꿈속 세계는 대부분 선계(仙界), 이향(異鄉), 비경(秘境) 등 이상

---

16) 『설곡집(雪谷集)』 하, 世事若春夢 浮生如電光 夢中苦說夢 一笑烘中堂.

향으로 설정된다. 이러한 성격의 작품들은 대체로 도교적인 색채를 띠고
있다.

　이런 발상은 수많은 몽유 문학 작품에 보이고 있는데 그중 대표적인
몇 편을 뽑아 인용해 본다.

조화에 뜻을 둔 어린아이로서
한바탕 고아한 흥취를 즐기도다.
청정함을 얽어서 비고 넓은 곳을 잡아당김이여
혼돈을 버리고 우뚝 섰도다.
아아, 꿈을 빌려서 한 번 오름이여
어찌 귀신이 나를 깨우침이 아니리오.
진실로 마땅히 봉래와 영주를 지그시 밟으려 하니
이곳 저자 거리를 돌아보아 어디에 거할 것인가.
어떻게 인간 세상의 광한전에 올라
이 꿈을 헛되지 않게 하리오.[17]

천석연하(泉石煙霞)에 일이 궁하지 아니하여
늘그막에 몸이 그릇 괴안(槐安)에 들었구나.
어찌 선계에 노닐 베개를 베고서
청량의 복지 산을 오를 줄 알았으랴.

몸이 냉연히 열자(列子)의 바람을 타고서
수많은 산을 다녀 한 밤을 다했구나.
노승이 내게 농부의 삿갓을 주면서
일찍 돌아가서 촌 늙은이 되라 권하네.[18]

---

17) 『대관재난고(大觀齋亂稿)』 1권, 意造化之小兒兮　翫一場之雅致　構淸淨而挹虛曠兮　棄溷淆
　　而特起　噫假寐而一登　豈非鬼神之悟予　固當偃步乎蓬瀛　顧此闤闠兮何居　安得登人間之廣
　　寒　遂此夢之非虛也.
18) 『퇴계집(退溪集)』 5권, 泉石煙霞事未寒　暮年身誤入槐安　那知更藉遊仙枕　去上淸凉福地
　　山.//身御冷然禦寇風　千巖行盡一宵中　老僧贈我田家笠　勸早歸來作野翁.

초연히 홀로 걸으니 두 다리가 가볍고
정신이 맑고 뼈가 냉랭하니 마음이 제멋대로 노니는구나.
한 사람이 나를 좇아 단사(丹砂)를 주면서
이것을 먹으면 하늘 무지개를 넘으리라 하였다네.
바람을 타고 구만리를 떨쳐 일어나서
구토(九土)를 굽어보니 뿌연 먼지 덮였도다.
고개를 돌리니 인간세상 천만년
깨어나 보니 세상사는 어찌 그리 번거로운고.[19]

첫 번째 예문은 심의(沈義, 1475~?)의 <광한전부(廣寒殿賦)>의 일부분이고, 두 번째 것은 이황(李滉, 1501~1570)의 <몽유청량산(夢遊淸凉山)> 2수이며, 세 번째 것은 김인후(金麟厚, ?~1560)의 <몽유청학동(夢遊靑鶴洞)>의 일부이다. 이들 작품에서는 모두 어지럽고 속된 인간세상을 떠나 광한전, 청량산, 청학동 등 선계 혹은 이계에 올라 시원스레 기상을 떨치는 모습을 그리고 있다. 그런데 이 세 작품은 초월의식이 지닌 현실과의 거리감에 편차가 있음을 보여 주기도 한다. 심의의 시는 초월적인 꿈을 현실에서의 출세로 치환하여 이해함으로써 꿈의 성격을 극히 현실적인 욕망의 충족으로 대체하였다. 이황의 시에서는 초월적인 꿈을 짐짓 노쇠함의 징표로 간주하면서 정치적 현실에서 빗겨나 전원적인 삶으로 돌아가려는 의지를 보여 준다. 김인후의 시는 번거로운 인간세상의 대척점으로서 도가적 분위기의 초월 세계를 그려 놓았다. 같은 초월의식을 바탕으로 한 작품일지라도 이와 같이 현실과의 거리감에서 편차를 보인다.

한편, 현실로부터의 초월을 주제로 한 작품 가운데는 도교적인 색채만 띠는 것이 아니라 유교적 이상향을 그리고 있는 작품들도 많이 있다. 그 중 하나의 소재가 지속적으로 이어지는 예로서 '취향(醉鄕)'의 경우를 들 수

19)『하서전집(河西全集)』4권, 超然獨步雙脚輕 神淸骨冷心自縱 一人隨我贈丹砂 謂言服此凌天狂 乘風振奮九萬里 下視九土煙塵薈 回首人間千萬年 覺來世事何侘憁.

있다. 이색(李穡, 1328~1396)의 <취향(醉鄉)>이 시기적으로 앞선 작품이다.

> 취향은 진실로 낙토(樂土)로다.
> 물아(物我)가 모두 형체를 잊도다.
> 해와 달은 늦거나 빨리 가지 않으며
> 강산은 스스로 아득하고 아득하도다.
> 한 몸엔 비이슬이 뒤섞이고
> 두 귀엔 우레 소리 끊어졌도다.
> 늘그막에 장차 세상을 피하려는데
> 어느 누가 좋게 보아 주리오.[20]

물아가 형체를 잊을 수 있고 일월이 순환하고 강산이 아득한 취향은 낙토로 관념된다. 또한 이곳은 세상을 피하기에 적격의 장소이기도 하다. 이렇게 현실을 초월해 있는 이상향으로서 취향이 설정된 것이다. 그런데 술에 취하여 들어가는 이곳은 몽유와 깊은 관련을 맺고 있다. 흔히 '취몽중(醉夢中)'이라는 말이 쓰이거니와 꿈을 통한 이계 체험은 술에 취한 상태와 동질적인 의미를 지닌다. 그리하여 정수강(丁壽崗, 1454~1527)의 <취향기(醉鄉記)>나 성운(成運, 1497~1579)의 <취향기>에서는 꿈을 통해 취향에 들어가는 것으로 설정된다.

정수강의 작품은 상고 시대에서 삼황오제로 내려오면서 순박하고 대동적인 기풍이 점차 사라짐을 근심한 상제(上帝)가 의적(儀狄)을 시켜 술로써 순일한 기운을 양성토록 하였는데, 후에 술로써 패신 망국하는 풍조가 생겨나기도 했다는 앞부분의 기술에 이어 다음과 같은 내용이 이어진다.

> 그 마을이 있는 곳을 물으니 몇 천만 리인 줄 알지 못했으나 술잔을

---

20) 『목은고(牧隱藁)』, 시고(詩藁) 23권, 醉鄉眞樂土 物我共忘形 日月無遲疾 江山自杳冥 一身渾雨露 雙耳絶雷霆 老境將逃世 何人眼作靑.

주고받고 하는 사이에 유연 황연히 문득 그곳에 이르매 꿈인 듯 헛된 듯 아닌 듯 그 가고 옴에 처음과 끝을 알지 못하겠더라. 아 괴이할진져. 내 일찍이 청주종사(술의 별칭)로 더불어 호해(湖海) 사이를 유람하여 중산을 거쳐 동정호를 지나 상야의 마을에 이르러 길을 잃고 실족하여 이 마을로 떨어졌다. 그곳은 넓게 펼쳐져 있어 구릉의 험난함이 없었고 그 기운은 화평하여 서리나 눈같이 심하게 응결된 괴로움도 없었으며, 그 풍속은 화락하여 어그러지고 다투는 마음이 없었다. 온화한 원기가 찌는 듯이 뼈에 사무치니, 낙토 낙토라.21)

낙토의 이미지가 구체적으로 형상화되면서 '사몽비몽(似夢非夢)' 혹은 '사허비허(似虛非虛)'인 상태로 취향에 들어가거나 아니면 전기 소설에서 일반적으로 쓰는 관용적 표현으로 '길을 잃고 실족하여' 들어가는 것으로 그려진다. 따라서 취향으로의 편력은 몽유에 의한 것의 연장에서 이해될 수 있다. 이와 같은 편력이 지니는 심각한 의미는 성운의 작품 서두에 잘 표현되어 있다.

내 그윽이 슬퍼하기를, 말세에 태어나 몸이 진세(塵世)에 처하여 구속받고 군색함이 마치 누에가 실로써 스스로를 감아 벗어나지 못하여 시비·선악을 서로 승탈하는 자 같고, 또 어지러이 눈 속에 모아서 마음을 요란케 하여 형체는 사물 속에 얽매여 놓여날 길 없고 마음은 바깥 일의 흔들림에 막혀 평안을 얻지 못하니 몸을 묶고 정신을 수고롭게 하여 늙어 죽을 때까지 깨닫지 못하였음이다. 어허, 이것이 그 살 만한 곳이란 말인가. 하늘 밖으로 초월하고 땅 끝까지 밟는 것이 어찌 넓고 한적한 세계에 의탁하여 형체를 벗어나 근심이나 노여움을 잊어버리는 것이 아니리오. 허나 내 능히 몸을 도약하여 멀리 가 버리지 못함을 한하여 울울하게 십 년 동안 쌓인 회포를 떨쳐 버리지 못했으니 잠시 금뢰

---

21) 『월헌집(月軒集)』 5권, 問其鄕之所在 則莫有知其幾千萬里者也 而杯盤酬酌之餘 悠然怳忽 至其所 似夢非夢 似虛非虛 其往其來 莫知端倪可怪也 余嘗與靑州從事 博遊湖海間 歷中山 過洞庭 至上若之村 迷路失足 墜於此鄕之中 其地廣衍 無丘陵險阻之難 其氣和平 無霜雪嚴 凝之苦 其俗熙熙 無乖戾忿爭之心 沖融元氣 薰蒸透骨 樂土樂土.

의 술을 잔질하여 불평이 가득한 가슴을 씻으려 하였다.[22]

세상의 시비·선악에 구속되어 계신노신(繫身勞神)하며 사는 자신의 처지를 벗어나 관한세계(寬閑世界)에 의탁하고자 하는 뜻을 술로써 달랬다는 것이다. 이에 작가는 술기운을 의지하여 취향에 들어가게 된다.

이렇게 이상향으로 설정된 취향은 도교적인 성격을 띠기보다는 유교적 복고주의의 성격을 띠고 있다. 위에서 본 정수강의 <취향기>에서도 드러나듯이 상고 시대나 삼황오제 시대를 꿈꾸는 유학자들에게 그 시대의 이상적 형상이 취향으로 인식되었던 것이다. 이 점을 좀 더 명확히 보여 주는 것이 김인후의 <취향>이라는 시이다.

> 취향은 중국에서
> 몇 만 리나 떨어진지 모른다네.
> 물속(物俗)은 너무나 순박하고
> 그름도 없고 옳음도 없다네.
> 둘러싼 천지개벽의 기운이
> 넓고 넓게 겉과 속을 꿰뚫어
> 두루 천지사방 사이를 흐르고
> 태초에서 넉넉히 노니네.
> ……
> 성인 공자는 어지러움에 미치지 않아
> 해와 같이 비교할 수 없고
> 안회의 표주박과 증점의 노래는
> 성(聖)을 얻어 취향을 생각함이라.[23]

---

22) 『대곡집(大谷集)』 중, 余竊悲 生於季世 處躬於塵 拘攣窘束 如蠶之以絲自纏 莫能解脫 是
　　非善惡之相勝相奪者 又紛然叢集於目中 以擾乎內 形拘於有形之中 而不能自放 心鬱於外
　　事之撼 而不得其平 繫身勞神 以至於老死而不悟 吁是其可居乎 超天之外 跨地之濱 豈無寬
　　閑世界可托 而逃形軀忘憂慍者 而恨吾之不能跳身而遠去 鬱鬱十年 無以排遣積懷 則姑酌
　　金罍之酒 以洗磊魂之胸.
23) 『하서전집』 3권, 醉鄉去中國 不知幾萬里 物俗太淳厖 無非亦無是 句溷混元氣 浩浩通表裏

취향을 상고의 이상향으로 그리면서 안회나 증점의 고사를 인용하여 도학적 수양의 자세를 강조하고 있다.

이상에서 우리 선인들의 꿈 관념을 그들이 주로 인용했던 소재를 중심으로 몇 가지 유형으로 나누어 살펴보았다. 이러한 꿈 관념의 유형 중 어느 하나를 바탕으로 하여 작품화한 경우도 있지만 대부분은 유형들의 조합에 의해 한 편의 작품이 이루어졌다. 그에 따라 호접몽 식의 제물론적 사유 방식, 몽견주공의 교술적 꿈 관념, 인생은 꿈이라는 허무의식, 현실을 벗어나 이계를 유람하는 초월의식 등이 서로 섞이면서 한 편의 몽유 문학이 이루어진 것이다.

3) 꿈 관념의 문학론적 측면

꿈에 대한 관념은 기본적으로 소재론적 측면뿐 아니라 문학론적 측면에서도 고찰될 만한 것이다. 이에 꿈에 대한 논설을 분석하여 꿈 관념 속에서 문학론의 실마리를 찾아보고자 한다.

먼저 박팽년(朴彭年, 1417~1456)이 '몽유도원도(夢遊桃園圖)'에 붙인 <몽유도원도서(夢遊桃園圖序)>를 검토해 보자.

고인의 말에 이르기를, '정신이 만나 꿈이 되고 형체가 접하여 일이 되나니 낮에 생각한 것을 밤에 꿈꿈은 정신과 형체가 만난 바라.' 하였다. 대개 형체가 비록 밖으로 사물과 접하지만 안으로 신명(神明)이 주재하지 않는다면 또한 어찌 형체의 접함이 있으리오. 이로써 내 정신이 형체에 의지하지 않고 독립하며 사물을 기다리지 않고 존재하여, 감응해서 통하고 급하지 않으면서도 빨라서, 언어 문자로 미칠 바가 아님을

周流六漠間 優游於太始……孔聖不及亂 不可同日比 顔瓢與曾歌 得聖違念彼.

알겠다. 그러니 어찌 깸이 하는 바가 진실로 옳고 꿈이 하는 바가 진실로 그를 줄 알겠는가. 하물며 사람이 세상에 존재함도 한 꿈속인데, 또한 어찌하여 고인(古人)이 만난 바를 깸이라 하고 지금 사람이 만난 바를 꿈이라 하리오.24)

낮에 생각한 것을 밤에 꿈꾸는 것은 정신과 형체가 만난 바인데, 정신 곧 신명(神明)이 형체를 주재하지 않는다면 형체의 접함이 있을 수 없기에 이로부터 형체와 독립된 정신의 존재 양상을 알 수 있다고 하였다. 그리하여 현실과 꿈 중 어느 것이 옳고 그른지를 판단하기 어려움은 정신의 작용이 '감이수통(感而遂通) 부질이속(不疾而速)'하기 때문이며, 또한 고인과 지금 사람이 경험한 꿈속 체험 중 어느 것을 꿈이라 하고 현실이라 할지 알 수 없다는 것이다.

여기서 형체와 독립된 정신의 오묘한 작용을 현실과 꿈의 변별 불가능성에 대한 이유로 제시하고 있는 점이 주목된다. 곧, 제물론적 관점에서 현실이 꿈이 될 수도 꿈이 현실이 될 수도 있다고 인정하는 것이 아니라 형체로부터 독립된 정신의 작용에 의해 현실과 꿈의 동질성이 인정되는 것이다. 문학론적 측면에서 정신을 주관이 지닌 상상력으로, 형체를 객관 세계의 현상으로 이해했을 때, 이는 객관 세계로부터 독립된 상상력의 작용에 의한 현실과 꿈의 넘나듦을 통해 꿈이 지닌 허구적 진실성이 인정될 수 있음을 뜻한다고 해석할 수 있다. 이는 곧 꿈을 통한 문학적 상상력의 자유로운 활동에 대한 긍정으로 볼 수 있는 것이다.

이와 같이 현실과 꿈의 변별 불가능성에 대한 인식은 문학론의 한 측

---

24) 『박선생유고(朴先生遺稿)』 1, 古人有言曰 神遇爲夢 形接爲事 晝想夜夢 神形所遇 盖形雖外與物接 而內無神明以主之 則亦何有形之接也 是知吾神不倚形而立 不待物而存 感而遂通 不疾而速 有非言語文字所及 庸可以覺之所爲爲眞是 而夢之所爲爲眞非也哉 而況人之在世 亦一夢中也 亦何以古人所遇爲覺 而今之所遇爲夢.

면으로 해석될 여지가 있는데, 이는 꿈속 체험이 현실적인 경험에 비해 오히려 진실성을 지닐 수도 있다는 점을 시사하는 것과 관련된다. 김안로(金安老, 1481~1537)의 <오월십이야기몽(五月十二夜記夢)>이라는 시의 세주(細註)에는 이 점이 좀 더 뚜렷이 드러나 있다. 이 글에 따르면, 꿈이 부응(符應)함은 자연스런 것이지만 이는 조짐이 이미 정해진 천수를 드러내는 것이지 그 사이에 예뻐하고 미워하거나 후히 하고 박하게 함이 있는 것은 아니기에 억지로 이루어질 수는 없고 또 그것을 허황하다고 할 수 없다는 것이다. 이어 다음과 같은 언술이 나온다.

> 그 적절한 뜻을 당하여 시비와 영욕이 대략 인간세상과 같으나 기지개를 켜는 때에 문득 허망하게 되므로 이를 일러 꿈이라고 한다. 인간 만사가 구름이나 연기가 나왔다가 스러지는 것 같아서 번잡함이 백년을 넘지 못하니 요컨대 그 마침이 또한 한순간일 뿐만 아니라 꿈과 인간세상이 모두 헛된 것이기도 하니 그 참과 거짓은 진실로 알 수 없는 것이다. 인심의 험하고 거짓됨과 세상일의 번복됨이 도리어 꿈속의 참되고 순수함만 같지 못하니 그림자를 불러 벗 삼음이 또한 사람끼리의 사귐보다 낫다. 꿈을 불러 세상이라 하고 그림자를 불러 참이라 함이 진실로 불가하지는 않으며, 세상을 가리켜 꿈이라 하고 사람을 가리켜 그림자라 함도 불가하지는 않나니, 과연 어느 것이 실상이고 허깨비인지 알지 못하겠다.25)

희필적인 측면이 있긴 하지만, 꿈과 현실의 도착을 말하면서 인심과 세사가 오히려 꿈속의 진순(眞淳)함만 못하다는 말 속에서 타락한 현실에 대비된 순진한 꿈의 가치가 옹호될 가능성을 찾아볼 수 있다.

---

25) 『희락당고(希樂堂稿)』 4권, 當其敵意 是非榮辱 略與人間等 而欠伸之頃 便成虛妄 故謂之夢 人間萬事 雲出煙消 紛不出百年之內 要其終亦不啻一瞬間 是夢與人間俱爲虛爾 其眞妄 固不可知也 人心險僞 世事翻覆 反不如夢中之眞淳 則喚影作友 又勝於人間之交也 喚夢爲世 喚影爲眞 固無不可 而指世爲夢 指人爲影 亦無不可 果不知其孰實孰幻也.

이렇게 꿈 관념 속에 꿈이 지닌 허구적 진실성이 옹호될 기미가 나타
난 점과 함께 꿈이 지닌 허구성이 현실에서 이루지 못한 소망을 충족시
키는 의미로 받아들여진 예를 도처에서 찾아볼 수 있다. 그중 꿈을 현실
과의 관련 속에서 해명하고 있는 예로 허균(許筠, 1569~1618)의 <몽해(夢
解)>를 주목할 수 있다. 작자와 혹자의 문답으로 이루어진 이 글의 논쟁
점은 꿈이 현실에 잘 맞느냐 맞지 않느냐 곧, 꿈의 징험성에 관한 문제이
다. 흔히 조선조 사대부들에게 있어서 꿈과 결부된 언술의 대부분이 이
문제를 다루고 있지만 작자는 이렇게 다소 진부한, 그렇지만 보편적이기
도 한 문제를 자신의 체험과 관련하여 진술하고 있다. 그가 이르기를, 어
릴 때는 꿈도 적었고 꿈을 꾸면 문득 응했었는데 자라서는 점점 꿈이 많
아지고 꿈을 꾸어도 점점 응하지 않게 되었다고 한다. 이에 혹자가 꿈은
상념에서 생기는 것인데[夢生於想] 어릴 때는 욕념(慾念)과 은미한 마음이
조용히 움직이지 않아서 생각이 적고 꿈도 드물었기에 문득 징험하였으
나 자라서는 총욕과 득실의 상념이 마음을 어지럽혀 생각의 불꽃[想火]이
타올라 꿈도 번거로워졌기에 응하지 않는다고 말한다. 이 말에 작자는
다음과 같이 응답한다.

꿈이 많고 적음은 혹 생각에 매였을지 모르나 징험에 이르러는 생각
에 있지 않다. …… 이는 마음이 신령하면 일이 들어맞고 정신이 명랑
하면 증거가 나타나서 마침 아득하고 오묘한 가운데 서로 부합하여 우
연히 징험이 된 것에 지나지 않는다. 어찌 꿈마다 일마다 억지로 부합
함을 구하리오. 그렇지만 상(想)과 염(念)이 맑으면 심(心)과 신(神)이 스
스로 명랑하고, 맑고 명랑하면 스스로 하늘에 부합되고, 하늘에 부합되
면 일기(一氣)가 청허하고 현기(玄機)가 유동하여 길흉 휴구(吉凶休咎)의
도래함이 마치 형체가 거울에 나타나 비치지 않음이 없는 것 같다. 그
러므로 능히 추측하여 아는 것이니 이것이 몽점(夢占)이 이루어지는 이
유다.26)

여기서 작자는 꿈이 생각에서 생긴다는 혹자의 말에 일면 수긍하면서도 꿈의 징험 여부는 '심신(心神)의 명랑성'에 기인한다고 말하고 있다. 이에 대해 혹자가 다시 응답한다.

> 자네가 오랫동안 벼슬길에 있으면서 식록과 눈치 보는 일로 곤하고 높은 사람에게 고을을 구걸하여 바야흐로 틈을 엿보아 요행을 바랄 때에 꿈에 문득 그것을 얻었으나, 그 후에는 혹 얻기도 하고 얻지 못하기도 하였으니, 이는 상념에 의해 움직임이 깊은 것이다. 변고를 지낸 이래로 명리를 끊어 버리고 오로지 수련에 뜻을 두어 도가의 경전과 비결을 많이 읽어 잠심하여 연구하더니, 꿈에 문득 자양(紫陽), 해경(海瓊)의 여러 진경을 보고 오묘한 이치를 들으며 심지어 옥경(玉京)에 날아가 난학을 타고 오색구름 속에 퉁소 소리를 들은 것이 여러 번이니, 이는 상념에 의해 부려짐이 지극한 것이다.[27]

앞서 작자가 심신의 명랑성에 의해 꿈이 징험된다는 점을 강조한 데 대해 혹자가 다시 꿈이 상념에서 나온다는 전제를 내세우면서 그 구체적인 예로 두 가지 경우를 들고 있다. 환로(宦路)에 나가 득실의 생각으로 인해 꿈이 영향을 받게 된다는 것과 잠심, 수련하면서 신선 세계를 동경하여 꿈에 그 세계를 경험하게 되었다는 것이 그것이다. '환로의 꿈'과 '신선의 꿈', 바로 이를 통해 꿈이 상념의 부림을 받는다는 사실을 입증할 수 있다는 것이다.

이러한 <몽해>의 내용에서 문학론의 단초를 찾으려 할 때, 우선 작자

---

26) 『성소부부고(惺所覆瓿藁)』 12권, 夢之多少 或係於想 至於驗應 則不在於想……是不過心靈則事契 神朗則符現 適相合於眇眞之中 偶然爲徵者也 詎可夢夢事事 强求其合也 雖然想與念澄 則心與神者朗 澄朗則自合於天 合於天則一氣淸虛玄機流動 其吉凶休咎之來 若形之現於鏡 無不照了 故能推測而知之 此夢占之所以作也.

27) 같은 곳, 翁久在官途 困於食伺 貴人乞郡 方其覘窠 而覬之也 夢輒得之 已而或得或不得 是其動於念深矣 自經影故來 斷除利名 一志於修煉 多讀道家經訣 以潛心研究 則夢輒見紫陽海瓊諸眞 聆其妙諦 甚至神飛玉京 駕鸞鶴聽簫於五雲中者數數然 是其役於想者至矣.

의 언술과 혹자의 언술이 대비적으로 제시된 점이 지적되어야 한다. 전자는 꿈이 현실에서 실현되는가, 즉 꿈의 징험성을 문제 삼고 심신의 명랑성에 의해 그것이 가능하다고 하였다. 반면, 후자는 꿈이 상념의 소산이고 상념했던 것이 꿈을 통해 성취된다는, 꿈의 소망 충족적 성격에 대해 말하였다. 이 양자의 관계를 간단하게 도식화하면 다음과 같다.

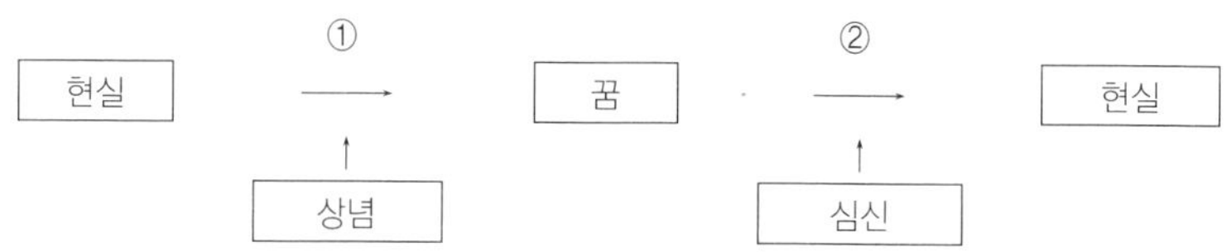

위의 도표에서 ①의 방향은 꿈의 생성 과정을 나타내는데, 이는 현실 생활에서 생긴 상념 혹은 초월 세계에 대한 동경의 상념에 의해 이루어지는 소망 충족의 길이기도 하다. 한편, ②이 방향은 꿈의 징험 과정으로서 심신의 명랑성을 회복해야만 가능한 길이다. 여기서 ①의 방향은 명백히 허구 의식의 확대, 상상력의 개입, 소망 충족이라는 문학론의 한 축을 형성하는 것으로 판단된다. 그리고 ②의 방향은 꿈에 대한 유교적 합리주의에 입각한 이해의 태도를 보여 줌으로써 또 하나의 축을 이룬다. 이에 앞의 방향을 꿈의 허구성의 축, 뒤의 방향을 꿈의 징험성의 축으로 해석할 수 있다. 이 두 축의 관련 속에서 꿈을 소재로 한 문학 작품의 창작이 이루어졌던 것이라 생각된다. 가령, ≪금오신화≫나 <구운몽>은 전자의 관점이 바탕이 되어 창작된 것이고 몽기류나 점몽·해몽 설화는 화자의 관점이 기초가 되어 형성된 것으로 볼 수 있다.

위의 도식 가운데 소망 충족으로서의 ①의 방향은, 윗글에서 혹자가 말했듯이, 다시 환로의 꿈과 신선이 꿈으로 대별될 수 있다. 이는 꿈이 문학적으로 형상화될 때 나타날 수 있는 꿈의 두 가지 양상을 말해 준다고 할 수 있다. 곧, 꿈이 현실적인 관심의 연장으로서 현실에서 결여된 어떤 소망이 꿈을 통해 충족되는 경우와 현실적 관심에서부터 떠나서 현실의 대척점에 있는 신선 세계를 동경하여 그것이 꿈으로 실현되는 경우이다. 이에 따르면 꿈의 내용이 지극히 현실적인 성격을 띠는 경우와 그 반대로 매우 비현실적, 환상적 성격을 띠는 경우가 있을 수 있다. 꿈에 대한 허균의 이러한 생각 속에는 꿈 관념의 문학론을 구성하는 데 매우 소중한 인식이 내포되어 있다.

가령, 몽유록의 경우 꿈속 세계는 지극히 현실적인 문제를 놓고 토론을 벌이고 현실에서의 좌절을 한탄하는 내용이 주종을 이룬다. 이는 곧 꿈이 지닌 현실성이 드러난 것이다. 이와는 달리 <만복사저포기>나 <용궁부연록>과 같은 작품을 꿈속 세계가 상당히 환상적으로 설정되어 있다. 곧, 꿈이 지닌 환상성을 보여 주는 것이다. 나아가 <구운몽>과 같은 작품은 주인공이 겪는 꿈속 체험을 통해 허균이 말한 환로의 꿈과 신선의 꿈이 잘 조화되어 나타난다. 이와 같이 허균이 제시한 꿈에 대한 인식 곧, 꿈이 지닌 허구성과 징험성의 두 축의 설정, 소망 충족의 두 가지 양상으로서 환로의 꿈과 신선의 꿈을 대비시킨 것 등은 꿈 관념의 문학론적 성격을 잘 보여 주고 있다.

꿈에 대한 단편적인 기록은 문집 중에 산견되지만 이를 포괄적으로 기술한 글로서 이시선(李時善, 1625~1715)의 <몽해(夢解)>를 들 수 있다. 다음은 이 글의 서두이다.

> 깸에는 여덟 가지 징험이 있고 꿈에는 여섯 가지 징후가 있다. 사건과 행위, 얻고 잃음, 슬프고 즐거움, 삶과 죽음은 깸이 접하는 바요, 정상적인 꿈, 놀라는 꿈, 생각한 것을 꾸는 꿈, 낮에 본 것을 꾸는 꿈, 기뻐하는 꿈, 무서워하는 꿈은 꿈이 발하는 것이다. 깸과 꿈은 다른데 꿈은 깸으로 말미암기에 깸은 꿈에 앞서는 것이다. 깸에는 심(心), 신(神),

혼(魂), 백(魄)이 있고 그것이 꿈이 되려면 혼이 백과 교통하여 백이 정지하고 신이 틀어박혀 잠잘 때 심이 그 사이에 있어 의구히 생각할 수 있게 된다. 이것이 변화를 감지할 수 있게 되는 바이고 때때로 꿈속에서 꿈을 점치게도 된다. 참과 거짓이 섞였다가 깨어나서야 생각하는 것이 이른바 깸이라는 것이다. 아침 이슬과 같은 생애에 흑백이 구분되지 않음은 실로 새 소리가 귀에 스치는 것 같으니 어찌 그것이 한 꿈이 아닌 줄 알리오.[28]

꿈의 생성 과정은 심신혼백(心神魂魄)의 작용에 의한 것으로 설명하면서 어디까지나 각(覺)이 몽(夢)에 선행하는 것이라 하였다. 그리고 꿈속에는 참과 거짓이 섞여 있는 것인데 인생에서 흑백이 구분되지 않는 것이 꿈과 같다고 본 것이다. 이를 이어 <침중기>의 노생, <남가태수전>의 순우분, 윤씨, 정나라 사람의 꿈 이야기를 길게 언급하고 있다. 그리고는 예의 꿈의 징험성 문제를 거론하여 그것은 '정신이 온전함을 얻으면 꿈이 전도되지 않아 눈으로 보고 귀고 듣는 것같이' 되는 것이라 하였다. 그리고는 다시 서두에서의 논의가 이어진다.

사람의 생애는 낮에는 일하고 밤에는 꿈꾸는데 꿈과 인생을 구분함에 잠깐 사이에 변환하고 가닥이 많아 그 허깨비 됨을 이루 헤아릴 수 있겠는가. 바야흐로 그때에 존재하고 없어지는 바를 알지 못하고 앞서고 뒤서는 바를 알지 못하기에 그 알지 못하는 화(化)를 기다려 어찌 화와 불화(不化)를 알겠는가. 그것을 들을 따름이다. 꿈과 깸의 의심스럽고 혼란함이 이와 같으니 꿈이 스스로 꿈인지 깸이 스스로 깸인지, 아니면 꿈이 깸인지 깸이 꿈인지 알지 못하겠다. 정신이 만났다, 형체가 접했다고 하는 구분보다는 꿈은 꿈이라고 하는 것이 낫다.[29]

---

28) 『송월재집(松月齋集)』 4권, 覺有八徵 夢有六候 故爲得喪哀樂生死 覺所接也 正噩思寤喜懼 夢所發也 覺夢其異 而夢因於覺 覺者夢之所先也 覺者有心有神有魂有魄 而其爲夢也 魂與魄交 魄定神蟄 而爲寐 心在其間 依舊能思 此感變之所起 而有時乎夢中占夢 眞妄錯雜 旣寤而思 其所謂覺者 朝露生涯 白黑未及分 實鳥音過耳 安知其非一夢耶.

앞 절에서 이미 살펴본 바 있는 꿈과 현실, 몽과 각의 변별 불가능성이 인생의 '변환다단(變幻多端)'이라는 데에 근거하여 거듭 주장되고 있다. 참과 거짓이 뒤섞인 꿈의 변환만큼이나 인생에 있어서도 무수한 변환이 있다. 몽과 각의 혼동은 바로 이러한 관점에서 허구적인 문학이 삶에 대해 가지는 진실성을 인식하는 문학론의 한 측면임을 인정할 수 있으리라 본다.

그러나 이시선 역시 꿈이 지닌 허구성을 이 정도로만 이해했을 뿐, 앞서 이행이 인시(因是)의 관점을 내세운 것과 마찬가지로 꿈은 꿈일 뿐인 것으로 귀결하였다. 그리하여 '날마다 대도를 밟고 둘로써 참여하지 않는다[日踏大道 不參以貳].'는 유교적 합리주의를 내세우고, 결국에는 '지극한 이는 꿈이 없다[至人無夢].'는 교훈으로써 결론을 맺고 있다. 이는 조선조 사대부 대부분의 꿈에 대한 결론이기도 하다.

이러한 일반적인 생각에서 벗어나 꿈의 허구적 진실성의 문제, 문학적 상상력과 이데올로기의 관계 등에 대해 우의적(寓意的)인 방식으로 심도 있게 논한 사람으로 육용정(陸用鼎, 1843~1910년경)이 주목된다.30) 육용정의 문집인 『의전문고』 권2에는 꿈을 소재로 한 네 편의 몽기류 연작이 실려 있는데, 곧 <기몽(記夢)>, <설몽(說夢)>, <견몽(遣夢)>, <몽자대(夢者對)>가 그것이다. 이어서 이들 몽기류 연작의 속편이라고 할 수 있는 우의적 전 작품인 <의전자전(宜田子傳)>, <문비전(文斐傳)>, <몽환진전(蒙幻眞傳)>, <진장유전(眞長孺傳)> 등 네 편이 수록되어 있다. 이 여덟 편은 서로 긴밀하게 연관되면서 작품을 통한 문학론의 개진이라는 성격을 지닌

---

29) 같은 곳, 人之生也 日則作而宵則夢 與夢分其生 片餉之間 變幻多端 其爲幻可勝計邪 方其時也 不知所以存亡 不知所以先後 以待其不知之化 烏知化與不化聽之也已 夢覺之疑亂如此 不知夢自夢而覺自覺 與抑夢爲覺而覺爲夢 與其神遇形接之分 大多夢夢.

30) 육용정에 대한 소개와 그이 문학론에 대한 검토는 신재홍, 「의전 유욕정의 허구론」, 『구인환선생 화갑기념논문집, 1988 참조.

다. 이들 작품에 서술된 작자의 꿈에 대한 언술을 검토함으로써 조선 말기에 이르러 꿈 관념이 본격적인 문학론의 양상을 띠게 된 사실을 찾아볼 수 있다. 그런데 뒤의 우의적인 전 네 편은 앞 네 편과 중복되는 내용이 많기 때문에 여기서는 앞의 몽기류 연작만을 대상으로 논하고자 한다.

　<기몽>은 갑신년에 작자가 꾼 꿈 기록하고 그 꿈에 대한 해설을 덧붙인 글이다. 갑신 11월 밤에 군서(軍書)를 읽다가 꿈에 들어 어느 유벽한 곳에 이르러 한 미인을 만나 가옥이 즐비한 곳에 가니 한 장부가 나와 어느 궁궐 별채로 인도하였다. 밖에서 기다리고 있던 차에 노인들이 낮잠이 곤히 든 것을 보았는데 그 옆에 있던 한 작은 몸집의 사자가 문득 큰 괴물로 변해 달려들어 놀라 도망가다가 구덩이에 빠졌다. 못가에 있던 한 동자가 나를 꾸짖더니 수만 병졸이 시끄럽게 떠드는 바람에 잠에서 깨어났다.

　이를 이어 작자는 꿈이 인상(因想) 즉, 생각에서 말미암은 것이라고 하고 그가 꾼 꿈은 자신이 경험한 이국인의 괴이한 인상과 미인을 만나기 바랐던 심정 곧, 간진(干進)과 자매(自媒)에 의한 것이라 하였다. 이 작품은 몽기류 연작을 창작하게 된 단서가 되는 작자의 실제 꿈을 기술한 것이다.

　<기몽>을 이어 <설몽>에서는 예전에 작자가 꾼 두 가지의 꿈을 예로 들어 작자의 꿈에 대한 생각을 피력해 놓았다. ‘몽사우동한지조(夢仕于東漢之朝)’와 ‘몽유우천방지국(夢游于天方之國)’의 두 가지 꿈을 제시하면서 이러한 꿈을 통해 ‘지난날 품은 뜻이 대략 펼쳐졌고’, ‘지난날 응어리졌던 것이 단번에 풀렸다.’31)고 하여 꿈의 소망 충족적 의의를 옹호하고 있다. 또한, 여기에 제시된 두 가지 꿈은 앞서 살펴본 허균의 환로의 꿈과 신선의 꿈에 대응시킬 만하다. 환로의 꿈과 동한의 조정에서 벼슬한 꿈

31) 『의전문고(宜田文稿)』 2권, 余嘗夢仕于東漢之朝……疇昔志意略伸焉……余嘗夢游于天方
　　之國……疇昔介滯頓釋焉.

은 둘 다 현실적 소망이 꿈을 통해 이루어진 것이고, 신선의 꿈과 천방의 나라에 노니는 꿈은 모두 현실을 초월하고자 하는 소망이 꿈을 통해 이루어진 것이다. 이에 소망 충족으로서의 꿈이 지니는 두 가지 성격 곧, 현실성과 환상성을 다시 한 번 확인할 수 있다.

이렇게 작자의 꿈 체험을 예로 들어 두 가지 꿈이 모두 평소 자신의 경험에서 나온 것으로 보면서 꿈은 생각[想]에서 나오고 마음[心]은 곧 불[火]인데 그렇다면 불과 생각은 어디서 오는가라고 자문한다. 스스로 그 유무·생멸·존망은 공광무궁(空曠無窮)의 경지에서 서로 말미암는 것이라고 답한다.

<견몽>에서 유자(儒者)인 진장유가 나타나 <설몽>에 피력된 꿈에 대한 작자의 생각을 비판하면서 꿈을 멀리 배척하라고 강요한다. 진장유에 따르면, 잠자면서 꿈이 많은 것은 마음이 안정되지 못했기 때문이요, 입에 아름다운 말이 많은 것은 마음이 기교를 높이기 때문이다. 왜냐하면 지인(至人)은 꿈이 없고 길인(吉人)은 말이 적기 때문이다. 꿈을 불로 본 공자의 생각을 바탕으로 불로써 꿈을 타파하는 논리를 전개할 수 있다. 대저 불이란 모두 마찬가지여서 향을 사르면 향내가 나고 똥을 사르면 악취가 나듯이 꿈 역시 생각의 희노투비구경(喜怒鬪悲懼驚)에 따라 각기 다양한 꿈이 나타난다. '꿈과 생각과 마음과 불은 원래 한가지인데, 생각을 바르게 가지면 꿈도 바르게 되고 마음이 평온하면 불도 평온하게 된다.32) 곧, 불이란 두려운 것이고 꿈은 믿을 만한 것이 못 되기 때문에 생각을 바르게 가지고 마음을 평온하게 하면 불과 꿈을 다스릴 수 있다는 것이다. 이 다음 대목에서는 불을 장순하게 하면 천리(天理)가 행해지나 그것을 늘리면 인욕(人慾)을 싫어하지 않게 된다고도 하였다.

---

32) 같은 곳, 夢想心火無貳 致想正則夢得其正 心平則火得其平.

   제2부 몽유 소설의 작품 세계와 작가 의식

이와 같이 진장유는 철저히 천리라는 유교적 수양의 관점에서 마음을 어지럽히는 인욕으로서의 꿈을 배척하고 있다. 이에 의전자는 하는 수 없이 환진이라는 꿈의 신을 쫓아 보내는 사(辭)를 짓게 된다. 그러나 이 글 말미에 붙은 보주(補註)에서 작자는 그림 그리기를 좋아하여 스승의 매질로도 그 습성을 고칠 수 없었던 아이의 비유를 통해 몽환진의 의의를 옹호하고 있다.

이러한 작자의 태도를 대변하며 꿈과 그 기록으로서의 문학이 지니는 의의를 역설하고 있는 것이 <몽자대>이다. 이 작품은 <견몽>의 속편으로 자신을 문신(文神)이라고 소개한 문재도(文載道)라는 객이 나타나 앞의 글에서 의전자가 진장유의 권유에 따라 몽환진을 배척한 일에 대해 질책하는 내용이다. 문재도는 의전자에게 있어 자신과 몽환진이 지닌 의의를 다음과 같이 말하고 있다. 문재도의 말을 빌려 작자는 몽환진으로 의인화된 꿈과 문비(재도)로 의인화된 문학이 지닌 의의를 이렇게 명료히 드러내고 있다. '환진이 앞에서 이끌어 여러 번 이경별계(異境別界)를 유람하게 하였고……자네의 소요, 창서함이 이에서 충족되었다.'33)라고 하여, 현실적 불만과 염려로부터 벗어나 광활한 상상력의 세계 속에 소용하며 회포를 풀어 버릴 수 있는 것이 곧 꿈이요 그것의 기록인 문학인 것이다.

이렇게 꿈과 문학을 소망 충족의 측면에서 옹호하면서 앞서 <설몽>에서 제시한 두 가지 꿈 이야기를 끌어와 꿈과 문학의 의의를 거듭 강조한다. <설몽>에 제시된 두 가지 꿈의 내용을 줄거리로 갖추어 허구적으로 윤색하면서 그런 과정에서 꿈과 문학이 수행한 역할을 상기하고 있다. 꿈이 지닌 허구적 상상력의 힘으로 난국을 타개할 수 있었음이 강조되었다.

이로 볼 때, 육용정은 허구로서의 꿈과 허구의 기록으로서의 문학을

---

33) 같은 곳, 幻眞寔先導之 多有異境別界……子之逍遙暢敍 於斯已足.

자유로운 상상력을 통한 소망 충족의 관점에서 옹호하고 있는 것이다. 이러한 허구에 대한 긍정적 입장은 허구를 인욕에 의해 어지럽혀진 마음의 상태로 규정지어 배척하려는 유교적 관점에 의해 견제를 받게 된다. 그리하여 허구를 배척하는 인습적 생각에 의해 작자의 허구에 대한 옹호론이 심한 비판을 받게도 되고 다시 이에 대한 허구와 문학 쪽의 반론도 제시되면서 문제의 심각성이 부각된다. 이는 작자가 허구를 인식함에 있어 소망 충족으로서의 허구의 의의와 그에 대한 전통적 유교 관념과의 길항 관계를 설정하여 두 관점 사이의 변증법적 지양을 의도한 것이라고 할 수 있다. 이와 같은 육용정의 논의를 통해 중세 해체기인 19세기 말에 이르러 전통적인 꿈 관념이 본격적인 문학론의 모습을 띠고 전개되었음을 확인할 수 있다.

4) 결론

꿈에 관한 기록들은 중세 보편주의에 입각한 문자 행위에 따라 대부분 중국측 전거에 의거해서 이루어졌다. 그들 기록을 소재론적인 측면에서 대별해 본다면 ① '호접몽'식의 제물론적 사유 방식, ② '몽견주공'의 교술적 꿈 관념, ③ 인생은 곧 꿈이라는 허무의식, ④ 현실을 벗어나 이계를 유람하는 초월의식 등으로 분류될 수 있다. '조궤(吊詭)'와 '인시(因是)'의 대립적 관점을 상정하고 후자의 입장에서 전자를 비판하였던 것이 조선조 사대부들의 일반적·공식적인 꿈 관념이었다. 그러나 같은 꿈이라도 공자의 몽견주공에 관련된 생각을 펼칠 때에는 지성(至誠)이나 신심(信心)을 강조하면서 교훈적인 의도를 드러내고 있다. 그러면서도 인생의 허무감이나 이계 혹은 이상향으로의 초월의식과 관련된 꿈 관념은 꿈이 지닌 효용성을 지속적으로 상기시켰던 것이다. 이에 따라 몽유 문학도 어떤 작품들에서는 이들 중 한 관념이 지배적으로 드러나기도 하고 이것들이 서로 섞이면서 한 편의 작품이 이루어지기도 하였다.

꿈 기록 가운데는 문학론의 관점에서 분석될 만한 것들도 있다. 일반적인 꿈 관계 기록 속에서는 대개 꿈과 현실의 변별 불가능성이라는 제물론적 관점에 기초하여 허구적인 꿈속 세계가 현실보다 더 진실할 수도 있다는 인식을 찾아볼 수 있는데, 이는 문학이 지닌 허구적 진실성에 대한 옹호의 변으로 이해될 수 있다. 이 글에서는 특히 허균의 <몽해>와 육용정의 일련의 몽기류 연작에 나타나는 꿈 관념의 문학론적 측면에 주목하였다. 허균은 꿈과 현실의 관계 속에서 꿈의 징험성과 허구성의 두 축을 설정하여 설명하였고, 다시 허구적인 꿈은 '환로의 꿈'과 '신선의 꿈'이라는 꿈의 현실성과 환상성의 양 측면을 제시하였다. 육용정은 꿈과 문학과 현실과의 길항 관계 속에서 자유로운 상상을 통한 소망 충족의 관점에서 허구로서의 꿈과 허구의 기록물로서의 문학 작품을 옹호하고 있다.

이 글에서는 주로 개인 문집에 기록된 꿈 관계 자료를 찾아서 고찰한 것이다. 여기서 다룬 자료는 극히 일부분에 불과하기 때문에 더 많은 자료가 보충되어 검토될 필요가 있다. 또한, 이 글의 논의는 몇 백 년에 걸친 자료들을 띄엄띄엄 살피면서 개략적인 수준에서 정리한 것이어서 좀 더 세밀한 분석 작업이 요청된다. 이는 앞으로의 과제로 남는다.

참고문헌

* 자료

<조신전(調信傳)>, 『삼국유사』, 『한국불교전서』 6, 동국대출판부.

<최치원(崔致遠)>, 『신라수이전 : 일문』, 최남선 편, 『삼국유사』, 서문문화사, 1983.

『왕오천축국전 외(往五天竺國傳 外)』, 이석호 역, 을유문고46, 1970.

≪금오신화(金鰲新話)≫, 한국어문학회 편, 『고전소설선』, 형설출판사, 1985.

『금오신화』, 이석호 역, 을유문화사, 1972.

『전등신화』, 이경선 역, 을유문화사, 1976.

『당대전기소설선』, 정범진 역, 범학도서, 1979.

<왕랑반혼전(王郞返魂傳)>, 한국어문학회 편, 『고전소설선』, 형설출판사, 1985.

<대관재몽유록(大觀齋夢遊錄)>, 장덕순, 『국문학통론』, 신구문화사, 1963.

≪기재기이(企齋紀異)≫, 소재영, 『기재기이 연구』, 민족문화연구총서38, 고대, 1990.

<원생몽유록(元生夢遊錄)>, 이가원 교주, 『국어국문학』 4, 1953.

<몽유록(夢游錄)>, 이가원 교주, 『이조한문소설선』, 교문사, 1984.

<금생이문론(琴生異聞錄)>, 홍재휴, 「금생이문록」, 『국어교육연구』 2, 경북대, 1971.

<금오몽유록(金鰲夢遊錄)>, 강동엽, 「용문몽유록에 대하여」, 『한국문학연구』 14, 동국
        대, 1992.

<달천몽유록(獺川夢遊錄)>, 임명덕 편, 『한국한문소설전집』 3, 1980.

<달천몽유록(獺川夢遊錄)>, 『황동명소설집』, 국학자료1, 문학과언어연구회.

<몽김장군기(夢金將軍記)>, 장경세, 『사촌집(沙村集)』 3권.

<용문몽유록(龍門夢遊錄)>, 강동엽, 「용문몽유록에 대하여」, 『한국문학연구』 14, 동국
        대, 1992.

<피생명몽록(皮生冥夢錄)>, 『필사본 고전소설전집』 3, 아세아문화사, 1980.

<강도몽유록(江都夢遊錄)>, 임명덕 편, 『한국한문소설전집』 3, 1980.

<부벽몽유록(浮碧夢遊錄)>, 임명덕 편, 『한국한문소설전집』 3, 1980.

<운영전(雲英傳)>, 김동욱 교주, 『어우야담·운영전·요로원야화·삼설기』, 교문사,
        1984.

<숙향전(淑香傳)>, 『활자본고전소설전집』 4, 아세아문화사, 1976.

<구운몽(九雲夢)>, 정규복, 『구운몽원전의 연구』, 일지사, 1977.

『구운몽』, 이승욱·정병욱 교주, 교문사, 1984.

『서포만필』, 홍인표 역주, 일지사, 1987.

<옥련몽(玉蓮夢)>, 『구활자본 고소설전집』 10, 인천대학 민족문화연구소, 1983.
<옥루몽(玉樓夢)>, 『활자본 고전소설전집』 6, 동국대 한국학연구소, 1976.
<구운기(九雲記)>, 영남대도서관 소장본.
『구운기』1·2·3, 윤영옥 역, 형설출판사, 1982.
<옥선몽(玉仙夢)>, 『필사본 고전소설전집』 3, 아세아문화사, 1980.
<금화사몽유록(金華寺夢遊錄)>, 『필사본 고전소설전집』 3, 아세아문화사, 1980.
<사수몽유록(泗水夢遊錄)>, 이명선 교주, 『인문평론』, 1940. 6.
<제마무전(諸馬武傳)>, 『구활자소설총서』, 민족문화사.
<내성지(奈城誌)>, 김수민, 『명은집(明隱集)』 18권, 보경문화사, 1986.
<금산몽유록(錦山夢遊錄)>, 김면운, 『오연집(梧淵集)』 4권.
<홍생원유기(洪生遠游記)>, 이가원 교주, 『이조한문소설선』, 교문사, 1984.
<만하몽유록(晩河夢遊錄)>, 김광수, 『만하선생문집』, 경인문화사, 1990.
『의전문고(宜田文稿)』, 육용정, 규장작 소장본.
<삼설기(三說記)>, 김동욱 교주, 『어우야담·운영전·요로원야화·삼설기』, 교문사,
        1984.
<몽견제갈량(夢見諸葛亮)>, 『한국개화기문학총서 역사·전기소설』 9, 아세아문화사,
        1979.
<몽배금태조(夢拜金太祖)>, 『박은식 전서』 중, 단국대 동양학연구소, 1975.
<디구셩미리몽>, 『대한매일신보』, 1909. 7. 15. ~ 1909. 8. 10.
<꿈하늘>, 『신채호 소설선』, 동광출판사, 1990.
<금수회의록(禽獸會議錄)>, 『한국개화기문학총서 신소설·번안(역)소설』 2.
<경세종(警世鐘)>, 『한국개화기문학총서 신소설·번안(역)소설 2)
<만국대회록(蠻國大會錄)>, 전광용 해제, 『한국신소설전집』, 을유문화사, 1968.
『태극학보(太極學報)』
『장학월보(獎學月報)』
『서북학회월보(西北學會月報)』
『대한학회월보(大韓學會月報)』
『대한흥학보(大韓興學報)』
『천도교회월보(天道敎會月報)』

* 참고 논저

강동엽, 「용문몽유록에 대하여」, 『한국문학연구』 14, 동국대, 1992.
강준철, 「꿈 서사양식의 구조 연구」, 동아대 박사논문, 1989.
구자균, 「옥루몽을 통해서 본 소설사의 문제점」, 『민족문화연구』 1, 고대, 1964.
권영민, 「안국선의 생애와 작품세계」, 『관악어문연구』 2, 1977.

김광순, 『천군소설연구』, 형설출판사, 1980.

김기동, 『이조시대소설론』, 정연사, 1964(재판 : 이우출판사, 1983).

김기동, 『한국고전소설연구』, 교학연구사, 1983.

김기동, 「만하몽유록의 연구」, 『한국문학연구』 10, 동국대, 1987.

김동협, 「달천몽유록 고찰」, 『국어교육연구』 17, 경북대, 1985.

김명호, 「김시습의 문학과 성리학 사상」, 『한국학보』 35, 1984 여름.

김병국, 「구운몽 연구―그 환상구조의 심리적 고찰」, 『국문학연구』 6, 서울대, 1968.

김병국, 「구운몽, 그 연구사적 개관과 비판」, 『김만중연구』, 새문사, 1983.

김병국, 「구운몽 저작시기 변증」, 『한국학보』 51, 1988 여름.

김성국, 「개화기 몽유록 소설 연구」, 계명대 석사논문, 1984.

김성룡, 「한국고전소설의 환상성에 관한 연구」, 『국문학연구』 70, 서울대, 1985.

김열규, 『한국민속과 문학연구』, 일조각, 1971.

김일렬, 『조선조소설의 구조와 의미』, 형설출판사, 1984.

김정자, 「몽유록 연구」, 이대 석사논문, 1977.

김종철, 「19C 중반기 장편영웅소설의 한 양상」, 『한국학보』 40, 1985 가을.

김종철, 「서사문학사에서 본 초기소설의 성립문제」, 『고소설연구논총』, 1988.

김종철, 「조선후기와 애국계몽기의 소설관」, 『인문학보』 5, 강릉대, 1988.

김종철, 「옥루몽의 대중성과 진지성」, 『한국학보』 61, 1990 겨울.

김진세 편, 『한국고전소설작품론』, 집문당, 1990.

김태준, 『조선소설사』, 학예사, 1939.

김현룡, 『한중소설설화비교연구』, 일지사, 1976.

김현룡, 「고려 몽유문학 고찰」, 『건대학술지』 25, 1981.

김혜숙, 「수이전의 작자」, 『한국문학사의 쟁점』, 집문당, 1986.

김흥규, 「강호자연과 정치현실」, 『고전시가론』, 새문사, 1984.

김흥규, 『한국문학의 이해』, 민음사, 1986.

류양선, 「개화기 서사문학 연구」, 『현대문학연구』 28, 서울대, 1979.

박기석, 「운영전」, 『한국고전소설작품론』, 집문당, 1990.

박노춘, 「고전문학 관계기록 3편」, 『숭전어문학』 5, 1976.

박명희, 「고소설의 여성중심적 시각 연구」, 이대 박사논문, 1990.

박성의, 『한국고대소설사』, 일신사, 1964.

박일용, 「조선후기 소설론의 전개」, 『국어국문학』 94, 1985.

박일용, 「운영전과 상사동기의 비극적 성격과 그 사회적 의미」, 『국어국문학』 98, 1987.

박일용, 「주생전」, 『한국고전소설작품론』, 집문당, 1990.

박일용, 「장르론적 관점에서 본 최척전의 특징과 소설사적 위상」, 『고전문학연구』 5,

1990.

박태상, 「안국선의 금수회의록 연구」, 『연세』 16, 1982.

박혜숙, 「금오신화의 사상적 성격」, 『한국문학사의 쟁점』, 집문당, 1986.

박희병, 「최척전」, 『한국고전소설작품론』, 집문당, 1990.

박희병, 「17세기 동아시아의 전란과 민중의 삶-김영철전의 분석」, 『한국근대문학사
　　　의 쟁점』, 창작과 비평사, 1990.

박희병, 「전기적 인간의 미학적 특질」, 한국고전문학연구회 1991년도 하계발표회 요
　　　지문.

사재동, 『불교계 국문소설의 형성과정 연구』, 아세아문화사, 1977.

서대석, 「몽유록의 장르적 성격과 문학사적 의의」, 『한국학논집』 3, 계명대, 1975.

서대석, 『군담소설의 구조와 배경』, 이대출판부, 1985.

설성경, 「구운몽의 구조적 연구(Ⅰ)-시간론」, 『인문과학』, 연대, 1972.

설성경, 「구운몽의 구조적 연구(Ⅳ)-표기문자론」, 『원우논집』 2, 연대, 1974.

설성경, 「관념적 삶과 그 공간의 지평」, 『현상과 인식』 4, 1977.

성현경, 「옥련몽 연구」, 『국문학연구』 9, 서울대, 1968.

성현경, 『한국소설의 구조와 실상』, 영남대출판부, 1981.

소재영, 『고소설통론』, 이우출판사, 1983.

소재영, 『기재기이 연구』, 민족문화연구총서 38, 고대, 1990.

송민호, 『한국 개화기소설의 사적 전개』, 일지사, 1975.

송재소, 「단재소설에 있어서 민족과 민중의 인식」, 『한국근대문학사론』, 한길사, 1982.

송현호, 『한국근대소설론연구』, 국학자료원, 1990.

신기형, 『한국소설발달사』, 창문사, 1960.

신재홍, 「몽유록의 유형적 고찰」, 『국문학연구』 75, 서울대, 1986.

신재홍, 「몽기류 작품의 검토」, 『이두현교수 정년기념논문집』, 서울대국어교육과,
　　　1989.

신재홍, 「의전 육용정의 허구론」, 『구인환선생 화갑기념논문집』, 한샘, 1989.

신재홍, 「초기 한문소설집의 전기성에 대한 반성적 고찰」, 『관악어문연구』 14, 1989.

신재홍, 「구운몽의 서술원리와 이념성」, 『고전문학연구』 5, 1990.

신재홍, 「명은 김수민의 내성지 검토」, 『국어국문학』 105, 1991. 5.

신재홍, 「옥련몽과 옥루몽의 비교 검토」, 『고전문학연구』 6, 1991.

신재홍, 「몽유 양식의 소설사적 전개에 관한 연구」, 서울대 박사논문, 1992.

신재홍, 「몽유 문학과 꿈 관념」, 『인문논총』 2, 경원대 인문과학연구소, 1993.

大谷森繁, 「운영전 소고」, 『조선후기 소설독자연구』, 민족문화연구총서23, 고대, 1985.

오춘택, 「조선전기의 소설론」, 『어문논집』 23, 고대, 1982.

유종국, 『몽유록소설연구』, 아세아문화사, 1987.

육재용, 「구운기 연구」, 서강대 석사논문, 1986.
윤명구, 「안국선 연구」, 『현대문학연구』 8, 서울대, 1973.
윤명구, 『개화기 소설의 이해』, 인하대출판부, 1986.
윤명구, 「육정수 연구」, 『인문과학연구소 논문집』 14, 인하대, 1988.
윤성근, 「유학자의 소설배격」, 『어문학』 25, 1971.
윤영옥, 「구운기고」, 『조선후기의 언어와 문학』, 형설출판사, 1978.
이가원, 「몽유록의 작가 소고」, 『국어국문학』 23, 1961.
이가원, 「영정조 문단에서의 대소설적 태도」, 『연대80주년기념논문집』, 1965.
이강옥, 「육미당기와 금계필담의 비교분석을 통한 소설과 야담계 서사체의 관계양상
　　　고찰」, 『한국학보』 42, 1986 봄.
이강옥, 「불경계 설화의 소설화 과정에 대한 고찰」, 『고전문학연구』 4, 1988.
이문규, 『허균 산문문학연구』, 삼지원, 1986.
이상익, 「구운몽의 주제」, 『한국문학사의 쟁점』, 집문당, 1986.
이상택, 『한국고전소설의 탐구』, 중앙출판, 1981.
이상택, 「조선초기문학의 세계관 및 존재론적 관심에 관한 일고찰」, 『동양학』 10, 단
　　　국대, 1980.
이상택, 「한국도가문학의 현실인식 문제」, 『한국문화』 7, 1986.
이수봉, 「반계 이양오의 문학연구」, 『상산이재수박사 환력기념논문집』, 1972.
이원주, 「대관재의 몽기·몽사자연지 고」, 『한국학논집』 5, 계명대, 1978.
이월영, 「꿈 소재 서사문학의 사상적 유형 연구」, 전북대 박사논문, 1990.
이인영, 「태평통재 잔권 소고」, 『진단학보』 12, 1940.
이재선, 『한국개화기소설연구』, 일조각, 1972.
이재선, 『한국단편소설연구』, 일조각, 1975.
이종묵, 「주생전의 미학과 그 의미」, 『관악어문연구』 16, 1991.
이주영, 「몽유록의 양식적 특성에 대한 연구」, 『국문학연구』 89, 서울대, 1988.
이혜순, 「금오신화에 나타난 인귀교환소설의 유형적 고찰」, 『이숭녕선생 고희기념논
　　　총』, 탑출판사, 1977.
인권환, 「금수회의록의 재래적 원천에 대하여」, 『고대어문연구』 18 19, 1977.
임기중, 「장경세론」, 『속 고시조작가론』, 백산출판사, 1990.
임치균, 「연작형 삼대록 소설 연구」, 서울대 박사논문, 1992.
임형택, 「현실주의적 세계관과 금오신화」, 『국문학연구』 13, 서울대, 1971.
임형택, 「나말여초의 전기 문학」, 『한국한문학연구』 5, 1980-81.
임형택, 「17세기 규방소설의 성립과 창선감의록」, 『동방학지』 57, 연대, 1988.
장덕순, 『국문학통론』, 신구문화사, 1963.
장덕순 외, 『구비문학개설』, 일조각, 1971.

장효현, 「옥루몽의 문헌학적 연구」, 고대 석사논문, 1981.

장효현, 「조선후기의 소설론」, 『어문논집』 23, 고대, 1982.

장효현, 「몽유록의 역사적 성격」, 『한국고전소설론』, 새문사, 1990.

정규복, 『구운몽연구』, 고대출판부, 1974.

정규복, 『구운몽원전의 연구』, 일지사, 1977.

정규복 해설, 『김만중연구』, 새문사, 1983.

정규복, 「구운몽 서울대학본의 재고」, 『대동문화연구』 26, 성대, 1991.

정 민, 「주생전의 창작기층과 문학적 성격」, 『한양어문연구』 9, 1991.

정범진, 「당대전기연구」, 성대 박사논문, 1978.

정병욱, 「김시습 연구」, 『서울대학교 논문집』7, 1958.

정병욱, 『한국고전의 재인식』, 홍성사, 1979.

정종대, 「염정소설 구조 연구」, 고대 박사논문, 1989.

정주동, 『매월당 김시습 연구』, 신아사, 1965.

정주동, 『고대소설론』, 형설출판사, 1966(재판 : 1982).

정학성, 「몽유록의 역사의식과 유형적 특질」, 『관악어문연구』 2, 1977.

정학성, 「몽유담의 우의적 전통과 개화기 몽유록」, 『관악어문연구』 3, 1978.

정학성, 「전기소설의 문제」, 『한국문학연구입문』, 지식산업사, 1982.

조동일, 「영웅의 일생, 그 문학사적 전개」, 『동아문화』 10, 서울대, 1971.

조동일, 『신소설의 문학사적 성격』, 서울대출판부, 1973.

조동일, 『한국소설의 이론』, 지식산업사, 1977.

조동일, 「구운몽과 금강경, 무엇이 문제인가」, 『김만중연구』, 새문사, 1983.

조동일, 『한국문학통사』 2 · 3, 지식산업사, 1983 · 1984.

조동일, 『문학사와 철학사의 관련 양상』, 한샘, 1992.

조석헌, 「몽유록소설 내성지에 관한 연구」, 건국대 석사논문, 1988.

조신권, 『한국문학과 기독교』, 연대출판부, 1983.

주왕산, 『조선고대소설사』, 정음사, 1950.

주종연, 『한국소설의 형성』, 집문당, 1987.

진경환, 「창선감의록의 사실주의적 성격과 낭만적 구성」, 『고전문학연구』 6, 1991.

차용주, 「몽유록과 몽자류소설의 동이에 대한 고찰」, 『논문집』 3, 청주여사대, 1974.

차용주, 『옥루몽연구』, 형설출판사, 1982.

차용주, 「달천몽유록에 반영된 임란의 전후의식에 대한 비교연구」, 『고소설연구논총』,
        1988.

차용주, 『한국한문소설사』, 아세아문화사, 1989.

차용주, 「금산사몽유록」, 『한국고전소설작품론』, 집문당, 1990.

최원식, 「제국주의와 토착자본」, 『전환기의 동아시아문학』, 창작과 비평사, 1985.

홍재휴, 「금생이문록」, 『국어교육연구』 2, 경북대, 1971.

홍재휴, 「인재 가사고」, 『청계김사엽박사 송수기념논총』, 학문사, 1973.

황패강, 『한국서사문학연구』, 단대출판부, 1972.

황패강, 「원생몽유록 연구」, 『국어국문학총서』 5, 정음사, 1976.

Barthes, Roland. 「이야기의 구조적 분석 입문」, 김치수 편저, 『구조주의와 문학비평』, 문학과 지성사, 1980.

Crain, W.C. 서봉연 역, 『발달의 이론』, 중앙적성출판사, 1983.

Freud, S. 장병길 역, 『꿈의 해석』, 을유문화사, 1983.

Frye, Northrop. 임철규 역, 『비평의 해부』, 한길사, 1982.

Genette, Gérard. 「원텍스트 서설」, 김현 편, 『장르의 이론』, 문학과 지성사, 1987.

Hjelle, L.A., & Ziegler, D.J. 이훈구 역, 『성격심리학』, 법문사, 1983.

Jakobson, Roman. 신문수 편역, 『문학 속의 언어학』, 문학과 지성사, 1989.

Jauβ, H.R. 장영태 역, 『도전으로서의 문학사』, 문학과 지성사, 1983.

Lemon, L.T., & Reis, M.J. eds. *Russian Formalist Criticism : Four Essays*, University of Nebraska Press, 1965.

Lévi-Strauss, Claude. 김진욱 옮김, 『구조인류학』, 종로서적, 1983.

Propp, Vladimir. 유영대 옮김, 『민담형태론』, 새문사, 1987.

Schlobin, R.C. ed. *The Aesthetics of Fantasy Literature and Art*, The Harvester Press, 1982.

Scholes, Robert. *Structuralism in Literature:An Introduction*, Yale University Press, 1974.

Scholes, R., & Kellog, R., *The Natyre of Narrative*, Oxford University Press, 1966.

Spearing, A.C. *Medieval dream-poetry*, Cambridge University Press, 1976.

Todorov, Tzvetan. *The Fantastic : A structural approach to a literary genre*, tr. by Richard Howard, Cornell University Press, 1975.

Todorov, Tzvetan. 곽광수 역, 『구조시학』, 문학과 지성사, 1977.

Todorov, Tzvetan. 「이야기체의 변형이론」, 김치수 편저, 『구조주의와 문학비평』, 문학과 지성사, 1980.

Todorov, Tzvetan. 「문학 장르」, 김현 편, 『장르의 이론』, 문학과 지성사, 1987.

신재홍

1962년 강원도 정선 출생
서울대학교 사범대학 국어교육과 졸업
서울대학교 인문대학 국어국문학과 석사·박사
경원대학교 인문대학 국어국문학과 전임강사~교수
가천대학교(구 경원대학교) 인문대학 국어국문학과 교수

저서
『한국몽유소설연구』, 계명문화사, 1994.
『향가의 해석』, 집문당, 2000.
『향가의 미학』, 집문당, 2006.
『화랑세기 역주』, 태학사, 2009.
『고전 소설과 삶의 문제』, 역락, 2012.

전북대학교 교과교육연구총서 ❼

한국 몽유 소설 연구

수정증보판 1쇄 인쇄 2012년 3월 16일 | 수정증보판 1쇄 발행 2012년 3월 26일
지은이 신재홍
펴낸이 이대현 | 편집 이소희
펴낸곳 도서출판 역락 | 등록 제303-2002-000014호(등록일 1999년 4월 19일)
주소 서울시 서초구 반포4동 577-25 문창빌딩 2층
전화 02-3409-2058(영업부), 2060(편집부) | 팩시밀리 02-3409-2059
전자우편 youkrack@hanmail.net
ISBN 978-89-5556-984-1 93810

정가 45,000원
■잘못된 책은 교환해 드립니다.